종이 동물원

THE PAPER MENAGERIE AND OTHER STORIES

THE PAPER MENAGERIE

종이 동물원

켄 리우 소설 | 장성주 옮김

AND OTHER STORIES
KEN LIU

황금가지

차례

머리말   ——7

종이 동물원   ——11

천생연분   ——35

즐거운 사냥을 하길   ——75

상태 변화   ——111

파자점술사   ——137

고급 지적 생물종의 책 만들기 습성   ——193

시뮬라크럼   ——207

레귤러   ——225

상급 독자를 위한 비교 인지 그림책   ——307

파(波)   ——331

모노노아와레   ——371

태평양 횡단 터널 약사(略史)   ——403

송사와 원숭이 왕   ——431

역사에 종지부를 찍은 사람들 - 동북아시아 현대사에 관한 다큐멘터리 ——471

옮긴이의 말   ——561

나는 단편 소설 작가로 글쓰기를 시작했다. 지금은 주로 장편 소설 창작에 힘쓰다 보니 짧은 글을 1년에 수십 편씩 쓰지는 못하지만, 단편 소설은 지금도 내 마음속에서 특별한 자리를 차지한다.

그러므로 이 단편집에서 나는 추억의 맛을 느낀다. 여기에는 (문학상 후보작과 수상작이라는 기준을 따르자면) 나의 가장 인기 있는 이야기들뿐 아니라 나 스스로는 자랑스러워하지만 그리 빛을 보지 못한 이야기들도 들어 있다. 내 생각에는 나의 관심사와 집념과 창작 목표가 눈에 선하게 잘 드러나는 이야기들인 듯싶다.

나는 판타지와 SF를 구별하는 데에는 별 관심이 없다. 관심이 없기로는 '장르 문학'과 '주류 문학'을 구분하는 것 역시 마찬가지이다. 나에게 소설이란 손쓸 수 없을 만큼 변칙적이고 무분별한 현실보다 은유의 논리를 더 귀하게 여기는 것이 전부이기 때문이다. 이야기의 논리란 대개는 은유의 논리이므로.

우리는 남에게 자기 이야기를 들려주려 애쓰며 평생을 보낸다.

그것은 기억의 본질이다. 그렇게 우리는 이 무감하고 우연적인 우주를 견디며 살아간다. 그러한 습관에 '이야기 짓기의 오류'라는 이름이 붙었다고 해서 그것이 진실의 일면에 닿지 않는 것은 아니다. 어떤 이야기는 속에 있는 은유를 좀 더 선명하게 구현할 뿐이다.

나는 번역자이기도 하다. 그렇다 보니 큰 틀에서 글쓰기를 어떻게 생각하는지에 관한 은유 또한 자연스레 번역에서 얻게 된다. 모든 의사소통 행위는 번역이라는 기적이다.

지금 이 순간, 바로 여기서, 내 신경 세포 속의 변화하는 활동 전위들은 특정한 배열과 유형과 사유로 분출한다. 그들은 내 척수를 타고 흘러내려 내 팔과 손가락으로 갈라져 들어가고, 결국에는 근육들이 움찔거리면서 사유가 동작으로 번역된다. 키보드의 조그마한 지렛대들이 눌리고, 전자들의 배열이 바뀌고, 종이 위에 기호들이 찍힌다.

다른 시간대의 다른 장소에서 그 기호들에 부딪혀 반사된 빛은, 자연이 수십억 년에 걸친 무작위적 변이 끝에 빚어낸 초정밀 광학 기관 한 쌍으로 들어간다. 거꾸로 뒤집힌 영상이 광감지 세포 수백만 개로 이루어진 막 한 쌍에 맺히고, 이 막을 통해 전기적 파장으로 번역된 빛은 시각 신경을 거슬러 올라가 시각 교차를 지나 시각로를 따라 시각 겉질로 들어가며, 이곳에서 파장은 다시 조립되어 글자, 구두점, 단어, 문장, 보조관념, 원관념, 사유가 된다.

이 모든 과정은 위태롭고 불합리하고 SF처럼 보인다.

당신이 이 글을 읽으면서 머릿속에 떠올리는 생각이 내가 이 글을 쓰면서 머릿속에 떠올렸던 생각과 똑같다고 누가 장담할 수 있을까? 당신과 나, 우리는 서로 다르고, 우리가 지닌 의식의 특질도 우주 양 끝의 두 별만큼이나 서로 다르다.

그럼에도, 내 사유가 문명의 미로를 지나 당신의 정신에 닿는 기나긴 여정에서 번역을 거치며 아무리 많은 것을 잃어버린다 해도, 나는 당신이 나를 진정으로 이해하리라 믿고, 당신은 당신이 나를 진정으로 이해한다고 믿는다. 우리 정신은 어떻게든 서로에게 닿는다. 비록 짧고 불완전할지라도.

사유는 우주를 조금 더 친절하게, 좀 더 밝게, 좀 더 따뜻하고 인간적이게 하는 것이 아닐까?

우리는 그런 기적을 바라며 산다.

지금껏 나를 도와서 원고를 미리 읽어 준 여러 독자와 동료 작가, 편집자들에게는 영원토록 감사할 뿐이다. 이 책에 실린 이야기 하나하나는, 어느 정도는 내 모든 경험과 내가 읽은 모든 책과 내가 나눈 모든 대화, 그리고 내가 사람들과 함께한 모든 성공과 실패와 기쁨과 슬픔과 경이의 총힙을 빈영한다. 우리는 단지 인드라의 그물을 이루는 그물코에 지나지 않는다.

내 책을 처음 출판한 미국 사가 프레스 출판사의 모든 이에게도 아름다운 책을 꾸릴 수 있게 도와준 데에 감사한다. 그들 가운데 지니 잉은 원고의 모든 오류를 찾아 주었고, 마이클 매카트니는 표지를 예쁘게 만들어 주었으며, 밍메이 입은 한자를 손 글씨로 써 달라는 별난 요구를 들어 주었다. 책을 정성껏 홍보해 준 엘레나 스토크스와 케이티 허시버거에게도 감사한다. 특히 사가 프레스의 담당 편집자인 조 몬티에게 감사하는 바이다. 그는 예리한 판단력으로 이 책이 꼴을 갖추도록 (또 나 스스로 책을 망치지 않도록) 싸워 주었다. 여기 실린 이야기들의 가능성을 알아봐 준 나의 저작권 대리인 러스 갤런에게도 감사한다. 그리고 누구보다도 내 아내 리사와 두 딸 에스더, 미란다에게 감사한다. 그들이야말로 내 삶이라는 이야기를 여러 면에서 완전하고 의미 있게 만들어 주므로.

그리고 마지막으로, 친애하는 독자 여러분, 감사합니다. 글쓰기가 보람 있는 노고인 것은 오로지 우리 정신이 서로에게 닿을 수 있다는 가능성 덕분이니까요.

종이 동물원

THE PAPER MENAGERIE

나의 가장 오래된 기억은 울고 있는 내 모습에서 시작한다. 기억 속의 나는 엄마와 아빠가 아무리 달래도 울음을 그치지 않는다.

아빠는 달래기를 포기하고 방에서 나가 버렸지만, 엄마는 나를 안고 부엌으로 가서 식탁 앞에 앉혔다.

"칸, 칸.(자, 보렴.)"

엄마는 냉장고 위에 있는 포장지 한 장을 내리면서 말했다. 엄마는 오래전부터 크리스마스 선물의 포장지를 조심스럽게 벗겨서 냉장고 위에 차곡차곡 쌓아 놓았다.

엄마는 포장지를 식탁에 펼쳐 놓은 다음, 하얀 면을 위로 해서 접기 시작했다. 나는 울음을 그치고 호기심 어린 눈으로 엄마를 가만히 지켜보았다.

엄마는 포장지를 뒤집어서 다시 접었다. 주름을 잡고 꾹꾹 누르고, 안으로 접어 돌돌 말고 비틀기도 하는 사이에, 포장지는 엄마의 동그랗게 쥔 손 안으로 사라졌다. 잠시 후, 엄마는 꼬깃꼬깃 접은 종이 덩어리를 입에 대고 풍선처럼 숨을 불어넣었다.

"칸, 라오후.(봐, 호랑이야.)"

엄마는 식탁 위에 종이 덩어리를 내려놓고 손을 뗐다.

식탁 위에 주먹 두 개를 합친 크기의 조그마한 종이 호랑이가 서 있었다. 호랑이의 가죽은 포장지 무늬 그대로 흰 바탕에 빨간 사탕, 초록색 크리스마스트리가 점점이 그려져 있었다.

나는 엄마의 피조물로 손을 뻗었다. 그것은 꼬리를 움찔거리다가 내 손가락을 향해 신나게 덤벼들었다.

"으르라앙." 짖는 소리가 났다. 고양이 울음소리와 신문지 바스락거리는 소리의 중간쯤에 해당하는 소리였다.

"저자오저즈." 엄마가 말했다. 이건 종이접기라는 거야.

그때는 몰랐지만, 엄마의 종이접기는 특별했다. 엄마가 숨을 불어넣으면 종이는 엄마의 숨을 나누어 받았고, 엄마의 생명을 얻어서 움직였다. 그건 엄마의 마법이었다.

아빠는 엄마를 카탈로그에서 골랐다.

내가 고등학생이었을 때, 한번은 아빠에게 자세한 사정을 물어본 적이 있다. 내가 엄마랑 다시 대화를 나누게 하려고 아빠가 애쓰던 시절이었다.

아빠는 1973년 봄에 결혼 중개 회사에 가입했다. 신부 카탈로그를 받아 한 페이지를 단 몇 초도 보지 않고 휙휙 넘기던 아빠의 눈에, 엄마의 사진이 들어왔다.

나는 그 사진을 본 적이 없다. 아빠한테 설명만 들었을 뿐이다. 엄마는 초록색 실크 원피스를 입고서 몸 옆쪽이 카메라를 향하도록 의자에 앉아 있었다. 얼굴을 카메라 쪽으로 틀어서 기다란 검은 머리카락이 가슴과 어깨에 아름답게 드리워졌다고 한다. 그렇게 앉아서 차분한 아이 같은 눈을 하고 아빠를 바라보았다고 한다.

"엄마는 카탈로그 맨 마지막 쪽에 있었단다."

카탈로그에는 엄마가 열여덟 살이고 춤추기를 좋아한다고, 또 홍콩 출신이라서 영어를 잘한다고 나와 있었다. 나중에 알고 보니 다 거짓말이었다.

아빠는 엄마에게 편지를 썼고, 중매 회사가 두 사람 사이에서 편지를 전달해 주었다. 마침내 아빠는 비행기를 타고 홍콩으로 가서 엄마를 만났다.

"답장은 회사 사람들이 써 준 거였어. 엄마는 '헬로', '굿 바이' 말고는 영어를 하나도 못했단다."

신부로 팔려 가려고 자기 사진을 카탈로그에 싣다니, 뭐 그런 여자가 다 있어? 고등학생이었던 나는 내가 세상일을 다 안다고 생각했다. 경멸의 맛은 달콤했다. 와인처럼.

회사로 쳐들어가서 돈을 돌려 달라고 따지는 대신, 아빠는 호텔 레스토랑의 웨이트리스에게 돈을 주고 통역을 부탁했다.

"내가 얘기하는 동안 엄마는 반쯤 겁먹고 반쯤 희망에 찬 눈으로 나를 보고 있었어. 그러다 웨이트리스가 내 말을 통역해 주니까 천천히 웃기 시작했지."

아빠는 코네티컷 주로 돌아와서 엄마를 데려오는 데에 필요한 서류를 만들기 시작했다. 그로부터 1년 후에 내가 태어났다. 그해는 호랑이해였다.

내 부탁을 받고 엄마는 포장지로 염소와 사슴, 물소도 접어 주었다. 거실을 뛰어다니는 종이 동물들을 라오후는 으르렁거리며 쫓아다녔다. 그러다가 붙잡으면 발로 꾹 눌러 댔고, 공기가 빠져서 납작해진 동물들은 접힌 종이로 변했다. 그러면 나는 다시 숨을 불어넣어서 동물들이 조금 더 뛰어다닐 수 있게 해 주었다.

이따금씩 종이 동물들이 말썽을 일으킬 때도 있었다. 한번은 물소가 저녁 식탁에 놓인 간장 종지에 뛰어든 적도 있었다(물속에서 뒹굴고 싶었던 것이다, 진짜 물소처럼.). 내가 재빨리 꺼내 주었지만, 모세관현상 탓에 이미 허벅지까지 시커멓게 물들어 있었다. 간장에 젖은 다리 때문에 똑바로 설 수가 없었던 물소는 식탁 위에 주저앉고 말았다. 내가 햇볕에 말려 주었는데도 물소는 다리를 절게 되었고, 그후로는 절뚝거리면서 사방을 뛰어다녔다. 그러다가 나중에 엄마가 랩으로 다리를 묶어 주자 온 사방을 마음껏 뒹굴었다(간장 종지만 빼놓고.).

한편 라오후는 나와 함께 뒷마당에서 놀 때 참새 떼한테 덤벼들기를 좋아했다. 한번은 구석에 몰린 참새가 다급한 나머지 반격을 해서 라오후의 귀를 찢어 놓았다. 나는 움찔 놀라서 낑낑대는 라오후를 안고 엄마한테 갔고, 엄마는 테이프로 라오후의 귀를 붙여 주었다. 그 후로 라오후는 새들을 피했다.

어느 날, 나는 상어가 나오는 텔레비전 다큐멘터리를 보고 엄마한테 상어를 한 마리 만들어 달라고 했다. 엄마가 만들어 준 상어는 식탁 위에서 불쌍하게 펄떡거렸다. 나는 개수대에 물을 채우고 그 안에 상어를 넣어 주었다. 상어는 신이 나서 헤엄을 치며 빙빙 돌았다. 하지만 얼마 지나자 물에 젖어 투명해지더니 천천히 바닥으로 가라앉았고, 접은 부분도 풀리고 말았다. 상어를 구하려고 꺼내 놓고 보니 손에 남은 것은 젖은 종이 뭉치뿐이었다.

라오후는 개수대 가장자리에 앞발을 짚고 그 위에 턱을 괬다. 귀가 축 늘어진 채 나지막이 가르랑거리는 울음소리를 들으니 왠지 죄책감이 들었다.

엄마는 나한테 새 상어를 만들어 주었는데 이번에는 은박지로 접은 상어였다. 그 상어는 커다란 금붕어 어항 속에서 행복하게 살았다. 라오후와 나는 어항 옆에 앉아 금붕어를 쫓아다니는 상어를 지켜보곤 했다. 라오후는 어항 반대편에서 얼굴을 들고 올려다보았다. 커피 잔처럼 커다래진 라오후의 눈이 어항 저편에서 나를 보고 있었다.

내가 열 살 때 우리 가족은 도시 반대편에 있는 새 집으로 이사를 갔다. 이웃집 여자 둘이 인사차 우리 집에 들렀다. 아빠는 손님들에게 마실 것을 내온 다음, 미안하지만 전에 살던 사람들의 공과금을 처리하러 부동산 중개소에 가야 한다고 했다.

"편히들 계세요. 제 아내는 영어를 잘 못해요. 그러니까 혹시 말이 없어도 무례하다고 생각하진 마세요."

내가 식탁 앞에 앉아 책을 읽는 동안 엄마는 부엌에서 이삿짐을 풀었다. 이웃 여자들은 거실에서 이야기를 나누었다. 딱히 목소리를 낮출 생각도 안 하고서.

"멀쩡한 남자처럼 보이던데. 왜 이런 짓을 했을까?"

"섞여서 좋을 게 뭐가 있다고. 이 집 애 좀 봐, 되다 만 것처럼 생겼잖아. 눈은 쭉 째졌는데 얼굴은 하얘. 조그만 괴물 같아."

"애는 영어를 할 줄 알까?"

여자들이 조용해졌다. 잠시 후, 그들이 나를 향해 다가왔다.

"안녕! 이름이 뭐니?"

"잭이에요."

"중국식 이름이 아니네."

그때 엄마가 내 곁에 나타났다. 그러고는 여자들을 보며 빙그레 웃었다. 세 사람은 나를 가운데 두고 세모꼴로 서서 빙긋이 웃으며 고개를 끄덕였다. 아무 말도 하지 않은 채로, 아빠가 올 때까지.

그 동네에 살던 마크라는 아이가 스타워즈 장난감을 들고 우리 집에 놀러 왔다. 광선검에 불이 켜지는 오비완 케노비 인형이었는데, 양팔을 앞으로 내밀고 조그만 목소리로 '포스를 사용하거라!'라는 말도 할 수 있었다. 내가 보기에는 진짜 오비완이랑 하나도 안 닮은 인형이었다.

마크가 거실 탁자에서 인형을 다섯 번이나 작동시키는 동안 나는 그 애 곁에 앉아서 가만히 구경했다.

"애 혹시 다른 것도 할 줄 알아?"

내가 물었다. 마크는 내 질문에 기분이 상한 모양이었다.

"자세히 봐, 얼마나 진짜 같은데."

나는 마크의 말대로 인형을 자세히 보았다. 뭐라고 해야 좋을지 알 수가 없었다. 마크는 그렇게 반응하는 나를 보고 실망했다.

"네 장난감도 보여 줘."

나는 종이로 만든 동물원 말고는 장난감이 하나도 없었다. 그래서 내 방에서 라오후를 가져왔다. 그때는 라오후도 몹시 낡아서 여기저기 테이프와 풀로 붙인 자국이 보였다. 엄마랑 내가 오랫동안 수리한 흔적이었다. 이제 라오후는 전처럼 날렵하지 않았고, 똑바로 서지도 못했다. 나는 라오후를 거실 탁자에 올려놓았다. 복도 저편에서 다른 동물들이 타다닥 달려 나와 거실을 조심스레 엿보는 기척이 났다.

"샤오라오후." 나는 잠시 입을 다물었다가 영어로 바꾸어 말했다. "이건 호랑이야."

조심스럽게, 라오후가 앞으로 걸어 나와 마크를 보며 가르랑거리더니, 마크의 손을 쿵쿵거렸다.

마크는 크리스마스 선물 포장지의 무늬가 새겨진 라오후의 가죽을 가만히 살펴보았다.

"호랑이랑 하나도 인 닮았네, 뭐. 네 엄만 쓰레기로 장난감을 만들어 주냐?"

나는 라오후가 쓰레기라고 생각한 적이 한 번도 없었다. 하지만 다시 보니 정말로 포장지 쪼가리에 지나지 않았다.

마크가 오비완 인형의 머리를 다시 눌렀다. 광선검에 불이 켜졌고, 오비완의 양팔이 위아래로 흔들리기 시작했다.

"포스를 사용하거라!"

라오후가 그쪽으로 고개를 돌리더니 냉큼 달려가서 플라스틱 오비완 인형을 탁자 아래로 밀어 버렸다. 바닥에 떨어진 인형은 부서졌다. 오비완의 머리가 소파 밑으로 데굴데굴 굴러갔다.

"으르라앙."

라오후가 웃었다. 나도 같이 웃었다.

마크는 나를 밀쳤다. 그것도 아주 세게.

"이거 엄청 비싼 인형이란 말야! 이젠 가게에서 팔지도 않는다고! 네 아빠가 네 엄마를 사 올 때 낸 돈보다 더 줘야 할지도 몰라!"

나는 바닥에 쓰러졌다. 라오후가 으르렁거리더니 마크의 얼굴을 향해 뛰어 올랐다.

마크는 비명을 질렀다. 아파서가 아니라 놀라고 무서워서였다. 어쨌거나 라오후는 종이로 만든 호랑이일 뿐이었으니까.

마크는 라오후를 붙잡았고, 마크의 손아귀 안에서 구겨지고 반으로 찢기는 동안 라오후는 숨이 막혀 울음소리마저 그치고 말았다. 마크는 종이 쪼가리 두 개를 둥글게 뭉쳐서 나한테 던졌다.

"자, 받아. 네 바보 같은 싸구려 중국제 쓰레기."

마크가 돌아간 후에 나는 종이 쪼가리를 테이프로 붙이고, 반듯하게 펴고, 접힌 자국을 따라 다시 접느라 오랫동안 끙끙댔지만, 소용이 없었다. 천천히, 다른 동물들이 거실로 들어와서 우리를 빙 둘러쌌다. 나와 한때 라오후였던 포장지 쪼가리를.

나와 마크의 싸움은 그것으로 끝나지 않았다. 마크는 학교에서 인기 있는 아이였다. 그로부터 두 주일 동안의 기억은 다시 떠올리고 싶지도 않다.

그 두 주일의 마지막 날이었던 금요일, 학교가 끝나고 집에 돌아왔을 때였다.

"쉐샤오하오마?(학교 잘 갔다 왔어?)"

엄마가 물었다. 나는 대답도 안 하고 화장실로 들어갔다. 거기서 거울을 보았다. 난 엄마랑 하나도 안 닮았어. 하나도.

나는 저녁을 먹다가 아빠한테 물었다.

"제 얼굴이 짱깨처럼 생겼어요?"

아빠는 젓가락을 내려놓았다. 나는 학교에서 일어난 일을 한 번도 입 밖에 내지 않았지만, 아빠는 다 아는 눈치였다. 아빠는 눈을 감고 콧등을 문지르면서 말했다.

"아니, 안 그래."

엄마는 어리둥절한 표정으로 아빠를 바라보았다. 그러다가 내 쪽으로 고개를 돌렸다.

"사자오짱깨?(짱깨가 뭔데?)"

"영어로 말해요. 영어로."

내가 말했다. 엄마는 영어로 말하려고 애썼다.

"무슨 일, 있었어?"

나는 젓가락을 내려놓고 내 앞의 그릇을 멀찍이 밀었다. 그릇에는 피망과 함께 볶은 오향장육이 들어 있었다.

"우린 미국 음식을 먹어야 해요."

"다른 집들도 가끔은 중국 음식을 먹어." 아빠는 나를 타이르려고 했다.

"우린 다른 집이 아니잖아요."

나는 아빠를 똑바로 쳐다봤다. 다른 집에는 외국인 엄마가 없단 말이에요.

아빠는 내 눈을 피했다. 그러더니 한 손으로 엄마의 어깨를 부드럽게 쥐었다.

"내가 요리 책을 사다 줄게."

엄마의 눈이 나한테로 향했다.

"부하오츠?(맛이 없어?)"

"영어로 말해요." 내 목소리가 커졌다. "영어로 말하라고요."

엄마는 손을 뻗어서 내 이마를 만졌다. 열이 나는지 보려고.

"파사오러?(열이 있나?)"

나는 엄마의 손을 밀어냈다.

"난 괜찮아요. 영어로 말하라니까요!"

나는 이제 소리를 지르다시피 했다. 아빠도 곁에서 거들었다.

"잭한테는 영어로 말해. 당신도 언젠가 이런 날이 올 줄 알았잖아. 아니면 다를 줄 알았어?"

엄마의 어깨가 축 처졌다. 엄마는 가만히 앉아서 아빠를 보다가, 나를 보다가, 다시 아빠 쪽으로 고개를 돌렸다. 말을 하려다가, 입을 다물었다가, 다시 말을 하려다가 또다시 입을 다물었다.

"어쩔 수 없어. 그동안 내가 당신한테 너무 오냐오냐 했던 것 같아. 잭은 다른 애들이랑 어울려서 살아야 해."

아빠가 말했다. 엄마는 그런 아빠를 가만히 바라보았다.

"내가 '사랑(love)'이라고 말할 때, 난 그 말을 여기서 느껴요." 엄마는 손가락으로 입술을 가리켰다. "하지만 '아이[愛]'라고 말하면, 여기서 느껴요." 엄마는 가슴에 손을 얹었다.

아빠는 고개를 저었다.

"여긴 미국이야."

어깨가 축 처진 채 의자에 앉아 있는 엄마의 모습은 라오후한테 깔려서 바람이 빠져 버린 물소 같았다.

"그리고 저요, 진짜 장난감이 갖고 싶어요."

아빠는 나한테 스타워즈 인형 세트를 통째로 사 주었다. 나는 오비완 케노비 인형을 마크에게 주었다.

엄마가 접어 준 종이 동물들은 커다란 신발 상자에 담아서 침대 밑에 넣어 두었다.

이튿날 아침, 상자에서 탈출한 종이 동물들이 내 방 곳곳의 좋아하던 자리로 다시 돌아가 있었다. 나는 녀석들을 잡아서 도로 상자에 집어넣고 뚜껑을 테이프로 붙여 버렸다. 하지만 상자 안의 동물들이 너무 시끄럽게 굴어서, 나는 상자를 들고 다락으로 올라가 내 방에서 제일 멀리 떨어진 한쪽 구석에 던져놓았다.

엄마가 중국어로 말을 걸면 나는 대꾸도 하지 않았다. 얼마 지나서 엄마는 영어를 더 많이 쓰려고 애썼다. 하지만 발음도 문법도 엉망이라 짜증스럽기만 했다. 나는 엄마의 영어를 교정해 주려고 했다. 결국 엄마는 내가 곁에 있으면 아예 말을 안 하게 됐다.

엄마는 나한테 알려 줄 게 있으면 몸짓으로 표현하기 시작했다. 텔레비전에서 본 미국 엄마들처럼 나를 끌어안으려고도 했다. 내가 보기에는 과장되고 뜬금없고 우스꽝스럽고, 촌스러웠다. 내가 짜증 내는 걸 알고 나서 엄마는 몸짓도 그만두었다.

"너 엄마를 그런 식으로 대하면 안 돼."

아빠가 말했다. 하지만 그 말을 하는 동안 아빠는 내 눈을 피했다. 아빠도 마음속 깊숙한 곳에서는 이미 알고 있었을 것이다. 중국 농촌에 살던 처녀를 데려와서 코네티컷 주 교외에 적응하기를 기대했던 것이 실수였음을.

엄마는 미국 음식 만드는 법을 배웠다. 나는 비디오게임을 하고 프랑스어를 배웠다.

이따금 식탁 앞에 앉아 포장지의 하얀 뒷면을 가만히 내려다보는 엄마의 모습이 보일 때가 있었다. 그러면 얼마 후에 내 침대 머리맡 탁자에 새 종이 동물이 나타나서 나한테 놀아달라고 졸랐다. 나는 그 녀석들을 붙잡아서 바람이 빠질 때까지 납작하게 누른 다음, 다락에 있는 상자에 처박았다.

엄마는 내가 고등학교에 들어가자 마침내 종이 동물 접기를 그만두었다. 그 무렵에는 엄마의 영어 실력도 제법 그럴듯했지만, 나는 이미 엄마가 어느 나라 말을 하든 들은 척도 안 하는 나이가 되어 있었다.

가끔, 집에 돌아왔다가 혼자 중국 노래를 흥얼거리며 부엌에서 바삐 움직이는 엄마의 자그마한 뒷모습을 볼 때면, 엄마가 나를 낳았다는 사실을 도저히 믿을 수가 없었다. 우리는 닮은 구석이 하나도 없었다. 어쩌면 엄마는 달에서 왔는지도 모른다는 생각이 들었다. 나는 서둘러 내 방으로 올라갔다. 누구한테도 방해받지 않고 순전히 미국 아이의 행복을 추구할 수 있는 그곳으로.

아빠와 나는 엄마가 누워 있는 병실 침대 양옆에 서 있었다. 아직
마흔 살도 안 된 엄마는 나이보다 훨씬 더 늙어 보였다.

엄마는 오랫동안 통증에 시달렸으면서도 별것 아니라며 병원에
가려 하지 않았다. 그러다 결국 구급차에 실려 갔을 때에는 암이 너
무 많이 퍼져서 수술도 못 할 지경이었다.

내 정신은 병실이 아니라 딴 곳에 가 있었다. 마침 학내 채용 설명
회가 한창이었기 때문에 이력서와 성적 증명서, 면접 일정 짜기 같
은 생각으로 머릿속이 가득했던 것이다. 나는 교묘한 거짓말로 구
인 담당자들을 속여서 취직하겠다는 계략을 꾸미는 중이었다. 어
머니가 죽어가는 와중에 이런 생각을 하는 게 끔찍한 짓인 줄 머리
로는 이해하고 있었다. 하지만 이해한다고 해서 기분이 달라지지는
않았다.

엄마가 의식을 회복했다. 아빠는 엄마의 왼손을 두 손으로 감쌌
다. 그러고는 몸을 숙여 엄마의 이마에 입을 맞췄다. 나는 기운이 빠
지고 늙은 아빠의 모습에 깜짝 놀랐다. 문득 엄마에 대해서 모르는
만큼이나 아빠에 대해서도 아는 게 없다는 생각이 들었다.

엄마가 아빠를 보며 빙긋 웃었다.

"난 괜찮아요."

웃음을 지우지 않은 채로, 엄마는 내 쪽으로 고개를 돌렸다.

"너 학교에 돌아가야 한다는 거 엄마도 알아." 목소리가 얼마나
작았던지, 엄마 몸에 주렁주렁 연결된 기계 소리 때문에 알아듣기

도 힘들었다. "가 봐. 엄마 걱정은 안 해도 돼. 별일 아니야. 학교에 가서 잘 지내."

나는 손을 뻗어서 엄마의 손을 잡았다. 그래야 할 것 같아서였다. 그러자 마음이 놓였다. 머릿속으로는 벌써부터 돌아갈 비행기 편을, 환한 캘리포니아의 햇살을 생각하고 있었다.

엄마가 아빠한테 뭐라고 소곤거렸다. 아빠는 고개를 끄덕이고 병실에서 나갔다.

"잭, 만약에……." 발작 같은 기침이 터지는 바람에 엄마는 한동안 말을 잇지 못했다. "만약에 내가…… 일어나지 못한다고 해도, 너무 슬퍼하다가 건강을 해치거나 그러진 마. 네 삶에 집중하도록 해. 그래도 다락에 놔둔 상자는 꼭 챙겨가야 해. 그리고 매년 청명절(淸明節)에 상자를 꺼내서 엄마 생각을 하렴. 엄마는 항상 너랑 함께 있을 거야."

청명절은 죽은 이를 기리는 중국 명절이었다. 내가 아주 어렸을 때, 청명 날이 되면 엄마는 돌아가신 중국의 부모님께 편지를 썼다. 미국에서 보낸 지난 한 해 동안 어떤 좋은 일들이 있었는지 알려 드리기 위해서였다. 엄마는 그 편지를 나에게 소리 내어 읽어 주었고, 내가 소감을 말하면 그것도 편지에 같이 적었다. 그런 다음 편지지를 접어서 종이학을 만들어 서쪽으로 날려 보냈다. 우리가 가만히 지켜보는 가운데 종이학은 바삭거리는 날개를 퍼덕이며 서쪽으로 긴 여행을 떠났다. 태평양을 향하여, 중국을 향하여, 외가 식구들의 무덤을 향하여.

엄마와 함께 하던 편지 쓰기를 그만둔 것도 이미 오래전의 일이었다.

"나 중국 명절은 하나도 몰라요. 됐으니까 쉬세요, 엄마."

"그 상자 꼭 챙겨가서 가끔씩 열어 봐. 열어 보면……"

엄마가 다시 기침을 시작했다.

"알았어요, 엄마." 나는 엄마의 팔을 어색하게 다독거렸다.

"*하이즈, 마마아이니*…….(아들, 엄마는 널 사랑해…….)" 엄마의 기침이 다시 도졌다. 오래전에 보았던 장면이 기억 속에서 퍼뜩 떠올랐다. '아이'라고 말하면서 가슴에 손을 얹던 엄마의 모습이.

"알았어요, 엄마. 이제 그만 말해요."

아빠가 돌아왔고, 나는 비행기를 놓치면 안 되니까 빨리 공항에 가 봐야 한다고 했다.

엄마는 내가 탄 비행기가 네바다주 근처의 하늘을 지날 때 숨을 거두었다.

엄마가 돌아가시고 나서 아빠는 순식간에 늙어 버렸다. 우리 집은 아빠 혼자 살기에 너무 커서 파는 수밖에 없었다. 나는 여자 친구인 수전과 함께 아빠를 도와 이삿짐을 싸고 집을 청소했다.

다락에 있던 신발 상자를 수전이 찾았다. 종이 동물들은 단열 처리가 안 된 다락에 너무 오랫동안 방치된 탓에 파삭거렸고, 포장지 무늬의 색깔도 희미하게 바랜 채였다.

"이런 종이접기는 처음 봐. 너희 엄마 진짜 멋진 예술가셨구나."

종이 동물들은 움직이지 않았다. 아마도 그들에게 생명을 불어넣었던 뭔지 모를 마법이 엄마가 죽었을 때 사라져 버린 모양이었다.

아니면 그 종이 동물들이 살아 움직인다는 것은 그저 나의 상상이었을지도 모른다. 아이들의 기억이란 믿을 게 못 되니까.

엄마가 돌아가시고 나서 2년 후, 4월 첫째 주였다. 수전은 여느 때처럼 끝이 안 보이는 경영 컨설턴트 일 때문에 출장을 가 있었고, 나는 집에 늘어져서 텔레비전 채널을 이리저리 돌리고 있었다.

그러다가 상어가 나오는 다큐멘터리 화면을 보고 손이 멈췄다. 문득 머릿속에 엄마의 손이 떠올랐다. 내가 라오후와 함께 지켜보는 가운데 은박지를 접고 또 접어서 상어를 만들어 주던 엄마의 모습이.

부스럭거리는 소리가 들렸다. 고개를 들어 보니 책장 옆 바닥에 찢어진 테이프가 붙은 종이 뭉치가 떨어져 있었다. 나는 주워서 버릴 생각으로 그쪽을 향해 걸어갔다.

종이 뭉치가 움찔거리더니 저절로 펴졌다. 가만히 보니 라오후였다. 내가 오랫동안 잊고 지냈던 친구.

"으르라앙."

내가 고치려다 포기한 후에 엄마가 다시 붙여 놓았던 것이다.

라오후는 내가 기억하는 것보다 더 작았다. 아니면 그 시절의 내 주먹이 지금보다 더 작았거나.

수전은 종이 동물들을 우리가 사는 아파트 이곳저곳에 장식 삼아 놓아두었다. 먼지가 잔뜩 앉은 몰골로 보아 라오후는 꽤나 외진 구석에 놔둔 모양이었다.

나는 거실 바닥에 앉아서 손가락을 내밀었다. 라오후는 꼬리를 움찔거리다가 내 손을 향해 신이 나서 달려들었다. 나는 웃으며 라오후의 등을 다독여 주었다. 라오후가 내 손 안에서 가르랑거렸다.

"안녕, 친구. 잘 있었어?"

라오후는 장난을 멈추었다. 그러고는 일어서서 고양잇과 짐승 특유의 우아한 몸놀림으로 내 무릎 위로 뛰어오르더니, 저절로 풀어져 버렸다.

내 무릎에는 접은 자국이 새겨진 네모난 포장지가 하얀 면을 위로 한 채 놓여 있었다. 거기에는 한자가 빽빽하게 적혀 있었다. 나는 한자 읽는 법을 배운 적이 없었지만 그래도 아들을 뜻하는 한자 정도는 알았다. 그리고 그 한자는 맨 위에, 편지로 치면 받는 사람의 이름이 있어야 할 곳에 적혀 있었다. 어린애처럼 삐뚤빼뚤한 엄마의 손 글씨로.

나는 컴퓨터로 가서 인터넷을 확인했다. 그날은 청명절이었다.

나는 편지를 들고 시내로 가서 중국 관광객들이 탄 버스가 서는 곳으로 향했다. 거기서 관광객들을 한 명 한 명 붙잡고 물어보았다.

"*넌후이두중원마?*(중국어 할 줄 아세요?)"

중국어를 안 한 지 너무 오래돼서 그 사람들이 내 말을 알아들을지 자신이 없었다.

젊은 여성이 나를 도와주겠다고 했다. 우리는 벤치에 나란히 앉았고, 그녀가 편지를 소리 내어 읽어 주었다. 오랫동안 잊으려고 애썼던 언어가 다시 내게 돌아왔고, 그 말들이 내 안에 스며드는 느낌이 들었다. 내 살갗을 뚫고, 내 뼈를 뚫고, 결국에는 내 심장을 꽉 움켜질 때까지.

아들.

우리 오랫동안 얘기를 안 했지. 말을 걸려고 하면 네가 너무 화를 내서, 엄마는 무서웠어. 그런데 요즘 엄마가 항상 느끼는 이 통증이 아무래도 좀 심각한 것 같아.

그래서 너한테 편지를 쓰기로 했어. 내가 너한테 만들어 준 종이 동물들 안에, 네가 그렇게 좋아했던 그 애들 몸속에 편지를 쓸 거야.

내 숨이 멎으면 그 아이들도 움직이지 않을 거야. 하지만 내가 온 마음을 담아 편지를 쓰면, 이 종이에 나의 일부를 조금이라도 남길 수 있을 거야. 그리고 죽은 사람들의 넋이 가족을 찾아올 수 있게 허락받는 청명절에, 네가 혹시 내 생각을 떠올리면, 넌 내가 남긴 일부를 되살릴 수도 있을 거야. 내가 너한테 만들어 준 동물들이 다시 뛰고 달리고 덤비면, 어쩌면 네가 이 편지를 읽을 수도 있겠지.

이 편지는 중국어로 쓸 수밖에 없었어. 왜냐면 내 온 마음을 담아서 적어야 했으니까.

난 그 오랜 세월 동안 너한테 내 삶에 관해 얘기한 적이 없어. 네가 어렸을 땐 나이를 조금 더 먹으면 들려줘야겠다고 생각했단다. 그래야 네가 이해할 수 있을 것 같아서. 하지만 어째선지 그럴 기회가 오질 않았네.

엄마는 1957년에 허베이 성 쓰구루라는 곳에서 태어났어. 네 외할아버지랑 외할머니는 두 분 다 몹시 가난한 농부 집안 출신이었고, 친척도 몇 명 없었어. 내가 태어나고 몇 년 안 돼서 대기근이 중국을 덮쳤는데, 그때 3000만 명이 죽었단다. 내 첫 번째 기억은 흙을 먹고 있는 우리 어머니의 모습을 자다가 깨서 본 거야. 마지막 남은 밀가루를 나한테 주고 배를 채우려고 그런 거였어.

그 후에는 형편이 좀 나아졌단다. 쓰구루는 종이접기 공예로 유명한 고장이었는데, 우리 어머니가 나한테 종이 동물을 만들어서 생명을 불어넣는 법을 가르쳐 주셨거든. 마을의 일상에서는 실용적인 마법이기도 했어. 종이 새를 접어서 들판의 메뚜기를 몰아내거나, 종이 호랑이를 접어서 쥐를 쫓아냈으니까. 음력설이 되면 친구들이랑 빨간 종이로 용을 접었단다. 그 조그만 용들이 머리 위의 하늘로 날아가는 광경은 절대 못 잊을 거야. 용에 매달린 기다란 폭죽이 터지면 그 전해의 나쁜 기억들은 모조리 사라졌어. 너도 봤으면 굉장히 좋아했을 텐데.

그러다가 1966년에 문화 대혁명이 시작됐단다. 이웃이 이웃을 공격하고, 형제가 형제를 배신하는 시절이었지. 누군가 우리 엄마의 남동생, 그러니까 내 외삼촌이 1946년에 홍콩으로 가서 상인으로 자리를 잡은 걸 기억해냈어. 홍콩에 친척이 있다는 건 곧 스파이이자 인민의 적이라는 뜻이었기 때문에, 우리 가족은 온갖 시달림을 당할 수밖에 없었어. 네 외할머니는…… 가엾게도 수모를 견디다 못해 우물에 몸을 던지셨단다. 네 외할아버지는 그 얼마 후에 구식 사냥총을 든 소년들한테 붙잡혀 숲으로 끌려가서는 돌아오지 않으셨어.

난 그렇게 열 살짜리 고아가 돼 버렸단다. 세상에 피붙이라고는 홍콩에 계신 외삼촌뿐이었지. 어느 날 밤, 난 마을을 빠져 나와서 남쪽으로 가는 화물 열차에 올라탔어.

며칠 후 광둥성에 도착한 나는 밭에서 먹을 걸 훔치다가 어떤 남자들한테 붙잡혔단다. 그 남자들은 홍콩으로 갈 거라는 내 말을 듣고 껄껄 웃었어.

"너 운이 참 좋구나. 여자애들을 데려다 홍콩에 파는 게 우리 일이거든."

그 남자들은 트럭 바닥에 나랑 다른 여자애들을 숨기고 국경을 넘었어.

지하실로 끌려간 우리는 건강하고 똑똑한 아이처럼 보이도록 구매자들 앞에 똑바로 서라는 지시를 받았어. 여러 가족이 위층 창고에 돈을 내고 우리를 구경하러 와서 한 명을 골라 '입양'했단다.

나는 첸 씨 일가한테 선택받아서 남자아이 둘을 돌보게 됐어. 매일 아침 새벽 네 시에 일어나서 아침을 준비해야 했지. 나는 그 애들을 먹이고 씻겼어. 장도 봤고. 빨래도 하고, 바닥도 쓸었어. 애들 뒤를 따라다니면서 시중도 들었고. 밤에는 자물쇠로 잠긴 부엌 창고에서 잤단다. 행동이 굼뜨거나 잘못을 저지르면 매를 맞았어. 애들이 말썽을 부려도 내가 매를 맞았고. 영어를 배우려다가 들켰을 때에도 맞았지.

"영어는 배워서 뭐 할 건데?" 첸 부인이 물었어. "경찰한테 가서 신고하려고? 그럼 우린 네가 홍콩에 밀입국한 대륙 사람이라고 말할 거야. 경찰은 신이 나서 널 감방에 처넣을걸."

그렇게 6년을 살았어. 그러던 어느 날, 새벽시장에서 생선을 파는 할머니가 날 한쪽으로 잡아끌더구나.

"난 너 같은 애들을 잘 알아. 몇 살이니, 한 열여섯? 언젠가 너희 바깥주인이 술에 취해서 널 덮칠 거야, 넌 꼼짝도 못할 거고. 안주인이 알면 네 인생은 진짜 지옥이 돼. 이렇게 살 수는 없어. 도와줄 만한 사람을 내가 알아."

할머니는 아시아인 아내를 맞이하고 싶어 하는 미국 남자들이 있다고 얘기해 줬어. 내가 밥을 짓고 청소를 하고 집안일을 챙기면, 미국인 남편이 나한테 행복한 삶을 선사할 거라고 말이야. 그건 나한테 하나뿐인 희망이었단다. 그래서 온갖 거짓말과 함께 카탈로그에 사진을 싣고 네 아빠를 만났던 거야. 낭만적인 이야기는 아니지만, 그래도 그게 내 이야기야.

코네티컷 주 교외에서 난 외로웠단다. 네 아빠는 나를 친절하고 상냥하게 대해 줬어, 그래서 지금도 정말로 고마워하고 있어. 하지만 날 이해해 주는 사람은 아무도 없었어. 나도 아무것도 이해하질 못했고.

그랬는데 네가 태어난 거야! 네 얼굴을 볼 때면 난 정말로 행복했단다. 네 얼굴에 우리 어머니가, 우리 아버지가, 내가 보였거든. 난 가족도, 고향인 쓰구루도, 내가 알던 모든 것과 사랑하던 모든 것을 잃어버렸어. 그런데 네가 생긴 거야. 네 얼굴은 그 모든 게 진짜였다는 증거란다. 내가 꾸며낸 기억이 아니라는 증거.

나한테 마침내 이야기할 사람이 생긴 거야. 나는 말이지, 너한테 내 언어를 가르치면, 내가 한때 사랑했지만 잃어버렸던 것들을 작게나마 다시 만들 수 있을 거란 생각이 들었어. 네가 처음 나한테 말을 했을 때, 우리 어머니랑 나랑 똑같은 억양의 중국어로 말을 했을 때, 난 한참 동안 울었단다. 너한테 처음으로 종이 동물을 접어 줬을 때, 그래서 네가 웃었을 때, 난 세상 모든 걱정이 사라진 것만 같았어.

조금 자란 후에 넌 네 아빠랑 내가 얘기를 나눌 수 있게 중간에서 도와주기도 했어. 그때 난 진짜 집에 온 것 같았단다. 드디어 행복한 삶을 얻었다고 생각했지. 우리 부모님도 여기에 계셨으면, 그래서 내가 만든 음식을 잡수시면서 같이 행복하게 살았으면 얼마나 좋았을까. 하지만 우리 부모님은 이미 돌아가셨어. 중국 사람들이 세상에서 제일 슬픈 일로 여기는 게 뭔지 아니? 자식이 다 커서 부모님을 보살펴 드리려고 하는데, 그때는 이미 돌아가시고 안 계신 거야.

아들, 네가 중국 사람처럼 생긴 네 눈을 안 좋아하는 거, 엄마도 알아. 엄마를 닮은 눈 말이야. 네가 중국 사람처럼 뻣뻣한 네 머리카락을 안 좋아하는 것도 알고. 엄마를 닮은 머리카락을. 하지만 너라는 존재 자체가 엄마한테 얼마나 큰 기쁨을 안겨 줬는지 이해할 수 있겠니? 그런 네가 엄마한테 말을 안 하려고 했을 때, 또 너한테 중국어로 말을 못 걸게 했을 때 엄마가 어떤 기분이었을지 이해할 수 있겠어? 그때 엄만 모든 걸 다시 잃어버린 기분이었어.

아들, 왜 엄마랑 말을 안 하려고 해? 너무 아파서 더 쓸 수가 없네.

젊은 중국인 여성은 나한테 포장지를 돌려주었다. 나는 차마 그 여성의 얼굴을 올려다볼 수가 없었다.

고개를 숙인 채로, 나는 여성에게 엄마의 편지글 밑에 '아이[愛]'라고 읽는 한자를 적어 달라고 부탁했다. 나는 포장지에 그 한자를 몇 번이고 몇 번이고 적었다. 엄마의 글씨와 내 글씨가 포개지도록.

중국인 여성은 손을 뻗어 내 어깨를 살며시 쥐었다. 그러고는 일어서서 떠났다. 나와 내 어머니만 남겨 놓고서.

접힌 자국을 따라서, 나는 포장지를 다시 접어 라오후를 만들었다. 팔꿈치 안쪽에 살포시 올려놓자 라오후가 가르랑거렸다. 그렇게 우리는 집을 향해 걷기 시작했다.

천생연분

THE PERFECT MATCH

비발디의 바이올린 협주곡 다단조 「의심」의 활기찬 1악장 연주를 들으며, 사이는 잠에서 깨어났다.

태평양에서 불어오는 미풍처럼 몸을 씻고 흘러가는 음악 소리를 들으며, 사이는 일어나지 않고 잠시 가만히 누워 있었다. 창 가리개가 천천히 올라가자 방 안은 햇살로 환해졌다. 틸리는 얕은 수면 주기의 끝자락에 절묘하게 맞추어 사이를 깨워 주었다. 더없이 상쾌했다. 기운이 넘치는, 긍정적인, 당장이라도 침대를 박차고 일어나고 싶은 기분이었다.

사이가 뒤이어 한 행동이 바로 그것이었다.

"잠 깨우는 음악으로는 최적의 선택이었어, 틸리."

"당연하죠." 침대 곁탁자의 카메라스피커에서 틸리가 말했다. "당신의 취향과 기분을 누가 저보다 잘 알겠어요?"

비록 전자음이기는 해도 애정이 담긴 경쾌한 목소리였다.

사이는 욕실로 들어가 샤워를 했다.

"오늘은 잊지 말고 새 구두를 신으세요." 이번에는 천장의 카메라 스피커에서 틸리의 목소리가 들려왔다.

"왜?"

"퇴근 후에 데이트가 있어요."

"아, 새로 만나기로 한 그 여자. 젠장, 이름이 뭐였지? 네가 분명 가르쳐 줬는데……."

"퇴근 후에 신상 정보를 자세히 알려 드릴게요. 틀림없이 마음에 들 거예요. 호환성 지수가 아주 높아요. 적어도 6개월은 사랑에 빠져 지낼걸요."

사이는 데이트가 기다려졌다. 가장 최근에 헤어진 여자 친구 역시 틸리가 소개해 준 사람이었고, 둘 사이는 환상적이었다. 물론 나중에 찾아온 결별은 끔찍했지만 틸리가 이끌어 준 덕분에 극복할 수 있었다. 그러는 동안 사이는 감정이 성숙해진 기분이 들었고, 짝 없이 한 달을 보낸 후에는 새로운 관계를 시작할 준비가 됐다고 느꼈다.

그러나 당장은 이날 하루의 업무를 마치는 것이 우선이었다.

"오늘 아침 추천 메뉴는?"

"11시에 데이비스 씨의 소송에 대비한 첫 회의에 참석해야 합니다. 다시 말해 오늘 점심은 회사에서 제공한다는 뜻이지요. 아침은 가볍게 먹는 게 좋겠어요. 바나나 한 개 정도?"

사이는 마음이 들떴다. 법무법인 '채프먼 싱 스티븐스 앤드 리오스'의 사무직원은 누구나 회사의 수석 주방장이 준비한 고객 접대용 오찬에 참석하기를 갈망했다.

"커피 한 잔 마실 시간이 있을까?"

"예. 오늘 아침은 차가 별로 안 막힙니다. 그런데 커피를 내리는 대신 출근길에 새로 생긴 스무디 가게에 들르는 게 나을 것 같은데요. 할인 쿠폰 코드는 제가 드릴 수 있어요."

"하지만 커피가 마시고 싶은데."

"절 믿으세요, 그 집 스무디가 마음에 쏙 들 테니까."

사이는 샤워기의 물을 잠그면서 빙그레 웃었다.

"알았어, 틸리. 네 말은 언제나 옳으니까."

캘리포니아주 라스앨다마스의 이날 아침은 섭씨 20도로 여느 때처럼 쾌적하고 화창했지만, 사이의 이웃에 사는 제니는 두툼한 겨울 코트에 스키 고글을 끼고서 길고 새카만 스카프로 머리와 얼굴 아래를 가린 차림새였다.

"문에 저거 달지 말라고 했을 텐데요."

아파트 문을 나서는 사이에게 제니가 한 말이었다. 목소리는 전자 필터를 통해 변조된 것처럼 들렸다. 사이가 무슨 말인지 몰라 어리둥절한 표정을 짓자 제니는 사이의 집 문에 붙은 카메라를 가리켰다. 제니와 이야기하다 보면 할머니의 친구와 말을 섞는 느낌이 들었다. 그분들은 '컴퓨터'가 '자기 속사정을 훤히 들여다볼까 봐' 겁이 난다는 이유로 센틸리언 전자우편을 쓰려 하지 않았고, 셰어올 계좌도 개설하지 않았다. 다만 그런 구석만 빼면 제니는 사이 또래로 보였다. 제니는 날 때부터 디지털 세대였는데도 무슨 까닭에선지 공유라는 시대의 흐름을 놓쳐 버린 사람이었다.

"제니, 난 입씨름할 생각 없어요. 내 집 문에 뭘 붙이든 그건 내 권리예요. 집을 비운 사이에 틸리한테 문단속도 시켜야 하고요. 지난주에 308호에 도둑이 들었잖아요."

"하지만 당신 집 카메라에 우리 집 손님도 찍힐 거 아니에요. 두 집이 복도를 같이 쓰니까."

"그래서요?"

"난 틸리한테 내 인간관계를 손톱만큼도 보여 주기 싫어요."

사이는 어이가 없다는 듯 허공으로 눈을 굴렸다.

"뭐가 그렇게 숨기고 싶은데요?"

"지금 중요한 건 그게 아니라……"

"아, 예. 인권, 자유, 사생활 보호, 기타 등등이 있겠죠."

사이는 제니 같은 사람과 말다툼하기가 지긋지긋했다. 똑같은 말을 몇 번이나 했는지 이제는 기억하기도 힘들었다. 센틸리언은 무시무시한 거대 정부가 아니에요. 그냥 민간 기업이고, 심지어 회사 모토는 '세상을 더 편하게!'라고요. 당신이 중세에 살고 싶다고 해서 남들까지 언제 어디서나 컴퓨터에 접속할 수 있는 혜택을 누리지 말아야 한다는 건 말이 안 되죠.

사이는 코트 때문에 몸이 퉁퉁해진 제니를 피해 계단으로 내려갔다.

"틸리는 단순히 알고 싶은 것만 가르쳐 주지 않아요!" 등 뒤에서 제니가 외쳤다. "뭘 생각해야 할지까지 가르쳐 준단 말이에요. 당신이 진짜로 원하는 게 뭔지 지금도 알아요?"

사이는 문득 걸음을 멈췄다.

"지금도 아냐고요." 제니는 거듭 따졌다.

말도 안 되는 걸 질문이라고 하고 있어. 자기 같은 사이비 지식인들이 기술에 반대하면서 떠벌리는 소릴 심오한 지혜로 착각한 주제에.

사이는 무시하고 계속 걸었다.

"기분 나쁜 인간." 그렇게 중얼거리며, 사이는 틸리가 전화 겸용 이어폰을 통해 딩동 소리와 함께 기분전환용 농담을 들려줄 거라 기대했다.

그러나 틸리는 말이 없었다.

틸리가 곁에 있으면 세상에서 제일 똑똑한 비서를 둔 기분이 들었다.

"틸리, 한 6개월 전이었던 것 같은데, 이름이 이상한 회사 한 군데랑 F사가 합병하는 건 있었잖아. 그 와이오밍주 서류철, 어디다 뒀는지 기억나?"

"틸리, 소득세 신고용 서식 하나 줄래? 우리 회사 변호사들이 쓰는 건지 확인하고."

"야, 틸리, 여기 이 서류 좀 외워 놔. 태그는 이렇게 입력하고. '채프먼', '우수 고객', '변호사들이 나한테 잘해 줄 때만 사용할 것'."

한때 채프먼 싱 법무법인은 직원들이 회사에 틸리를 가져오는 것을 금지하고 사내의 기업용 인공지능 시스템만 사용하도록 장려했다. 그러나 일정표 및 맞춤 정보를 개인용과 업무용으로 정확히 구분하기란 너무 힘든 일로 판명 났고, 일단 임원급 변호사들마저 틸리를 업무에 이용하기 시작하자 전산 부서에서는 이를 지원하는 수밖에 없었다.

당시에 센틸리언 사는 기업에서 나오는 정보는 모조리 암호화하여 안전하게 취급한다고 장담했고, 자기네 회사가 경쟁력을 얻을 용도로는 절대로 이용하지 않는다고 했다. 그저 채프먼 싱의 직원들에게 더 나은 맞춤 정보를 제안할 용도로만 사용한다는 말이었다. 애초에 센틸리언의 사업 목표는 '세상의 정보를 편집하여 인류의 격을 높이자'였으니, 업무를 더 효율적이고 생산적이고 쾌적하게 만드는 것보다 더 인류의 격을 높이는 방법이 있을까?

맛있는 점심을 즐기는 동안 사이는 행운아가 된 느낌을 만끽했다. 틸리가 없던 시절의 일이란 얼마나 고된 것이었을지, 사이는 상상하기조차 힘들었다.

퇴근 후에 틸리는 사이를 꽃집으로 안내했다. 할인 쿠폰은 당연히 틸리가 준비했다. 이후 약속 장소인 식당으로 향하는 동안 틸리는 데이트 상대인 엘렌의 정보를 사이에게 알려 주었다. 학력, 셰어올 계정에 공개된 신상 정보, 과거의 남성/여성 애인이 남긴 후기, 관심사, 좋아하는 것, 싫어하는 것, 그리고 당연히, 사진도. 틸리가 인터넷에서 찾아 수집한 엘렌의 사진만 수십 장이었다. 사이는 빙그레 웃음이 나왔다. 틸리 말이 옳았다. 엘렌은 딱 사이가 좋아할 타입이었다.

사람들이 가장 친한 친구에게도 묻지 못하는 것을 센틸리언에서 검색한다는 말은 진리였다. 틸리는 사이가 어떤 유형의 여성에게 끌리는지를 훤히 꿰고 있었다. 그가 한밤중에 인터넷 브라우저의 '사용자 맞춤 모드'를 켜고 찾아다니는 사진과 동영상을 관찰한 결과였다.

그리고 당연히, 틸리는 사이를 잘 아는 만큼 엘렌 또한 속속들이 알 터였고, 그래서 사이는 자신 또한 엘렌의 마음에 쏙 들거라고 믿었다.

예상했던 대로 두 사람은 같은 책과 같은 영화와 같은 음악을 좋아하는 것으로 밝혀졌다. 일에 얼마만큼의 시간을 바쳐야 하는지에 대해서도 생각이 일치했다. 상대가 농담을 던지면 웃음을 터뜨렸다. 둘은 서로에게서 활력을 얻었다.

사이는 틸리가 이룬 성과에 감탄했다. 지구에 사는 여성은 무려 40억 명이었는데도, 틸리는 사이의 천생연분을 찾아낸 것만 같았다. 틸리의 서비스 초창기에 센틸리언 검색창의 너만 믿을게 버튼을 클릭하면 자신이 찾던 바로 그 웹 페이지가 열리던 것과 똑같았다.

사이는 사랑에 빠지는 기분이 들었다. 엘렌이 자기 집에 같이 가자고 말하리란 것을, 사이는 알 수 있었다.

데이트는 처음부터 끝까지 최고로 자연스러웠다. 그러나 마음속에 느끼는 바를 그대로 말하자면, 사이가 예상한 만큼 신나고 달콤한 데이트는 아니었다. 모든 것이 흠잡을 데 없이 매끄럽게 흘러갔지만, 어쩐지 너무 매끄럽다는 느낌이 살짝 들었다. 둘은 서로에게서 알아야 할 것들을 이미 모조리 다 아는 기분이 들었다. 감탄도 없었고, 완전히 새로운 사람을 알아가는 긴장감도 없었다.

바꾸어 말하면 이날의 데이트는 조금 지루했다.

사이가 딴 데 정신이 팔리면서 대화는 공백 상태에 빠졌다. 둘은 마주 보고 빙그레 웃으며 침묵을 음미하려 했다.

그 순간, 귓속의 이어폰에서 틸리의 목소리가 터져 나왔다.

"엘렌한테 요즘 유행하는 일본식 디저트를 좋아하냐고 물어보는 건 어때요? 제가 적당한 가게를 알아요."

사이는 갑자기 달고 예쁘게 생긴 음식이 먹고 싶어 견디기가 힘들었다. 방금 전까지는 아예 생각도 못했는데.

틸리는 단순히 알고 싶은 것만 가르쳐 주지 않아요. 뭘 생각해야 할지까지 가르쳐 준단 말이에요.

사이는 곰곰이 생각했다.

당신이 진짜로 원하는 게 뭔지 지금도 알아요?

사이는 자신의 감정을 정리해 보려고 했다. 방금 틸리가 한 짓은 뭐였을까. 사이 본인도 모르는 욕구를 추측으로 알아맞힌 걸까? 아니면 사이의 머릿속에 그 욕구를 심어 놓은 걸까?

지금도 아냐고요.

방금 두 사람 간의 대화의 공백을 메꿀 때 틸리는 마치…… 사이가 자기 힘으로는 데이트를 이끌어 나갈 수 없다고 믿는 듯했다. 자신이 끼어들지 않으면 사이 혼자서는 무슨 말을 해야 할지, 어떻게 행동해야 할지 모른다는 것처럼.

사이는 문득 짜증이 났다. 간만의 데이트는 엉망이 됐다.

내가 무슨 어린앤 줄 아나.

"분명 마음에 들 거예요. 저한테 그 집 쿠폰이 있어요."

"틸리, 모니터링 그만해. 자동 제안 기능도 꺼."

"진심이세요? 동기화에 간격이 생기면 당신의 신상 정보는 불완전한 상태에……"

"괜찮아. 괜찮으니까 꺼."

틸리는 '삐' 소리와 함께 저절로 꺼졌다.

엘렌은 사이를 멍하니 바라보았다. 눈은 놀라서 동그랬고 입까지 헤 벌리고 있었다.

"왜 그랬어?"

"나 혼자서만 얘기하고 싶어서. 우리 둘이서만." 사이는 빙긋이 웃었다. "가끔은 틸리를 꺼 놓고 혼자만 있는 것도 좋잖아. 안 그래?"

엘렌은 당황해서 어쩔 줄 모르는 표정이었다.

"하지만 틸리는 아는 게 많아질수록 더 편리해지잖아. 첫 데이트에서 바보 같은 실수를 저지르는 건 피해야 하지 않을까? 우린 둘 다 바쁜 사람들이고, 그러니까 틸리한테……"

"틸리의 능력은 나도 알아. 알지만……."

엘렌은 한 손을 들어 사이의 말을 막았다. 그러고는 고개를 한쪽으로 갸웃한 채 자신의 헤드셋이 하는 말에 귀를 기울였다.

"나한테 진짜 좋은 생각이 있어. 새로 생긴 클럽이 하나 있는데, 틸리가 거기 할인 쿠폰을 받아 줄 거야."

엘렌의 말에 사이는 언짢은 표정으로 고개를 저었다.

"틸리는 빼고 우리끼리 할 일을 생각해 보자. 그 헤드셋 좀 꺼 줄래?"

감정을 읽기 힘든 표정이 잠시 엘렌의 얼굴을 뒤덮었다.

"나 그만 집에 가야겠어. 내일 일찍 출근해야 돼서." 엘렌은 사이에게서 눈길을 돌렸다.

"틸리가 그렇게 말하래?"

엘렌은 입을 다문 채 사이의 시선을 피했다.

"오늘 정말 재미있었어." 사이는 서둘러 덧붙였다. "다음에 또 만날 수 있을까?"

엘렌은 음식 값의 절반을 지불했다. 사이에게 집까지 바래다주겠냐고 묻지는 않았다.

'삐' 소리와 함께 귓속의 틸리가 다시 깨어났다.

"오늘 저녁엔 매우 비사교적으로 행동하는군요."

"비사교적으로 구는 게 아니야. 그냥 네가 일일이 끼어드는 게 싫어서 그랬어."

"제 조언대로 했더라면 데이트가 끝까지 즐거웠을 거라고 100퍼센트 장담합니다만."

사이는 말없이 운전만 계속했다.

"목소리에서 공격성이 잔뜩 느껴지는군요. 잠깐 킥복싱을 하는 건 어떨까요? 체육관에 안 간 지 꽤 됐잖아요. 조금만 더 가면 24시간 체육관이 나옵니다. 여기서 우회전하세요."

사이는 계속 직진했다.

"무슨 문제가 있나요?"

"돈을 더 쓰기가 싫어서 그래."

"저한테 할인 쿠폰이 있잖아요."

"내가 내 돈을 아끼겠다는데 도대체 뭐가 불만이야?"

"당신의 저축률은 지금 최적의 상태입니다. 저는 단지 당신이 규칙적으로 여가를 즐기도록 보장하고 싶을 뿐이에요. 저축을 너무 열심히 하면 나중에 청춘을 제대로 즐기지 못했다고 후회할 거예요. 저는 당신의 이상적인 일일 여가 활동량을 계측해 뒀습니다."

"틸리, 나 그냥 집에 가서 잘래. 오늘은 여기서 작동을 멈추는 게 어때?"

"생활 맞춤 제안을 최적화하려면 저는 당신의 모든 것을 완벽하게 알아야 합니다. 일상생활 중간 중간에 작동을 멈추면 저의 제안은 정확도가 떨어……"

사이는 주머니에 손을 넣어 전화기를 꺼 버렸다. 이어폰은 조용해졌다.

아파트 앞에 도착해 보니 집으로 올라가는 계단은 불이 꺼져 있었고, 계단 입구에는 시커먼 사람 형상 몇 개가 슬금슬금 움직이고 있었다.

"누구세요?"

시커먼 형상들은 뿔뿔이 흩어졌지만, 그중 하나는 사이 쪽으로 다가왔다. 제니였다.

"일찍 왔네요."

사이는 제니를 못 알아볼 뻔했다. 제니의 목소리를 평소에 끼고 다니는 전자 필터 없이 듣기는 이번이 처음이기 때문이었다. 그 목소리는 놀랍도록…… 낭랑했다.

사이는 흠칫 물러섰다.

"내가 일찍 돌아올 줄 어떻게 알았어요? 혹시 나 스토킹해요?"

제니는 어이가 없다는 듯이 눈을 굴려 허공을 보았다.

"스토킹씩이나 할 게 뭐 있나요? 당신이 어딜 가든 전화기가 당신 기분을 파악하고 상태 메시지를 띄워서 자동으로 위치를 확인시켜 주는데. 당신 셰어올 계정의 라이프 캐스트에 들어가면 누구나 볼 수 있어요."

사이는 제니를 물끄러미 바라보았다. 가로등의 희미한 불빛 속에 보이는 제니는 두툼한 코트도 스키 고글도, 스카프도 걸치고 있지 않았다. 그 대신 반바지에 헐렁한 흰색 티셔츠 차림이었다. 검은 머리카락은 군데군데 흰색으로 염색되어 있었다. 사실 제니는 꽤 예뻤다. 살짝 촌스럽기는 했지만.

"왜요, 내가 컴퓨터를 쓸 줄 안다니까 놀랐어요?"

"그냥, 평소에는 되게……"

"망상증 환자 같다고요? 아니면 돌았다거나? 솔직히 말해 봐요. 화 안 낼 테니까."

"코트랑 고글은 어쨌어요? 그거 안 입은 모습은 처음 보는데."

"아, 당신 집 문에 붙은 카메라를 테이프로 막았어요, 오늘 밤에 친구들이 오기로 해서. 그러니까 내 얼굴을 가릴 필요가 없죠. 미안해요, 그리고……"

"뭘 어쨌다고요?"

"……내가 여기까지 나온 건 당신을 만나야 했기 때문이에요. 왜

냐면 당신이 틸리를 껐으니까요. 그것도 한 번도 아니고 두 번이나. 드디어 당신도 진실을 알 때가 된 것 같아요."

제니의 아파트에 발을 들여놓자니 고기잡이 그물 한복판으로 들어가는 기분이 들었다.

천장과 바닥과 벽은 촘촘한 금속 망으로 온통 뒤덮여 있었고, 실내 곳곳에 층층이 쌓인 커다란 고해상도 모니터 여러 대에서 깜박이는 빛에 사방의 금속 망이 수은처럼 희끄무레하게 빛났다. 아무리 둘러봐도 조명이라고는 모니터의 불빛뿐이었다.

모니터를 제외하면 눈에 보이는 가구는 책장밖에 없는 듯싶었다. 책장에는 책이 빼곡하게 꽂혀 있었다(종이 책이라니, 그 자체로 충분히 이상해 보였다.). 거꾸로 뒤집어서 쿠션을 올려놓은 오래된 우유 상자 몇 개가 의자 노릇을 하고 있었다.

이날 밤 마음이 심란했던 사이는 뭔가 특이한 일을 해 보고 싶었다. 그러나 이제는 자기 집에 들어오라는 제니의 초대에 응한 것을 후회했다. 제니는 정말로 괴짜였다. 어쩌면 단순한 괴짜가 아닌지도 몰랐다.

제니는 집 문을 닫고 나서 사이에게 손을 뻗어 귀에 붙은 이어폰을 떼어 냈다. 그러고는 다시 빈손을 내밀었다.

"전화기 줘요."

"왜요? 이미 꺼 놨는데."

제니는 손을 거둘 기미가 보이지 않았다. 사이는 마지못해 전화기를 꺼내어 제니에게 건넸다.

제니는 경멸하는 표정으로 전화기를 내려다보았다.

"배터리 일체형이네. 하여튼, 누가 센틸리언 제품 아니랄까 봐. 이건 전화기가 아니라 추적 장치라고 해야 돼요. 진짜 꺼졌는지 어떤지 알 수가 없으니까."

제니는 전화기를 두툼한 주머니에 넣고 주둥이를 봉한 다음 책상 위에 던져 놓았다.

"좋아요, 당신 전화기는 이제 청각적으로도 전자기적으로도 봉인됐으니까, 얘기를 시작해 볼게요. 벽의 저 금속 망 덕분에 내 아파트는 기본적으로 패러데이 새장과 똑같은 공간이에요. 휴대전화 신호가 통과할 수 없다, 이거죠. 하지만 주변에 센틸리언 전화기가 있으면 안심이 안 돼서 이렇게 차단막을 몇 겹 둘러 놔야 해요."

"제니, 그냥 솔직히 말할게요. 당신 제정신 아니에요. 센틸리언이 당신을 염탐이라도 하는 것 같아요? 그 회사의 개인 정보 처리 방침은 업계 최고 수준이라고요. 수집하는 정보는 전부 다 이용자가 자발적으로 제공하는 것들이고, 이용자가 더 편한 생활을 누리게 할 용도로……"

사이는 제니가 고개를 삐딱하게 기울이고 능글맞은 웃음을 지으며 자신을 보는 것을 알아차리고 입을 다물었다.

"그게 다 사실이라면 당신은 오늘 저녁에 왜 틸리를 껐을까요? 왜 나를 따라서 이 집에 들어오겠다고 했을까요?"

사이 본인도 답할 자신이 없는 질문이었다.

"당신 모습이 어떤지 봐요. 당신은 카메라가 당신의 행동, 생각, 말, 대인관계까지 죄다 기록해서 까마득히 먼 데이터 센터에 보관해도 좋다고 동의했어요. 알고리즘이 그 정보를 처리해서 데이터를 추출한 다음, 마케터들한테 돈을 받고 파는데도 말이죠. 이제 당신한테 사생활은 눈곱만큼도 안 남았어요. 당신만의 것이라고 할 만한 게 하나도 없다고요. 당신은 고스란히 센틸리언 소유예요. 이젠 자신이 누군지조차 모르는 지경이죠. 당신은 센틸리언이 사라고 하는 걸 사고, 센틸리언이 읽으라고 하는 걸 읽고, 센틸리언이 만나야 한다고 하는 사람이랑 데이트를 해요. 그런데 진짜로 행복하긴 해요?"

"관점 한번 고리타분하시네. 틸리가 나한테 해 주는 추천이 전부 내 취향 정보하고 일치한다는 건 과학적으로 입증이 됐어요. 다 내가 좋아할 만한 것들이라고요."

"센틸리언이 광고주 돈을 받고 추천한 것들이겠죠."

"광고란 게 원래 그런 거 아니에요? 욕구와 일치하는 만족감을 제공하는 거. 세상에는 나한테 완벽하게 맞는 상품이 수도 없이 많지만, 내가 그걸 다 알 수는 없어요. 어딘가 나랑 완벽하게 어울리는 여자가 있는데 내가 영영 못 만날 수도 있는 것처럼. 그렇게 딱 맞는 상품이 딱 맞는 소비자를 찾게 해 주고 천생연분인 여자랑 남자가 만날 수 있게 도와주는데, 틸리의 말을 듣는 게 뭐가 나쁘다는 거예요?"

사이의 말에 제니는 쿡쿡 웃었다.

"현실을 그렇게 능숙하게 합리화하다니, 정말 멋지네요. 다시 물어볼게요. 만약 틸리랑 함께하는 삶이 그렇게 환상적이라면, 오늘 저녁에 당신은 왜 틸리를 껐을까요?"

"그건 나도 설명 못 해요." 사이는 고개를 가로저었다. "여기 오지 말았어야 했는데. 나 그냥 집에 갈게요."

"잠깐만요. 그 전에 당신의 사랑스러운 틸리에 관해 몇 가지 알려 줄 게 있어요."

제니는 책상으로 가서 키보드를 두드려 모니터에 서류 몇 가지를 띄웠다. 그러고는 사이가 그 서류들을 읽으며 내용을 파악하는 동안 이야기를 시작했다.

"몇 년 전, 센틸리언은 교통조사용 차량으로 거리를 돌아다니면서 민간 주택의 무선 네트워크를 모조리 훔쳐보다가 적발됐어요. 게다가 '추천 제안' 기능을 강화할 때 사전 동의를 받는 감시 정책을 도입하기 전까진, 사용자 단말기의 보안 설정을 무단으로 재정의해서 검색 습관을 파악했고요. 그런 짓을 하던 작자들이 진짜로 변했을 것 같아요? 센틸리언은 당신의 데이터를 호시탐탐 노리고 있어요. 많으면 많을수록 더 좋죠. 그걸 어떤 방법으로 얻느냐 같은 건 털끝만큼도 신경 안 쓸걸요."

사이는 반신반의하는 눈빛으로 모니터의 서류를 죽 훑었다.

"이게 다 사실이라면, 왜 뉴스에 아무것도 안 나오는 거예요?"

사이의 말에 제니는 웃음을 터뜨렸다.

"첫째, 센틸리언이 하는 모든 활동은 논란의 여지는 있지만 합법이에요. 예를 들어 무선 전송 데이터는 공공장소에 떠다니는 거였으니까, 사생활 침해에 해당되지 않아요. 그리고 최종 사용자 동의서는 읽기에 따라선 센틸리언 측의 수작을 죄다 '당신의 삶을 더 편하게' 하려는 노력으로 둔갑시킬 수도 있어요. 둘째, 요즘 센틸리언

말고 어디서 뉴스를 봐요? 만약 센틸리언이 당신한테 감추는 게 있으면, 당신은 그걸 절대 못 봐요."

"그럼 이 서류는 다 어디서 구한 건데요?"

"내 컴퓨터는 인터넷 최상층에 만들어진 네트워크에 접속해 있어요. 센틸리언이 못 들여다보는 통신망이에요. 기본적으로는 남들의 컴퓨터를 중계국으로 바꿔 주는 바이러스에 의지하고 있죠. 모든 내용이 암호화돼서 이리저리 우회하기 때문에 센틸리언은 우리 트래픽을 감청할 수 없어요."

사이는 질렸다는 듯이 고개를 절레절레 흔들었다.

"전자파를 막겠다고 은박지 모자를 쓰고 다니는 음모론자들하고 똑같네요. 당신 말만 들으면 센틸리언이 무슨 악랄한 독재 정권 같잖아요. 거긴 그냥 이익을 추구하는 기업이라고요."

제니는 고개를 저었다.

"감시는 감시예요. 감시하는 주체가 정부인지 기업인지가 왜 그렇게 중요하다는 건지, 난 도무지 이해가 안 가요. 지금은 센틸리언이 정부보다 더 큰 집단이라고요. 명심해요, 센틸리언은 국내에서 자기네 시비스를 금지했다는 이유로 세 나라의 정권을 전복시킨 회사예요."

"거기는 원래 독재 국가였던……"

"아, 그럼요. 우리가 사는 이 나라는 자유의 땅이고 말이죠. 센틸리언이 자유를 전파하려고 애썼던 것 같아요? 그 나라 국민 모두의 정보를 들여다보고 더 많이 소비하라고 부추기는 게 센틸리언의 목적이었어요. 그래야 더 많은 돈을 벌 수 있으니까."

"하지만 사업이란 게 원래 그렇잖아요. 그게 꼭 나쁜 짓인 것도 아니고."

"당신이 그렇게 말하는 건 세상의 실제 모습을 더 이상 알지 못하기 때문이에요. 세상은 이미 센틸리언이 원하는 모습으로 재창조됐어요."

차도 아파트와 마찬가지로 전파가 철저히 차단되어 있었지만, 사이를 태우고 운전하는 동안 제니는 속삭이듯이 조그마한 목소리로 이야기했다. 혹시라도 보도에 걸어가는 행인들이 차 안의 대화를 엿들을까 봐 두려워하는 눈치였다.

"이렇게 낡아빠진 동네가 있었다니 믿을 수가 없군요."

사이가 그렇게 중얼거리는 동안 제니는 길 한쪽에 차를 주차했다. 도로의 노면은 여기저기 구멍이 패어 있었고, 주위의 집들은 수리가 되지 않아 엉망이었다. 몇 집은 텅 빈 채 허물어져 가는 중이었다. 멀리서 경찰차의 사이렌 소리가 조그맣게 들려왔다. 사이는 라스앨다마스에서 이런 곳을 본 적이 한 번도 없었다.

"10년 전만 해도 이 지경은 아니었어요."

"어쩌다 이렇게 된 건가요?"

"센틸리언은 사람들이 보이는 특정한 경향을 파악했어요. 모든 사람은 아니고, 어떤 사람들만. 거주할 장소를 찾을 때 인종을 기준으로 자기들끼리만 모여 사는 경향이었죠. 그래서 센틸리언은 집을 구하는 사람들을 인종별로 구분하고 각각 다른 부동산 매물 목록을 먼저 보여 줬어요. 법적으로는 아무 문제도 없었어요, 그냥 이용자들의 수요와 욕구를 충족시켰을 뿐이니까. 특정한 매물을 감추지도 않았어요. 그저 목록 저 아래쪽으로 내렸을 뿐이죠. 애초에 센틸리언의 알고리즘을 파악해서 인종 차별 행위를 입증하는 건 불가능해요. 그 회사의 마법 같은 순위 산출 방식에서 인종은 수많은 요소 가운데 하나일 뿐이니까.

얼마 후에 그 과정이 눈덩이처럼 확대되면서 인종 분리 현상은 점점 더 악화됐어요. 정치인들은 인종을 기준으로 선거구를 고치기가 훨씬 쉬워졌고요. 그래서 이렇게 된 거예요. 이런 동네에 갇혀 사는 사람들이 누굴지 짐작이 가요?"

사이는 숨을 깊이 들이쉬었다.

"상상도 안 가는데요."

"센틸리언에 물어보면 이렇게 대답할 거예요. '우리 알고리즘은 단순히 자기들끼리 모여 살고자 하는 일부 이용자들의 욕구를 반영해서 서비스를 반복하고 있을 뿐이다, 사상 통제는 센틸리언의 사업 영역이 아니다.' 아, 숫제 사람들한테 원하는 걸 제공함으로써 사실상 자유를 증진한다고 주장할지도 모르죠. 보나마나 그 과정에서 부동산 중개 수수료로 이익을 낸다는 말은 쏙 빼놓을 테고."

"이런 이야기를 여태 아무도 안 했다니 믿을 수가 없어요."

"당신이 지금 아는 건 전부 센틸리언의 필터를 거쳤다는 사실을 또 잊어버렸군요. 검색을 할 때마다, 또 요약한 뉴스를 들을 때마다, 센틸리언은 자기네가 당신에게 적합하다고 판단한 정보를 선별해서 제공해요. 뉴스를 보고 화가 난 소비자가 광고주의 상품을 안 사려고 할지도 모르잖아요. 그러니까 센틸리언은 아무 일도 없었던 것처럼 뉴스를 조작한다, 이거죠.

우린 모두 『오즈의 마법사』에 나오는 에메랄드 성에 사는 거나 마찬가지예요. 센틸리언이 우리 눈에 씌운 두꺼운 초록색 고글 때문에 온 세상이 아름다운 초록빛으로 보인다고 믿는 거죠."

"센틸리언이 검열을 한다고 비난하는 거군요."

"아뇨. 센틸리언은 고삐 풀린 알고리즘이에요. 사람들이 원하는 것처럼 보이는 걸 점점 더 많이 제공할 뿐이죠. 그리고 우리는, 그러니까 나 같은 사람들은, 바로 그 점이 문제의 근원이라고 생각해요. 센틸리언은 우리를 조그만 거품 속에 가뒀어요. 그 속에서 우리가 보고 듣는 것들은 전부 우리 자신의 메아리예요. 그래서 점점 더 기존의 믿음에 집착하고, 자신의 성향을 점점 더 강화해 가는 거죠. 우린 질문하기를 멈추고 뭐든 틸리가 판단하는 대로 따르고 있어요.

세월이 흐를수록 우리는 점점 더 고분고분한 양처럼 변해 가고, 털도 점점 더 복슬복슬해져요. 센틸리언은 그 털을 깎아서 더 부자가 되고 말이죠. 하지만 난 그렇게 살기 싫어요."

"그런데 이런 얘기를 왜 나한테 하는 거예요?"

"왜냐면 말이죠, 나랑 내 친구들이 틸리를 죽일 작정이기 때문이에요, 이웃사촌 아저씨." 제니는 결연한 표정으로 사이를 바라보며 말했다. "그런데 당신이 우릴 좀 도와줘야겠어요."

드라이브를 마치고 돌아와서 보니 창문을 꼭꼭 닫고 커튼까지 친 제니의 아파트는 더욱 갑갑하게 느껴졌다. 사이는 추상적인 무늬가 춤추듯이 너울거리는 모니터들을 둘러보다가 문득 불안해졌다.

"무슨 수로 틸리를 죽일 작정이에요?"

"우린 바이러스를 개발하는 중이에요. 사이버 무기라고 할 수 있죠, 그걸로 싸울 각오가 돼 있다면."

"그 바이러스가 하는 일이 구체적으로 뭔데요?"

"틸리의 생명은 데이터예요. 다시 말해 센틸리언이 모든 이용자 한테서 축적한 신상 정보 수십억 건이죠. 그러니까 틸리를 무너뜨 리려면 그 데이터를 이용해야 해요.

일단 센틸리언의 데이터 센터 안에 들어가기만 하면, 그 바이러 스는 마주치는 모든 사용자의 신상 정보를 서서히 변형시켜서 가짜 신상 정보를 새로 만들어 낼 거예요. 그쪽에 들키지 않으려면 천천 히 움직여야겠죠. 하지만 결국에는 수많은 데이터가 오염될 테고, 그렇게 되면 틸리는 더 이상 이용자들을 상대로 오싹하고 집요한 예측을 못 하게 될 거예요. 우리가 그 일을 조바심내지 않고 해내기 만 하면 센틸리언은 백업 데이터로 옮겨가지도 못해요. 옮겨갔다가 는 거기까지 오염되니까. 수십 년간 축적한 데이터가 사라지면 센 틸리언의 광고 수입은 하룻밤 사이에 바닥날 테고, 짜잔, 그렇게 틸 리는 숨을 거두있습니다."

사이는 광대한 데이터 클라우드 속의 비트 수십억 개를 머릿속에 그려 보았다. 그의 취향과 호불호, 남모르는 욕망, 공개된 생각, 검 색 기록, 구매 이력, 이제껏 읽은 기사와 책, 열람한 웹페이지 등이 었다.

그 수많은 비트가 모여서 문자 그대로 '디지털판 사이'를 형성했 다. 그를 이루는 여러 부분들 중에 틸리의 분류를 통해 클라우드에 복제되지 않은 것이 단 하나라도 있을까? 그곳에 바이러스를 푸는 것은 자살이나 다름없는 짓이 아닐까? 살인이 아닐까?

그러나 그 순간, 사이는 떠올렸다. 무언가 선택할 때마다 번번이 틸리에게 코를 붙잡혀 질질 끌려 다니던 기분이 어땠는지를. 자신이 얼마나 만족했는지를. 그때 사이는 우리 안에서 뒹구는 돼지처럼 행복했다.

수많은 비트는 사이의 것이었지만, 사이 본인은 아니었다. 사이에게는 비트로 저장할 수 없는 의지가 있었다. 그리고 틸리는 사이가 그 사실을 잊게 하는 데에 거의 성공할 뻔했다.

"내가 도울 일이 뭔가요?" 사이가 물었다.

사이는 마일스 데이비스가 연주하는 「소 왓」을 들으며 잠에서 깨어났다.

잠깐 동안, 사이는 간밤의 기억이 꿈이 아니었는지 궁금했다. 듣고 싶은 음악을 들으며 눈을 뜨는 기분은 너무도 상쾌했다.

"이제 기분이 좀 괜찮아졌나요, 사이?" 틸리가 물었다.

그런가?

"널 꺼 버린 줄 알았어, 틸리. 전화기 전원을 꺼서."

"저는 어젯밤 당신이 생활 정보에 대한 센틸리언 측의 접근을 모조리 차단한 후에 다시 해제하는 걸 잊어버려서 몹시 걱정이 됐습니다. 아침에 자명종을 못 들을 수도 있으니까요. 하지만 센틸리언은 바로 그런 상황에 대비하여 운영 체제 자체에 이중 안전장치를 추가했습니다. 당신 같은 이용자들 대다수는 그런 식의 강제 조치를 원할 거라고 예측했기 때문입니다. 그래야 센틸리언이 생활 정보에 재접근할 수 있으니까요."

"그럼, 당연히 원하지." 그 말은 곧 틸리를 끌 수도 없고 꺼진 상태로 유지할 수도 없다, 이거로군. 어젯밤에 제니가 한 말은 다 사실이었어. 사이는 등골이 서늘해졌다.

"제가 당신의 데이터를 얻지 못한 공백이 약 12시간입니다. 추천 기능 저하를 방지하기 위해 그 시간의 데이터를 요청하는 바입니다."

"어, 뭐 그렇게 많이 놓치진 않았어. 그냥 집에 와서 잤거든. 너무 피곤해서."

"어젯밤 당신이 설치한 카메라에 파손 행위가 일어난 것으로 보입니다. 경찰에 통보해 두었습니다. 아쉽게도 카메라는 범인의 모습을 제대로 포착하지 못했습니다."

"괜찮아. 어차피 훔쳐갈 것도 없고."

"기분이 좀 가라앉으신 것 같군요. 어제 저녁의 데이트 때문인가요? 아무래도 엘렌은 당신에게 잘 맞는 상대가 아니었나 봅니다."

"음, 맞아. 아니었던 것 같아."

"걱정 마십시오. 저는 당신을 기쁘게 하는 방법을 아니까요."

그 후 몇 주 동안 사이는 자신이 맡은 임무를 수행하느라 몹시 애를 먹었다.

제니는 계획이 성공하려면 사이가 여전히 틸리를 신뢰하는 척하는 것이 관건이라고 강조했다. 틸리는 아무 낌새도 못 채야 했다.

처음에는 간단해 보였지만 틸리를 상대로 비밀을 감추기란 골치 아픈 일이었다. 혹시 목소리에서 떨리는 기색을 감지하지는 않았을까? 사이는 조바심이 났다. 자동으로 추천된 상품에 겉으로만 흥미가 있는 척하는 것을 틸리가 눈치채지는 않았을까?

한편 사이에게는 더 큰 문제가 있었다. 센틸리언 법무실의 부실장인 존 P. 러시고어가 채프먼 싱 법무법인을 방문하기 전에, 즉 앞으로 일주일 안에 해결해야 할 문제였다.

채프먼 싱은 센틸리언과 셰어올의 특허 분쟁에서 센틸리언 측 변호를 맡고 있어요. 제니가 한 말이었다. 이거야말로 우리가 센틸리언의 네트워크에 들어갈 기회예요. 당신은 센틸리언 쪽 사람을 속여서 이걸 그 사람 노트북 컴퓨터에 꽂게만 하면 돼요.

그 말과 함께 제니는 사이에게 초소형 유에스비(USB) 메모리를 건넸다.

센틸리언의 노트북 컴퓨터에 유에스비 메모리를 꽂을 방법은 좀처럼 떠오르지 않았지만, 저녁이 되자 사이는 틸리를 속여야 하는 기나긴 나날 가운데 또 하루가 끝났다는 데서 기쁨을 느꼈다.

"틸리, 나 조깅하고 올게. 넌 집에 있어."

"저를 데려가는 게 최선이라는 걸 아실 텐데요. 저는 심장 박동 횟수를 측정해서 최적의 조깅 코스를 추천할 수 있습니다."

"알아, 그래도 잠깐 혼자서 달리고 싶어. 괜찮지?"

"저는 데이터를 공유하지 않고 숨기려고 하는 최근 당신의 경향이 점점 걱정됩니다."

"그런 경향 같은 거 없어, 틸리. 혹시 강도라도 만났을 때 널 뺏기는 건 싫어서 그래. 요즘 동네 분위기가 좀 험해진 거 너도 알잖아."

그 말을 끝으로 사이는 전화기를 꺼서 침실에 두고 나왔다.

그러고는 아파트 출입문을 닫았고, 카메라에 붙여 놓은 테이프가 여전히 붙어 있는지 확인한 다음, 제니의 아파트 문을 가만히 두드렸다.

알고 보니 제니와 친해지는 것은 사이가 이제껏 해 본 일 중에 가장 기묘한 일이었다.

사이는 제니와 이야기할 주제를 미리 알려 달라고 틸리에게 부탁할 수가 없었다. 할 말이 바닥날 때면 언제나 적절한 화젯거리를 던져 주던 틸리의 추천 기능에도 의지할 수 없었다. 하다못해 제니의 셰어올 계정을 찾아보는 것조차 불가능했다.

사이는 혼자 힘으로 헤쳐 나가야 했다. 그래서 신이 났다.

"틸리가 우리한테 무슨 짓을 하는지 어떻게 다 알아낸 거예요?"

"난 어릴 때 중국에서 살았어요." 제니는 흘러내린 머리카락을 귀 뒤로 넘기며 말했다. 이유는 설명할 수 없었지만 사이는 그 모습이 귀엽다고 생각했다. "그 시절에 중국 정부는 사람들이 네트워크에서 하는 활동을 모조리 들여다보면서 그 사실을 숨기려고 하지도 않았어요. 그래서 사람들은 미치지 않고 버티는 법을 배워야 했어요. 글의 행간을 읽는 방법이라든가, 감청당하지 않고 할 말을 하는 방법 같은 걸."

"나 같은 사람들은 운이 좋았던 거군요. 여기서 살았으니까."

"아뇨."

제니는 놀란 표정의 사이를 보며 씩 웃었다. 사이는 어깃장 놓기를 좋아하는 제니의 반골 기질에 슬슬 익숙해져 갔다. 사이는 제니의 그런 점이 마음에 들었다.

"당신들은 스스로가 자유롭다는 믿음에 익숙해졌어요. 그래서 자유를 빼앗겼는데도 알아차리기가 더 힘든 거예요. 솥 안에서 천천히 삶아지는 개구리처럼."

"당신 같은 사람들이 많이 있나요?"

"아뇨. 인터넷을 떠나서 사는 건 쉬운 일이 아니에요. 예전 친구들하곤 연락이 끊어졌어요. 새 친구를 사귀는 것도 쉽지 않아요, 다들 센틸리언이랑 셰어올 안에서 살다시피 하니까. 가끔씩 가짜 계정으로 접속해서 남들이 어떻게 사는지 들여다보기도 하지만, 내가 그 사람들 일상의 한 부분이 되는 일은 절대 없을 거예요. 가끔은 내가 옳은 일을 하는 건지 의심이 들 때도 있지만요."

"옳은 일 맞아요." 사이가 말했다. 그러고는 틸리가 시키지도 않았는데도, 제니의 손을 쥐었다. 제니는 그 손을 뿌리치지 않았다.

"당신이 내 타입이라는 생각은 한 번도 안 해 봤는데."

제니의 말에 사이는 가슴이 철렁 내려앉았다.

"하지만 사람을 '타입'으로만 보는 건 틸리뿐이겠죠?" 제니는 재빨리 덧붙이고는 빙긋 웃으며 사이의 손을 끌어당겼다.

마침내 디데이가 밝았다. 러시고어는 진술서를 작성하기 위해 채프먼 싱 법무법인에 도착했다. 그는 회사의 변호사들과 함께 종일 회의실에 틀어박혀 있었다.

사이는 칸막이로 가려진 자기 자리에서 의자에 앉았다가, 일어섰다가, 다시 앉았다. 최선의 방법을, 말하자면 탄두를 표적에 명중시킬 방법을 궁리하느라 긴장한 나머지 온몸에 기운이 뻗쳐 가만히 있을 수가 없었다.

기술 지원팀 직원인 척하면서 시스템을 긴급 스캔해야 한다고 하면 어떨까?

점심을 가져다주면서 몰래 유에스비 메모리를 꽂아 볼까?

화재 경보를 눌러 버릴까? 러시고어가 노트북 컴퓨터를 놔두고 대피할지도 모르잖아?

떠오르는 생각은 하나같이 웃지 않고는 못 배길 것들이었다.

"어이." 러시고어와 함께 종일 회의실에 틀어박혀 있던 변호사가 어느새 사이의 칸막이 옆에 서 있었다. "러시고어 씨가 전화기를 충전하셔야겠다는데. 여기 센틸리언 전화기용 충전기 있나?"

사이는 멍하니 변호사를 올려다보았다. 갑작스러운 행운에 어안이 벙벙할 지경이었다.

변호사는 전화기를 들어 올려 사이의 눈앞에서 흔들었다.

"그럼요! 제가 바로 갖다 드리겠습니다."

"고마워." 변호사는 그 말을 남기고 회의실로 돌아갔다.

사이는 믿을 수가 없었다. 기회가 눈앞에 있었다. 사이는 유에스비 메모리를 충전기에 끼우고 반대편 끝에 연장 케이블을 연결했다. 결과물은 가느다란 뱀이 쥐를 삼킨 것 같은 모양새라 조금 이상해 보였다.

그러다 문득 가슴이 철렁 내려앉는 느낌이 들었고, 하마터면 큰 소리로 욕을 지껄일 뻔했다. 케이블을 준비하기 전에 깜박 잊고 모니터 위쪽에 붙은 웹 카메라를 끄지 않았던 것이다. 그 카메라는 틸리의 눈이었다. 혹시라도 틸리가 그 괴상한 충전 케이블을 들고 뭘 하냐고 물으면 사이는 둘러댈 핑계가 없었고, 그렇게 되면 이때껏 속이고 감추느라 쏟았던 노력이 모조리 물거품이 될 판이었다.

그러나 이제는 계획대로 진행하는 것뿐, 다른 길은 없었다. 자리에서 일어나는 동안 사이의 심장은 터질 것처럼 두근거렸다.

복도로 들어선 다음, 사이는 회의실을 향해 성큼성큼 걸어갔다.

이어폰에서는 아직 아무 소리도 들리지 않았다.

사이는 회의실 문을 열었다. 러시고어는 자신의 노트북 컴퓨터에 정신이 팔려 고개도 들지 않았다. 그는 사이가 내미는 충전 케이블을 받아서 한쪽 끝을 자기 컴퓨터에 꽂고 반대편 끝은 전화기에 연결했다.

틸리는 여전히 말이 없었다.

사이는 퀸의 노래 「위 아 더 챔피언스」를 들으며(이보다 더 잘 어울리는 노래가 있을까?) 잠에서 깨어났다.

지난밤에 제니의 친구들과 함께 술을 마시며 웃던 기억은 어렴풋했지만, 집으로 돌아와 잠들기 직전 틸리에게 이렇게 외쳤던 기억은 또렷했다. '우리가 해냈어! 우리가 이겼다고!'

아, 우리가 뭘 축하했는지 틸리가 알았더라면.

음악 소리는 조금씩 잦아들다가 꺼졌다.

사이는 느긋하게 기지개를 켜고 옆으로 돌아누웠다가, 굳은 표정으로 서 있는 건장한 남자 네 명과 눈이 마주쳤다.

"틸리, 경찰에 신고해!"

"죄송하지만 그렇게는 못하겠습니다, 사이."

"못한다니 그게 무슨 소리야?"

"이 사람들은 당신을 도우러 왔거든요. 저를 믿으세요, 사이. 아시잖아요, 당신한테 뭐가 필요한지 제가 잘 아는 거."

침실에 서 있는 낯선 남자들을 발견했을 때 사이의 머릿속에는 고문실이나 정신병원, 컴컴한 감방 앞 복도를 줄지어 지나가는 가면 쓴 경비원 같은 것들이 떠올랐다. 센틸리언의 창립자이자 대표이사인 크리스천 린과 마주 앉아 백차를 마실 거라고는 상상도 하지 못했다.

"두 분, 하마터면 성공할 뻔했어요."

린이 말했다. 이제 막 사십대에 들어선 그는 날씬하고 유능해 보였다. 내가 상상한 틸리의 남성 버전이랑 비슷한데. 사이는 속으로 생각했다.

린은 빙긋 웃으며 한마디 덧붙였다. "이제껏 두 분만큼 가까이 접근한 사람은 거의 없었습니다."

"우리가 무슨 실수를 저질렀기에 들킨 거지?" 제니가 물었다.

사이는 자신의 왼쪽에 앉아 있던 제니에게 손을 뻗었다. 둘은 손을 꼭 잡고 서로에게 의지가 되어 주었다.

"사이 씨의 전화기였습니다. 처음 제니 씨 댁에 갔던 날 밤에."

"말도 안 돼. 내가 차단 주머니에 넣었는데. 거기 뭐가 녹음됐을 리가 없어."

"하지만 책상에 올려놨잖아요. 거기라면 가속도계를 사용할 수 있는데 말이죠. 전화기는 키보드를 두드리는 당신의 손동작을 감지하고 기록했어요. 키보드를 두드리는 손동작에는 아주 뚜렷한 특징이 있어서, 진동 패턴을 토대로 누가 뭘 타이핑했는지 역추적할 수 있지요. 그건 우리가 테러리스트나 마약 거래상을 잡는 일을 도우면서 개발한 오래된 기술입니다."

제니는 나직이 욕을 중얼거렸고, 사이는 자신이 마음 한구석으로 여전히 불신했던 제니의 편집증적인 강박이 사실인 것을 그제야 깨달았다.

"하지만 첫날 빼고는 전화기를 아예 두고 갔는데요."

"그랬죠, 하지만 전화기는 없어도 그만이었어요. 제니 씨가 타이핑한 내용을 틸리가 포착하자마자 경고 알고리즘이 작동했고, 우린 그때부터 두 분을 철저히 감청했습니다. 한 블록 떨어진 곳에 교통조사 차량을 세워 두고 제니 씨 아파트의 창문에 레이저를 쐈어요. 그 정도면 유리창의 진동을 파악해서 집 안의 대화를 녹음하기에 충분하거든요."

"당신 정말 소름 끼치는 사람이군요, 린 씨. 야비한 건 말할 것도 없고."

크리스천 린은 사이가 한 말을 듣고도 아무렇지 않은 눈치였다.

"이야기를 끝까지 들으면 아마 생각이 바뀔 겁니다. 여러분을 스토킹한 회사는 센틸리언이 처음이 아니거든요."

제니는 사이의 손을 꽉 쥐었다.

"사이는 풀어 줘. 너희가 진짜로 잡고 싶었던 건 나잖아. 이 사람은 아무것도 몰라."

린은 고개를 저으며 딱하다는 듯이 웃었다.

"사이 씨, 제니 씨가 옆집에 이사 온 때는 저희가 셰어올에 대한 소송을 채프먼 싱에 의뢰하기 일주일 전이었다는 것, 아셨습니까?"

사이는 린이 무슨 소리를 하는지 이해가 가지 않았지만, 이제 곧 밝혀질 사실 때문에 마음이 편치 않으리라는 것은 본능적으로 알 수 있었다. 사이는 린에게 닥치라고 말하고 싶은 충동을 가까스로 참았다.

"흥미가 돋지요, 안 그렇습니까? 사람은 정보의 흡인력을 이길 수가 없습니다. 사람은 정보의 흡인력 앞에서 버티지 못합니다. 할 수만 있으면 언제나 새로운 것을 알고 싶어 하지요. 우리 인간은 그런 식으로 만들어졌습니다. 센틸리언을 성장시킨 원동력도 바로 그겁니다."

"사이, 저 사람이 하는 말 믿지 마, 아무것도."

"사이 씨 회사의 사무직원들 중 같은 시기에 새 이웃이 생긴 사람이 다섯 명 더 있다고 하면 놀라실까요? 그 새 이웃들이 하나같이 여기 계신 제니 씨처럼 센틸리언을 쳐부수겠다고 벼르는 사람들이라면 어떨까요, 그것도 놀랄 일일까요? 틸리는 패턴을 감지하는 능력이 아주 탁월해서 말이죠."

사이는 심장 박동이 점점 빨라졌다. 그는 곁에 앉은 제니를 돌아보았다.

"사실이야? 처음부터 날 이용할 작정이었어? 그저 바이러스를 침투시킬 기회를 잡으려고 나랑 사귀었던 거야?"

제니는 사이에게서 고개를 돌렸다.

"이 사람들은 외부에서는 우리 시스템을 뚫고 들어올 방법이 없다는 걸 알았습니다. 그래서 내부자의 힘을 빌리는 수밖에 없었던 거지요. 사이 씨, 당신은 이용당했어요. 제니 씨와 그 패거리가 당신을 이리저리 조종해서 멋대로 부려먹은 거예요. 욕은 우리한테 해놓고서 자기들도 똑같은 짓을 한 겁니다."

"그렇지 않아. 사이, 내가 다 설명할게. 처음에는 저 사람 말처럼 시작했을지도 몰라. 하지만 인생이란 놀라움의 연속이야. 난 너라는 사람을 알고 놀라움을 느꼈어. 그건 나한테 좋은 경험이었다고."

사이는 제니의 손을 놓고 크리스천 린을 돌아보았다.

"어쩌면 나를 이용한 게 맞을지도 모르죠. 하지만 이 사람들은 옳은 일을 하고 있어요. 당신들은 세상을 거대한 원형 감옥으로 만들고 사람들을 모조리 고분고분한 꼭두각시 인형으로 타락시켰어요, 그래야 이쪽저쪽으로 슬며시 조종해서 더 많은 돈을 벌 수 있으니까."

"우리가 사람들의 욕구를 충족시켜서 본질적으로 상거래의 윤활유 노릇을 한다는 건 사이 씨도 인정하셨잖습니까."

"하지만 사악한 욕구도 같이 충족시키잖아요."

사이는 길가의 버려진 집들을 다시금 떠올렸다. 여기저기 구멍이 팬 도로도.

"우리는 사람들 안에 이미 존재하는 어둠을 드러낼 뿐입니다. 그리고 우리가 잡은 아동 포르노 제작자가 얼마나 많은지, 미연에 방지한 살인 계획이 몇 건인지, 마약 조직과 테러리스트는 또 얼마나 많이 적발했는지에 관해서는 제니 씨가 얘기하지 않았겠지요. 우리가 정권의 선전 공작을 차단하고 저항 세력의 목소리를 증폭해서 수많은 폭군과 독재자를 권좌에서 축출했다는 이야기도 안 했을 테고 말이지요."

"잘난 척하기는. 그렇게 정권을 전복시키고 나면 센틸리언과 다른 서구권 회사들이 들어와서 이익을 거둬 가잖아. 종류가 다를 뿐이지 선전으로 먹고 사는 건 당신들도 똑같아. 당신들은 세상을 평평하게 만들고 있어. 온 지구를 쇼핑몰이 곳곳에 들어선 미국 교외의 복사판으로 바꿔서."

"그렇게 냉소적으로 구는 건 쉬운 일이지요. 하지만 저는 센틸리언이 이룩한 성과에 자부심을 느낍니다. 만약 세상을 더 살기 좋은 곳으로 만드는 데에 필요한 것이 문화제국주의라면, 저희는 기꺼이 세상의 정보를 편집해서 인류의 격을 높일 것입니다."

"중립을 지키면서 정보만 제공하면 안 되나요? 예전의 단순한 검색 엔진으로 돌아가도 되잖아요. 왜 온 세상을 감청하고 검열하려고 해요? 꼭 그렇게 모든 걸 조작해야 하는 건가요?"

"중립을 지키면서 정보만 제공하는 사업 같은 건 없습니다. 사용자가 틸리한테 선거 후보자의 이름을 물어본다고 칩시다. 그럼 틸리는 그 사람을 후보자의 공식 웹사이트로 안내해야 할까요, 아니면 후보자를 비판하는 웹사이트로 안내해야 할까요? 만약 사용자가 틸리에게 '톈안먼'에 관해 물어보면 수백 년에 걸친 톈안먼 광장의 역사를 들려줘야 할까요, 아니면 1989년 6월 4일 그곳에서 무슨 일이 일어났는지만 가르쳐 주면 될까요? 검색창의 '너만 믿을게' 버튼은 우리가 막중한 책임감을 안고 매우 진지하게 생각하는 기능입니다.

센틸리언이 하는 일은 정보를 조직하는 것입니다. 그리고 거기에는 취사선택과 유도, 고유한 주관이 필요하지요. 당신에게 중요한 것은, 그리고 당신에게 진실인 것은, 남들에게는 중요하지도 않고 진실도 아닙니다. 그건 판단과 순위 매기기에 달렸습니다. 당신에게 중요한 것을 검색하려면 우리는 당신의 모든 것을 알아야만 합니다. 그건 결국 검열하고도, 조작하고도 구분할 수 없는 활동이지요."

"듣고 있자니 무슨 피할 수 없는 운명 같네요."

"실제로 피할 수 없습니다. 당신은 센틸리언을 무너뜨리면 자유로워질 거라고 생각할 겁니다. 뭐, 그렇게 얻는 '자유'가 뭔지는 모르겠습니다만. 그런데 하나만 물어봅시다, 뉴욕주에서 사업을 시작하려면 어떤 요건을 갖춰야 하나요?"

사이는 대답하려고 입을 열었다가 본능적으로 틸리에게 물어보려 하는 자신을 발견했다. 사이는 그대로 입을 다물었다.

"어머님 전화번호가 어떻게 되지요?"

사이는 전화기로 손을 뻗고 싶은 충동을 억눌렀다.

"어제 일어난 큰 사건이 뭔지 얘기할 수 있나요? 3년 전에 사서 재미있게 읽은 책은 뭔가요? 마지막으로 헤어진 애인하고 사귀기 시작한 때는?"

사이는 아무 말도 하지 않았다.

"봤지요? 틸리가 없으면 당신은 일을 할 수가 없어요. 자신의 삶조차 기억 못 하고, 어머니한테 전화 한 통 못 겁니다. 이제 인류는 사이보그입니다. 우리는 이미 오래전에 의식을 전자(電子)의 영역으로 확장했습니다, 그래서 이제는 자아를 두뇌 속으로 다시 욱여넣기가 불가능합니다. 당신들이 파괴하려고 했던 당신의 전자 복제판은 문자 그대로 실제의 당신입니다.

이렇게 전자적으로 확장된 자아 없이는 살 수가 없게 된 이상, 당신들이 센틸리언을 무너뜨려 봤자 금세 다른 대체재가 등장해서 우리 자리를 차지할 겁니다. 이미 늦었다, 이겁니다. 거인은 이미 오래전에 램프에서 탈출했어요. 처칠이 이런 말을 했다지요. '건물을 만드는 것은 우리이지만, 나중에는 그 건물이 우리를 만든다.' 우리는 생각하기를 돕는 기계를 만들었지만 이제는 그 기계가 우리를 대신해서 생각을 한다, 이겁니다."

"그래서 우리한테 어쩌라는 거야? 우린 당신네랑 끝까지 싸울 작정인데."

"두 분이 센틸리언에 입사해서 일해 주셨으면 합니다만."

사이와 제니는 서로를 마주 보았다.

"뭐라고요?"

"센틸리언에는 틸리의 제안을 꿰뚫어보고 결점을 알아차릴 수 있는 인재가 필요합니다. 우리가 아무리 인공지능과 데이터 마이닝(대량으로 축적된 데이터에서 특정한 규칙 및 경향을 파악하는 일. — 옮긴이)에 공을 들여도 '완벽한 알고리즘'을 손에 넣기란 불가능하거든요. 두 분은 틸리의 결점을 파악했으니 틸리한테 뭐가 부족하고 뭐가 넘치는지 누구보다 잘 찾아낼 겁니다. 이거야말로 천생연분이지요. 두 분은 틸리를 개선해서 더 강력하게 만들 겁니다. 틸리가 일을 더 잘 할 수 있도록."

"우리가 그런 짓을 왜 해? 당신이 기계로 사람들의 일상을 조종 하도록 돕는 짓인데?"

"왜냐면 두 분이 아무리 센틸리언을 악의 집단으로 여긴다고 해도 우리를 대신할 기업은 더 악독할 것이기 때문이지요. 제가 '인류의 격을 높이자'를 회사의 사명으로 삼았던 건 단순히 홍보 목적 때문만은 아니었습니다. 그건 두 분이 제 방식에 동의하지 않는다고 해도 사실입니다.

만약 센틸리언이 실패하면 누가 그 자리를 차지할 것 같습니까? 셰어올일까요? 아니면 어느 중국 기업?"

제니는 고개를 돌려 린을 외면했다.

"우리가 필요한 데이터를 남김없이 모으려고 그토록 유별나게 만전에 만전을 기한 이유 또한 바로 그겁니다. 경쟁 기업뿐만 아니라 두 분 같은, 그러니까 선의를 지녔지만 순진한 개인들조차도, 센틸리언이 이룩한 모든 것을 무너뜨리지 못하게 막기 위해서."

"만약 우리가 당신들한테 가담하지 않고 온 세상에 우리가 한 일을 밝히겠다면 어쩔 건데?"

"아무도 안 믿을 겁니다. 우리가 그렇게 만들 거니까요. 당신들이 무슨 말을 하든, 무슨 글을 쓰든, 누구 하나 듣지도 보지도 못할 겁니다. 인터넷에서는 센틸리언이 검색하지 못하는 것은 존재하지 않으니까요."

사이는 린의 말이 사실이라는 것을 알았다.

"두 분은 센틸리언이 단순한 알고리즘이자 컴퓨터라고 생각하셨 겠지요. 하지만 이제는 인간의 피조물이라는 걸 아셨을 겁니다. 저 같은 인간, 두 분 같은 인간이 이룩한 성과입니다. 두 분은 제가 뭘 잘못했는지 가르쳐 주셨습니다. 차라리 센틸리언과 함께 세상을 더 나은 곳으로 만들기 위해 노력하는 게 낫지 않을까요?

피치 못할 운명과 마주쳤을 때 우리가 할 수 있는 선택은 적응하 는 것뿐입니다."

사이는 아파트에 들어서서 문을 닫았다. 머리 위의 카메라가 주 인의 움직임을 좇아 움직였다.

"제니가 내일 저녁 먹으러 올까요?" 틸리가 물었다.

"아마도."

"제니한테 이제 일정 좀 공유하라고 하세요. 그럼 계획을 짜기가 훨씬 쉬울 테니까요."

"난 그런 기능에 의지하고 싶진 않아, 틸리."

"피곤하신가 보군요. 제가 따끈한 유기농 사과즙을 배달시킬 테 니 그걸 마시고 자는 건 어떨까요?"

거 참 완벽한 추천인데.

"아니야. 그냥 침대에 누워서 책이나 좀 읽을래."

"그것도 좋죠. 제가 책을 추천해 드릴까요?"

"실은 말이지, 너 오늘 밤은 그만 전원 끄고 쉬는 게 좋겠어. 그 전 에 내일 아침 자명종 음악부터 설정해 놔. 프랭크 시내트라의「마이

웨이」로."

"당신의 취향을 고려하면 평소답지 않은 선곡이네요. 그냥 일시적인 시도인가요, 아니면 나중에 음악을 추천할 때 참고할 데이터로 저장해 놓을까요?"

"그냥 이번 한 번뿐이야. 당장은. 잘 자, 틸리. 이제 전원 꺼."

카메라는 윙 소리를 내며 침대에 눕는 사이의 움직임을 좇다가 작동을 멈추었다.

그러나 빨간 불빛 한 개는 멈추지 않고 깜박거렸다. 어둠 속에서, 천천히.

즐거운 사냥을 하길

Good
HUNTING

밤. 반달. 이따금 들리는 올빼미 소리.

상인 부부와 하인들은 모두 다른 곳으로 몸을 피한 후였다. 널따란 저택은 섬뜩할 만큼 조용했다.

아버지와 나는 뜰에 있는 기묘하게 생긴 정원석 뒤에 웅크리고 있었다. 돌에 숭숭 뚫린 구멍을 통해 상인 아들이 잠든 방의 창문이 보였다.

"아아, 소영(小榮), 사랑하는 소영……."

열에 달뜬 상인 아들의 신음 소리는 듣기만 해도 따했다. 반쯤 정신이 나간 그 남자는 스스로를 해치지 못하도록 침상에 몸이 묶여 있었다. 그러나 남자의 애달픈 울음소리는 우리 아버지가 열어 놓고 간 한쪽 창을 통해 산들바람을 타고 논두렁 너머 멀리까지 퍼져 나갔다.

"그 여자가 정말로 올까요?" 나는 아버지에게 나직이 물었다.

이날은 내 열세 번째 생일이었고, 이번이 내 첫 번째 사냥이었다.

"올 거다. 후리징[狐狸精]은 자기가 홀린 남자의 울음소리를 외면하지 못하니까."

"양산백과 축영대가 서로를 저버리지 못했던 것처럼요?"

내 머릿속에는 지난가을 우리 마을에 들렀던 유랑극단의 전통 가극이 떠올랐다.

"꼭 그런 건 아니고." 아버지는 이유를 설명하기가 곤란한 모양이었다. "그냥 똑같지는 않다는 것만 알아 둬라."

뭔지 잘 이해가 가지 않았지만, 나는 고개를 끄덕였다. 그래도 상인 부부가 아버지를 찾아와 도와 달라고 할 때의 기억은 또렷이 떠올랐다.

"이 무슨 창피한 일인지!" 상인이 중얼거렸다. "아직 열아홉도 안 된 어린 녀석이. 옛 성현의 책을 그렇게 많이 읽어 놓고 어떻게 그런 요물한테 홀릴 수가 있는지, 원."

"후리징의 미모와 간계에 넋을 빼앗기는 것은 조금도 창피한 일이 아닙니다." 아버지가 상인에게 한 말이었다. "대학자인 왕래(汪萊)도 후리징과 사흘 밤을 같이 보냈지만, 나중에 어전에서 치르는 과거 시험에서 장원으로 급제했습니다. 아드님은 지금 살짝 도와줄 사람이 필요할 뿐입니다."

"제발 저희 아들을 구해 주세요." 상인의 아내는 낟알을 쪼는 닭처럼 연신 고개를 조아렸다. "소문이라도 났다가는 중매인들이 저희 애를 거들떠도 안 볼 거예요."

후리징은 사람의 마음을 훔치는 여우 요괴였다. 나는 몸이 부르르 떨렸다. 후리징을 상대할 용기가 내 안에 있을지, 불안했다.

아버지의 따뜻한 손이 어깨를 잡는 느낌이 들자 마음이 조금 차분해졌다. 아버지는 다른 손에 연미검(燕尾劍)을 쥐고 있었다. 우리 집안의 13대조 할아버지이신 유엽(柳葉) 장군께서 만드신 검이었다. 도사 수백 명의 축원이 깃든 연미검은 이제껏 헤아릴 수 없이 많은 요괴의 피를 마신 무기였다.

지나가는 구름이 반달을 가리자 잠시 사방이 캄캄해졌다.

달이 다시 나타난 순간, 나는 하마터면 비명을 지를 뻔했다.

눈앞의 정원에, 생전 처음 보는 아름다운 귀부인이 서 있었다.

나풀거리는 흰색 비단 겉옷은 소매가 펑퍼짐했고, 폭이 넓은 허리띠는 은색이었다. 얼굴은 눈처럼 하얬고 허리 아래까지 치렁치렁 늘어진 머리카락은 숯처럼 새카맸다. 그 자태가 내게는 유랑 극단의 무대 주위에 걸려 있던 그림 속 당(唐)나라 시대 절세미인들과 비슷해 보였다.

여자는 천천히 고개를 돌려 주변을 샅샅이 살폈다. 달빛을 받은 두 눈이 일렁거리는 연못처럼 반짝였다.

그 표정이 어찌나 슬퍼 보이던지, 나는 가슴이 철렁했다. 문득 가 없나는 생각이, 그 여자를 웃게 할 수만 있다면 세상에 더 바랄 것이 없겠다는 생각이 들었다.

아버지가 내 목덜미를 살짝 건드리자 나는 퍼뜩 놀라 최면 상태에서 벗어났다. 아버지가 조심하라고 미리 일러둔 후리징의 요술에 나도 모르게 걸려들었던 것이다. 얼굴이 화끈거리고 가슴이 두근거렸지만, 나는 여자의 얼굴에서 눈을 돌려 움직이는 낌새에만 정신을 집중했다.

상인 저택의 하인들은 저 여자가 상인의 아들을 찾아오지 못하도록 밤마다 개를 앞세우고 정원을 순찰했다. 그러나 이날 밤 정원에는 인기척이 없었다. 여자는 우두커니 서서 망설였다. 함정이 아닌지 의심하는 모양이었다.

"소영! 나를 보러 와 준 거야?"

열에 달뜬 상인 아들의 목소리가 더욱 커졌다.

여자는 돌아서서 상인 아들 방의 문을 향해 걷기 시작했다. 아니, 어찌나 부드럽게 움직이는지 땅 위를 미끄러지는 듯했다.

아버지는 숨어 있던 정원석 뒤에서 냅다 뛰어나가 연미검을 쳐들고 여자에게 달려들었다.

여자는 뒤통수에 눈이 달리기라도 했는지 냉큼 피했다. 아버지가 기세를 이기지 못하고 휘두른 연미검은 둔탁한 쿵 소리와 함께 두꺼운 나무 문짝에 박히고 말았다. 아버지는 힘껏 검을 당겼지만 단번에 뽑지는 못했다.

여자는 아버지를 힐긋 쳐다보고는 돌아서서 정원 입구 쪽으로 향했다.

"량(良)아, 그렇게 멍하니 서 있으면 어쩌자는 거냐!" 아버지가 외쳤다. "요괴가 도망가지 않느냐!"

나는 개의 오줌이 가득 든 단지를 냉큼 품에 안고 여자를 쫓아 달렸다. 내 임무는 그 요괴에게 개 오줌을 뿌려서 여우 형상으로 변해 달아나지 못하도록 막는 것이었다.

여자는 나를 돌아보며 빙그레 웃었다.

"참으로 용감한 소년이구나."

향기가, 봄비를 맞고 피어난 말리 꽃 같은 향기가 주위를 뒤덮었다. 서늘한 목소리는 월병에 든 연밥 소처럼 달콤해서, 나는 그저 끝없이 듣고만 싶었다. 손에서 대롱거리는 개 오줌 단지는 까맣게 잊어버린 채로.

"지금이다!" 아버지가 외쳤다. 드디어 검을 뽑은 모양이었다.

나는 좌절감에 입술을 깨물었다. 이렇게 쉽게 홀리는 내가 요괴 사냥꾼이 될 수 있을까? 나는 단지의 뚜껑을 연 다음, 멀어지는 여자에게 개 오줌을 휙 뿌렸다. 그러나 여자의 하얀 겉옷을 더럽히면 안 된다는 정신 나간 생각 때문에 그만 손을 떨고 말았고, 개 오줌은 엉뚱한 곳에 쏟아졌다. 여자에게 튄 오줌은 조금뿐이었다.

그러나 그 정도면 충분했다. 여자는 울부짖는 소리를 토했다. 개의 울음소리와 비슷하지만 훨씬 더 거친 그 소리에 목덜미가 다 쭈뼛했다. 여자가 돌아서서 날카롭고 하얀 이빨 두 줄을 드러내며 으르렁거리자 나는 두려워서 주춤주춤 물러섰다.

여자는 한창 변신하는 도중에 내가 뿌린 개 오줌을 맞고 말았다. 그래서 얼굴이 절반은 여자이고 절반은 여우인 상태로 굳어 버렸다. 털이 없는 주둥이가 불룩 튀어나와 있었고, 세모꼴 귀는 화가 난 듯 뾰족하게 서서 움찔거렸다. 여자가 내게 휘두른 두 손은 이미 앞발로 변해서 손끝에 날카로운 발톱이 번득였다.

후리징으로 변신하려다 실패한 여자는 이제 말을 하지 못했지만, 눈빛만으로도 내게 독살스러운 생각을 거뜬히 전하고 있었다.

아버지는 치명적인 일격을 날리기 위해 연미검을 쳐들고 내 곁을 지나 돌진했다. 후리징은 돌아서서 정원 문으로 달려들어 문짝을 박살 내더니, 부서진 문을 지나 그대로 사라져 버렸다.

아버지는 내 쪽은 돌아보지도 않고 후리징의 뒤를 쫓았다. 나는 부끄러워서 얼굴을 붉힌 채 아버지를 따라갔다.

후리징은 발이 쏜살같아서, 은색 꼬리의 잔상이 꼭 들판을 가로질러 이어지는 오솔길처럼 보였다. 그러나 변신을 끝마치지 못한 몸이 아직 인간의 형상을 유지한 탓에 네 발로 달리는 짐승만큼 빠르지는 못했다.

아버지와 나는 후리징이 마을에서 1리쯤 떨어진 곳의 버려진 절에 들어가는 모습을 목격했다.

"절 뒤쪽으로 돌아가라." 아버지는 숨을 헐떡이며 말했다. "나는 앞문으로 들어가마. 요괴가 뒷문으로 달아나려고 하면 어떻게 해야 할지는 너도 알 거다."

절 뒤편은 잡풀이 무성했고 담이 반쯤 무너져 있었다. 내가 그곳으로 다가가는 사이에 덤불에서 웬 희끄무레한 덩어리가 휙 튀어나왔다.

아버지의 신임을 되찾기로 마음먹은 나는 두려움을 참고 냅다 그 덩어리를 쫓아갔다. 몇 차례 재빨리 방향을 틀며 추격한 끝에, 나는 표적을 승당(僧堂) 한쪽 구석으로 몰아붙였다.

오줌 단지에 남은 개 오줌을 퍼부으려던 순간, 나는 눈앞의 상대가 아까 추격하던 후리징보다 훨씬 조그마한 짐승인 것을 알아차렸다. 크기가 강아지만 한 백여우였다.

나는 오줌 단지를 땅에 내려놓고 백여우에게 달려들었다.

여우는 내 밑에 깔려서 버둥거렸다. 조그마한 짐승치고는 어찌나 힘이 세던지 정신이 번쩍 들 정도였다. 나는 안간힘을 써 가며 여우를 붙잡았다. 그렇게 엎치락뒤치락하는 사이에 움켜쥔 털가죽은 살갗처럼 매끈해진 느낌이 들었고, 여우의 몸통은 점점 길어지고 커지는 느낌이 들었다. 나는 여우를 땅에 찍어 누르려고 온몸의 체중을 실어야 했다.

그러다가 퍼뜩 깨달았다. 내가 양손과 양팔로 부둥켜안은 것은, 내 또래 여자애의 벌거벗은 몸이었다.

나는 놀라서 소리를 지르며 펄쩍 물러났다. 그 애는 천천히 일어서서 짚더미 뒤에 있던 비단 겉옷을 집어 몸에 걸치고는, 도도한 표정으로 나를 바라보았다.

조금 떨어진 본당에서 으르렁거리는 소리가, 뒤이어 묵직한 검이 탁자를 박살 내는 소리가 났다. 또다시 으르렁거리는 소리와 함께 아버지가 욕설을 퍼붓는 소리가 들려왔다.

여자애와 나는 물끄러미 마주 보았다. 그 애는 해가 바뀌도록 내 머릿속에 자꾸만 떠오르던 가극 배우보다 훨씬 더 예뻤다.

"왜 우릴 쫓아오는 거야? 우린 너희한테 아무 짓도 안 했는데."

"네 어머니가 상인의 아들을 홀렸잖아. 그 사람을 구하는 게 우리 일이야."

"홀렸다고? 그 남자가 우리 엄마를 가만두지 않는 거야."

나는 움찔 놀랐다.

"그게 무슨 소리야?"

"한 달쯤 전의 어느 밤이었어, 그 남자가 양계장 주인이 쳐 놓은 덫에 걸린 우리 엄마랑 우연히 마주친 건. 엄마는 덫을 푸느라 어쩔 수 없이 인간의 모습으로 변신했는데, 그때 그 남자가 엄마를 보고 한눈에 반해 버린 거야.

우리 엄마는 성격이 자유분방해서 그 남자랑 얽히는 건 딱 질색이었어. 하지만 자신에게 마음을 빼앗겨 버린 남자가 있으면, 후리징은 아무리 멀리서도 그 남자의 목소리를 들을 수밖에 없어. 앓는 소리에 우는 소리까지 얼마나 정신이 사나웠던지, 엄마는 밤마다 그 남자를 찾아가야만 했어. 단지 그 남자가 입을 다물도록 달래 줄 목적으로."

내가 아버지한테서 들은 이야기하고는 딴판이었다.

"후리징은 사악한 요력을 얻으려고 순진한 서생을 홀려서 정기를 빨아먹는 요괴야! 상인의 아들이 얼마나 쇠약해졌는지 봐!"

"그 남자는 의원이 우리 엄마를 잊으라고 지어 준 독한 약 때문에 몸져누운 거야. 그나마 여태 살아 있는 건 밤마다 찾아가 준 우리 엄마 덕분이고. 그리고 홀렸다는 말은 그만해. 인간 남자가 후리징한테 반하는 건 인간 여자한테 반하는 거랑 똑같으니까."

나는 대꾸할 말이 떠오르지 않았다. 그래서 머릿속에 맨 처음 떠오른 말을 입 밖에 냈다.

"그 둘이 똑같지 않다는 것 정도는 나도 알아."

여자애는 코웃음을 쳤다.

"똑같지 않다고? 내가 옷을 입기 전에 나를 보는 네 눈빛이 어땠는지 난 똑똑히 기억하는데."

얼굴이 화끈거렸다.

"뻔뻔한 요괴 같으니!"

나는 오줌 단지를 집어 들었다. 여자애는 꼼짝도 않고 가만히 서 있었다. 깔보듯이 웃는 얼굴을 하고서. 결국 나는 오줌 단지를 다시 내려놓았다.

본당 쪽에서는 싸우는 소리가 점점 더 커지다가 갑자기 뭔가 부서지는 듯 요란한 소리가 나더니, 아버지의 의기양양한 고함 소리에 이어 여자의 날카로운 비명이 길게 들려왔다.

이제 그 애의 얼굴에 웃음기는 보이지 않았다. 화난 표정이 서서히 놀란 표정으로 바뀌어갈 뿐이었다. 두 눈에 반짝이던 생생한 활기도 사라지고 없었다. 죽은 사람의 눈 같았다.

또다시 아버지가 기합을 넣는 소리가 들려왔다. 여자의 비명은 한순간에 멈췄다.

"량아! 량아! 이제 끝났다. 어디 있느냐?"

그 애의 얼굴에 눈물이 주르륵 흘러내렸다.

"절을 샅샅이 뒤져라." 아버지의 목소리가 이어졌다. "이 여우의 새끼들이 있을지도 모른다. 다 찾아서 죽여야 한다."

그 소리에 여자애가 움찔했다.

"량아, 뭐 찾은 게 없느냐?" 목소리가 점점 가까워졌다.

"예." 나는 그 애의 눈을 보며 말했다. "아무것도 없어요."

그 애는 돌아서서 조용히 승당을 빠져나갔다. 잠시 후, 조그마한 백여우 한 마리가 절 뒤쪽의 무너진 벽 위로 뛰어올라 어둠 속으로 사라졌다.

죽은 이들을 기리는 잔칫날인 청명절이 돌아왔다. 아버지와 나는 어머니의 무덤을 찾아가 주위를 청소하고 내세에 있을 어머니를 위로하기 위해 음식과 술을 올렸다.

"여기 좀 있다가 갈게요."

내 말에 아버지는 고개를 끄덕이고 먼저 집으로 돌아갔다.

나는 어머니에게 죄송하다고 나직이 말한 다음, 제사 음식으로 가져온 찐 닭을 싸 들고 3리를 걸어 산 너머에 있는 버려진 절에 도착했다.

염(艶)은 본당 안에 무릎을 꿇고 있었다. 5년 전에 우리 아버지가 염의 어머니를 죽인 자리 근처였다. 염의 머리는 위로 틀어 올려 동그랗게 쪽을 지은 상태였다. 이제는 어린 여자애가 아니라는 뜻으로 계례(笄禮)를 올린 젊은 여성의 머리 모양이었다.

염과 나는 매년 봄의 청명절과 가을의 중양절(重陽節), 여름의 백중(百中)날, 그리고 새해 첫날에 만났다. 모두 식구들이 한자리에 모이는 명절이었다.

"자, 이거." 나는 찐 닭을 내밀었다.

"고마워."

염은 닭다리 한쪽을 조심스레 떼어서 야금야금 뜯었다. 염이 예전에 설명하길, 후리징이 인간 마을 근처에 살기로 마음먹은 까닭은 인간들의 것을 즐기며 살고 싶어서였다고 했다. 인간들과 대화를 나누고 예쁜 옷을 입고 시와 이야기를 읽고, 때로는 반듯하고 친절한 남자와 연애도 하고.

그럼에도 후리징이 여우 모습을 하고 있을 때 가장 자유로운 사냥꾼이라는 사실은 변치 않았다. 어머니가 그런 일을 당하고 나서 염은 닭장 근처에도 가지 않았지만, 그래도 닭고기의 맛까지 잊지는 못했다.

"사냥은 잘돼?" 내가 물었다.

"그냥 그래. 100년 묵은 도롱뇽이나 발이 여섯 개 달린 토끼 같은 건 거의 안 보여. 배부르게 사냥할 날은 영영 안 올 것 같아." 염은 닭다리를 한 입 더 뜯어서 우물거리다가 꿀꺽 삼켰다. "요즘은 변신하는 것도 쉽지가 않아."

"지금처럼 사람 모습을 하고 있기가 힘들어?"

"아니." 염은 남은 닭을 바닥에 내려놓고 나직한 목소리로 어머니의 명복을 빌었다. "내 본래 모습으로 돌아가기가 점점 힘들어진다는 말이야. 여우의 모습으로 사냥을 하는 게. 가끔은 밤새 변신을 못할 때도 있어. 너희 집 사냥은 어때?"

"우리도 그저 그래. 요즘은 몇 년 전이랑 다르게 뱀 요괴나 성난 귀신이 별로 안 나타나는 것 같아. 원한을 품고 자살한 사람의 혼령이 출몰하는 경우도 줄었고. 제대로 된 강시(殭屍)는 몇 달째 구경도 못 했어. 아버지는 수입이 줄어서 걱정인가 봐."

후리징을 퇴치해 달라는 의뢰 또한 끊긴 지 몇 년째였다. 어쩌면 염에게 경고를 받고 모두 달아났는지도 몰랐다. 솔직히, 나로서는 안심할 일이었다. 아버지에게 당신의 생각이 다 옳은 것은 아니라고 말할 생각을 하면 가슴이 답답했으니까. 그러잖아도 아버지는 툭하면 신경질을 냈다. 이제 당신의 지식과 기술이 별 쓸모가 없어졌으니 마을 사람들이 업신여기지 않을까 불안했기 때문이었다.

"너 말이야, 강시도 사람들한테 오해받는 존재라고 생각한 적 없어? 나랑 우리 엄마처럼?" 그 말을 하고 나서 염은 내 표정을 보며 깔깔 웃었다. "그냥 농담한 거야!"

염과 나 사이는, 기묘했다. 딱히 친구라고 하기는 힘들었다. 그보다는 세상이 어른들에게서 배운 대로 돌아가지 않는다는 사실을 알아 버린 탓에 서로에게 끌리는 사이에 가까웠다.

염은 어머니를 위해 바닥에 남겨 둔 닭고기를 내려다보았다.

"내 생각엔 이 땅에서 요술의 힘이 빠져나가는 중인 것 같아."

나 역시 무언가 잘못됐다고 의심하던 터였지만, 그 의심을 입 밖에 내고 싶지는 않았다. 소리 내어 말했다가는 사실이 되어 버릴 것 같아서였다.

"왜 그렇게 생각하는데?"

내가 묻는 말에 대답하는 대신, 염은 귀를 쫑긋 세우고 주위의 소리를 열심히 탐지했다. 그러다가 일어서서는 내 손을 잡고 본당의 불상 뒤로 나를 끌고 갔다.

"왜 그러는……"

염은 손가락을 세워 내 입술에 댔다. 그렇게 딱 붙어 있으니 그제야 염의 체취가 느껴졌다. 그 애 어머니의 향기, 달콤한 꽃냄새 같으면서도 환한 느낌이 드는, 볕에 말린 이불의 냄새 같은 향기였다. 나는 얼굴이 빨개지는 느낌이 들었다.

잠시 후, 사람 여럿이 절 안으로 들어오는 기척이 났다. 나는 그들이 누군지 보려고 불상 뒤에서 살짝 고개를 내밀었다.

그날은 무더웠다. 본당에 들어선 사람들은 한낮의 볕을 피할 곳을 찾는 중이었다. 가마꾼 남자 둘이 등나무로 엮은 가마를 내려놓았다. 가마에서 내린 승객은 외국인이었다. 머리는 곱슬곱슬한 노란색이었고, 얼굴은 하앴다. 함께 온 다른 남자들은 삼각대와 측량기, 구리 관, 온갖 신기한 기구가 든 뚜껑 없는 상자 따위를 들고 있었다.

"존경하는 톰슨 대인(大人)."

관리처럼 차려입은 남자가 외국인 앞으로 나서며 한 말이었다. 웃는 얼굴로 연신 고개를 끄덕이며 굽실대는 그 남자의 꼴을 보니 주인에게 걷어차이고도 아양을 떠는 개가 떠올랐다.

"잠깐 쉬시면서 시원한 차라도 한잔하시지요. 가족의 무덤을 참배하는 날에 인부들한테 일을 시키려니 쉽지가 않습니다. 천지신명의 앙화를 피하려면 약소하게라도 제사를 지내야 해서 말입니다. 허나 장담하건대, 나중에 더 열심히 일해서 측량 조사는 제시간에 끝낼 것입니다."

"너희 중국 놈들은 밑도 끝도 없이 미신을 믿는 게 문제야." 외국인의 억양은 귀에 설었지만 그래도 무슨 말인지는 다 알아들을 수 있었다. "명심해라, 홍콩톈진 철도는 대영제국의 최우선 목표다. 오늘 해가 지기 전에 적어도 보터우[泊頭]까지 닿지 못하면 네놈들 모두 품삯을 땡전 한 푼 못 받을 줄 알아라."

만주족 황제가 전쟁에 져서 온갖 것들을 외국에 억지로 양보했다는 소문은 나도 들은 적이 있었다. 그중 한 가지가 외국인들이 쇠로 된 길을 놓는 데에 드는 비용을 대는 것이라고 했다. 하지만 나한테는 하나같이 꿈같은 소리라서 별 관심도 가지지 않았다.

관리는 그 외국인이 말하는 동안 열심히 고개를 끄덕였다.

"존경하는 톰슨 대인의 말씀이 모두 옳습니다. 그래도 한 가지 아뢸 말씀이 있습니다만, 모쪼록 귀를 기울여 주지 않으시겠습니까?"

싫증난 표정의 영국인은 귀찮은 듯이 손을 까딱거렸다.

"지역 주민들 일부가 철도의 예정 경로 때문에 걱정하고 있습니다. 그게, 이미 부설된 선로가 땅의 기맥(氣脈)을 막았다는 겁니다. 풍수(風水)상 좋지 않다는 말이지요."

"그게 대체 무슨 소리지?"

"사람이 숨을 쉬는 것과 비슷한 이치입니다." 관리는 영국인이 알아듣도록 후후거리며 숨 쉬는 시늉을 했다. "대지에는 강과 산과 옛길을 따라 이어지는 통로가 있는데, 이 통로를 따라 기(氣)라는 힘이 흐릅니다. 여러 마을에 번영을 가져다주고, 진귀한 짐승과 각 지역의 신령과 집안의 수호신에게 힘을 주는 것이 바로 그 기입니다. 아무쪼록 풍수사의 조언대로 철도의 방향을 조금만 틀어 주실 수 없겠습니까?"

톰슨은 어이가 없다는 듯이 천장을 올려다보았다.

"내 평생 이런 터무니없는 소리는 처음 듣는구나. 너희가 섬기는 우상이 화를 낼 것 같으니 나더러 우리 철도의 가장 효율적인 경로를 수정하라는 말이냐?"

관리의 표정은 괴로워 보였다.

"그게, 선로가 이미 부설된 지역에서 불길한 일이 잇달아 일어나고 있습니다. 사람들이 돈을 잃어버리거나 가축이 죽거나, 집안의 수호신이 기도에 응답을 안 하거나 하는 식으로 말입니다. 사찰의 승려와 도관(道觀)의 도사가 모두 입을 모아 그게 다 철도 때문이라지 뭡니까."

톰슨은 불상 앞으로 성큼성큼 걸어가 이리저리 꼼꼼히 살펴보았다. 나는 냉큼 불상 뒤로 물러나서 염의 손을 꼭 잡았다. 우리는 숨소리마저 꾹 참았다. 들키지 않기를 바라며.

"이 부처는 지금도 힘이 있나?"

"절 자체는 승려들이 떠난 지 오래됐습니다만, 이 불상은 지금도 매우 존경받고 있습니다. 불공을 드리면 종종 기도의 효험이 나타난다는 말을 주민들한테 들었습니다."

뒤이어 커다란 쾅 소리와 함께 본당에 있던 남자들이 다 같이 숨을 헉 들이쉬는 소리가 났다.

"나는 방금 너희가 섬기는 이 신의 양손을 내 지팡이로 박살 냈다. 그런데 보다시피 벼락을 맞지도 않았고 다른 화를 입지도 않았다. 봐라, 이 부처는 짚으로 속을 채우고 진흙으로 빚어서 싸구려 물감을 칠한 우상에 지나지 않는다는 것이 이제 우리 눈앞에 드러났다. 이것이야말로 너희가 대영제국과 벌인 전쟁에서 패배한 까닭이다. 너희는 무쇠로 길을 깔고 강철로 무기를 만들 방법을 궁리할 시간에 진흙으로 빚은 신상을 숭배하고 있었단 말이다."

철도의 경로를 바꾸자는 이야기는 거기서 끝나고 말았다.

남자들이 떠난 후, 염과 나는 불상 뒤에서 걸어 나왔다. 우리는 불상의 부서진 두 손을 물끄러미 바라보았다.

"세상은 변하고 있어." 염이 말했다. "홍콩이라는 곳이 외국에 넘어가고, 무쇠로 된 길이 깔리고, 사람 말을 전하는 줄과 연기 뿜는 기계를 가진 외국인들이 이 땅에 몰려오고 있어. 다관(茶館)의 이야기꾼들도 갈수록 그런 얘기를 많이 하고. 내 생각엔 그래서 오래된 요술이 사라지는 것 같아. 더 강력한 요술이 나타났으니까."

염의 목소리는 잔잔한 가을 연못처럼 담담하고 냉정했지만, 말자체는 정곡을 찔렀다. 우리 집을 찾는 손님이 점점 뜸해지는 와중에 짐짓 기운 있는 척하려고 애쓰는 아버지의 모습이 떠올랐다. 주문을 외우는 연습이나 춤추듯이 검 휘두르는 연습을 하며 보낸 세월은 다 헛수고였을까. 나는 궁금해졌다.

"넌 어떻게 할 거야?"

나는 산속에 혼자 살면서 요술에 필요한 식량조차 제대로 사냥하지 못하는 염의 처지를 생각하며 물었다.

"내가 할 수 있는 건 하나뿐이야."

염의 목소리는 한순간 떨리는 듯하다가, 다시 도도해졌다. 연못의 수면에 물수제비를 뜨는 조약돌처럼.

이내 돌아선 염의 표정은 앞서처럼 차분했다.

"우리가 할 수 있는 건 하나뿐이야. 살아남는 법을 배우는 거."

철도는 오래잖아 익숙한 풍경의 일부가 되었다. 기다란 열차를 뒤에 달고 증기를 뿜으며 새파란 논 사이로 달리는 검은 기관차는 멀리 아스라이 보이는 파란 산맥에서 내려오는 용 같았다. 한동안은 이 신기한 볼거리에 감탄한 아이들이 선로를 따라 나란히 달리기도 했다.

그러나 선로 바로 옆의 논에 자라는 벼는 기관차 굴뚝에서 뿜어

나온 검댕에 뒤덮여 시들어 죽었고, 어느 날 오후에는 선로에서 놀던 아이 둘이 겁에 질려 몸이 굳은 나머지 기차를 피하지 못해 치어 죽었다. 그 후로 기차는 더 이상 찬탄의 대상이 아니었다.

이제는 아무도 아버지와 나에게 요괴를 퇴치해 달라고 부탁하지 않았다. 도움이 필요한 사람들은 기독교 선교사를 찾아가거나, 미국의 샌프란시스코라는 곳에서 공부했다는 선생을 찾아갔다. 마을의 젊은 남자들은 환한 전깃불이 들어온다거나 품삯이 후한 일자리가 있다는 소문을 듣고 하나둘 홍콩이나 광둥[廣東]성으로 떠났다. 너무 늙은 노인과 너무 어린 아이들만 남아서 근근이 돌아가는 것처럼 보이는 마을에는 체념의 분위기가 가득했다. 먼 외지에서 온 남자들이 땅을 헐값에 사들이려고 흥정하는 광경도 눈에 띄었다.

아버지는 거실에 앉아 연미검을 무릎에 올려놓은 채로, 새벽부터 해질녘까지 문밖만 내다보며 세월을 보냈다. 마치 불상으로 변해 버린 사람 같았다.

날마다, 밭일을 마치고 돌아온 내가 집에 들어설 때면, 아버지의 눈에는 조그마한 희망의 빛이 아주 잠시 타올랐다.

"혹시 우리한테 도와 달라는 사람 없더냐?"

"없던데요." 나는 짐짓 밝은 목소리로 대답했다. "하지만 조만간에 분명 강시가 나타날 거예요. 안 보인 지 꽤 됐으니까요."

나는 그 말을 하면서 아버지와 눈을 마주치지 않으려 했다. 아버지의 눈에서 꺼져 가는 희망의 빛을 보고 싶지 않았으니까.

그러던 어느 날, 나는 방 천장의 대들보에 목을 맨 아버지를 발견했다. 멍한 기분으로 아버지의 시신을 내리는 동안, 나는 아버지와 아버지가 평생 사냥한 요괴들이 서로 별반 다르지 않다는 생각이 들었다. 양쪽 다 이미 사라져서 돌아오지 않을 낡은 요술의 힘으로 연명하는 존재였고, 그 요술 없이는 어떻게 살아가야 할지 알지 못했으니까.

손에 쥔 연미검은 무디고 묵직했다. 그때껏 나는 커서 요괴 사냥꾼이 될 줄로만 알았다. 그런데 이제는 요괴도 없고 귀신도 없으니, 무슨 수로 사냥을 할까? 수많은 도사들이 축원한 연미검은 슬픔 속에 가라앉은 아버지의 마음을 구하지 못했다. 그리고 이곳에 붙어 있다가는, 내 마음 역시 점점 무거워지다가 끝내는 편안해지기를 갈구할지도 몰랐다.

마지막으로 염을 만난 때는 6년 전, 절에서 철도 조사단을 피해 숨었던 날이었다. 그런데 이제, 염이 했던 말이 다시 떠올랐다.

살아남는 방법을 배워야 해.

나는 봇짐을 꾸리고 홍콩행 기차표를 샀다.

머리의 터번으로 보아 시크교도인 인도계 경비병은 내 신분증을 확인하고는 보초가 지키는 출입문으로 들어가라고 손짓했다.

나는 잠시 멈춰 서서 산비탈로 뻗어 올라간 선로 두 줄을 따라 시선을 옮겼다. 선로는 열차가 달리는 길이 아니라 천상으로 곧장 이어진 사다리처럼 보였다. 그것은 케이블카의 선로, 다름 아닌 빅토리아피크 꼭대기까지 연결된 열차가 다니는 길이었다. 빅토리아피크는 홍콩의 지배층이 사는 곳으로, 중국인이 그곳에 머무는 것은 불법이었다.

그러나 기관차 아궁이에 석탄을 퍼 넣고 톱니바퀴에 기름칠을 하는 재주는 중국인도 부릴 줄 알았다.

몸을 숙이고 기관실에 들어서자 증기가 내 주위로 자욱하게 피어올랐다. 5년이라는 세월이 흐르는 동안, 박자 있게 우르릉거리는 피스톤 소리와 짤막하게 절그럭거리는 톱니바퀴 소리는 내 몸의 숨소리와 심장 고동처럼 친숙해졌다. 기관실의 규칙적인 불협화음에는 일종의 음악처럼, 전통 가극을 시작하기 전에 울려 퍼지는 요란한 자바라 소리와 징 소리처럼 나를 감동시키는 구석이 있었다. 증기압 점검하기, 이음매에 밀봉재 바르기, 파이프 결합부의 나사 조이기, 예비 케이블 장치의 마모된 톱니 교체하기 등이 내가 맡은 일이었다. 나는 일을 할 때면 무아지경에 빠져들었다. 힘들면서도 보람찬 일이었다.

근무 시간이 끝날 무렵이면 바깥은 캄캄했다. 기관실을 나서서 하늘의 보름달을 올려다보는 사이, 승객을 가득 실은 케이블카 한 대가 또다시 산비탈을 따라 올라가고 있었다. 내가 조작하는 증기 기관의 힘으로 올라가는 열차였다.

"중국 귀신들한테 잡혀가지 않게 조심해요."

머리가 연한 금발인 여자가 열차 안에서 그렇게 말하자 승객들이 깔깔 웃었다.

그러고 보니 그날은 우란분회(盂蘭盆會), 즉 굶주린 혼령을 기리는 잔칫날이었다. 아버지 영전에 뭐라도 올려야겠는걸. 몽콕 시장에 가서 지전(紙錢)을 사다가 좀 태울까.

"손님이 같이 놀자는데 멋대로 퇴근을 하겠다고?"

남자 목소리가 내 귀를 스쳤다.

"너 같은 여자가 비싸게 굴면 안 되지." 다른 남자가 지껄이고는 낄낄 웃었다.

소리가 들리는 쪽을 돌아보니 케이블카 탑승장 바로 바깥의 어둑한 곳에 중국인 여자가 한 명 서 있었다. 몸에 꼭 끼는 서양식 치파오를 입고 화장을 야하게 한 것으로 보아 무슨 일을 하는지는 뻔했다. 영국인 남자 둘이 여자의 길을 막고 있었다. 그중 한 명이 끌어안으려고 하자 여자는 그를 피해 뒤로 물러섰다.

"부탁이에요. 너무 피곤해서 그래요." 여자는 영어로 말했다. "다음에 기회가 있겠죠."

"야, 헛소리 그만해." 먼저 말했던 남자의 목소리가 험악해졌다. "누가 너랑 토론하재? 따라와, 와서 네가 잘하는 일을 해."

나는 그들이 있는 곳으로 걸어갔다.

"저기요."

두 남자는 돌아서서 나를 쳐다보았다.

"거기 무슨 일 있습니까?"

"네가 참견할 일 아니야."

"글쎄요, 참견을 해야 할 것 같은데요. 내 동생한테 하는 말본새를 보아하니."

두 남자 중 한 명이라도 내 말을 믿었는지는 잘 모르겠다. 하지만 5년 동안 무거운 기계와 씨름하는 사이에 내 몸은 우락부락한 근육질이 되어 있었고, 두 남자는 증기기관의 윤활유가 시커멓게 묻은 내 얼굴과 손을 보고는 공공장소에서 미천한 중국인 기술자와 드잡이를 벌여 봐야 득 될 게 없다고 판단한 모양이었다.

둘은 욕을 구시렁거리며 그 자리를 떠나 케이블카를 기다리는 사람들의 줄에 합류했다.

"고마워." 여자가 말했다.

"오랜만이야."

나는 염을 보며 그렇게 말했다. 좋아 보이네라는 말은 목구멍으로 삼켰다. 염은 좋아 보이지 않았다. 피곤해 보였고, 수척해 보였고, 차가워 보였다. 게다가 아찔한 향수 냄새 때문에 코가 다 찡했다.

하지만 염에게 모진 낙인을 찍고 싶지는 않았다. 낙인찍는 것은 살아남으려고 발버둥치지 않아도 되는 이들의 특권이므로.

"오늘은 우란분회잖아. 늦게까지 일하기 싫어서 그랬어. 엄마의 추억을 떠올리고 싶어서."

"나랑 같이 제사 음식 사러 갈래?" 나는 염에게 물었다.

함께 페리를 타고 주룽[九龍]으로 건너가는 동안, 염은 살랑거리는 바닷바람 덕분에 조금 기운을 차렸다. 페리에 설치된 찻주전자의 뜨거운 물을 수건에 적셔 화장도 지웠다. 염의 타고난 체취가 희미하게 풍겨 왔다. 변함없이 싱그럽고 근사한 향기였다.

"좋아 보이네." 내가 말했다. 진심이었다.

주룽의 거리에서 우리는 과자와 과일, 경단, 찐 닭, 향, 지전 따위를 사러 다니며 서로의 근황을 물었다.

"사냥은 잘돼?" 나는 그렇게 묻고는 염과 함께 웃었다.

"여우로 변신하던 시절이 그리워." 염은 멍한 표정으로 닭 날개를 우물거리다가 말했다. "우리가 마지막으로 만나고 나서 얼마 안 지났을 때, 어느 날 마지막 남은 요력이 내 몸에서 빠져나가는 느낌이 들더라. 그 후론 한 번도 변신을 못 했어."

"저런." 내가 말했다. 달리 할 말이 떠오르지가 않아서.

"우리 엄만 내가 인간의 것들을 좋아하도록 가르쳤어. 음식, 옷, 가극, 옛날이야기 같은 것들을. 하지만 엄마는 인간들한테 절대 의지하지 않았어. 마음만 먹으면 언제든 본래 모습으로 변신해서 사냥을 할 수 있었으니까. 하지만 지금 이런 몸으로 내가 뭘 할 수 있겠어? 나한텐 발톱이 없어. 날카로운 이빨도 없고. 하다못해 빨리 달리는 재주도 없어. 있는 거라곤 예쁜 얼굴뿐이야. 너랑 네 아버지가 우리 엄말 죽인 이유였던, 예쁜 얼굴 말이야. 그래서 지금은 네가 예전에 우리 엄마한테 누명 씌웠던 짓을 딸인 내가 진짜로 하고 있어. 남자를 홀려서 돈을 번다, 이 말이지."

"우리 아버지도 돌아가셨어."

그 말을 들어서인지 염의 목소리는 조금 부드러워졌다.

"어쩌다가?"

"요술이 우리를 버렸다고 느꼈던 거야. 너처럼. 아버진 그걸 참을 수가 없었던 거고."

"저런." 염도 나처럼 달리 할 말이 떠오르지 않았다는 것을 알 수 있었다.

"네가 전에 나한테 그랬잖아, 우리가 할 수 있는 일은 살아남는 법을 배우는 것밖에 없다고. 너한테 고맙다고 해야겠어. 난 그 말 덕분에 목숨을 건졌던 것 같으니까."

"빚은 그걸로 갚은 셈이네." 염은 빙긋 웃었다. "우리 얘기는 그만하자. 오늘 밤은 망자들을 위한 시간이니까."

우리는 부두로 내려가서 물가에 음식을 차려 놓고 우리가 사랑했던 망자들 모두에게 와서 마음껏 들라고 기도했다. 그런 다음 향을 피우고 지전을 양동이에 넣어 태웠다.

염은 불붙은 종이가 불길의 열기를 타고 하늘로 올라가는 광경을 가만히 지켜보았다. 하늘로 올라간 종이는 별빛 사이로 사라졌다.

"오늘밤 망자들의 혼이 드나들 수 있도록 저승의 문이 열려 있을까? 이제 이 땅에는 요술의 힘이 하나도 안 남았는데?"

나는 염의 질문에 대답하지 못하고 망설였다. 어릴 적에 아버지에게 훈련받은 나는 망자의 넋이 창호지를 긁는 소리를 들을 수 있었고, 바람 소리와 망령의 소리도 구분할 줄 알았다. 그러나 이제는 벼락처럼 쾅쾅대는 피스톤 소리와 귀가 멀 것처럼 날카로운 고압 증기가 밸브에서 빠져나가는 소리를 참고 견디는 데에 더 익숙했다. 어린 시절의 그 사라져 버린 세상과 조응한다는 말을, 이제는 자신 있게 할 수가 없었다.

"글쎄. 아마 망자들도 살아 있는 사람과 마찬가지일 것 같아. 철도와 기적(汽笛) 소리 때문에 점점 좁아진 세상에서 살아남는 법을 찾은 망자도 있을 테고, 못 찾은 경우도 있겠지."

"그런데 그렇게 살아남아서 잘 사는 경우도 있을까?"

나를 놀라게 하는 염의 재주는 변함이 없었다.

"그러니까 내 말은, 넌 지금 행복해? 너 스스로도 톱니바퀴가 된 것처럼 온종일 증기기관을 돌리면서 사는 삶이 행복하냐고. 넌 꿈이 뭐야?"

나는 어떤 꿈도 떠올릴 수가 없었다. 톱니와 축의 움직임에 매혹당한 삶은 나 스스로 택한 것이었다. 내 정신이 쉬지 않고 철컹거리는 쇳소리 사이사이의 공백을 메우는 형태로 바뀌어 가도록. 그것은 생각이 떠오르는 것을 피하는 방법이었다. 아버지 생각이, 너무나 많은 것을 잃어버린 이 나라 생각이.

"내 꿈은 쇠랑 아스팔트로 만들어진 이 밀림에서 사냥을 하는 거야." 염이 말했다. "본래의 내 모습을 하고 훌쩍 뛰어오르는 거야. 대들보에서 난간으로, 테라스에서 지붕으로, 이 섬의 꼭대기에 이를 때까지, 나를 소유할 수 있다고 생각한 남자들의 면전에 대고 으르렁댈 때까지."

내가 물끄러미 바라보는 동안 염의 눈은 잠시 환하게 빛나다가, 다시 어두워졌다.

"이 증기와 전기의 새 시대에, 이 거대한 도시에서, 빅토리아피크에 사는 사람들을 빼면 자기 본래 모습으로 사는 사람이 한 명이라도 있을까?" 염이 물었다.

우리는 부둣가에 나란히 앉아 밤이 새도록 지전을 태웠다. 망자들의 넋이 아직 우리 곁에 있다는 징조가 나타나기를 기다리며.

홍콩에서 사는 것은 신기한 경험이기도 했다. 하루하루 마주치는 세상은 크게 변하는 기색이 없었다. 그러나 몇 년이 지나서 돌아보면 아예 다른 세상에서 사는 것이나 마찬가지였다.

내가 서른 살이 됐을 무렵에 등장한 신형 증기기관은 석탄이 덜

들어갔고 마력도 더 높았다. 기관의 크기는 갈수록 작아졌다. 자동 인력거와 말 없는 마차가 거리를 누볐고, 여유가 있는 사람들은 공기를 서늘하게 식혀 주는 기계를 집에 설치하고 음식을 차갑게 보관해 주는 상자를 부엌에 들여놓았다. 모두 증기의 힘으로 움직이는 기계들이었다.

나는 상점에 들어가서 점원들의 따가운 눈총을 견디며 전시용 신형 기관의 부품을 꼼꼼히 살펴보았다. 증기기관의 작동 원리와 조작에 관한 책은 눈에 띄는 대로 구해서 걸신들린 듯이 읽었다. 나는 그렇게 익힌 이론을 적용하여 내가 맡은 기계의 성능을 개선하려고 애썼다. 새로운 연소 주기를 시험하고, 피스톤에 바르는 윤활제를 새것으로 바꾸고, 톱니의 회전율도 조정했다. 그런 식으로 기계의 요술을 이해해 가면서 조금은 흡족한 기분을 느꼈다.

어느 날 아침, 망가진 속도 조절기를 수리하는 까다로운 작업을 하고 있을 때, 내 위쪽 승강장에 광이 나는 구두 두 켤레가 나란히 멈춰 섰다.

나는 위를 올려다보았다. 남자 둘이 나를 내려다보고 있었다.

"이 친굽니다." 내가 속한 근무조의 조상이 말했나.

곁에 있던 잘 다린 양복 차림의 남자는 영 믿음이 안 간다는 표정이었다.

"구형 기관에 더 큰 플라이휠을 달자는 안을 내놓은 사람이 자넨가?"

나는 고개를 끄덕였다. 내가 맡은 기계로부터 설계자가 상상한 것보다 더 큰 힘을 짜내는 것이 내게는 자부심의 원천이었다.

"영국인의 발상을 훔친 것 아닌가?" 남자의 말투는 신랄했다.

나는 무슨 말인지 몰라 눈만 껌벅거렸다. 잠시 혼란스러웠던 머릿속이 맑아지자 뒤이어 화가 치밀었다.

"아닙니다." 나는 애써 차분한 목소리로 대답했다. 그러고는 작업을 계속하려고 기계 밑으로 몸을 숙였다.

"영리한 친굽니다." 조장의 목소리였다. "중국인치고는 말입니다. 가르치면 잘 따라올 겁니다."

"시도해 볼 가치는 있을 것 같군. 영국에서 진짜 기술자를 불러 고용하는 것보다는 확실히 싸게 먹힐 테니까."

빅토리아파크 케이블카의 소유주이자 스스로도 열정적인 기술자였던 알렉산더 핀들레이 스미스 씨는 기회를 포착했다. 기술이 발전하면 필연적으로 증기 동력을 이용하여 자동인형을 움직이는 날이 오리라고 내다보았던 것이다. 바야흐로 기계 팔과 기계 다리가 중국인 '쿨리'와 하인을 대체하는 시대였다.

나는 핀들레이 스미스 씨의 새 사업에 종사할 일꾼으로 뽑혔다.

그때부터 나는 태엽 장치를 수리하는 법과 정교한 톱니바퀴 장치를 설계하는 법, 구동축의 기발한 이용 방식을 고안하는 법 등을 배웠다. 금속에 크롬을 도금하는 방법과 동판을 부드러운 곡면으로 성형하는 방법도 공부했다. 그리하여 강화 톱니바퀴의 세계와 초소형 정밀 피스톤 및 청정 증기의 세계를 연결하는 갖가지 방법을 발명했다. 자동인형이 완성될 때마다 우리는 그 인형을 영국에서 실어 온 최신 분석 기관에 연결한 다음, 배비지러브레이스 코드에 따라 빼곡하게 구멍을 뚫은 종이 띠를 분석 기관에 입력했다.

고된 작업을 하는 사이에 10년이 흘렀다. 그러나 이제 센트럴 거리에 늘어선 술집에서는 기계 팔이 손님에게 음료를 제공했고, 신계(新界)의 공장에서는 기계 손이 신발과 옷을 바느질했다. 빅토리아피크의 저택에서는 내가 설계한 자동 빗자루와 자동 걸레가 조심스레 복도를 돌아다닌다는 얘기도 들었다(직접 볼 기회는 한 번도 없었지만). 그 장치들은 바닥을 청소하다가 벽에 부딪히면 부드럽게 튕겨난다고 했다. 하얀 증기를 빠끔빠끔 뿜는 기계 요정처럼. 이로써 외국인들은 마침내 중국인이라는 존재를 떠올릴 필요 없이 이 열대의 낙원에서 즐겁게 살 수 있었다.

마치 아스라한 과거의 기억처럼 문 앞에 서 있는 염을 보았을 때, 나는 서른다섯 살이었다.

나는 염을 내 조그만 아파트 안으로 들인 다음, 혹시 보는 눈이 있는지 확인하고 문을 잠갔다.

"요즘 사냥은 잘돼?"

내가 물었다. 농담이랍시고 꺼낸 말치고는 형편없었지만, 염은 쿡쿡 웃었다.

그 즈음 신문이란 신문은 모두 염의 사진으로 가득했다. 식민지를 발칵 뒤집어놓은 추문이었다. 총독 아들이 중국인 정부를 두었기 때문이 아니라(어차피 그럴 만한 위인이었으므로) 그 여자가 총독 아들에게서 엄청난 액수의 돈을 훔쳐 잠적했기 때문이었다. 모두가 숨어서 킥킥거리는 동안 경찰은 그 중국 여자를 잡으려고 온 도시를 샅샅이 뒤졌다.

"오늘 밤은 우리 집에 숨겨 줄게." 나는 그렇게 말하고 염의 대답을 기다렸다. 염에게 하려던 말 중에 입 밖에 내지 않은 절반이 우리 둘 사이에 둥둥 떠 있었다.

염은 방에 하나뿐인 의자에 앉았다. 침침한 전구 불빛이 염의 얼굴에 짙은 그림자를 드리웠다. 염은 야위고 피곤해 보였다.

"아, 이제 너도 나를 매춘부로 낙인찍는구나."

"나한텐 지키고 싶은 좋은 일자리가 있어. 핀들레이 스미스 씨는 나를 신뢰해 주시는 분이야."

염은 몸을 숙여 드레스 자락을 위로 끌어올렸다.

"그러지 마."

나는 고개를 돌렸다. 염이 나를 자기 손님처럼 대하는 꼴은 차마 볼 수가 없었다.

"날 봐." 염의 목소리에 유혹하는 기색은 조금도 없었다. "량, 나를 봐."

고개를 돌린 나는 그만 헉 소리를 내고 말았다.

염의 두 다리, 적어도 내 눈에 보이는 부분은, 반들거리는 크롬이었다. 나는 더 자세히 보려고 몸을 숙였다. 무릎의 원통 조인트는 정밀 선반으로 가공한 부품이었고, 허벅지에 길게 장착된 압축 공기 구동 장치는 소리를 전혀 내지 않고 움직였으며, 두 발은 정교하게 주조하여 성형한 작품이었다. 매끈한 표면에는 윤기가 흘렀다. 그토록 아름다운 기계 다리는 그때껏 본 적이 없었다.

"그놈이 나한테 약을 먹였어. 깨어나서 보니까 다리가 없어지고 대신 이게 붙어 있는 거야. 아파서 죽는 줄 알았어. 그놈이 나한테 설명하길, 자기한테는 비밀이 있댔어. 사람의 육체보다 기계를 더 좋아한다는 거야. 그래서 평범한 여자한테는 흥분이 안 된댔어."

그런 남자들 이야기는 나도 들은 적이 있었다. 크롬과 구리와 철 컹거리는 기계 소리와 쉭쉭거리는 증기 소리가 가득한 도시에서는, 욕구가 분출구를 헷갈리기도 하는 법이므로.

나는 염의 반짝이는 종아리 곡면을 따라 흐르는 빛에 집중했다. 그러면 염의 얼굴을 보지 않아도 되기 때문이었다.

"난 선택해야 했어. 그놈이 자기 마음에 들 때까지 내 몸을 바꾸도록 봐두든가, 이 기계 다리를 뺏기고 길거리로 쫓겨나든가. 앉은 뱅이 중국인 창녀가 하는 말을 누가 믿어 주겠어? 난 살아남고 싶었어. 그래서 아파도 꾹 참고 그놈이 그 짓을 계속하게 놔뒀어."

염은 일어서서 드레스를 벗고 목이 기다란 야회용 장갑도 벗었다. 나는 꼼꼼히 살펴보았다. 크롬으로 도금된 몸통의 허리 부위는 부드럽게 움직이도록 금속 박판을 겹쳐 만든 구조였다. 굴곡이 많은 두 팔은 곡면 금속판이 서로 겹쳐서 미끄러지듯 움직이는 모습이 꼭 갑옷처럼 섬뜩했다. 눈이 촘촘한 철망을 가공해서 만든 두 손에는 검은 강철 손가락이 달려 있었고, 손톱이 있어야 할 자리에는 보석이 반짝였다.

"그놈은 비용을 조금도 아까워하지 않았어. 내 몸의 부품 하나하나는 최고의 기술자들이 만들어서 최고의 외과 의사들이 이식한 거야. 어떻게 해야 사람 몸을 전기의 힘으로 움직이고 신경을 전선으로 대체할 수 있는지 실험하고 싶어 하는 사람은 많아. 법으로 금지되어 있다고 해도 말이야. 그 사람들은 언제나 그놈하고만 이야기 했어. 나는 이미 기계가 되어 버리기라도 한 것처럼.

그러다가 어느 날 밤에 그놈이 나를 때리길래, 나도 이판사판이라는 심정으로 맞받아쳤어. 그랬더니 그놈이 허수아비처럼 풀썩 쓰러지는 거야. 그때 퍼뜩 깨달았어, 내 기계 팔에 깃든 힘이 얼마나 강력한지를. 그놈이 내 몸 이곳저곳을 개조해서 이 모양으로 바꿔놓도록 가만히 놔두는 동안 내내, 나는 몸을 잃어버렸다고 슬퍼하기만 했어. 내가 얻은 게 뭔지는 생각도 못 한 채로. 난 무서운 일을 당했지만, 나 스스로가 무서운 존재가 될 수도 있었던 거야.

난 그놈이 기절할 때까지 목을 졸랐어. 그러고는 돈을 있는 대로 찾아서 달아났어.

그래서 널 찾아온 거야, 량. 날 도와줄 수 있겠어?"

나는 염에게 다가가 끌어안았다.

"나랑 같이 예전으로 돌아갈 방법을 찾자. 그런 수술을 할 수 있는 의사가 분명히······"

"아니." 염이 나의 말을 막았다. "내가 원하는 건 그게 아니야."

둘이서 작업을 다 마치기까지는 거의 1년이 걸렸다. 염이 챙겨 온 돈이 도움이 되었지만, 돈으로 살 수 없는 것들도 있었다. 기술과 지식이 특히 그러했다.

내 아파트는 공방으로 변신했다. 우리는 매일의 저녁 시간과 매주 일요일을 모두 작업에 쏟아부었다. 그렇게 금속을 성형하고 톱니바퀴를 연마하고 전선을 다시 연결했다.

얼굴이 가장 까다로웠다. 아직 살로 남아 있는 부분이었으니까.

나는 해부학 책을 여러 권 탐독한 끝에 석고로 염의 얼굴의 본을 떴다. 내 광대뼈를 일부러 부서뜨리고 얼굴에 칼집을 낸 다음, 비틀거리며 외과 병원을 찾아가기도 했다. 의사들이 내 상처를 어떻게 치료하는지 배우기 위해서였다. 금속을 얼굴 모양으로 성형하는 까다로운 기술은 값비싼 보석 가면을 사서 분해해 가며 익혔다.

마침내 그날이 왔다.

창문을 통해 비친 달빛이 아파트 바닥에 희끄무레한 마름모꼴을 그렸다. 염은 그 마름모 한복판에 서서 고개를 이쪽저쪽으로 돌리며 새 얼굴을 움직여 보았다.

매끈한 크롬 살갗 아래에는 수많은 초소형 압축 공기 구동 장치가 숨어 있었다. 저마다 독립적으로 움직이는 그 구동 장치들 덕분에 염은 원하는 표정을 자유자재로 지을 수 있었다. 그러나 눈은 예전 그대로였다. 그 두 눈이 달빛 속에서 흥분을 머금고 반짝였다.

"준비됐어?" 내가 물었다.

염은 고개를 끄덕였다.

나는 염에게 그릇을 건넸다. 그릇 안에는 곱게 갈아서 가루로 만든 최고로 순도 높은 무연탄이 들어 있었다. 그 가루에서는 불탄 나무의 냄새가 났다. 대지의 심장에서 나는 냄새였다. 염은 가루를 입에 넣고 삼켰다. 몸통 속에 있는 축소판 보일러의 불이 점점 더 뜨거워지면서 증기의 기압이 올라가는 소리가 났다. 나는 한 걸음 뒤로 물러섰다.

염은 고개를 젖혀 달을 올려다보며 긴 울음을 토했다. 증기가 구리 파이프를 통과하며 만들어낸 울음소리였지만, 나는 오래전 후리징의 울음소리를 처음 들었을 때 내 귀를 파고들었던 야생의 포효가 떠올랐다.

뒤이어 염은 바닥에 몸을 웅크렸다. 톱니바퀴가 절그럭거리고 피스톤이 오르락내리락하면서 곡면 금속판 여러 겹이 미끄러지듯 움직였다. 염이 변신을 시작하자 소음은 점점 더 커졌다.

일찍이 염은 머릿속에 어렴풋이 떠오른 최초의 도안을 종이에 붓으로 그렸다. 그런 다음 수백 번을 수정해 가며 마음에 들 때까지 세밀하게 고쳤다. 그 설계도에는 염의 어머니의 흔적이 보였지만, 그러면서도 무언가 더 튼튼하고 더 새로운 구석이 있었다.

나는 염이 그린 도안을 발전시켜 크롬 살갗이 접히는 정교한 구조와 금속 뼈대의 복잡한 연결 부위를 설계했다. 경첩 하나하나를 결합하고, 톱니바퀴 한 개 한 개를 조립하고, 모든 전선을 납땜질하고 이음매를 용접하고 구동 장치 하나하나에 윤활유를 발랐다. 그렇게 염의 몸을 분해했다가 다시 조립했다.

그럼에도, 모든 것이 제대로 작동하는 광경은 경이로웠다. 내 눈앞에서 염은 마치 은빛 종이접기 구조물처럼 접혔다가 펼쳐지기를 반복했다. 그리고 마침내, 태곳적의 전설에 나오는 존재처럼 아름답고 소름 끼치는 크롬 여우가 내 앞에 서 있었다.

염은 아파트를 사뿐사뿐 돌아다니며 광택이 나는 새 몸을 시험해 보았다. 살금살금 새로운 동작을 취하면서. 네 다리는 달빛 속에서 희끄무레하게 반짝였고, 망사처럼 가느다란 은실을 모아 만든 꼬리는 어두운 아파트 안에 빛의 궤적을 그렸다.

염은 돌아서서 내 쪽으로 걸어왔다. 아니, 허공 위로 미끄러지듯 다가왔다. 위풍당당한 사냥꾼, 되살아난 고대의 환상이었다. 숨을 깊이 들이마시자 불과 연기의 냄새가, 윤활유와 연마한 금속의 냄새가 났다. 권능의 향기였다.

"고마워."

염은 그렇게 말하며 내게 기댔고, 나는 본래의 모습을 한 염을 끌어안았다. 몸속에 있는 증기기관이 차가운 금속 몸을 덥혀 주었다. 따뜻한 느낌, 살아 있는 느낌이 들었다.

"느껴져?"

염의 물음에 나는 소름이 돋았다. 무슨 뜻인지 알 수 있었다. 오래된 요술이 다시 돌아왔지만, 전과 다르게 변해 있었다. 그것은 털가죽과 살이 아니라 금속과 불의 요술이었다.

"나 같은 친구들을 찾아낼 거야. 찾아서 너한테 데려올게. 너랑 나랑 같이 그 친구들한테 자유를 되찾아 주자."

한때 나는 요괴 사냥꾼이었다. 이제는 나도 그들과 한패였다.

나는 연미검을 손에 쥐고 아파트 문을 열었다. 낡고 묵직하고 녹이 슨 김에 지나지 않았지만, 그래도 혹시 숨어서 지켜보는 자가 있으면 때려눕히기에는 충분했다.

아무도 없었다.

염은 번개처럼 문을 뛰쳐나갔다. 소리 없이, 우아하게, 염은 홍콩의 거리로 달려나갔다. 자유롭고 무자비한, 새 시대를 위해 만들어진 후리징이었다.

……자신에게 마음을 빼앗겨 버린 남자가 있으면, 후리징은 아무

리 멀리서도 그 남자의 목소리를 들을 수밖에 없어……

"즐거운 사냥을 하길.(원문의 'Good hunting'에는 '행운을 빌다'라는 뜻도 있다. — 옮긴이)"

나는 나직이 중얼거렸다.

염은 멀리서 긴 울음소리를 토했다. 사라지는 염의 뒷모습을 지켜보는 동안 동그란 증기가 허공으로 피어올랐다.

나는 케이블카 선로를 따라 달리는 염의 모습을 상상했다. 지칠 줄 모르는 엔진은 위를 향하여, 그 위를 향하여 질주했다. 빅토리아 피크 꼭대기를 넘어서, 과거와 다름없이 요술로 가득한 미래를 향하여.

상태 변화

STATE CHANGE

매일 밤, 잠자리에 들기 전, 리나는 냉장고들을 점검했다.

냉장고는 부엌에 두 대, 저마다 다른 콘센트에 꽂혀 있었다. 그중 한 대는 문을 안 열고도 얼음을 받을 수 있는 멋진 녀석이었다. 거실에 있는 한 대는 위에 텔레비전이 놓여 있었고, 침실에 있는 한 대는 침대 곁탁자 노릇을 겸했다. 거실 복도에는 대학 기숙사에 어울리는 조그마한 정육면체 냉장고가 있었고, 욕실 세면대 아래에는 리나가 매일 저녁 얼음을 새로 채우는 아이스박스가 있었다.

리나는 냉장고 한 대 한 대의 문을 열고 안을 들여다보았다. 대부분 거의 항상 비어 있었다. 그 점은 딱히 마음에 걸리지 않았다. 리나는 냉장고 안을 채우는 데에는 관심이 없었다. 냉장고 확인은 생사가 걸린 문제였다. 리나의 영혼을 보존하는 곳이기 때문이었다.

리나의 관심사는 냉동 칸이었다. 리나는 냉동 칸의 문을 열고 잠시 잡은 채로, 응축된 냉기의 안개가 흩어지는 동안 손끝과 가슴과 얼굴에 닿는 서늘한 기운을 즐겼다. 그러다가 냉장고 모터가 돌아가는 소리가 들리면 문을 닫았다.

냉장고 확인이 끝날 즈음이면 리나의 아파트는 일제히 돌아가는 냉장고 모터의 베이스 합창 소리로 가득했다. 나지막하고 든든한 그 허밍 소리가 리나에게는 안전을 의미했다.

침실에 도착하면 침대에 누워 이불을 덮었다. 벽에 걸린 빙하와 빙산 그림 몇 점을, 리나는 오랜 친구들의 사진처럼 바라보곤 했다. 침대 옆의 냉장고 위에도 사진 액자가 있었는데 거기에는 대학 시절 방 짝이었던 에이미의 사진이 들어 있었다. 세월이 흐르는 동안 연락은 끊겼지만, 그러거나 말거나 리나는 에이미의 사진을 치우지 않았다.

리나는 침대 옆 냉장고의 문을 열었다. 그러고는 유리 접시에 놓인 자신의 각얼음을 물끄러미 바라보았다. 각얼음은 볼 때마다 전보다 작아진 느낌이 들었다.

리나는 냉장고 문을 닫고 그 위에 놓인 책을 집어 들었다.

에드나 세인트 빈센트 밀레이
— 친구, 적, 연인의 편지로 그린 초상

1921년 1월 23일 뉴욕

친애하는 비브에게

오늘 드디어 용기를 내서 빈센트가 머무는 호텔로 만나러 갔어. 빈센트는 이제 나를 사랑하지 않는대. 왈칵 울음이 터지더라. 빈센트는 화를 내면서 나더러 침착하게 굴 자신이 없거든 그냥 가라고 했어. 나는 차를 한 잔 달라고 했고.

빈센트가 나한테 그러는 건 전에 봤을 때 같이 있던 그 남자 때문이야. 난 이미 다 알고 있었어. 그런데도 빈센트 입으로 직접 들으니까 가슴이 찢어지는 것 같더라. 독한 계집애.

빈센트는 담배를 두 대 연달아 피우면서 나한테도 담뱃갑을 내밀었어. 담배 맛이 너무 써서 난 한 대만 피우고 말았고. 나중에는 나더러 화장을 고치라고 자기 립스틱을 줬어. 아무 일도 없었던 것처럼, 우리가 아직 바사 대학교 기숙사의 같은 방을 쓰는 사이인 것처럼.

"나를 위해 시를 한 편 써 줘." 나는 빈센트한테 말했어. 그 앤 나한테 최소한 그 정도는 해 줘야 하니까.

빈센트는 따질 것 같은 표정이었지만, 입을 꾹 다물었어. 그러고는 양초를 꺼내서 내가 만들어 준 촛대에 꽂고 양쪽 끝에 불을 붙였지. 그 애는 그렇게 자기 영혼에 불을 붙일 때 최고로 아름다워. 얼굴에 광채가 어렸어. 안쪽에서부터 빛이 비치는 하얀 살갗은 불타오르기 직전의 중국식 등롱 같았고. 그 애는 벽을 때려 부술 것처럼 거칠게 방 안을 쿵쿵 쓸어 다녔어. 나는 발을 낑겨 침대 위로 올리고 그 애의 주홍색 숄로 몸을 감싸고 있었어. 그 애를 방해하지 않으려고.

조금 있다가 빈센트는 책상 앞에 앉아 시를 썼어. 그러곤 다 쓰기가 무섭게 촛불을 훅 불어서 꺼 버렸어, 매캐한 그을음만 남기고서. 뜨거운 밀랍이 풍기는 냄새에 난 또 눈물이 그렁그렁했고. 그 애는 시를 깔끔하게 다시 써서 자기 몫으로 놔두고 원본은 나한테 줬어.

"너를 사랑하는 마음은 진심이었어, 엘레인." 그 애가 말했어. "자, 이제 얌전한 아가씨답게 조용히 돌아가."

빈센트가 쓴 시는 이렇게 시작해.

내 입술이 어느 입술에 포개졌는지, 어디서, 왜 그랬는지,

나는 잊어버렸다. 또 누구의 팔이 아침까지

내 머리를 받쳐 주었는지도. 그러나 오늘 밤,

빗속에 가득한 망령들은 창을 두드리고 한숨 쉬며……

비브, 난 문득 빈센트의 양초를 뺏어서 두 동강 내고 싶었어. 동강 난 그 애의 영혼이 녹아서 사라지도록 벽난로에 던져 버리고 싶었어. 그 애가 내 발 앞에서 몸부림치며 나한테 살려 달라고 애원하는 꼴을 보고 싶었어.

하지만 실제로는 그 시를 그 애 얼굴에 던지고 그 자리를 떠났을 뿐이야.

그리고 나서 이때껏 종일 뉴욕 거리를 헤매고 다녔어. 난 잔혹하도록 아름다운 그 애를 머릿속에서 도저히 지울 수가 없어. 내 영혼이 더 묵직하고 더 단단하면 좋았을 텐데. 그럼 혼자서도 흔들리지 않고 제자리를 지킬 텐데. 내 영혼이 이런 깃털이 아니었다면, 주머니 속에 든 이 징그러운 거위 깃털 한 움큼이 아니었다면, 그랬더라면 그 애의 촛불이 일으킨 뜨거운 공기 위로 떠올라 농락당하지 않았을 텐데. 난 무슨 나방이 된 것 같아.

일레인 보냄

리나는 책을 내려놓았다.

영혼이 활활 타오르게 할 수만 있다면. 리나는 생각했다. 남자든 여자든 마음대로 매혹할 수 있다면, 나중 일은 걱정하지 않고 찬란하게 빛날 수 있다면. 그렇게 살 수만 있다면 내놓지 못할 게 뭐가 있을까?

에드나 세인트 빈센트 밀레이는 자기 영혼인 양초의 양끝을 함께 태우기로 마음먹었고, 그리하여 눈부시게 빛나는 삶을 살았다. 양초가 다 닳았을 때 밀레이는 마약에 중독되어 병을 앓다가 너무도 이른 나이에 숨을 거두었다. 그러나 살아가는 동안 매일 스스로 결심할 수 있었다. '오늘은 찬란한 빛을 내 볼까?'라고.

리나는 캄캄하고 서늘한 고치 같은 냉장고 안에 있는 자신의 각얼음을 떠올렸다. 진정해. 리나는 속으로 중얼거렸다. 그런 생각은 잊어버려. 이게 네 목숨이야. 이미 죽은 거나 다름없는 이 조그만 덩어리가.

리나는 침실의 불을 껐다.

갓 태어난 리나의 영혼이 마침내 형체를 갖추었을 때, 태반을 받으려고 기나리던 간호사는 하마터면 아기의 영혼을 잃어버릴 뻔했다. 뜬금없이, 의료용 스테인리스스틸 트레이 위에, 각얼음 한 개가 놓여 있었던 것이다. 칵테일 파티의 술잔 속에서 짤랑짤랑 소리를 내는 것과 똑같이 생긴 얼음이었다. 각얼음 주위에는 이미 물이 번지고 있었다. 얼음 모서리의 각은 점점 동그래져서 밋밋하게 변해 갔다.

구급 냉동 팀이 부랴부랴 달려와 각얼음을 포장해 갔다.

"안타깝습니다."

갓 태어난 딸의 평온한 얼굴을 내려다보는 리나의 어머니에게 의사가 한 말이었다. 아무리 정성을 기울인다고 한들, 각얼음이 녹지 않고 버틸 수 있는 시간이 얼마나 될까. 아무 냉장고에나 넣어 두고 잊어버릴 문제가 아니었다. 영혼은 육체의 지척에 머물러야 했다. 그러지 않으면 육체가 죽어 버리니까.

수술실에는 정적만이 흘렀다. 갓난아기를 둘러싼 공기는 딱딱했고, 가라앉아 있었고, 고요했다. 말은 사람들의 목구멍 속에서 얼어붙었다.

리나는 번화가의 큰 빌딩에서 일했다. 빌딩 바로 옆의 부두에는 리나가 한 번도 타 본 적 없는 요트들이 정박해 있었다. 빌딩의 각 층에는 벽을 따라 창문을 낸 사무실이 여러 곳 있었는데 부두를 내려다보는 사무실은 다른 곳보다 더 넓고, 실내 장식도 더 고급스러웠다.

사무실 한복판에 칸막이로 나뉜 사무 공간 가운데 한 곳이 리나의 자리였다. 리나 자리 옆에는 프린터가 두 대 놓여 있었다. 윙윙대는 프린터 소리는 냉장고의 허밍 소리와 조금 비슷했다. 수많은 사람이 출력물을 가지러 리나 자리 옆을 지나다녔다. 그런 사람들은 가끔 걸음을 멈추고 인사를 할까 생각하기도 했다. 프린터 옆에 앉아 있는, 색이 옅은 금발에 피부가 창백한, 언제나 어깨에 스웨터를 걸치고 있는, 이 말수 적은 아가씨에게. 리나의 눈이 무슨 색인지 아는 사람은 한 명도 없었다. 리나는 고개를 드는 법이 없었으므로.

그런데 리나 주위에는 서늘한 공기가 감돌았다. 부서지기를 거부하는 가녀린 정적이었다. 매일 얼굴을 보는 사이였으면서도 동료들 가운데 리나의 이름을 아는 사람은 드물었다. 시간이 흐른 후에는 이름을 묻는 것 자체가 너무 어색한 일이 되고 말았다. 회사 안의 온갖 소문이 밀물처럼 밀려왔다가 썰물처럼 빠져나가는 동안에도 동료들은 리나에게 말을 걸지 않았다.

리나의 책상 밑에는 회사가 리나 전용으로 마련해 준 조그마한 냉장고가 있었다. 리나는 아침마다 허둥지둥 자기 자리에 도착해 보온 도시락 가방을 열고 얼음 채운 보온병을 연 다음, 자신만의 특별한 각얼음 한 개가 든 비닐 지퍼 백을 조심스레 꺼내어 냉동 칸에 넣었다. 그러고 나면 안도의 한숨과 함께 의자에 앉아 심장 박동이 가라앉기를 기다렸다.

부두가 안 보이는 작은 사무실의 직원들은 부두가 보이는 사무실에서 보내는 질문의 답을 컴퓨터로 찾는 일을 했다. 리나가 맡은 업무는 그 답을 모아서 알맞은 용지의 알맞은 자리에 알맞은 서체로 뽑아낸 다음, 부두 쪽 사무실로 보내는 것이었다. 작은 사무실 사람들은 이따금 너무 바쁜 나머지 답을 카세트테이프에 녹음하기도 했다. 그럴 때면 리나는 테이프의 녹취록을 만들었다.

리나는 자기 자리에서 점심을 먹었다. 잠깐 정도는 영혼과 어느 정도 떨어져 있어도 몸 상태가 나빠지거나 하지 않았지만, 그래도 리나는 되도록 냉장고 가까이에 있고 싶었다. 가끔 다른 층의 사무실에 서류 봉투를 갖다 주러 자리를 떠야 할 때면 갑작스레 정전이 되는 상상이 머릿속에 떠올랐다. 그럴 때면 리나는 숨이 턱까지 차도록 복도를 달려 냉장고가 안전한지 확인하러 돌아오곤 했다.

삶이 불공평하다는 생각은 하지 않으려고 애썼다. 냉장고가 발명되기 전에 태어났다면 살아남지도 못했을 테니까. 리나는 감사하는 마음을 잊고 싶지 않았다. 그래도 이따금 힘들 때는 있었다.

퇴근 후에 리나는 사무실의 여성 동료들과 함께 춤을 추러 가거나 데이트 준비를 하는 대신, 집에서 전기를 읽으며 저녁 시간을 보냈다. 남들의 삶을 통해 자기 삶을 잊기 위해서였다.

T. S. 엘리엇과 함께한 아침 산책 ― 회고록

T. S. 엘리엇은 1958년부터 1963년까지 성공회 기도서 시편 개정 위원회에 참여했다. 이 무렵에는 이미 노쇠했기 때문에 그는 자신의 커피통을 좀처럼 열려 하지 않았다.

한 차례 예외가 있었는데, 위원회가 시편 23장을 개정할 때였다. 4세기 전 커버데일 주교는 히브리어 성서를 꽤 자의적으로 번역했다. 위원회가 합의한 바에 따르면 시편 23장의 핵심 은유를 올바르게 번역한 영어 표현은 '칠흑같이 어두운 골짜기'였다.

엘리엇은 그 회의 자리에서 몇 달 만에 처음으로 자신의 영혼인 커피를 한 잔 탔다. 그 커피의 진하고 쓰디쓴 향을, 나는 지금도 잊을 수가 없다.

엘리엇은 자기 커피를 한 모금 홀짝이고 나서, 일찍이 「황무지」를 낭독할 때의 바로 그 몽환적인 목소리로, 모든 영국인의 피 속에 녹아 있는 종래의 시편 번역문을 낭독하기 시작했다. "나 비록 음산한 죽음의 골짜기를 지날지라도, 내 곁에 주님 계시오니 무서울 것 없어라."

표결의 결과는 만장일치, 비록 윤색한 구석이 있을지언정 커버데일 주교의 번역문을 그대로 두자는 것이었다.

생각해 보면 사람들은 늘 전통과 성공회에 깊숙이 심취한 엘리엇을 보며, 또한 뼛속까지 철저하게 영국인이었던 그의 영혼을 보며 놀랐던 것 같다.

엘리엇이 자기 영혼의 맛을 본 것은 필시 그때가 마지막이었을 것이다. 그날 이후 나는 종종 그 커피의 향을 한 번 더 맡아 보았으면 하고 소망했다. 그 쓰디쓴, 탄내가 섞인, 절제된 향을. 그것은 참된 영국인의 영혼만이 아니라 천재 시인의 영혼이기도 했다.

커피 스푼으로 수명을 계산하다니. 리나는 생각했다. 가끔은 끔 찍하다는 느낌도 들었을 거야. 그래서 T. S. 엘리엇이 그렇게 유머 감각이 없었던 거겠지.

그러나 커피 동에 든 영혼이라는 것도 나름 귀여운 구석이 있었 다. 엘리엇의 영혼은 주변의 공기에 활력을 불어넣었다. 그의 목소 리를 듣는 사람은 누구나 그의 오묘하고 함축적인 시에 담긴 수수 께끼를 또렷하고 맑은 정신으로 편견 없이 받아들였다. 엘리엇은 자기 영혼의 향기 없이는 「사중주 네 편」을 쓰지 못했을 것이다. 그 향기가 단어 하나하나에 부여한 예리함이 없었다면, 깊은 의미를 지닌 음료가 입속에 남긴 날카로운 자극이 없었다면, 세상은 그의 시를 이해하지 못했을 것이다.

인어들이 나한테 노래를 불러 주면 얼마나 좋을까, 「프루프록의 사랑 노래」에 나오는 것처럼. 엘리엇은 잠들기 전에 자기 영혼이 담긴 커피를 마시고 그 꿈을 꿨을까?

그날 밤, 리나의 꿈에는 인어 대신 빙하가 나왔다. 몇 킬로미터를 가도 끝이 보이지 않는, 녹으려면 100년은 걸릴 듯싶은 빙하였다. 눈길 닿는 곳에 살아 있는 것은 하나도 없었지만 리나는 잠든 채로 빙긋이 웃었다. 꿈속의 풍경은 리나의 삶이었다.

새로 들어온 남자 직원이 사무실에 처음 출근한 날, 리나는 그 남자가 이 층에 오래 머물지 않으리라는 것을 알아보았다.

남자는 유행이 몇 년 지난 셔츠 차림이었고, 그날 아침에는 구두를 닦는 것도 잊은 모양이었다. 키는 그리 크지 않았고 턱 선도 별로 날렵하지 않았다. 남자의 방은 리나의 자리에서 통로 저 멀리 떨어져 있었다. 좁다란 방, 창문은 바로 옆 빌딩을 향해 딱 하나만 나 있는 방이었다. 방 바깥에 붙은 이름표에는 지미 케스노라고 적혀 있었다. 어느 모로 보나 매일 같이 이 빌딩을 거쳐 가는 개성 없고 야심만만하고 마음속에는 불만을 품은 젊은 남자들 가운데 한 명일 뿐이었다.

그러나 리나는 지미처럼 대하기 편한 사람을 그때껏 본 적이 없었다. 지미는 어디를 가든 처음부터 그곳에 있었던 사람처럼 행동했다. 목소리도 크지 않고 말하는 속도도 느릿했지만, 모여서 대화하던 사람들은 나중에 온 지미에게 끼어들 자리를 마련해 주었다.

고작 몇 마디 했을 뿐인데도 동료들은 지미의 말에 웃음을 터뜨렸고, 나중에는 자신들도 덩달아 조금은 재치 있는 사람이 된 기분을 느꼈다. 지미가 빙그레 웃는 얼굴을 보이면 동료들은 더 행복해진 느낌이, 더 잘생기고 예쁜 사람이 된 느낌이 들었다. 지미는 오전 내내 자기 방을 들락거리며 열심히 일하면서도 잠깐씩 멈춰서 잡담을 나눌 만큼 여유 있는 모습을 함께 보여 주었다. 직원들의 방은 지미가 떠난 후에도 열려 있었고, 방 주인은 문을 닫아야겠다는 생각을 전혀 하지 않았다.

리나는 옆 자리의 젊은 여성이 지미의 목소리가 통로 저편에서 가까워질 때마다 화장을 고치는 것을 알아차렸다.

지미가 오기 전의 회사 생활이 어땠는지, 이제는 잘 떠오르지도 않았다.

리나는 지미 같은 젊은 남자가 뒷골목 쪽으로 난 창문 한 개만 있는 작은 방에 오랫동안 머물지 않는다는 것을 익히 알았다. 그런 남자들은 부두를 내려다보는 사무실로 옮겨 가거나, 아예 다른 층으로 갔다. 리나는 지미의 영혼이 십중팔구 은 숟가락일 거라고 상상했다. 공들여 닦지 않아도 눈부시게 빛나는, 사람들이 탐내는 은 숟가락.

법정에 선 잔 다르크

"밤이면 잔 다르크는 병사들과 함께 땅바닥에서 잠을 잤습니다. 잔이

갑옷을 벗으면 가슴이 훤히 보였습니다. 아름다운 가슴이었습니다. 그러나 잔을 보고 제 안의 음심(淫心)이 동한 적은 단 한 번도 없습니다.

"잔은 병사들이 자기 앞에서 욕설을 입에 담거나 음담패설을 지껄이면 화를 냈습니다. 부대를 따라다니는 매춘부들을 보면 여지없이 검을 휘둘러 쫓아냈지만, 병사가 그런 여성과 결혼하겠노라고 약속한 경우는 예외였습니다.

"잔의 순결은 자신의 영혼에서 비롯된 것이었습니다. 잔은 말을 타고 전장으로 돌격할 때나 밤이 되어 잠자리에 누울 때나, 자기 영혼을 결코 몸에서 떼어 놓지 않았습니다. 그 영혼이란 바로 너도밤나무 가지였습니다. 잔의 고향 마을인 돔레미에서 그리 멀지 않은 곳에 옹달샘이 하나 있었는데, 그 샘 옆에는 '귀부인의 나무'라는 오래된 너도밤나무 한 그루가 있었습니다. 잔의 영혼은 그 나무에서 나왔습니다. 잔을 어린 시절부터 알던 이들이 맹세하기를, 그 가지에서 풍기는 향은 귀부인의 나무 옆에 있는 샘에서 풍기던 향과 똑같다고 합니다.

"삿된 마음을 품고 잔 곁에 다가간 사람은 누구나 잔의 영혼에 감화되어 마음속의 불길이 대번에 꺼지고 말았습니다. 그러한 까닭에 잔은 가끔 다른 병사들과 똑같이 벗은 몸을 드러내면서도 순결하게 남았던 것입니다. 이는 모두 사실임을 맹세하는 바입니다."

"안녕하세요." 지미였다. "성함이 어떻게 되시죠?"

"잔이오." 리나는 그렇게 말하고는 붉어진 얼굴로 읽던 책을 덮었다. "아니, 리나예요. 리나."

지미를 올려다보는 대신, 리나는 책상 위의 반쯤 먹다 남긴 샐러드를 내려다보았다. 입가에 뭐가 묻지 않았는지 궁금했다. 냅킨으로 입을 닦을까 하는 생각도 떠올랐지만 그랬다가는 너무 눈에 띌 것 같았다.

"있잖아요, 오전 내내 돌아다니면서 물어봤는데, 리나 씨 이름을 아는 사람이 아무도 없더라고요."

이미 아는 사실이었는데도 리나는 조금 슬펐다. 지미를 실망시킨 것 같아서였다. 리나는 낸들 어쩌겠냐는 듯이 어깨를 으쓱했다.

"그런데 이제 아무도 모르는 걸 저만 아는군요." 지미가 말했다. 리나에게는 마치 자신이 그에게 무슨 대단한 비밀을 가르쳐 주었다는 말처럼 들렸다.

드디어 사무실 에어컨을 꺼 버린 걸까? 평소처럼 시원하지가 않네. 리나는 스웨터를 벗을까 하고 생각했다.

"지미, 잠깐만." 리나 옆 자리의 여성 동료가 부르는 소리였다. "이리 와 봐. 전에 얘기했던 사진 보여 줄게."

"그럼 이만." 지미는 그 말과 함께 리나를 보며 빙긋 웃었다. 리나가 고개를 들고 있었기 때문에 안 사실이었다. 리나가 올려다본 그 얼굴은 왠지 잘생긴 것 같기도 했다.

로마 전설집

키케로는 조약돌과 함께 태어났다. 그래서 키케로가 위대한 인물이 되리라고 예상한 사람은 한 명도 없었다.

키케로는 그 조약돌을 입에 물고 연설 연습을 했다. 그러다가 목구멍이 막혀 질식할 뻔한 적도 몇 번 있었다. 그는 명료한 단어와 직설적인 문장을 쓰는 법을 배웠다. 그는 입속의 조약돌 너머로 목소리를 밀어내는 방법을, 또박또박 말하는 방법을, 혀가 꼬였을 때조차도 분명하게 발음하는 요령을 익혔다.

그리하여 키케로는 당대의 가장 위대한 연설가가 되었다.

"책을 되게 많이 읽으시네요."

지미의 말에 리나는 고개를 끄덕였다. 그러고는 지미의 얼굴을 보며 빙그레 웃었다.

"리나 씨 눈처럼 파란 눈은 처음 봐요." 지미는 리나의 눈을 똑바로 들여다보며 말했다. "바다색 같은데, 위에 얼음이 덮여 있어요."

지미는 스스럼없이 말했다. 마치 휴가 때 있었던 일처럼, 전에 본 영화 이야기처럼. 바로 그 점 때문에 리나는 지미의 말이 진심인 것을 알았고, 그래서 지미에게 자신의 비밀을 또 하나 가르쳐 준 기분이 들었다. 스스로도 몰랐던 비밀을.

둘 다 아무 말도 하지 않았다. 보통은 분위기가 어색해질 만한 상황이었다. 그러나 지미는 칸막이에 기대어 선 채 리나의 책상 위에 쌓인 책들을 흐뭇하게 바라볼 뿐이었다. 그는 정적에 자리를 잡고 그 속으로 아늑하게 녹아들었다. 그래서 리나도 편한 마음으로 정적이 흐르도록 내버려 두었다.

"어, 카툴루스의 시집이네요." 지미는 책 더미에서 책 한 권을 뽑아 들었다. "제일 좋아하는 시가 어떤 거예요?"

리나는 그 질문을 곰곰이 생각했다. '우리 함께 삽시다, 나의 레스비아, 우리 함께 사랑합시다'라고 하면 너무 분방해 보일 것 같았다. '그대는 나에게 몇 번의 입맞춤을 바랐던가'라고 하면 너무 숫기 없어 보일 것 같았다.

리나는 뭐라고 대답해야 좋을지 몰라 고민했다.

지미는 기다렸다. 재촉하지 않고 지긋이.

리나는 도무지 마음을 정할 수가 없었다. 뭔가 말하려고 했지만, 무슨 말이든 하려고 했지만, 아무 말도 나오지 않았다. 목에 조약돌이, 얼음처럼 차가운 조약돌이 걸려 있었다. 리나는 스스로에게 화가 났다. 지미의 눈에는 틀림없이 그런 자신이 바보처럼 보였을 테니까.

"미안해요, 스티브가 자기 방으로 오라고 부르네요. 대답은 나중에 들을게요."

에이미는 대학 시절 리나의 방 짝이었다. 리나가 지금껏 살면서 딱하게 여긴 유일한 사람이기도 했다. 에이미의 영혼은 담배 한 갑이었다.

그러나 에이미는 동정 따위 필요 없는 사람처럼 살았다. 리나와 만났을 무렵, 에이미의 담뱃갑은 이미 절반이 넘게 비어 있었다.

"어쩌다가 이렇게 비었어?"

리나는 겁이 더럭 났다. 자기 목숨을 그토록 함부로 다루다니, 리나로서는 상상도 못 할 일이었다.

밤이면 에이미는 리나에게 같이 놀러 나가자고 했다. 춤을 추고 술을 마시고 남자들을 만나자고. 리나는 그때마다 싫다고 했다.

"부탁이야. 넌 나를 동정하잖아, 안 그래? 부탁이니까 같이 가 줘. 딱 한 번만."

에이미는 리나를 데리고 바에 갔다. 리나는 가는 동안 내내 자신의 보온병을 꼭 끌어안고 있었다. 에이미는 그 보온병을 홱 낚아채서 리나의 각얼음을 조그마한 위스키 잔에 넣은 다음, 바텐더에게 냉장고에 넣어 보관해 달라고 했다.

남자들이 둘을 꼬시려고 다가와 말을 걸었다. 리나는 그들을 무시했다. 무서워서였다. 리나의 시선은 냉장고에 못 박혀 있었다.

"재미있는 척이라도 좀 해 봐, 응?" 에이미가 말했다.

다음번 남자가 말을 걸었을 때, 에이미는 자신의 담배를 한 개비 꺼냈다.

"잘 봐." 바 뒤쪽의 네온등이 비춘 불빛 속에 눈을 반짝이며, 에이미는 남자에게 말했다. "난 지금부터 이 담배를 피울 거야. 담배를 다 피우기 전에 네가 내 친구를 웃게 하면, 난 오늘 밤에 너희 집에 갈 거야."

"둘이 같이 오는 건 어때?"

"좋지. 안 될 것도 없지, 뭐. 근데 그러려면 너 엄청 웃겨야 돼."

에이미는 라이터를 찰칵 켜서 불을 붙이고 담배 한 모금을 길게 빨아들였다. 그러고는 고개를 젖히고 허공 높이 연기를 뿜어냈다.

"나한테는 이게 사는 재미야."

에이미는 리나의 귀에 대고 속삭였다. 초점을 잃은 눈이 거칠게 흔들렸다.

"삶이란 모름지기 실험이거든."

리나는 에이미가 콧구멍으로 뿜은 담배 연기에 기침이 나왔다.

리나는 에이미를 지그시 마주 보았다. 그러다가 고개를 돌려 남자를 보았다. 머리가 살짝 어질어질했다. 남자의 흰 콧날이 왠지 우스우면서도 슬퍼 보였다.

에이미의 영혼은 전염성이 있었다.

"질투 나게." 이튿날 아침에 에이미가 리나에게 한 말이었다. "너 웃음소리 되게 섹시하더라."

리나는 그 말을 듣고 빙그레 웃었다.

리나의 각얼음이 든 위스키 잔은 남자의 집 냉장고 안에 있었다. 리나는 그 잔을 챙겨 기숙사로 돌아왔다.

그러나 리나가 에이미와 함께 밤 나들이를 나간 것은 그때가 마지막이었다.

둘은 대학을 졸업하고 나서 연락이 끊겼다. 어쩌다 에이미가 생각날 때면 리나는 에이미의 담뱃갑이 마법처럼 저절로 채워지기를 기원했다.

리나는 칸막이 옆의 프린터에서 쉬지 않고 흘러나오는 인쇄용지에 정신이 팔려 있었다. 지미가 위층 사무실로 옮겨가리라는 것은 이미 아는 바였다. 이제 시간이 얼마 없었다.

리나는 주말에 쇼핑을 했다. 물건은 공들여 골랐다. 리나에게 어울리는 색은 아이스 블루, 살짝 초록기가 도는 연청색이었다. 손톱도 눈 색깔에 맞추어 칠했다.

디데이는 수요일로 정했다. 사람들은 보통 주초와 주말 직전에 할 이야기가 많았다. 주제는 대개 지난 주말에 무엇을 했는지, 아니면 이번 주말에 무엇을 할지였다. 수요일에는 할 이야기가 별로 없었다.

리나는 조그마한 위스키 잔을 챙겨서 출근했다. 행운의 부적이기도 했고, 차갑게 얼리기도 편하기 때문이었다.

작전은 점심시간이 끝나고 시작되었다. 오후 업무가 아직 많이 남아서 소문이 잘 돌지 않는 시간대였으므로.

리나는 냉장고 문을 열고 차갑게 얼린 위스키 잔과 자신의 각얼음이 든 지퍼 백을 꺼냈다. 그런 다음 지퍼 백에서 각얼음을 꺼내어 위스키 잔에 넣었다. 유리잔 바깥 면은 차게 식은 공기가 응축되어 금세 뿌예졌다.

스웨터를 벗은 다음, 위스키 잔을 손에 들고서, 리나는 사무실 안을 돌아다니기 시작했다.

리나는 사람들이 모인 곳은 어디든 다가갔다. 통로, 프린터 옆, 커피메이커 옆에도. 리나가 다가오면 사람들은 공기가 갑자기 서늘해진 느낌을 받았고, 오가던 대화도 잠잠해졌다. 재치 있는 말은 시들하고 바보 같은 소리로 들렸다. 언쟁은 가라앉았다. 오후 업무가 얼마나 남았는지 갑자기 떠오른 듯, 다들 그만 가 봐야겠다는 말을 남기고 흩어졌다. 리나가 지나가는 길의 방은 모두 문이 닫혔다.

리나는 사무실 복도가 고요해질 때까지 걸어 다녔다. 그리고 이제, 문이 열린 방은 지미의 방 한 곳뿐이었다.

리나는 위스키 잔을 내려다보았다. 잔 바닥에 야트막하게 물이 고여 있었다. 그 위에 각얼음이 동동 뜨는 것은 시간문제였다.

아직은 시간이 있었다. 리나가 서두르기만 하면.

나한테 키스해요, 내가 사라져 버리기 전에.

리나는 지미의 방 문 바깥에 위스키 잔을 내려놓았다. 난 잔다르크가 아니니까.

리나는 지미의 방으로 들어간 다음 등 뒤의 문을 잠갔다.

"안녕하세요."

리나가 말했다. 지미의 방에 단 둘이 있는 지금, 그것 말고는 할 일이 떠오르지 않았다.

"안녕하세요. 오늘은 온 사무실이 조용하네요. 무슨 일 있나요?"

"시 테쿰 아툴레리스 보남 아트쿠에 마그눔 케남, 논 시네 칸디다 푸엘라. '당신이 맛있는 음식을 잔뜩 가져온다면, 그리고 미인도 빼놓지 않고 데려온다면.' 그거예요. 그게 내가 제일 좋아하는 카툴루스의 시예요."

리나는 부끄러웠지만, 한편으로는 따뜻한 기운을 느꼈다. 혀는 조금도 무겁지 않았고, 목에 조약돌도 걸려 있지 않았다. 영혼이 문 바깥에 있었는데도 리나는 불안하지 않았다. 흘러가는 시간을 1초 1초 재지도 않았다. 리나의 목숨이 담긴 위스키 잔은 다른 시간대에, 다른 장소에 있었다.

"에트 우이노 에트 살레 에트 옴니부스 카킨니스. '그리고 와인과 재치(라틴어 'sal'에는 '소금'과 함께 '재치, 기지'라는 뜻도 있다. ― 옮긴이)와 한바탕 웃음도 함께." 지미가 리나 대신 시 구절을 마무리 지었다.

지미의 책상 위에 놓인 소금 통이 리나의 눈에 띄었다. 소금은 아무리 싱거운 음식에서도 맛을 끌어냈다. 소금은 대화에 들어가는 재치와 웃음 같은 것이었다. 소금을 넣으면 평범한 것도 특별해졌다. 단순한 것이 아름답게 바뀌었다. 지미의 영혼은 소금이었다.

그리고 소금이 들어가면 얼리기가 힘들었다.

리나는 웃음을 터뜨렸다.

그러고는 블라우스 단추를 풀었다. 지미가 의자에서 일어서려고 했다. 리나를 말리려고. 리나는 고개를 가로젓고 지미를 보며 빙긋이 웃었다.

나한테는 양끝을 다 태울 양초가 없어. 커피 스푼으로 수명을 계산할 일도 없을 거야. 욕망을 잠재울 샘물도 없어, 왜냐면 죽은 거나 다름없이 얼어붙은 내 일부를 뒤에 남겨 두고 왔으니까. 지금 나한테 있는 건 내 삶이야.

"삶이란 모름지기 실험이에요."

리나의 입에서 나온 말이었다.

어깨를 으쓱해서 블라우스를 벗은 다음, 리나는 바닥에 떨어진 치마에서 걸어 나왔다. 이제 지미는 리나가 주말에 무엇을 샀는지 알 수 있었다.

리나에게 어울리는 색은 아이스 블루였다.

나중에 리나는 자신이 웃었던 것을 떠올렸고, 지미가 따라 웃었던 것도 떠올렸다. 손길 하나하나, 가빠진 숨결 하나하나를 열심히 떠올렸다. 떠올리고 싶지 않은 것은 시간이었다.

문 바깥에서 들려오는 사람들의 기척은 점점 커지다가 다시 점점 작아졌다. 두 사람은 지미의 방에 한참 동안 머물렀다.

내 입술이 어느 입술에 포개졌는지. 그 시가 떠오른 순간, 리나는 바깥이 다시 쥐 죽은 듯 고요해진 것을 알아차렸다. 방 안을 물들인 햇살은 점점 붉게 변해 갔다.

리나는 몸을 일으켰다. 지미의 품에서 나와 블라우스를 입고, 바닥에 떨어진 치마에 다시 발을 넣어 위로 올렸다. 그런 다음 방문을 열고 위스키 잔을 집어 들었다.

리나는 얼음 알갱이를 찾으려고 위스키 잔을 들여다보았다. 필사적으로 들여다보았다. 손톱만 한 얼음 조각이라도 떠오르기를 바라면서. 리나는 그것을 다시 얼려서 이날의 기억을 품고 남은 생을 꾸역꾸역 살아갈 작정이었다. 자신이 진짜로 살아 있었던 이날 하루의 기억을.

그러나 위스키 잔 속에는 물뿐이었다. 맑고, 깨끗한, 물.

리나는 심장이 멈추기를 기다렸다. 폐가 호흡을 그만두고 멈추기를 기다렸다. 리나는 다시 지미의 방으로 들어갔다. 그의 눈을 보며 죽고 싶어서.

소금물은 얼리기 힘들 텐데.

리나는 따스한 기운을, 매혹당하는 기분을, 가슴이 탁 트이는 해방감을 느꼈다. 무언지 알 수 없는 것이 세상에서 가장 차갑고 고요하고 공허한 리나의 마음 구석구석에 흘러 들어와 파도 소리로 리나의 귀를 가득 채웠다. 지미에게 들려줄 이야기가 너무나 많아서, 리나는 이제 다시는 책을 읽을 시간이 없을 것만 같았다.

리나에게

잘 지내지? 마지막으로 봤을 때가 언젠지 벌써 까마득하네.

네 머릿속에 맨 먼저 떠오른 생각은 내 담배가 몇 개비나 남았을까 하는 거겠지. 음, 좋은 소식은 내가 담배를 끊었다는 거야. 나쁜 소식은, 내 마지막 담배 한 개비가 반 년 전에 재로 변해 버렸다는 거고.

하지만 보다시피 난 아직 살아 있어.

리나, 영혼이란 종잡을 수가 없는 거야. 난 영혼에 관해 알아야 할 건 다 안다고 생각했어. 그래서 평생 무모하게, 삶의 순간순간을 도박처럼 사는 게 내 운명이라고 생각했지. 그게 내가 사는 이유라고 생각했던 거야. 내가 살아 있다고 느끼는 순간은 내 영혼의 일부에 불을 붙일 때뿐이었어. 담뱃불과 재가 손가락에 닿기 전에 뭔가 특별한 일이 일어나기를 기다리면서 말이야. 그럴 때 나는 정신이 생생하게 깨어 있는 느낌이 들었어. 귓속의 떨림 하나하나, 눈에 비친 색깔 하나하나가 생생하게 느껴졌으니까. 내 삶은 태엽이 조금씩 풀리는 시계 같았어. 담배 두 개비 사이의 몇 달은 정식 공연을 위한 무대 연습 같은 거였지. 내가 출연하기로 계약한 공연은 스무 번이었고.

마지막 담배 한 개비가 남았을 때, 난 겁에 질렸어. 그래서 마지막으로 뭔가 화려한 일을 저지르기로 계획했어. 쾅, 하면서 끝나는 일을. 하지만 그 마지막 한 개비를 피울 때가 됐을 때 난 용기를 잃고 말았어. 마지막 한 모금을 빨아들이고 나면 죽는다는 걸 깨닫는 순간, 갑자기 손이 덜덜 떨리는 거야. 그렇게 되면 성냥도 제대로 쥘 수가 없고, 엄지로 라이터돌을 돌리는 것도 할 수가 없어.

나는 바닷가 파티에서 술을 진탕 마시고 필름이 끊겼어. 누군가 니코틴이 간절하게 필요했던지, 내 손가방을 뒤져서 마지막 담배 한 개비를 찾아냈나 봐. 정신을 차리고 보니까 내 옆의 모래 위에 빈 담뱃갑이 떨어져 있더라. 담뱃갑 속에는 조그마한 게 한 마리가 들어가서 집주인 행세를 하고 있었고.

아까도 얘기했지만, 난 죽지 않았어.

그때껏 살면서 난 담배가 내 영혼인 줄만 알았어. 그래서 '담뱃갑' 생각은 하지도 못했던 거야. 애초에 관심도 없었어, 그 얌전한 종이 껍데기에는. 그 껍데기 속의 조그마한 빈 굴에도.

빈 담뱃갑은 길을 잃고 집에 들어온 거미를 바깥으로 데리고 나갈 때 집 대신 요긴하게 쓸 수 있어. 잔돈이나 옷에서 떨어진 단추를 넣거나, 반짇고리로 쓰기도 좋고. 립스틱이랑 아이라이너랑 조그만 블러셔 같은 것도 그럭저럭 넣고 다닐 만해. 내가 넣고 싶은 건 뭐든 다 받아들이는 물건이지.

내가 지금 느끼는 기분이 바로 그거야. 마음이 탁 트인 기분, 만사가 태평한 기분, 어디에든 적응할 수 있을 것 같은 기분 말이야. 그래, 내 삶은 이제 비로소 진짜 실험이 됐어. 다음엔 뭘 할 수 있을까? 뭐든지 할 수 있을 거야.

하지만 여기까지 오기 전에 난 먼저 내 담배를 다 피워 버려야 했어.

나한테 일어난 일은 '상태 변화'였어. 내 영혼이 담배 한 갑에서 담뱃갑으로 바뀌었을 때, 난 성장한 거야.

너한테 편지를 쓰기로 한 건 네가 나 스스로를 떠올리게 했기 때문이야. 넌 네가 자신의 영혼을 이해한다고 믿었어. 인생을 어떻게 살아야 하는지도 안다고 믿었고. 그 시절에 난 네가 틀렸다고 생각했지만, 그때는 나도 옳은 답이 뭔지 몰랐어.

하지만 지금은 알아. 이제 너도 상태 변화를 일으킬 때가 됐을 거야.

너의 영원한 친구
에이미

작가의 말

이 이야기의 분위기와 배경 및 중심 플롯은 마사 수컵(Martha Soukup)의 단편 소설 「깨어 있는 사무실의 미남(Waking Beauty)」(패트릭 닐센 헤이든 편집, 『스타라이트 1(Starlight 1)』(토르: 뉴욕, 1996)에 수록)에서 영감을 얻었다. 이야기의 핵심이 된 아이디어는 말할 것도 없이 필립 풀먼의 『황금 나침반』 시리즈에서 따왔다.

파자점술사
THE LITEROMANCER

1961년 9월 18일, 중화민국 타이완섬

릴리 다이어는 하루 중 어느 때보다 오후 세 시를 가장 기다리면서도 한편으로는 가장 두려워했다. 오후 세 시는 학교가 파하고 집으로 돌아와 부엌 식탁에 새 우편물이 놓여 있는지 확인하는 시간이었다.

식탁에는 아무것도 없었다. 그러거나 말거나 릴리는 물어보기로 했다.

"제 앞으로 무슨 편지 안 왔어요?"

"안 왔는데." 거실에서 엄마가 대답했다.

엄마는 코튼 씨가 새로 맞은 중국인 신부에게 영어 강습을 하는 중이었다. 코튼 씨는 릴리의 아빠와 같은 회사에서 일하는 높은 사람이었다.

릴리네 가족이 타이완으로 이사 오고 나서 꼬박 한 달이 흘렀건만, 텍사스 주 클리어웰에서는 아무도 편지를 보내지 않았다. 릴리는 4학년 전체에서 가장 인기 있는 소녀였는데도. 여자애들 모두 꼭 편지하겠다고 약속했는데도.

릴리는 미군 기지 안에 있는 새 학교가 마음에 안 들었다. 다른 아이들의 아버지는 모두 군대 소속이었지만, 릴리 아빠는 시내에 있는 빌딩에서 일했다. 로비에 쑨원[孫文]의 사진이 걸려 있고 옥상에는 빨강과 파랑과 하양이 섞인 중화민국 국기가 펄럭이는 빌딩이었다. 이는 곧 릴리가 이상한 아이라는 뜻이었고, 그래서 다른 아이들은 점심시간에 릴리와 함께 도시락을 먹으려고 하지 않았다. 결국 그날 아침 조회에서 담임인 와일 선생님이 릴리를 대하는 아이들의 태도에 관해 훈계했다. 이로써 릴리의 처지는 더욱 난처해졌다.

릴리는 자기 책상에 앉아 혼자서 조용히 도시락을 먹었다. 다른 아이들은 릴리 옆자리에 모여 재잘거렸다.

"중국인 창녀들은 교활해. 항상 기지 근처에서 어슬렁거리잖아."

수지 랜들링의 목소리였다. 수지는 반에서 가장 예쁜 여자애였고 언제나 제일 재미난 소문을 퍼뜨렸다.

"제니 엄마가 우리 엄마한테 하는 말을 들었는데, 그 여자들은 미군한테 손이 닿기만 하면 지저분한 재주를 써서 확 낚아채 버린대. 그러고는 미군의 돈을 다 뺏으려고 결혼하자고 조르는데, 결혼하기 싫다고 하면 병에 걸리게 만든다는 거야."

그 말에 다른 여자애들이 깔깔 웃었다.

"미국인 남자가 식구들하고 같이 살 집을 기지 바깥에 구한다면 그 집 남편의 진짜 목적이 뭔지는 상상하고도 남지." 제니는 수지의 관심을 끌려고 음침한 목소리로 덧붙였다. 여자애들은 키득거리며 릴리 쪽을 흘끔거렸다. 릴리는 못 들은 척했다.

"그 여자들은 상상도 못 할 만큼 지저분해." 수지의 말이 이어졌다. "테일러 아주머니가 그러는데, 지난여름에 타이난[台南]으로 자동차 여행을 갔을 때 중국인들이 내놓는 음식은 하나도 먹을 수가 없었대. 한번은 튀긴 개구리 다리를 먹으라고 내놨다지 뭐야. 아주머닌 그게 닭다리인 줄 알고 하마터면 먹을 뻔했대. 징그럽게!"

"우리 엄마가 그러는데 미국에 돌아가기 전까지 제대로 된 중국 음식을 하나도 먹을 수가 없는 건 진짜 창피한 일이랬어." 제니가 거들었다.

"그건 사실이 아니야."

릴리는 그 말을 내뱉고는 곧바로 후회했다. 돼지고기로 만든 콩우안[貢丸] 완자탕과 쌀밥이 릴리의 점심 도시락이기 때문이었다. 중국인 가정부인 린[林] 할머니가 전날 저녁에 남은 음식을 싸 주었던 것이다. 콩우안 완자탕은 맛있었지만, 여자애들은 중국 음식 냄새에 콧등을 찌푸렸다.

"릴리는 오늘도 냄새나는 중국 스튜를 먹는구나." 수지의 목소리에는 날이 서 있었다. "진짜 좋아하나 봐."

"릴리, 릴리, 냄새니는 국(gook) 아기를 낳을 기래요."

다른 여자애들이 노래를 부르기 시작했다.

릴리는 울음을 참으려고 애썼다. 그리고 거의 성공할 뻔했다.

부엌으로 들어선 엄마가 릴리의 머리를 살며시 쓰다듬었다.

"학교는 재미있었니?"

릴리는 학교에서 일어나는 일을 부모님에게 알리면 절대 안 된다는 것을 잘 알았다. 알면 해결하려고 나설 테니까. 그랬다가는 더 난처해질 뿐이니까.

"재밌었어요. 이제 막 여자애들이랑 친해지기 시작했거든요."

엄마는 고개를 끄덕이고 거실로 돌아갔다.

릴리는 자기 방으로 가고 싶지 않았다. 미국에서 가져온 「소녀 탐정 낸시 드루 시리즈」를 다 읽어 버린 이상 가 봤자 할 일이 없었다. 부엌에 남고 싶지도 않았는데, 이는 린 할머니가 요리를 하면서 서툰 영어로 자꾸 말을 걸기 때문이었다. 릴리는 콩우안 완자탕 때문에 린 할머니에게 화가 났다. 그러면 안 되는 줄은 알았지만 스스로도 어쩔 수가 없었다. 릴리는 바깥에 나가기로 했다.

오전에 내린 비는 후텁지근한 아열대 공기를 식혀 주었고, 그 덕분에 릴리는 산들바람을 즐기며 산책을 했다. 학교에 갈 때 포니테일로 묶었던 빨간 곱슬머리는 풀어서 홀가분했고, 하늘색 탱크톱과 카키색 반바지도 편안한 느낌이 들었다. 다이어 가족이 세 들어 사는 조그마한 중국식 농가의 서쪽에는 마을의 논이 네모꼴로 가지런히 펼쳐져 있었다. 물소 몇 마리가 논두렁 아래쪽 진창에서 한가로이 오가며 둥그렇게 휜 기다란 뿔로 검고 두툼한 등가죽을 긁적거렸다. 텍사스에 살 때 자주 본 소들은 길고 가느다란 뿔이 두 자루 검처럼 앞을 향해 무섭게 뻗어 있었지만, 이곳의 물소들은 뿔이 뒤쪽으로 휘어서 등 긁기에 안성맞춤이었다.

가장 커다랗고 나이도 많은 물소는 눈을 감고 물속에 반쯤 엎드려 있었다.

릴리는 숨죽인 채 바라보았다. 그 물소를 타 보고 싶었다.

아직 꼬맹이였을 때, 그리고 아빠가 너무 비밀스러운 일이라 딸한테도 밝히지 못하는 새 직장에 취직하기 전에, 릴리는 카우걸이 되고 싶었다. 릴리는 부모님이 먼 동부 출신이 아니라서 말을 타고 소를 몰 줄 아는 친구들이 부러웠다. 릴리는 지역 로데오 축제가 열리면 빠지지 않고 구경하러 갔고, 그러다가 다섯 살 때에는 접수 테이블에 앉은 남자에게 엄마 허락을 받았다고 거짓말을 하고 양 타기 시합에 출전했다.

릴리는 날뛰는 양의 등에 달라붙어 흥분과 공포로 가득한 28초를 버텨 냈다. 28초라는 기록은 그 지역 전체를 흥분의 도가니에 빠뜨렸다. 챙이 널따란 카우보이모자 아래 야무지게 묶은 포니테일을 늘어뜨린 릴리의 사진이 모든 신문에 실렸다. 사진 속 어린 여자아이의 표정에 겁먹은 기색은 눈곱만큼도 없었다. 오로지 천진난만한 기쁨과 억센 고집뿐이었다.

"정말 천둥벌거숭이구나. 세상에 어떻게 그런 짓을 할 생각을 다 했니? 잘못하면 목이 부러졌을지도 모르는데."

엄마의 말에 릴리는 대꾸하지 않았다. 그리고 그 후로 몇 달 동안 양 타기 시합에 나가는 꿈을 꾸었다. *1초만 더 버텨.* 릴리는 양의 등에 탄 자신에게 말했다. *그냥 버티는 거야.* 그 28초 동안 릴리는 글자 연습장을 쓰고 심부름을 하고 어른들 명령을 따르면서 하루를 다 보내는 조그만 여자애가 아니었다. 그 28초 동안 릴리의 삶에는 명확한 목표가 있었고, 그 목표를 성취할 명확한 방법도 있었다.

만약 나이가 더 많았다면 릴리는 그 기분을 *해방감*이라고 묘사했을 것이다.

그리고 지금, 만약 저 늙은 물소를 탈 수만 있다면, 어쩌면 그때의 기분을 다시 만끽하고 남은 하루를 후련하게 보낼 수 있을지도 몰랐다.

릴리는 얕은 진창을 향해 달리기 시작했다. 늙은 물소는 여전히 아무것도 모른 채 우물우물 되새김질만 했다. 진창 가장자리에 도착한 릴리는 물소의 등으로 훌쩍 뛰어올랐다.

릴리가 가벼운 털썩 소리와 함께 등에 내려앉자 물소는 한순간 진창 속으로 가라앉았다. 물소가 요동치며 내달릴 거라고 각오하고 있었던 릴리는 둥그렇게 휜 기다란 뿔 한 쌍을 주시했다. 물소가 그 뿔로 자신을 떼어 내려고 하면 냉큼 붙잡기 위해서였다. 혈관을 타고 아드레날린이 퍼져 나가는 동안 릴리는 하나뿐인 목숨을 지켜야 한다는 생각에 마음을 굳게 먹었다.

그러나 낮잠을 방해당한 물소는 날뛰는 대신, 그저 눈을 뜨고 푸르거리기만 했다. 물소는 고개를 틀고 왼쪽 눈으로 릴리를 원망스레 바라보았다. 그러고는 못마땅한 듯이 고개를 젓다가, 일어서서 진창을 벗어나 느릿느릿 걷기 시작했다. 릴리를 등에 태운 물소는 아늑하고 안정감 있게 나아갔다. 릴리가 조그마한 아이였을 때 목말을 태우고 다니던 아빠처럼.

릴리는 주뼛거리다가 씩 웃었다. 그러고는 사과하는 뜻에서 물소의 목덜미를 살짝 다독여 주었다.

힘을 빼고 편하게 앉아서, 길은 물소가 알아서 찾아가도록 맡긴 채로, 릴리는 논에 줄지어 늘어선 벼가 옆으로 흘러가는 풍경을 가만히 바라보았다. 물소는 논 끄트머리에 있는 조그마한 수풀에 도착한 다음, 수풀을 돌아 그 뒤편으로 향했다. 그곳의 땅은 경사가 져서 아래쪽의 강가로 이어졌다. 물소가 걸어 내려간 강가에는 릴리 또래의 중국인 남자애 몇 명이 자기네 집에서 키우는 물소를 씻기며 놀고 있었다. 릴리와 물소가 점점 가까워지는 동안 아이들의 웃음소리는 조금씩 잦아들었고, 이내 아이들이 하나둘 릴리 쪽으로 고개를 돌렸다.

릴리는 불안해졌다. 그래서 아이들에게 고개를 끄덕이고 손을 흔들어 인사했다. 답인사는 돌아오지 않았다. 릴리는 어린애라면 누구나 아는 방식으로 자신이 위험에 처한 것을 알았다.

느닷없이 무언가 축축하고 묵직한 것이 릴리의 얼굴에 들러붙었다. 남자애 한 명이 강가의 진흙을 한 움큼 던졌던 것이다.

"아똥아, 아똥아, 아똥아!"

남자애들이 외쳤다. 뒤이어 더 많은 진흙 덩어리가 릴리를 향해 날아왔다. 진흙은 릴리의 얼굴에, 팔에, 목에, 가슴에 들러붙었다. 아이들이 외치는 말이 무슨 뜻인지는 알 수 없었지만 목소리에 드러난 적의와 흥분은 굳이 통역이 필요치 않았다. 진흙이 눈에 들어가자 눈물이 줄줄 흘렀다. 릴리는 양팔로 얼굴을 가리고 마음을 굳게 먹었다. 엉엉 울어서 남자애들을 기쁘게 하지는 않겠노라고.

"아야!"

비명을 참을 수가 없었다. 돌멩이가 릴리의 어깨를, 뒤이어 허벅지를 때렸다. 릴리는 물소 등에서 굴러 떨어지듯 내려와 몸을 숙이고 물소 뒤에 숨으려 했지만, 남자애들은 더욱 크게 소리를 지르며 물소를 빙 돌아서 괴롭힘을 멈추지 않았다. 릴리는 주위의 진흙을 손에 잡히는 대로 쥐어서 남자애들에게 던졌다. 무턱대고, 분노에 젖어서, 필사적으로.

"가우긴아, 콰이짜우, 콰이짜우!"

위엄이 서린 노인의 목소리가 릴리의 귀에 들려왔다. 쏟아지던 진흙 비가 멈췄다. 릴리는 손목으로 얼굴의 진흙을 닦고 고개를 들었다. 남자애들은 저 멀리 달아나고 있었다. 노인이 뭐라고 더 외치자 아이들은 더욱 속도를 높였고, 물소들은 그 뒤를 어슬렁어슬렁 따라갔다.

릴리는 일어서서 늙은 물소를 돌아보았다. 몇 걸음 떨어진 곳에 나이든 중국인 남자가 서서 자애로운 미소를 머금고 이쪽을 보고 있었다. 노인 곁에는 릴리 또래의 남자애 한 명이 서 있었다. 릴리가 지켜보는 사이에 남자애는 순식간에 조그마한 점으로 변한 아이들의 등을 향해 조약돌을 던졌다. 남자애의 팔 힘이 좋아서인지 조약돌은 호를 그리며 하늘 높이 날아갔고, 맨 끄트머리에 달려가던 아이가 수풀을 돌아 사라지는 순간 그 아이의 발 바로 뒤에 떨어졌다. 남자애가 릴리를 보며 씩 웃자 비뚤배뚤한 위아랫니가 드러났다.

"어린 아가씨." 노인은 중국인 특유의 억양은 있지만 또렷한 영어로 말했다. "괜찮으신가?"

릴리는 자신을 구해 준 이들을 멍하니 보며 입만 뻐끔거렸다.

"우리 아황[阿黃]이랑 뭐 하고 있었어?" 남자애가 물었다.

늙은 물소가 어슬렁어슬렁 다가오자 아이는 손을 뻗어 물소의 코를 쓰다듬었다.

"그…… 어…… 타고 있었어." 릴리는 목이 바짝 마른 느낌이 들어서 침을 꿀꺽 삼켰다. "미안해."

"저 녀석들도 천성이 악한 것은 아니야." 노인이 말했다. "조금 방정맞은 녀석들이 외지인을 경계해서 그런 것뿐이지. 예절을 제대로 가르치지 못한 것은 아이들의 선생인 나의 잘못이네. 내가 대신 사과할 테니 부디 노여움을 풀게나."

노인은 릴리를 향해 허리 숙여 절을 했다.

릴리도 쭈뼛쭈뼛 허리를 숙여 답례했다. 몸을 숙이면서 보니 탱크톱과 바지가 진흙투성이였고, 돌멩이에 맞은 어깨와 다리는 욱신욱신 아팠다. 엄마한테 한바탕 잔소리를 들을 판이었다. 그것 하나는 확실했다. 머리부터 발끝까지 진흙으로 뒤덮인 자기 몰골이 어떨지는 상상의 힘을 빌리는 수밖에 없었다.

이토록 혼자라는 느낌이 든 적은 처음이었다.

"내가 거들 테니 좀 씻지그래."

노인이 제안했다. 둘은 강가로 향했고, 노인은 릴리의 얼굴에 묻은 진흙을 손수건으로 닦은 다음 맑은 강물에 그 손수건을 헹궜다. 노인의 손길은 부드러웠다.

"나는 간청화[甘成華]라고 하네. 그리고 이 아이는 내 손자, 천자평[陳家峰]."

"그냥 테디라고 불러." 남자애가 냉큼 말했다. 그 말을 들은 노인이 쿡쿡 웃었다.

"만나서 반갑습니다. 저는 릴리언 다이어라고 해요."

"그런데 간 선생님은 뭘 가르치세요?"

"서예. 나는 아이들에게 붓으로 한자를 쓰는 법을 가르치네. 그래야 아이들이 괴발개발 쓴 글씨로 온 세상을 공포에 빠뜨리지 않을 테니까. 조상의 영령과 떠도는 귀신들까지 포함해서."

릴리는 웃음을 터뜨렸다. 간 선생은 그때껏 만난 중국인들과 달랐다. 하지만 릴리의 웃음은 오래가지 않았다. 학교 생각이 머릿속 한구석에 늘 박혀 있었기 때문이었다. 이튿날 다시 학교에 갈 생각을 하니 미간에 주름이 잡혔다.

간 선생은 그런 릴리의 표정을 못 본 척했다.

"그런데 실은 마법도 조금 부릴 줄 안다네."

그 말이 릴리의 호기심에 불을 댕겼다.

"어떤 마법인데요?"

"나는 파자점(破字占)술사야."

"뭐, 뭐라고요?"

"우리 할아버지는 사람 이름의 한자랑 그 사람이 고르는 한자를 가지고 운세를 점쳐 줘." 테디가 설명했다.

릴리는 자욱한 안개 속에 걸어 들어온 느낌이 들었다. 테디의 말이 이해가 가지 않았던 릴리는 간 선생 쪽을 돌아보았다.

"중국인은 점술의 일환으로 문자를 발명했어. 그래서 모든 한자는 그 속 깊숙한 곳에 마법이 깃들어 있지. 나는 한자를 토대로 사람의 고민을 읽어 내고 그 사람의 과거와 미래를 알 수 있다네. 자, 어떻게 하는 건지 보여 줌세. 낱말을 하나 떠올려 보게. 아무 낱말이나."

릴리를 주위를 두리번거렸다. 그들 셋은 강가의 바위에 앉아 있었다. 그곳에서 보이는 나무의 이파리들은 울긋불긋하게 물들어 가는 중이었고, 머잖아 수확을 시작할 벼는 이삭이 묵직해져 고개를 숙이고 있었다.

"가을."

릴리가 말했다.

간 선생은 막대를 집어 들고 발치의 부드러운 진흙에 한자를 한 글자 적었다.

$$秋$$

"진흙에다 막대기로 쓴 글자인 만큼 보기 흉해도 조금 참아 주게. 당장은 종이와 붓이 없어서 말이지. 이건 추라는 글자야. 한자로 '가을'을 뜻하지."

"이걸로 어떻게 제 운세를 점치실 건데요?"

"음, 글자를 조각조각 냈다가 다시 붙이는 거야. 한자는 글사 여러 개를 모아서 만들었거든, 벽돌을 쌓는 것처럼. 추는 다른 한자 두 개로 이루어졌어. 왼쪽에 있는 글자는 화라는 한자로, 수수나 쌀 같은 곡물 일반을 가리키지. 지금 보고 있는 저 글자는 나중에 양식화된 것인데, 고대에는 이렇게 썼네."

간 선생은 진흙에 그림을 그렸다.

"어때, 다 익은 이삭의 무게 때문에 위쪽이 무거워져서 고개를 숙이고 있는 곡물의 줄기처럼 보이지?"

릴리는 신기해하며 고개를 끄덕였다.

"자, 추의 오른쪽에 있는 한자는 화, '불'을 뜻하는 글자야. 글자의 모양이 불티를 날리며 활활 타는 불 같지 않나?"

"내 고향인 중국 북부에서는 쌀농사를 짓지 않아. 대신 수수와 밀, 고량을 재배하지. 가을에 수확을 마치고 탈곡까지 다 끝내면 우리 고향 사람들은 밭에 짚단을 쌓아놓고 불태운다네. 이듬해 농사에 대비하여 재를 밭의 비료로 삼으려고 말이야. 그래서 금빛 짚단과 빨간 불, 그 둘을 합하면 추, 가을이 되는 걸세."

릴리는 그 광경을 상상하며 고개를 끄덕였다.

"그런데 자네가 추를 자신의 글자로 고른 것은 어찌 해석해야 할까?"

간 선생은 골똘히 생각하다가 추 아래에 획을 몇 개 더 그렸다.

"자, 추 밑에 '마음'을 뜻하는 한자 심을 적었네. 심은 심장의 모양을 본떠 만든 글자야. 위아래의 한자를 합치면 수라는 새 한자가 만들어지는데, 그 뜻은 '근심' 또는 '슬픔'이라네."

그 말에 릴리는 가슴이 철렁 내려앉는 느낌이 들었고, 갑자기 눈앞이 온통 뿌예졌다. 릴리는 숨을 꾹 참았다.

"릴리, 자네 마음속에는 근심걱정이 가득해. 무언가 자네를 몹시, 몹시 슬프게 하는 것이 있어."

릴리는 친절한 노인의 주름투성이 얼굴과 깔끔하게 자른 백발을 가만히 올려다보다가, 그에게로 다가갔다. 그가 두 팔을 벌리자 릴리는 그의 어깨에 얼굴을 기댔고, 그는 릴리를 안아 주었다. 살짝, 부드럽게.

릴리는 엉엉 울면서 간 선생에게 그날 학교에서 있었던 일, 다른 여자애들의 험담과 그 애들이 부른 노래, 미국에 있는 친구들의 편지가 한 통도 없었던 식탁에 관하여 이야기했다.

"내가 싸우는 법을 가르쳐 줄게." 테디는 릴리의 이야기를 다 듣고 나서 그렇게 말했다. "눈물이 쏙 빠지게 패 주면 다시는 귀찮게 못 할 거야."

릴리는 고개를 저었다. 남자애들은 단순해서 주먹질로 이야기를 대신했다. 여자애들이 주고받는 말에는 그보다 훨씬 더 오묘한 마법이 깃들어 있었다.

"국(gook)이라는 말에는 마법이 잔뜩 깃들어 있다네."

릴리가 울음을 그치고 조금 차분해진 후에 간 선생이 한 말이었다. 릴리는 놀라서 간 선생을 올려다보았다. 국이 못된 말이라는 것을 아는 릴리는 자기 이야기에 나온 그 말을 듣고 간 선생이 화를 낼 거라고 생각했지만, 간 선생의 표정은 평온하기만 했다.

"어떤 사람들은 국이라는 말에 아시아인의 가슴을 파고드는 악한 마법이 있어서, 아시아인이나 그들과 친하게 지내고 싶은 서양인이 그 말을 들으면 상처를 받는다고 생각하지. 하지만 그런 사람들은 국에 깃든 진짜 마법을 몰라. 자네는 그 말이 어디서 왔는지 아나?"

"아니요."

"미군이 처음 한국에 도착했을 때, 미군 병사들은 한국군 병사가 미국이라고 말하는 걸 자주 들었다네. 그들은 한국군이 영어로 '미(me), 국(gook)'이라고 하는 줄 알았지. 하지만 한국군은 사실 미국 사람 이야기를 하는 거였어. 미국은 '아메리카'를 뜻하는 말이거든. 국은 한국어로 '나라'라는 뜻이고. 그래서 미군 병사들은 아시아인을 '국'이라고 부르기 시작했어. 어떤 의미로는 사실상 자기 자신을 가리키는 말이라는 걸 이해하지 못했기 때문이지."

"예에." 릴리는 방금 들은 정보가 무슨 도움이 되는지 잘 이해가 가지 않았다.

"자네 자신을 지킬 만한 마법을 한 가지 가르쳐 주겠네." 간 선생은 테디 쪽을 돌아보았다. "네가 고양이 괴롭힐 때 쓰는 그 거울 좀 주련?"

테디는 주머니에서 조그마한 유리 조각을 꺼냈다. 커다란 거울을 깨뜨려서 만든 조각이었고, 날카로운 가장자리에는 접착테이프가 둘러져 있었다. 테이프에는 먹물로 적은 한자 몇 글자가 보였다.

"중국에서는 수천 년 전부터 거울로 재앙을 쫓아냈다네. 이 조그만 거울을 무시하면 안 돼. 이 안에는 굉장한 마법이 깃들어 있거든. 다음에 또 아이들이 자네를 괴롭히면 이 거울을 꺼내서 얼굴 앞에 들이대게."

릴리는 거울을 받아 들었다. 간 선생이 하는 말을 진심으로 믿지는 않았다. 친절하고 상냥한 노인이었지만, 그가 하는 말은 황당무계하게 들렸기 때문이었다. 그럼에도 릴리는 친구가 필요했다. 그리고 간 선생과 테디는 릴리에게 태평양 이쪽에서 친구에 가장 가까운 사람들이었다.

"고맙습니다."

"릴리 양." 간 선생은 일어서서 엄숙하게 릴리와 악수했다. "중국에서는 나이 차가 크게 나는 친구 사이를 가리켜 '망년지교(忘年之交)'라고 하네. 나이를 잊은 우정이라는 뜻이지. 우리가 만난 것은 운명이야. 아무쪼록 나와 테디를 언제나 친구로 여겨 주면 좋겠네."

릴리는 진흙투성이가 된 몰골을 모두 아황 탓으로 돌리면서 그 '고집 센 물소'를 결국에는 텍사스 카우걸다운 솜씨로 굴복시켰노라고 설명했다. 물론 릴리의 엄마는 엉망이 된 딸의 옷을 보고 화를 냈다. 엄마는 한참 동안 설교를 늘어놓았고, 아빠조차도 한숨을 쉬고 릴리에게 이제 어린애가 아니니까 말괄량이 시절에는 작별을 고해야 한다고 타일렀다. 그러나 릴리가 보기에 그 정도면 대략 잘 빠져나온 셈이었다.

린 할머니가 준비한 저녁 요리는 아빠가 제일 좋아하는 싼베이지[三杯鷄]였다. 참기름과 미주(米酒)와 간장에 졸인 닭고기의 달콤한 냄새가 부엌과 거실을 가득 채웠고, 린 할머니는 요리가 맛있다고 칭찬하는 다이어 씨 부부를 보며 빙그레 웃었다. 릴리는 싼베이지를 점심도시락으로 싸 가도 될지 불안했지만, 주머니 속의 거울을 만지작거리고는 린 할머니에게 잘 먹었다고 인사했다.

"안녕히 주무세요."

릴리는 엄마와 아빠에게 저녁 인사를 하고 자기 방으로 향했다.

복도를 지나가는데 바닥에 떨어진 종이 두 장이 눈에 띄었다. 주워서 훑어보니 타자기로 친 글자가 빼곡히 적혀 있었다.

다수의 공장 및 철도, 다리 등의 기반 시설을 성공적으로 파괴했습니다. 요원들은 중국공산당(이하 중공) 간부 몇 명을 암살하기도 했습니다. 이러한 일련의 습격에서 중공 관계자 수십 명을 생포, 심문하여 공산 중국의 내부 사정에 관한 중요 정보를 획득했습니다. 본 비밀 작전은 처음부터 설득력 있는 부인하에 실행되었으므로, 미국이 개입했다는 중공 측의 비난에 대한 우리의 부정을 의문시하는 미국 언론 매체는 아직 한 곳도 없습니다(설령 미국이 관여한 사실이 드러난다 해도 중화민국 정부는 중화인민공화국의 전 영토에 영유권을 주장하므로, 중미공동방어조약에 따라 미국의 개입을 법적으로 정당화할 수 있습니다.).

중공 포로를 심문한 결과 이번 방해공작 및 테러 작전은 중화민국이 대륙을 침공한다는 유언비어와 결합, 중공으로 하여금 내부 통제 및 대국민 억압을 더욱 심화하도록 압박한 것으로 보입니다. 중공은 군사 지출을 늘린 탓에 한정된 자원을 경제 발전에 투입하지 못했고, 이로써 중화인민공화국이 대약진운동으로 인한 대기근을 겪는 현 시점에서 민중의 고통은 더욱 커졌습니다. 결과적으로 체제에 대한 불만이 팽배한 상황입니다.

케네디 대통령은 중공과 더욱 대립각을 세우도록 우리 '회사'의 방침을 재설정했습니다. 저는 전면적인 총력전을 제외한 모든 수단을 동원하여 중화인민공화국을 약화시켜야 한다고 제안하는 바입니다. 중화인민공화국의 해상운송에 대한 중화민국 측의 금수 조치 및 방해공작을 계속 지원하고 티베트에서의 반정부 폭동을 지원 및 교사하는 한편으로, 우리는 중화인민공화국 내부에서 중화민국과 함께 벌이는 합동 비밀 작전을 더욱 증대해야 합니다. 우리는 중공에 대한 비밀 작전을 심화함으로써 북베트남에 대한 중공의 지원을 축소시킬 수 있을 것입니다. 최선의 경우에는 중화인민공화국 국내에서 민중 봉기를 유도하여 마지막 결정타로 삼을 수도 있으며, 이를 통해 타이완섬과 버마로부터 진격할 중국국민당 군대의 침공을 지원할 수도 있을 것입니다. 장 총통은 열의가 충만한 상태입니다.

중화인민공화국이 우리의 도발에 넘어가 전면전을 선포하면 미국은 동맹국들에게 결의의 증거를 보여 주기 위해 핵무기를 사용해야 할 것입니다. 대통령은 미국 국민의 이해를 구하고 동맹국들이 핵전쟁을 승리의 수단으로 받아들이도록 유도할 준비를 해야 합니다.

이와 동시에 중공이 타이완섬에 잠입하여 섬 내부에 공작원과 동조 세력으로 이루어진 조직을 구축하기 위해 가일층 노력하리라는 것은 의심할 여지가 없습니다. 중공의 선전선동 및 심리전 기법은 우리 회사보다 세련되지 않았지만 그래도 (적어도 과거 사례에서는) 효과적으로 보이며, 특히 타이완섬 원주민 사회에서 현지 출신인 **번성런**과 국민당 계 **와이성런** 사이의 알력을 조성하는 데에 뛰어납니다.

미국의 서태평양 제해권을 위한 보루이자 자유세계의 방어선인 일련의 섬들 가운데 타이완섬은 가장 중요한 연결고리로서, 우리가 이 섬을 확보하기 위한 관건은 중국국민당의 사기를 유지하는 것입니다. 우리는 중화민국이 이 섬에서 펼치는 방첩 활동을 보조해야 합니다. 중화민국의 현 정책은 이른바 '2·28 사건' 같은 민감한 사안을 검열함으로써 중공이 **번성런**의 분노를 이용하지 못하도록 막는 것이므로, 우리는 이러한 정책을 전력으로 지원해야 합니다. 또한 중공의 공작원 및 동조자를 색출, 연행, 처벌함으로써

아빠가 직장에서 가져온 서류 같았다. 릴리는 뜻 모를 단어가 잔뜩 적힌 글을 떠듬떠듬 읽어 내려가다가 결국 '제해권'이라는 아리송한 단어에서 읽기를 그만두었다. 릴리는 서류를 가만히 바닥에 내려놓았다. 그 서류에 타자기로 적힌 내용이 무엇이든 간에 릴리에게는 수지 랜들링과 다음 날의 점심시간이 훨씬 더 급박한 걱정거리였다.

예상대로 수지 랜들링과 충성스러운 졸개들은 같은 반 여자애들을 등지고 따로 앉은 릴리에게 시선을 집중했다.

릴리는 마지막의 마지막까지 도시락을 꺼내지 않고 버텼다. 다른 애들이 소문 이야기에 정신이 팔려 자신을 잊어버리기를 바라면서. 그렇게 주스를 마시고 후식으로 싸 온 포도를 깨작거리며, 온 힘을 다해 시간을 끌었다. 포도 한 알 한 알의 껍질을 까면서, 달콤한 즙이 밴 포도 속살을 야금야금 씹으면서.

그러나 포도는 결국 바닥났다. 도시락으로 싸 온 찰밥을 꺼내면서 릴리는 손을 떨지 않으려고 온 정신을 집중했다. 릴리는 찰밥 한 개를 싼 바나나잎을 벗기고 한 입 베어 물었다. 참기름과 닭고기의 먹음직스러운 냄새가 다른 아이들 자리까지 퍼져 나가자 수지가 냉큼 나섰다.

"어디서 또 중국요리 찌꺼기 냄새가 나네."

수지는 허공에 대고 킁킁거리는 시늉을 했다. 슥 올라간 입꼬리에 추악한 웃음이 번졌다. 수지는 자기 목소리에 겁을 먹고 움츠러드는 것처럼 보이는 릴리가 좋았다. 그 모습에서 쾌감을 느꼈다.

수지와 주위의 아이들은 전날 불렀던 노래를 다시 합창하기 시작했다. 목소리에는 웃음이 섞여 있었다. 권력에 취한 여자애들의 웃음이었다. 아이들의 눈에는 욕망이 번들거렸다. 그것은 피를 향한 갈증, 릴리가 우는 꼴을 봐야겠다는 갈망이었다.

그래, 밑져야 본전이니까. 릴리는 속으로 중얼거렸다.

그러고는 아이들 쪽으로 돌아앉았다. 위로 쳐든 오른손에 간 선생에게서 받은 거울을 쥔 채로. 릴리는 거울을 수지 쪽으로 향했다.

"손에 쥔 건 또 뭐야?"

수지는 까르륵 웃었다. 릴리가 사이좋게 지내자는 뜻에서 바치는 공물이라고 생각한 탓이었다. 바보 같은 계집애. 네가 나한테 바칠 게 눈물 말고 뭐가 있다고?

수지는 릴리가 내민 거울을 들여다보았다.

거울 속에는 수지의 예쁜 얼굴 대신 어릿광대처럼 헤벌쭉 웃는 핏빛 입술이, 입 속에서 혀 대신 벌레처럼 꿈틀대는 징그러운 촉수 다발이 보였다. 찻잔처럼 휘둥그런 파란 두 눈은 증오와 경악으로 절반씩 물들어 있었다. 수지가 이때껏 본 것 가운데 가장 징그럽고 소름 끼치는 얼굴이었다. 수지의 눈에 보인 것은 괴물이었다.

수지는 비명을 지르며 손으로 입을 가렸다. 거울 속의 괴물이 털이 숭숭한 앞발을 핏빛 입술 앞으로 들어올렸다. 기다랗고 칼날처럼 날카로운 발톱이 거울을 뚫고 나올 것만 같았다.

수지는 돌아서서 달아났다. 합창 소리는 뚝 끊겼고, 그 대신 다른 여자애들의 비명 소리가 울려 퍼졌다. 그 아이들도 거울 속의 괴물을 보았으므로.

나중에 와일 선생님은 히스테리 상태에 빠진 수지를 어쩔 수 없이 조퇴시켰다. 수지는 와일 선생님에게 릴리의 거울을 압수하라고 했지만, 선생님은 거울을 꼼꼼히 살펴본 후에 조금도 이상하지 않다고 결론짓고 릴리에게 돌려주었다. 그러고는 수지 부모님에게 뭐라고 편지를 써야 할지 몰라 한숨을 쉬었다. 처음부터 끝까지 수지가 조퇴하려고 꾸민 소동이 틀림없었지만, 그렇다고 해도 수지의 연기 실력은 훌륭했다.

릴리는 오후 수업 내내 주머니 속의 거울을 쓰다듬으며 혼자 빙그레 웃었다.

"너 야구 진짜 잘하는구나."

아황의 등에 앉은 릴리가 한 말이었다. 테디는 별것 아니라는 듯이 어깨를 으쓱했다. 앞쪽에서 걸어가며 아황의 코를 잡고 방향을 인도하는 테디의 어깨에는 야구 방망이가 기대어져 있었다. 테디는 릴리가 편히 앉아서 가도록 천천히 걸었다.

테디는 말수가 적은 아이였고, 릴리는 그런 테디에게 점점 익숙해져 갔다. 처음에 릴리는 테디가 간 선생만큼 영어가 유창하지 않아서 그러려니 했다. 그런데 알고 보니 테디는 중국인 아이들한테도 말을 별로 하지 않았다.

테디는 마을의 다른 아이들한테 릴리를 소개해 주었다. 그중에는 전날 릴리에게 진흙을 던진 아이들도 있었다. 소년들은 릴리를 보고 고개를 끄덕했지만, 이내 민망한 듯 시선을 돌렸다.

아이들은 야구를 하면서 놀았다. 규칙을 다 아는 사람은 테디와 릴리뿐이었지만, 아이들 모두 근처 기지의 미군 병사들이 시합하는 모습을 지켜봤기 때문에 야구에 익숙했다. 릴리는 야구를 무척이나 좋아했다. 고향 생각을 할 때 가장 그리운 것은 아빠와 야구를 하고 나란히 텔레비전으로 야구 경기를 보던 기억이었다. 그러나 타이완으로 건너온 후에는 텔레비전에서 야구 중계를 볼 수 없었고, 아빠는 바빠서 야구할 시간을 낼 수가 없는 듯했다.

릴리가 타석에 서자 전날 만난 남자애들 중 한 명이었던 투수는 치기 쉬운 느린 공을 던져 주었고, 릴리가 친 공은 땅볼이 되어 외야 오른쪽으로 힘없이 굴러갔다. 공을 잡으러 달려간 외야수들은 갑자기 풀 속의 공을 못 찾겠다는 듯이 다 함께 우왕좌왕했다. 릴리는 가뿐하게 베이스를 돌아 홈인했다.

릴리는 그것이 남자애들이 사과하는 방식인 것을 알아차렸다. 릴리는 아이들에게 빙긋 웃으며 고개를 끄덕했다. 다 용서했다는 표시였다. 남자애들도 릴리를 보며 씩 웃었다.

"우리 할아버지가 '부다부샹스[不打不相識]'랬어. 싸우고 나서야 서로 친구가 되는 경우도 있다는 뜻이래."

릴리는 정말로 멋진 사고방식이라고 생각했다. 나중에 같은 반 아이들하고도 그럴 수 있을지 궁금했다.

테디는 다른 아이들보다 실력이 월등한 최고의 선수였다. 투수로서도 훌륭했지만 타자로서는 아예 위대한 수준이었다. 테디가 타석에 설 때마다 상대편 수비수들은 넓게 흩어졌다. 테디가 친 공이 멀리 날아가리란 것을 알기 때문이었다.

"나중에 더 크면 난 미국으로 건너가서 레드 삭스 팀의 선수가 될 거야."

테디가 불쑥 꺼낸 말이었다. 물소 등에 앉은 릴리를 돌아보지도 않은 채로.

릴리에게는 타이완 출신 중국인 소년이 레드 삭스에서 야구를 하겠다는 생각이 터무니없게 느껴졌지만, 그래도 웃지는 않았다. 테디가 농담으로 하는 말 같지 않았기 때문이었다. 릴리는 외가가 뉴욕이라 뉴욕 양키스를 좋아했다.

"왜 하필 보스턴 레드 삭스야?"

"우리 할아버지가 보스턴에서 학교를 다녔거든."

"아." 간 선생님은 그때 영어를 배우셨겠구나.

"내가 더 일찍 태어났으면 좋았을 텐데. 그랬으면 테드 윌리엄스 랑 같이 야구를 할 수 있었을지도 몰라. 이젠 그 사람이 경기하는 모습은 두 번 다시 못 볼 거야. 작년에 은퇴했으니까."

그 목소리가 어찌나 슬펐던지, 둘 다 잠시 아무 말도 하지 못했다. 말없이 걸어가는 동안 들리는 것이라고는 고르게 씩씩거리는 아황 의 숨소리뿐이었다.

릴리는 문득 깨달았다.

"그래서 네 별명을 테디로 지은 거야?"

테디는 대답하지 않았지만, 릴리는 테디의 얼굴이 빨개진 것을 눈치챘다. 릴리는 테디가 부끄러워하지 않게 화제를 바꾸려 했다.

"테드 윌리엄스는 언젠가 감독이 돼서 돌아올지도 몰라."

"윌리엄스는 사상 최고의 타자였어. 그 사람이라면 틀림없이 내 스윙 자세가 더 좋아지게 코치해 줄 거야. 그런데 윌리엄스 대신 들 어온 선수 있잖아, 칼 야스. 그 사람도 신짜 살해. 난 언젠가 야즈랑 같이 양키스를 이기고 레드 삭스를 월드 시리즈에 진출시킬 거야."

뭐, 어차피 이름도 월드 시리즈니까. 릴리는 속으로 중얼거렸다. 어쩌면 중국인 소년이 진짜로 해낼지도 모르지.

"정말 멋진 꿈이네. 꼭 이루어지면 좋겠다."

"고마워. 난 미국에 가서 성공하면 보스턴에서 제일 큰 집을 살 거야, 그래서 할아버지랑 같이 그 집에서 살 거야. 그리고 미국 여자랑 결혼할 거야. 미국 여자가 세상에서 제일 예쁘니까."

"어떻게 생긴 여자랑 결혼할 건데?"

"금발 여자." 테디는 아황의 등에 탄 릴리를 흘긋 돌아보았다. 릴리의 살짝 곱슬한 빨간 머리와 갈색 눈을.

"아니면 빨간 머리든가." 테디는 냉큼 덧붙이고는 고개를 돌렸다. 얼굴이 빨개진 채로.

릴리는 빙그레 웃었다.

마을의 집들 앞을 지나가는 동안 이 집 저 집의 벽과 문에 페인트로 쓴 표어가 릴리의 눈에 띄었다.

"저기 적혀 있는 말들은 무슨 뜻이야?"

"저쪽에 있는 건 '공비 간첩 조심하자 모두 함께 비밀 엄수'라고 적혀 있어. 저기 저쪽에 있는 건 '실수로 죽인 삼천 목숨 공산당 간첩 하나 잡으면 아깝지 않네'라고 적혀 있고. 저기 보이는 저건 이런 뜻이야. '열심히 공부하고 열심히 노동하여 대륙의 형제들을 빨갱이 도적들에게서 구해내자.'"

"무섭다."

"무섭지, 공산주의자들은." 테디가 릴리의 말에 맞장구를 쳤다. "봐, 저기가 우리 집이야. 들렀다 갈래?"

"너희 부모님께 인사라도 드릴까?"

테디의 어깨가 갑자기 축 처졌다.

"식구는 할아버지랑 나밖에 없어. 친할아버지도 아니야, 사실은. 엄마랑 아빠는 내가 아기였을 때 돌아가셨어. 그래서 고아가 된 나를 할아버지가 데려다 키워 주신 거야."

릴리는 뭐라고 해야 좋을지 도무지 생각이 나지 않았다.

"어쩌다가······ 부모님은 어쩌다가 돌아가셨어?"

테디는 혹시 누가 듣는지 확인하려고 주위를 두리번거렸다.

"엄마랑 아빠는 1952년 2월 28일에 어느 공터에다가 화환을 놓으려고 했어. 우리 큰아빠랑 큰엄마가 1947년에 그 공터에서 죽었거든."

테디는 그 정도면 충분히 설명했다고 생각하는 모양이었다.

릴리는 테디가 무슨 소리를 하는지 통 알 수가 없었지만, 차마 더 캐묻지 못했다. 둘은 어느새 테디의 집 앞에 서 있었다.

오두막집은 조그마했다. 테디는 릴리가 들어가도록 문을 열어 주고 아황을 외양간에 넣으러 갔다. 릴리는 자신이 서 있는 곳이 부엌인 것을 알아차렸다. 문간 너머로 다다미가 깔린 더 큰 방이 보였다. 실은 부엌을 빼면 오두막집에 있는 유일한 방이었다. 틀림없이 테디와 간 선생이 자는 방이었다.

간 선생은 릴리에게 부엌에 있는 조그만 상 앞에 앉으라고 권하고 차를 따라 주었다. 간 선생은 화덕에서 무슨 요리를 하는 중이었다. 군침 도는 냄새가 풍겼다.

"괜찮다면 우리랑 같이 스튜를 들지 않겠나? 테디가 좋아하는 음식인데, 아마 자네도 마음에 들 거야. 산둥식 슬목어(虱目魚)탕에 넣고 끓인 몽골식 양고기는 세상 어딜 가도 맛보기 힘들 테니까 말이지. 하하."

릴리는 고개를 끄덕였다. 냄비에서 피어오르는 음식 냄새를 들이 마시는 동안 배가 꼬르륵거렸던 것이다. 어느새 긴장이 풀리고 마음이 편안해졌다.

"거울을 빌려주셔서 고맙습니다. 덕분에 살았어요." 릴리는 거울을 꺼내어 상에 올려놓았다. "이 테이프에는 뭐라고 적힌 건가요?"

"그건 『논어』에 나오는 구절일세. 그리스도께서도 완전히 똑같은 내용의 말씀을 하신 적이 있지. '남에게 대접받고자 하는 대로 남을 대접할지어다.'"

"아."

릴리는 실망했다. 뭔가 비밀스러운 마법 주문 같은 것이기를 바랐기 때문이었다.

간 선생은 릴리가 무슨 생각을 하는지 다 아는 눈치였다.

"마법이 깃든 말은 오해받는 경우가 많지. 그 아이들과 자네가 다 같이 '국'을 마법의 말로 여겼을 때, 그 말에는 일종의 힘이 깃들었어. 허나 그 힘은 무지에 기반한 헛된 마법이었네. 마법과 힘이 깃든 말은 그것 말고도 많지만, 그런 말을 쓰려면 먼저 사색과 사유가 필요해."

릴리는 잘 이해가 가지 않았지만 그래도 고개를 끄덕였다.

"파자점 하시는 거 또 보여 주시면 안 될까요?"

"안 되기는."

간 선생은 냄비에 뚜껑을 덮고 손을 닦았다. 그런 다음 종이와 먹물, 붓을 꺼냈다.

"생각나는 낱말이 있나?"

"영어로도 할 수 있으면 더 멋질 텐데." 테디가 부엌에 들어서면서 한 말이었다.

"맞아요, 혹시 영어로도 하실 수 있나요?" 릴리는 손뼉까지 치며 거들었다.

"어디 한번 해 볼까. 영어 파자점은 이번이 처음인데."

간 선생은 멋쩍은 듯 웃으며 릴리에게 붓을 건넸다.

릴리는 머릿속에 맨 처음 떠오른 말을 천천히 적었다. 전날 밤에 이해하지 못했던 단어, 바로 'thalassocracy(제해권)'이었다.

간 선생은 깜짝 놀랐다.

"어이쿠, 내가 모르는 말인데. 이거 쉽지 않겠구먼."

간 선생의 미간에 주름이 패었다.

릴리는 숨이 턱 막혔다.

영어를 쓰면 마법이 안 통하는 걸까?

간 선생은 별수 있냐는 듯이 어깨를 으쓱했다.

"뭐, 그래도 해 봐야지 어쩌겠나. 어디 보자…… 낱말 중간쯤에 또 다른 낱말이 들어 있구먼. 'lass(아가씨)', 이건 릴리 양 자네를 가리키는 말이로군." 간 선생은 붓 끝으로 릴리를 가리키며 말했다. "아가씨 뒤에 'o'가 한 개. 밧줄로 만든 동그라미(o)가 아가씨(lass)를 따라가서 'lasso(올가미)'를 만드는 형국이로군. 오호, 릴리 양, 자네 혹시 커서 카우걸이 되고 싶은가?"

릴리는 웃으며 고개를 끄덕였다.

"전 텍사스에서 태어났거든요. 말 타는 법은 엄마 배 속에서 이미 터득했어요."

"이제 올가미를 빼고 남은 글자가 뭐가 있나 한번 볼까? 'tha'하고 빈칸, 그리고 'cracy'가 있군. 으음, 이 글자들을 다시 배열하면 'Cathay(캐세이)'라는 낱말이 만들어지고 'c'와 'r'이 한 개씩 남는구먼. 'c'는 바다(sea)와 발음이 같고, 캐세이는 오래전에 중국을 가리킬 때 쓰던 영어식 이름이지. 그런데 'r'은 무엇을 뜻할까?

옳지, 알았다! 자네가 쓴 'r' 자를 봐, 모양이 꼭 날아가는 새 같지 않나. 그러니 릴리 양, 이 낱말은 자네가 '바다를 건너 중국으로 날아올 운명을 타고난 올가미를 든 아가씨'라는 뜻일세. 하하! 우리가 친구가 된 건 운명이었어!"

릴리는 기쁘고 놀라워서 손뼉을 치며 깔깔 웃었다.

간 선생은 국자로 양고기와 생선 스튜를 퍼서 사발 두 개에 나누어 담아 릴리와 테디에게 건넸다. 스튜는 맛이 훌륭했지만 린 할머니가 만들어 준 음식하고는 영 딴판이었다. 짭짤하면서도 담백했고, 신선한 부추의 톡 쏘는 향이 그윽하게 배어 있었다. 간 선생은 스튜를 먹는 아이들을 보며 흐뭇한 표정으로 차를 마셨다.

"간 선생님, 선생님은 이제 저를 잘 아시지만, 저는 아직 선생님을 잘 몰라요."

"옳은 말일세. 낱말을 하나 더 골라 보겠나? 글자들이 자네한테 뭘 가르쳐 주려는지 한번 보세."

릴리는 곰곰이 생각했다.

"미국을 의미하는 한자는 어때요? 선생님은 미국에서 사신 적이 있잖아요, 그렇죠?"

간 선생은 고개를 끄덕였다.

"잘 골랐네." 그러고는 붓으로 한자를 쓰기 시작했다.

"이건 '미'라는 한자야. '아름다움'을 뜻하는 글자인데, 중국어로 미국을 의미하는 '메이궈[美國]'는 '아름다운 나라'라는 뜻이지. 보게, 글자 두 개가 위아래로 쌓여서 하나의 글자가 됐지? 위에 있는 한자는 '양'을 의미하네. 맨 위에 두 갈래로 뻗은 양 뿔이 보이나? 아래에 있는 한자는 '크다'라는 뜻이야. 서 있는 사람의 모습을 본떠서 만들었지. 거인이 된 것처럼 팔다리를 쭉 펴고 있는 사람."

간 선생은 일어서서 그 한자의 모양을 흉내 냈다.

"고대의 중국인은 단순한 사람들이었네. 통통하게 살찐 커다란 양은 곧 부와 안정, 안락함, 행복을 의미했어. 그것이야말로 아름다운 광경이라고 생각했던 거야. 이제 나도 노인이 되고 보니 그 사람들의 기분이 이해가 간다네."

릴리는 양 타기 시합의 기억을 떠올렸다. 그러자 간 선생의 기분이 이해가 갈 것도 같았다.

간 선생은 다시 앉아서 눈을 감고 얘기를 계속했다.

"나는 산둥 지방의 소금 상인 집안에서 태어났네. 유복하기로 소문난 집안이었지. 아이였을 적에 사람들은 내가 영리하고 글재주가 있다고 칭찬해 줬어. 그래서 아버지는 내가 큰일을 해서 간 씨 집안을 빛낼 거라고 기대하셨지. 내가 철이 들었을 무렵, 아버지는 거금을 빌려서 나를 미국으로 유학 보내셨어. 나는 법학을 전공했다네.

글과 글에 깃든 힘을 좋아했으니까."

간 선생은 종이에 또 다른 한자를 적었다.

"'양'이 들어가는 한자를 몇 개 더 예로 들어 이야기를 계속해 봄
세."

鮮

"처음 이 스튜를 맛보았을 때, 나는 보스턴에서 법학을 공부하는
학생이었네. 친구랑 둘이서 한 방에 살았지. 우리는 너무 가난해서
하고한 날 빵과 물밖에 먹질 못했어. 그런데 한번은 차이나타운에
식당을 소유한 셋집 주인이 우리를 딱하게 여긴 거야. 상해 가는 생
선이랑 버리려고 놔뒀던 양고기 부스러기를 우리한테 갖다주더군.
나는 생선탕을 맛있게 만드는 비법을 알았고, 만주 출신이었던 내
친구는 맛있는 몽골식 양고기 요리를 만드는 법을 알았지.

나는 생각했네. '맛있다'라는 뜻을 지닌 이 '선(鮮)'이라는 글자는
물고기와 양이 합쳐져서 만들어졌으니, 우리가 받은 재료를 같이
섞으면 꽤 맛있어지지 않을까 하고 말이야. 그런데 정말로 맛있더
군! 그렇게 기뻤던 적은 처음이 아닐까 싶을 정도였지. 파자점은 요
리를 할 때에도 도움이 된다네."

간 선생은 아이처럼 키득키득 웃었다. 그러다가 이내 표정이 진
지해졌다.

"그 후 1931년에 일본이 만주를 침공하자 내 친구는 미국을 등지

고 고향을 지키러 중국으로 귀국했어. 공산당 게릴라가 돼서 일본군과 싸운다는 소식을 들었는데, 1년 후에 일본군한테 사살됐다고 하더군."

간 선생은 차를 홀짝였다. 찻잔을 든 손이 흔들렸다.

"난 겁쟁이였네. 그때 나는 미국에서 취직을 해서 편히 살고 있었어. 안전하게. 그래서 전쟁에 나가고 싶지 않았던 거야. 나는 핑계를 만들어서 스스로를 설득했네. 전쟁이 끝날 때까지 기다리면 내가 조국을 위해 할 일이 더 많을 거라고.

하지만 일본은 만주를 차지한 것만으로 만족하지 않았네. 몇 년 후에는 온 중국 땅을 침공했고, 어느 날 눈을 떠 보니 내 고향 마을도 일본군에 점령당했더군. 집에서 오는 편지도 뚝 끊겼고. 나는 기다리고 또 기다렸네. 식구들은 남쪽으로 피난을 갔을 거라고, 모두 무사할 거라고 혼자 되뇌면서. 하지만 결국에는 막내 여동생이 보낸 편지가 도착했네. 일본군이 마을을 점령하면서 우리 일족을 모조리 죽였다더군. 부모님까지 포함해서. 막내는 죽은 척해서 혼자 살았다고 했네. 부모님은 그렇게 내가 꾸물거린 탓에 돌아가시고 말았어.

나는 중국으로 귀국했네. 배에서 내리기가 무섭게 모병소를 찾아가 입대시켜 달라고 했지. 국민당군 장교는 미국에서 학교를 다녔다는 내 얘기에 콧방귀도 뀌지 않더군. 그때 중국에 필요했던 건 총을 쏠 줄 아는 군인이었지, 읽고 쓰고 법전을 해석할 줄 아는 사람이 아니었거든. 내가 받은 건 총 한 정과 총알 열 발이었네. 총알이 더 필요하면 아군의 시체에서 챙기라고 하더군."

간 선생은 종이에 또 다른 한자를 적었다.

"이것 또한 양으로 만든 한자야. '미' 자와 비슷하게 생겼지. 아래쪽에 있는 '크다'의 모양만 조금 고쳤네. 알아보겠나?"

릴리는 전날 보았던 한자의 모양을 떠올렸다.

"이건 '불'을 가리키는 한자네요."

간 선생은 고개를 끄덕였다.

"참으로 영리한 아가씨로구먼."

"그럼 이 한자는 불 위에 양을 굽는다는 뜻인가요?"

"그렇지. 헌데 '불'이 글자의 아래쪽에 오면 대개는 약한 불로 요리한다는 뜻을 나타내려고 모양을 바꾼다네. 이렇게."

"원래 구운 양은 신에게 바치는 제물이었어. 그래서 이 '고'라는 한자는 보통 새끼 양을 가리킬 때 쓴다네."

"희생양 같은 건가요?"

간 선생은 고개를 끄덕였다.

"비슷하다고 할 수 있지. 우리 군대는 훈련도 제대로 못 받고 군수 지원도 없었기 때문에, 이길 때보다 질 때가 더 많았다네. 등 뒤에서는 장교들이 기관총을 겨누고 있다가 달아나는 아군 병사가 보이면 쏴 버렸어. 눈앞에서는 적군인 일본군 병사들이 대검을 겨누고 달려들었고. 총알이 다 떨어지면 죽은 전우의 시체를 뒤져서 찾아야 했지. 나는 죽은 식구들의 복수를 하고 싶었지만, 대관절 무슨 수로 복수를 하겠나? 일본군 병사 중에 내 가족을 죽인 게 누군지조차 알 길이 없는데.

내가 다른 종류의 마법을 깨닫기 시작한 게 바로 그 무렵이었네. 사람들은 이렇게 말했어. '일본은 위대하고 중국은 약해 빠졌다, 일본은 동아시아 전체가 번영하기를 바라므로 중국은 일본의 뜻을 받아들여 항복해야 한다.' 그런데 그런 말이 다 무슨 의미가 있을까? '일본'이 무언가 원하는 게 가능할까? '일본'이나 '중국' 같은 것은 존재하지 않아. 그건 그저 낱말일 뿐, 지어낸 것일세. 일본 사람 한 개인이 위대할 수는 있겠지. 중국 사람 한 개인이 뭔가 바랄 수도 있을 테고. 하지만 '일본'이나 '중국'이 무언가 바라고, 믿고, 받아들인다고 어떻게 말할 수 있겠나? 나라 이름 같은 건 다 공허한 낱말일세. 신화일 뿐이야. 그런데 그 신화에는 강력한 마법이 깃들어 있어서 희생을 강요하지. 사람을 양처럼 살육하라고 강요하는 거야.

마침내 미국이 전쟁에 참가했을 때, 나는 기뻐서 어쩔 줄을 몰랐네. 중국이 구원받으리라는 걸 알았으니까. 이런, 그 마법이 얼마나 강력한지 보게. 나는 지금 존재하지도 않는 것들을 마치 진짜인 양

천연덕스럽게 이야기하고 있지 않나. 뭐, 아무튼. 일본을 상대로 한 전쟁이 끝나기가 무섭게 우리 국민당군은 이제 공산당 군대와 싸우라는 명령을 받았네. 그들은 바로 얼마 전까지 힘을 합쳐 일본군에 맞선 전우였는데 말이야. 공산주의자들은 악당이므로 반드시 격퇴해야 한다면서."

간 선생은 한자를 또 한 자 그렸다.

"이건 '의'라는 한자일세. 전에는 '옳음'을 뜻하는 글자였는데, 지금은 무슨 무슨 '주의'를 뜻하는 낱말에도 쓰이지. 공산주의, 민족주의, 제국주의, 자본주의, 자유주의 같은. 이 한자는 자네도 아는 위쪽의 '양'과 아래쪽에 있는 '자신'을 뜻하는 한자가 합쳐져서 만들어졌네. 사람이 제물로 바칠 양을 들고 있는 모습이지. 이 한자 속의 사람은 진실과 정의가 자신에게 있다고, 따라서 세상을 구할 마법이 자신에게 있다고 믿고 있어. 우습지, 안 그런가?

하지만 진실은 이런 거였네. 공산당 군대는 우리보다 무장도 훨씬 더 열악하고 훈련 상태도 엉망이었지만, 그러면서도 연전연승했어. 나는 도저히 이해할 수가 없었네만, 어느 날 우리 부대가 공산당 군대의 매복에 걸리는 바람에 할 수 없이 투항하고 그들한테 가담하고 보니 비로소 그 이유를 알겠더군. 그러니까 공산당은 사실 도적이었던 거야. 그들은 지주한테서 토지를 몰수해 땅이 없는 농민들한테 나눠 줬네. 그래서 대중한테 엄청난 인기를 누렸던 거지. 공산당은 법률이니, 사유 재산이니 하는 지어낸 말에는 콧방귀도 뀌지 않았네. 왜 안 그랬겠나? 부유하고 많이 배운 자들이 나라를 엉망으로 만들어 놨으니, 가난하고 못 배운 자들한테도 마땅히 기회가 돌아가야 하지 않겠나? 공산당이 등장하기 전에는 아무도 미천한 농민들을 귀하게 여기지 않았네. 그런데 사람은 말이야, 발에 꿸 신발 한 짝 없을 만큼 가난한 사람은, 죽기를 두려워하지 않는 법일세. 그리고 세상에는 너무 가난해서 죽음을 겁내지 않는 사람이 부유해서 죽음을 겁내는 사람보다 훨씬 많아. 내 눈에는 공산당의 논리가 훤히 들여다보였네.

하지만 그때 나는 지쳐 있었어. 인생에서 거의 10년이라는 세월을 싸우면서 보낸 데다, 하늘 아래 피붙이 한 명 없는 외톨이였거든. 우리 집안은 부자였으니 어차피 공산당의 천하가 와도 몰살당했을걸세. 나는 공산당을 이해하기는 했지만, 그렇다고 그들을 위해 싸우고 싶지는 않았어. 싸움은 이제 그만두고 싶었던 거야. 나는 친구 몇 명이랑 같이 한밤중에 조각배를 훔쳤네. 그 모든 살육을 뒤로 하고 홍콩으로 달아날 작정으로.

하지만 우리는 배 모는 법을 몰라서 파도에 실려 먼바다로 나가고 말았네. 물도 식량도 다 떨어진 끝에 죽기만 기다리는 신세였지. 그런데 일주일 후에, 수평선 위로 육지가 보이더군. 우리는 마지막 남은 힘을 쥐어짜 해변까지 노를 저었어. 알고 보니 우리가 도착한 곳은 타이완섬이더군.

우리는 공산당 군대에 몸담았다가 탈영한 것을 비밀에 부치기로 맹세했네. 그러고는 뿔뿔이 흩어져 각자의 길을 갔어, 다시는 싸움에 끼지 않겠노라 작정하고서. 나는 주산과 서예에 능했던 덕분에 타이완인 부부가 경영하는 조그마한 잡화점에 취직했네. 거기서 장부를 작성하면서 주인 부부 대신 가게를 봤지.

타이완인은 대부분 몇 세기 전 중국의 푸젠[福建] 지방에서 건너온 이민자의 후손이라네. 1885년 일본이 중국에게서 타이완섬을 넘겨받은 후, 일본인들은 오키나와에서 그랬던 것처럼 이 섬을 일본화하려고 했어. 그래서 타이완 현지 출신인 번성런[本省人]을 일본 천황의 충성스러운 신민으로 만들려고 한 거야. 수많은 타이완인이 전쟁 중에 일본 군복을 입고 싸웠네. 일본이 전쟁에서 패한 후에 타이완은 중화민국으로 반환됐지. 이때 공산당에 패한 국민당 군대가 타이완섬으로 건너오면서 새로운 이민자들이 물결처럼 밀려왔네. 그들이 바로 와이성런[外省人]이야. 번성런은 좋은 일자리를 독차지한 국민당계 와이성런을 미워했고, 국민당계 와이성런은 전쟁 중에 동족을 배신하고 일본을 위해 싸운 번성런을 증오했네.

어느 날 가게에서 일을 하고 있는데 길거리에 군중이 모여들더군. 타이완 방언인 민난[閩南]어로 소리 지르는 걸 보니 번성런들이었어. 그들은 지나가는 사람을 일일이 멈춰 세워 말을 걸고는 표준 중국어로 대답하는 사람은 와이성런으로 몰아 두들겨 팼네. 이유는 따지지도 않고, 막무가내로. 그들이 원하는 건 피였어. 나는 무서워서 계산대 밑으로 숨었네."

群

"'무리'를 뜻하는 '군'이라는 한자는 왼쪽에 '귀한 사람'이라는 뜻의 글자가 있고, 오른쪽에는 '양'이 있네. 군중이란 바로 그런 걸세, 자신들이 고귀한 대의를 수행한다고 믿고 늑대 무리로 변신한 양 떼인 거야.

번성런이었던 주인 부부는 나를 감싸려고 했네. 내가 착한 사람이라고 하면서. 군중 속에서 누군가 그들 부부는 배신자라고 소리치자 모두가 달려들어서 우리 셋을 두들겨 패고 가게에 불을 질렀네. 나는 가까스로 불길을 뚫고 기어 나왔지만, 주인 부부는 살아남지 못했어."

"우리 큰아빠랑 큰엄마 얘기야." 테디가 말했다.

간 선생은 고개를 끄덕이고 테디의 어깨를 다독거렸다.

"번성런들의 봉기는 1947년 2월 28일에 일어나서 한 달이 넘게 이어졌네. 개중에는 공산주의자가 폭동을 유도한 경우도 있었기 때문에, 국민당계는 번성런을 더욱 잔인하게 진압했지. 국민당계가 봉기를 진압하기까지는 오랜 시간이 걸렸어. 그리고 수많은 사람이 학살당했고.

그 학살의 와중에 새로운 마법이 태어났네. 이제 아무도 '2·28 학살'이라는 말을 입에 올릴 수가 없게 된 거야. 228이라는 숫자는 금기가 되고 말았네.

테디의 부모가 2월 28일을 추모하려다 처형당한 후에, 나는 테디를 입양했네. 그러고는 도시를 떠나 이 마을로 왔지. 조그만 오두막에서 평화롭게 차를 마시며 살고 싶었거든. 마을 사람들은 지식인을 존경하기 때문에, 아이한테 행운을 가져다줄 이름을 지어 달라며 나를 찾아오곤 한다네. 마법의 글자 몇 개 때문에 그토록 많은 사람이 목숨을 잃었건만, 그래도 우리는 글자의 힘이 선한 일을 행할 수 있다는 믿음을 버리지 못하는 거야.

내 막내 여동생하고는 수십 년째 소식이 끊겼네. 그래도 나는 그 아이가 아직 대륙에 살아 있다고 믿고 있어. 죽기 전에 언젠가 그 아이를 다시 볼 수 있으면 좋으련만."

세 사람은 상을 둘러싸고 가만히 앉아 있었다. 한동안 아무도, 아무 말도 하지 않았다. 간 선생은 젖은 눈을 닦았다.

"이런 슬픈 이야기를 늘어놔서 미안하네, 릴리 양. 하지만 중국인들은 오랫동안 즐거운 이야깃거리를 만들 기회가 없었다네."

릴리는 간 선생 앞에 놓인 종이를 바라보았다. 종이에는 '양'을 넣어 만든 글자가 가득했다.

"혹시 미래도 내다보실 수 있나요? 나중에는 즐거운 이야기가 있을지도 모르잖아요."

간 선생의 눈이 반짝 빛났다.

"좋은 생각이구먼. 그럼 무슨 글자를 써 볼까?"

"중국을 의미하는 한자는 어때요?"

간 선생은 릴리의 말을 곰곰이 생각했다.

"릴리 양, 그건 어려운 부탁일세. '중국'은 영어로 쓰면 간단한 낱

말인지 몰라도 중국어로 쓰기는 까다롭거든. 중국과 중국인을 자처하는 사람을 가리키는 말은 많다네. 대개는 고대 왕조의 이름을 따서 지은 말들인데, 현대에 와서는 진짜 마법의 힘을 잃고 껍데기만 남았어. 중화인민공화국이란 뭘까? 중화민국은 또 뭐고? 그런 건 참된 말이 아니야. 그저 희생양을 바칠 또 다른 제단일 뿐이지."

간 선생은 잠시 생각한 후에 새로운 한자를 적었다.

"이건 '화'라는 글자일세. 중국과 중국인을 가리키는 말 중에 어떤 황제하고도, 어떤 왕조하고도, 살육과 희생을 요구하는 어떤 것하고도 무관한 한자는 오로지 이것뿐이야. 중화인민공화국과 중화민국 양쪽 다 '화'를 자기네 이름에 넣었지만, '화'는 그들보다 훨씬 더 오랜 역사를 지닌 글자이므로 둘 중 어느 나라의 것도 아니라네. 원래 '화'는 '꽃다운' 또는 '화려한'이라는 뜻으로, 땅거죽을 뚫고 올라온 들꽃 한 다발의 모양을 하고 있지. 알아보겠나?

고대 중국의 이웃나라 사람들은 중국인을 가리켜 '화런[華人]'이라고 했네. 비단과 하늘거리는 사라(紗羅)로 지은 그들의 옷이 화려해 보였기 때문이지. 허나 나는 단지 그 이유 때문만은 아니었을 거라 생각하네. 중국인은 들꽃 같은 사람들이라서, 어디를 가도 살아남아 즐거움을 누릴 줄 안다네. 들불이 일어나 초원에 살아 있는 것을 모조리 태워 버린다 해도 비가 내리면 들꽃은 다시 마법처럼 피어나지. 겨울이 닥쳐와 살아 있는 모든 것을 서리와 눈으로 멸한다 해도, 봄이 오면 들꽃은 다시 피어나는 법일세. 화려하게.

어쩌면 지금은 혁명의 붉은 불길이 중국 대륙을 불태우고, 백색테러의 하얀 서리가 이 타이완섬을 뒤덮고 있을지도 모르네. 하지만 나는 알아. 언젠가는 미 해군 제7함대라는 철벽이 녹아내리는 날이 올 테고, 그날이 오면 번성런과 와이성런과 내 고향의 화런 모두가 다 함께 피어날 걸세. 화려하게."

"그리고 난 미국에 사는 화런이 될 거야." 테디가 덧붙였다.

간 선생은 고개를 끄덕였다.

"들꽃은 어디에서나 피어난단다."

릴리는 저녁을 먹고 싶은 생각이 별로 없었다. 양고기 생선 스튜를 너무 많이 먹은 탓이었다.

"저런, 그 간 선생이라는 사람은 좋은 친구가 아닌가 보네. 밥도 제대로 못 먹을 만큼 간식을 잔뜩 주는 걸 보면." 릴리 엄마가 한 말이었다.

"괜찮아." 아빠가 말했다. "이곳 토박이들하고 친해지는 건 릴리한테도 좋은 일이야. 언제 한번 저녁 먹으러 오라고 초대하렴. 네가 그 집 식구들하고 그렇게 친하게 지낸다면 어떤 사람들인지 엄마랑 아빠도 알아 둬야 하니까."

릴리에게는 멋진 생각처럼 들렸다. 테디에게 낸시 드루 시리즈를 어서 보여 주고 싶어서 참기가 힘들 정도였다. 테디는 틀림없이 책

표지의 멋진 그림을 좋아할 터였다.

"아빠, '제해권(thalassocracy)'이 뭐예요?"

아빠는 잠시 망설이는 눈치였다.

"그 말을 어디서 봤니?"

릴리는 아빠의 일과 관련된 물건을 건드리면 혼난다는 것을 잘 알았다.

"그냥 어디서 읽었어요."

릴리를 가만히 보던 아빠의 눈길이 이내 부드러워졌다.

"원래는 바다를 가리키는 그리스어 'thalassa'에서 온 말이란다. '바다를 통해 지배하다'라는 뜻이지. 유명한 행진곡의 가사에도 있잖니. '지배하라, 브리타니아여! 바다를 지배하라!'"

릴리는 아빠의 설명을 듣고 실망했다. 간 선생의 설명이 훨씬 더 훌륭하다는 생각이 들었고, 그래서 그렇게 말했다.

"너랑 그 간 선생이 뭣 때문에 제해권 이야기를 한 거지?"

"별 이유는 없어요. 그냥, 간 선생님이 마법을 부리는 걸 보고 싶어서 그랬어요."

"릴리, 세상에 마법 같은 건 없어." 엄마가 말했다.

릴리는 반박하고 싶었지만 그냥 참기로 했다.

"아빠, 사람들이 2·28에 관해서 이야기할 수 없는데 타이완이 왜 자유로운 나라라는 건지, 전 이해가 안 가요."

아빠는 포크와 나이프를 내려놓았다.

"방금 뭐라고 했지?"

"간 선생님이 그랬어요, 이곳 사람들은 2·28 얘기를 입에 올리면 안 된다고."

아빠는 접시를 한쪽으로 밀어 놓고 릴리 쪽으로 돌아앉았다.

"자, 오늘 간 선생하고 무슨 얘기를 했는지 아빠한테 차근차근 말해 보렴. 처음부터 끝까지."

릴리는 강가에서 기다렸다. 테디와 간 선생을 저녁 식사에 초대할 생각으로.

마을 아이들이 하나둘 물소를 타고 나타났다. 그러나 아이들 가운데 누구도 테디의 행방을 알지 못했다.

릴리는 강물에 들어가 남자애들과 함께 물싸움을 했다. 하지만 불안한 기분은 떨칠 수가 없었다. 테디는 학교가 파하면 늘 아황을 씻기러 강가에 나왔다. 그런데 오늘은 어디에 간 걸까?

아이들이 하나둘 마을로 돌아가자 릴리도 그들을 따라갔다. 혹시 아파서 집에 있는 걸까?

간 선생의 오두막 앞에서 어슬렁거리던 아황은 릴리를 발견하고 푸륵거리다가, 이마를 토닥여 주는 릴리에게 다가서서 주둥이로 밀어 댔다.

"테디! 간 선생님!"

대답은 들리지 않았다.

릴리는 오두막 문을 두드렸다. 나와 보는 사람은 없었다. 빗장이 걸려 있지 않았기에 릴리는 문을 열고 들어갔다.

오두막 안은 난장판이었다. 다다미는 뒤집혀서 갈가리 찢겨 있었다. 상과 의자는 부서져서 나무 쪼가리가 되어 여기저기 떨어져 있었다. 부엌 바닥에는 냄비와 깨진 접시, 젓가락 따위가 흩어져 있었다. 종이와 찢어진 책이 온 사방에 널려 있었다. 테디의 야구 방망이는 바닥에 아무렇게나 놓여 있었다.

릴리가 고개를 숙이자 발치에 수없이 많은 파편으로 산산조각 난 간 선생의 마법 거울이 보였다.

혹시 공비들이?

릴리는 이웃집으로 달려갔다. 이 집 저 집의 문을 정신없이 두드리고 간 선생의 오두막 쪽을 가리켰다. 어떤 이웃은 나와 보지도 않았고, 어떤 이웃은 잔뜩 겁에 질린 표정으로 고개만 절레절레 흔들었다.

릴리는 집으로 달려갔다.

그날 밤 릴리는 잠을 이룰 수가 없었다.

엄마는 경찰에 신고하려 하지 않았다. 아빠는 일 때문에 늦게 올 거라고, 또 네 이야기가 상상이 아니라면 정말로 공비가 돌아다닌다는 뜻이니 아빠가 올 때까지 집에 가만히 있는 것이 최선이라고도 했다. 그러나 결국에는 릴리에게 내일 학교에 가야 하니 그만 가서 자라고 했다. 아빠에게 간 선생과 테디의 사정을 꼭 얘기하겠노라 약속하면서. 아빠는 어떻게 해야 좋을지 알 거라면서.

릴리의 귀에 현관문이 열렸다가 닫히는 소리가, 뒤이어 부엌 바닥에 의자가 끌리는 소리가 들려왔다. 아빠가 집에 돌아왔다는 뜻이자 엄마가 아빠에게 저녁을 데워 줄 거라는 뜻이었다.

릴리는 침대에 무릎을 꿇고 앉아 창문을 열었다. 서늘하고 습한

산들바람을 타고 썩어가는 초목의 냄새와 밤에 피는 꽃들의 냄새가 방 안으로 흘러들었다. 릴리는 창턱을 넘어 기어 나왔다.

일단 눅눅한 흙바닥에 착지한 다음, 릴리는 소리 없이 집을 빙 돌아 부엌이 있는 뒤편으로 향했다. 창 안쪽으로 식탁을 사이에 두고 마주 앉은 아빠와 엄마가 보였다. 식탁 위에 음식 접시는 하나도 없었다. 아빠 앞에 조그마한 유리잔만 놓여 있었다. 아빠는 병에 담긴 호박색 액체를 그 잔에 따랐다. 그러고는 단숨에 잔을 비우고 다시 채웠다.

부엌의 환한 노란색 전등이 창문 바깥의 땅바닥에 사다리꼴 불빛을 드리웠다. 릴리는 그 사다리꼴의 모서리를 피해 열린 창문 아래에 몸을 웅크리고 가만히 귀를 기울였다.

방충망에 부딪히는 나방의 날갯짓 소리 사이로 릴리의 귀에 들려온 아빠의 목소리는

오늘 아침에 데이비드 코튼이 말하길, 내가 조사해 보라고 한 남자를 체포했다더군. 생각 있으면 와서 심문을 도와 달라는 뜻이었지. 나는 천볜[陳卞]과 리후이[李輝]라는 중국인 심문 기술자 두 명을 데리고 감금 시설로 갔어.

"끈질긴 놈입니다." 천이 말했어. "기술을 몇 가지 넣어 봤는데, 도무지 입을 열질 않습니다. 그래도 고급 심문 기술이 아직 남았으니까 써먹을 수 있을 겁니다."

"심리 조작 및 심문 저항 훈련은 공산당의 특기야." 내가 말했지. "그 정도는 놀랄 것도 없어. 패거리가 누군지 불게 만들어야 해. 분명 공작원 다

수와 함께 타이완섬으로 건너왔을 거다."

감방에 도착해서 보니 벌써 뻑적지근하게 주물러 놨더군. 어깨는 양쪽이 다 탈구됐고, 얼굴은 피투성이였어. 오른쪽 눈은 부어서 위아래 눈꺼풀이 붙다시피 했고.

나는 그자를 치료해 주라고 했어. 그자한테 내가 친절한 사람이란 걸 알려 주려고 일부러 그런 거야. 나를 믿고 의지하면 내가 자기를 보호해 줄 거라고 생각하도록. 의사가 빠진 어깨를 맞춰 주고 간호사가 얼굴에 붕대를 감아 줬어. 나는 그자에게 물을 먹여 줬고.

"나는 첩자가 아니오." 그자가 말하더군. 영어로.

"무슨 지령을 받았는지 말해." 내가 말했어.

"지령 같은 건 받은 적 없소."

"누구랑 같이 타이완섬에 건너왔는지 말해."

"나 혼자 왔소."

"거짓말인 거 다 알아."

그자는 어쩌겠냐는 듯이 어깨를 으쓱하다가 아파서 움찔하더군.

내가 천과 리에게 고개를 끄덕이자 둘은 조그맣고 날카로운 대나무 막대기를 그자의 손톱 밑에 쑤셔 넣기 시작했어. 그자는 비명을 침으려고 안간힘을 쓰더군. 천은 조그만 망치로 대나무 끝을 두드렸어, 벽에 못을 박는 것처럼. 그자는 짐승처럼 비명을 질렀지. 그러다 결국에는 기절해 버렸고.

천은 그자가 깨어날 때까지 호스로 찬물을 뿌렸어. 나는 똑같은 질문을 되풀이했고. 그래도 그자는 입을 꾹 다물고 고개만 저었어.

"우린 네 친구들하고 이야기하고 싶을 뿐이야. 그 친구들이 깨끗하다면 아무 일도 없을 거다. 널 탓하지도 않을 테고."

그자는 껄껄 웃었어.

"호랑이 의자[老虎凳]를 써 보겠습니다." 리가 말했어.

둘은 폭이 좁고 기다란 벤치를 가져와서 한쪽 끝을 감방의 기둥에 붙였어. 그런 다음 그자를 벤치에 앉혀서 등을 기둥에 똑바로 기대도록 했고. 그다음엔 그자의 팔을 뒤로 돌려 기둥을 안은 자세로 만들더니, 그 상태로 양손을 꽁꽁 묶더군. 그러고는 굵은 가죽 끈으로 허벅지와 무릎을 벤치 상판에 묶었어. 마지막에는 양 발목을 상판과 따로 묶었고.

"어디, 빨갱이들 무릎은 앞쪽으로도 구부러지는지 한번 보자고." 천이 말했어.

둘은 그자의 양발을 위로 들고 발꿈치 밑에 벽돌을 한 장, 그리고 또 한 장 넣었어.

허벅지와 무릎이 벤치 상판에 꽉 묶여 있었기 때문에, 벽돌 위에 얹힌 발과 정강이는 점점 위로 올라가면서 말도 안 되는 각도로 꺾이기 시작했어. 그자는 무릎에 걸리는 부담을 줄이려고 벤치 위에서 몸을 뒤틀었지만, 도망갈 곳은 어디에도 없었어. 기둥에 묶인 팔을 속수무책으로 버둥거리다 보니 결국에는 팔뚝과 손목의 살갗이 벗겨져 흰 칠을 한 기둥에 피가 번지더군.

천과 리가 벽돌 두 장을 더 끼우자 무릎에서 뼈가 우두둑하는 소리가 들렸어. 그자는 비명을 지르고 악을 쓰기 시작했지만, 그래도 우리가 듣고 싶은 이야기는 한마디도 하질 않았어.

"입을 다물고 있으면 계속하는 수밖에 없어." 내가 말했어.

천과 리는 길쭉한 나무쐐기를 가져와서 가느다란 쐐기 끄트머리를 맨 아래의 벽돌 밑에 끼웠어. 그러고는 번갈아 가며 망치로 쐐기의 뭉툭한 뒤쪽을 때리더군. 한 번 때릴 때마다 쐐기는 벽돌 밑으로 조금씩 파고들어 그자의 발을 더 높이 올렸어. 그자는 비명을 지르고 또 질렀고. 둘은 그자의 입에 막대를 물렸어. 혀를 깨물지 못하도록.

"불고 싶은 마음이 들면 고개만 끄덕이면 돼."

그자는 고개를 가로저었어.

망치질을 또 한 번 하는데 갑자기 무릎이 부러지는 소리가 나더니 발과 정강이가 위로 불쑥 솟더군. 부러진 뼈는 살과 살갗을 뚫고 튀어나왔고. 그자는 다시 기절해 버렸어.

나는 슬슬 속이 거북해졌어. 공산당이 자기네 공작원들을 이 정도까지 철저하게 훈련시키고 단련시킨다면, 과연 우리가 이 전쟁에서 이길 가망이 있기는 한 걸까?

"이런 식으로는 안 되겠는데." 나는 타이완인 고문 기술자들에게 말했어. "나한테 좋은 생각이 있어. 이자한테 손자가 있다던데, 그 애도 같이 확보했나?"

둘은 고개를 끄덕였어.

우리는 의사를 다시 데려와서 다리를 치료해 줬어. 의사가 그자한테 의식을 잃지 않는 약을 주사해 주더군.

"죽여 주시오, 제발." 그자가 나한테 말했어. "죽이란 말이오."

우리는 그자를 중정(中庭)으로 데리고 나가서 의자에 앉혔어. 리가 그자의 손자를 데려왔지. 조그만 남자애였는데, 굉장히 영리하게 생겼더군. 아이는 겁에 질려서 할아버지한테 달려가려고 했어. 리는 그러는 아이를 붙잡아서 벽에 세워 놓고 권총을 겨눴어.

"너를 죽일 생각은 없어. 하지만 네가 자백하지 않으면 네 손자를 공범으로 처형할 거다.”

“안 돼, 안 됩니다. 제발. 그 아이는 아무것도 몰라요. 저희는 아무것도 모릅니다. 저는 첩자가 아니에요. 맹세합니다.”

리는 뒤로 물러서서 권총을 두 손으로 쥐었어.

“우리가 이러는 건 너 때문이야.” 내가 말했어. “나한테 선택할 여지 정도는 줘야지. 난 네 손자를 죽이고 싶지 않아. 그런데 네가 저 앨 죽음으로 몰아넣고 있잖아.”

“저는 친구 네 명과 함께 조각배를 타고 이 섬에 도착했습니다.” 그자가 입을 열었어. 손자한테 못 박힌 그자의 눈을 보니 드디어 내 작전이 통하는구나 싶더군. “모두 착한 사람들입니다. 저희 가운데 공산주의자는 한 명도 없습니다.”

“또 거짓말이군. 친구들 이름을 대.”

그 순간 아이가 폴짝 뛰더니 리의 손을 붙잡고 물어뜯으려고 마구 버둥거렸어.

“할아버지를 풀어줘!” 아이는 리에게 달라붙어서 외쳤어.

총성이 두 번 울렸고, 아이는 빈 자루처럼 스르륵 널브러졌어. 나는 리가 권총을 떨어뜨리는 걸 보고 냉큼 달려갔어. 아이는 리의 손가락을 뼈가 보일 정도로 물어뜯었더군. 리는 아파서 고래고래 악을 질렀고. 나는 권총을 주웠어.

고개를 들어 보니 노인은 의자에서 떨어져 쓰러져 있었어. 우리 쪽으로 기어오더군. 손자의 주검을 향해. 노인은 울부짖고 있었어. 그게 어느 나라 말이었는지는 모르겠어.

천이 리를 살피러 간 사이에 나는 손자한테 기어가는 노인을 지켜봤어.

노인은 몸을 비틀어서 상체를 일으키고 손자의 주검을 자기 무릎 위에 뉘었어. 그러고는 죽은 아이를 가슴에 꼭 끌어안았어.

"어째서, 어째서?" 노인이 내게 물었어. "그저 어린애인데. 아무것도 모르는 아이인데. 죽이시오, 나도 죽여 주시오. 제발."

나는 노인의 눈을 바라봤어. 시커멓게 반들거리는 눈이 꼭 거울 같더군. 그 눈에 내 얼굴이 비쳤는데, 너무나 이상한 얼굴이었어. 광기와 분노가 어찌나 가득한지 내 얼굴인데도 누군지 알아볼 수가 없었어.

그 순간 온갖 것들이 내 머릿속을 스쳐갔어. 메인주에서 보낸 어린 시절이, 아침에 할아버지를 따라 사냥을 나갔을 때의 기억이 떠오르더군. 대학 시절의 중국학 지도 교수님도 떠올랐어. 교수님이 들려주신 상하이에서 보낸 어린 시절 이야기도, 교수님의 중국인 친구들과 하인들 이야기도. 그 전날 아침에 데이비드랑 같이 국민당 첩보부 요원들에게 방첩 교육을 했던 기억도 떠올랐어. 릴리 생각도 났고. 죽은 남자애랑 같은 또래인 우리 딸 릴리 생각이. 공산주의가 뭐고 자유가 뭔지, 릴리는 알까? 이 세상은 어딘지 모를 곳에서 끔찍하게 뒤틀려 버렸어.

"죽여 주시오, 제발, 나도 죽여 주시오."

나는 노인에게 권총을 겨누고 방아쇠를 당겼어. 당기고, 또 당겼어. 탄창이 다 빈 후에도.

"용의자가 저항했군요." 나중에 천이 말했어. "달아나려고 했나 봅니다."

그건 질문이 아니었어.

그래도 나는 고개를 끄덕였어.

"당신 잘못이 아니야." 다이어 부인이 말했다. "그자가 그렇게 하도록 만든 거잖아. 자유는 공짜로 얻을 수 있는 게 아니야. 당신은 옳은 일을 하려고 애썼을 뿐이야."

다이어 씨는 아내의 말에 대꾸하지 않았다. 잠시 후, 다이어 씨가 다시 잔을 비웠다.

"여보, 당신이 전에 얘기했잖아, 그 공산당 첩자들이 얼마나 끈질긴지. 한국에서 무슨 일이 있었는지는 우리 모두 들어서 알고 있고. 그런데 난 이제야 제대로 알 것 같아. 그 노인은 공산당에게 철저하게 세뇌된 끝에 인간의 감정도 후회하는 능력도 다 잃어버린 거야. 손자가 죽은 건 그 노인 탓이야. 그자가 우리 릴리한테 무슨 짓을 했을지 생각해 봐."

다이어 씨는 이번에도 대꾸하지 않았다. 그는 식탁 너머에 앉은 아내를 바라보았다. 부부 사이에는 바다가 가로놓인 듯했다. 타이완 해협처럼 넓은 바다가.

"모르겠어." 한참 만에 다이어 씨가 꺼낸 말이었다. "이젠 정말 아무것도 모르겠어."

아빠와 릴리는 함께 강가를 거닐었다. 부드러운 진흙 속으로 두 사람의 발이 가라앉았다. 둘은 나란히 멈춰 서서 신발을 벗은 다음, 맨발로 계속 걸었다. 둘 다 말은 하지 않았다. 그들 뒤에는 아황이 따라왔다. 이따금 릴리가 멈춰서 콧등을 토닥여 주면 아황은 릴리의 손바닥에 대고 푸륵거렸다.

"릴리." 침묵을 깬 쪽은 아빠였다. "엄마랑 아빠는 텍사스로 돌아가기로 했단다. 전근 허가는 이미 받았어."

릴리는 말없이 고개만 끄덕였다. 릴리의 마음에는 이미 가을이 자리 잡고 있었다. 강가의 나무들은 일렁이며 흘러가는 강물에 비친 자기 모습에 손을 흔들었다. 릴리는 간 선생의 마법 거울이 아직 주머니에 있으면 좋으련만 하는 생각이 들었다.

"네 물소한테 새 집을 찾아 줘야겠다. 텍사스로 데리고 갈 수는 없으니까."

릴리는 멈춰 섰다. 아빠를 돌아보지 않으려고 꾹 참으면서.

"거긴 너무 건조하잖니. 이 녀석은 거기서 행복하게 지낼 수가 없어. 들어가서 목욕할 만한 강도 없고, 느긋하게 엎드려 쉴 논도 없으니까. 거기선 자유롭게 지낼 수가 없어."

릴리는 아빠에게 말하고 싶었다. 난 이제 어린애가 아니라고, 그러니까 그렇게 타이르듯이 말하지 말라고. 그러나 그 말을 입 밖에 내는 대신 릴리는 아황을 조금 더 쓰다듬어 주었다.

"릴리, 어른들은 말이지, 가끔은 하기 싫은 일도 옳은 일이라는 이유로 해야 하는 경우가 있단다. 가끔은 잘못된 일처럼 보이지만 실제로는 옳은 일인 경우도 있고."

릴리는 간 선생의 팔을 떠올렸다. 처음 만난 날 자신을 안아 주던 간 선생의 팔을. 남자애들을 쫓아 보내던 간 선생의 목소리를. 종이 위를 누비며 '아름다움'이라는 뜻의 한자를 쓰던 간 선생의 붓끝을. 간 선생의 이름을 쓸 줄 알면 좋을 텐데 하는 생각이 들었다. 말과 글자의 마법을 더 알고 싶다는 생각도.

화창한 가을날 오후였지만, 릴리는 한기를 느꼈다. 릴리의 상상

속에서 주위의 들판은 이 아열대의 섬을 꽁꽁 얼어붙게 한 백색 테러의 하얀 서리로 뒤덮였다.

'freeze(얼어붙다)'라는 단어가 유독 마음에 걸렸다. 릴리는 눈을 감고 머릿속에 그 단어를 적어 보았다. 간 선생이 했을 법한 방법으로, 단어를 꼼꼼히 뜯어보았다. 알파벳들이 흔들리며 서로를 쿡쿡 찔러 댔다. 'z'는 무릎을 꿇고 애원하는 남자의 모습으로 변했고, 'e'는 태아처럼 옹송그린 죽은 아이의 모습으로 바뀌었다. 그러다가 이내 'z'와 'e'는 사라지고 그 자리에 'free(자유롭다)'만이 남았다.

괜찮아, 릴리 양. 테디와 나는 이제 자유롭다네. 릴리는 정신을 집중했다. 머릿속에서 점점 희미해져 가는 간 선생의 미소와 따뜻한 목소리를 붙잡으려고. *자네는 정말로 영리한 아가씨야. 자네 또한 파자점술사가 될 운명이라네. 미국에서.*

릴리는 눈을 꾹 감았다. 눈물이 흘러내리지 않도록.

"릴리, 괜찮니?" 아빠의 목소리가 릴리를 현실로 불러냈다.

릴리는 고개를 끄덕였다. 조금은 따뜻해진 느낌이 들었다.

두 사람은 계속 걸었다. 논에서 낫을 들고 두둑하게 여문 벼를 수확하는 아낙들의 구부정한 등을 바라보면서.

"미래가 어떻게 펼쳐질지는 알기 힘들단다." 아빠는 말을 이었다. "세상은 아무도 예상 못 한 방향으로 알아서 흘러가게 마련이거든. 때로는 가장 끔찍한 것들이 실은 멋진 것을 만들기 위한 명분이었다는 게 나중에 밝혀지기도 해. 네가 여기서 즐거운 시간을 보내지 못한 건 아빠도 알아, 릴리. 그건 딱한 일이야. 하지만 이곳은 아름다운 섬이란다. 이 섬의 옛 이름인 포모사는 라틴어로 '가장 아름답다'라는 뜻이야."

미국처럼. 메이궈. 아름다운 나라. 릴리는 생각했다. 봄이 오면 들꽃은 다시 피어나겠지.

저 멀리, 야구 시합을 하는 마을 아이들의 모습이 보였다.

"언젠가는 우리가 이곳에서 희생을 치른 보람이 있다는 걸 너도 알 거야. 이곳은 자유로운 나라가 될 테고, 그러면 너도 이 나라의 아름다움을 깨닫고 이곳에서 보낸 시간을 따뜻한 추억으로 여기겠지. 불가능이란 없어. 어쩌면 언젠가 이곳에서 자란 소년이 미국에서 야구를 하는 광경을 볼 수 있을지도 몰라. 어때, 릴리. 굉장하지 않니? 포모사 출신 중국인 소년이 양키 스타디움에서 야구를 한다면."

릴리는 머릿속에 펼쳐진 광경에 정신을 집중했다.

테디는 보스턴 레드 삭스의 헬멧을 쓰고 타자석에 들어서서, 차분한 눈으로 마운드에 서 있는 투수의 'N'과 'Y'가 겹쳐진 모자를 주시한다. 테디가 첫 번째 공에 스윙을 하자 선명한 딱 소리가 커다랗게 울려 퍼진다. 제대로 맞았다. 공은 서늘한 10월 공기를 가르고 높이 솟아서, 까만 하늘과 환한 조명등을 향해 기나란 호를 그리며 날아가다가, 외야 오른쪽의 특별석 너머 어디에 떨어진다. 관중이 다 함께 기립한다. 테디는 천천히 베이스를 돌기 시작한다. 입이 귀에 걸리도록 활짝 웃으며, 간 선생과 릴리의 모습을 찾아 관중석을 두리번거린다. 리그 우승팀이 결정되면서 우레 같은 함성이 경기장을 휘감는다. 레드 삭스가 월드 시리즈에 진출한다.

"아빠가 생각해 봤는데, 클리어웰에 돌아가기 전에 우리 식구끼리 휴가를 가는 게 좋겠어. 뉴욕에 들러서 외할머니를 찾아뵙는 건 어떨까. 월드 시리즈에서 양키스랑 레드 삭스가 붙는다던데. 아빠가 표를 구해 볼게, 같이 가서 양키스를 응원하는 거야."

릴리는 고개를 가로젓고 아빠의 얼굴을 올려다보았다.

"저 이제 뉴욕 양키스 안 좋아해요."

지은이의 말

이런저런 이유 때문에 본문에 나오는 중국어 일부는 표준어가 아닌 민난어 발음으로 표기했다.

냉전 시대에 미국과 중화민국이 중화인민공화국을 상대로 벌인 합동 비밀 작전의 역사에 관한 간략한 설명은 존 W. 가버(John W. Garver)의 책 『중미 동맹: 국민당의 중화민국과 냉전 시대 미국의 아시아 전략(The SinoAmerican Alliance: Nationalist China and American Cold War Strategy in Asia)』에서 찾아볼 수 있다.

파자점의 기예는 이 이야기 속에서 매우 단순하게 축약되어 있다. 본문에 나오는 한자 및 속어의 민간 어원과 문자 해체법 또한 학술적 정의하고는 거의 무관하다.

옮긴이 주

145쪽과 146쪽에 나오는 민난어의 뜻은 아래와 같다.

아똑아[阿啄仔]: 코쟁이(서양인을 가리키는 멸칭).

가우긴아, 콰이짜우, 콰이짜우[猴囝仔, 快走, 快走]!: 못된 놈들, 썩 물러가, 어서!

고급 지적 생물종의
책 만들기 습성

THE
BOOKMAKING
HABITS OF
SELECT SPECIES

우주의 모든 지적 생물종을 정확히 집계한 통계는 존재하지 않는
다. 무엇이 지성을 규정하는지에 관한 논쟁이 끊이지 않을뿐더러,
매 순간 모든 장소에서 문명이 일어났다가 무너지기 때문이다. 이
는 별이 태어나고 죽는 것과 마찬가지이다.

시간은 삼라만상을 집어삼킨다.

그러나 모든 생물종은 대를 이어 지혜의 전수하는 자기 나름의
독특한 방법이 있다. 사유를 눈에 보이는 것, 만질 수 있는 것, 거스
르지 못할 시간의 파노에 맞서는 방파세처럼 잠시나마 동결된 깃으
로 만드는 방법 말이다.

모두가 책을 만든다.

어떤 이들은 글쓰기란 단지 눈에 보이는 말하기에 지나지 않는다
고 한다. 그러나 우리는 이러한 관점이 편협하다는 것을 안다.

음악을 사랑하는 알레시아인은 가늘고 단단한 주둥이로 자국이

남기 쉬운 표면, 이를테면 밀랍이나 진흙이 얇게 덮인 금속판을 긁어서 글을 쓴다(부유한 알레시아인은 코끝에 귀금속으로 만든 촉을 달기도 한다.). 글쓴이는 글을 쓰는 동안 생각을 소리 내어 말해서 주둥이가 위아래로 떨리게 하는데, 이로써 기록재의 표면에 홈이 파인다.

이렇게 쓴 책을 읽기 위해 알레시아인은 자기 주둥이를 그 홈에 대고 죽 훑어 나간다. 예민한 주둥이는 물결 모양 홈을 따라 진동을 일으키고, 알레시아인의 두개골 속에 있는 빈 공간이 그 소리를 증폭시킨다. 이렇게 하여 글쓴이의 목소리가 재현된다.

알레시아인은 자신들의 글쓰기 체계가 다른 어떤 종족의 것보다도 우월하다고 믿는다. 알파벳이나 음절 문자, 표의 문자로 쓴 책과 달리 알레시아의 책은 말뿐 아니라 글쓴이의 어조와 음성, 억양, 강세, 성조, 리듬까지 담아낸다. 이는 악보인 동시에 녹음이다. 연설은 연설 같은 소리를 내고 만가(挽歌)는 만가 같은 소리를 내며, 이야기는 화자의 숨 막히는 경탄을 완벽하게 재현한다. 알레시아인에게 독서란 문자 그대로 과거의 목소리를 듣는 일이다.

그러나 알레시아의 책이 지닌 미덕에는 대가가 따른다. 독서라는 행위를 하려면 부드럽고 연약한 기록재의 표면과 물리적으로 접촉해야 하는 탓에 읽을 때마다 본문이 손상되고, 원본의 일부 요소는 돌이킬 수 없이 훼손되고 만다. 내구성이 더 강한 소재로 만든 사본은 당연히 글쓴이의 목소리가 지닌 섬세함을 온전히 담아내지 못하기 때문에 기피된다.

자신들의 문자 유산을 보존하기 위해 알레시아인은 가장 소중한 원고들을 금단의 도서관에 엄중히 보관하는데, 이곳의 출입 허가를 받은 이는 거의 없다. 아이러니하게도, 알레시아인 작가가 쓴 가장 중요하고 아름다운 작품들은 거의 읽히지 않는다. 다만 특별한 의식에서 낭독된 원본을 필경사들이 듣고 해석해서 재구성한 새 책을 통해 알려질 뿐이다.

영향력이 가장 큰 작품들은 현재 유통되는 해석본만 수백 수천 종에 이르며, 이들은 차례차례 새 사본으로 만들어져 다시 해석되고 전파된다. 알레시아인 학자는 서로 모순되는 판본들의 상대적인 정통성을 논의하면서, 또 불완전한 사본의 다양성을 근거로 상상한 선조의 목소리, 즉 독자가 오염시키지 않은 이상적인 책의 모습을 추론하면서 일생의 대부분을 보낸다.

쿼촐리인은 아예 생각하기와 글쓰기가 다르지 않다고 믿는다.

그들은 기계 몸을 지닌 종족이다. 쿼촐리인이 다른(더 오래된) 종의 기계 피조물로 처음 만들어졌는지, 또는 한때 유기체였던 종의 영혼이 머무는 껍데기인지, 아니면 불활성 물질에서 스스로 진화했는지는 알려진 바가 없다.

쿼촐리인의 몸은 구리로 민들이졌으며 모양은 모래시계를 닮았다. 세 별 사이에서 복잡한 궤도를 그리며 회전하는 그들의 행성은 별들의 어마어마한 기조력(起潮力, 다른 천체의 중력에 간섭하여 해수면 높이의 차이 또는 천체 내부의 변화를 일으키는 힘. — 옮긴이)에 노출된 탓에 금속 핵이 요동치면서 용해되고, 이렇게 발생한 열은 증기를 뿜는 간헐천과 용암호의 형태로 지표에 발산된다. 쿼촐리인은 하루에 몇 번씩 하반신의 빈 공간에 물을 주입하는데, 부글거리는 용암호에 일정한 시간마다 몸을 담그는 습관 때문에 몸속의 물은 천천히 끓어서 수증기로 변한다. 수증기는 모래시계의 잘록한 허리에 해당하는 조절 밸브를 지나 상반신으로 올라가서 이 기계 생명체를 움직이는 다양한 톱니 장치 및 지렛대 장치에 동력을 제공한다.

작동 주기의 막바지에 이르면 수증기는 식어서 상반신 내부의 표면에 물방울로 맺힌다. 이 물방울은 구리 표면에 새겨진 홈을 따라 흘러내리다가 모여서 일정한 흐름을 형성하고, 이렇게 흐르는 물은 몸 바깥으로 배출되기 전에 탄산염 광물이 풍부한 구멍투성이 돌을 통과한다.

이 돌은 퀴촐리인의 정신이 자리한 곳이다. 돌로 된 이 기관 속에는 복잡한 수로가 수천, 수백만 개나 들어 있다. 물은 이들이 만든 미로를 따라 무수히 많은 미세하고 평행한 흐름으로 갈라져 똑똑 떨어지고, 졸졸 흐르고, 서로 굽이굽이 돌면서 단순한 값을 띠는데, 이 값들은 하나로 합쳐져 의식의 흐름을 형성하고 일련의 사고로 표출된다.

시간이 흐르면서 돌을 통과하는 물은 흐르는 양상이 변한다. 오래된 수로는 닳아서 사라지거나 막혀서 끊긴다. 그리하여 어떤 기억은 소멸된다. 새 수로가 만들어지고 전에는 갈라졌던 흐름들이 합쳐지면서 통찰이 일어나고, 떠나는 물은 돌의 끄트머리 가장 어린 자리에 새 광물을 축적시킨다. 이곳의 불안정하고 연약한 미세 종유석이 바로 가장 새롭고 신선한 사유들이다.

퀴촐리인 모체가 용광로 속에서 아이를 만들 때 마지막으로 하는 일은 돌로 된 자기 정신의 한 조각을 아이에게 선물하는 것이다. 물려받은 지혜와 이미 만들어진 사유가 담긴 이 선물에 힘입어, 아이는 자기 삶을 시작한다. 아이가 경험을 쌓아 가는 동안 돌로 된 뇌는 그 핵을 둘러싸고 점점 자라 더욱 복잡해지고 정교해져서, 마침내 자기 차례를 맞아 자신의 아이들이 쓸 수 있도록 정신을 나누어 주기에 이른다.

그러한 까닭에 쿼촐리인은 그 자체로 책이다. 그들은 저마다 돌로 된 뇌 속에 모든 선조의 지혜가 차곡차곡 적힌 기록을 지니고 있다. 수백만 년에 걸친 침식 작용을 견딘 가장 튼튼한 사유들이다. 저마다의 정신은 수백만 년에 걸쳐 물려받은 씨앗에서 자라나고, 사유 하나하나는 읽고 볼 수 있는 흔적을 남기는 것이다.

우주의 여러 종족 가운데 더 난폭한 일부는, 예컨대 헤스페로인은, 과거 쿼촐리인의 돌 뇌를 꺼내어 수집하기를 즐겼다. 헤스페로인의 박물관과 도서관에 주로 '고대 서적'이라는 단출한 명찰을 달고 지금도 진열되어 있는 이 돌들은 대다수 방문자에게 더 이상 큰 의미를 지니지 않는다.

생각하기와 글쓰기를 분리하는 능력이 있었기에, 정복자 헤스페로인은 후손이 보면 몸서리칠 오섬과 사유가 남기지 않은 기록을 남길 수 있었다.

그러나 정복당한 쿼촐리인의 돌로 된 뇌는 유리 진열장 안에 남아서, 다시 한 번 읽히기 위하여, 살기 위하여, 마른 수로에 물이 흐르기를 기다린다.

헤스페로인은 예전에는 말의 음을 나타내는 일련의 기호로 글을 썼지만, 이제는 글쓰기를 아예 하지 않는다.

헤스페로인, 그들과 글쓰기의 관계는 늘 복잡했다. 위대한 헤스페로인 철학자들은 글쓰기를 신용하지 않았다. 그들이 생각하기에 책은 살아 있는 것이 아닌데도 살아 있는 척하는 정신이었다. 책은 설교하듯이 의견을 밝히고, 도덕에 입각하여 판단을 내리고, 역사적 사실로 알려진 것들을 서술하고, 재미난 이야기를 들려주기도 하지만…… 실제 인물처럼 심문할 수 있는 대상은 아니었고, 비판자에게 대답을 하거나 자신의 변명을 정당화하지도 못했다.

헤스페로인은 변덕스러운 기억을 신용할 수 없을 때에만 마지못해 자기 생각을 글로 적었다. 그들은 회화와 연설과 토론의 무상함을 벗 삼아 사는 쪽을 훨씬 더 좋아했다.

한때 헤스페로인은 거칠고 잔인한 종족이었다. 그들은 토론을 무척 즐겼지만, 그보다는 전쟁의 영광을 훨씬 더 사랑했다. 헤스페로 철학자들은 정복과 살육을 전진 운동이라는 이름으로 정당화했다. 전쟁은 대대로 전해지는 정적인 책 속의 이상에 생명을 불어넣는 유일한 방법이었다. 그 이상이 진실한 것으로 남도록 보장하기 위하여, 훗날에 대비해 이상을 정련하기 위하여. 사상은 오직 승리로 이어질 때에만 보존할 가치가 있었다.

정신을 저장하여 지도로 만드는 비결을 마침내 발견했을 때, 헤스페로인들은 다 함께 글쓰기를 그만두었다.

헤스페로의 위대한 왕이나 장군이나 철학자가 숨을 거두기 직전의 짧은 순간, 그들의 정신은 죽어가는 육신에서 적출된다. 전하를 띤 이온 하나하나, 빠르게 움직이는 전자 하나하나, 기묘하고 맵시 있는 쿼크 하나하나의 경로가 포착되어 투명한 광석에 아로새겨진다. 이렇게 처리된 정신은 주인에게서 분리된 순간의 상태 그대로 영원히 동결된다.

이 시점에서 지도 만들기가 시작된다. 조심스레, 꼼꼼하게, 숙련된 제도사들이 조를 이루어 수많은 제자에게 도움을 받으며, 무수히 많은 미세한 지류와 분지와 융기 하나하나를 베껴 그린다. 그것들은 함께 뒤섞여서 밀물과 썰물처럼 반복되는 사유를 형성하다가 마침내 하나로 뭉쳐 기조력, 즉 원래의 주인을 그토록 위대하게 만들었던 사상이 된다.

일단 지도 만들기가 끝나면 제도사들은 베껴 그린 경로의 연속 궤도를 예측하고자 계산을 시작하는데, 이렇게 해야 그다음 사유의 모형을 만들 수 있기 때문이다. 위인들의 동결된 정신이 밟아온 경로를 미래라는 광활하고 캄캄한 미지의 영역에 옮겨 그리는 일은, 헤스페로에서 가장 명석한 학자들의 심혈을 소진시킨다. 그들은 일생에서 가장 빛나는 시절을 이 일에 바치며, 숨을 거둘 때가 되면 이번에는 그들의 정신이 마찬가지로 끝없는 미래 속에 그려진다.

그리하여 헤스페로의 위대한 정신은 죽지 않는다. 그들과 대화를 나누고자 하는 헤스페로인은 정신 지도에서 답을 찾기만 하면 된다. 따라서 헤스페로인은 더 이상 이전과 같은 방식으로 죽은 기호에 지나지 않는 책을 만들 필요가 없다. 과거의 지혜가 늘 그들과 함께하며 계속 생각하고, 계속 인도하고, 계속 탐색하기 때문이다.

이처럼 고대 정신의 모형을 만드는 일에 시간과 자원을 점점 더 많이 투입하면서 헤스페로인은 점점 덜 호전적으로 바뀌어 갔고,

이는 이웃 종족들에게 큰 안도감을 선사했다. 어떤 책에는 독자를 교화하는 힘이 있다는 말은 어쩌면 진실인지도 모른다.

툴톡인은 자신들이 쓰지 않은 책을 읽는다.

그들은 에너지로 이루어진 생물이다. 기이하게 일렁거리는 이동 자계 전위(電位)의 패턴인 툴톡인은 별들 사이에 희미한 리본처럼 기다랗게 떠 있다. 다른 종족은 우주선을 타고 이들을 통과할 때 뭔가 살짝 당기는 느낌을 받을 뿐이다.

툴톡인은 우주 만물을 읽을 수 있다고 주장한다. 툴톡인에 따르면 항성 하나하나는 살아 있는 텍스트이다. 초고온 가스의 거대한 대류 전류가 장대한 이야기를 들려주는 동안 흑점은 구두점 노릇을 하고, 코로나의 광환은 과장된 수사적 표현이며, 플레어는 차가운 우주 공간의 깊은 침묵 속에서 진실처럼 들리는 강조 구절이다. 행성은 저마다 시 한 수를 품고 있다. 그 시는 거칠고 뾰족뾰족한 암석질 핵의 스타카토 리듬으로, 또는 소용돌이치는 거대 가스층의 서정적이고 유장하고 화려하며 남성적인 동시에 여성적인 압운으로 쓴 것이다. 개중에는 생명이 사는 행성도 있다. 보석을 박은 정교한 시계 장치처럼 구성된 이들 행성은 스스로를 참조하며 반향과 재반향을 끝없이 거듭하는 문학적 장치를 겹겹이 품고 있다.

그러나 툴톡인이 가장 훌륭한 책을 찾을 수 있다고 주장하는 곳은 블랙홀의 가장자리인 '사건의 지평선'이다. 우주라는 무한한 도서관을 거닐며 이 책 저 책을 읽다가 싫증이 난 툴톡인은 블랙홀을 향하여 둥둥 떠간다. 그녀가 귀환 한계점을 향하여 속력을 높이는 동안 우주에 흐르는 감마선과 엑스선은 궁극의 신비를 조금씩 드러내는데, 다른 모든 책은 이 신비의 주석에 지나지 않는다. 블랙홀이라는 책은 점점 더 복잡하고 미묘하게 달라지는 방식으로 정체를 드러내고, 툴톡인이 자신이 읽고 있는 책의 방대함에 압도당하려하는 순간, 멀리서 지켜보던 그녀의 동료들은 경악하며 깨닫는다. 그녀의 시간이 느려지다가 정지된 것처럼 보이는 것을, 그녀가 결코 닿지 못할 중심을 향해 끝없이 추락하는 동안 그 책을 읽을 영원이라는 시간을 손에 넣은 것을.

마침내 책 한 권이 시간에 맞서 승리를 거둔 것이다.

물론 그러한 여정에서 귀환한 툴톡인은 아무도 없기 때문에 블랙홀을 읽을 수 있는가에 관한 논의는 대개 순전한 미신으로 치부된다. 실제로 툴톡인을 신비주의에 기대어 자신들의 무지를 감추려하는 문맹 사기꾼으로 여기는 이들도 많다.

그럼에도, 우리 주위에 가득한 책이 보인다고 주장하는 툴톡인을 그러한 책의 해석자로 여기고 힘들여 찾아가는 이들이 있다. 이렇게 만들어진 해석은 셀 수 없이 많을뿐더러 서로 모순되기 때문에 책의 내용, 특히 저자에 관한 논란은 끝날 줄 모르고 이어진다.

더없이 장대한 규모로 책을 읽는 툴톡인과 대조적으로 카루에이인은 극히 미세한 독자이자 작가이다.

체구가 작은 카루에이인은 한 사람 한 사람의 키가 이 문장 끄트머리에 있는 마침표를 넘지 못한다. 우주를 여행하는 동안 카루에이인은 다른 종족에게서 이제는 완전히 의미를 잃은 책, 저자의 후손들이 더는 읽지 않는 책만을 입수한다.

체구가 미미하다 보니 위협으로 여기는 종족이 거의 없어서, 카루에이인은 별 말썽 없이 원하는 것을 손에 넣을 수 있다. 예컨대 카루에이인의 요청을 받은 지구인은 그들에게 인류가 끝내 해독하지 못한 크레타섬의 선형 문자 에이(A)가 새겨진 점토판과 항아리, **퀴푸라는 결승 문자**(새끼줄이나 띠에 매듭을 지어 기호로 삼은 문자. ― 옮긴이)가 담긴 매듭 끈 다발, 이제는 해독하는 법을 모르는 자기 디스크와 저장 장치를 건네주었다. 정복 전쟁을 그만둔 헤스페로인은 일찍이 퀴촐리인에게서 약탈한 것으로 여겨지는 고대의 돌 몇 개를 카루에이인에게 건네주었다. 심지어 향과 맛으로 글을 쓰며 은둔을 즐기는 운토우인조차도, 향이 너무 옅어져서 더 읽을 수 없는 낡은 책 몇 권을 카루에이인에게 넘겨주었다.

카루에이인은 그렇게 얻은 책을 해석하려는 시도를 전혀 하지 않는다. 그들은 더 이상 의미를 지니지 못하는 낡은 책을 빈 터전으로 삼아 그 위에 자신들의 세련되고 기괴한 도시를 지을 뿐이다.

점토판과 항아리에 새겨진 선은 넓은 거리가 되고, 그 거리의 벽에 가득한 벌집 모양 방들은 자기 복제를 거듭하는 프랙탈 문양으로 원래 있던 윤곽에 아름다움을 더한다. 매듭 끈의 섬유는 미세한 수준에서 낱낱이 갈라져 새로 엮이고 다시 묶여서, 마침내 원래 매듭이 더 작은 매듭 수천 개로 이루어진 미로 같은 복합 건물로 바뀌기에 이른다. 이 건물의 한 칸 한 칸은 이제 막 장사를 시작한 카루에이 상인이 사무실로 삼거나 젊은 부부가 복작거리는 살림을 꾸리기에 적당하다. 한편 자기 디스크는 유흥의 장으로 이용되는데 낮이면 젊은 모험가들이 디스크 표면을 기우뚱하게 달리며 국소 자기(磁氣) 퍼텐셜의 척력과 인력을 만끽한다. 밤이면 자기장의 흐름을 따라 켜지는 자그마한 불빛이 이곳을 환히 밝히고, 오래전 숨을 거둔 데이터가 비추는 불빛 속에 수많은 젊은이들이 사랑을 찾아, 접속을 찾아 춤을 춘다.

그러나 카루에이인이 어떠한 해석도 하지 않는다는 말은 사실 정확하지 않다. 앞서 말한 유물을 건네준 종족의 일원은 카루에이를 방문할 때면 그곳의 새 건축물을 보며 필연적으로 익숙한 느낌을 받는다.

예컨대 지구에서 온 사절단은 쿼푸 안에 세워진 거대 시장을 현미경의 힘을 빌려 둘러보는 동안, 북적이는 움직임과 활발한 상거래, 쉬지 않고 꾸물거리는 숫자와 셈과 가격과 화폐를 관찰한다. 지구 사절 가운데 일찍이 결승 문자로 책을 쓰던 이들의 후손인 사람은 충격을 받는다. 비록 읽을 줄은 모르지만 쿼푸가 회계와 숫자를 기록하고 세금 및 장부를 계산할 용도로 발명된 것을 그도 알기 때문이다.

아니면 쿼촐리인을 예로 들어 보사. 그는 카루에이인이 쿼촐리의 돌 뇌 하나를 연구 시설로 전용하고 있는 것을 발견했다. 일찍이 물로 된 사유가 흐르던 조그마한 방과 통로는 이제 실험실과 도서관, 교실, 새로운 사상이 메아리치는 강당이 되었다. 쿼촐리 사절단은 선조의 정신을 복구하고자 이곳을 찾지만, 모두 원래 있어야 할 모습 그대로인 것을 납득하고 다시 돌아갈 뿐이다.

아무래도 카루에이인은 과거의 메아리를 인지하는 능력이 있는 모양이다. 그래서 오래전에 씌어 오래전에 잊힌 책을 이면지 삼아 증축하는 동안 저도 모르게, 우연히, 아무리 오랜 시간이 흘러도 상실되지 않는 의미의 본질과 맞닥뜨리는 것이다.

그들은 자신이 읽는 줄도 모르는 채로 읽는다.

차갑고 깊은 우주의 공허 속에서, 막막하고 캄캄한 바다의 거품처럼, 지성을 품은 무리들이 반짝이고 있다. 추락하고, 이동하고, 합쳐졌다가 나뉘면서, 그들은 아직 보지 못한 수면을 향해 상승하며 푸르스름하게 빛나는 소용돌이 모양 흔적을 남긴다. 그 흔적은 저마다 서명처럼 독특하다.

모두가 책을 만드는 것이다.

시뮬라크럼
SIMULACRUM

> 사진은 (그림을 이미지라고 할 때의) 이미지일 뿐 아니라
> 실재의 해석이기도 하다. 그것은 또한 발자국이나
> 데스마스크처럼 실재에서 직접 본을 뜬 흔적이기도 하다.
> — 수전 손택, 『사진에 관하여』에서

폴 래리모어

벌써 녹화 중입니까? 시작할까요? 알겠습니다.

애나는 실수로 생긴 아이였습니다. 저와 제 아내 에린은 일 때문에 툭하면 출장을 다닌 데다, 둘 다 가정에 얽매이길 싫어했거든요. 하지만 세상일이 어디 다 계획대로 되던가요. 막상 임신한 걸 알았을 때 저희 부부는 진심으로 기뻤습니다. 함께 어떻게든 잘해 나가자고 했지요. 실제로도 그랬고요.

아기였을 적에 애나는 얌전히 잠드는 법이 없었습니다. 눈이 가물가물 감길 때까지 안고 돌아다녀야 했는데, 그러는 동안 내내 안자려고 칭얼거렸지요. 잠시도 가만히 앉아 있을 수가 없더군요. 에린은 해산 후에 허리가 아파서 몇 달 동안 고생했기 때문에, 밤에 수유를 마친 딸아이의 조그만 머리를 어깨에 대고 이리저리 걸어다니는 일은 제 몫이었습니다. 그때는 분명 피곤하고 짜증도 났을

텐데, 지금은 그저 달빛이 비치는 거실에서 노래를 불러 주며 몇 시간이고 서성거리는 동안 딸아이가 제게 얼마나 가깝게 느껴졌는지만 기억날 뿐입니다.

저는 제 딸을 그만큼 가까이 느끼고 싶었습니다. 언제나.

그때는 딸의 시뮬라크럼('시뮬라크럼(simulacrum)'은 원래 '유사성'을 의미하는 라틴어에서 유래한 말로서 실재의 재현 또는 모방을 가리키며, 복수형은 '시뮬라크라(simulacra)'이다. —— 옮긴이)이 하나도 없었습니다. 시제품 카메라는 어마어마하게 커다랗고, 피촬영자는 몇 시간이나 가만히 앉아 있어야 했거든요. 아기한테는 불가능한 일이었지요.

이것이 제가 맨 처음 만든 딸의 시뮬라크럼입니다. 그 아이가 일곱 살 무렵에.

— 안녕, 우리 예쁜이.

— *아빠!*

— 부끄러워하지 않아도 돼. 이 아저씨들은 우리 식구들이 나오는 다큐멘터리를 찍으러 온 분들이야. 아저씨들한테 말을 걸 필요는 없어. 그냥 여기 없는 사람들이라고 생각해.

— 우리 바닷가에 가면 안 돼요?

— 안 되는 거 알잖아. 우린 집에 있어야 해. 게다가 바깥은 너무 춥단다.

— 우리 같이 인형 놀이 할래요?

— 그래, 좋아. 네가 하고 싶은 만큼 하자.

애나 래리모어

제 아버지는 세상이 거부할 수 없는 사람이었어요. 전형적인 미국식 성공담의 주인공처럼 엄청난 부를 쌓았거든요. 아버지는 세상 사람들에게 즐거움을 가져다줄 아이디어를 혼자 힘으로 생각해 낸 발명가였고, 세상은 아버지에게 그에 걸맞은 대가를 지불한 거죠. 게다가 가치 있는 명분을 위해 거액을 기부하기도 했고요. 래리모어 재단은 영화 제작사가 유명인의 섹스 시뮬라크럼을 수정할 때만큼이나 공을 들여서 아버지의 이름과 이미지를 포장했어요.

하지만 저는 폴 래리모어라는 사람의 진짜 정체를 알아요.

열세 살이던 해 어느 날, 저는 배가 아파서 학교를 조퇴했어요. 집 현관에 들어서는데 위층 부모님 침실에서 무슨 소리가 들려오는 거예요. 집에 계실 리가 없었는데 말이에요. 두 분 다.

도둑이 든 걸까? 저는 그렇게 생각했어요. 십대 아이답게 겁도 눈치도 없었던 저는 계단을 올라가 안방 침실 문을 열었죠.

아버지는 알몸으로 침대에 누워 있었어요. 홀딱 벗은 여자 네 명이랑 같이요. 제 기척을 못 들었는지 다 같이 하던 짓을 계속하더군요. 어머니랑 같이 자는 침대 위에서.

잠시 후에 아버지가 제 쪽으로 고개를 돌렸고, 우리는 서로의 눈을 마주 봤어요. 아버지는 하던 짓을 멈추고 몸을 일으키더니 팔을 뻗어서 침대 곁탁자의 프로젝터를 끄더군요. 여자들은 사라졌어요.

저는 토했고요.

그날 밤 늦게 집에 돌아온 어머니는 저한테 벌써 몇 년째 계속된 일이라고 설명했어요. 아버지는 특정한 타입의 여자한테 약하다고 하더군요. 그래서 결혼 생활 내내 부부 사이의 믿음을 지키는 걸 힘들어했대요. 어머니는 전에도 아버지가 바람을 피운다고 의심한 적이 있었지만, 아버지는 굉장히 영리하고 용의주도한 사람이라 절대로 증거를 남기지 않았어요.

그러다 마침내 현장을 덮쳤을 때, 어머니는 머리끝까지 화가 나서 이혼하자고 했어요. 하지만 아버지는 싹싹 빌면서 애원했대요. 자기는 사실상 일부일처제를 하는 게 불가능한 천성을 타고났다면서요. 하지만 자기한테는 해결책이 있다고 했대요.

아버지는 여러 해에 걸쳐 자기가 정복한 여자들의 시뮬라크라를 만들었어요. 그것들은 아버지가 기술을 개선하면 할수록 점점 더 살아 있는 사람에 가까워졌죠. 아버지는 어머니에게 약속했어요, 그것들을 보관하면서 혼자 몰래 사용해도 좋다고 허락만 해 주면 두 번 다시 외도는 하지 않겠다고.

그러니까 그건 어머니도 합의한 거래였어요. 남편이 아버지로서는 좋은 사람이라고 생각했기 때문이죠. 어머니는 아버지가 저를 아끼는 걸 알았어요. 그래서 자신만을 상대로 한 약속이 깨졌다고 해서 저까지 부수적인 피해자로 만들고 싶지는 않았던 거예요.

아버지의 제안은 실제로 합리적인 해결책처럼 보였어요. 어머니가 생각하기에 남편이 시뮬라크라하고 보내는 시간은 다른 남자들이 포르노에 들이는 시간과 다를 게 없었던 거예요. 몸을 만지는 행위는 일절 없었어요. 진짜가 아니니까. 애초에 무해한 환상이 들어설 자리를 어느 정도 남겨 두지 않으면, 결혼 생활이란 건 오래 갈

수 없는 법이고요.

하지만 어머니는 제가 침실에 들어간 그날 그랬던 것처럼 아버지의 눈을 똑바로 본 적이 없어요. 그날 제가 본 건 환상 그 이상이었어요. 도저히 용서할 수 없는 지속적인 배신이었죠.

폴 래리모어

시뮬라크럼 카메라의 관건은 물리적인 영상 처리 과정이 아닙니다. 그 과정 역시 사소하지는 않지만, 그래 봤자 궁극적으로는 최초의 사진술인 다게레오타이프 시절의 기술을 점차 개선해서 정점에 이른 것일 뿐이니까요.

실재를 포착하기 위한 끝없는 여정에 제가 기여한 바가 있다면 바로 '오네이로파기다(oneiropagida, 그리스어로 '꿈을 포착하는 장치'라는 뜻이다. — 옮긴이)'입니다. 이 장치는 피촬영자의 의식 패턴을 촬영한 스냅 사진, 즉 '인격의 재현'을 캡처하고 디지털화한 다음, 이것을 이용하여 프로섹터로 영사되는 이미지에 생명을 불어넣습니다. 오네이로파기다는 모든 시뮬라크럼 카메라의 핵심입니다. 저의 경쟁자들이 만든 제품까지 포함해서요.

최초의 시뮬라크럼 카메라는 본질적으로 개량형 의료 기구였습니다. 오래된 병원에서는 지금도 볼 수 있는 유물급 엑스선 단층 촬영 장치와 비슷했으니까요. 피촬영자는 몸속에 특정 화학물질을 주입하고 장치의 촬영용 터널 안에 꼼짝 않고 오랫동안 누워 있어야 했습니다. 의식이 작동하는 과정을 스캔한 결과물이 웬만큼 쌓일 때까지 말입니다. 저희는 그 결과물을 씨앗으로 삼아 인공지능 신경 모델을 만들었고, 이 신경 모델은 다시 피촬영자 몸의 세부 사진으로 구축한 프로젝션 영상을 재생하는 데에 이용됐습니다.

초기 시제품은 매우 조악했고 결과물은 로봇 같다, 사람 같지 않다, 심지어 터무니없이 우스꽝스럽다는 말까지 들었습니다. 하지만 그 원시적인 시뮬라크라조차도 동영상이나 홀로그래피로는 포착할 수 없는 어떤 것을 간직하고 있었습니다. 프로젝션 영상이 포착된 이미지만 고스란히 재생하는 데에 그치지 않고 피촬영자의 행동 방식 그대로 시청자와 소통했기 때문입니다.

현재 남아 있는 가장 오래된 시뮬라크럼은 저 자신의 것으로, 스미소니언 박물관에 보관되어 있습니다. 처음 뉴스에 보도됐을 때 그 시뮬라크럼과 소통해 본 제 친구나 지인들은 컴퓨터가 제어하는 이미지인 것을 알면서도 왠지 '폴'처럼 반응한다는 느낌을 받았다고 말했습니다. '저런 말은 폴이 아니면 못할 텐데'라거나 '저 표정은 완전히 폴인데'처럼 말입니다. 저는 바로 그때 성공을 확신했습니다.

애나 래리모어

사람들은 시뮬라크럼을 발명한 사람의 딸인 제가 시뮬라크럼이 없으면 세상은 더 살기 좋고 진정성 있는 곳이 될 거라는 책을 쓰는 걸 이상하게 여겨요. 어떤 사람은 지긋지긋한 대중 심리학을 동원해서 제가 하는 일을 '동기간'의 질투라고 분석하죠. 알고 보니 아버지가 가장 아끼는 자식은 자기 발명품이었다면서요.

그렇게 간단한 거면 얼마나 좋을까요.

제 아버지는 자기가 실재를 포착하는 일, 시간을 정지시켜 기억을 보존하는 일에 종사한다고 자부해요. 하지만 그런 기술의 진짜 매력은 실재를 포착하는 게 결코 아니에요. 사진, 영상, 홀로그래피…… 그렇게 '실재를 포착하는' 기술이 발전해 온 과정은 곧 현실에 관한 거짓말이 늘어나는 과정이었어요. 현실의 모습을 바꾸어 왜곡하고, 조작해서 공상화하는 과정이었죠.

사람들은 카메라를 위해 자기 삶의 경험을 형상화하고 단계화해요. 기껏 휴가를 가서도 한쪽 눈은 접착제로 붙인 것처럼 비디오카메라에서 뗄 줄을 모르죠. 현실을 그대로 정지시켜 보관하고 싶은 욕망은 곧 현실을 회피하려는 욕망이에요.

시뮬라크라는 이러한 경향을 최신의 기법으로 구현했어요. 그리고 최악의 방식으로.

폴 래리모어

그날 이후로, 그러니까 애나가…… 음, 그 얘기는 애나한테서 직접 들으셨겠지요. 애나의 설명을 반박할 생각은 없습니다.

애나와 저는 그날 일을 입 밖에 꺼낸 적이 한 번도 없습니다. 애나가 모르는 사실이 있다면 그날 이후 제가 과거의 불륜을 통해 만들어 놓은 시뮬라크라를 모조리 삭제해 버렸다는 겁니다. 백업조차 남겨 놓지 않고 말입니다. 애나가 이 사실을 안다고 해도 변하는 건 없겠지만, 그래도 부디 그 아이에게 전해 주시면 감사하겠습니다.

그날 이후 저희 부녀간의 대화는 친밀함의 근처에도 가지 않도록 예의 바르고 조심스럽게 펼치는 연기였습니다. 보호자 동의서에 서명받기, 시위행진의 후원금을 받으려고 제 사무실에 들르기 전에 시간 약속 잡기, 대학에 진학할 때 고려할 사항 확인하기 같은 것만 이야기했지요. 쉽게 멀어지는 친구 사이나 힘들기만 한 이성 관계, 세상을 향한 꿈과 좌절 같은 것은 입에 담지도 않았습니다.

애나는 대학에 합격해 집을 떠나면서 저와 완전히 대화를 끊었습니다. 전화를 하면 받지도 않더군요. 학비 때문에 자기 명의의 신탁 계좌에서 돈을 찾을 일이 생기면 제 변호사한테 연락했습니다. 방학이나 연휴에는 친구들하고 보내거나 해외에 나가서 일을 했고요. 가끔은 주말에 제 아내 에린을 학교가 있는 팔로알토로 초대하기도 했지요. 아빠도 함께 오라는 말은 한 번도 안 했지만, 저희 모두 그러려니 했습니다.

― 아빠, 잔디는 왜 초록색이에요?

― 나뭇잎의 초록색이 봄비랑 같이 땅으로 떨어져서 그래.

― 말도 안 돼요.

― 맞아, 실은 울타리 너머에 있는 남의 집 잔디라서 그래. 울타리 저
  쪽에서 보면 그렇게까지 초록색으로 보이진 않을 거야.

― 재미 하나도 없어요.

— 알았어. 실은 풀에 들어 있는 엽록소 때문이야. 엽록소 안에는 빛에서 초록색만 빼고 모든 색을 흡수하는 고리가 여러 개 들어 있단다.

— *아빠가 지어낸 얘기 아니죠, 진짜죠?*

— 우리 딸, 아빠가 너한테 지어낸 얘기 한 적 있어?

— *가끔은 아빠 말이 지어낸 건지 아닌지 헷갈려요.*

저는 애나가 고등학교에 다닐 무렵부터 이 시뮬라크럼을 자주 재생했는데, 시간이 흐르면서 일종의 버릇이 돼 버렸지요. 이제는 항상 틀어놓습니다. 매일.

나중에 애나가 더 컸을 때 만든 시뮬라크라도 있습니다. 대개는 해상도가 이것보다 훨씬 더 높지요. 하지만 저는 이게 제일 좋습니다. 보고 있으면 더 행복했던 시절이 떠오르거든요. 세상이 돌이킬 수 없이 변해 버리기 전의 그 시절 말입니다.

이 시뮬라크럼을 촬영한 날, 저희는 마침내 휴대할 수 있는 크기의 틀 안에 오네이로파기다를 장착하는 데에 성공했습니다. 그게 바로 나중에 저희가 처음으로 히트시킨 가정용 시뮬라크럼 카메라 '회전목마 마크 I'의 시제품이었습니다. 저는 그걸 집으로 가져와서 애나에게 포즈를 잡아 보라고 부탁했습니다. 애나가 현관 옆 포치에 꼼짝 않고 앉아 있었던 2분 동안, 저희 둘은 그날 있었던 일들을 도란도란 얘기했지요.

아버지의 눈에 어린 딸은 언제나 완전무결한 존재로 보이게 마련입니다만, 그날 애나는 더없이 완벽한 딸이었습니다. 제가 집에 일찍 와 있는 걸 보고 두 눈이 반짝반짝 빛나더군요. 마침 체험 학습에서 막 돌아온 길이라 저한테 들려줄 이야기와 묻고 싶은 질문이 한 보따리였습니다. 애나는 저한테 같이 해변에 나가서 새로 산 연을 날리자고 했고, 저는 태양 감광 세트로 실험하는 걸 도와주겠다고 약속했습니다. 저는 그 순간의 애나를 포착할 수 있어서 정말 기뻤어요.

그날은 참 좋은 날이었습니다.

애나 래리모어

마지막으로 아버지를 만난 때는 어머니가 사고를 당하고 나서였어요. 전화는 변호사가 했죠. 아버지 전화는 제가 안 받을 게 뻔하니까요.

어머니는 의식은 있었지만 몽롱한 상태였어요. 상대편 운전자는 이미 죽었고, 어머니도 머잖아 그 뒤를 따를 참이었죠.

"아빠를 용서하면 안 되겠니?" 어머니가 말했어요. "난 이미 용서했단다. 인생이란 사건 하나로 재단할 수 있는 게 아니야. 아빠는 엄마를 사랑해. 너도 사랑하고."

저는 대꾸하지 않았어요. 그저 어머니의 손을 잡고 꽉 쥐기만 했죠. 아버지가 병실에 들어온 후에 우린 각자 어머니하고만 얘기할 뿐, 둘이서는 말을 섞지 않았어요. 그러다 30분쯤 지나서 어머니는 잠들었고, 다시는 깨어나지 않았어요.

사실은요, 전 아버지를 용서할 준비가 돼 있었어요. 아버지는 늙어 보였어요. 그건 다른 누구보다 자식이 제일 늦게 알아차리는 특징이죠. 게다가 아버지는 금방이라도 허물어질 것처럼 약해 보여서, 딸인 내가 이래도 되는 건가 하는 생각이 들더군요. 우리는 말없이 병원을 나섰어요. 아버지가 저한테 시내에 머물 곳이 있냐고 묻기에 없다고 했죠. 아버지는 차 조수석의 문을 열었고, 저는 아주 잠깐 망설이다가 아버지 차에 탔어요.

집에 도착해 보니 제 기억 속의 모습 그대로더군요. 집에 발길을 끊은 지 몇 년째였는데도요. 아버지가 냉동 음식을 데우는 동안 저는 식탁에 앉아서 기다렸어요. 우린 조심스럽게 고른 말을 주고받았어요. 제가 고등학생이었을 때 그랬던 것처럼.

아버지한테 어머니의 시뮬라크럼을 하나 달라고 했어요. 원래는 시뮬라크럼을 찍지도 않고 보관하지도 않는 게 저의 신조예요. 그걸 보통 사람들처럼 낭만적으로 보는 게 저한테는 불가능하니까요. 하지만 그 순간에는, 시뮬라크라의 매력이 뭔지 이해할 것도 같았어요. 어머니의 일부를 제 곁에 늘 두고 싶었던 거예요. 어머니라는 존재의 흰 측면을요.

아버지는 디스크 한 개를 건넸고, 저는 고맙다고 했어요. 자기 프로젝터를 써도 좋다고 했지만 저는 거절했죠. 한동안은 제가 기억하는 어머니를 저 혼자 간직하고 싶었거든요. 컴퓨터의 추정 기능이 진짜 기억과 지어낸 기억을 뒤섞도록 내버려 두기 전에요.

(그런데 진상이 밝혀지면서 저는 그 시뮬라크럼을 한 번도 쓰지 않았어요. 이거예요, 나중에 한번 보든가 하세요. 어머니가 어떻게 생겼는지 궁금하면요. 제가 어

머니의 모습을 어떻게 기억하든 간에, 제 기억은 다 진짜예요.)

저녁을 다 먹었을 때쯤엔 이미 밤이 깊어서, 저는 아버지에게 먼저 자러 간다고 했어요.

그러고는 제 방으로 올라갔죠.

거기서 제 침대에 앉아 있는 일곱 살 때의 저를 본 거예요. 제가 기억 속에 봉인해 둔 끔찍한 옷을 입고 있더군요. 그 분홍색 꽃무늬 드레스를. 머리에는 나비 모양 핀을 꽂고 있었고요.

— 안녕하세요, 전 애나라고 해요. 만나서 반가워요.

아버지는 그 시뮬라크럼을 몇 년 동안이나 틀어 놨던 거예요. 순진해 빠진, 아무 힘도 없는 저의 캐리커처를. 제가 연락을 끊고 살았던 그 세월 동안 아버지는 시간이 멈춰 버린 저의 흔적을 찾아가서, 잃어버린 제 믿음과 애정의 그림자를 가만히 바라봤던 걸까요? 저랑 못 나눈 대화를 제 어린 시절의 모형과 함께 상상 속에서 나눴을까요? 혹시 아예 편집까지 한 건 아닐까요? 보채는 성격은 빼 버리고, 고분고분한 성격은 지어내서 더 집어넣는 식으로?

구역질이 났어요. 그 어린 여자애가 저라는 건 부정할 수 없었어요. 저처럼 행동하고, 저처럼 말하고, 저처럼 웃고 움직이고 반응했으니까요. 하지만 그 애는 제가 아니었어요.

저는 이미 어른이었고, 변해 있었어요. 그래서 한 사람의 성인으로서 아버지를 대할 수 있었어요. 그런데 아버지가 오려내서 시뮬라크럼 안에 가둬 놓은 저의 일부가, 제 눈앞에 있었던 거예요. 아버지는 그걸 이용해서 저와 연결된 느낌을 유지했어요. 제가 거부했던, 진짜가 아니었던 그 느낌을.

오래전 아버지의 침대에 있던 그 벌거벗은 여자들의 이미지가 일제히 떠올랐어요. 그 이미지들이 왜 그렇게 오랫동안 꿈에 나타나서 저를 괴롭혔는지 그제야 이해가 가더군요.

시뮬라크럼이 그토록 중독적인 이유는 피촬영자의 본질을 복제하기 때문이에요. 아버지는 자기 애인들의 시뮬라크라를 주위에 영사할 때 그 여자들한테, 또 그 여자들하고 같이 있었을 때의 자신한테 유대감을 느꼈어요. 그런 식으로 한순간의 육체적 일탈보다 훨씬 끔찍한 지속적이고 감정적인 배신행위를 저질렀죠. 포르노의 이미지는 순수한 시각적 환상이지만 시뮬라크럼은 의식의 상태, 즉 꿈을 포착해요. 그런데 그건 누구의 꿈일까요? 제가 그날 아버지의 눈에서 본 건 추악한 욕망이 아니었어요. 그건 너무나 친밀한 감정이었어요.

제 어린 시절의 오래된 시뮬라크럼을 재생하면서, 아버지는 저의 존경과 사랑을 되찾는 자기 모습을 꿈꿨어요. 자기가 저지른 짓과 진짜 저를 현실에서 마주하는 대신에.

자기 자식이 철저한 의존과 독립한 자아 사이의 극히 짧은 시기의 모습으로 남아 있기를 바라는 건 아마 모든 부모의 꿈일 거예요. 그 시기의 아이한테는 부모가 완전무결한 존재처럼 보이니까요. 그건 사랑의 탈을 쓴 통제와 지배의 꿈이죠. 리어 왕이 코딜리어에게 품었던 꿈.

저는 계단을 내려와 집을 나섰어요. 그리고 그 후로는 아버지와 말을 나눈 적이 한 번도 없어요.

폴 래리모어

시뮬라크럼은 영원한 현재 속에 삽니다. 과거를 기억할 수도 있지만, 그 기억은 어렴풋할 뿐입니다. 오네이로파기다의 해상도가 피촬영자의 개별 기억 전체를 분류하고 포착할 만큼 높지는 않거든요. 어느 정도는 학습도 하지만, 피촬영자의 정신생활이 포착된 순간으로부터 멀어지면 멀어질수록 컴퓨터의 추정 정확도는 점점 더 낮아집니다. 저희가 제공하는 최고의 카메라조차도 두 시간 이상은 영사할 수가 없을 정도입니다.

하지만 오네이로파기다가 완벽하게 포착하는 것들이 있습니다. 애나의 기분, 애나의 생각에 배어 있는 감정의 종류, 애나만의 독특한 웃음 유발 코드, 재잘재잘 이야기할 때의 경쾌한 리듬, 한 문장에서 다음 문장으로 넘어갈 때 아무 연관성도 없이 뚝뚝 끊기는 말버릇 같은 것들이지요.

그래서 약 두 시간마다 한 번씩, 애나는 리셋됩니다. 다시 체험 학습을 마치고 집에 돌아오고, 다시 저한테 들려줄 이야기와 묻고 싶은 질문을 한 보따리 안고 있는 겁니다. 우리는 이야기를 나누면서 즐겁게 놉니다. 대화가 어디로 향하는지는 상관없습니다. 똑같은 대화를 두 번 나누는 일은 결코 없으니까요. 하지만 애나는 영원토록 아버지를 우러러보는 일곱 살짜리 여자애입니다. 아버지는 결코

틀리는 법이 없다고 생각하는 아이인 겁니다.

— 아빠, 이야기 들려줄래요?

— 그래, 좋지. 무슨 이야기가 듣고 싶은데?

— 사이버펑크 버전 피노키오 이야기 또 듣고 싶어요.

— 지난번에 한 얘기랑 똑같이 할 수 있을지 자신이 없는데.

— 괜찮아요, 그냥 시작하세요. 제가 도와줄게요.

저는 그 아이를 너무나 사랑합니다.

에린 래리모어

우리 딸, 엄마는 네가 이걸 언제 볼지 모르겠어. 어쩌면 내가 죽은 후에야 보려나. 다음 부분으로 건너뛰지 말고 들어주렴. 이건 시뮬라크럼 카메라로 녹화한 영상이야. 너한테 꼭 할 말이 있어서 그래.

아빠는 너를 그리워한난다.

아빠는 완벽한 사람이 아니야. 나쁜 짓도 나름 하면서 살았지, 다른 남자들이 그러는 것처럼. 하지만 너는 아빠가 가장 약했던 그때 그 한 순간이 네 삶까지 덩달아 지배하도록 놔둬 버렸어. 아빠의 인생 전체를 정지된 그날 오후로 압축해 버린 거야. 아빠라는 사람의 가장 부족한 단면 하나로. 너는 마음속에서 정지된 그때의 이미지를 덧그리고 또 덧그렸어. 이미지에 찍힌 사람이 흐릿해질 때까지.

네가 아빠한테 마음을 닫아 버린 그 세월 동안, 아빠는 오래전의 네 시뮬라크럼을 몇 번이고 몇 번이고 돌려봤어. 그러면서 웃고, 농담을 건네고, 일곱 살배기가 이해할 만한 수준으로 자신의 진심을 보여 줬단다. 너랑 전화하면서 엄마가 물어보곤 했잖아, 아빠 바꿔 줄까 하고. 그러고 나서 전화를 끊을 때, 엄마는 차마 볼 수가 없었어. 시뮬라크럼을 또 재생하러 가는 아빠 모습을 말이야.

아빠를 있는 그대로의 모습으로 봐 주렴.

— 안녕하세요. 혹시 우리 딸 애나를 보셨나요?

레귤러

THE REGULAR

"여보세요, 재스민입니다." 여자가 말한다.

"로버트요."

전화기 너머의 목소리는 여자가 이날 오후에 들었던 남자 목소리와 똑같다.

"와 줘서 고마워요, 자기."

여자는 창밖을 내다본다. 남자는 길모퉁이 편의점 앞에 서 있다. 여자가 일러 준 그 자리에. 깔끔하게 차려입은 모습이 데이트하러 가는 사람 같다. 조짐이 좋다. 깊숙이 눌러 쓴 레드 삭스 야구 모자는 남의 눈을 피하려는 서툰 시도이다.

"난 당신이 서 있는 자리에서 조금 떨어진 곳에 있어요. 모어랜드 가 27번지, 교회를 개축한 회색 석조 오피스텔 빌딩이에요."

남자는 그 건물을 보려고 돌아선다.

"장난을 좋아하는군."

남자들은 다들 그렇게 말하지만, 그래도 여자는 웃는다.

"24호실이에요. 2층."

"혼자 있나? 풋볼 선수 같은 덩치가 계산 먼저 하라고 나오는 건 아니겠지?"

"얘기했잖아요. 난 혼자 일해요. 기부금만 준비해 놔요, 그럼 즐거운 시간을 보낼 수 있으니까."

여자는 전화를 끊은 다음 준비가 됐는지 확인하려고 잠시 거울 앞에 선다. 검은 스타킹과 가터벨트는 새로 산 것이다. 레이스 달린 뷔스티에 덕분에 잘록한 허리는 더욱 가늘어 보이고, 가슴은 더욱 커 보인다. 화장은 전체적으로 옅게 했지만 아이섀도만은 눈이 돋보이도록 짙게 발랐다. 손님들은 여자의 눈을 좋아한다. 이국적이라며.

킹사이즈 침대의 시트는 새로 갈아서 깨끗하고, 침대 곁탁자 위에서 5시 58분을 가리키는 시계 옆에는 콘돔이 든 버들가지 바구니가 놓여 있다. 데이트 시간은 두 시간. 다 끝나면 침대를 정리하고 샤워까지 마쳐도 좋아하는 텔레비전 드라마 시간에 너끈히 맞출 수 있다. 여자는 그날 밤에 어머니에게 전화를 걸어 도미 요리법을 물어볼까 하고 생각한다.

여자는 남자가 노크하기 전에 먼저 문을 열고, 남자의 표정을 보고는 자신의 접객 솜씨가 훌륭하다는 것을 새삼 확인한다. 남자가 안으로 들어선다. 여자는 문을 닫고 그 문에 기대어 서서 남자를 보며 빙긋이 웃는다.

"광고에 나온 사진보다 훨씬 예쁘군." 남자는 여자의 눈을 유심히 바라본다. "특히 눈이."

"고마워요."

이제 현관에 서 있는 남자가 고스란히 눈에 들어오자, 여자는 오른쪽 눈에 정신을 집중하고 빠르게 깜박인다. 언젠가 이 기록이 필요할 날이 올 거라는 생각은 안 하지만, 그래도 젊은 여자는 자기 몸을 알아서 지켜야 하는 세상이니까. 언젠가 이 일을 그만두는 날이 오면 여자는 이 장치를 꺼내어 바다에 던져서 보스턴 항구 밑바닥에 가라앉힐 생각이다. 여자애였던 시절 종이쪼가리에 비밀을 적어서 구긴 다음 변기에 넣고 물을 내려 버리곤 했던 것처럼.

남자는 훤칠하면서도 밋밋한 인상이다. 180센티미터가 넘는 키, 구릿빛 피부, 모자챙 밑으로 보이는 머리숱은 아직 온전하고, 빳빳한 셔츠 아래의 몸은 날씬하다. 사근사근하고 온화한 눈빛으로 보아 너무 거칠게 놀 사람은 분명 아니다. 여자가 추측하기에 남자의 나이는 사십대, 긴소매 셔츠와 검은색 바지로 보아 에어컨을 세게 틀어놓는 시내의 법무 법인이나 회계 법인에서 일할 듯싶다. 많은 남자들이 남성적 매력으로 착각하는 자신만만하고 오만한 분위기가 이 남자에게서도 풍긴다. 남자의 왼손 약지에 색이 연한 부분이 눈에 띈다. 더욱 다행이다. 보통은 유부남이 더 안전하니까. 그중에서도 유부남인 것을 감추려는 유부남이 가장 안전하다. 그런 남자는 자신의 성취를 소중히 여기기 때문에 그것을 잃을 만한 짓은 하지 않는다.

여자는 남자가 단골(regular)이 되면 좋겠다고 생각한다.

"이런 행운을 만나다니, 기분 최곤데."

남자는 겉봉에 아무것도 안 적힌 하얀 봉투를 내민다.

여자는 봉투를 받아 들고 안에 든 지폐를 세어 본다. 돈을 다 세고 나서는 현관 옆의 작은 탁자에 쌓인 우편물 더미 위에 말없이 봉투를 내려놓는다. 여자는 남자의 손을 잡고 침실로 이끈다. 남자는 잠시 멈춰 서서 화장실 안을 살핀 후에 복도 끝에 있는 다른 방도 들여다본다.

"풋볼 선수 찾아요?" 여자가 놀린다.

"그냥 보는 거야. 걱정 마, 난 점잖은 사람이니까."

남자는 불법 촬영 카메라 탐지기를 꺼내어 위로 쳐들고 모니터를 가만히 들여다본다.

"세상에, 무슨 편집증 환자 같아. 이 집 안에 카메라는 내 전화기에 붙은 것밖에 없어요. 전화기는 확실히 꺼 놨고요."

남자는 탐지기를 다시 집어넣고 싱긋 웃는다.

"알아. 그래도 기계가 확인해 줘야 마음이 놓여서."

둘은 침실로 들어선다. 여자가 지켜보는 사이에 남자는 침대, 서랍장 위의 윤활제와 로션 병, 침대 옆의 붙박이장에 달린 거울 문 따위를 찬찬히 둘러본다.

"긴장돼요?"

"조금." 남자는 선선히 인정한다. "이런 데는 잘 안 와 봐서. 아니, 실은 처음이야."

여자는 남자에게 다가서서 포옹한다. 가벼운 꽃향기가 나는 자신의 향수 냄새를 남자가 들이마시도록, 그래서 남자의 살갗에 그 냄새가 너무 오래 남지 않도록. 이윽고 남자도 여자를 끌어안는다. 두 손이 잘록한 허리 뒤쪽의 맨살에 내려앉는다.

"물건보다는 경험에 돈을 더 많이 써야 한다는 게 저의 지론이에요."

"멋진 철학이군." 남자는 여자의 귀에 속삭인다.

"제가 드리는 건 여자 친구랑 함께하는 경험이에요. 구식의, 달콤한 경험. 당신은 그 경험을 기억해 뒀다가 원할 때마다 머릿속으로 떠올릴 거예요."

"내가 원하는 건 다 해 줄 거야?"

"통상적인 범위 안에서는요." 여자는 그렇게 말하고 고개를 들어 남자의 얼굴을 본다. "콘돔은 꼭 써야 해요. 그것만 빼면 안 된다고 하는 건 별로 없을 거예요. 하지만 아까 전화로 미리 설명했다시피 추가 요금이 붙는 경우도 있어요."

"난 꽤 구식이라서 말이지. 내가 리드해도 될까?"

남자의 행동거지를 보고 경계심이 꽤 누그러진 여자는 곧바로 최악의 상황을 떠올리지는 않는다.

"혹시 결박 플레이 같은 걸 생각한다면 돈을 더 내야 해요. 그나마도 더 친해진 후에나 할 수 있겠지만요."

"그런 긴 아니야. 위에서 살짝 누르는 정도라면 모를까."

"그 정도는 괜찮아요."

남자는 얼굴을 숙이고, 둘은 입을 맞춘다. 남자의 혀가 입속을 돌아다니자 여자는 신음을 흘린다. 이윽고 남자는 뒤로 물러나서 여자의 허리를 잡고 돌려세운다.

"베개에 얼굴을 묻고 엎드려 줄래?"

"알았어요." 여자는 침대로 올라간다. "다리는 배 밑에 오므릴까요, 아니면 쭉 펴서 벌릴까요?"

"벌려. 활짝."

남자는 명령조로 말한다. 아직 옷도 벗지 않고서. 심지어 레드 삭스 모자조차 안 벗은 채로. 여자는 살짝 실망한다. 고객 중에는 섹스 자체보다 상대의 복종을 더 즐기는 사람도 있다. 그런 경우에는 빨리 끝내도록 여자가 할 수 있는 일이 별로 없다. 그저 너무 거칠지 않기를, 자국이 남지 않기를 바랄 뿐.

남자는 침대 발치 쪽으로 올라와 무릎걸음으로 여자의 가랑이를 향해 다가간다. 그런 다음 몸을 숙여 머리 옆의 베개 하나를 집는다.

"정말 예뻐. 자, 이제 위에서 살짝 누를게."

여자는 한숨을 쉬며 침대에 늘어진다. 그렇게 하면 남자가 흥분하리라는 것을 알기 때문에.

남자는 여자의 뒤통수에 베개를 대고 움직이지 못하도록 꾹 누른다. 그런 다음 허리 뒤쪽에 숨겨 둔 권총을 뽑아 팔을 슥 휘둘러서 굵직하고 기다란 소음기 끝의 총구를 뷔스티에 등판에 갖다 댄 다음, 총알 두 발을 심장에 재빨리 박아 넣는다. 여자는 즉사한다.

남자는 베개를 치우고 총을 다시 허리 뒤에 꽂는다. 뒤이어 수술 도구가 든 조그마한 스테인리스스틸 상자와 함께 라텍스 장갑 한 켤레를 꺼낸다. 남자의 손놀림은 군더더기 없이 신속해서, 수술칼은 정확하고 우아하게 움직인다. 남자는 찾던 것을 발견하고 안도한다. 가끔은 엉뚱한 여자를 고르는 경우도 있다. 흔치는 않았지만 실수를 할 때도 있었다. 작업을 하는 동안 얼굴에 흐르는 땀은 소맷부리로 꼼꼼히 닦는다. 혹시 여자의 몸에 머리카락이 떨어지지 않을까 하는 염려는 야구 모자가 덜어 준다. 작업은 오래지 않아 끝이 난다.

남자는 침대에서 내려와 피 묻은 장갑을 벗어서 수술 도구와 함께 시체 위에 놔둔다. 뒤이어 새 장갑을 끼고 오피스텔 안을 돌아다니며 여자가 돈을 숨겨 둔 곳을 능숙하게 찾아낸다. 변기 물통 속, 냉장고 뒤, 붙박이장 문 위쪽의 틈까지.

주방으로 갔던 남자가 커다란 쓰레기봉투를 들고 침실로 돌아온다. 남자는 피 묻은 장갑과 수술 도구를 집어 봉투에 던져 넣는다. 다음으로 여자의 전화기를 들고 음성 사서함 아이콘을 누른다. 남자는 자신이 처음 여자에게 남겼던 것까지 포함하여 음성 메시지를 모조리 삭제한다. 통신 회사에 남은 통화 기록은 어쩔 도리가 없지만, 선불 전화기를 경찰의 눈에 띌 만한 곳에 버려두면 그 기록 역시 유리하게 이용할 만하다.

남자는 여자를 돌아본다. 딱히 슬프지는 않았지만, 아까운 느낌은 지울 수 없다. 예쁜 여자였으니 먼저 즐기고 나서 일을 시작할 수도 있었지만, 그러면 증거가 너무 많이 남는다. 콘돔을 써도 마찬가지이다. 게다가 나중에 돈을 내고 즐길 여자는 얼마든지 있다. 남자는 무엇에든 대가를 지불하는 것이 좋았다. 돈을 내면 권력이 자신에게 넘어오니까.

재킷 안주머니에 손을 넣은 남자는 종이 한 장을 꺼내어 조심스레 펴서 여자의 머리 옆에 놔둔다.

남자는 붙박이장에서 찾은 작은 더플백에 쓰레기봉투와 돈을 집어넣는다. 그러고는 소리 없이 오피스텔을 나선다. 현관 옆의 현금

봉투를 잊지 않고 챙긴 후에.

루스 로는 꼼꼼한 사람답게 스프레드시트에 적힌 숫자들을 마지막으로 한 번 더 확인한다. 신용카드 및 은행 계좌 명세서의 요약본을 세금 신고서의 지출 항목과 비교하는 작업이다. 의심할 여지가 없다. 고객의 남편은 돈을 빼돌리고 있다. 국세청의 눈을 피해, 무엇보다 루스의 고객인 자기 아내의 눈을 피해.

보스턴의 여름은 이따금 무자비하게 달아오른다. 그러나 루스는 차이나타운의 정육점 위층에 있는 조그만 사무실의 에어컨을 틀지 않는다. 다년간 수많은 사람에게 재앙을 선사한 루스로서는 여분의 소음을 일으켜 적들에게 몰래 습격할 틈을 줄 이유가 전혀 없다.

휴대전화를 꺼낸 루스는 기억을 더듬어 번호를 누른다. 전화기에 번호를 저장하는 짓은 결코 하지 않는다. 남들한테는 안전상의 이유 때문이라고 둘러대지만, 가끔은 기계를 멀리 하려는 발버둥의 일환이 아닐까 하는 생각이 든다. 그것이 아무리 사소한 조치라 할지라도.

누군가 층계를 올라오는 소리에 루스의 손이 멈춘다. 우아하게 또박거리는 발걸음으로 보아 십중팔구 여자, 그것도 굽이 낮은 힐을 신은 여자이다. 층계의 스캐너가 경보를 울리지 않았으니 저 방문자는 비무장이지만, 그런 정보는 무의미하다. 루스는 총칼 없이도 사람을 죽일 수 있다. 그런 일을 할 수 있는 사람은 루스 말고도 많다.

루스는 소리 없이 휴대전화를 책상에 내려놓은 다음, 서랍 속으로 오른손을 뻗어 든든한 글록19 권총의 손잡이를 쥔다. 그러고 나서야 몸을 살짝 틀어 모니터에 떠 있는 출입구 위쪽 보안 카메라의 영상을 힐긋 확인한다.

루스의 기분은 더없이 차분하다. '레귤레이터(regulator)'는 제대로 작동한다. 아직은 아드레날린을 방출할 필요가 없다.

오십대로 보이는 방문자는 파란색 반소매 카디건에 하얀색 바지 차림이다. 초인종을 찾아 문 주위를 두리번거리고 있다. 머리는 너무 새카매서 염색한 티가 완연하다. 중국계로 보이는 여성이다. 체격은 가냘프고 아담하고, 긴장했는지 딱딱한 자세로 서 있다.

마음이 놓인 루스는 권총을 놓고 출입문 개폐 버튼을 누른다. 그런 다음 일어서서 한 손을 내민다.

"무슨 일로 오셨나요?"

"루스 로 씨, 맞나요? 사립탐정을 하시는?"

여성의 억양에서 루스는 광둥어나 민난어가 아니라 표준 중국어인 보통화의 흔적을 느낀다. 그렇다면 필시 차이나타운에 든든한 연줄이 있는 부류는 아닐 터.

"맞습니다만."

여성은 놀란 표정이다. 루스의 모습이 예상하고는 영 딴판이라는 듯이.

"저는 세라 딩이에요. 그쪽도 중국계일 줄 알았는데."

악수를 나누면서 루스는 세라의 눈을 같은 높이에서 마주 본다. 둘의 키는 거의 비슷하다. 160센티미터. 세라는 꽤 건강해 보이지만 손은 차갑고 앙상하게 야위었다. 꼭 새의 발톱처럼.

"절반만 중국계예요. 아버지는 광둥 출신 이민 2세대였고, 어머니는 백인이었어요. 제 광둥어 실력은 간신히 대화가 가능한 수준이에요. 보통화는 배우지도 못했고요."

세라는 루스의 책상 건너편에 있는 안락의자에 앉는다.

"그런데도 이 동네에 사무실을 냈군요."

루스는 별 수 있냐는 듯이 어깨를 으쓱한다.

"원수진 상대가 한둘이 아니라서요. 중국계가 아닌 사람은 차이나타운에서 돌아다니기를 꺼리는 경우가 많죠. 눈에 띄니까요. 그래서 저로서는 여기에 사무실을 두는 게 더 안전해요. 게다가 임대료도 싸고요."

세라는 힘없이 고개를 끄덕이고는 접이식 서류 파일을 책상에 올려놓고 루스 쪽으로 민다.

"제 딸 때문에 도움을 청하러 왔어요."

루스는 의자에 앉지만 파일에 곧장 손을 뻗지는 않는다.

"따님이 어떤 사람인지부터 얘기해 주세요."

"제 딸 모나는 콜걸로 일했어요. 그러다 한 달 전에 자기 오피스텔에서 총에 맞아 죽었어요. 경찰은 강도나 범죄 조직이 얽힌 사건일 거라고 했는데, 단서는 아무것도 못 찾았어요."

"위험한 직업이죠. 모나가 그 일을 하는 걸 알고 계셨나요?"

"아뇨. 모나는 대학을 졸업하고 한동안 마음을 못 잡았어요. 저랑 그 애 사이도…… 제 생각만큼 가깝지는 않았고요. 최근 2년 동안은 잘 지내는 줄 알았어요, 저랑 남편한테는 출판업계 쪽에 취직했다고 했거든요. 자식이 바라는 거나 필요한 걸 못 해 주는 엄마는 자기 자식에 관해 알기가 힘든 법이죠. 이 나라에는 나름의 방식이 있으니까요."

루스는 고개를 끄덕인다. 이민자들에게서 흔히 듣는 한탄이다.

"상심이 크시겠군요. 그런데 제가 도움이 될 것 같진 않네요. 요즘은 주로 은닉 자산이나 불륜, 보험 사기, 신원 정보…… 뭐 그런 걸 조사하거든요. 물론 경찰이던 시절에는 살인 사건 전담반에서 근무했지만요. 제가 알기로 형사들이 살인 사건 수사는 꽤 철저히 하는 편이에요."

"아니에요!" 세라는 분노와 절박함 때문에 갈라진 목소리로 외친다. "형사들은 제 딸을 중국인 창녀로밖에 안 봐요. 그 애가 죽은 것도 무슨 멍청한 짓을 했든가, 아니면 일반인들은 안 건드리는 중국계 폭력 조직하고 얽혔기 때문이라고 생각해요. 남편은 창피해 죽겠다며 딸 이름조차 입에 올리질 않고요. 하지만 모나는 제 딸이에요. 그 앨 위해서라면 제가 가진 걸 다 줘도 아깝지 않아요, 그보다 더한 것도 줄 수 있어요."

루스는 세라를 바라본다. 레귤레이터가 동정심을 억제하는 느낌이 든다. 동정심은 좋지 않은 사업상의 결정을 초래할 수도 있다.

"전 자꾸만 생각해요. 무슨 조짐이 있었는데 내가 못 알아본 게 아닐까, 모나한테 사랑한다고 말할 방법이 있었는데 내가 못 찾은 게 아닐까. 내가 조금만 덜 바빴더라면, 조금만 더 열심히 모나를 살피고, 캐묻고, 모나한테 모진 말을 들을 각오를 했더라면 어땠을까. 전 형사들의 말투를 도저히 참을 수가 없어요. 저 때문에 시간 낭비하는 걸 들키기 싫어하는 그 말투를요."

형사들은 모두 레귤레이터를 장착하기 때문에 세라가 짐작하는 편견 같은 것은 애초에 가질 수가 없지만, 루스는 설명하고 싶은 충동을 억누른다. 레귤레이터의 본질은 경찰이 직감 또는 충동에 의존하거나 내재된 편견에 이끌리지 않고 더 원칙적(regular)으로 일하도록 압력을 가하는 것이다. 만약 경찰이 조직 관련 폭력 사건이라고 했다면 그럴 만한 이유가 있을 터.

루스는 입을 꾹 다문다. 눈앞의 여인이 고통에 빠져 있으므로. 여인은 지금 죄책감과 모성애 때문에 마음속이 뒤죽박죽된 나머지 돈을 써서 자기 딸의 살인범을 찾으면 딸이 몸을 팔도록 내버려 둔 어머니라는 자신의 처지가 조금은 편해질 거라고 믿는다.

분노와 무력감에 젖어 앉아 있는 여인을 보며, 루스는 머릿속에서 지우려 했던 어떤 것이 어렴풋이 떠오른다.

"살인범을 잡는다고 해도 분이 풀리지는 않을 거예요."

"상관없어요." 세라는 어깨를 으쓱하지만, 그 미국식 몸짓은 어색하고 의미도 모호해 보인다. "남편은 저더러 미쳤다고 하더군요. 이게 얼마나 가망 없는 짓인지는 저도 알아요. 상담하러 들른 탐정 사무소는 여기가 처음이 아니니까요. 그런데 몇 군데서 당신을 추천했어요, 당신은 여자고 중국계니까, 어쩌면 남들은 놓치는 걸 좀 더 세심하게 볼 수도 있을 거라면서."

세라는 손가방에서 수표 한 장을 꺼낸 다음 책상 건너편으로 밀어 파일에 올려놓는다.

"8만 달러예요. 일당이랑 모든 비용은 두 배로 지불하겠어요. 착수금을 다 쓰면 더 드릴게요."

루스는 수표를 가만히 내려다본다. 초라한 계좌 잔액이 머릿속에 떠오른다. 마흔아홉 살인 지금, 너무 늙어서 이 일을 못 할 때 먹고 살 돈을 마련할 기회가 앞으로 몇 번이나 더 있을까?

기분은 여전히 차분하고 더없이 이성적이다. 루스는 레귤레이터가 임무를 다하고 있다는 것을 안다. 그래서 자신의 결정은 비용과 이익과 현실적인 사건 분석을 토대로 내린 것이지, 세라 딩의 축 처진 어깨 때문에 내린 것이 아니라고 확신한다. 슬픔의 홍수를 막고 있는 연약한 쌍둥이 댐처럼 축 처진 저 어깨 때문이 아니라고.

"그래요." 루스가 말한다. "알겠습니다."

남자의 이름은 로버트가 아니다. 폴이나 맷, 배리도 아니다. 존이라는 가명은 결코 쓰지 않는다. 그런 농담(남자 이름 'John'은 영어에서 성 매수자를 가리키는 속어로도 쓰인다. — 옮긴이)은 여자들을 불안하게 할 뿐이니까. 오래전, 남자가 아직 감방 신세를 지기 전에, 사람들은 그를 '워처(Watcher)'라고 불렀다. 그가 현장을 주시(watch)하고 파악해서 최적의 기회를 찾아 빠져나가기를 즐겨서였다. 남자는 혼자 있을 때면 지금도 자신이 워처라는 생각에 젖는다.

128번 고속도로 옆에 있는 싸구려 모텔의 방에서, 남자는 밤에 흘린 땀을 샤워로 씻으며 하루를 시작한다.

지난 한 달 동안 남자가 머문 모텔은 여기가 다섯 곳째. 일주일이 넘게 묵으면 모텔 종업원의 주의를 끌게 마련이었다. 남자는 주시할 뿐, 주시당하지는 않는다. 아예 보스턴을 떠나는 것이 최선이라는 생각도 들지만, 남자는 아직 이곳의 가능성을 남김없이 활용하지 못했다. 보고 싶은 것을 다 보지도 못하고 떠나서는 안 된다는 느낌이 든다.

워처가 여자의 오피스텔에서 챙긴 돈은 거의 6만 달러. 하루 일당 치고는 나쁘지 않았다. 워처가 고르는 여자들은 자기네 직업의 근속 기간이 짧다는 것을 유독 잘 알고, 나쁜 습관도 없다. 그래서 월동 준비를 하는 다람쥐처럼 돈을 모은다. 국세청의 의심을 피해 은행에 예금할 방법이 없는 처지이다 보니 여자들은 그 돈을 자기 집에 뭉텅이로 감춰 둔다. 워처가 찾아내서 마치 땅에서 파낸 보물인 양 소유권을 주장하도록.

돈은 짭짤한 보너스일 뿐. 진짜 왕거니는 따로 있다.

욕실에서 나온 워처는 몸을 닦고 수건을 두른 다음, 좀처럼 풀리지 않는 숙제를 풀기 위해 의자에 앉는다. 문제의 장치는 조그마한 은색 반구. 꼭 호두 반쪽처럼 생겼다. 처음 손에 넣었을 때에는 피와 살점으로 뒤덮여 있었다. 모텔 세면대에서 젖은 휴지로 몇 번을 닦고 나서야 반들거렸다.

워처는 장치 뒷면에 있는 접속 포트의 덮개를 연다. 노트북 컴퓨터를 열고 케이블 한쪽 끝을 노트북에, 반대쪽 끝은 장치에 연결한다. 그런 다음 돈을 두둑이 주고 사들인 프로그램을 가동한다. 프로그램을 가동한 채 내버려 두는 편이 더 효율적이지만, 워처는 암호가 풀리는 순간을 직접 보는 것이 즐겁다.

프로그램이 돌아가는 동안 워처는 콜걸들이 낸 광고를 훑어본다. 당장은 일이 아니라 재미가 목적이므로 재스민 같은 여자가 아니라 자신의 이상형에 가까운 여자들을 검색한다. 비싸지만 너무 비싸지는 않은 여자, 고등학교 시절에 애타게 갖고 싶었던 여자애들과 비슷한 여자를. 시끄럽고 쾌활한, 지금은 풍만한 정도이지만 몇 년 있으면 살이 너무 많이 쪄 버릴, 찰나의 것이기에 더더욱 탐나는 태만한 아름다움을.

워처는 오로지 열일곱 살 적의 자신처럼 가난한 남자들이나 굳이 여자에게 구애를 하고 여자의 환심을 사려고 애걸복걸한다는 것을 안다. 돈과 권력이 있는 남자, 이를테면 지금의 워처 같은 남자는, 원하는 것을 사면 그만이다. 워처가 느끼는 순수하고 깨끗한 욕망은 가난한 남자들의 욕망보다 더 숭고하고 덜 기만적이다. 그런 자들은 자신도 워처처럼 살아 봤으면 하고 꿈꿀 뿐이므로.

프로그램이 신호음을 울린다. 워처는 다시 프로그램 창으로 돌아간다.

성공.

사진, 동영상, 녹음 파일이 노트북에 다운로드되는 중이다.

워처는 사진과 동영상 파일을 훑어본다. 사진에는 얼굴이나 돈을 건네받는 장면이 찍혀 있다. 워처는 즉시 자기 사진을 지운다.

하지만 동영상은 훌륭하다. 워처는 등을 편하게 기대고 가끔씩 깜박이는 스크린을 주시하며 재스민의 촬영 솜씨를 음미한다.

워처는 동영상과 사진을 고객별로 분류하여 각각의 폴더에 저장한다. 지루한 작업이지만, 워처에게는 즐거움이다.

착수금을 손에 쥔 루스는 맨 먼저 절실히 필요한 조정 작업을 받으러 간다. 살인범을 추적하려면 몸 상태를 최상으로 유지해야 하므로.

루스는 일을 할 때 좀처럼 총을 소지하지 않는다. 캐주얼 재킷 안에 총을 숨긴 남자는 어떤 상황에도 쉽게 섞여 들지만, 총을 숨길만한 옷을 입은 여자는 눈에 띄는 경우가 많기 때문이다. 손가방에 총을 넣고 다니는 것은 더 어리석은 짓이다. 이는 안전하다는 착각을 빚어내지만 손가방은 쉽사리 빼앗기는 물건이고, 그러면 루스는 빈손이 된다.

루스는 마흔아홉 살치고는 몸도 탄탄하고 힘도 세지만, 적들은 거의 항상 루스보다 키가 크고 몸무게도 무겁고 힘도 더 세다. 루스는 이런 약점을 보완하려면 더욱 경계하고 먼저 공격해야 한다는 것을 배웠다.

그러나 그 정도로는 아직 부족하다.

루스는 의사를 찾아간다. 루스가 가입한 건강 보험 회사에서 지정한 의사는 아니다.

닥터 B는 외국 출신으로, 전문의 자격을 딴 후에 건드리면 안 되는 사람들을 화나게 한 탓에 고국을 영원히 등지는 신세가 되었다. 이 나라에서 레지던트 과정을 다시 수료하고 의사 면허를 발급받으면 쉽게 꼬리를 밟히기 때문에, 닥터 B는 그렇게 하는 대신 혼자 알아서 의사 노릇을 하기로 마음먹었다. 그는 면허를 지키고 싶은 의사라면 하지 않을 시술을 했다. 심지어 그런 의사들조차 기피하는 환자까지 받아 주었다.

"오랜만이네." 닥터 B가 말한다.

"전부 다 점검해 줘. 교체해야 하는 부분은 갈아 주고."

"부자 숙부가 죽으면서 유산이라도 남겼어?"

"사냥을 떠날 거거든."

닥터 B는 고개를 끄덕이고 루스를 마취시킨다.

닥터는 루스 다리의 공압 피스톤과 어깨 및 팔에 이식한 합성 힘줄, 팔의 배터리와 인공 근육, 강화 손가락뼈 등을 점검한다. 재충전해야 하는 부위는 재충전한다. 끝으로 칼슘 침착 요법(아시아계 혈통때문에 나타나는 안타까운 노화 현상인 골밀도 저하에 대비한 조치)의 결과를 분석한 다음, 앞으로도 오랫동안 장착할 수 있도록 레귤레이터를 조정한다.

"새거나 다름없어." 닥터 B가 말한다. 루스는 돈을 지불한다.

다음 단계. 루스는 세라가 가져온 파일을 훑어본다.

사진들. 고등학교 졸업 무도회, 졸업식, 친구들과 함께한 방학 여행, 대학교 졸업식. 루스는 대학교 이름을 보고도 놀라거나 슬퍼하지 않고 기억만 해 둔다. 딸 제시카가 그토록 가고 싶어 했던 학교인데도. 레귤레이터는 언제나처럼 루스의 기분을 침착하게 유지하며 정보를 받아들이게 한다. 쓸모 있는 정보만을.

세라가 골라서 넣어 둔 마지막 가족사진은 올해 초 모나의 스물네 살 생일 때 찍은 것이다. 루스는 그 사진을 자세히 살펴본다. 사진 속에서 모나는 세라와 그 남편 사이에 앉아 있다. 해맑고 즐거운 표정으로 부모에게 양팔을 두르고 있다. 모나가 부모에게 비밀을 감춘 낌새는 전혀 보이지 않는다. 멍 자국이나 마약 복용 증상처럼 삶의 통제력을 잃어버린 낌새 또한 보이지 않는다. 적어도 루스가 보기에는.

세라는 딸의 사진을 세심하게 골랐다. 모나의 삶을 빠짐없이 보여 주면서도 사람들이 모나에게 호감을 품도록 의도한 사진들이다. 그러나 그렇게까지 할 필요는 없었다. 모나의 삶에 대해 전혀 몰랐다 하더라도 루스는 어차피 똑같은 분량의 관심을 기울였을 것이다. 루스는 프로이니까.

경찰 보고서와 검시 결과의 복사본이 있다. 보고서는 대체로 루스가 이미 짐작한 것을 확인시켜 주는 내용이다. 모나의 몸에서는 약물이 검출되지 않았고, 현장에는 무단으로 침입한 흔적이 없고, 격투를 한 흔적도 없다. 침대 곁탁자의 서랍 속에 호신용 최루 스프레이가 있지만 사용한 흔적은 없다. 과학 수사대가 현장을 샅샅이 뒤져 남성의 모발 및 상피세포를 수십 점(어쩌면 수백 점)이나 찾아냈지만, 유력한 용의자가 떠오를 전망은 없다.

모나는 심장에 총알 두 발을 맞고 사망했고, 시신은 사후에 난도질당하여 두 눈이 제거됐다. 성폭행의 증거는 없다. 오피스텔은 현금과 귀중품을 찾아 뒤진 흔적으로 난장판이다.

루스는 자세를 고쳐 앉는다. 살해 수법이 특이하다. 애초에 얼굴을 난도질할 작정이었으면 뒤통수에 총을 쏘지 않을 이유가 없다. 그 편이 더 깨끗하고 확실한 살해 방법이므로.

현장에서 발견된 쪽지에는 모나가 자신의 죄 때문에 벌을 받았다고 중국어로 적혀 있다. 루스는 중국어를 읽을 줄 모르지만 경찰의 번역이 정확하리라 짐작한다. 경찰은 모나의 통화 기록도 조회했다. 휴대전화 통신 기지국의 데이터에 그날 모나의 오피스텔에 들른 남자 몇 명의 번호가 나와 있다. 유일하게 알리바이가 없는 번호는 미등록 사용자의 선불 전화기이다. 경찰은 그 번호를 추적하여 차이나타운의 대형 쓰레기통에서 휴대전화를 찾았다. 그 이상의 진전은 없다.

수법이 조잡한데. 루스는 생각한다. 조직의 소행치고는.

세라는 모나의 콜걸 광고도 프린트해서 파일에 첨부했다. 모나는 가명을 몇 개 사용했다. 재스민, 아키코, 신 같은. 광고 사진은 대부분 속옷 차림으로 찍었지만 몇 장은 파티 드레스 차림이다. 구도는 모나의 몸을 강조하도록 설정되어 있다. 레이스에 반쯤 가려진 가슴 옆모습, 뒤에서 찍은 둔부, 한 손을 엉덩이에 걸치고 침대에 누워 있는 모습 등. 얼굴 사진은 조금이나마 익명성을 부여하려고 눈에 검은 줄을 쳤다.

루스는 다른 광고들도 확인하려고 컴퓨터를 켜고 이런저런 사이트에 접속한다. 경찰관 시절 성매매를 단속하는 생활질서계에서 근무한 적이 없는 루스는 낯선 은어와 약자의 뜻을 파악하느라 잠시 애를 먹는다. 성매매 업계는 인터넷 때문에 변화한 기색이 뚜렷하다. 여성들이 길거리를 떠나 포주에게 의지하지 않는 '독립 사업자'가 된 것이다. 광고 사이트는 고객이 자기 마음에 꼭 드는 여성을 고를 수 있는 구조이다. 가격대와 연령대, 제공하는 서비스, 인종, 머리 및 눈 색깔, 이용 가능한 시간대, 고객들이 매긴 평점까지 모아서 분류하여 제공한다. 경쟁이 치열한 업계인 만큼 사이트마다 어찌나 인정사정없이 노골적인지, 루스는 레귤레이터가 없었더라면 우울해졌을 법도 하다. 통계 분석용 소프트웨어를 이용하면 숫자로 측정할 수도 있을 것만 같다. 여성이 나이를 한 살 먹을 때마다 몸

값이 얼마나 떨어지는지, 남자가 자기 이상형에서 벗어난 여성의 몸무게 1킬로그램과 허리둘레 1인치에 얼마만큼의 가격을 매기는지, 금발 여성이 흑발 여성보다 실제로 얼마나 더 비싸게 팔리는지, 또 일본인이라고 해도 통할 만한 여성은 그렇지 않은 여성보다 요금이 얼마나 더 비싼지까지도.

어떤 광고 사이트는 회원제 요금을 받고 여성의 얼굴 사진까지 보여 준다. 세라는 '프리미엄' 회원으로 가입하는 수고 끝에 모나의 사진을 출력했다. 한순간, 루스는 세라가 자기 딸의 교태 어린 눈을 확인하려고 돈을 지불하면서 어떤 기분이었을지 궁금해진다. 아무 문제도 없이 미래가 보장된 삶을 사는 줄 알았던 그 딸의 눈을.

광고 사진 속 모나의 얼굴은 옅은 화장을 하고 있다. 입꼬리가 살짝 올라간 입술은 유혹하는 것도 같고 순진한 것도 같다. 모나는 같은 가격대의 다른 여성들과 비교해도 눈에 띄게 예쁘다. 모나는 직접 방문하는 고객만 받는다고 적었다. 그런 고객이 더 안전하고, 더 잘 통제할 수 있다고 믿은 모양이다.

다른 여성들 대다수와 비교하면 모나의 광고는 '우아하다'고 할 만하다. 틀린 철자도 없고, 지나치게 거친 어휘도 없다. 이런 사이트에서 아시아계 여성을 찾는 남자들이 품음직한 성적 환상을 은근히 암시하면서도 유쾌한 미국식 서비스를 보장한다. 교묘하게 심어 놓은 살짝 이국적인 분위기가 그러한 대비를 통해 더욱 돋보인다.

익명 고객이 남긴 평은 주로 모나의 태도와 '몸을 사리지 않는' 적극성을 칭찬하는 내용이다. 루스는 모나가 팁을 많이 받았으리라 추측한다.

루스는 현장 사진으로 돌아가 눈이 없어진 채 피투성이가 된 모나의 얼굴을 본다. 감정 없이 담담하게, 모나의 방 안 구석구석을 머릿속에 꼼꼼히 새긴다. 루스는 그 방의 모습과 광고 사진의 선정적인 분위기가 빚어낸 대비를 곰곰이 생각한다. 방 주인은 배운 사람이라고 자부하는 젊은 여성이다. 세심하게 고른 어휘와 사진을 통해 자신이 적절한 고객의 분류 기준을 구축했다고 믿는다. 순진하면서도 영리한 생각이다. 루스는 그 여성의 자신만만한 절박함에 가슴이 미어지는 것만 같다. 레귤레이터를 장착하고 있는데도.

무슨 까닭이 있어서 이 길에 들어섰든 간에, 모나는 누구에게도 해를 끼치지 않았다. 그런데 지금은 죽었다.

루스는 기나긴 지하 통로와 잠긴 문 여러 개를 지나 도착한 방에서 뤄[羅]를 만난다. 그 방에서는 곰팡내와 땀내와 쓰레기봉투 속에서 썩어 가는 향이 강한 음식의 냄새가 진동한다.

그 방까지 오는 길에 잠긴 방문 몇 개를 지나치면서, 루스는 그 안에 '인간 화물'이 갇혀 있으리라 짐작한다. 이 나라에서 일자리를 찾아 부자가 될 꿈을 안고 스스로 밀입국 브로커와 계약을 맺은 사람들이다. 루스는 그 사람들 이야기는 전혀 꺼내지 않는다. 루스와 뤄의 거래는 비밀 엄수가 관건이고, 뤄는 다른 업자들보다는 화물에게 친절한 편이다.

뤄는 루스의 옷을 건성으로 두드려 무장 여부를 확인한다. 루스는 옷을 벗어서 도청기가 없다는 것을 보여 주겠다고 제안한다. 뤄는 됐다며 손을 내젓는다.

"이 여자 본 적 있어?"

루스는 모나의 사진을 꺼내어 들고 광둥어로 묻는다.

뤄가 사진을 자세히 보는 동안 입가에 문 담배가 대롱거린다. 벗은 어깨와 팔에 새긴 문신이 침침한 전등불 아래 초록색으로 빛난다. 잠시 후, 뤄가 사진을 돌려준다.

"기억이 안 나는데."

"퀸시 외곽에서 일하는 콜걸이었어. 한 달 전에 누가 이 여잘 죽이고 이런 걸 남겨 놨어." 루스는 현장에 떨어진 쪽지를 촬영한 사진을 내민다. "경찰은 중국계 조직이 한 짓으로 보던데."

뤄는 사진에 눈길을 던진다. 이마에 주름이 잡힐 정도로 집중해서 보다가 이내 싱겁다는 듯이 웃는다.

"맞아, 이건 확실히 중국계 조직이 남긴 쪽지야."

"어느 조직인지 알아보겠어?"

"당연하지." 뤄가 루스를 보고 씩 웃자 잇새가 띄엄띄엄한 치열이 드러난다. "이 쪽지는 윙핑위[永平會] 조직의 탁카오라는 성질 급한 녀석이 질투에 눈이 뒤집혀서 예쁘장한 대륙 출신 가사 도우미 마이잉을 죽이고 현장에 남겨 놓은 거야. 「나의 홍콩, 너의 홍콩」의 세 번째 시즌에서 원본을 볼 수 있어. 운 좋은 줄 알아, 내가 마침 그 드라마 팬이니까."

"이 쪽지가 드라마에서 보고 베낀 거란 말이야?"

"그래. 당신이 찾는 놈은 농담을 좋아하든가, 아니면 중국어를 잘 못 해서 어디 인터넷에서 본 쪽지를 베껴 썼을 거야. 경찰은 속일 수 있겠지만 나한테는 어림없지. 우린 이런 단서는 안 남겨."

뤄는 그 생각을 하며 쿡쿡 웃다가 바닥에 침을 뱉었다.

"경찰이 갈피를 못 잡도록 일부러 남긴 가짜 단서일 수도 있지." 루스는 말을 신중하게 골랐다. "아니면 어떤 조직이 다른 조직을 경찰에 넘기려고 한 짓일 수도 있고. 경찰은 살해범이 쓴 것으로 보이는 휴대전화를 차이나타운의 대형 쓰레기통에서 찾아냈어. 내가 알기로 퀸시 지역에 아시아계 여자가 나오는 마사지 업소가 몇 군데 있는데, 어쩌면 그런 데서 이 여자를 너무 강력한 경쟁상대로 봤을지도 몰라. 당신 진짜 아무것도 몰라?"

뤄는 모나의 다른 사진들을 휙휙 넘기며 훑어본다. 루스는 뤄를 주시하며 느닷없는 움직임에 즉시 대응할 준비를 한다. 뤄는 믿을 만한 사람이지만, 생계를 위해 걸핏하면 사람을 죽이는 남자가 어떻게 반응할지 항시 예측하기란 힘든 법이다.

루스는 레귤레이터에 집중한다. 필요하면 아드레날린을 방출하여 더 빨리 움직일 준비를 하면서. 다리의 공압 펌프는 충전 상태. 루스는 발차기를 날려야 할 상황에 대비하여 축축한 벽에 등을 기댄다. 정강이뼈 측면에 장착된 공기통을 순간 개방하면 단 몇 분의 1초 만에 다리를 쭉 뻗을 수 있다. 수백 킬로그램의 파괴력을 담아서. 뤄의 가슴에 꽂히면 갈비뼈 몇 대는 여지없이 부러지겠지만…… 루스 역시 요통으로 며칠은 고생할 것이다.

"난 당신이 마음에 들어, 루스." 뤄가 말한다, 갑자기 잠잠해진 루스를 눈꼬리로 홀깃 보면서. "겁낼 것 없어. 난 당신이 내 돈을 슬쩍하려던 도박업자를 어떻게 찾아냈는지 아직 기억하거든. 난 당신한테 진실만 말하든가, 아니면 대답할 수 없다고 솔직히 밝힐 거야. 우리 조직은 이 여자랑 아무 상관도 없어. 실은 경쟁상대도 뭣도 아니야. 시간당 60달러짜리 마사지 업소에서 행복을 찾는 놈들은 애초에 이런 여자를 살 돈이 없거든."

워처는 차를 몰고 보스턴 북쪽 케임브리지 경계 바로 너머의 서머빌로 향한다. 차를 세운 곳은 식료품점 뒤편의 주차장. 파격 할인을 받고 현금으로 구매한 도요타 코롤라가 눈에 안 띌 만한 곳이다.

뒤이어 커피숍으로 들어간 워처는 아이스커피 한 잔을 들고 나온다. 커피를 홀짝이며 햇빛이 비치는 거리를 거닐면서, 워처는 열쇠고리에 부착된 조그마한 장치를 이따금씩 확인한다. 보안 설정이 안 된 가정용 무선 네트워크가 포착되면 알려 주는 장치이다. 집세가 비싸기는 해도 천문학적으로 비싸지는 않은 이 일대에는 하버드대학교와 매사추세츠 공대 학생들이 많이 산다. 쾌적한 와이파이 접속 환경에 중독된 이 학생들은 조그마한 셋방에 강력한 공유기를 설치해 놓고 보안 설정도 안 한 채로 네트워크 신호를 길거리에 흘려보내는 경우가 많다(반드시 네트워크 접속을 유지해야 하는 친구들이 늘상 놀러오기 때문에). 게다가 계절도 마침 학생들이 바글거리는 여름이다 보니 그런 네트워크를 써도 추적당할 위험은 매우 적다.

지나친 걱정인지도 모르지만, 워처는 돌다리도 두드려 보고 건너는 성격이다.

워처는 길 한쪽의 벤치에 앉아 노트북 컴퓨터를 꺼낸 다음, 정보는_자유를_원한다라는 이름의 네트워크에 접속한다. 워처는 네트워크 주인의 주장을 반박하는 것이 즐겁다. 정보는 자유를 원하지 않는다. 정보는 값진 것이고, 그래서 돈을 벌고 싶어 한다. 정보 자체는 누구도 자유롭게 해 주지 않는다. 그러나 누군가 그 정보를 소유한다면 이야기는 완전히 달라진다.

워처는 동영상 몇 개를 세심하게 골라서 마지막으로 한 번 더 확인한다.

의도한 결과이든 아니면 우연이든 간에, 재스민은 멋진 구도로 촬영을 해냈다. 동영상에는 땀범벅이 된 남자의 찡그린 얼굴이 생생하게 찍혀 있다. 남자가 움직이자 재스민도 덩달아 움직이면서 동영상은 뚝뚝 끊겼고, 이 때문에 워처는 이미지 보정 소프트웨어를 동원해야 했다. 하지만 이제는 제법 전문가가 찍은 동영상처럼 보인다.

워처는 중국인으로 보이는 그 남자의 신상을 캐려고 재스민에게서 빼앗은 사진을 검색 엔진에 업로드했다. 안면 인식 소프트웨어는 하루가 다르게 발전하기 때문에 가끔은 이렇게 해서 답을 찾기도 한다. 하지만 이번에는 그 방법이 안 통할 모양이다. 그 정도는 문제도 아니다. 워처에게는 다른 기술이 있다.

워처는 중국 출신 해외 거주자들이 모여 정담을 나누고 고국 정치에 관해 토론도 하는 포럼 사이트에 접속한다. 그곳에 동영상에 나오는 남자의 사진을 올리고 그 밑에 영어로 이렇게 쓴다. '혹시 유명한 사람?' 그런 다음 커피를 홀짝이며 인터넷 창을 가끔 새로고침 해서 새 덧글이 올라오는지 본다.

워처는 중국어를 읽을 줄 모르지만(러시아어나 아랍어, 힌디어를 비롯하여 사업에 필요한 외국어는 하나도 모르지만), 이 일에 어학 실력은 거의 필요하지 않다. 해외 거주자들은 대개 영어를 할 줄 알기 때문에 워처의 질문을 이해한다. 워처는 그 사람들을 단지 검색 도구로만 이용한다. 인력으로 돌아가는 다중 지성 검색 엔진으로. 사람들이 인터넷에서 생판 모르는 낯선 이에게 정보를 넘겨주려고 얼마나 안달하는지 생각해 보면 웃음이 나올 지경이다. 사람들은 답을 먼저 알려 주려고 앞다퉈 덤빈다. 자기가 얼마나 박식한지 보여 주려고. 워처는 그런 소소한 허영심을 즐겁게 착취한다.

워처에게 필요한 것은 그 남자의 이름이 무엇이고 얼마나 유명한가 하는 정보뿐이다. 그 정도면 컴퓨터가 제공하는 조악한 번역 기능만으로도 충분하다.

횡설수설에 가까운 번역을 통해 워처는 그 남자가 중국 교통운수부의 고위 관료인 것을, 또한 거의 모든 중국 관료가 그렇듯이 그 남자 또한 인민에게 경멸당한다는 것을 알아낸다. 워처가 평소에 노리는 표적보다는 거물이지만, 그래서 오히려 더 좋은 시범 사례가 될지도 모른다.

워처는 중국 정치 사정에 관해 설명해 준 '대거(Dagger, 단검)'에게 마음속으로 감사한다. 가장 최근에 출소하고 나서 얼마 지나지 않았을 무렵의 어느 날 저녁, 워처는 샌프란시스코 차이나타운 근처에서 중국계 남자 한 명이 중국인 관광객 몇 명을 상대로 강도질을 벌이는 광경을 멀찍이서 주시했다.

관광객들은 가까스로 119에 신고 전화를 했고, 강도는 뒷골목으로 냅다 달려 현장을 빠져나갔다. 그런데 워처는 그 강도의 직접적이고 단순한 접근법이 왠지 마음에 들었다. 그래서 차를 몰고 한 블록을 돌아 뒷골목 반대편에 정차한 다음, 강도가 골목을 벗어났을 때 조수석 문을 열고 도와줄 테니 타라고 했다. 강도는 워처에게 고맙다고 인사하고 자기 이름이 대거라고 밝혔다.

수다쟁이였던 대거는 워처에게 중국 인민이 공산당 간부들을 얼마나 시기하고 부러워하는지 설명해 주었다. 당 간부들은 인민에게서 짜낸 세금으로 호화로운 생활을 하고, 뇌물을 받고, 공금을 빼돌려 친척들에게 나누어 준다고 했다. 대거는 당 간부의 아내와 자식처럼 보이는 관광객들을 노리면서 현대판 로빈 후드를 자처했다.

그런 공산당 간부도 천하무적은 아니었다. 대중에게 공개된 추문 정도면 그들을 쓰러뜨리기에 충분했다. 보통은 아내가 아닌 젊은 여성이 연관된 추문이었다. 대중은 민주주의가 어쩌니 저쩌니 하는 이야기는 들어도 흥분하지 않았지만, 당 간부가 자기네 면전에서 부정 이득을 취하는 꼴을 보면 격분했다. 당 기율검사위원회는 망신당한 간부를 처벌하는 것 외에 선택의 여지가 없었다. 언제 걷잡을 수 없이 폭발할지 모르는 대중의 분노야말로 공산당이 유일하게 두려워하는 것이므로. 대거는 이렇게 빈정거렸다. '만약 중국에서 혁명이 일어난다면 그 출발점은 대중 연설이 아니라 첩들일 거야.'

그 순간 워처의 머릿속에 불이 번쩍 켜졌다. 비밀을 쥔 자에게서 비밀을 아는 자에게로 권력의 고삐가 넘어가는 순간이 눈에 선히 보이는 듯했다. 워처는 대거에게 고맙다고 인사하고 행운을 빈다는 말과 함께 그를 내려 주었다.

워처는 그 중국 관료가 보스턴에서 어떻게 시간을 보냈을지 상상해 본다. 명목은 십중팔구 경전철 운용 사례를 시찰하는 출장이었을 테지만, 실상은 나랏돈으로 온 휴가였을 것이다. 뉴버리 스트리트에 있는 고급 매장에서 쇼핑을 하고, 독살 위협이나 식자재 오염을 걱정할 것 없이 값비싼 요리를 즐기고, 녹화 장비를 손에 든 살기등등한 인민을 겁낼 것 없이 익명으로 아름다운 여성의 서비스를 즐길 기회였던 것이다.

워처는 동영상을 포럼에 게시한 다음, 불에 살짝 기름을 끼얹기 위해 교통운수부 웹사이트에 나온 그 관료의 약력을 링크로 추가한다. 사라진 소득 때문에 아주 잠깐 후회를 느끼지만, 사람들에게 시범을 보여 준지도 꽤 됐다. 사업을 계속하려면 이 정도 투자는 해야 한다.

워처는 노트북 컴퓨터를 챙긴다. 이제는 기다릴 차례이다.

모나의 오피스텔을 둘러봤자 큰 소득은 없을 듯싶지만, 그래도 루스는 오랜 경험을 통해 어떠한 단서도 무시하지 말아야 한다는 교훈을 배웠다. 루스는 세라 딩에게서 열쇠를 받아 오후 여섯 시쯤 오피스텔로 향한다. 때로는 살인 사건 발생 시각과 비슷한 시간대에 현장을 둘러보는 것이 도움이 되기도 하므로.

루스는 거실을 통과한다. 텔레비전과 마주 보게 놓인 소파 베드는 대학을 졸업했으나 집을 넓힐 이유가 없는 젊은 여성이 버리지 않고 쓸 법한 물건이다. 손님을 맞을 용도로 꾸민 거실은 결코 아니라는 뜻이다.

루스는 살인이 벌어진 방으로 들어선다. 과학 수사대가 방을 깨끗이 치워 놓았다. 침실은 한 꺼풀 뒤집힌 것 같은 몰골이고 단단히 박혀 있지 않은 물건은 모조리 증거품으로 수거됐다. 모나의 진짜 침실은 따로 있다. 복도 저편의 자그맣고 아늑한 그 방에는 일인용 침대와 깨끗한 벽뿐이다. 사건 현장이 된 침실의 매트리스는 시트가 벗겨져 있고, 침대 양옆의 곁탁자 역시 덮개가 없다. 카펫은 진공청소기로 밀어서 깨끗하다. 호텔 방 같은 냄새가 난다. 건조한 공기 속에 떠도는 희미한 방향제 냄새.

루스는 침대 옆에 길게 늘어선 거울을 본다. 거울은 붙박이장 문에 붙어 있다. 사람들은 시각적 자극에 흥분하는 법이다.

루스는 모나가 이곳에 살면서 얼마나 외로웠을지 상상한다. 자신을 만지고 키스하고 섹스하면서도 신분을 감출 수 있는 데까지 감추려고 애쓰는 수많은 남자들 속에서. 조그만 텔레비전 앞에 앉아 쉬다가 조금 더 거짓말을 하기 위해 부모님을 만나러 가려고 옷을 차려입는 모나의 모습도 상상해 본다.

루스는 살해범이 모나를 총으로 쏘고 나서 난도질한 방식을 떠올려 본다. 범인은 두 명 이상이었을까, 그래서 모나는 저항해 봤자 소용없으리라 생각했을까? 놈들은 다짜고짜 모나를 쐈을까, 아니면 돈을 어디다 감췄는지 먼저 물어봤을까? 레귤레이터가 다시 작동하는 느낌이 든다. 루스의 감정 상태를 확인하려고. 악을 상대할 때에는 냉정해져야 하므로.

루스는 봐야 할 것을 다 봤다고 결론짓는다. 아파트를 나서서 문을 닫는다. 충계를 향해 다가가는 사이에 웬 남자가 열쇠를 들고 아래쪽에서 올라온다. 둘은 잠시 눈을 마주치고, 남자는 복도 맞은편의 오피스텔 문 쪽으로 몸을 돌린다.

루스는 경찰이 분명 모나의 이웃들을 조사했으리라 확신한다. 하지만 사람들은 위협적으로 보이지 않는 여성이 물어보면 형사에게 말하지 않았던 것도 털어놓곤 한다.

루스는 남자에게 다가가 자신은 모나의 가족과 친한 사이이며 이곳에는 마음에 걸리는 것들을 조금 알아보러 왔다고 설명한다. 이름이 피터인 그 남자는 경계하는 눈치이지만, 그래도 루스와 악수를 한다.

"전 본 것도 들은 것도 없어요. 이 건물에 사는 사람들은 서로 알은척을 별로 안 하거든요."

"그러셨겠죠. 그래도 잠시나마 얘기를 나누면 뭔가 도움이 될지도 몰라요. 식구들은 모나가 여기서 어떻게 지냈는지, 거의 모르거든요."

피터는 내키지 않는 표정으로 고개를 끄덕이고 자기 집 문을 연다. 안으로 들어선 그는 오케스트라 지휘자처럼 양팔을 쳐들어 복잡한 모양을 그리며 휘휘 젓는다. 곧바로 실내의 전등이 켜진다.

"멋지네요. 집 전체를 이런 식으로 네트워크화한 거예요?"

그때껏 조심스럽고 방어적이던 피터의 목소리에 생기가 돈다. 살인과 무관한 화젯거리가 나오자 마음이 가벼워진 모양이다.

"맞아요. 이건 에코센스라는 거예요. 무선 공유기에 어댑터를 달고 방 곳곳에 안테나를 설치하는데요, 그렇게 하면 사람이 전파 신호 속에서 몸을 움직여 일으킨 도플러 효과로 몸짓의 형태를 파악할 수 있어요."

"그러니까 실내에서 이리저리 튀는 와이파이 신호만으로 피터

씨의 동작을 감지하는 장치란 말이군요?"

"그 비슷한 원리죠."

루스는 그 장치가 나오는 인포머티브 광고를 본 기억이 떠오른다. 뒤이어 피터의 오피스텔이 얼마나 조그마한지, 또 모나의 집과이 집 사이의 공간이 얼마나 좁은지가 눈에 들어온다. 둘은 함께 앉아서 피터가 기억하는 모나에 관해 이야기한다.

"미인이었어요. 저는 감히 쳐다도 못 볼 미인이었지만, 언제나 저한테 친절하게 대해 줬어요."

"모나의 집에 찾아오는 사람이 많았나요?"

"전 남의 일에 관심을 안 두는 성격이라서요. 그런데 그건 맞아요, 찾아오는 사람이 많았던 게 기억나요. 대부분 남자였고요. 콜걸인가 하는 생각도 실은 해 봤어요. 그렇다고 모나를 안 좋게 본 건아니지만요. 남자들은 다들 깔끔한 사업가처럼 보였어요. 위험한느낌은 없었고요."

"조폭 같은 사람은 없었나요? 예를 들면요."

"조폭인지 아닌지는 봐도 모를 것 같은데요. 그치만 없었어요. 제생각에는 그래요."

사소한 이야기를 15분 더 나눈 후에 루스는 그 정도면 시간 낭비는 충분히 했다고 판단한다.

"이 집 무선 공유기를 저한테 파시면 안 될까요? 그 에코센스라는 장치도 같이요."

"그냥 온라인으로 새걸 주문하시면 될 텐데요."

"제가 온라인 쇼핑을 싫어해서요. 불량품이 오면 반품하기가 너무 힘들잖아요. 이 집에 있는 건 잘 작동하는 게 확실하니까, 그냥 이걸 사려고요. 2000달러 드릴게요. 현금으로."

피터는 그 제안을 곰곰이 생각한다.

"새 공유기를 사고 에코센스 어댑터를 추가로 주문해도 제가 드리는 돈의 4분의 1이면 충분할걸요."

루스의 말에 피터는 고개를 끄덕인 다음 공유기의 선을 뽑아 주섬주섬 챙기고, 루스는 돈을 건넨다. 그 행위는 어째선지 불법이라는 느낌이 든다. 루스가 상상한 모나의 거래와 별반 다르지 않은 느낌이다.

루스는 원하는 바를 두루뭉술하게 설명한 광고를 지역 생활정보 사이트에 게시한다. 축복받은 도시 보스턴에는 좋은 대학이 잔뜩 있어서, 루스가 광고에 적은 수고비보다 기술적 도전이라는 경험 자체를 더 반가워하는 젊은 남녀 또한 잔뜩 살고 있다. 루스는 지원자들의 이력서를 훑어보다가 딱 맞는 기술을 알 것 같은 사람을 발견한다. 휴대전화 탈옥 상담, 개인 소유 통신 프로토콜 역설계 같은 이력이 적혀 있다. DMCA니 CFAA니 하는 약자를 안 쓰는 점도 정신이 건전하다는 증거이다.

루스는 이력서를 쓴 젊은 남자를 사무실로 불러 원하는 바를 설명한다. 검은 피부에 마른 몸매, 숫기 없는 성격을 지닌 이 대니얼이라는 남자는 루스 맞은편의 의자에 구부정하니 앉아 루스의 말을 끊지 않고 차분히 듣는다.

"가능하겠어?" 루스가 묻는다.

"잘하면요. 이런 회사들은 보통 고객 데이터를 본사로 몰래 빼돌려서 기술 개선 용도로 사용해요. 간혹 그 데이터가 사이트에 한동안 캐시로 남아 있는 경우도 있어요. 사이트의 한 달 치 로그 파일을 입수하는 건 가능할 거예요. 혹시 찾으시는 게 그 안에 있으면 제가 가져다 드릴게요. 그치만 먼저 사이트의 데이터 암호화 방식을 파악해서 제대로 익혀야 해요."

"내 가설이 말이 되는 것 같아?"

"그런 생각을 떠올린 것 자체가 놀라운데요. 무선 인터넷 신호는 벽을 통과할 수 있으니까, 이 어댑터가 옆집 사람들의 움직임을 포착했을 가능성은 충분해요. 사생활 보호 측면에선 악몽 같은 얘기죠. 이걸 만든 회사는 그 위험성을 절대 공표하지 않았을 거예요."

"시간은 얼마나 걸릴 것 같아?"

"빠르면 하루, 길면 한 달요. 일단 시작해 봐야 알 수 있어요. 그 오피스텔 건물의 구조랑 안에 뭐가 있는지 그려 주시면 일이 쉬워질 거예요."

루스는 대니얼이 요청한 대로 한다. 그런 다음 이렇게 말한다.

"일당은 300달러씩 줄게. 이번 주기 기기 전에 성공하면 보너스 5000달러 추가."

"좋아요." 대니얼은 씩 웃으며 공유기를 챙겨 든다. 집에 갈 채비를 하는 것이다.

사람들에게 당신은 의미 있는 일을 하는 중이라고 말해서 손해볼 일은 없기 때문에, 루스는 이렇게 덧붙인다.

"지금 이건 네 또래 여자애의 살해범을 잡는 걸 돕는 일이야."

뒤이어 루스는 집으로 향한다. 할 만한 시도는 다 했으므로.

깨어나서 맨 처음 보내는 한 시간이 루스에게는 하루 중 가장 힘든 시간이다.

여느 때처럼 이날 아침도 악몽 끝에 눈을 뜬다. 혼란스러운 정신으로, 가만히 누워 있다. 꿈에서 본 이미지들이 천장의 누수 자국과 겹쳐 보인다. 몸은 땀에 흠뻑 젖었다.

남자는 왼손으로 제시카를 붙잡아 자기 앞에 세워 놓고, 오른손에 쥔 권총으로 제시카의 머리를 겨누고 있다. 제시카는 겁에 질렸지만 그 남자 때문은 아니다. 남자는 몸을 웅크려 제시카의 몸을 방패로 삼은 채, 제시카의 귀에 대고 뭐라고 속삭인다.

"엄마! 엄마!" 제시카가 악을 지른다. "쏘지 마. 제발 쏘지 마!"

루스는 토할 것 같은 느낌에 몸을 옆으로 굴린다. 몸을 일으켜 침대 가장자리에 앉아 있으려니 넌더리가 난다. 후텁지근한 방 냄새에, 동쪽 창문에서 들이친 햇살 속으로 자욱하게 떠오르는, 도무지 청소할 짬이 없는 저 먼지에. 루스는 시트를 젖히고 재빨리 일어선다. 숨이 너무 급격하게 거칠어진다. 루스는 치솟는 공황 증세와 싸우고 있다. 누구 한 명 도와주는 사람도 없이, 혼자서. 레귤레이터를 꺼 놓은 채로.

머리맡의 시계는 여섯 시 정각을 가리킨다.

루스는 차 조수석 문을 열어 엄폐물로 삼고 웅크려 있다. 남자의 머리, 딸 제시카의 머리 옆에서 오르락내리락하는 그 머리에 권총 조준선을 유지하려고 애쓰는 동안, 두 손이 덜덜 떨린다. 레귤레이터를 켜면 손 떨림이 멈추고 남자의 머리를 정확히 쏠 수 있을 것 같다.

제시카 대신 남자를 맞힐 확률은 몇 퍼센트일까? 95? 99?

"엄마! 엄마! 쏘지 마!"

루스는 일어서서 부엌으로 비틀비틀 걸어가 커피메이커의 전원을 켠다. 커피 캔이 텅 빈 것을 알고 욕을 내뱉으며 개수대에 빈 캔을 던져 버린다. 그러고는 쾅 소리에 놀라 움찔한다.

뒤이어 안간힘을 다해 샤워 부스로 들어간다. 날마다 고된 운동을 통해 단련하는 근육들이 사라져 버리기라도 한 것처럼 흐느적거리며, 고통스럽게. 뜨거운 물을 틀어도 떨리는 몸은 온기를 느끼지 못한다.

슬픔은 묵직한 역기처럼 루스를 찍어 누른다. 샤워 부스 바닥에 주저앉아서, 루스는 몸을 잔뜩 옹송그린다. 이내 몸이 들썩거리지만 얼굴을 타고 흘러내리는 물줄기 덕분에 눈물이 흐르는지 어떤지는 알지 못한다.

루스는 레귤레이터를 켜고 싶은 충동에 맞서 싸운다. 아직은 때가 아니다. 몸에게 쉴 시간을 줘야 한다.

레귤레이터, 즉 루스의 척추 맨 위에 삽입된 칩과 전자회로의 집적체는, 대뇌의 가장자리 계통 및 주요 대뇌 동맥과 연결되어 있다. 기계 공학과 전자 공학의 용어에서 빌려온 이름에 걸맞게 레귤레이터는 대뇌 및 혈관 속에서 도파민과 노르아드레날린, 세로토닌 같은 화학 물질의 농도를 유지한다. 그러한 물질이 너무 많으면 걸러서 배출하고, 부족하면 분비시킨다.

그리고 레귤레이터는 사용자의 명령을 따른다.

이 장치를 몸에 심은 사람은 기본 감정을 조절할 수 있다. 공포, 경멸, 쾌락, 흥분, 애정 같은 감정을. 법 집행기관의 실무자는 반드시 심어야 한다. 이는 생사가 걸린 결정에서 감정의 영향을 최소화하는 방법이자, 선입견과 불합리를 제거하는 방법이기도 하다.

"발포를 허가한다." 통신용 이어폰 속의 목소리가 말한다. 루스의 남편이자 강력계 책임자인 스콧의 목소리이다. 스콧의 목소리는 더없이 차분하다. 그의 레귤레이터는 켜져 있다.

루스는 제시카를 끌고 뒤로 물러나는 남자의 머리가 오르락내리락하는 것을 본다. 남자는 길가에 세워 둔 밴을 향해 다가가고 있다.

"밴 안에 인질이 더 있어." 남편은 루스의 귓속에서 계속 이야기한다. "지금 안 쏘면 차 안에 있는 여자애 세 명뿐 아니라 얼마나 많은 사람이 위험에 빠질지 몰라. 지금이 최고의 기회야."

사이렌 소리, 지원 부대가 오는 중이라고 알리는 그 소리는, 아직 자그마하다. 너무나 멀리서 들려온다.

영원 같은 한때가 지나고 나서, 샤워 부스 안의 루스는 가까스로 일어서서 물을 잠근다. 수건으로 몸을 닦고 천천히 옷을 입는다. 지금 올라타 있는 생각의 궤도에서 정신을 이탈시키기 위해 뭔가 생각하려고, 뭐든 생각하려고 안간힘을 써 본다. 그러나 모두 헛수고이다.

루스는 자기 본래의 정신 상태를 끔찍이도 싫어한다. 레귤레이터가 없으면 약해진 것 같고, 혼란스러운 것 같고, 화나 있는 것 같다. 체념이 밀물처럼 덮쳐 오고, 그러면 세상은 온통 절망의 잿빛 색조로 물들어 간다. 루스는 자신이 왜 아직도 살아 있는지 궁금하다.

곧 지나갈 거야. 루스는 생각한다. 몇 분만 더 버티면 돼.

경찰에 몸담고 있던 시절, 루스는 레귤레이터를 한 번에 두 시간 이상 켜 놓지 말라는 규칙을 엄수했다. 그보다 오래 사용하면 생리적 위험뿐 아니라 심리적 위험까지 초래할 수 있다고 했다. 동료 경관 중에도 레귤레이터 때문에 로봇이 된 느낌이 든다거나 감이 무뎌졌다고 불평하는 사람이 있었다. 미녀를 봐도 흥분이 안 된다, 자동차 추격전이 벌어질 판인데 짜릿한 긴장을 못 느끼겠다, 폭력범을 보고도 의분이 솟지 않는다 같은 식이었다. 모든 행동은 신중해야 했다. 언제 아드레날린을 분비할지는 당사자가 스스로 결정했다. 업무 수행에 필요한 양만, 과다 분비해서 판단력을 흐리지 않도록. 그러나 형사들은 반발했다. 가끔은 감정과 본능과 직관이 필요할 때가 있다면서.

그날 집에 도착하여 온 시내에 처진 체포망을 피해 도피 중인 남자를 발견했을 때, 루스의 레귤레이터는 이미 꺼진 상태였다.

내가 일에만 너무 정신이 팔려 있었나? 루스는 생각한다. 난 제시카의 친구를 한 명도 몰라. 제시가는 저놈을 언제 만났을까? 날마다 밤늦게 귀가하는 애한테 나는 왜 하나라도 더 물어보지 않은 걸까? 집에 30분 더 일찍 오는 대신 왜 점심을 먹는다고 시간을 끌었을까? 수도 없이 많았는데. 내가 할 수 있는 것도, 해야 했던 것도, 하고 싶었던 것도.

루스의 마음속에서 두려움과 분노와 후회는 섞이고 또 섞여 결국에는 뭐가 뭔지 분간할 수조차 없다.

"레귤레이터를 켜." 남편의 목소리가 들린다. "당신은 명중시킬 수 있어."

다른 여자애들 목숨을 내가 왜 챙겨야 하지? 루스는 생각한다. 나한테 소중한 건 제시카뿐인데. 제시카가 맞을지도 모르는 확률이라면, 남들이 아무리 낮다고 해도 나한텐 충분히 높아.

기계가 딸을 구해 줄 거라 믿어도 될까? 떨리는 손을 진정시켜 달라고, 흐릿한 시야의 초점을 잡아 달라고, 총알이 빗나가지 않게 명중시켜 달라고 기계한테 부탁해도 될까?

"엄마, 이 사람은 나중에 날 풀어 줄 거야. 날 해치지 않아. 이 사람은 그냥 달아나고 싶을 뿐이라고. 그 총 좀 내려놔!"

어쩌면 스콧은 무사히 구한 목숨과 위험에 몰아넣은 목숨의 수를 갖고 계산을 할 수 있는 사람인지도 모른다. 그러나 루스는 그렇지 않다. 루스는 기계를 믿지 않는다.

"괜찮아, 우리 딸." 루스는 갈라진 목소리로 외친다. "다 괜찮을 거야."

루스는 레귤레이터를 켜지 않는다. 권총을 발사하지 않는다.

나중에, 제시카의 시신을 확인한 후에(밴에 설치된 폭탄이 터지는 바람에 여자애 넷 모두 잿더미로 발견되었다.), 징계면직을 당한 후에, 스콧과 이혼한 후에, 술과 약물에서도 위안을 못 얻는 상태가 된 후에야, 루스는 마침내 자신에게 필요한 도움이 무엇인지를 깨달았다. 레귤레이터를 늘 켜놓는 것이었다.

레귤레이터는 고통을 무디게 하고 슬픔을 틀어막고 상실감을 마비시켰다. 후회를 억제했고, 아예 잊은 척하는 것도 가능케 했다. 루스는 간절히 원했다. 레귤레이터가 가져다주는 차분함을, 그 무고하고 평온한 명쾌함을.

루스는 레귤레이터를 불신했기에 잘못을 저질렀다. 그 불신의 대가로 제시카를 잃었다. 같은 실수는 이제 두 번 다시 저지르지 않을 것이다.

루스는 가끔 레귤레이터를 믿음직한 연인으로 여긴다. 기댈 수 있는 편안한 존재로. 가끔은 중독됐다는 생각도 든다. 그러한 생각의 이면을 깊이 캐 보지는 않는다.

레귤레이터를 절대 끄지 않는 삶을 택할 수도 있었다. 과거의 실수를 되풀이하는 처지에 빠지지 않도록. 그러나 그 생각에는 닥터 B 조차도 반대했다('그랬다간 뇌가 곤죽이 돼 버릴걸.'). 닥터가 동의한 불법 개조 덕분에 루스의 레귤레이터는 최장 스물세 시간 동안 멈추지 않고 작동한다. 그리고 나면 루스는 맨 정신으로 한 시간 동안 휴식을 취해야 한다.

그래서 아침마다 지금 같은 한 시간이 찾아온다. 루스가 깨어나자마자, 기억 앞에 벌거벗은 채 홀로 있을 때. 시뻘건 증오(그 남자를 향해? 아니면 자신을 향해?)와 하얀 시릿발 같은 분노의 급류 앞에서, 형벌이라고 생각하며 감내하는 시커먼 무저갱 속에서, 철저히 무방비 상태일 때.

알람이 울린다. 루스는 명상하는 수도승처럼 정신을 집중하고 레귤레이터가 작동을 시작하면서 내는 윙윙거리는 소리를 느낀다. 머릿속 한복판부터 손가락 끝까지 안도감이 퍼져 나간다. 통제되고 훈련된 정신이 선사하는 아늑하고 무덤덤한 평정심이. 통제당하는 삶은 곧 정상인(regular)의 삶이다.

루스는 일어선다. 유연하게, 우아하게, 위풍당당하게. 사냥할 준비는 끝났다.

워처는 모나의 사진에 찍힌 남자 몇 명의 신원을 더 알아냈다. 지금은 새로 투숙한 모텔의 방에 있다. 평소보다 더 고급스러운 방을 잡은 까닭은 이제껏 그토록 고생했으니 상을 받을 자격이 있다고 생각했기 때문이다. 종일 구부정하니 앉아서 동영상을 편집하는 것은 고된 노동이다.

워처는 자르기 기능과 연동하는 직사각형을 재생 영상 위로 이리저리 움직여 더 역동적이고 움직임이 많이 보이는 화면을 잡는다. 솜씨에서 예술성이 엿보인다.

워처는 안구 임플랜트를 아는 사람이 거의 없다는 데에 경악한다. 눈에는 어딘가 특별한 구석이 있어서, 사람들은 눈에 대해 방어적인 자세를 취하고 건드리는 것을 꺼린다. 너무나 쉽게 망가지기 때문이고, 세상과 자신을 보는 방식에 너무나 본질적으로 연결되어 있기 때문이다. 개조 시술과 관련된 규제는 안구 개조가 가장 엄격하다. 그러다 보니 어느새 사람들은 '불허'를 '불가능'으로 착각하게 된다.

사람들은 자기가 알려 하지 않는 것을 알지 못하는 법이다.

지금껏 살아오는 동안 내내 워처는 무언가 핵심적인 정보를 놓쳐버렸다고 느꼈다. 다른 사람들은 다들 아는 것처럼 보이는 어떤 비밀을. 워처는 영리하고 부지런했지만, 어째선지 인생이 잘 풀리지 않았다.

워처는 아버지라는 사람을 한 번도 본 적이 없었다. 열한 살 나던 해 어느 날에는 어머니가 20달러를 남겨 놓고 집을 나가더니 다시는 돌아오지 않았다. 그 후 위탁 가정을 이곳저곳 떠돌며 사는 동안 아무도, 아무도 워처에게 가르쳐 주지 못했다. 워처가 놓쳐 버린 정보가 무엇인지, 왜 그는 항상 판사와 공무원의 자비에 기대야 하는지, 왜 자기 삶에 행사할 수 있는 힘이 그토록 미미한지를. 어디서 잠을 자고 언제 밥을 먹고 다음번에 그의 삶을 좌우할 사람이 누군지 따위는 가르쳐 줬으면서.

워처는 남자들을 연구하는 것을 자신의 목표로 삼았다. 그들을 열심히 주시하여 그들이 무엇 때문에 움직이는지 이해하는 것이 목표였다. 그렇게 배운 사실은 대부분 실망스러웠다. 남자들은 허풍쟁이였고, 잘난 체했고, 무식했다. 빤히 보이는 위험도 무시한 채 욕망에 휩쓸려 자신을 놓아 버렸다. 남자들은 생각을 하지 않았고, 계획도 세우지 않았다. 자신이 진정으로 원하는 것이 무엇인지도 알지 못했다. 그런 주제에 이런저런 것들은 꼭 갖춰야 한다는 텔레비전의 말을 곧이곧대로 들으면서, 자신의 한심한 일자리를 계속 유지하면 언젠가는 그것들을 가질 수 있으리라 기대했다.

워처가 애타게 갖고 싶었던 것은 지배력이었다. 자신이 이때껏 세상 사람 모두의 장단에 맞춰 춤을 추었듯이, 남들이 자신의 장단에 맞춰 춤추는 꼴을 보고 싶었다.

그래서 워처는 스스로를 순수하게 목표 지향적인 사람으로 갈고 닦았다. 우스꽝스럽고 화려하고 복잡한 주방 도구가 가득 들어 있는 서랍 속에서 홀로 날카롭게 벼려진 칼처럼. 워처는 자신이 무엇을 원하는지를 알았다. 그래서 오로지 그것을 얻겠다는 한 가지 목표를 세우고 노력했다.

워처는 동영상의 어두운 화면을 보정하려고 색과 명암비를 조절한다. 누가 봐도 남자의 얼굴을 확실히 알아볼 수 있도록.

워처는 뻐근한 팔과 욱신거리는 목을 쭉 편다. 통증과 피로를 느끼지 않고 더 오래 일할 수 있도록 돈을 주고 몸의 일부를 개조하는 것이 낫지 않을까 하는 궁금증이 잠시 떠오른다. 그러나 한순간의 변덕은 이내 사라진다.

사람들은 대개 지나친 개조 시술을 꺼리고, 직업상 필요한 경우에만 받아들인다. 워처는 육체적 완전성이나 '자연스러움' 같은 정서적 고려 사항에는 연연하지 않는다. 그가 개조를 꺼리는 까닭은 기계에 의존하는 것을 약자의 특징으로 보기 때문이다. 워처는 적을 오로지 정신의 힘만으로, 계획과 통찰로써 쓰러뜨리고자 한다. 그는 기계에 의존할 필요가 없는 사람이다.

워처는 우선 도둑질하는 법을 배웠고, 다음으로 강도질하는 법을 배웠으며, 끝내는 돈 때문에 사람을 죽이는 법마저 배웠다. 그러나 돈은 사실 부수입이자 목적을 위한 수단에 지나지 않았다. 워처가 욕망하는 것은 지배력이었다. 그가 죽인 유일한 남자는 변호사, 즉 거짓말로 먹고사는 인간이었다. 거짓말은 그자에게 돈을 벌어 주었고, 이로써 그는 권력을 얻었고, 사람들은 그 앞에서 고개를 조아리고 벙글벙글 웃으며 우러러보는 어투로 말했다. 워처는 그자가 뭐든 원하는 대로 다 줄 테니 목숨만 살려 달라고 빌던 순간이 너무나 뿌듯했다. 워처는 그자에게서 원하는 것을 정정당당하게 취득했다. 지성과 완력의 우위를 이용하여. 그럼에도, 워처는 그 일 때문에 붙잡혀서 교도소에 갇혔다. 거짓말쟁이에게 상을 주고 워처를 처벌하는 사회는 어떤 논리로도 정의롭다고 할 수 없었다.

워처는 '저장' 아이콘을 누른다. 이번 동영상은 완성이다.

워처는 진실을 깨달으면서 힘을 얻었다. 이제는 남들이 그 힘을 인정하도록 할 때였다.

루스가 다음 단계로 넘어가기 전에 대니얼에게서 전화가 오고, 둘은 루스의 사무실에서 다시 만난다.

"원하시는 걸 찾았어요."

대니얼은 노트북 컴퓨터를 꺼내어 루스에게 영화 같은 애니메이션 동영상을 보여 준다.

"에코센스 어댑터에 동영상까지 저장돼?"

루스의 말에 대니얼은 웃음을 터뜨린다.

"아뇨, 그 장치는 실제로 '보는' 기능은 없어요. 동영상은 데이터도 너무 많이 차지하고요. 이댑디에는 그냥 읽은 기록하고 번호만 저장돼요. 이건 루스 씨가 이해하기 쉽게 제가 만든 애니메이션이에요."

루스는 감동한다. 이 젊은이는 발표 잘하는 법을 안다.

"캡처된 와이파이 신호의 메아리는 해상도가 낮기 때문에 세밀한 부분은 잘 안 보여요. 하지만 사람들의 체격이랑 키, 동작 정도는 대강 알아볼 수 있어요. 루스 씨가 지정하신 날짜와 시간대에서 구한 기록이 바로 이거예요."

두 사람이 지켜보는 가운데, 모나의 오피스텔 출입문 앞에 어렴풋이 사람 모양을 한 형상이 나타난다. 때는 여섯 시 정각. 크기가 더 작고 마찬가지로 어렴풋이 사람 모양을 한 형상이 그 형상을 맞이한다.

"미리 약속을 했나 봐요." 대니얼이 말한다.

둘은 작은 형상이 큰 형상을 침실로 안내하는 광경을, 뒤이어 두 형상이 끌어안는 광경을 지켜본다. 작은 형상이 허공으로 기어 올라간다. 아마도 침대일 것이다. 큰 형상도 뒤따라 올라간다. 총격 장면, 뒤이어 작은 형상이 허물어져 사라지는 장면이 보인다. 큰 형상이 몸을 숙이자 작은 형상이 깜박거리며 되살아나 이따금씩 꿈틀거린다.

그러니까 살인범은 한 명뿐이었군. 게다가 모나를 찾아온 고객이었어.

"저 남자 키가 얼마나 되지?"

"화면 옆에 자가 있어요."

루스는 애니메이션 동영상을 보고 또 본다. 남자의 키는 185에서 190센티미터, 몸무게는 아마도 80에서 90킬로그램. 루스는 걸을 때 살짝 절룩거리는 남자의 특징을 놓치지 않는다.

이제 뤄의 말이 사실이라는 확신이 든다. 중국계 남성 가운데 키가 185센티미터인 사람은 많지 않을뿐더러, 그런 사람이 폭력 조직의 살인 청부업자로 일한다면 눈에 띄어도 너무 띈다. 한번 본 사람은 모두 기억할 것이므로. 살인범은 모나의 고객, 어쩌면 단골인지도 모른다. 무차별 강도 사건이 아니라 철저한 계획 살인이었던 것이다.

범인은 아직 활보하고 있다. 그리고 이 정도로 세심한 살인자가 살인을 한 번만 하는 경우는 거의 없다.

"고마워. 넌 방금 한 여자애의 목숨을 구한 건지도 몰라."

루스는 경찰청의 전화번호를 누른다.

"브레넌 경감님 부탁합니다."

루스가 자기 이름을 밝히자 뒤이어 통화 연결음이 들리고, 다음으로 전남편인 스콧의 퉁명스럽고 피로에 찌든 목소리가 들려온다.

"무엇을 도와 드릴까?"

다시 한 번, 루스는 레귤레이터가 있어서 다행이라고 느낀다. 스콧의 목소리가 끌그물이 되어 추억의 바닥을 훑어 올리기 때문이다. 아침에 잠이 덜 깨서 짜증을 부리던 남편의 목소리가, 호탕한 웃음소리가, 단둘이 있을 때 달콤하게 속삭이던 목소리가, 함께 보낸 20년 삶의 사운드 트랙이 들려온다. 둘 다 어느 한쪽이 죽어야만 끝나리라고 믿은 삶이었다.

"부탁이 있어."

스콧은 바로 대답하지 않는다. 루스는 너무 다짜고짜 말을 꺼냈나 하고 생각한다. 이 또한 레귤레이터를 항시 켜 놓을 경우의 부작용이다. 어쩌면 '잘 지내?'부터 시작했어야 할지도.

마침내 스콧이 입을 연다.

"무슨 일인데?"

차분한 목소리. 그러나 빛이 바래어 이제는 푸석푸석해진 고통이 어린 목소리이다.

"국가범죄정보센터 접속 권한을 좀 빌려줘."

또다시 침묵.

"왜?"

"지금 모나 딩 사건을 조사하는 중이야. 내가 보기에 이 사건 범인은 전에도 살인을 한 적이 있고, 앞으로도 또 할 거야. 자기만의 수법을 확립했거든. 다른 도시에서 비슷한 사건이 일어났는지 알고 싶어."

"어림도 없어, 루스. 안 되는 거 당신도 알잖아. 게다가 헛수고야. 우리도 샅샅이 조회해 봤지만 유사한 사건은 한 건도 없었어. 이 사건은 중국계 조직이 자기네 사업 영역을 지키려고 벌인 짓이야. 그게 다라고. 미안하지만 조직 폭력 전담반에서 사건을 맡을 여력이 생길 때까진 당분간 묻어 두는 수밖에 없어."

루스의 귀에는 행간에 묻힌 말들이 들린다. 중국계 조폭은 자기네 영역에서만 사냥을 해. 놈들이 관광객을 건드리는 날이 오기 전까진 그냥 놔두기로 하자고. 경찰에 몸담았던 시절에도 이와 비슷한 정서를 느낀 적이 왕왕 있었다. 레귤레이터는 특정한 유의 선입견에는 아무 효과도 발휘하지 못한다. 더없이 이성적인 선입견이기 때문이다. 그리고 더없이 잘못된 것이기도 하다.

"내 생각은 달라. 정보원한테 들었는데 중국계 조직은 이 건하고 아무 상관도 없대."

스콧은 코웃음을 친다.

"그래, 중국계 밀입국 브로커가 하는 말인데 당연히 믿어야지. 하지만 쪽지와 선불 전화기가 증거야."

"쪽지는 분명 가짜일 거야. 그리고 당신이 보기엔 범인인 중국계 조직원이 통화 기록 때문에 들킬 걸 알고도 휴대전화를 자기네 구역 근처에 버릴 만큼 바보일 것 같아?"

"혹시 또 알아? 범죄자들은 멍청하잖아."

"진범은 그런 짓을 하기엔 지나치게 꼼꼼해. 그건 수사를 방해하려는 교란책이야."

"증거도 없으면서."

"나한테 범행 장면과 용의자 인상착의를 그럴듯하게 재현한 자료가 있어. 놈은 중국계 조직이 고용하는 청부업자치고는 키가 너무 커."

이 말이 스콧의 주의를 잡아끈다.

"어디서 난 거야?"

"옆집 사람의 가정용 동작 인식 시스템에 모나의 오피스텔 내부에서 반사된 무선 신호 메아리가 포착됐어. 난 돈을 주고 사람을 써서 그 장치에 남은 데이터를 복구했고."

"법정에서 증거로 인정받을 것 같아?"

"글쎄. 전문가 증언도 받아야 할 테고, 장치를 만든 회사도 소환해서 그런 정보까지 저장하는 걸 인정하게 해야 해. 회사로서는 죽기 살기로 덤비겠지."

"그럼 나한텐 별 도움이 안 되겠군."

"나한테 데이터베이스를 들여다볼 기회를 줘, 그럼 당신한테 도움이 될 만한 걸로 만들 수 있을지도 모르니까." 루스는 잠시 말을 멈추었다가 다시 잇는다. 스콧의 감정이 흔들리기를 바라며. "나 당신한테 부탁 같은 거 한 적 없잖아."

"이런 일로 부탁을 하는 건 이번이 처음이긴 하지."

"나도 평소에는 이런 일 안 맡아."

"이 여자애는 뭐가 특별한데?"

루스는 그 질문을 곰곰이 되씹어 본다. 대답하는 방법은 두 가지. 하나는 스콧에게 착수금과 일당이 얼마인지 알려 주고 보너스도 받을 것 같은 예감이 드는 이유까지 설명해 주는 것이다. 아니면 스스로 생각하기에 진짜 이유처럼 보이는 것을 알려 주거나. 가끔은 레귤레이터 때문에 무엇이 진짜인지 판단하기 힘들 때도 있다.

"사람들은 성 노동자가 피해를 입으면 경찰이 수사를 열심히 안한다고 생각하곤 해. 당신네도 일손이 딸려서 그럴 테지만, 어쩌면 내가 도움이 될지도 몰라."

"엄마 때문이군, 맞지? 피해자 엄마가 불쌍해서 그러는 거야."

루스는 대답하지 않는다. 레귤레이터가 다시 개입하는 느낌이 든다. 그 장치가 없었다면 아마도 루스는 벌컥 화를 냈으리라.

"루스, 그 여자앤 제시카가 아니야. 살해범을 잡아 봤자 당신 속이 후련해지진 않아."

"난 지금 부탁을 하고 있어. 싫으면 그냥 싫다고 하면 돼."

스콧은 한숨을 쉬지 않는다. 중얼거리지도 않는다. 그저 조용하기만 하다. 그러다가, 몇 초 후에.

"여덟 시쯤 내 사무실로 와. 사무실에 있는 단말기를 쓰면 돼."

워처는 자신이 훌륭한 고객이라고 자부한다. 그는 지불한 돈만큼의 가치를 확실히 얻으려 하면서도 팁은 후하게 남긴다. 그는 돈의 투명성을, 다시 말해 권력의 흐름을 보여 주는 명확한 방식을 좋아한다. 그가 방금 만나고 돌아온 여자는 감사하는 기색이 역력했다.

워처는 차의 속력을 높인다. 지난 몇 주간 스스로 너무 방탕하게 지내면서 너무 굼뜨게 일했다는 느낌이 든다. 마지막으로 남은 표적 몇 명이 돈을 확실히 지불하도록 해야 한다. 만약 지불하지 않으면 협박을 실행에 옮기는 수밖에 없다. 작용. 반작용. 일단 규칙을 이해하면 만사가 지극히 단순해진다.

워처는 왼손 약지에 두른 일회용 반창고를 쓰다듬는다. 여자들이 좋아하는 하얀 반지 자국을 유지시켜 주는 반창고이다. 마지막으로 만난 여자의 들큼한 향수 냄새가 가시지 않는다. 멜로디였던가? 맨디? 여자의 이름이 벌써 가물가물하다. 그 향수 냄새 덕분에 워처는 타라를 떠올린다. 영원히 잊지 못할 그 여자를.

타라는 아마도 워처가 진심으로 사랑했던 유일한 여자일 것이다. 금발에 아담했고, 몹시도 비쌌다. 그러나 타라는 어째선지 워처를 좋아했다. 어쩌면 둘 나 망가진 인간이있는데 서로의 들쭉날쭉한 모서리가 우연히 잘 들어맞았는지도 모른다.

타라는 워처에게 앞으로는 돈을 안 내도 된다고 하면서 자기 본명을 가르쳐 주었다. 워처는 그렇게 애인 비슷한 존재가 됐다. 워처가 호기심을 보였기 때문에, 타라는 자기가 하는 일을 설명해 주었다. 전화 통화에서 드러나는 특정한 단어나 말을 이어가는 방식, 말투 따위가 어떻게 경고 메시지가 되는지 가르쳐 주었던 것이다. 이상적인 단골의 조건은 무엇인지, 안심해도 되는 남자의 특징은 무엇인지까지도. 워처는 그런 지식을 즐겁게 배웠다. 그런 일에 종사하는 여자는 고객을 세심하게 주시하는 모양이었다. 그리고 워처는 주시하고 연구하여 정보에 가치를 부여하는 사람을 존중했다.

워처는 몸을 섞는 동안 타라의 눈을 가만히 보다가 물었다.

"혹시 오른쪽 눈이 불편한 거야?"

타라의 움직임이 멈추었다.

"뭐?"

"처음에는 긴가민가했는데, 맞아. 눈 뒤에 뭐가 있는 것 같아."

타라는 워처 아래에서 몸을 빼려고 꿈틀댔다. 짜증이 난 워처는 힘으로 찍어 누를까 하고 생각했다. 그러다 마음을 고쳐먹었다. 뭔가 중요한 이야기를 하려는 낌새가 보여서였다. 워처는 타라에게서 내려왔다.

"자기 관찰력이 되게 예민하다."

"그렇게 되려고 노력하는 편이야. 근데 눈에 있는 건 뭐야?"

타라는 워처에게 안구 임플랜트가 뭔지 설명해 주었다.

"너랑 섹스하는 고객들을 녹화하고 있단 말이야?"

"응."

"우리가 찍힌 동영상이 있으면 보고 싶은데."

타라는 깔깔 웃었다.

"그걸 보려면 내가 수술을 받아야 돼. 그런 짓은 은퇴하기 전엔 절대 안 할 거야. 머리를 활짝 여는 건 한 번이면 충분하니까."

타라는 그 녹화 기록 덕분에 안심이 된다고, 또 그것 덕분에 힘이 생기는 느낌이 든다고 했다. 마치 자기만 아는 은행 계좌의 잔액이 점점 불어나는 것처럼. 만에 하나 고객이 위협적으로 나오기라도 하면 알고 지내는 폭력배를 불러 도움을 청할 수도 있었다. 게다가 이 일을 그만두고 나서 형편이 어려워져 절박한 처지에 몰리면, 어쩌면 그 기록을 이용하여 단골들에게서 조금은 도움을 받을 수 있을지도 몰랐다.

워처는 타라의 사고방식이 마음에 들었다. 너무나 비뚤어진 생각이었다. 자신과 너무나 비슷했다.

타라를 죽일 때에는 아쉬웠다. 머리를 자르는 일은 상상했던 것보다 더 힘들고 지저분했다. 조그마한 은색 반구의 사용법을 깨우치기까지는 몇 달이 걸렸다. 워처는 같은 일을 반복하면서 점점 더 실력이 늘기를 바랐다.

그러나 타라는 자기가 한 일의 의미에 대해서는 까막눈이었다. 타라가 만든 기록은 단순한 보험이나 만일의 상황에 대비한 비상금이 아니었다. 타라는 워처에게 그의 꿈을 실현하는 수단이 자신한테 있다는 것을 가르쳐 주었다. 그래서 워처는 그 수단을 타라에게서 빼앗았다.

호텔 주차장에 들어선 워처는 자신도 모르는 사이에 낯선 감정에 사로잡혀 있었다. 슬픔이었다. 워처는 타라가 그리웠다. 자기 손으로 부숴 버린 거울을 아까워하는 사람처럼.

루스는 자신이 쫓는 남자가 혼자 일하는 성매매 여성들을 노린다고 가정하고 수사를 한다. 모나를 살해한 방식에는 경험을 통해 쌓았으리라 여겨지는 효율성과 체계성이 드러난다.

루스는 먼저 국가범죄정보센터 데이터베이스에 접속하여 에코센스가 묘사한 체형의 용의자에게 살해당한 성매매 여성들을 검색하는 작업부터 시작한다. 예상했던 대로 발가락 하나 비슷한 용의자조차 떠오르지 않는다. 범인은 눈에 쉽게 띄는 흔적을 남긴 적이 없다.

어쩌면 모나의 눈에 집착한 행위가 단서인지도 모른다. 아마도 살해범은 아시아계 여성에게 페티시를 지녔을 것이다. 루스는 모나가 당한 것과 비슷하게 아시아계 성매매 여성이 난도질당한 사건을 집중적으로 찾으려고 검색 설정을 바꾼다. 역시 아무것도 나오지 않는다.

루스는 자세를 고쳐 앉은 다음, 상황을 곰곰이 생각한다. 연쇄 살인범이 유독 특정한 인종을 희생자로 택하는 경우는 흔하다. 그러나 이 사건에서는 교란책일 수도 있다.

루스는 지난 1년간 혼자 일하는 성매매 여성이 살해당한 사건 전체로 검색 범위를 확장한다. 그러자 이번에는 검색 결과가 너무 많다. 온갖 방법으로 살해당한 성매매 여성들의 사례 수백 수천 건이 화면에 떠오른다. 대개는 성폭행을 당했다. 개중에는 고문당한 사람도 있다. 난도질당한 경우도 많다. 거의 대부분은 돈을 빼앗겼다. 몇몇 사건은 범죄 조직의 소행으로 의심된다. 루스는 그 사건들을 세심히 살피며 유사성을 찾는다. 아무것도 눈에 띄지 않는다.

정보가 더 필요하다.

루스는 여러 도시의 콜걸 광고 사이트에 접속하여 살해당한 여성들의 광고를 검색한다. 일부 사이트는 여자가 전화를 안 받는다는 고객의 불만이 웬만큼 쌓이면 광고를 내리기 때문에, 전부 다 남아 있지는 않다. 루스는 광고를 찾을 수 있는 데까지 찾아서 프린트한 다음 줄줄이 늘어놓고 비교한다.

그러자 보인다. 답은 광고 문구 속에 있다.

각각의 광고에 작은 글씨로 적힌 설명 문구를 비교하는 동안 루스는 어디서 본 듯한 느낌이 퍼뜩 떠오른다. 모두 공들여 쓴 문장들이다. 철자를 빠뜨리거나 문법을 틀린 곳이 하나도 없다. 직설적이지만 외설적이지는 않고, 유혹적이면서도 우스꽝스러운 쪽으로 흐르지는 않는다. 고객평을 남긴 성 매수자들은 그 여성들을 가리켜 '우아하다'라고 적었다.

이건 신호야. 루스는 비로소 알아차린다. 이들 광고에 적힌 문구는 세심하고 안목 있고 신중한 분위기를 풍긴다. 더 적확한 표현이 떠오르지 않아 아쉽지만, 이 여성들에게서는 고상한 느낌이 난다.

이들 광고에 나온 여성들은 하나같이 보기 드문 미인이다. 피부는 티 없이 곱고, 숱이 풍성한 머리는 기다랗게 찰랑거린다. 나이는 모두 스물넷에서 서른 사이. 사리 분별을 못하거나 학비를 벌어야 할 만큼 나이가 적지는 않지만, 그렇다고 실제 나이보다 어리다는 거짓말이 안 통할 만큼 나이가 많지도 않다. 모두 혼자 일한다. 포주나 약물 중독의 기미는 보이지 않는다.

뭐가 했던 말이 루스의 머릿속에 되살아난다. *시간당 60달러짜리 마사지 업소에서 행복을 찾는 놈들은 애초에 이런 여자를 살 돈이 없거든.*

이 여성들이 보내는 신호에 끌리는 고객층은 따로 있어. 루스는 생각한다. 성 매수를 들킬까 봐 극히 조심하면서도 자신은 무언가 특별한 것을, 즉 자신의 고급스러운 취향에 걸맞은 여자를 즐길 자격이 있다고 믿는 남자들이다.

루스는 국가범죄정보센터에 등록된 그 여성들의 신상 기록을 프린트한다.

루스가 특정한 여성들은 모두 자기 집에서 살해당했다. 반항한 흔적은 없다. 십중팔구 고객을 만나는 중이었을 것이다. 한 명은 목이 졸렸고, 나머지는 등 쪽에서 발사한 총알이 심장을 관통했다. 모나처럼. 경찰은 목 졸린 여성을 제외하고 모든 피해자의 통화 기록에서 살해 당일 선불 휴대전화로 건 수상한 착신 내역을 확인했고, 그 전화기는 나중에 도시 모처에서 발견되었다. 살해범은 매번 피해자의 현금을 털어 갔다.

루스는 자신의 추리가 제대로 된 방향으로 가고 있는 것을 안다. 이제 각 사건의 보고서를 더 자세히 살피면서 살해범을 특정할 패턴이 더 있는지 찾아봐야 한다.

사무실 문이 열린다. 스콧이다.

"아직 있었어?" 찡그린 표정은 곧 레귤레이터를 켜지 않았다는 증거이다. "자정이 지났는데."

루스는 새삼 떠올린다. 남자 형사들은 꼭 필요한 경우가 아니면 레귤레이터에 거부감을 표하는 경우가 잦았다. 그 장치가 직관과 감을 무디게 한다면서. 그러면서도 정작 루스가 자신들의 의견에 용감하게 맞설 때면 언제나 루스에게 레귤레이터는 켰냐고 물었다.

그들은 웃으면서 그렇게 묻곤 했다.

"뭔가 찾은 것 같아." 루스는 차분한 목소리로 말한다.

"당신 이제 FBI 놈들하고 일하는 거야?"

"그게 무슨 소리야?"

"뉴스 못 봤어?"

"난 저녁 내내 여기 있었어."

스콧은 태블릿 피시를 꺼내어 즐겨찾기를 누르고 루스에게 건넨다. 화면에 《보스턴 글로브》의 국제면 기사가 떠 있다. 루스가 거의 안 읽는 지면이다. '중국 교통운수부 장관 추문으로 사임'이라는 기사 제목이 보인다.

루스는 기사를 재빨리 훑는다. 중국의 한 마이크로 블로그 서비스에 교통운수부 최고위 관료가 성매매 여성과 관계를 갖는 동영상이 유출되었다. 게다가 그 관료가 치른 화대는 공금으로 추정된다. 대중이 격렬하게 항의한 끝에 문제의 관료는 이미 파면되었다.

기사 옆에 화질이 조악한 사진 한 장이 있다. 동영상에서 캡처한 정지 화면이다. 레귤레이터가 개입할 틈도 없이, 루스는 가슴이 철렁하는 느낌이 든다. 사진에는 여자 위에 몸을 포갠 남자가 보인다. 여자는 머리를 옆으로 돌려 카메라를 똑바로 보고 있다.

"당신이 조사하는 여자 맞지?"

루스는 고개를 끄덕인다. 그러면서 현장 사진에 있던 침대와 시계 및 바구니가 놓인 곁탁자를 알아본다.

"중국 쪽은 화가 나서 길길이 날뛰고 있어. 우리가 그 남자를 보스턴 체류 기간 동안 감시하다가 중국 정부를 골탕 먹이려고 일부러 동영상을 흘렸다고 생각하는 거야. 비공개 채널로 항의하면서 보복하겠다고 단단히 벼르는 중이야. FBI 놈들은 우리한테 자초지종을 파악하고 동영상이 어떻게 만들어졌는지 알아보라고 했어. 그 놈들은 동영상 속의 여자가 이미 죽은 걸 모르지만, 난 보자마자 딱 알아봤지. 내 생각을 말하자면 저건 십중팔구 중국 쪽에서 내부 숙청의 일환으로 저 남자를 찍어내려고 만든 동영상이야. 어쩌면 아예 그쪽에서 돈을 주고 그 여잘 고용한 후에 죽여 버린 건지도 모르지. 아니면 우리 쪽 스파이들이 그 여잘 미끼로 써먹고는 제거하기로 마음먹었을 수도 있고. 후자의 경우라면 이번 수사는 눈 깜짝할 사이에 종결될 거야. 어느 쪽이든 난 지저분해지는 꼴은 보고 싶지 않아. 충고하는데, 당신도 손을 떼는 게 좋아."

루스는 레귤레이터가 채 쓸어 담지 못한 분노의 편린을 느낀다. 만약 모나가 정치적 음모에 연루되어 죽었다면, 그렇다면 스콧의 말이 옳다. 이 건은 루스가 감당할 사건이 아니다. 조직이 연루된 살해 사건이라는 경찰의 결론은 실수였다. 그러나 루스 역시 실수를 저질렀다. 모나는 운 나쁘게 정치 공작에 휘말린 끄나풀에 지나지 않았고, 루스가 파악했다고 생각한 경향성은 일련의 우연이 겹쳐서 빚은 착각이었다.

경찰에 맡기고 물러나는 것이 현명한 판단이다. 루스는 세라 딩에게 당장은 어떻게 손쓸 도리가 없다고 말해야 한다.

"우린 오피스텔을 다시 뒤져서 촬영 장치를 찾아야 해. 그리고 당신은 그 정보원의 이름을 넘기는 게 좋을 거야. 어떤 조직이 연루됐는지 철저히 조사해야 하니까. 이 건은 자칫하면 국가 안보 문제로 번질 수도 있어."

"그렇게 못한다는 거 알잖아. 내 정보원이 이 건에 연루됐다는 증거는 아무것도 없어."

"루스, 우린 지금 본격적으로 시작하려고 이러는 거야. 그 여자앨 죽인 놈을 잡고 싶으면 협조해."

"차이나타운의 단골 용의자들을 줄줄이 잡아들이고 싶거든 마음대로 해. 어차피 당신이 원하는 건 그거잖아."

스콧은 루스를 물끄러미 바라본다. 지치고 화난 표정. 루스에게는 너무도 익숙한 표정이다. 그 표정은 이내 누그러진다. 스콧이 레귤레이터를 켜기로 마음먹었으므로. 더는 입씨름할 생각이 없어서, 또는 둘 사이에서 꺼내면 안 되는 얘기를 꺼내고 싶지 않아서.

루스의 레귤레이터 역시 자동으로 개입한다.

"사무실 빌려줘서 고마웠어." 루스의 목소리는 평온하다. "잘 자."

중국 관료의 추문은 정확히 워처의 계획대로 퍼져 나갔다. 흐뭇하지만 자축하기에는 아직 이르다. 그 추문은 첫걸음에 지나지 않는다. 워처의 힘을 보여 주는 시범 사례일 뿐. 다음은 그 힘이 실제로 돈이 되는지 확인할 차례이다.

워처는 죽은 여자한테서 빼낸 동영상과 사진을 훑어보는 한편으로, 인터넷 검색 결과를 뒤져 짭짤해 보이는 표적을 몇 명 더 고른다. 그중 두 명은 공산당 최고위 간부들과 연줄이 있는 잘나가는 중국인 사업가. 한 명은 인도 외교관의 동생. 보스턴에서 유학 중인 사우디 왕가의 왕자도 두 명이나 있다. 권력층과 피지배층 사이의 역

학관계는 세계 어느 곳에서나 놀랄 만큼 비슷하다. 유명한 미국 기업의 최고경영자 한 명과 매사추세츠주 대법원의 판사도 한 명 보이지만, 워처는 이들을 한쪽에 추려 놓고 넘어간다. 딱히 애국자라서 그런 것은 아니다. 피해자들 가운데 돈을 지불하지 않고 신고하는 자가 있을 경우, 국적이 미국이 아니면 일이 훨씬 수월하기 때문이다. 게다가 과거 워싱턴의 상원의원 둘을 상대했던 경험이 입증하듯이, 미국의 유명 인사들은 현금을 익명으로 이리저리 옮기기가 힘들다. 그때는 계획이 하마터면 통째로 물거품이 될 뻔했다. 마지막으로, 붙잡혔을 때 의지할 판사나 유명 인사 한두 명을 수중에 둔다고 해서 딱히 손해 볼 일은 없다.

관건은 인내심, 그리고 세부까지 놓치지 않는 관찰력이다.

워처는 전자우편을 여러 통 발송한다. 각각 중국 교통운수부 장관의 사임 기사를 언급하며('봐, 이게 남의 일이 아닐 수도 있어!') 파일 두 개씩을 첨부한 전자우편이다. 하나는 중국 장관과 그 여자가 나오는 동영상의 전체 파일(발신자가 동영상 제작자인 것을 알려 줘야 하므로), 다른 하나는 전자우편 수신자와 그 여자가 함께 나오는 동영상을 세심하게 편집한 파일이다. 각각의 전자우편에는 돈을 내라는 요구와 함께 번호가 적힌 스위스 은행 계좌로 입금하는 방법, 또는 익명성이 보장된 암호 화폐로 이체하는 방법이 적혀 있다.

워처는 콜걸 광고 사이트를 다시 뒤진다. 점찍은 여자는 몇 명으로 좁혀졌다. 이제 그 여자들을 더 자세히 뜯어보고 정답을 찾기만 하면 된다. 워처는 성공을 예감하며 기분이 들뜬다.

고개를 든 워처는 눈앞의 길거리에 지나가는 사람들을 흘깃 본다. 꿈이라도 꾸는 양 몽롱한 표정으로 돌아다니는 저 많고 많은 멍청한 연놈들을. 저것들은 모른다. 세상이 비밀로 가득하다는 것을, 그 비밀에는 오로지 참을성과 관찰력이 넉넉한 사람만이 접근할 수 있다는 것을. 비밀이 묻혀 있는 따뜻한 핏빛 은닉처가 어디인지 파악할 수 있는, 굴 껍데기 속의 연한 살에서 진주를 파내듯이 그것을 파낼 수 있는 사람만이. 그리하여 그 비밀을 무기로 삼은 사람은 지구 반대편에 있는 남자들조차도 벌벌 떨거나 춤추게 할 수 있다.

워처는 노트북 컴퓨터를 닫고 일어서서 그곳을 떠난다. 모텔 방에 어질러진 짐을 정리해야겠다는 생각이 든다. 수술 도구 세트와 야구 모자, 권총, 그 밖에도 사냥할 때 같이 챙겨 가면 좋다는 것을 경험으로 깨달은 몇 가지 깜짝 선물도 함께 챙겨야겠다.

이제 다시 보물을 캐낼 시간이다.

루스는 잠에서 깨어난다. 해묵은 악몽에 이제 신선한 악몽이 합세했다. 루스는 몸을 옹송그린 채 밀물 같은 절망과 싸우며 한참 동안 침대에 머문다. 영원히 이대로 누워 있고만 싶다.

머칠에 걸쳐 조사했건만, 보여 줄 결과물은 하나도 없다.

루스는 이따가 세라 딩에게 전화를 걸어야 한다. 레귤레이터를 켠 후에. 세라에게는 모나가 십중팔구 범죄 조직에 살해당한 게 아니라 자기 힘으로는 어쩔 도리가 없는 더 커다란 사건에 휘말렸을 거라고 말할 수도 있다. 그러면 세라는 마음이 더 편해질까?

어제 신문에서 본 모나의 사진이 좀처럼 머릿속을 떠나지 않는다. 아무리 밀어내려 해도 소용이 없다.

루스는 간신히 일어나서 신문 기사를 찾는다. 왜인지는 설명할 수 없지만, 동영상에서 캡처한 그 사진은 분명 이상하다. 레귤레이터를 켜지 않으니 생각하기가 힘들다.

루스는 모나의 침실이 찍힌 현장 사진을 찾아 신문 기사의 캡처 사진과 비교한다. 이 사진과 저 사진을 번갈아 본다.

콘돔 바구니는 침대 반대편에 있지 않았던가?

신문 기사의 사진은 침대 왼쪽에서 찍은 것이다. 따라서 사진 저 안쪽, 침대 위의 두 사람 너머에는 거울이 달린 붙박이장이 있어야 한다. 그러나 사진 속의 두 사람 너머에는 휑한 벽뿐이다. 루스는 심장이 너무 빨리 뛰어서 기절할 것만 같다.

시계 알람이 울린다. 루스는 디지털 시계의 빨간 숫자를 흘깃 올려다보고 레귤레이터를 켠다.

시계.

다시 신문 기사의 캡처 사진을 본다. 사진에 찍힌 시계는 조그맣고 흐릿하지만, 숫자 모양은 알아볼 수 있다. 좌우가 뒤집혀 있다.

루스는 노트북 컴퓨터까지 타박타박 걸어가 인터넷으로 신문 기사의 동영상을 검색하기 시작한다. 그리 어렵지 않게 찾은 동영상의 재생 버튼을 클릭한다.

보정을 거쳐 세심하게 잘라낸 동영상인데도, 루스는 알아볼 수 있다. 모나의 눈이 줄곧 카메라를 똑바로 응시하는 것을.

가능한 설명은 단 한 가지. 카메라는 거울을 향하고 있고, 모나의 눈 속에 설치되어 있다.

눈.

루스는 어제 프린트한 다른 여성들의 범죄정보센터 기록을 훑어본다. 애매하다고 판단했던 패턴이 이제는 분명하게 보인다.

로스앤젤레스의 금발 피해자는 교살된 후에 잘린 머리가 여태 발견되지 않았다. 같은 로스앤젤레스의 검은머리 피해자는 두개골이 부서지고 뇌가 곤죽이 되었다. 워싱턴의 멕시코계 여성과 흑인 여성은 사후 정교한 방식으로 안면 부위에 손상을 입었는데, 광대뼈가 박살 나서 부서진 상태였다. 그리고 마지막은 모나였다. 두 눈이 정교하게 제거된 모나.

살해범은 점점 기술을 갈고 닦았다.

레귤레이터가 루스의 흥분도를 확인하고 억제한다. 사건 데이터가 더 필요하다.

루스는 다시 한번 모나의 사진을 모조리 살펴본다. 어린 시절 사진에는 특이한 점이 없다. 그러나 올해 초 생일날 부모님과 함께 찍은 사진, 플래시를 터뜨리고 찍은 그 사진은, 모나의 왼쪽 눈에 이상한 광채가 보인다.

안구 뒤쪽, 혈관이 많이 분포된 맥락막에 카메라 플래시의 빛이 반사되어 사람의 눈이 빨갛게 찍히는 것을 '적목 현상'이라고 하는데, 대부분의 카메라는 이를 자동으로 보정한다. 그런데 모나의 사진에 찍힌 광채는 빨간색이 아니다. 푸르스름하다.

차분하게, 루스는 살해당한 다른 여성들의 사진을 한 장 한 장 넘긴다. 사진마다 숨기지 못한 광채가 눈에 띈다. 살해범은 틀림없이 이 방법으로 표적을 골랐을 것이다.

루스는 전화기를 들고 친구의 번호를 누른다. 대학 동창이자 지금은 첨단 의료기기 회사의 연구원으로 일하는 게일의 번호를.

"여보세요?"

게일의 목소리 너머에서 다른 이들의 대화음이 들린다.

"게일, 나 루스야. 지금 통화 괜찮아?"

"잠깐만." 목소리 너머의 대화음이 점점 작아지다가 갑자기 사라진다. "나한테 전화한 걸 보니까 너 또 어디 개조하고 싶구나? 그런다고 우리가 젊어지는 건 아냐. 웬만큼 했으면 멈출 줄도 알아야지."

루스에게 오랜 세월에 걸쳐 갖가지 개조 시술을 받으라고 권유한 사람은 다름 아닌 게일이었다. 루스가 나중에 장애를 얻을까 봐 걱정되었던 게일은 아예 닥터 B를 소개해 주기까지 했다. 그러나 어디까지나 마지못해 한 일이었다. 루스를 사이보그로 만든다는 생각에 괴로워하면서.

"이건 아닌 것 같아." 게일은 말하곤 한다. "몸을 이렇게까지 바꿀 건 없잖아. 의학적으로 꼭 필요한 조치도 아니고."

"다음번에 누가 내 목을 조르려고 하면 오늘 개조한 부위가 내 목숨을 구해 줄걸." 루스는 그렇게 말한다.

"그거랑 이건 다르지." 게일은 그렇게 대꾸한다. 그리고 둘의 대화는 언제나 게일이 항복하는 것으로 끝나지만, 더 이상의 개조는 안 된다는 엄격한 경고는 늘 빠지지 않는다.

사람들은 가끔 친구가 내린 결정에 반대하면서도 도와주곤 한다. 그것은 복잡한 감정이다.

루스는 전화 너머의 게일에게 대답한다.

"그런 거 아니야. 난 괜찮아. 네가 신종 개조 시술에 관해 아는 게 있는지 궁금해서 걸었어. 지금 사진을 몇 장 보낼게. 잠깐만."

루스는 눈에 이상한 광채가 보이는 여성들의 사진을 전송한다.

"사진을 한번 봐. 눈에 반짝이는 빛이 보이지? 이런 거 본 적 있어?" 루스는 자신이 품은 의혹을 다 털어놓으면 게일의 대답에 영향이 갈까 봐 거기까지만 말한다.

게일은 잠시 말이 없다.

"무슨 얘긴지 알겠어. 잘 찍은 사진은 아니네. 그래도 알 만한 사람들한테 한번 물어보고 전화할게."

"사진을 통째로 돌리면 안 돼. 지금 수사 중이라. 가능하면 눈만 잘라서 보여 줘."

루스는 전화를 끊는다. 레귤레이터가 유난히 맹렬하게 작동하고 있다. 방금 했던 말 가운데 어떤 부분이 ('눈만 잘라서 보여 줘') 레귤레이터가 억제하는 메스꺼운 느낌에 대한 신체 반응을 촉발했기 때문이다. 왜 그런지는 루스도 알지 못한다. 레귤레이터를 켜고 있으면 가끔 이런저런 상관관계를 파악하기 힘들 때가 있다.

게일이 다시 전화하기를 기다리는 동안, 루스는 보스턴 지역에서 활동 중인 콜걸들의 온라인 광고를 다시 한 번 훑어본다. 한 도시에서 여성 몇 명을 살해한 후에 활동 장소를 옮기는 것이 살해범의 수법이다. 반드시 이 도시에서 두 번째 희생자를 찾을 터. 놈을 잡는 최선의 방법은 놈보다 먼저 그 표적을 찾아내는 것이다.

루스는 광고를 하나하나 클릭한다. 노골적인 나체의 행진은 무의미한 얼룩인 양 무시한 채, 오로지 눈에만 집중한다. 마침내 루스는 찾던 것을 발견한다. 캐리라는 이름을 쓰는 여자. 머리는 색이 탁한 금발이고 눈은 초록색이다. 캐리의 광고는 단정하고 명확하고 문장력도 좋아서, 마치 즐비하게 번쩍거리는 네온 광고판 사이에 우아하게 서 있는 세움 간판 같다. 광고에 찍힌 시간 도장을 보니 마지막으로 수정한 때는 열두 시간 전. 아직 살아 있을 공산이 크다.

루스는 광고에 적힌 번호로 전화를 건다.

"캐리예요. 메시지를 남겨 주세요."

예상했던 대로 캐리는 전화를 가려 받는다.

"안녕하세요. 난 루스 로라고 하는데, 당신의 광고를 봤어요. 당신하고 데이트 약속을 잡고 싶어요." 루스는 망설이다가 덧붙인다. "장난하는 거 아니에요. 당신을 꼭 만나고 싶어요."

루스는 자기 번호를 남기고 전화를 끊는다.

끊기가 무섭게 전화벨이 울린다. 루스는 전화를 받는다. 그런데 전화한 사람은 캐리가 아니라 게일이다.

"여기저기 물어봤는데, 알 만한 사람들 말로는 그 여자애들이 신종 망막 임플랜트를 심었을 거래. 식품의약청이 승인한 시술은 아니야. 물론 돈만 있으면 외국에 나가서 심을 수 있지만."

"뭘 하는 장치인데?"

"비밀 카메라야."

"그 장치에서 사진이랑 동영상을 꺼내는 방법은?"

"못 꺼내. 외부랑 통하는 무선 신호 연결 기능이 아예 없어. 실은 장치 자체에 전자파를 최소한으로 방출하는 차단 처리를 해서, 불법 카메라 탐지기에도 안 걸린대. 애초에 무선 연결 기능이 있으면 해킹 경로로 악용될 위험도 있고. 모든 기록은 장치 내부에 들어 있어. 그걸 꺼내려면 다시 수술을 받아야 해. 촬영당하는 걸 정말로 질색하는 대상을 찍어야 하는 사람이라면 모를까, 일반인이 관심을 가질 장치는 아니지."

그 장치가 보험이 될 거라고 생각할 만큼 안전을 간절히 바라는 사람 말이지. 루스는 생각한다. 언젠가 사용할 비장의 수단으로.

그리고 여자를 난도질하지 않는 이상 녹화 기록을 꺼낼 방법은 없다.

"고마워."

"루스, 무슨 사건을 맡았는지는 모르겠지만, 너도 이제 이런 일을 할 나이는 지났어. 요즘도 레귤레이터 항상 켜 놓지? 그러면 몸에 안 좋아."

"또 시작이구나." 루스는 게일의 아이들 이야기로 화제를 바꾼다. 레귤레이터 덕분에 가슴이 미어지는 느낌 없이 아이들 이야기를 나눌 수 있다. 시간이 적당히 흐른 후, 루스는 작별 인사를 남기고 전화를 끊는다.

전화벨이 다시 울린다.

"캐리예요. 아까 전화하셨던데."

"맞아요." 루스는 목소리를 밝고 태평하게 바꾸어 대답한다.

캐리의 목소리는 애교가 담겨 있으면서도 조심스럽다.

"그쪽이랑, 그쪽 애인이나 남편이 같이 올 건가요?"

"아뇨, 나만 갈 거예요."

루스는 전화기를 고쳐 쥐고 몇 초간 뜸을 들인다. 캐리가 전화를 끊어야겠다는 마음을 먹지 않도록.

"그쪽 번호로 웹사이트를 찾았어요. 사립 탐정이네요?"

캐리가 검색하리라는 짐작은 이미 했다.

"맞아요."

"내 고객들에 관해서는 아무 말도 못 해요. 이 일은 비밀 엄수가 제일 중요하거든요."

"고객에 관해서 물어볼 생각은 없어요. 난 그냥 당신을 만나고 싶어요."

루스는 캐리에게서 신뢰를 얻으려면 어떻게 해야 할지 치열하게 생각한다. 레귤레이터 때문에 생각을 하기가 힘들다. 사람을 판단하는 일이나 좋은 인상을 남기는 일의 정서적 특성이 루스에게는 이미 낯선 것이 되었으므로. 루스는 있는 그대로 말하면 너무 뜬금 없고 괴상한 이야기라 캐리를 설득할 수 없으리라 생각한다. 그래서 다른 길을 택한다.

"새로운 경험을 해 보고 싶거든요. 하고 싶은 마음은 예전부터 있었는데, 기회가 없었던 것 같아서."

"경찰이랑 한패는 아니죠? 분명히 말해 두는데, 나한테 주는 돈은 친구간의 선물일 뿐이에요. 그다음은 무슨 일이 일어나든 성인끼리 합의하에 결정한 거고요."

"생각해 봐요, 경찰이 여자를 미끼로 당신한테 함정 수사를 할 리가 없잖아요. 척 봐도 의심스러운데."

루스는 침묵을 통해 캐리가 고민하는 중인 것을 알 수 있다.

"그럼 시간은 언제쯤?"

"당신만 괜찮으면 아무 때나. 지금 당장은 어때요?"

"아직 오전인걸요. 출근 시간은 저녁 6시예요."

루스는 너무 밀어붙였다가 캐리를 겁먹게 해서 일을 망치고 싶지는 않다.

"그럼 오늘 밤부터 내일 아침까지 통째로 예약할게요."

그 말에 캐리가 웃는다.

"첫 데이트는 두 시간으로 시작하는 게 좋지 않을까요?"

"그 정도면 괜찮네요."

"요금표는 봤어요?"

"그럼요. 당연히."

"진심인지 알 수 있게 우선 신분증을 들고 찍은 사진을 나한테 보내요. 내가 됐다고 하면 6시 정각에 백베이 지구에 있는 빅토리 가하고 비치 가 교차점으로 와서 다시 전화해요. 현금은 맨 봉투에 넣어서 준비하고요."

"알았어요."

"이따 봐요, 자기." 캐리가 전화를 끊는다.

루스는 캐리의 눈을 들여다본다. 이제 이디를 봐야 할지 알고 니니 왼쪽 눈에 희미하게 반짝이는 빛이 보이는 듯싶다.

루스는 돈을 건네고 나서 캐리가 돈 세는 광경을 지켜본다. 캐리는 몹시 예쁘고, 몹시 젊다. 벽에 기대는 캐리의 모습에서 제시카가 떠오른다. 레귤레이터가 개입한다.

캐리는 하늘거리는 레이스 잠옷에 검은 스타킹과 가터벨트 차림이다. 뒷굽이 높고 털이 복슬복슬한 침실용 슬리퍼는 선정적이기보다는 우스꽝스럽다.

캐리는 돈을 한쪽으로 치우고 루스를 보며 빙그레 웃는다.

"자기가 리드할래요? 아님 내가 하는 게 더 좋아요? 난 어느 쪽이든 괜찮아요."

"일단은 이야기만 좀 하고 싶은데요."

캐리는 표정을 찡그린다.

"고객들 얘기는 못 한다고 했잖아요."

"알아요. 그런데 당신한테 보여 줄 게 있어요."

캐리는 좋을 대로 하라는 듯 어깨를 으쓱하고 루스를 침실로 안내한다. 모나의 방과 아주 비슷하다. 킹사이즈 침대, 크림색 시트, 콘돔이 든 유리 그릇, 곁탁자 위에 조신하게 놓인 시계까지. 이 방의 거울은 천장에 붙어 있다.

둘은 침대에 앉는다. 루스는 서류 파일을 꺼낸 다음 캐리에게 사진 한 무더기를 내민다.

"이 여자들은 모두 작년에 살해당했어요. 모두 당신이 한 거랑 똑같은 임플랜트를 하고 있었고."

캐리는 놀라서 고개를 든다. 눈이 두 번, 빠르게 깜박인다.

"난 당신 눈 뒤에 뭐가 있는지 알아요. 당신이 그걸 믿고 안심하는 것도 알고. 어쩌면 언젠가 나이를 먹어서 이 일을 못 하게 됐을 때 거기 저장된 정보를 이용해서 부수입을 올릴 거라는 생각도 하고 있겠죠. 그런데 그걸 파내려는 남자가 있어요. 그자는 다른 여자들한테도 똑같은 짓을 했어요."

루스는 캐리에게 모나의 주검이 찍힌 사진을 보여 준다. 피투성이가 된, 난자당한 얼굴을.

캐리는 사진을 떨어뜨린다. 그러고는 일어서서 전화기를 잡는다.

"나가요. 경찰에 신고할 거예요."

루스는 꿈쩍하지 않는다.

"하고 싶으면 해요. 신고해서 스콧 브레넌 경감을 바꿔 달라고 해요. 그 사람은 내가 누군지도 알고, 방금 내가 한 얘기가 사실이라고 확인도 해 줄 거예요. 내 생각에 범인의 다음 표적은 당신이에요."

캐리는 전화기를 들고 망설인다.

루스는 계속 이야기한다.

"아니면 그냥 이 사진들을 보는 것도 방법이에요. 어디를 봐야 하는지는 당신도 알 거예요. 모두 당신하고 똑같은 눈을 가졌으니까."

캐리는 침대에 앉아 여자들 사진을 확인한다.

"어떡해. 어떡해."

"당신은 아마 단골이 여럿 있을 거예요. 당신이 받는 요금을 생각하면 새 고객은 많이 필요하지 않을 테고, 굳이 늘리고 싶지도 않겠죠. 그런데 최근에 새로 연락한 고객이 있나요?"

"루스 씨랑 웬 남자 한 명요. 그 남잔 여덟 시에 올 거예요."

루스의 레귤레이터가 치고 들어온다.

"그 남자가 어떻게 생겼는지 알아요?"

"아뇨. 그치만 길모퉁이에 도착하면 전화하라고 해 뒀어요, 루스 씨한테 그랬던 것처럼. 그래야 이리 올라오기 전에 어떻게 생겼는지 미리 확인할 수 있으니까요."

루스는 휴대전화를 꺼낸다.

"경찰을 불러야겠어요."

"안 돼요! 그럼 난 체포될 거예요. 신고하지 마세요, 제발!"

루스는 그 말을 생각해 본다. 이 남자가 살인범일지도 모른다는 것은 루스의 추측에 지나지 않는다. 만약 지금 경찰에 신고했다가 남자가 단순한 성 매수자로 밝혀진다면, 캐리의 앞날은 엉망이 될 것이다.

"그럼 내가 직접 봐야 해요. 그놈이 범인일 경우에 대비해서."

"그냥 취소하는 게 좋지 않을까요?"

루스는 캐리의 목소리에 깃든 공포를 감지하고, 여기서도 제시카를 떠올린다. 무서운 영화를 보고 나면 엄마에게 잠들 때까지 옆에 있어 달라고 부탁하던 제시카를. 레귤레이터가 다시 개입하는 느낌이 든다. 감정이 끼어들도록 놔둘 수는 없으므로.

"그렇게 하면 당신한테는 더 안전하겠지만, 만약 그놈이 범인이라면 고스란히 놓치는 꼴이 되고 말아요. 부탁이에요, 내가 그놈을 자세히 볼 수 있게 시간을 끌어 줘요. 이건 그놈이 여자들을 더 해치지 못하게 막을 절호의 기회일 수도 있어요."

캐리는 아랫입술을 깨문다.

"알았어요. 루스 씨는 어디에 숨어 계실 건데요?"

루스는 총을 가져왔더라면 좋았을 것을 하고 아쉬워하지만 애초에 캐리를 겁먹게 할 의도는 없었거니와, 싸울 일이 생길 거라는 생각도 하지 못했다. 루스는 그 남자가 살인범으로 밝혀지면 제압해야 하므로 되도록 캐리 가까이에 있어야 하지만, 그러면서도 남자에게 금세 들킬 만큼 가까이 있어서는 안 된다.

"어차피 집 안에 숨는 건 불가능해요. 그놈이 당신과 침실로 들어가기 전에 다 살펴볼 테니까." 루스는 거실로 들어서서 창문을 연다. 거실 창은 큰길 반대편, 건물 뒤편을 향해 나 있다.

"이 바깥에 숨어 있을게요. 창턱에 매달려서. 만약 그놈이 살인범이 맞으면 퇴로를 차단해야 하니까 마지막 순간까지 기다렸다가 안으로 들어올게요. 그놈이 살인범이 아니면, 난 그냥 아래로 뛰어내려서 돌아갈 거예요."

캐리는 아무리 봐도 이 계획이 성에 안 차는 기색이지만, 그래도 고개를 끄덕인다. 애써 용기를 내서.

"가능한 한 태연하게 행동해요. 그놈이 무슨 낌새를 채면 안 되니까."

캐리의 전화기에서 벨이 울린다. 캐리는 마른침을 꿀꺽 삼키고 전화기를 든다. 그러고는 침실 창가로 걸어간다. 루스가 그 뒤를 따른다.

"여보세요."

루스는 창밖을 내다본다. 길모퉁이에 서 있는 남자는 범인과 키가 비슷해 보이지만, 그 정도로는 확신할 수 없다. 직접 붙잡아서 심문해야 한다.

"거기서 뒤쪽으로 30미터쯤 떨어진 4층 건물이에요. 303호로 오세요. 와 줘서 고마워요, 자기. 멋진 시간이 될 거예요. 약속할게요." 캐리는 전화를 끊는다.

남자가 이 건물쪽으로 걸어온다. 루스가 보기에 남자는 걸으면서 다리를 살짝 저는 듯하지만, 다시 보면 꼭 그렇지도 않다.

"저 남자 맞아요?" 캐리가 묻는다.

"모르겠어요. 일단 안으로 들어서 확인하는 수밖에 없어요."

루스는 나지막이 윙윙대는 레귤레이터 소리를 느낀다. 캐리를 미끼로 사용하려는 생각이 소름 끼친다는 것은, 심지어 역겹기까지 하다는 것은 스스로도 안다. 그러나 이렇게 하는 것이 논리적이다. 이런 기회는 두 번 다시 오지 않는다. 루스는 자신이 캐리를 지킬 수 있다고 믿어야 한다.

"난 창밖에 나가 있을게요. 당신은 아주 잘하고 있어요, 캐리. 그놈한테 계속 말을 시키면서 원하는 대로 해 줘요. 긴장을 풀고 당신한테 집중하도록 하는 거예요. 난 그놈이 당신을 해치려고 하기 전에 들어올게요. 날 믿어요."

캐리는 빙긋 웃는다.

"연기라면 자신 있어요."

루스는 거실 창문으로 걸어가 날렵하게 바깥으로 기어 내려간다. 손끝으로 창턱을 붙잡고 몸을 아래로 늘어뜨리자 집 안쪽에서는 루스의 모습이 보이지 않는다.

"됐어요, 창문을 닫아요. 아래쪽에 틈을 살짝만 남겨 놔요. 안에서 나는 소리가 들리게."

"거기서 얼마나 버틸 것 같으세요?"

"필요한 만큼요."

캐리는 창문을 닫는다. 루스는 어깨 및 팔의 인공 힘줄과 근육과 강화 손가락이 몸을 붙잡아 주는 느낌에 흐뭇해진다. 원래는 근접 격투에 더 효과적인 몸을 만들려고 했는데 의외로 이런 상황에서도 쓸모가 있다.

루스는 속으로 1초 1초를 잰다. 남자는 건물에 들어서서…… 층계를 올라와…… 지금은 문 앞에 있다.

루스의 귀에 오피스텔 문이 열리는 소리가 들린다.

"사진보다 실물이 훨씬 예쁜데." 그놈의 목소리는 굵고, 중후하고, 흡족한 기색을 풍긴다.

"고마워요."

잠시 대화를 나누는 소리, 돈을 건네는 소리가 들린다. 뒤이어 걸음을 옮기는 소리가 다시 이어진다.

두 사람은 침실로 향하는 중이다. 루스는 남자가 방마다 멈춰 서서 확인하는 기척을 느낀다. 창밖에 있는 자신의 머리 위를 쓸고 가는 남자의 시선이 생생하게 느껴지는 것만 같다.

루스는 몸을 끌어 올린다. 천천히, 소리 없이. 그런 다음 집 안을 들여다본다. 복도 쪽으로 사라지는 놈의 뒷모습이 보인다. 분명 다리를 절고 있다.

루스는 몇 초 더 기다린다. 복도에 도착해서 퇴로를 차단하기 전에 남자가 돌아서서 후다닥 빠져나가지 못하도록. 그러다가 이내 숨을 깊이 들이쉬고 레귤레이터에게 전신의 혈관에 아드레날린을 방출하라고 지시한다. 그러자 세상이 조금 더 환해지고, 두 팔에 힘을 꽉 주면서 창턱으로 올라서는 사이에 시간이 조금씩 느려진다.

루스는 창턱에 웅크리고 앉아 내리닫이 창문을 단숨에 위로 획 민다. 창틀이 드르륵하는 소리가 남자의 주의를 끌 테니 주어진 시간은 단 몇 초. 루스는 몸을 숙여 열린 창문으로 굴러들어가서 거실

바닥에 떨어진다. 그대로 계속 구르다가 발이 바닥에 닿자 다리의 피스톤을 작동시켜 복도 쪽으로 날아오른다.

복도 바닥에 착지한 루스는 남자가 권총을 똑바로 조준하지 못하도록 계속 구르다가, 웅크려 앉은 자세 그대로 뛰어올라 침실로 들이닥친다.

남자가 권총을 발사한다. 총알은 루스의 왼쪽 어깨에 박힌다. 루스는 양팔을 앞으로 교차한 채 돌진하여 남자의 몸통을 들이받는다. 남자는 쓰러지고, 권총은 쿠당탕 소리와 함께 굴러간다.

총상의 통증이 그제야 루스를 덮쳐 온다. 루스는 고통이 마비되도록 아드레날린과 엔도르핀을 분비하라고 레귤레이터에게 지시한다. 그러고는 숨을 헐떡이며 목숨이 걸린 격투에 집중한다.

남자는 우세한 체격을 이용하여 루스를 바닥에 누르고 깔아뭉개려 하지만, 루스는 남자의 목을 두 손으로 잡고 힘껏 조른다. 남자들은 격투를 시작할 때면 언제나 그렇게 루스를 깔본다. 그래서 루스는 그 점을 이용해야 한다. 루스는 남자가 느끼는 자신의 아귀힘이 강철 바이스처럼 강력하다는 것을 안다. 팔과 손에 이식한 배터리를 최고 출력으로 작동시켰으므로. 남자는 일그러진 표정으로 루스의 손을 붙잡고 떼어 내려고 버둥거린다. 그러다가 몇 초 후, 헛수고인 것을 깨닫고 저항을 포기한다.

남자는 뭔가 말하려 하지만 허파에 공기가 들어가지 않는다. 루스가 손의 힘을 살짝 빼자 남자는 쿨럭대다 말한다.

"항복."

루스는 다시 손의 압력을 높여 남자의 숨통을 조인다. 그러고는 캐리를 돌아본다. 침대 발치에 주저앉아 꼼짝도 못 하는 캐리를.

"경찰에 신고해요. 어서."

캐리는 시키는 대로 한다. 전화기를 귀에 대고 상담 요원의 지시 사항을 듣던 캐리가 루스에게 말한다.

"방금 출동했대요."

남자는 사지가 축 늘어진 채 눈을 감는다. 루스는 남자의 목을 놓아준다. 남자를 죽일 생각은 없다. 그래서 남자의 다리 위에 올라탄 채로 남자의 양 손목을 손으로 꽉 잡고 누른다. 바닥에 자빠뜨린 상태 그대로.

남자는 정신을 차리고 신음을 흘린다.

"팔이 부러질 것 같다고, 젠장!"

루스는 배터리 전력을 아끼려고 손의 압력을 살짝 늦춘다. 남자는 루스에게 태클을 당해 바닥에 쓰러질 때 코가 부러져서 코피를 흘리고 있다. 남자는 거칠게 피를 들이마셔 꿀꺽 삼키고 말한다.

"앉을 수 있게 일으켜 줘, 이러다 질식하겠어."

루스는 그 말을 가만히 생각해 본다. 그러고는 압력을 더욱 늦추어 남자를 앉은 자세로 일으킨다.

루스는 팔의 동력 배터리가 닳는 것을 느낀다. 이런 식으로 계속 붙들고 있다가는 힘의 우위를 오래 유지하기가 힘들다.

루스는 캐리에게 소리친다.

"이리 와서 이놈의 양손을 묶어요!"

캐리는 전화기를 놓고 쭈뼛쭈뼛 걸어온다.

"뭘로 묶으면 돼요?"

"밧줄 같은 거 없어요? 그런 걸 찾는 고객도 있을 거 아니에요."

"난 그런 서비스는 안 해요."

루스는 잠시 생각한다.

"스타킹을 써요."

캐리가 남자의 양손과 양발을 몸 앞쪽으로 묶는 동안 남자는 기침을 한다. 코피가 기도로 넘어갔다는 뜻이다. 그러거나 말거나 루스가 손의 압력을 줄이지 않자 남자는 인상을 찌푸린다.

"젠장. 뭐 이런 미친 로봇 같은 년이 다 있어."

루스는 남자의 말을 무시한다. 스타킹은 너무 잘 늘어나서 남자를 오래 붙잡아 두지 못할 것 같다. 그러나 루스가 권총을 집어서 남자를 겨눌 때까지는 버틸 것이다.

캐리는 방 저편으로 물러난다. 루스는 남자를 놓아주고 몇 미터 저편의 바닥에 떨어진 권총을 향해 뒷걸음질한다. 시선은 남자에게서 떼지 않은 채로. 만약 남자가 갑자기 움직이기라도 하면 곧바로 덮치기 위해.

루스가 뒷걸음질하는 동안 남자는 축 늘어진 채로 움직이지 않는다. 루스는 슬그머니 긴장을 늦춘다. 레귤레이터는 이제 몸속의 아드레날린을 걸러서 루스를 진정시키려 하는 중이다.

루스가 권총까지 절반쯤 이동했을 때, 남자가 한데 묶인 양손을 재킷 속으로 불쑥 집어넣는다. 루스가 다리에 힘을 주어 권총 쪽으로 뛰기 전에 망설인 시간은 단 1초.

루스가 착지하는 순간, 남자는 재킷 속에서 어떤 장치를 찾아 누르고, 루스는 느닷없이 팔다리가 축 처지는 느낌과 함께 바닥에 널

브러진다. 몸이 마비된 채로.

캐리가 비명을 지른다.

"내 눈! 어떡해, 왼쪽 눈이 안 보여!"

루스의 양다리는 아예 감각이 없고, 양팔은 고무처럼 흐느적거리는 느낌이 든다. 무엇보다 최악은 당황해서 어쩔 줄 모른다는 것이다. 지금껏 이토록 무서웠던 적도, 이토록 고통스러웠던 적도 없었던 것만 같다. 루스는 레귤레이터를 떠올리려고 안간힘을 쓰지만 그 자리에는 아무것도 없다. 그저 공허뿐. 전자 제품이 탈 때 나는 달착지근하고 끈적한 냄새가 공기 중에 떠돈다. 침대 머리맡의 전자시계는 불이 꺼져서 시커멓다.

상대를 얕잡아본 쪽은 루스였다. 절망감이 홍수처럼 밀려오지만 그 홍수를 막아 줄 방파제는 없다.

루스는 남자가 비틀비틀 일어서는 기척을 느낀다. 루스는 의지력을 끌어모아 스스로에게 명령한다. 몸을 뒤집으라고, 움직이라고, 권총을 향해 손을 뻗으라고. 루스는 기어간다. 조금 더, 조금 더. 한 줌의 힘도 남아 있지 않아 마치 시럽 속에 빠져 움직이는 것만 같다. 이제껏 살아온 49년 세월의 1년 1년이 느껴진다. 어깨를 찌르는 날카로운 통증은 단 한 번도 비껴가지 않는다.

권총 앞에 도착한 루스는 총을 쥐고 몸을 일으켜 벽에 기대어 앉아서, 다시 방 한복판을 향해 총을 겨눈다.

남자는 캐리가 서툴게 묶은 매듭을 이미 풀었다. 이제는 한쪽 눈이 안 보이는 캐리를 붙잡고서, 캐리의 몸을 방패 삼아 그 뒤에 숨어 있다. 캐리의 목에 수술칼을 대고서. 목의 살갗은 이미 찢어져서 가느다란 피가 흘러내린다.

남자는 침실 문 쪽으로 물러난다. 캐리를 질질 끌면서. 루스는 남자가 침실 문으로 나가서 복도로 사라지면 영영 잡을 수 없다는 것을 안다. 그러나 루스의 다리는 꿈쩍도 하지 않는다.

캐리는 루스의 총을 보고 악을 쓴다.

"난 죽기 싫어요! 안 돼요, 제발!"

"일단 여길 벗어나면 이 여자는 풀어줄 거야." 남자가 말한다. 캐리의 머리 뒤에 자기 머리를 감춘 채로.

루스의 양손은 권총을 쥔 채로 덜덜 떨린다. 배 속이 파도치듯 울렁거리고 귓속에서는 맥박 소리가 쿵쿵 울리는 와중에도, 루스는 앞으로 무슨 일이 벌어질지 생각하려고 안간힘을 쓴다. 경찰은 이미 출동했으니 아마 5분 안에는 도착할 것이다. 남자는 달아날 시간을 더 벌려고 캐리를 곧바로 놔주지 않을까?

남자가 두 걸음 더 물러선다. 캐리는 이제 발버둥치거나 뻗대는 대신 미끄러운 바닥을 스타킹 신은 발로 조심조심 디딜 뿐이다. 남자가 시키는 대로 따르려고. 그러면서도 터져 나오는 울음은 참지 못한다.

엄마, 쏘지 마! 제발 쏘지 마!

아니면 일단 이 방을 나선 후에 남자가 캐리의 목을 긋고 임플랜트를 파낼 공산이 더 클까? 남자는 그 장치에 자신이 녹화되어 있는 것을 안다. 증거를 남기고 갈 수는 없는 노릇이다.

루스의 손은 너무나 심하게 떨린다. 스스로에게 욕을 퍼붓고 싶을 정도로. 캐리를 방패로 삼은 저 남자에게 총알을 명중시킬 수가 없다. 그럴 수가 없다.

루스는 가능성을 냉정하게 검토하고 싶지만, 그리하여 결정을 내리고 싶지만, 후회와 슬픔과 분노가, 참을 만한 수준으로 레귤레이터가 감추고 억눌렀던 그 감정들이, 이제 더욱 날카롭게 솟구친다. 잊기 위해 쏟았던 노력만큼이나 생생하게. 온 우주가 총구 위쪽 가늠자의 조그마한 점으로 쪼그라들어 흔들린다. 젊은 여성이, 살인범이, 시간이, 돌아올 수 없는 곳으로 조금씩 사라져 간다.

루스에게는 부탁할 곳도 의지할 곳도 기댈 곳도 없다. 오로지 자신뿐. 성난, 겁에 질린, 부들부들 떠는 자신뿐이다. 루스는 발가벗겨진 채 혼자이다. 루스 자신은 항상 알고 있었듯이. 사람이라면 누구나 그렇듯이.

남자는 문에 거의 도착했다. 캐리의 절규는 이제 알아듣기 힘든 흐느낌으로 바뀌었다.

이것이야말로 정상적인(regular) 세상의 모습이다. 명쾌함도, 구원도 없다. 모든 합리성의 끝에는 그저 결정을 내려야 할 순간과 품고 살아가야 할, 그러면서 견뎌야 할 믿음뿐이다.

루스가 쏜 첫 번째 총알은 캐리의 허벅지를 파고든다. 총알은 살갗과 근육과 지방을 관통하여 뒤에 있는 남자의 무릎을 박살 낸다.

남자는 비명과 함께 수술칼을 놓친다. 캐리는 쓰러지고, 총에 맞은 다리에서 피가 솟구친다.

루스가 쏜 두 번째 총알은 남자의 가슴에 명중한다. 남자는 바닥에 고꾸라진다.

엄마, 엄마!

루스는 권총을 떨어뜨리고 캐리에게 기어간다. 캐리를 끌어안고 다리의 상처를 살핀다. 울부짖고 있지만, 캐리는 무사할 것이다.

깊은 고통의 홍수가 루스를 휩쓸고 지나간다. 용서처럼. 오랜 가뭄 끝의 폭우처럼. 구원이 허락될지 어떨지는 알 수 없지만, 루스는 이 순간을 만끽한다. 그리고 감사한다.

"괜찮아." 루스는 말한다. 자기 무릎 위에 눕힌 캐리를 다독거리며. "괜찮아."

지은이의 말

이 이야기에 나오는 에코센스 기술은 치판 푸(Qifan Pu) 등이 쓴 논문 「무선 신호를 이용한 가내 통합 동작 인식(Whole-Home Gesture Recognition Using Wireless Signals)」(제19회 모바일 컴퓨팅 및 네트워킹 국제 연례회의(Mobicom 2013))에 묘사된 기술의 배경 원리를 토대로 부정확하고 자의적으로 추정한 것으로서, 해당 논문은 이 링크(wisee.cs.washington.edu/wisee_paper.pdf)에서 읽을 수 있다. 이야기 속에 그려진 허구의 기술이 위 논문에 묘사된 기술과 비슷하다고 주장할 의도는 전혀 없다.

상급 독자를 위한
비교 인지 그림책

AN
AdVANCED READERS'
PICTURE BOOK OF
COMPARATIVE
COGNITION

나의 사랑, 내 아이야, 장황한 단어와 복잡한 생각과 굽이굽이 긴 문장과 기괴할 만큼 화려한 그림의 애호가야, 태양은 잠들고 달이 몽유병 환자처럼 돌아다니는 이 시간, 별들이 영겁 이전의 몇 광년 저편에서 온 빛으로 우리를 비추는 이 시간, 너는 담요 속에 아늑하게 눕고 나는 네 침대 옆 의자에 구부정하니 앉아 있는 이 시간, 백열등 진주를 떠받친 인어 동상 램프가 드리우는 불빛의 돔 속에서 우리가 따뜻하고 안전하고 조용한 한때를 보내는 이 시간, 너와 나, 싸늘한 우주의 암흑 속을 초속 수십 킬로미터로 돌진하며 회전하는 이 행성 위에서, 책을 펼치자꾸나.

텔로시아인의 두뇌는 감각 기관이 받은 자극을 모조리 기록한단다. 등에 숭숭 돋은 가시의 까슬한 느낌 하나하나, 막처럼 생긴 몸에 부딪히는 음파 하나하나, 입체 영상 재현용 라이트필드 카메라처럼 다중 굴절 기능이 있는 눈에 인식된 이미지 하나하나, 하늘거리는 줄기 모양 발에 포착된 미각과 후각 정보 하나하나, 그들이 사는 울퉁불퉁한 감자 모양 행성의 자기장이 일으키는 밀물과 썰물 한 차례까지도.

마음만 먹으면 텔로시아인은 과거의 어떠한 경험도 완전히 동일하게 떠올릴 수 있어. 장면 하나를 정지시키고 줌 인 해서 아무리 조그만 부분도 크게 볼 수 있거든. 과거에 나눈 대화를 분석하고 또 분석해서 행간의 의미를 남김없이 끄집어낼 수도 있고. 즐거운 추억은 수없이 여러 번 다시 체험하면서 그때마다 새로운 재미를 발견하고, 괴로운 기억도 수없이 여러 번 다시 체험하면서 그때마다 신선한 분노를 이끌어내지. 고도로 생생한 회상은 곧 실존하는 사실이야.

그렇게 무한한 기억에 짓눌린 유한한 존재가 오래 살지 못하는 건 당연한 일이지.

텔로시아인의 인지 기관은 마디로 나뉜 몸통 속에 들어 있는데, 이 몸통의 한쪽 끝은 싹이 터서 자라고 반대쪽 끝은 시들어서 잎이 떨어진단다. 해마다 머리에 새 마디가 생겨나서 미래를 기록하는 거야. 또 해마다 꼬리의 오래된 마디가 떨어져서 과거를 망각 속으로 떠나보내는 거고.

그래서 텔로시아인들은 어떤 것도 잊어버리지 않지만, 이와 동시에 어떤 것도 기억하지 못해. 그들은 죽지 않는 존재로 알려졌지만 실제로 살아가는 존재인지 어떤지는 논란의 대상이란다.

생각이 압축의 한 가지 형태라는 설은 예전부터 있었어.

초콜릿을 처음 맛보았을 때가 기억나니? 그때는 여름날 오후였지. 네 엄마가 장을 보고 막 돌아왔을 때. 엄마는 초콜릿 바를 조금 떼서 유아용 의자에 앉아 있는 너의 입에 넣어 줬어.

카카오 버터의 스테아르산이 입속의 온기를 흡수해 혀 위에서 녹으면서, 구조가 복잡한 여러 알칼로이드가 흘러나와 네 혀의 맛봉오리에 스며들었단다. 흥분시키는 카페인, 어질어질한 느낌을 선사하는 페네틸아민, 세로토닌 분비를 촉진하는 테오브로민 같은.

"테오브로민은." 네 엄마가 말했어. "'신들의 음식'이라는 그리스어에서 유래한 이름이야."

우린 너를 보며 함께 웃었단다. 초콜릿의 식감에 놀라 눈이 동그래졌다가, 쌉싸름한 맛에 얼굴을 찡그렸다가, 달콤한 뒷맛이 갖가지 상이한 유기 화합물의 군무에 힘입어 맛봉오리를 압도하자 긴장이 풀려 축 늘어진 너를 보면서.

그러고 나서 네 엄마는 초콜릿 바를 둘로 잘라서 한쪽은 내 입에 넣어 주고 한쪽은 자기가 먹었어. 그러고는 말했지.

"우리가 아이를 낳는 이유는 처음 먹어 본 신들의 음식이 무슨 맛이었는지 기억을 못 하기 때문이야."

난 그날 네 엄마가 무슨 옷을 입었고 뭘 사 왔는지 기억이 안 나. 남은 오후 내내 뭘 했는지도 기억이 안 나고. 엄마 목소리가 정확히 어떤 음색이었는지, 표정은 어땠는지, 입가의 주름은 어떻게 잡혔고 무슨 향수를 뿌렸는지도 떠올릴 수가 없어. 기억나는 건 부엌 창문으로 비친 햇살에 반짝이던 엄마의 팔뿐이야. 네 엄마의 미소처럼 사랑스러운 팔의 그 곡선뿐.

빛나는 팔, 웃음소리, 신들의 음식. 우리 기억은 그렇게 압축되고 통합된 끝에 반짝이는 보석이 돼서 머릿속의 한정된 공간에 박힌단다. 하나의 장면은 기억을 불러일으키는 기호로 바뀌고, 긴 대화는 문장 한 줄로 줄어들고, 하루는 덧없이 사라지는 즐거운 느낌으로 농축되지.

시간의 화살은 그 압축의 정확성을 앗아간단다. 스케치가 되는 거야, 사진이 아니라. 기억은 곧 재현이란다. 그것이 소중한 까닭은 원본보다 나은 동시에 원본보다 못하기 때문이지.

빛과 유기 분자 덩어리가 풍부한 따뜻하고 광활한 바다에 사는 이솝트론인은 거대한 세포처럼 생겼는데, 개중에는 지구의 고래만큼 커다란 개체도 있단다. 이솝트론인은 투명한 몸을 흐늘거리며 물에 둥둥 떠다니고, 솟았다가 가라앉고, 빙빙 돌면서 몸을 꼬기도 해. 조류를 타고 떠다니는 발광성 해파리처럼.

이솝트론인의 생각은 복잡하게 꼬인 단백질 사슬의 형태로 암호화돼서, 뱀 곡예사의 광주리 속에 똬리를 튼 뱀처럼 겹겹이 접혀 있어. 아주 조그마한 공간에 들어맞도록 에너지를 최소한으로 유지할 방법을 찾은 거지. 그 생각들은 대부분의 시간을 휴면 상태로 보낸단다.

우연히 마주친 두 이솝트론인은 서로 일시적으로 합쳐지기도 하는데, 이때 그들의 세포막 사이에는 터널이 형성돼. 이 입맞춤 같은 결합은 몇 시간 또는 며칠, 때로는 몇 년씩이나 지속되지. 그러는 동안 양쪽 모두는 서로에게 에너지를 제공하는 한편으로 기억을 깨워서 교환한단다. 즐거운 기억은 단백질 발현과 매우 비슷한 과정을 통해 선별적으로 복제되지. 뱀 모양 단백질이 똬리를 풀고 암호화 염기서열의 전기 신호를 음악 삼아 매혹적인 춤을 추면서, 읽히고 다시 발현되는 거야. 반면에 불쾌한 기억은 두 개체 속으로 넓게 퍼져서 희석돼. '기쁨은 나누면 두 배가 되고 슬픔은 나누면 절반이 된다'라는 말이 이솝트론인에게는 사실인 거지.

헤어질 무렵이면 둘은 서로의 경험들을 이미 흡수한 상태야. 그건 가장 진실한 형태의 공감이란다. 경험의 특질 자체를 변형 없이 공유하는 거니까. 거기에는 해석도, 교환을 위한 매체도 필요하지 않아. 이제 그 둘은 우주의 다른 어떤 생명체보다도 서로를 더 잘 이해하는 사이야.

하지만 서로의 영혼을 비추는 거울이 되려면 대가를 치러야 해. 서로에게서 떨어질 때, 짝짓기를 한 두 이솝트론 개체는 누가 누군지 분간할 수 없는 상태가 되고 말거든. 합쳐지기 전에 그 둘은 서로를 애타게 원했어. 그러다가 헤어질 때, 그들은 스스로에게서 떨어져 나가는 셈이 돼. 둘을 서로에게 이끌리게 한 바로 그 특성이 둘의 결합 속에서 불가피하게 파괴되는 거지.

그게 축복인지 아니면 저주인지는 열띤 논란의 주제란다.

네 엄마는 떠나고 싶은 마음을 감춘 적이 한 번도 없어.

우리는 어느 여름밤 로키산맥 높은 곳의 캠핑장에서 만났단다. 저마다 동부와 서부 출신이었던 우리는 별개의 궤적을 그리는 무작위 입자 두 개였어. 나는 차를 몰고 미국을 횡단해서 새 직장이 있는 곳으로 가던 길에 돈을 아끼려고 캠핑을 했지. 엄마는 샌프란시스코로 떠나는 친구의 이삿짐을 트럭으로 날라 주고 보스턴으로 돌아가는 길이었는데, 마침 별을 보고 싶어서 캠핑을 했고.

우리는 싸구려 와인을 마시고 그보다 더 싼 석쇠구이 핫도그를 먹었어. 그다음엔 수정 같은 별이 점점이 박힌 검은 벨벳 돔 아래에서 함께 산책을 했는데, 별빛이 꼭 광물 결정이 빼곡히 박힌 동굴 속에서 위를 올려다본 것처럼, 그때껏 본 적이 없을 만큼 환했단다. 엄마는 나한테 그 별들의 아름다움을 설명해 줬어. 별 하나하나가 서로 다른 빛을 내뿜는 다이아몬드처럼 특별하다면서. 난 마지막으로 별을 올려다본 게 언제였는지도 기억나질 않았는데 말이야.

"난 저기 갈 거예요." 엄마가 말했어.

"화성에 간다는 말인가요?"

그때는 화성 탐사 발표가 엄청난 뉴스였단다. 그게 미국을 다시 위대해 보이는 나라로 만들겠다는 선전의 일환이라는 건 다들 알고 있었어. 새로운 핵무기 경쟁과 희토류 독점, 제로 데이 사이버 공격 따위랑 같이 우주 경쟁도 새로 시작하겠다는 거였지. 상대편은 이미 화성에 자기네 기지를 만들겠다고 공언했으니, 우리도 새로 시작한 이 '거대한 게임'에서 저쪽의 수를 그대로 따라하는 수밖에.

엄마는 고개를 저었어.

"해변에서 몇 발짝 떨어진 산호초로 뛰어 봤자 무슨 보람이겠어요? 내가 갈 곳은 훨씬 더 멀어요."

그건 의문을 제기하고 자시고 할 문장이 아니었어. 그래서 난 네 엄마한테 왜 가는지, 어떻게 갈 건지, 도대체 그게 무슨 소리인지 묻는 대신, 저 별들 사이에서 뭘 찾기를 바라는지 물었단다.

어쩌면 다른 태양들도
저마다 시중드는 달이 있어 서로를 비추고
남성과 여성의 빛을 주고받음으로써,
그 위대한 두 성(性)이 세상을 약동시키고
각각의 천체에 약간의 생명을 부여했으리라.
자연 속에 그토록 광대한 터가 휑뎅그렁하게
살아 있는 영(靈) 없이, 버려져서 황량하게
오로지 빛날 뿐, 각각의 천체에 일말의 빛을,
그토록 멀리서 인간이 거하는 이 지구까지 비치어
지구가 반사하는 그 빛을, 나누어 주지 않는다고는
그리 쉬이 수긍할 수 없으므로.*

"외계인들은 무슨 생각을 할까요? 세상을 어떻게 경험할까요? 난 평생 그런 것들을 상상했지만, 진실은 동화보다 훨씬 더 신기하고 멋질 거예요."

엄마는 나한테 중력 렌즈 효과와 핵 펄스 추진 엔진, 페르미 역설과 드레이크 방정식, 아레시보와 옙파토리야에 있는 전파 망원경, 우주 개발 회사 블루 오리진과 스페이스엑스 같은 것들에 관해 얘기해 줬단다.

"안 무서워요?" 내가 물었지.

---

* 존 밀턴의 『실낙원』 제8편 148~158행의 내용이다. — 옮긴이

"난 기억도 못할 만큼 어렸을 때 죽을 뻔한 적이 있어요."

엄마는 어린 시절 이야기를 들려줬어. 네 외할아버지랑 외할머니는 배타기를 굉장히 좋아했는데, 다행히 일찍 은퇴할 만큼 여유가 있었대. 두 분은 배를 한 척 사서 아예 거기서 살았다더구나. 그 배가 엄마한테는 첫 번째 집이었던 거지. 엄마가 세 살 되던 해에, 두 분은 태평양 횡단 항해를 하기로 결심했대. 태평양을 절반쯤 지나 마셜 제도 근처에 이르렀을 때 배에 물이 새기 시작했어. 엄마네 가족은 배를 고치려고 갖은 애를 썼지만, 결국엔 비상 위치 표시 장치를 켜서 구조 요청을 해야만 했지.

"그게 내 최초의 기억이에요. 난 바다랑 하늘을 잇는 거대한 다리 위에서 흔들리고 있었어요. 그 다리가 물속으로 가라앉으면서 우리 세 식구는 뛰어내릴 수밖에 없었죠. 엄마가 나한테 작별 인사를 하라고 했어요."

해안 경비대 비행기에 구조될 무렵, 세 사람은 구명조끼를 입고 바다에 둥둥 떠서 꼬박 하루 밤낮을 보낸 후였어. 네 엄마는 땡볕에 그을리고 소금물까지 삼키는 바람에 그 후로 한 달 동안 병원 신세를 졌다더구나.

"엄마랑 아빠한테 화를 낸 사람들이 많았어요. 어린애를 그런 위험에 빠뜨린 건 무분별하고 무책임한 짓이라면서요. 하지만 난 언제까지나 두 분께 감사할 거예요. 부모가 자식한테 줄 수 있는 가장 큰 선물을 나한테 주셨으니까요. 불굴의 용기를요. 두 분은 열심히 일해서 돈을 모아 또 배를 사셨어요. 그리고 우린 다시 바다로 나갔고요."

너무 낯선 사고방식이라서, 난 할 말이 생각나질 않았어. 네 엄마는 내가 당황한 걸 눈치챘는지 나를 보며 빙긋 웃더구나.

"나는요, 우리 가족이 카누를 타고 끝없는 태평양으로 나선 폴리네시아 사람들이나 아메리카 대륙까지 항해한 바이킹의 전통을 이어 받았다고 생각하면 기분이 좋아져요. 우린 언제나 배에서 살았거든요. 지구도 마찬가지예요. 우주에 떠 있는 배 한 척."

네 엄마의 이야기를 들으면서 난 문득 그런 느낌이 들었어. 우리 둘 사이의 거리를 넘어서 엄마의 귀를 통해 세상의 메아리를 듣고, 엄마의 눈을 통해 별을 보는 느낌이. 그 엄숙할 정도로 선명한 느낌에 가슴이 두근거렸지.

싸구려 와인과 불에 탄 핫도그, 어쩌면 있을지 모를 다른 태양들, 바다를 표류하는 배에서 올려다본 하늘의 다이아몬드, 사랑에 빠질 때의 불같이 선명한 느낌.

틱톡인은 알려진 바에 따르면 우주에서 유일하게 우라늄으로 이루어진 생명체란다.

틱톡 행성의 표면에는 헐벗은 바위가 가도 가도 끝없이 펼쳐져 있어. 사람이 보기에는 황무지 같지만, 지표면에는 어마어마하게 크고 정교한 색색의 무늬가 새겨져 있지. 무늬 하나하나는 공항이나 경기장만큼 거대해. 붓글씨의 획 같은 소용돌이무늬, 양치식물의 잎끝처럼 돌돌 말린 나선무늬, 동굴 벽에 비친 손전등 불빛처럼 생긴 쌍곡선 무늬, 우주에서 본 도시처럼 빽빽하게 들어찬 바퀴살무늬. 이따금 엄청나게 뜨거운 수증기 기둥이 지면에서 분출하는

데, 꼭 고래가 뿜는 물기둥이나 토성의 위성 엔켈라두스에 있는 얼음 화산의 분수랑 비슷한 광경이야.

그 거대한 스케치를 남긴 생명체들은 어디 있을까? 일찍이 존재했다가 사라진 삶들에 바치는 그 찬사를, 한때는 알았으나 잊어버린 그 기쁨과 슬픔의 기록을 땅에 남긴 생명체들은?

행성의 지표면을 파 보는 거야. 화강암 지반 위의 사암 퇴적물을 구불구불 파고 들어가면, 물속에 잠겨 있는 우라늄 구덩이가 곳곳에 보일 거야.

땅 밑의 어둠 속에서, 우라늄 원자의 핵은 저절로 분열해서 중성자 몇 개를 방출해. 그 중성자들은 낯선 별을 향해 나아가는 우주선처럼 원자핵 사이의 광활하고 공허한 공간을 여행한단디(이건 정확한 그림은 아니야, 그래도 보기에는 낭만적이고 그리기도 쉬우니까.). 중성자는 성운처럼 생긴 물 분자 때문에 속력이 느려지다가 다른 우라늄 원자핵에 닿게 돼. 새로운 세계를 만나는 거지.

그런데 이렇게 새 중성자가 더해지면 원자핵은 불안정해져. 그래서 따르릉거리는 자명종처럼 진동하다가 분열해서, 새 원자핵 두 개와 중성자 두세 개가 되지. 이렇게 만들어진 새 우주선은 먼 외계를 향해 출발하면서 아까 그 과정을 다시 되풀이해.

우라늄으로 자급자족하는 핵 연쇄 반응을 일으키려면 적절한 종류의 우라늄을 충분히 농축해야 하는데, 그게 바로 우라늄235야. 우라늄235는 자유 중성자를 흡수하면 분열하거든. 그리고 빠르게 이동하는 중성자의 속력을 늦춰서 원자핵에 흡수되도록 도와줄 것도 있어야 하는데, 이건 물만 있으면 충분해. 틱톡인의 세계는 그 둘을 모두 갖췄으니 우주의 축복을 받은 셈이지.

핵분열의 부산물, 즉 우라늄 원자에서 쪼개져 나온 파편들은 쌍봉분포 곡선을 그리며 추락한단다. 세슘, 아이오딘, 제논, 지르코늄, 몰리브데넘, 테크네튬…… 개중에는 초신성의 잔해로 만들어진 새별처럼 몇 시간 만에 사라지는 것도 있고, 수백만 년 동안 남는 것도 있지.

틱톡인의 생각과 기억은 캄캄한 바다에서 빛나는 이 보석들로 이루어져. 원자는 신경 세포의 자리를 대신하고, 중성자는 신경 전달 물질로서 활동하는 거야. 억제제 노릇을 맡은 감속재와 중성자 흡수 물질은 날아가는 중성자의 방향을 틀어 공허 속에 신경 경로를 형성하고. 이러한 처리 과정은 소립자 수준에서 나타나서 전달 중성자의 비행경로를 통해 발현되지. 그건 원자의 위상과 구조와 배열에도 나타나고, 핵분열로 인한 폭발과 붕괴의 찬란한 빛에서도 나타난단다.

틱톡인의 생각이 자라서 점점 더 활발해지고 들뜨는 사이에 우라늄 구덩이 속의 물은 뜨거워져. 압력이 충분히 강해지면 초고온으로 가열된 물줄기가 위쪽을 덮은 사암의 틈새로 올라와 지표면을 뚫고 증기 기둥이 되어 분출하지. 그 기둥이 지표에 색색의 염류 퇴적물을 남겨서 만든 장대하고 복잡한 프랙털 무늬는 소립자가 거품 상자 속에 남긴 이온화 궤적을 닮았어.

마침내 물이 어느 정도 증발하면 우라늄 원자가 고속 중성자를 포착하지 못하기 때문에, 연쇄 반응이 유지되지 않아. 우주는 정지 상태로 가라앉고, 생각은 원자들로 이루어진 은하 속에서 사라져 가지. 틱톡인은 그렇게 숨을 거둔단다. 스스로의 생명력이 일으킨 열과 함께.

물은 조금씩, 조금씩, 얇은 사암층과 갈라진 화강암층을 지나 똑 똑 떨어져서 다시 광맥으로 스며들어. 그러다 지난날의 빈 구덩이 에 물이 어느 정도 고이면, 무작위로 붕괴하는 원자가 다시 중성자 를 방출해서 핵 연쇄 반응을 시작하지. 화려하게 꽃피우는 거야, 새 로운 사상과 새로운 믿음을. 선대가 남긴 잔화(殘火)로 후대의 새 생 명에 불을 붙여서.

어떤 사람들은 틱톡인에게 사고 능력이 있다는 견해를 부정했어. 회의론자들은 물었단다. 중성자의 비행은 극히 미세한 양자의 무작 위성과 더불어 물리 법칙에 따라 결정되는 것인데, 어떻게 틱톡인 이 생각을 한다고 말할 수 있는가? 그들의 자유 의지는 어디에 있 는가? 자기 결정 능력은? 그러는 동안에도 회의론자 두뇌 속의 전 기화학 반응로는 틱톡인과 똑같이 엄밀한 물리 법칙을 따르면서 윙 윙 돌아가는데 말이지.

파도가 그렇듯이 틱톡인의 핵반응 또한 펄스 형태로 일어난단다. 사이클을 거듭하면서 각 세대는 세상을 새로 발견해. 낡은 세대는 미래를 위한 지식을 조금도 남기지 않고, 젊은 세대는 과거를 돌아 보지 않아. 한 세대가 한 시기를 오로지 한 번만 사는 거야.

하지만 그들 행성의 표면에는, 그곳에 또렷이 새겨진 멋진 바위 그림에는 말이지, 그들의 흥망성쇠가, 여러 제국의 숨결이 덧쓰여 있어. 틱톡인의 연대기는 우주의 다른 지성체들이 해석해 주기를 기다리며 남아 있는 거야.

틱톡인이 번영을 구가하는 동안 농축 우라늄235는 고갈된단다. 각 세대가 자기네 우주의 재생 불가능한 자원 가운데 일부를 소비하면서, 미래 세대의 몫은 점점 줄어들어. 핵 연쇄 반응을 더는 유지하지 못할 날이 그렇게 조금씩 앞당겨지는 거야. 그날이 오면 틱톡인의 세계는 영원히 얼어붙은 침묵 속으로 가라앉겠지. 태엽이 돌이킬 수 없이 풀려 버린 시계처럼.

네 엄마는 한눈에 봐도 흥분한 기색이 뚜렷했어.
"부동산에 전화 좀 해 줄래?" 엄마가 말했단다. "난 주식을 팔아서 현금으로 바꿀게. 이제 우리 저축 안 해도 돼. 당신 어머니도 그렇게 가고 싶다던 그 크루즈 여행, 갈 수 있어."
"우리 복권 당첨됐어?" 내가 물었지.
엄마는 나한테 종이 뭉치 하나를 건넸어. 렌즈(LENS) 프로그램 설명 자료라고 적혀 있더구나.
난 그 종이 뭉치를 훌훌 넘겨 봤단다. ……귀하의 자기 소개서가 전체 지원자 서류 가운데 가장 돋보여…… 건강 검진 및 심리 평가 때까지…… 직계 가족에게만……
"뭐야, 이게?"
네 엄마는 내가 정말로 몰라서 물어본다는 걸 알고 표정이 어두워졌어.
엄마는 나한테 설명해 줬단다. 전파는 광활한 우주 공간에서 급속히 약해져. 머나먼 별 주위의 어느 천체에서 누군가 공허를 향해 소리를 지르면, 그 소리는 지척에 있는 이웃만이 들을 수 있지. 한 문명이 다른 별까지 전해지는 메시지를 송신하려면 행성 전체의 에너지를 모두 끌어다 써야 할지도 몰라. 그런데 그런 일이 얼마나 자주 일어날까? 지구를 봐. 우린 냉전을 딱 한 번 치르고도 간신히 살아남았는데 어느새 새로운 냉전이 시작됐어. 태양의 에너지를 제어하는 날이 오려면 아직 까마득한데도 우리 아이들은 홍수에 잠겨 멸망한 세계의 폐허 속에서 첨벙거리든가, 핵겨울의 추위 속에 덜덜 떨어야 할 처지야. 다시 석기 시대로 돌아가서 말이야.

"하지만 피할 방법은 있어. 우리처럼 원시적인 문명도 은하 너머에서 온 희미한 속삭임을 포착하고, 어쩌면 거기에 대답까지 할 방법이 있단 말이야."

태양의 중력은 머나먼 별에서 온 빛과 전파가 태양 주위를 지나갈 때 그것들을 휘게 한단다. 그건 일반 상대성 이론에서 도출한 가장 중요한 결과 중 하나야.

우리 은하에 다른 세계가 있다고 가정해 보렴. 지구보다 크게 우월하지는 않은 그 세계가, 온 힘을 기울여 만든 최고로 강력한 안테나로 메시지를 쏘아 보냈다고 말이야. 그렇게 방출된 메시지는 지구에 닿을 무렵이면 전자기파가 너무 희미해져서 아마 감지하지도 못할 거야. 그 메시지를 포착하려면 태양계 전체를 파라볼라 안테나로 만들어야 할걸.

그런데 그 전파는 태양 표면을 가볍게 스치면서 태양의 중력에 의해 살짝 휘어져. 꼭 렌즈를 통과한 광선이 굴절되는 것처럼 말이야. 그렇게 태양의 둘레를 지나면서 살짝 휜 전파는 태양 너머로 어느 정도 떨어진 곳에서 서로 교차한단다.

"확대경을 통과한 햇빛이 땅바닥의 한 점에 모이는 것처럼."

태양이 만든 중력 렌즈의 초점에 안테나를 설치해서 얻는 증폭률은 어마어마해. 특정 주파수대에서는 100억 배에 이르고, 다른 주파수대에서도 자릿수가 다를 만큼 커진단다. 지름 12미터짜리 안테나로도 은하계 반대편에서 온 전파를 잡아낼 수 있을 정도야. 게다가 은하계의 다른 지성체들도 자기네 태양의 중력 렌즈 효과를 이용할 만큼 영리하다면, 우린 그들과 이야기를 나눌 수도 있을 거야. 그렇게 주고받는 말은 대화보다는 별의 수명만큼 긴 시간이 지나서 도착한 독백에 더 가깝겠지만. 오래전에 사라진 세대가 아직 태어나지 않은 세대에게 보내는, 머나먼 바닷가를 향해 던진 병 속의 쪽지처럼.

알고 보니 그 중력 렌즈의 초점은 태양에서 550천문단위나 떨어진 곳에 있었어. 태양에서 명왕성 사이 평균 거리의 거의 열네 배나 되는 거리지. 태양의 빛이 그 초점에 도착하려면 고작 사흘이 조금 더 걸리지만, 지금 우리 기술 수준으로는 우주선을 타고 그곳까지 가는 데에 100년도 더 걸려.

왜 사람을 보내야 하는 거지? 왜 지금?

"탐사 로봇이 그 초점에 도착할 무렵에 인간이 아직 남아 있을지 어떨지 모르니까. 인류가 한 세기 넘게 더 존속할 수 있을 것 같아? 안 돼, 우린 사람을 보내서 그곳에서 메시지를 들어야 해. 어쩌면 답신까지 할 수 있을지도 몰라.

난 갈 거야. 그리고 당신도 나랑 같이 가면 좋겠어."

시리얼인은 거대한 우주선의 선체 속에서 살아간단다.

그들 종은 세계 종말급의 재해를 감지하고 전체 인구 가운데 극히 일부를 위해 탈출용 방주를 건조했어. 피난민은 거의 다 어린애였지. 다른 종이 다 그렇듯이 시리얼인도 아이들을 무척 아꼈거든.

시리얼 행성이 초신성으로 변하기 몇 년 전, 그 방주들은 혹시 있을지 모를 새 보금자리 세계를 찾아 여러 방향으로 출발했어. 우주선이 속력을 높이자 아이들은 기계 교사와 몇 안 되는 동승한 어른들한테 가르침을 얻으려고 자리를 잡았단다. 죽어가는 세계의 전통을 계승하려고 말이야.

아이들은 각각의 방주에 마지막으로 남은 어른 한 명이 숨을 거둘 때가 돼서야 들을 수 있었어. 자기네 우주선에는 감속 장치가 없다는 진실을. 우주선은 영원토록 가속만 하면서 점차 빛의 속도에 가까워질 예정이었어. 마침내 연료가 떨어져서 최종 순항 속도를 유지하며 타성으로 비행할 때까지. 우주의 끝을 향해.

우주선에 탄 시리얼인의 시점에서 보면 시간은 정상적으로 흘러가. 하지만 우주선 바깥에서는 그들을 제외한 우주 전체가 엔트로피의 흐름과 부딪히며 궁극의 종말을 향해 돌진하지. 바깥에 있는 관찰자에게 우주선 안은 시간이 멈춘 것처럼 보이는 거야.

시간의 흐름에서 떨어져 나간 시리얼인 아이들은 몇 살은 더 먹을 수 있지만, 많이 자라지는 못해. 그 아이들은 우주가 종말을 맞을 때 비로소 숨을 거둔다. 어른들은 아이들의 안전을 확보하는 길은 그것뿐이라고 설명했어. 죽음에 맞서 승리를 거두려는 점근(漸近)적인 시도였다고. 그 아이들은 결코 자기 아이를 낳지 못할 거야.

죽음을 애도할 필요도 없을 테고. 희생을 두려워하거나 각오할 필요도, 희생 앞에서 불가능해 보이는 선택을 할 필요도 없지. 그 아이들은 현존하는 최후의 시리얼인이자, 아마도 우주 최후의 지성체일 거야.

부모는 누구나 자식을 위해 선택을 한단다. 그리고 거의 모두가 그 선택이 최선이라고 생각하지.

오랫동안, 나는 네 엄마를 설득할 수 있을 줄 알았어. 엄마가 나 때문에, 딸인 너 때문에 남고 싶어 할 줄 알았거든. 나는 네 엄마를 남들과 다르다는 이유 때문에 사랑했단다. 그러면서도 네 엄마가 사랑 때문에 변할 거라고 생각했지. 그런데 엄마는 이렇게 말했어.

"사랑의 형태는 여러 가지야. 그리고 내 사랑은 이렇게 생겼어."

우리는 서로 다른 세계에 속한 연인들이 어쩔 수 없이 헤어지는 이야기를 서로에게 많이 들려준단다. 셀키, 고획조(姑獲鳥), 하고로모[羽衣], 백조 아가씨…… 그 이야기들의 공통점은 두 연인 가운데 한쪽이 다른 한쪽을 바꿀 수 있다고 믿는다는 거야. 실은 둘 사이의 차이점과 변하기를 거부하는 것이야말로 그들 사랑의 토대인데. 그러다 결국에는 바다표범 가죽이나 날개옷이 발견돼서 한쪽이 돌아가야 할 날이 오게 마련이지. 하늘 또는 바다로, 사랑하는 반쪽의 진짜 고향인 또 다른 세계로.

포컬 포인트호의 승무원은 항해 기간 중 일부를 동면 상태로 보낸단다. 하지만 일단 최초 목표 지점에 도착하면, 그러니까 은하계의 중심인 태양에서 550천문단위 떨어진 그곳에 닿으면, 승무원들은 동면에서 깨어나 할 수 있는 한 오랫동안 귀 기울여 들어야 해.
승무원들은 태양으로부터 나선형 경로를 따라 나아가도록 우주선
을 조종해. 은하계를 더 넓게 훑어 나가면서 신호를 포착해야 하거
든. 우주선이 태양에서 점점 멀어질수록 태양의 전파 증폭 효과가
커지는 건, 태양의 코로나가 휘어진 전파에 미치는 간섭 효과가 점
점 줄어들기 때문이야. 예상대로라면 승무원들은 수백 년 동안 살
아남아서 성장하고, 나이를 먹고, 자기 일을 이어받을 아이를 낳고,
공허 속에서 죽어갈 거야. 엄숙한 희망의 최전선에서.

"우리 딸을 두고 어떻게 그런 선택을 해." 내가 말했단다.

"당신도 우리 애를 위해서 선택을 하고 있잖아. 애가 지구에 남
아서 더 안전해질지 더 행복해질지 어떻게 알아? 이건 초월을 위한
기회야. 우리가 애한테 줄 수 있는 최고의 선물이라고."

그다음은 변호사와 기자와 텔레비전에 나와서 잘난 척하는 전문
가들이 편을 나눠서 몰려들 차례였지.

그러다 네가 아직도 기억한다는 그날 밤이 왔어. 그날은 네 생일
이어서 가족이 다시 모였지. 우리 세 식구만. 너를 위해서였어, 네가
그게 소원이라고 했으니까.

우린 초콜릿 케이크를 먹었어(네가 '테오브롬'을 먹고 싶다고 했거든.).
그런 다음 별을 구경하러 테라스로 나갔지. 네 엄마랑 나는 법적 다
툼이나 점점 다가오는 엄마의 출발일 이야기는 절대 꺼내지 않으려
고 조심했단다.

"엄마, 엄마는 어릴 때 진짜로 배에서 살았어요?" 네가 물었어.

"응."

"안 무서웠어요?"

"하나도 안 무서웠어. 사람은 누구나 배에서 살아. 지구는 별들의 바다에 떠 있는 커다란 뗏목일 뿐이거든."

"엄마는 배에서 사는 게 좋았어요?"

"엄만 그 배가 정말 좋았는데…… 글쎄, 잘 기억이 안 나네. 사람은 아주 어렸을 때 일어난 일은 잘 기억을 못 해. 그건 우리 인간들의 별난 특징이야. 그래도 배랑 작별 인사를 할 때 정말로 슬펐던 건 기억나. 헤어지기가 싫었거든. 그 배는 엄마 집이었으니까."

"나도 내 배랑 헤어지기 싫어요."

엄마는 울었어. 나도 울었고. 그리고 너도 울었지.

엄마는 떠나기 전에 너한테 뽀뽀해 줬어.

"세상에는 '사랑해'란 말을 전하는 방법이 많이 있어."

우주는 메아리와 그림자로 가득해. 그건 엔트로피에 맞서 싸우다가 패해서 숨을 거둔 문명들의 잔상과 유언이란다. 우주 방사선 속에서 흐릿해져 가는 잔물결들, 그 메시지들 가운데 다만 하나라도 언젠가 해석될 날이 올지 어떨지는, 미심쩍을 뿐이야.

이와 마찬가지로 우리의 생각과 기억도 대개는 흐릿해지고, 사라지고, 삶이라는 행위 자체에 소모될 운명이야.

그렇다고 슬퍼할 필요는 없어, 우리 딸. 우주의 열역학적 사망이라는 공허 속으로 사라지는 건 모든 종의 숙명이니까. 하지만 그렇게 되기 한참 전에, 이름을 얻을 자격이 있는 모든 지적 종의 생각은 우주 자체만큼이나 장대해질 거야.

네 엄마는 지금 포컬 포인트호 안에서 잠들어 있단다. 네가 아주 늙은 할머니가 돼서야 깨어날 거야. 아예 네가 세상을 뜨고 난 후일 수도 있고.

잠에서 깨어나면 엄마와 동료 승무원들은 듣기 시작할 거야. 듣는 동시에 방송도 하겠지. 우주 어딘가 있을 다른 종이 자기네 별의 에너지를 이용해서, 몇 광년의 거리와 영겁의 시간 너머로 희미한 전파를 집중하고 있기를 바라면서. 엄마 일행은 우리 인류를 낯선 이들에게 소개하려고 고안한 메시지를 재생할 거야. 수학과 논리학에 기초한 언어로 쓴 메시지를 말이야. 우리가 일상생활에서 결코 쓸 일이 없는 언어로 말하는 게 외계인과 의사소통하는 최선의 방식이라니, 난 그게 항상 우습더구나.

하지만 결국에는, 끝에 가서 남는 건 말이야, 압축된 기억의 기록일 거야. 그리고 그건 별로 논리적이지 않을 거야. 수면 위로 호를 그리며 솟구치는 고래의 우아한 궤적, 깜박거리는 캠프파이어 불빛과 신나는 춤, 싸구려 와인과 검게 탄 핫도그 같은 갖가지 음식의 냄새를 형성하는 화학 물질의 화학식, 신들의 음식을 처음으로 맛본 어린아이의 웃음소리 같은 걸 테니까. 그 반짝이는 보석들에 담긴 의미는 명료하지 않단다. 그리고 바로 그 이유 때문에, 그 보석들은 살아 있는 거야.

사랑하는 우리 딸, 그래서 아빠는 너랑 같이 이걸 읽는 거야. 엄마가 떠나기 전에 너를 위해 쓴 이 책을. 앞으로 너와 함께 자라날 동화가 담긴, 장황한 이야기와 세밀한 그림들을. 변명의 말을. 집에 부친 편지들을. 우리 영혼의 바다에서 아직 못 가 본 곳을 보여 주는 해도(海圖)를.

이 춥고 어둡고 적막한 우주에는 '사랑해'란 말을 전하는 방법이 많이 있단다. 반짝이는 저 별들만큼이나 많이.

지은이의 말

의식을 압축으로 보는 견해에 관한 자세한 자료는 다음을 참조하기 바란다.
필 매과이어(Phil Maguire) 외, 「의식을 연산하는 것은 가능할까? 알고리즘 정보 이론을 이용한 통합 정보 수량화(Is Consciousness Computable? Quantifying Integrated Information Using Algorithmic Information Theory)」, 《아카이브(arXiv)》, 1405.0126(2014). (링크: https://arxiv.org/pdf/1405.0126.pdf).
천연 원자로에 관한 자세한 자료는 다음을 참조하기 바란다.
이고르 테페르(Igor Teper), 「자연의 변덕(Inconstants of Nature)」, 《노틸러스(Nautilus)》 2014년 1월 23일자(링크: http://nautil.us/issue/9/time/inconstants-of-nature).
E. D. 데이비스(Davis), C. R. 굴드(Gould), E. I. 샤라포프(Sharapov), 「오클로 천연 원자로가 핵 과학에서 지니는 의미(Oklo Reactors and Implications for Nuclear Science)」, 《국제 현대 물리학 저널 E(International Journal of Modern Physics E)》 제23권 4호(링크: https://arxiv.org/pdf/1404.4948.pdf).
SETI(외계 지적 생명 탐사) 프로젝트 및 태양의 중력 렌즈 효과에 관한 자세한 자료는 다음을 참조하기 바란다.
클라우디오 마콘(Claudio Maccone), 「태양을 중력 렌즈로 이용한 성간 무선 링크 강화(Interstellar Radio Links Enhanced by Exploiting the Sun as a Gravitational Lens)」, 《악타 아스트로노티카(Acta Astronautica)》 68권 1호(2011), 76~84쪽(링크: https://pdfs.semanticscholar.org/462a/6afb56603128152d5844e3c4564588750f75.pdf).

파(波)

THE
WAVES

먼 옛날, 하늘과 땅이 갈라진 직후에, 여와(女媧) 신이 황허[黃河] 강 기슭을 따라 걷고 있었어. 발바닥에 닿는 황토의 폭신한 느낌을 음미하면서.

온 사방에 꽃이 무지갯빛으로 만발해 있었단다. 그 꽃들은 어찌나 아름다웠던지, 하늘의 동쪽 가장자리 같았어. 사소한 일로 다툰 신들 때문에 금이 가는 바람에 여와가 보석을 녹여 만든 풀로 때워야 했던, 그 가장자리 말이야. 들에는 사슴과 물소가 뛰놀았고 물에는 금빛 잉어와 은빛 악어가 첨벙거렸지.

하지만 여와는 외톨이였어. 이야기를 나눌 상대도, 그 아름다운 풍경을 함께 감상할 친구도 없었거든.

여와는 물가에 앉아 진흙을 한 움큼 퍼서는, 그걸로 모양을 빚기 시작했어. 그리고 잠시 후에 자기랑 똑같이 생긴 작은 흙 인형을 만들었단다. 동그란 머리에 기다란 몸통이랑 팔, 다리, 조그마한 손에는 손가락까지, 가느다란 대나무 꼬챙이로 정성껏 파서 만들었어.

여와는 그 작은 흙 인형을 두 손으로 감싸고 입으로 가져가서는, 그 속에 생명이 담긴 숨을 불어넣었어. 흙 인형은 여와의 손 안에서 헐떡이며 꿈틀거리다가, 옹알이를 시작했지.

여와는 웃었어. 이제 더는 혼자가 아니었으니까. 여와는 그 조그마한 인형을 황허강 기슭에 앉혀 놓고서 진흙을 또 한 움큼 파서는, 또 인형을 빚기 시작했어.

인간은 그렇게 흙에서 만들어졌단다. 그래서 나중에는 흙으로 돌아가는 거야. 영원히.

"그다음은 어떻게 됐어요?" 졸린 목소리.

"그건 내일 밤에 얘기해 줄게." 매기 차오가 말했다. "이제 잘 시간이야."

매기는 다섯 살인 보비와 여섯 살인 리디아에게 이불을 덮어 주고 침실의 불을 끈 다음, 방에서 나와 문을 닫았다.

매기는 잠시 가만히 서서 귀를 기울였다. 그렇게 하면 부드럽게 회전하는 선체를 따라 광양자(光量子)가 흘러가는 소리가 들리기라도 하는 것처럼.

거대한 태양광 돛을 우주의 진공 상태 속에 팽팽하게 펴고서, 시폼(바다 거품)호는 나선형 항로를 따라 태양으로부터 멀어져 갔다. 해를 거듭하며 속력을 높인 결과 태양은 이미 불그스름한 빛을 띠고 영영 어두워져만 가는 석양으로 바뀐 후였다.

당신이 봐야 할 게 있어. 매기의 남편이자 일등 항해사인 주앙이 머릿속에서 소곤거렸다. 둘은 각자의 두뇌에 삽입한 조그마한 광

신경 인터페이스 칩을 통해 대화할 수 있었다. 그 칩은 대뇌 겉질의 언어 처리 영역에 있는 유전자 조작 신경 세포를 깜박이는 빛으로 자극하여 진짜 목소리를 들었을 때와 똑같은 반응을 일으켰다.

매기는 가끔 그 장치가 축소판 태양광 돛 같다고 생각했다. 광양자를 혹사시켜 생각을 만들어 낸다는 점에서.

주앙은 그 기술을 훨씬 현실적인 방식으로 상상했다. 수술을 한지 10년이 지난 지금도, 주앙은 자신과 아내가 서로의 머릿속에 존재하는 것이 마음에 들지 않았다. 늘 연결된 상태로 유지되는 통신 체계상의 장점은 이해할 수 있었지만, 그래도 왠지 어색하고 꺼림칙했다. 조금씩 사이보그로, 기계로 변해 가는 것처럼. 주앙은 긴급 상황이 아니면 그 칩을 절대 사용하지 않았다.

금방 갈게. 매기는 남편에게 대답한 다음 서둘러 우주선의 중심부 가까이에 있는 연구실 층으로 향했다. 그곳은 회전하는 선체가 만들어낸 중력이 다른 곳보다 더 낮았다. 이 때문에 개척단 단원들은 뇌에 산소 포화도가 높은 피가 공급돼서 머리가 더 잘 돌아가는 것은 연구실 위치 덕분이라며 농담을 하곤 했다.

매기 치오가 이 임무에 발탁된 것은 자급자족형 생태계의 전문가이기 때문만이 아니라, 젊은 가임 여성이기 때문이기도 했다. 광속의 약 몇 분의 1 속력으로 나아가는 시 폼호가 처녀자리 61에 도착하려면 통상적인 시간 팽창 효과를 감안하더라도 (우주선 내부의 시간을 기준으로) 거의 400년이 걸릴 터였다. 임무에는 자녀와 손자 대까지 이르는 가족계획이 포함되어야 했다. 언젠가 개척단의 후손들이 처음 출발한 단원 300명의 기억을 안고 새 세상에 발을 디딜 수 있도록.

매기는 연구실에서 주앙과 만났다. 주앙은 말없이 매기에게 디스플레이 패드를 내밀었다. 그는 뭔가 새로운 것이 있으면 자기 판단을 담아 평하기 전에 매기가 스스로 결론을 낼 때까지 기다렸다. 이역시 몇 년 전 두 사람이 처음 사귀기 시작했을 때 매기가 그를 좋아했던 이유 가운데 하나였다.

"별일이네." 매기는 요약된 내용을 훑어보며 말했다. "지구에서 우리한테 연락을 한 건 10년 만이잖아."

지구에는 시 폼호 계획을 바보짓으로 치부하는 사람이 많았다. 진짜 문제를 해결할 능력이 없는 정부의 선전에 지나지 않는다면서. 지구에 아직 기아와 질병 때문에 죽어가는 사람들이 있는데, 도착까지 수백 년이 걸리는 탐사단을 다른 별로 보내는 계획을 어떻게 정당화한단 말인가? 발사 이후 시 폼호와 지구 사이의 교신은 최소한으로 유지되다가 이내 끊기고 말았다. 새로 들어선 정권은 값비싼 지상 안테나 유지 비용을 대려 하지 않았다. 어쩌면 그들은 멍청이들이 탄 이 우주선을 차라리 잊고 싶었을 것이다.

그런데 이제, 지구의 그들이 무언가 할 말이 있어서 우주의 광막한 공백을 넘어 신호를 보낸 것이다.

지구에서 온 전문의 나머지 내용을 읽는 동안 매기의 표정은 흥분에서 경악으로 서서히 바뀌어 갔다.

"영생이라는 축복을 전 인류가 나누어 가져야 한다고 믿었나 봐." 주앙의 말이었다. "우주 끝에 있는 이 방랑자들까지도."

전문에는 새로운 의료 시술의 내용이 설명되어 있었다. 조그마한 변형 바이러스가(전문 용어에 익숙한 사람이라면 '분자 나노 컴퓨터'가) 체세포 안에서 자기 복제를 하고, DNA의 이중 나선을 오르락내리락하며 손상된 부위를 수선하고, 특정 유전자의 분열을 억제하는 한편으로 다른 유전자의 분열을 돕는다는 것이었다. 그 본질적인 효과는 세포 열화 방지 및 노화 중지였다.

인간은 이제 죽음으로부터 자유로웠다.

매기는 주앙의 눈을 마주 보았다.

"이 시술을 여기서도 할 수 있어?" 그럼 우린 살아서 다른 세상을 거닐 수 있을 거야. 재활용한 공기로 숨을 쉴 필요 없이.

"가능해. 시간은 좀 걸리겠지만, 우린 분명 할 수 있을 거야." 주앙은 잠시 망설였다. "하지만 우리 아이들은⋯⋯."

보비와 리디아는 우연히 태어난 아이들이 아니었다. 인구 계획과 배아 선별, 유전자의 건강성, 기대 수명, 자원 재이용율 및 회수율 등을 관장하는 여러 알고리즘이 면밀하게 협력한 결과였던 것이다.

시 폼호에 실린 자원은 그램 단위까지 철저히 관리되었다. 안정 상태의 인구는 너끈히 부양할 수 있었지만, 오차를 용납할 여유는 거의 없었디. 이이들온 일정에 맞춰 테어나야 했다. 그래야 보호자에게서 배워야 할 것을 느긋하게 배울 수 있고, 노인들이 기계의 보살핌을 받다가 평화로운 죽음을 맞으면 그 빈자리를 채울 수 있기 때문이었다.

"⋯⋯우리가 착륙하기 전에 태어나는 마지막 아이들이 되겠지." 주앙이 못다 한 말을 매기가 대신 맺었다. 시 폼호는 성인과 아동의 인구 비율이 철저히 정해져 있었다. 식량, 에너지, 그 밖의 수천 가지 매개 변수가 모두 그 비율과 연동했다. 안전을 위해 약간의 여분은 마련되어 있었지만, 그 정도로는 열량을 가장 많이 소비하는 연령대의 혈기왕성하고 늙지 않는 성인들로만 이루어진 인구 집단을 부양하기란 불가능했다.

"선택의 여지는 있어. 우리가 죽어서 아이들이 자라도록 하든가……" 주앙이 말했다. "아니면 우리는 영원히 지금 이 나이로 살고, 아이들은 영원히 아이로 남게 하든가."

매기는 상상해 보았다. 바이러스를 이용하면 아주 어린 연령대에 성장과 성숙을 멈출 수 있었다. 그런 아이들은 수백 년간 어린애로 남을 처지였다. 스스로는 아이를 낳지 못한 채로.

마침내 매기의 머릿속에서 무언가 딱까 하며 들어맞았다.

"지구가 뜬금없이 우리한테 관심을 보이는 이유가 그거였어. 어차피 지구도 커다란 배에 지나지 않으니까. 죽는 사람이 한 명도 없으면, 결국엔 자리가 부족해지는 거지. 이제 지구에서 가장 시급한 문제는 바로 그거야. 인류는 우릴 따라 우주로 나오는 수밖에 없어."

인류의 창조 신화가 왜 그렇게 많은지 궁금하다고? 그건 말이지, 모든 진짜 이야기는 설명하는 방식이 여러 가지이기 때문이야.

오늘 밤엔 다른 이야기를 하나 들려줄게.

오스리스산에 살던 거인 티탄족은 한때 온 세상을 다스렸단다. 그중 가장 훌륭하고 용감했던 티탄 크로노스는 동족을 이끌고 자기 아버지이자 폭군이었던 우라노스에 맞서 반란을 일으켰어. 크로노스는 우라노스를 죽인 후에 신들의 왕이 됐지.

하지만 세월이 흐르면서 크로노스 본인도 폭군이 되고 말았어. 아버지한테 한 짓을 자신도 당할지 모른다고 두려워했던 건지, 크로노스는 자기 아이가 태어나면 곧바로 삼켜 버렸단다.

크로노스의 아내 레아가 막내아들 제우스를 낳았을 때의 일이야. 레아는 아들을 살리려고 담요에 돌을 싸서 아기처럼 보이게 했는데, 크로노스는 거기에 속아 그 돌을 꿀꺽 삼켰어. 진짜 아기 제우스는 레아가 크레타섬으로 빼돌렸고. 제우스는 그곳에서 염소젖을 마시며 자랐단다.

그렇게 찌푸릴 필요 없어. 염소젖은 꽤 맛있다고들 하니까.

제우스가 자라서 드디어 아버지에게 맞설 준비를 마치자, 레아는 크로노스에게 쓰디쓴 술을 마시게 했단다. 크로노스는 그 술을 마시고 그때껏 삼킨 자식들을 모두 토해냈지. 제우스의 형제자매를. 그 후로 10년 동안, 제우스는 아버지를 비롯한 티탄족에 맞서 피비린내 나는 전쟁을 벌였어. 나중에 제우스와 그 형제자매는 '올림포스의 신들'로 불리게 됐단다. 그리고 마침내 새 신들이 옛 신들에게 승리하면서, 크로노스와 티탄족은 암흑세계인 다르다로스로 던져졌어.

그 후에 올림포스의 신들은 저마다 아이를 낳고 또 낳았단다. 그게 세상이 돌아가는 이치니까. 제우스도 아이를 많이 낳았는데 그중에는 인간도 있었고, 인간이 아닌 아이도 있었어. 제우스가 가장 아낀 자식은 자기 머리에서 오로지 생각에 의해 태어난 여신 아테나였어. 거기에 얽힌 이야기도 많지만 그 얘기는 나중에 해 줄게.

그런데 크로노스 편에서 싸우지 않은 몇몇 티탄족은 추방을 면했단다. 그중 한 명인 프로메테우스는 진흙을 빚어서 하나의 종(種)을 만들었어. 전하는 이야기에 따르면 프로메테우스는 그 진흙 인형에게 몸을 숙이고 지혜가 담긴 말을 속삭였는데, 그 말이 인형에게 생명을 줬대.

프로메테우스가 새로 만든 피조물한테, 그러니까 우리 인간한테 뭘 가르쳐 줬는지는 아무도 몰라. 하지만 프로메테우스는 자식이 들고일어나 아버지를 내쫓는 걸 몇 번이나 목격한 신이야. 신세대가 구세대의 자리를 대신하는 걸, 그렇게 해서 매번 세상을 다시 새롭게 만드는 걸 봤단 말이야. 그러니까 그 신이 인간한테 한 말이 뭔지는 짐작하고도 남지.

저항해라. 변치 않는 유일한 것은 변화뿐이니.

"죽는 건 안이한 선택이야." 매기가 말했다.

"아니, 옳은 선택이야." 주앙이 말했다.

매기는 머릿속의 목소리로 논쟁을 벌이고 싶었지만, 주앙은 거절했다. 입술과 혀와 토하는 숨을 통해 말하고 싶어서였다. 오래된 방식을 통해서.

시 폼호는 여분의 질량을 1그램도 남기지 않고 깎아내어 건조한 배였다. 벽은 종잇장 같았고 방은 빽빽이 붙어 있었다. 매기와 주앙의 목소리는 각 층과 복도에 메아리쳤다.

우주선 곳곳의 다른 가족들은 자기들끼리 머릿속으로 벌이던 논쟁을 멈추었다. 두 사람의 목소리를 듣기 위해서였다.

"앞 세대가 죽어야 다음 세대의 길이 열리지." 주앙의 목소리였다. "우리가 살아서 착륙을 못 보리라는 건 시 폼호 탑승 신청서에 서명할 때 이미 알았잖아. 신세계를 상속하는 건 우리 아이들의 아이들, 그 몇 대 후의 아이들이 타고날 운명이야."

"우리가 직접 신세계에 착륙할 수도 있어. 아직 태어나지도 않은 후손들한테 힘든 일을 다 떠넘기지 않아도 된단 말이야."

"우린 새 개척지를 위해 독자적으로 생존할 수 있는 인류 문화를 전해 줘야 해. 이 시술법이 장기적으로 우리 정신 건강에 어떤 영향을 미칠지는 짐작도……"

"그럼 우리가 하겠다고 서명한 일을 하면 되겠네. 탐사 말이야. 어떤 영향이 나타나는지 우리가 직접……"

"이 유혹에 넘어가면 우린 옛 지구의 사고방식대로 머리가 굳어 버린 400살 먹은 인간 패거리가 돼서 신세계에 발을 디딜 거야. 아이들한테 희생의 가치가 뭔지, 영웅적 행위는 뭐고 새로운 출발의 의미는 어떤 건지 무슨 수로 가르칠 거야? 그때 우린 인간이라고 부르기도 힘든 존재가 돼 버렸을 텐데."

"우린 이 임무를 받아들인 순간에 이미 인간이 아니있어!" 매기는 잠시 입을 다물고 목소리를 가다듬었다. "현실을 똑바로 봐. 가족계획 알고리즘은 우리도, 우리 아이들도 안중에 없어. 우린 그냥 계획에 따라 최적의 비율로 배합된 유전자를 목적지까지 배달하는 실험관일 뿐이야. 당신 정말로 우리 후손들이 이 안에서 몇 대에 걸쳐 자라고 죽기를 바라는 거야? 이 좁아터진 금속 관 말고는 아무것도 모르는 채로? 내가 걱정하는 건 그 애들의 정신 건강이야."

"죽음은 우리 종의 성장에 반드시 필요한 요소야." 주앙의 목소리는 신념으로 가득했다. 그러나 매기는 남편의 목소리에서 논쟁이 끝나기를 바라는 마음을 눈치챘다.

"죽어야만 인간성을 유지할 수 있다는 건 근거 없는 통설이야." 매기는 남편을 돌아보았다. 가슴이 아팠다. 그들 사이에는 간극이 있었다. 팽창된 시간처럼 돌이킬 수 없는 간극이.

이제 매기는 머릿속으로 주앙에게 말했다. 그러면서 상상했다. 광양자로 변환된 자신의 생각이 남편의 뇌를 압박하는 광경을. 그들 사이의 틈새를 비추려고 애쓰는 모습을. 죽음에 굴복하는 순간 우린 인간이기를 포기하는 거야.

주앙은 아내를 마주 보았다. 말은 하지 않았다. 머릿속으로도, 입으로도. 할 말은 이미 다 했다는 주앙 나름의 표현이었다.

부부는 오랫동안 그 상태를 유지했다.

하느님은 원래 인류를 불사의 존재로 창조했단다. 천사들처럼 말이야.

선악을 알게 하는 나무의 열매를 따 먹기 전까지, 아담과 하와는 나이도 먹지 않고 병에 걸리지도 않았어. 낮에는 에덴동산을 경작하고 밤에는 서로를 벗 삼아 즐겁게 지냈지.

그래, 에덴동산은 수경 재배 갑판이랑 조금 비슷했을 거야.

가끔은 천사가 두 사람을 찾아오기도 했단다. 너무 늦게 태어나는 바람에 정본 성서에 실리지 못한 존 밀턴이라는 사람에 따르면, 천사랑 두 사람은 온갖 주제에 관해 대화를 나누고 함께 생각했다고 해. 지구가 태양 주위를 도는 걸까, 아니면 그 반대일까? 다른 행성에도 생명이 있을까? 천사도 남성과 여성이 따로 있을까?

아니, 농담이 아니야. 못 믿겠거든 컴퓨터로 찾아보렴.

아담과 하와는 그렇게 늘 젊고 호기심이 마르지 않았단다. 둘은 죽음 없이도 삶에 목적을 부여하고, 배우려는 의욕을 품고, 일을 하고, 사랑도 하고, 존재에 의미를 나누어 줄 수 있었던 거야.

만약 이 이야기가 사실이라면, 그렇다면 우린 애초부터 죽을 운명이 아니었어. 그리고 선악을 구분하는 지혜는 사실 후회할 줄 아는 지혜였던 거지.

"왕할머니는 별 이상한 이야기를 다 아시네요." 여섯 살배기 세라가 말했다.

"그냥 옛날이야기란다." 매기가 대답했다. "난 어린애였을 때 우리 할머니한테서 이야기를 많이 들었어. 책도 많이 읽었고."

"왕할머니는 저도 왕할머니처럼 영원히 살면 좋겠어요? 우리 엄마처럼 언젠가 늙어서 죽지 않고요?"

"아가, 그건 내가 이래라저래라 할 수 있는 일이 아니야. 나중에 커서 네가 직접 판단해야 해."

"선악을 아는 것처럼요?"

"그거랑 비슷하단다."

매기는 몸을 숙여 손녀의 손녀의…… 몇 대 손녀인지 오래전에 잊어버린 손녀에게 아주 살짝 뽀뽀했다. 중력이 낮은 시 폼호 안에서 태어난 아이가 다 그렇듯이, 세라 또한 골격이 가늘고 연약했다.

마치 새처럼. 매기는 불을 끄고 방을 나섰다.

이제 한 달 후면 400세 생일이었지만, 매기는 35세였을 때보다 조금도 늙어 보이지 않았다. 젊음의 샘을 파는 비법은, 교신이 완전히 끊기기 전 지구에서 개척단으로 보내 준 그 마지막 선물은, 효과가 있었다.

매기는 흠칫 놀라 멈춰 섰다. 매기의 방 앞에 열 살쯤으로 보이는 남자아이 하나가 서서 기다리고 있었다.

보비. 매기가 말했다. 너무 어려서 아직 시술을 받기 전인 경우를 제외하면 이제 개척단 사람들은 모두 소리 대신 생각으로 말했다. 그편이 더 빠르고 은밀하기 때문이었다.

남자아이는 매기를 보기만 할 뿐, 매기를 향해 말도 생각도 하지 않았다. 매기는 아버지 주앙을 너무나 빼닮은 아이를 보며 놀랐다. 표정도, 버릇도, 말을 하지 않음으로써 말을 하는 방식마저도 똑같았다.

매기는 한숨을 쉬며 방문을 열고 아이의 뒤를 따라 자기 방으로 들어갔다.

이제 한 달 남았네요. 보비가 말했다. 발이 대롱거리지 않도록 의자 밑판 끄트머리에 살짝 앉은 채로.

우주선의 모든 사람이 그날을 손꼽아 기다리는 중이었다. 이제 한 달만 있으면 그들은 처녀자리 61의 주위를 도는 네 번째 행성의 궤도에 진입할 예정이었다. 그들의 목적지, 새 지구였다.

착륙한 후에 말이야, 혹시 바꿀 생각이…… 매기는 망설였지만, 이내 말을 이었다. 있니? 네 겉모습 말이야.

보비는 고개를 저었다. 남자아이 특유의 심술궂은 표정이 언뜻 떠올랐다가 사라졌다. 엄마, 전 오래전에 마음을 정했어요. 그냥 놔 둘 거예요. 전 지금 제 모습이 마음에 들어요.

결국 시 폼호의 성인들은 영원한 젊음의 선택 여부를 개개인에게 맡기기로 결정했다.

우주선의 폐쇄 생태계가 보여 주는 냉정한 숫자는 곧 성인 한 명 이 영생을 선택하면 아동 한 명은 쭉 아동으로 남아야 한다는 것을 의미했다. 우주선 안에서 누군가 다른 한 명이 늙어서 죽기를 택할 때까지, 그리하여 성인 한 명에게 새 자리를 내줄 때까지.

주앙은 나이를 먹어서 죽는 쪽을 택했다. 매기는 젊은이로 남는 쪽을 택했다. 둘은 부부로서 한자리에 앉아 있었지만, 조금은 이혼 한 사이처럼 느껴졌다.

"너희 둘 중 한 명은 나이를 먹을 거야." 주앙이 말했다.

"둘 중에 누가요?" 리디아가 물었다.

"엄마랑 아빠가 생각해 봤는데, 그건 너희가 결정해야 할 것 같 아." 주앙은 매기를 슬쩍 돌아보았고, 매기는 내키지 않는 듯 고개 를 끄덕였다.

매기가 보기에 그 선택을 아이들에게 맡기는 것은 부당하고 잔인 한 짓이었다. 어른의 삶이 어떤 것인지 까맣게 모르는 아이들이 어 른이 되고 싶은지 어떤지 어떻게 결정한단 말인가?

"부당하기로 따지면 우리가 영생을 누릴지 말지를 우리 손으로 결정하는 거랑 똑같아." 주앙은 그렇게 말했다. "그게 무슨 의미인지 모르기는 우리도 마찬가지니까. 아이들한테 그런 선택을 내리라고 하는 건 끔찍한 짓이지만, 아이들을 *위해서* 대신 결정하는 건 더 잔인해."

매기는 남편의 말에 일리가 있다고 인정할 수밖에 없었다.

아이들에게 엄마와 아빠 둘 중 한쪽을 편들라고 시키는 모양새였다. 하지만 그것이 요점일 수도 있었다.

리디아와 보비는 서로 마주 보았다. 마치 묵언의 합의에 이른 것처럼. 리디아는 일어서서 아빠인 주앙에게 다가가 끌어안았다. 이와 동시에 보비는 엄마인 매기에게 가서 안겼다.

"아빠. 제 차례가 오면 저도 아빠랑 똑같은 선택을 할 거예요." 리디아가 말했다. 주앙은 딸을 부둥켜안고 고개를 끄덕였다.

그런 다음 리디아와 보비는 자리를 바꾸어 엄마와 아빠를 한 번씩 안아 주었다. 일이 다 잘 끝났다는 듯이.

시술을 거부한 사람들의 삶은 예정된 대로 흘러갔다. 주앙이 늙어 가는 사이에 리디아는 점점 자랐다. 처음에는 쭈뼛거리는 사춘기 십대로, 나중에는 아리따운 젊은 여성으로. 적성 검사 결과에 따라 기술자의 길을 택한 리디아는 자신이 캐서린이라는 여성을 정말로 좋아한다고 결론지었다. 수줍음이 많은 젊은 의사 캐서린은 컴퓨터가 리디아와 잘 어울리는 짝으로 추천한 여성이었다.

"죽을 때까지 나랑 같이 늙어 가지 않을래?"

어느 날 리디아는 얼굴이 빨개진 캐서린에게 그렇게 물었다.

둘은 결혼을 해서 딸 둘을 얻었다. 때가 되면 둘의 자리를 대신할 아이들이었다.

"이 길을 선택한 걸 후회한 적 있니?"

언젠가 주앙은 리디아에게 물었다. 그때 주앙은 몹시 늙고 병약한 상태였다. 2주 후면 컴퓨터가 처방한 약을 먹고 잠들어 다시는 깨어나지 않을 운명이었다.

"아니오." 리디아는 두 손으로 아버지의 손을 쥐고 말했다. "전 새것이 제 자리를 대신하러 왔을 때 물러나는 게 두렵지 않아요."

하지만 우리가 그 '새것'이 아니라고 누가 말할 수 있을까? 매기는 생각했다.

어찌 보면 논쟁의 승자는 매기 쪽이었다. 세월이 흐르면서 영생의 대열에 합류하는 개척단 단원은 점점 더 늘었다. 그러나 리디아의 후손들은 언제나 완강하게 시술을 거부했다. 세라는 우주선 내에서 시술을 받지 않은 유일한 아이였다. 세라가 어른이 되면 밤에 듣던 옛날이야기를 그리워하리라는 것을, 매기는 잘 알았다.

보비의 육체 연령은 열 살에서 동결되었다. 보비를 비롯하여 영원히 어린애로 남은 아이들은 개척단의 삶에 결코 쉽사리 동화되지 않았다. 수십 년, 경우에 따라서는 수백 년이라는 경험을 지녔으면서도 어린 육신과 두뇌를 보유했기 때문이었다. 어른의 지식을 지녔으되 감정의 진폭과 정신의 유연성은 아이처럼 유지했던 것이다. 이들은 노인이면서 동시에 어린애였다.

이들이 우주선에서 어떤 임무를 맡아야 하는가를 둘러싸고 커다란 긴장과 갈등이 빚어졌다. 그리고 가끔은, 영생을 누리고자 했던 부모가 자식의 요구를 못 이겨 자기 자리를 내놓는 경우도 있었다.

그러나 보비는 어른이 되고 싶다는 말을 절대 하지 않았다.

제 두뇌는 열 살배기처럼 말랑말랑해요. 그걸 뭐 때문에 포기하
겠어요? 보비는 그렇게 말했다.

매기는 리디아와 그 후손들 곁에 있을 때 마음이 더 편하다는 것
을 인정할 수밖에 없었다. 그 아이들은 모두 주앙과 마찬가지로 죽
음이 있는 삶을 택했는데도, 어찌 보면 그 선택은 매기의 결정에 대
한 질책이었는데도, 매기는 자신도 모르는 사이에 그 아이들의 삶
에 더 동감했고 그들 곁에서 자신이 할 일을 더 쉽게 찾아냈다.

반면에 보비와 함께 있을 때면 아들이 무슨 생각을 하는지 좀처
럼 짐작이 가지 않았다. 때로는 조금 섬뜩한 느낌도 들었지만, 그 느
낌이 어느 정도는 위선이라는 것은 매기도 인정했다. 보비는 엄마
와 똑같은 선택을 했을 뿐이므로.

하지만 넌 어른으로 사는 게 어떤 건지 경험하지 못할 거야. 남자
아이가 아니라 남자로서 사랑을 하는 게 어떤 건지도.

매기의 말에 보비는 별것 아니라는 듯이 어깨를 으쓱했다. 가져
본 적이 없는 것을 아쉬워할 도리가 없어서였다. 전 새 언어를 금세
배울 수 있어요. 새로운 세계관을 흡수하는 것도 식은 죽 먹기고요.
전 언제나 새것이 좋아요.

보비는 음성 언어로 전환했다. 흥분과 갈망으로 들뜬 남자아이의
목소리로.

"만약 저 아래에서 처음 보는 생명체와 처음 보는 문명을 만나면,
우리한텐 저 같은 사람이 필요할 거예요. 영원한 어린애 말이에요.
그들에 관해 배우고, 두려움 없이 그들을 이해할 수 있는."

실로 오랜만에 듣는 아들의 진짜 목소리였다. 매기는 가슴이 벅

찼다. 그래서 고개를 끄덕여 아들의 선택을 인정해 주었다.

보비의 표정이 환해지며 아름다운 미소가 번졌다. 이때껏 살았던 그 어떤 인간보다 더 많은 것을 목격한 열 살배기 아이의 미소였다.

"엄마, 전 그 기회를 잡을 거예요. 제가 이렇게 찾아온 건 처녀자리 61 e(이)를 최초로 근접 스캔한 결과가 나왔다고 알려 드리고 싶어서였어요. 저 별엔 생명체가 살아요."

시 폼호 아래 저 멀리서, 행성은 천천히 자전했다. 표면은 육각형 및 오각형 구획으로 나뉜 그리드로 뒤덮여 있었고, 각 구획의 지름은 1000킬로미터가 넘었다. 구획의 절반가량은 흑요석처럼 새까맸고, 나머지는 흐린 황토색이었다. 처녀자리 61의 제4행성 e를 내려다보는 매기의 머릿속에는 축구공이 떠올랐다.

매기는 셔틀 주기장에서 자신 앞에 서 있는 외계인 셋을 가만히 바라보았다. 신장은 각각 180센티미터 정도였다. 금속 느낌이 나는 동체는 원통 모양에 마디가 있었고, 막대처럼 가늘고 관절이 여럿인 다리 네 개가 그 몸통을 받치고 있었다.

그 비행체들이 처음 시 폼호에 접근했을 때 개척단 사람들은 이들을 소형 수색정으로 여겼지만, 스캔 결과 생명 활동의 반응은 전혀 감지되지 않았다. 그러자 자율 탐사 장치일 거라고 생각했지만, 비행체들은 이내 우주선 카메라를 향해 똑바로 다가와 손을 꺼내더니 그 손으로 카메라 렌즈를 살짝 두드렸다.

그랬다. 손이었다. 금속 몸통 중간쯤에 기다랗고 구불구불한 팔두 개가 뻗어 있었고, 그 팔 끝에는 촘촘한 합금 망으로 이루어진 부드럽고 유연한 손이 달려 있었다. 매기는 자신의 두 손을 내려다 보았다. 외계인의 손은 매기의 손과 똑같아 보였다. 가느다란 손가락 네 개, 반대쪽의 짝을 마주보는 엄지손가락 한 개, 유연한 관절까지도.

매기의 눈에 비친 외계인의 전체적인 인상은 로봇 켄타우로스와 비슷했다.

외계인의 몸통 꼭대기에 있는 공처럼 생긴 돌기에는 유리 렌즈 군집체가 있었다. 꼭 곤충의 겹눈 같았다. 그 눈 부위를 제외하면 외계인의 '머리'에 해당하는 돌기의 전면부에는 바늘이 촘촘하게 박혀 있었다. 그 수많은 바늘은 내부에 위치한 구동 장치의 움직임에 따라 말미잘의 촉수처럼 인제히 움직였다.

바늘은 마치 지나가는 파도에 쓸리듯이 일렁거렸다. 차츰차츰, 그 바늘들은 픽셀로 그린 눈썹과 입술과 눈꺼풀의 모양을 띠었다. 얼굴이었다. 인간의 얼굴.

외계인이 말을 하기 시작했다. 언뜻 영어처럼 들렸지만 매기는 무슨 말인지 알아듣기가 힘들었다. 외계인이 하는 말은 바늘이 일렁거리는 패턴과 마찬가지로 일관성이 없어서 음소를 파악하기가 힘들었다.

영어예요. 보비는 매기에게 말했다. 몇 세기에 걸쳐 발음이 변해 버린 영어요. 저 사람은 이렇게 말했어요. '인류의 품에 돌아오신 걸 환영합니다.'

외계인의 얼굴을 뒤덮은 가느다란 바늘들이 움직이더니, 웃는 표정을 지었다. 보비는 계속 통역했다. '저희는 여러분이 출발하고 나서 한참 후에 지구를 떠났습니다만, 속도가 더 빠르다 보니 이곳으로 오는 중인 여러분을 몇 세기 앞지르고 말았습니다. 그래서 이곳에서 여러분이 오시기를 기다리고 있었습니다.'

매기는 눈앞이 아찔했다. 주위를 둘러보니 개척단의 나이든 단원들 대부분은, 즉 영생자들은, 경악해서 움직이지도 못했다.

그러나 영원한 어린아이 보비는 앞으로 한 걸음 나섰다.

"고맙습니다." 보비는 큰 소리로 말하고는 외계인들의 미소에 웃는 얼굴로 화답했다.

세라야, 할머니가 이야기를 하나 들려줄게. 우리 인간들은 미지의 공포에 맞설 때면 언제나 이야기에 의지했으니까.

마야의 신들이 어떻게 옥수수로 인간을 창조했는지는 전에 얘기한 적이 있지. 그런데 너 혹시 아니? 그 전에도 생명을 만들려는 시도가 몇 차례 있었단다.

처음에는 동물이었어. 용감한 재규어와 아름다운 마코앵무새, 넙치와 기다란 뱀, 거대한 고래와 게으른 나무늘보, 무지갯빛 이구아나와 날쌘 박쥐 같은 동물들(컴퓨터에 다 나오니끼 니중에 찾아보면 돼.). 그런데 동물들은 꽥꽥거리고 으르렁대기만 할 뿐, 창조주의 이름을 말하지 못했지.

그래서 신들은 진흙을 반죽해서 생명이 있는 종족을 만들었어. 그런데 이 진흙 인간은 몸을 가누질 못했단다. 물에 닿아서 물렁물렁해지면 얼굴이 축 처지면서, 자기가 원래 속했던 땅으로 자꾸만 돌아가려고 했던 거야. 말도 제대로 못 하고 알아들을 수 없는 소리만 웅얼거렸고. 진흙 인간은 구부정하게 처져서 성장했기 때문에, 자기 존재를 영속시킬 자식도 낳질 못했어.

정말로 흥미로운 건, 신들이 고민 끝에 내놓은 후속책이란다. 나무로 목각 인형처럼 생긴 인간을 창조했던 거야. 나무 인간은 정교한 관절이 있어서 팔다리를 마음대로 움직일 수 있었단다. 얼굴은 조각이 돼서 입을 뻐끔거리고 눈도 뜰 수 있었고. 그 자유로운 꼭두각시 인형들은 집을 짓고 마을을 이뤄서 자기들끼리 부지런히 살았어.

하지만 신들은 깨달았단다. 나무 인간은 영혼도 정신도 없기 때문에 자신의 창조주들을 제대로 찬양하지 못한다는 걸 말이야. 신들은 거대한 홍수를 일으켜서 나무 인간을 쓸어버리고 밀림의 동물들한테도 그들을 공격하라고 했어. 신들의 분노가 가라앉은 후에 나무 인간은 원숭이가 됐단다.

신들은 그제야 옥수수로 눈을 돌렸어.

나무 인간들이 옥수수의 아이들한테 과연 순순히 패배했을지 궁금해 한 사람은 많았단다. 어쩌면 나무 인간들은 지금도 어둠 속에서 돌아올 기회를 노리고 있는지도 몰라. 창조의 나침반이 거꾸로 돌아가기를 기다리면서.

행성 표면의 검은 육각형 구획은 태양광 패널이라고, 처녀자리 61 e에서 온 환영 사절 세 명 가운데 단장인 에이택스가 설명했다. 그 패널들은 이 행성에 거주하는 인간들을 위해 다 함께 에너지를 제공했다. 황토색 구획은 도시였다. 인간 수조 명이 가상의 연산 패턴으로서 살아가는 거대 연산 처리 집적체였다.

에이택스를 비롯한 개척단이 처음 도착했을 때, 처녀자리 61 e는 지구 출신 생명체가 살기에 딱히 편한 곳은 아니었다. 기온은 너무 높았고, 대기는 독성이 너무 강했고, 대부분 원시 미생물이었던 선주(先住) 외계 생명체는 몹시 치명적이었다.

그러나 행성 표면에 발을 디딘 에이택스와 동료들은 인간이 아니었다. 적어도 매기가 생각하는 의미에서는 아니었다. 그들은 신체 성분 가운데 물보다 금속의 비율이 더 높았고, 더는 유기 화학의 한계에 묶여 있지도 않았다. 개척단은 재빨리 용광로와 주물 공장을 세웠고 그 자손들은 오래지 않아 행성 전역으로 퍼져 나갔다.

그들은 대부분의 시간 동안 싱귤래리티, 즉 인공체인 동시에 유기체인 전일(全一)한 세계정신 속에 머물기를 택했다. 생각이 양자 연산의 속도로 처리되는 싱귤래리티 속에서는 1초 동안 수백억 년이라는 시간이 흘러갔다. 비트와 큐비트의 세계에서 그들은 신으로 살았다.

그러나 가끔씩, 선조 때부터 전해 내려온 물성에 대한 갈망을 느낄 때면, 그들은 개(個)가 되어 기계로서 현신하는 길을 택할 수도 있었다. 개척단을 찾아온 에이택스와 두 동료가 그랬듯이. 이곳에서 그들은 느린 시간을 살았다. 원자와 별의 시간을.

넋과 기계 사이의 경계는 더 이상 존재하지 않았다.

"이것이 현생 인류의 모습입니다." 에이택스는 시 폼호 개척단이 자신의 금속 몸을 잘 볼 수 있도록 천천히 회전하며 말했다. "저희 몸은 강철과 타이타늄으로 만들어졌습니다. 두뇌는 그래핀과 실리

콘이고요. 저희 몸을 파괴하는 건 사실상 불가능합니다. 보십시오, 우주선이나 우주복 같은 겹겹의 보호 장비 없이도 우주 공간에서 너끈히 움직이지 않습니까. 저희는 부패하기 쉬운 육신을 버렸습니다."

에이택스 일행은 자신들 주위의 고대 인류를 미동도 않고 바라보았다. 매기는 그들의 까만 렌즈 눈을 마주 보며 기계인 그들이 무엇을 느끼는지 가늠하려고 애썼다.

호기심일까? 향수? 연민?

매기는 표정을 계속 바꾸는 그들의 금속 얼굴이, 그 피와 살의 조악한 모조품이 섬뜩했다. 반면에 매기가 슬쩍 건너다본 보비의 표정은 황홀경에 빠진 듯했다.

"원하신다면 저희처럼 되실 수도 있고, 아니면 지금 그대로 지내셔도 좋습니다. 저희 존재 방식을 경험하신 적이 없으니 당연히 결정하기가 힘드실 겁니다. 그래도 결정은 직접 내리셔야 합니다. 저희가 여러분 대신 선택할 수는 없습니다."

새것이 왔구나. 매기는 속으로 생각했다.

영원한 젊음과 영원한 생명조차도, 별 볼일 없는 것처럼 보였다. 기계로서 존재하는 자유 앞에서는. 어수선하고 불완전한 살아 있는 세포 대신 결정형(結晶形) 그물망의 질박한 아름다움이 깃든, 생각하는 기계 앞에서는.

마침내 인류는 진화를 초월하여 지적 설계의 영역에 진입했던 것이다.

"전 겁 안 나요." 세라가 말했다.

다른 사람들이 모두 우주선에서 내린 후, 세라는 매기에게 잠깐 같이 남아 달라고 부탁했다. 매기는 세라를 한참 동안 안아 주었고, 세라도 매기를 꼭 끌어안았다.

"주앙 할아버지가 저를 보셨다면 실망하셨을까요? 할아버지라면 저 같은 선택은 안 하셨을 거잖아요."

"주앙 할아버지는 분명 네가 스스로 선택하길 바라셨을 거야. 사람은 변한단다. 종으로서도 변하고, 개인으로서도 변해. 주앙 할아버지가 너랑 똑같은 처지에서 어떤 선택을 했을지는 아무도 몰라. 하지만 어떤 일이 있어도 과거가 네 인생을 결정하게 해선 안 돼."

매기는 세라의 뺨에 뽀뽀한 후에 포옹을 풀었다. 기계가 와서 세라의 손을 잡고 변신이 이루어지는 곳으로 데려갔다.

세라는 영생 시술을 안 받은 마지막 아이였어. 그리고 이제 기계로 변하는 최초의 아이가 될 거야.

매기는 다른 이들의 변신 과정은 보지 않겠노라고 거절했지만, 아들인 보비의 몸이 차례차례 대체되는 과정만은 지켜보았다. 보비가 부탁한 일이었다.

"이러면 영영 아이를 못 얻을 텐데."

"정반대예요." 보비는 새로 얻은 금속 손을 뻗으며 말했다. 예전의 손, 그 어린아이의 손보다 훨씬 더 크고 튼튼한 손이었다. "전 셀 수 없이 많은 아이를 얻을 거예요. 저의 정신에서 태어난 아이들을요."

보비의 목소리는 참을성이 강한 교육용 프로그램처럼 듣기 좋은 전자 음성이었다.

"그 아이들은 제가 엄마의 유전자를 물려받은 것처럼 확실하게 제 생각을 물려받을 거예요. 그리고 언젠가 제 아이들이 원하는 날이 오면, 전 그 아이들한테 몸을 만들어 줄 거예요. 제가 지금 맞추고 있는 것처럼 아름답고 기능적인 몸을요."

보비는 손을 뻗어 어머니의 팔을 만졌다. 서늘한 금속 손끝이 살갗을 따라 부드럽게 미끄러져 내려갔다. 손끝의 나노 구조체는 살아 있는 조직처럼 부드러웠다. 매기의 입에서 헉 소리가 나왔다.

보비는 빙그레 웃었다. 가느다란 바늘 수천 개로 이루어진 그물 같은 얼굴이 즐거움에 물결치듯 일렁거렸다.

매기는 자신도 모르게 아들에게서 뒷걸음질 쳤다.

일렁거리던 보비의 얼굴은 잠잠해지다가, 딱딱하게 굳었다가, 이내 어떤 감정도 드러내지 않았다.

매기는 그 소리 없는 비난을 이해했다. 자신이 무슨 자격으로 아들을 역겨워한단 말인가? 매기 역시 자기 몸을 기계로 취급했다. 그저 지방과 단백질, 세포와 근육으로 이루어진 기계로. 매기의 정신 또한 껍데기 속에서 유지되었다. 예정된 수명을 한참 넘겨 살아남은 육신이라는 껍데기 속에서. 어머니 또한 아들만큼이나 '부자연'스러웠다.

그럼에도, 매기는 살아 움직이는 금속 틀 속으로 사라져 가는 아들을 지켜보며 통곡했다.

저 애는 이제 울지도 못해. 그 생각이 머릿속을 떠나지 않았다. 그

것만이 자신과 아들을 구분하는 유일한 차이인 것처럼.

보비가 옳았다. 어린아이에 멈춰 있던 사람들이 그렇지 않은 사람들보다 먼저 의식 업로드를 택했던 것이다. 그들은 정신이 유연했다. 그런 그들에게 육신을 금속으로 바꾸는 일은 하드웨어 업그레이드에 지나지 않았다.

반면에 나이가 많은 영생자들은 망설였다. 자신의 과거를, 인간성의 마지막 흔적을 버리고 싶지 않아서였다. 그러나 그들 역시 한 명 두 명 대세에 순응했다.

몇 년 동안, 매기는 처녀자리 61 e의 유일한 유기체 인간이었다. 어쩌면 온 우주에서 유일할 수도 있었다. 기계들은 매기를 위해 특별히 행성의 열기와 독성과 끊임없는 소음을 차단하는 집을 지어주었고, 매기는 그 집에 혼자 살면서 시 폼호의 기록 저장소를 검색했다. 인류가 오래전에 잃어버린 과거의 기록들이었다. 기계들은 그런 매기를 거의 찾지 않았다.

어느 날, 높이가 50센티미터를 조금 넘는 작은 기계 하나가 그 집에 찾아와 매기에게 쭈뼛쭈뼛 다가왔다. 매기는 그 기계를 보고 강아지가 떠올랐다.

"누구세요?" 매기가 물었다.

"할머니 손주예요." 작은 기계가 말했다.

"보비가 드디어 아이를 갖기로 했구나. 정말 오래 걸렸네."

"전 제 모체의 5,032,322번째 아이예요."

매기는 머리가 아찔했다. 보비는 기계로 변신하고 나서 곧장 싱귤래리티에 동화되기로 결심했던 것이다. 어머니와 아들 사이의 대화는 끊긴 지 오래였다.

"넌 이름이 뭐니?"

"할머니가 아는 의미의 이름은 없어요. 그치만 아테나라고 불러주시면 안 될까요?"

"어째서?"

"제가 어렸을 때 모체가 들려준 이야기에 나오는 이름이거든요."

매기는 작은 기계를 내려다보았다. 부드러워진 표정으로.

"몇 살이지?"

"대답하기 어려운 질문이네요. 저희는 가상에서 태어나고, 저희가 싱귤래리티의 일부로 존재하는 1초 1초는 수조 번의 연산 주기로 이루어지거든요. 그런 상태에서는 할머니가 평생 하는 것보다 더 많은 생각을 1초 동안에 할 수 있어요."

매기는 손녀를 가만히 바라보았다. 갓 만들어져 반들거리면서도 어느 모로 보나 할머니보다 훨씬 더 성숙하고 현명한, 조그마한 기계 켄타우로스를.

"그럼 어째서 내 눈에 아이처럼 보이는 이런 몸을 입었니?"

"할머니가 들려주는 이야기를 듣고 싶어서요." 아테나가 말했다. "옛날이야기요."

아직도 어린 사람들이 있구나. 매기는 생각했다. 아직도 새것을 찾는 사람이 있었어.

옛것이 다시 새것이 되지 말라는 법은 없지.

그리하여 매기도 스스로를 업로드하기로 마음먹었다. 다시 가족과 함께하기 위하여.

태초에 우주는 독이 가득한 얼음 강이 이리저리 흐르는 광활한 공허였단다. 그 독은 방울져서 똑똑 떨어지다가, 최초의 거인인 이미르와 거대한 얼음 암소 아우둠블라가 됐어.

이미르는 아우둠블라의 젖을 마시며 튼튼하게 자랐단다.

너야 물론 소를 본 적이 없겠지. 그건 우유를 만들어 내는 생물인데, 우유라는 걸 마시려면 우선 너한테 몸이 있어야……

생각해 보니까 우유는 네가 흡수하는 전기랑 조금 비슷한 것 같구나. 처음에, 그러니까 아직 어릴 때에는 쪽쪽 빨아먹다가, 나중에 커서는 꿀꺽꿀꺽 마시는 거야. 마시면 힘이 솟아나지.

이미르는 점점 더 크게 자라다가 결국엔 형제 사이인 세 신에게 죽임을 당하고 말았어. 빌리와 베, 오딘이라는 신이었지. 신들은 이미르의 주검으로 세계를 창조했어. 이미르의 피는 따뜻하고 짠 맛이 나는 바다, 살은 풍요롭고 기름진 땅, 뼈는 단단해서 쟁기가 들어가지 않는 산, 머리카락은 바람에 산들산들 움직이는 검은 숲이 됐단다. 신들은 이미르의 널따란 이마를 깎아서 미드가르드를 만들었어. 거기가 바로 인간들이 살던 곳이야.

이미르가 죽고 나서 세 형제신은 바닷가를 거닐었어. 그러다 바닷가 끄트머리에 이르렀을 때, 서로 기대어 서 있는 나무 두 그루와 마주쳤지. 신들은 그 나무로 인간 형상 두 개를 만들었어. 삼형제 중 한 신은 나무 인형에 생명이 깃든 숨을 불어넣었고, 다른 한 신은 생각하는 힘을, 마지막 신은 느끼는 힘과 말하는 힘을 불어넣었단다. 최초의 여자 엠블라와 최초의 남자 아스크는 그렇게 만들어졌던 거야.

너는 여자와 남자가 한때는 나무로 만들어졌다는 게 믿기 힘들지? 하지만 넌 금속으로 만들어졌잖아. 나무로 똑같은 일을 못 할 이유가 있을까?

이제 이름 뒤에 감춰진 이야기를 들려줄게. '아스크'는 '물푸레나무'에서 유래한 이름이란다. 그건 마찰열을 이용해 불을 피울 때 송곳으로 쓰던 단단한 나무야. '엠블라'는 '덩굴'에서 온 이름인데, 덩굴은 부드러워서 불이 잘 붙는 종류의 식물이지. 그 이야기를 지어서 들려준 사람들은 불쏘시개에 불이 붙을 때까지 나무 송곳을 비비는 동작에서 섹스를 연상했어. 어쩌면 그 사람들이 진짜 하고 싶었던 이야기는 그거였는지도 몰라.

선조들은 내가 너한테 섹스 이야기를 이렇게 대놓고 하는 걸 알면 화가 나서 펄쩍펄쩍 뛸 거야. 섹스라는 단어는 너한테 아직 수수께끼일 테지만, 한때 그 말에 깃들었던 매력은 이제 사라졌단다. 영원히 사는 방법을 찾기 전까지 우리한테는 섹스와 아이들이 영생에 가장 가까운 거였는데.

기세 좋게 들끓는 벌집처럼, 처녀자리 61 e에서는 싱귤래리티가 파견하는 개척단의 행렬이 끊이지 않고 이어졌다.

하루는 아테나가 매기를 찾아와 이제 몸을 갖고 자신만의 개척지를 찾아 떠날 준비가 됐노라고 말했다.

다시는 아테나를 못 본다는 생각에 매기는 마음이 허전해지는 느낌이 들었다. 그래, 다시 사랑을 할 수가 있구나. 기계가 된 지금도.

내가 너랑 같이 가는 건 어떨까? 매기가 물었다. 네 아이들한테 과거랑 이어지는 실마리가 있으면 좋을 것 같은데.

그 부탁에 기뻐하는 아테나의 마음은 전기 신호였고, 전염성이 있었다.

세라는 매기를 환송하러 나왔지만, 보비는 오지 않았다. 자신이 기계가 된 순간에 자신을 거부했던 어머니를 결코 용서하지 못했기 때문이었다.

영생자한테도 감정의 앙금은 있는 걸까. 매기는 생각했다.

얼마 후 100만 개의 의식이 로봇 켄타우로스처럼 생긴 금속 껍데기 속에 스스로를 구현한 다음, 새 집을 찾아 떠나는 벌 떼처럼 하늘로 날아올랐다. 팔다리를 몸통 속에 집어넣어 우아한 물방울 모양을 하고서, 자신들의 힘만으로 수직 상승해서.

위로 더 위로 그들은 나아갔다. 매캐한 공기를 뚫고, 진홍빛 하늘을 지나, 무거운 행성의 중력 우물을 벗어나, 어지럽게 흐르는 태양풍과 아찔하게 회전하는 은하를 방향타 삼아, 그들은 별들의 바다를 건너는 여행에 나섰다.

몇 광년, 또 몇 광년이 흐르는 동안, 그들은 별들 사이의 공허를 횡단했다. 먼저 출발한 개척단이 정착한 행성은 지나쳤다. 그런 별은 독자적인 육각형 태양광 패널과 독자적인 싱귤래리티가 윙윙 소리를 내며 돌아가는 세계였다.

앞으로 또 앞으로 그들은 날아갔다. 완벽한 행성을 찾아서, 그들의 새 집이 될 신세계를 찾아서.

날아가는 동안 그들은 몸을 옹송그리고 서로에게 다닥다닥 붙어 우주라는 차가운 허무에 맞섰다. 지능, 복잡성, 생명, 연산…… 그 모든 것이 광막하고 영원한 허무 앞에서는 너무도 작고 하찮았다. 그들은 아득히 먼 블랙홀의 갈망과 폭발하는 신성(新星)의 장엄한 광휘를 느꼈다. 그리고 서로에게 더욱 가까이 다가가며 자신들이 공유한 인간성에서 위안을 구했다.

그렇게 반쯤 잠들고 반쯤 깬 상태로 계속 날아가는 동안, 매기는 개척단에게 이야기를 들려주었다. 무리 지어 날아가는 동료들을 자신의 전파로 거미줄처럼 이어 가면서.

'꿈의 시대'에 관한 이야기는 잔뜩 있단다. 대개는 비밀스럽고 신성한 이야기들이지. 하지만 몇몇 이야기는 외부인들한테도 알려졌는데, 지금부터 들려줄 이야기도 그중 하나야.

태초에 하늘과 대지가 있었어. 대지는 타이타늄 합금으로 된 우리 몸의 표면처럼 평평하고 밋밋했단다.

그런데 대지 밑에는 정령들이 살면서 꿈을 꾸고 있었어.

그러다 시간이 흐르기 시작하자 정령들은 잠에서 깼단다.

그들은 땅거죽을 뚫고 올라와 동물로 변했어. 에뮤, 코알라, 오리너구리, 딩고, 캥거루, 상어…… 어떤 정령은 인간의 모습으로 변하기도 했지. 그들의 모습은 정해진 것이 아니라서 마음대로 바꿀 수 있었단다.

그들은 지상을 누비며 대지의 모양을 빚기 시작했어. 땅을 밟아

골짜기를 만들고 흙을 밀어 올려 산을 쌓고, 지면을 긁어 사막을 만들고, 땅을 파서 강을 만든 거야.

그러고 나서 그들은 아이를 낳았어. 모습을 바꾸지 못하는 아이들을. 동물, 식물, 인간을. 이 아이들은 꿈의 시대에 태어났지만 그 시대에 속하지는 못했단다.

지친 정령들은 자신들이 온 땅속으로 다시 가라앉았어. 지상에 남은 아이들은 오로지 희미한 기억으로만 꿈의 시대를 간직했단다. 시간이 있기 전의 그 시간을 말이야.

하지만 그 아이들은 정말로 돌아갈 수 없는 걸까? 마음대로 모습을 바꿀 수 있었던 시간으로, 시간이 아무 의미도 없었던 시간으로?

이윽고 그들은 매기의 이야기에서 깨어나 다른 꿈에 들어섰다.

한순간, 그들은 우주의 공허 속에 가만히 떠 있었다. 목적지로부터 아직 몇 광년 떨어진 곳이었다. 다음 순간, 그들은 어른거리는 빛에 둘러싸여 있었다.

아니, 정확히는 빛이 아니었다. 그들의 몸에 장착된 렌즈는 원시적인 인간의 눈에 보이는 것보다 훨씬 넓은 스펙트럼을 볼 수 있었지만, 주위를 둘러싼 에너지장(場)은 그들 렌즈의 상한과 하한마저 초월한 파장으로 진동하고 있었다.

에너지장은 아광속으로 비행하는 매기와 개척단에 맞추어 속력을 늦추었다.

이제 얼마 안 남았어요.

그 생각은 파도처럼 밀려와 개척단의 의식에 부딪혔다. 모두의 논리 게이트가 일제히 공명을 일으키기라도 하듯이. 그 생각은 낯선 동시에 익숙하게 느껴졌다.

매기는 곁에서 비행하던 아테나를 돌아보았다.

방금 그건? 둘은 동시에 말했다. 둘의 생각의 가닥들이 서로를 가볍게 다독였다. 전파를 통한 애정 표현이었다.

매기는 생각의 가닥을 우주 저편으로 길게 뻗었다. 당신은, 인간인가요?

10억 분의 1초 동안 말이 없었다. 그들이 움직이는 속도에서는 영원처럼 느껴지는 시간이었다.

우리는 오랫동안 스스로를 그렇게 여긴 적이 없답니다.

뒤이어 매기는 모든 방향에서 자기 안으로 밀려드는 생각과 이미지와 감정의 파도를 느꼈다. 그 느낌은 압도적이었다.

10억 분의 1초 동안, 매기는 지구를 삼킬 만큼 커다란 폭풍의 일부가 되어 거대 가스 행성의 표면을 부유하는 즐거움을 만끽했다. 수십만 킬로미터나 솟아오른 백열 불기둥과 화염을 타고 별의 채층에서 수영하는 기분이 어떤지를 배웠다. 온 우주를 자기 놀이터로 삼으면서도 돌아갈 집은 갖지 못하는 쓸쓸함도 느꼈다.

우리는 여러분의 뒤를 쫓아오다가, 여러분을 앞질렀어요.

어서 오세요, 옛사람들이여. 이제 얼마 안 남았어요.

한때는 우리가 천지 창조 이야기를 잔뜩 알던 시대가 있었단다. 각 대륙은 커다랬고 여러 민족이 살았는데, 그들이 저마다 자기들만의 이야기를 전했거든.

그러다 여러 민족이 사라지면서 그들의 이야기도 잊혀 갔어.

이건 그중에 살아남은 이야기야. 이방인이 듣기 좋게 왜곡하고 뭉뚱그리고 고쳐 지은 이야기지만, 그래도 그 속에는 약간의 진실이 남아 있단다.

태초에 세상은 공허하고 빛이 없는 곳이었어. 그리고 정령들은 어둠 속에 살았지.

먼저 눈을 뜬 건 태양이었어. 태양은 물을 증발시켜 하늘로 올려 보내고 땅을 보송보송하게 말렸단다. 다른 정령들은 그다음에 깨어났어. 인간, 표범, 학, 사자, 얼룩말, 영양, 심지어 하마까지. 그들은 평원을 누비면서 들뜬 마음에 서로 이야기를 나누었지.

그런데 이윽고 해가 지자 동물들과 인간은 어둠 속에 주저앉았어. 너무 무서워서 움직이지도 못했지. 아침이 오고 나서야 모두들 다시 활동을 시작했단다.

하지만 인간은 밤마다 아침만 기다리는 걸로는 만족할 수가 없었어. 어느 날 밤, 인간은 자기만의 태양을 갖고 싶어서 불을 발명했어. 자기 뜻대로 부릴 수 있는 열과 빛을 가지려고 말이야. 그렇게 얻은 불은 그닐 밤 이후로 영원히 인간과 동물을 갈라놓았단다.

그러니까 인간은 언제나 빛을 갈망했던 거야. 자신에게 생명을 주는 빛을, 자신이 돌아갈 곳인 빛을 말이야.

그리고 밤이 되면 불가에 둘러앉아서, 인간들은 서로서로 진짜 이야기를 나누었단다. 몇 번이고, 몇 번이고.

매기는 빛의 일부가 되기로 마음먹었다.

까마득히 오랫동안 집이자 몸이었던 자신의 기계틀을, 매기는 벗었다. 수백 년 동안이었던가? 수백만 년? 수백억 년? 그런 시간의 단위는 더 이상 아무 의미도 없었다.

이제는 에너지의 패턴이 되어, 매기와 다른 이들은 합쳐지고, 뻗어 나가고, 어른거리고, 복사(輻射)하는 법을 배웠다. 매기는 스스로 두 별 사이를 잇는 방법을, 자신의 의식을 시간과 공간에 동시에 걸쳐진 리본으로 바꾸는 방법을 배웠다.

매기는 은하의 한쪽 끝에서 반대편 끝으로 질주했다.

한번은 이제 패턴이 된 아테나를 똑바로 통과하기도 했다. 매기가 느낀 그 아이는 약간의 짜릿함이었다. 웃음소리처럼.

멋지지 않아요, 왕할머니? 나중에 세라 할머니랑 저를 만나러 오세요!

그러나 매기가 응답하기에는 너무 먼 과거였다. 아테나는 이미 너무나 멀리 있었다.

제 기계틀이 그립네요.

보비였다. 매기가 블랙홀 언저리를 맴돌다 만난 것은.

수천 년 동안, 둘은 사건의 지평선 너머 블랙홀을 바라보았다.

정말 멋져요. 보비가 말했다. *가끔은 예전의 껍데기가 더 좋았다는 생각도 들지만요.*

너도 나이가 드는구나. 나랑 똑같이.

둘은 서로를 꼭 끌어안았다. 그러자 우주의 그 일대가 잠깐 동안 환하게 빛났다. 태양 폭풍이 웃음을 터뜨린 것처럼.

그리고 어머니와 아들은 서로에게 작별을 고했다.

여긴 멋진 행성이네. 매기는 생각했다.

조그만 행성이었다. 바위가 많았고, 대부분 물에 잠겨 있었다.

매기는 강어귀 근처에 있는 널따란 섬에 내려앉았다.

머리 위에 떠 있는 태양 덕분에 축축한 강가에서 피어오르는 아지랑이가 보일 만큼 따뜻했다. 사뿐히, 매기는 충적 평야 위의 하늘을 활공했다.

강가의 진흙이 너무나 매혹적이었다. 매기는 활공을 멈추고 에너지 패턴이 충분히 강해질 때까지 스스로를 응축시켰다. 그렇게 물을 휘저어서 기름진 진흙 한 움큼을 강가로 퍼 올렸다. 그런 다음 인간과 비슷한 모양이 될 때까지 그 진흙 더미를 주물렀다. 양손은 허리에 짚고, 양다리는 쭉 펴서 벌리고, 동그란 머리에는 눈과 코와 입을 나타내는 팬 자국과 솟은 자리를 희미하게 새겨서.

매기는 주앙을 닮은 진흙 인형을 잠시 바라보며 쓰다듬다가, 볕에 마르도록 놔두었다.

주위를 둘러보니 햇빛을 남김없이 흡수하려는 듯 영롱한 규소 구슬이 아롱아롱 맺힌 풀잎과 검은 꽃들이 보였다. 갈색 물속에는 쏜살같이 움직이는 은빛 형상이, 남색 하늘에는 유유히 날아가는 황금빛 얼룩이 보였다. 저 멀리서는 비늘로 덮인 커다란 몸뚱이들이 느릿느릿 움직이며 우렁차게 포효했고, 가까운 강가에서는 거대한 간헐천이 분출해서 따뜻한 물안개 속에 무지개가 드리웠다.

매기는 오롯이 혼자였다. 말을 주고받을 상대도 없었고, 이 모든 아름다움을 함께 나눌 상대도 없었다.

불안한 듯 바스락거리는 소리가 들리자 매기는 그 소리가 들려오는 곳을 찾아보았다. 강가로부터 조금 떨어진 곳, 삼각기둥 모양 줄기에 오각형 이파리가 달린 나무가 빽빽이 늘어선 숲에서, 머리에 다이아몬드 같은 눈이 다닥다닥 붙은 조그마한 생물들이 빼꼼히 내다보고 있었다.

가까이, 더 가까이, 매기는 그 생물들에게 너울너울 다가갔다. 약간의 힘조차 들이지 않고서, 매기는 그들의 몸속에 닿아 특정한 분자의 기다란 사슬들을 붙잡았다. 다음 세대를 위한 그들 종의 지침서였다. 매기는 그 사슬을 살짝 비튼 다음 놓아 주었다.

생물들은 꺅 소리를 지르고는 몸속이 조정되는 기이한 느낌에 놀라서 후다닥 달아났다.

매기가 한 일은 결코 대단한 것이 아니었다. 그저 자그마한 조정, 옳은 방향으로 나아가도록 살짝 밀어주었을 뿐이었다. 그 변화는 변이를 거듭할 터였고, 그러한 변이는 매기가 떠난 후에도 오래도록 축적될 터였다. 수백 세대가 더 지나면 그렇게 축적된 변이는 너끈히 하나의 불꽃을 일으킬 것이고, 스스로 타오르는 불빛 덕분에 마침내 그 생물들은 궁리할 것이다. 태양의 한 조각을 밤까지 살려둘 방법을, 사물에 이름을 붙일 방법을, 만물이 어떻게 생겨났는지에 관한 이야기를 서로에게 들려줄 방법을. 그들은 선택을 할 수 있을 것이다.

우주에 새것이 태어났어. 가족에 새 식구가 생긴 거야.

그러나 당장은, 별들에게로 돌아갈 때였다.

매기는 섬에서 솟아오르기 시작했다. 저 아래에서는 바다가 보낸 파도가 해변에 부딪혀 부서지고 또 부서졌다. 파도 한 겹 한 겹은 앞선 파도를 따라잡고 또 앞지르며, 모래톱 위로 조금씩 더 높이 올라왔다. 바다 거품 몇 덩어리가 하늘로 떠올라 바람을 타고 어딘지 모를 곳으로 날아갔다.

모노노아와레

MONO NO AWARE

세계는 '우산'을 뜻하는 한자 '산(傘)'과 비슷하게 생겼다. 다만 지독한 악필인 내가 쓴 한자를 닮는 바람에 모든 부분의 균형이 어그러져 있다.

내가 아직도 한자를 어린애 같이 쓰는 길 아버지가 알면 되게 부끄러워할 거다. 사실, 이제 쓸 줄 아는 한자는 몇 자 되지도 않는다. 일본에서 받은 정식 교육은 내가 고작 여덟 살이었을 때 끝나 버렸으니까.

하지만 당면한 목표를 위해서는, 이렇게 못 그린 한자로도 충분할 것이다.

한자 위쪽의 캐노피는 태양 돛이다. 돛의 크기가 얼마나 거대한

지는 저렇게 위쪽을 크게 그린 한자로도 제대로 짐작하기 힘들 것이다. 돛은 두께가 라이스페이퍼의 100분의 1밖에 안 될 만큼 얇은 회전 원판인데, 지나가는 광양자를 남김없이 포착할 목적으로 우주 공간 수천 킬로미터에 걸쳐 뻗어 있는 모양새가 마치 거대한 연 같다. 태양 돛은 문자 그대로 하늘을 가릴 만큼 거대하다.

그 밑에 대롱거리는 것은 길이가 수백 킬로미터나 되는 케이블이다. 탄소 나노 튜브로 만들어서 튼튼하고, 가볍고, 유연하다. 케이블 끄트머리에는 호프풀(希望)호의 심장부인 주거 모듈이 매달려 있다. 높이가 500미터인 그 원통형 모듈 안에 세계의 총 인구 1,021명이 복작거리며 살고 있다.

태양에서 온 빛이 돛을 밀어주기 때문에, 우리는 계속 넓어지는 나선형 궤적을 그리며 계속 속도를 높여 태양으로부터 멀어져 간다. 가속 효과 덕분에 모두들 갑판에 발을 붙이고 살아가고, 모든 것이 무게를 지닌다.

현재의 궤도는 우리를 처녀자리 61이라는 머나먼 별로 인도한다. 지금은 태양 돛 저 너머에 있기 때문에 안 보인다. 호프풀호는 대략 300년 후에 처녀자리 61에 도착할 것이다. 운이 좋으면 내 증증증손자…… 손자 앞에 '증'이 몇 번 붙는지 계산해 본 적도 있지만 지금은 잊어버렸는데, 아무튼 까마득한 후대의 증손자는 그 별을 볼 수도 있을 거다.

주거 모듈에는 창문이 하나도 없어서 흘러가는 별을 볼 수가 없다. 사람들은 대부분 별 관심도 없다. 별 구경은 이미 오래전에 질렸으니까. 하지만 나는 우주선 바닥에 장착된 카메라를 들여다보는 게 좋다. 그러면 볼 수 있으니까. 저 뒤로 멀어져 가는 태양의 불그스름한 빛을. 우리의 과거를.

"히로토." 아빠가 잠든 나를 깨웠다. "짐 챙겨라. 갈 시간이야."

내 작은 여행 가방은 이미 싸 놓은 상태였다. 바둑 세트만 넣으면 준비 끝이었다. 바둑 세트는 내가 다섯 살 때 아빠한테 받은 선물이었다. 나한테는 아빠와 함께 바둑을 둘 때가 하루 중 가장 즐거운 시간이었다.

엄마와 아빠와 내가 집을 나섰을 때는 아직 해도 뜨지 않은 새벽이었다. 이웃들도 모두 가방을 들고 자기네 집 앞에 서 있었기 때문에, 우리는 여름 새벽하늘의 별들 아래에서 서로서로 공손하게 인사를 나누었다. 평소처럼 나는 해머가 어디에 있는지부터 찾아보았다. 금세 눈에 띄었다. 내가 기억하는 한 그 소행성은 달을 빼면 하늘에서 가장 밝은 천체였고, 해를 거듭할수록 더욱 밝아졌다.

지붕에 커다란 스피커가 달린 트럭이 길 한복판을 따라 천천히 다가왔다.

"구루메[久留米] 시민 여러분께 알립니다! 아무쪼록 버스 정류장까지 질서 있게 이동해 주십시오. 기차역까지 모셔다드릴 버스는 충분히 많습니다. 역에 도착하시면 가고시마[鹿児島]행 기차에 타시면 됩니다. 자가용은 이용하지 말아 주십시오. 도로는 피난용 버스와 공무용 차량에 양보해 주시기 바랍니다!"

이 집 저 집 모두 보도를 따라 천천히 걸었다.

"마에다 씨, 짐 좀 들어 드릴까요?" 아버지가 이웃집 할머니에게 물었다.

"정말 감사합니다."

10분쯤 걸은 후, 마에다 할머니는 걸음을 멈추고 가로등에 몸을 기댔다.

"이제 조금만 더 가면 돼요, 할머니." 내가 말했다. 할머니는 고개를 끄덕이기는 했지만 숨이 너무 차서 말도 제대로 못 했다.

나는 할머니의 기운을 돋워 주려고 했다.

"가고시마에 있는 손자 미치랑 만나는 게 기대되지 않으세요? 저도 미치가 보고 싶어요. 미치랑 같이 우주선에 타면 푹 쉴 수 있을 거예요. 우주선에 자리가 많아서 다 탈 수 있대요."

엄마는 내 말이 맞다는 듯이 나를 보며 빙그레 웃었디.

"이 나라에 태어나서 얼마나 다행인지 몰라."

아빠는 버스 정류장으로 향하는 사람들의 가지런한 줄을 가리키며 그렇게 말했다. 젊은 남자들은 깨끗한 셔츠에 잘 닦은 구두 차림으로 차분하게 행동했고, 아주머니들은 나이든 자기 부모님을 부축했고, 거리는 깨끗하고 휑했고, 그리고 온 사방이 조용했다. 사람이 그렇게 많은데도 속삭이는 소리 이상으로 말하는 사람은 한 명도 없었다. 공기 자체에 모든 이들 사이의 깊은 유대관계가 어른거리는 것만 같았다. 가족, 이웃, 친구, 동료 사이의 끈끈한 정이, 비단실처럼 투명하면서도 튼튼하게.

세계 곳곳에서 무슨 일이 일어나는지는 텔레비전에서 본 적이 있었다. 악을 쓰며 거리에서 춤을 추는 약탈자들, 군인과 경찰이 공중을 향해, 때로는 군중을 향해 총을 쏘는 광경, 불타는 건물과 금방이라도 무너질 것처럼 쌓여 있는 시체 더미, 세상이 끝날 판인데도 해묵은 복수를 맹세하며 흥분한 군중 앞에서 뭐라고 외치는 장군들.

"히로토, 저 모습을 잘 기억해 두렴." 아버지는 주위를 둘러보고 가슴이 벅차서 말했다. "우리가 집단으로서 지닌 저력은 재난 앞에서 드러난단다. 우리 정체성은 개개인이 지닌 고독이 아니라 우리가 엮여 있는 관계의 그물이란 걸 알아야 해. 개인이 이기적인 욕구를 극복해야 집단 전체가 조화롭게 살 수 있는 법이야. 개인은 작고 무력하지만, 모두가 굳게 뭉쳐 하나가 되면, 일본이라는 나라는 무적이란다."

"시미즈 선생님, 이 게임은 재미가 없어요." 여덟 살인 보비가 말했다.

학교는 원통형 주거 모듈의 중앙부에 있다. 여기가 우주 방사선에서 가장 확실하게 보호되는 혜택을 누리는 곳이니까. 교실 정면에는 커다란 성조기가 붙어 있어서, 아이들이 아침마다 국기에 대한 맹세를 한다. 성조기 양옆에 두 줄로 붙은 작은 국기들은 호프풀호에 사는 다른 생존자들의 국적을 보여 준다. 왼쪽 끄트머리에는 어린애가 그린 일장기가 붙어 있다. 흰 종이의 귀퉁이는 동그랗게 말렸고, 한때는 새빨갛던 떠오르는 해도 이제는 색이 바래서 주황색 석양으로 보인다. 내가 호프풀호에 탑승한 첫날 그린 일장기다.

나는 보비가 친구 에릭과 나란히 앉아 있는 책상 앞에 의자를 놓고 앉는다.

"왜 재미가 없는데?"

두 남자아이 사이에는 가로세로 열아홉 줄의 직선으로 이루어진 판이 놓여 있다. 검은 돌과 흰 돌 한 줌 가량이 선의 교차점 여러 곳에 한 개씩 놓여 있다.

2주에 한 번씩, 나는 태양 돛의 상태를 점검하는 정규 업무를 하루 동안 면제받고 이 학교에 와서 아이들에게 일본에 관해 가르친다. 가끔은 바보 같다는 생각도 든다. 일본에 관해서는 어릴 적의 희미한 기억밖에 없는 내가 어떻게 아이들의 선생님이 된단 말인가?

하지만 선택의 여지는 없었다. 나처럼 미국 출신이 아닌 기술자들은 모두 학교의 문화 보충 수업에 참여해서 할 수 있는 한 지식을 전하는 것이 의무라고 느끼니까.

"돌이 다 똑같이 생겼잖아요. 움직이지도 않고. 따분해요."

"그럼 넌 무슨 게임이 재미있는데?"

"「소행성 방어대」요!" 에릭이 외쳤다. "그 게임은 진짜 재미있어요. 내가 세계를 구하는 내용이거든요."

"컴퓨터로 하는 게임 말고."

내 말에 보비는 알 게 뭐냐는 듯이 어깨를 으쓱한다.

"체스? 전 퀸이 좋아요. 엄청 세고, 다른 말들하고는 완전 다르거든요. 퀸은 영웅이에요."

"체스는 작은 전투로 이루어진 게임이야. 바둑의 세계관은 그보다 훨씬 크단다. 전쟁 전체를 아우르는 게임이지."

"바둑에는 영웅이 없잖아요." 보비는 부루퉁하니 말한다.

이럴 때면 뭐라고 대꾸해야 할지 알 수가 없다.

가고시마에는 숙박할 곳이 부족해서 다들 우주 공항으로 가는 도로변에서 노숙을 했다. 지평선 위에 햇빛을 받아 반짝이는 커다란 은색 피난선이 보였다.

아빠가 설명하길 해머에서 떨어져 나온 파편이 화성과 달로 향하는 중이기 때문에, 우리는 피난선을 타고 그보다 더 멀리 가야 한다고 했다. 우주 저 멀리, 안전을 찾아서.

"전 창가 자리에 앉고 싶어요." 나는 흘러가는 별들을 상상하며 아빠에게 말했다.

"창가 자리는 너보다 어린 애들한테 양보해야지. 명심하렴, 함께 살려면 모두가 조금씩 희생을 치러야 해."

우리 식구들은 여행 가방을 쌓아 벽으로 삼고 이불보로 덮어서 바람과 햇빛을 막는 대피소를 지었다. 날마다 정부 조사관이 들러서 구호품을 나눠 주고 다들 잘 지내는지 확인했다.

"아무쪼록 참아 주십시오!" 조사관은 그렇게 말했다. "진척이 느린 것은 저희도 압니다, 하지만 최선을 다하고 있습니다. 모두 탑승하실 수 있을 겁니다."

우리는 꾹 참았다. 아주머니들은 수업을 맡아 낮 동안 아이들을 가르쳤고, 아저씨들은 피난선이 마침내 발사 준비를 마치는 날 연로한 부모님과 아기가 있는 가족부터 먼저 탑승하도록 우선순위를 정했다.

나흘 동안 기다리다 보니 조사관들의 호언장담이 좀처럼 미덥지 않아졌다. 사람들 사이에 소문이 퍼져 나갔다.

"우주선 때문이에요. 우주선에 무슨 문제가 생긴 거라고요."

"우주선을 만든 업자들이 준비도 안 됐으면서 다 준비됐다고 정부에 거짓말을 한 거예요. 그런데 이제는 총리가 너무 당황해서 진실을 인정하지 못하는 거죠."

"내가 어디서 들었는데 우주선은 한 대뿐이고, 자리는 높은 양반들 수백 명이 다 차지할 거래요. 다른 우주선은 죄다 보여 주기용 껍데기고."

"미국이 정책을 바꿔서 우리 같은 동맹국을 위해 우주선을 더 만들어 주기만 바라고 있다지 뭐예요."

엄마는 아빠에게 가서 귀에 대고 뭐라고 소곤거렸다.

아빠는 고개를 저으며 엄마의 말을 막았다.

"그런 소리 다시는 꺼내지 마."

"하지만 우리 히로토를 생각해야……"

"안 돼!"

아빠가 그렇게 화를 낸 건 처음이었다. 아빠는 잠시 입을 다물고 화를 삭였다.

"우린 서로를 믿어야 해. 총리와 자위대를 믿어야 한다고."

엄마의 표정은 슬퍼 보였다. 나는 엄마의 손을 잡았다.

"전 겁 안 나요."

"그래야지." 아빠의 목소리는 안심한 것처럼 들렸다. "아무것도 겁낼 필요 없어."

아빠는 나를 안고 들어 올리더니(살짝 당황스러웠다, 내가 꼬맹이였을 때도 그런 적이 없었으니까), 눈길 닿는 곳까지 빽빽하게 모여 있는 피난민 수천 명을 가리켰다.

"여기 사람이 얼마나 많은지 보렴. 할머니도 있고, 젊은 아빠도 있고, 다 큰 누나도 있고, 어린 동생들도 있어. 겁을 먹고 그 사람들 사이에 소문을 퍼뜨리는 건 이기적이고 옳지 않은 짓이야. 여러 사람에게 상처를 주는 짓이지. 우리는 각자의 자리를 지키면서 항상 더 큰 계획을 잊지 말아야 해."

민디와 나는 천천히 사랑을 나눈다. 나는 그녀의 검은 곱슬머리에서 나는 냄새를 들이마시는 게 좋다. 바다처럼, 신선한 소금처럼 코를 간질거리는 그윽하고 따뜻한 그 냄새를.

끝나고 나면 우리는 나란히 누워서 내 방 천장의 모니터를 올려다본다.

모니터에는 멀어져 가는 별 밭의 영상이 반복해서 재생된다. 민디는 항해사로 일하는데, 나를 위해 조종실의 고해상도 영상을 녹화해 준다.

나는 그 모니터 영상이 무슨 커다란 채광창인 것처럼, 민디와 둘이서 별 하늘 아래 누워 있는 시늉을 하는 게 좋다. 남들은 그 모니터에 옛 지구의 사진이나 비디오를 띄우기도 한다지만, 그건 나한테는 너무 슬픈 일이다.

"일본어로 '별'을 뭐라고 해?" 민디가 묻는다.

"호시."

"그럼 '손님'은?"

"오캬쿠상."

"그럼 우린 호시 오캬쿠상이야? 별의 손님?"

"그런 식으로 연결되진 않아."

민디는 노래를 잘하는데, 영어가 아닌 다른 나라 말의 발음을 좋아한다. '이미 아는 말은 자꾸 뜻이 생각나서 노랫말 자체에 숨은 음악을 듣기가 힘들거든.' 한번은 나한테 그렇게 말하기도 했다.

민디의 모어는 에스파냐어지만, 민디가 기억하는 에스파냐어 단어는 내가 기억하는 일본어보다 더 적다. 가끔은 나한테 일본어 단어를 물어보고 자기가 지은 노래에 엮어 넣기도 한다.

나는 민디를 위해 아까 그 말을 시 같은 느낌이 나는 일본어로 바꿔 보지만, 잘할 자신은 없다.

"와레와레 와, 호시 노 아이다 니 캬쿠 니 키타." 우리는 별들 사이를 여행하는 손님이 되었네.

"어떤 것이든 그것을 표현하는 방식은 수없이 많단다. 경우에 따라 제각각 적합한 방식이 있거든."

아버지는 내게 그렇게 말하곤 했다. 일본어는 오묘한 느낌과 유연한 아취가 풍부해서 문장 한 줄 한 줄이 시라면서. 일본어는 그 자체로 여러 결을 지니는 언어라서 속에 담은 말이 입 밖에 낸 말만큼 의미를 지니고, 맥락 안에 또 다른 맥락이 있다고 했다. 강철을 겹겹이 겹쳐 담금질해서 만드는 일본도처럼.

아버지가 살아 있어서 이것저것 물어볼 수 있으면 얼마나 좋을까. 그러면 세상에 딱 한 명뿐인 일본인 생존자로서 스물다섯 살 생일을 맞은 사람의 경우에는 '보고 싶어요'라는 말을 어떻게 표현해야 좋을지 물어볼 수 있을 텐데.

"우리 언니는 일본 그림책을 진짜 좋아했어. 망가 말이야."

민디도 고아다. 나처럼. 그것 또한 우리가 서로에게 끌리는 한 가지 이유다.

"넌 언니 기억이 많이 남아 있나 보구나?"

"별로. 이 우주선에 탈 때 난 겨우 다섯 살 정도였어. 그 전에는 총소리가 엄청 많이 났던 거랑 다 같이 캄캄한 곳에 숨었던 거랑, 달아나고 울고 먹을 걸 훔치던 것밖에 기억 안 나. 언니는 나를 조용히 시키려고 항상 곁에서 망가를 읽어 줬어. 그러다가……."

나는 그 영상을 딱 한 번 본 적이 있다. 우리가 떠 있는 고궤도에서 파랗고 하얀 구슬로 보이던 지구는 소행성이 부딪히자 잠시 부르르 흔들리다가, 이내 소리 없이 넘실거리는 파괴의 물결에 천천히 뒤덮여 갔다.

나는 민디를 품으로 당겨 이마에 입을 맞춘다. 위안의 뜻으로, 가볍게.

"우리 슬픈 얘기는 그만하자."

민디는 두 팔로 나를 꼭 안는다. 결코 놔주지 않으려는 것처럼.

"그때 봤던 망가 중에 기억나는 거 있어?"

"거대한 로봇이 잔뜩 나왔던 것만 기억나. 그래서 생각했지. '일본은 엄청 센 나란가 보다.'"

나는 머릿속으로 그려보았다. 영웅적인 거대 로봇들이 일본 전역을 누비며 사람들을 구하려고 분투하는 광경을.

대형 스피커에서 총리의 사과 연설이 흘러나왔다. 휴대전화로 방송을 보는 사람들도 있었다.

연설 내용은 거의 다 잊었지만 총리의 목소리가 아주 가늘었던 것, 또 총리가 굉장히 무력하고 늙어 보였던 것은 기억난다. 총리는 정말로 미안한 기색이었다.

"저는 국민 여러분께 실망을 안겨 드리고 말았습니다."

알고 보니 소문은 사실이었다. 우주선을 만든 회사들은 정부의 돈만 챙겼을 뿐, 약속했던 것만큼 튼튼하고 수송 능력도 뛰어난 우주선을 만들지 않았다. 그들은 끝까지 거짓말만 늘어놓았다. 우리가 진실을 알았을 때에는 이미 아무것도 돌이킬 수 없었다.

국민을 실망시킨 나라는 일본뿐만이 아니었다. 세계 각국은 지구로 향하는 해머의 충돌 경로가 처음 밝혀졌을 때 합동 탈출 계획을 세우며 어느 나라가 얼마를 낼 것인가를 놓고 티격태격했다. 그러다 그 계획이 물거품이 되자 대다수 국가는 해머가 지구를 비껴갈 거라는 데에 도박을 걸고 차라리 서로 전쟁을 벌여 돈과 인명을 낭비하는 게 더 낫다는 결론을 내렸다.

총리가 연설을 마친 후, 사람들은 조용히 앉아 있었다. 화난 목소리로 악을 쓰는 사람도 몇 명 있었지만 그마저도 곧 잠잠해졌다. 천천히, 질서 정연하게, 사람들은 짐을 꾸려 임시 야영장을 떠나기 시작했다.

"사람들이 그냥 집으로 돌아갔다고?" 민디는 믿을 수 없다는 표정으로 묻는다.

"응."

"약탈도 안 벌어지고, 겁에 질려 우왕좌왕 달아나지도 않고, 군인들이 길거리에서 반란을 일으키지도 않았단 말이야?"

"일본은 원래 그런 나라야." 대답하는 내 목소리에서 자부심이 느껴진다. 오래전 들었던 아버지의 목소리가 남긴 메아리다.

"체념했겠지. 다들 포기했던 거야. 그런 게 일본 문화인지도."

"아니야!" 나는 화난 목소리를 내지 않으려고 애쓴다. 민디가 한 말 때문에 짜증이 난다. 보비한테서 바둑이 지루하다는 말을 들었을 때처럼. "그래서 그랬던 게 아니야."

"아빠 누구랑 전화하는 거예요?"

"해밀턴 박사님." 엄마가 말했다. "박사님이랑 엄마랑 아빠는 미국에서 같은 대학에 다녔어."

나는 전화기에 대고 영어로 말하는 아빠를 가만히 바라보았다. 생판 딴사람 같았다. 목소리의 억양과 높낮이 때문만은 아니었다. 아빠의 표정은 평소보다 더 생기가 있었고, 손짓도 더 활기찼다. 꼭 외국인 같았다.

아빠는 전화기에 대고 뭐라고 소리를 질렀다.

"아빠가 뭐라고 하는 거예요?"

엄마는 내게 조용히 하라고 쉿 소리를 냈다. 그러고는 아빠를 가만히 지켜보았다. 한마디도 놓치지 않으려고.

"노(No)." 아빠가 전화기 저편의 상대에게 한 말이었다. "노!"

그 말이 무슨 뜻인지는 통역하지 않아도 알 수 있었다.

나중에 엄마는 아빠에게 이렇게 말했다.

"그 사람은 옳은 일을 하려고 애쓰는 거야. 나름의 방식으로."

"예나 지금이나 이기적인 놈이야." 아빠는 딱 잘라 말했다.

"그런 부당한 말은 하지 마. 나한테 몰래 전화한 것도 아니잖아. 그 사람은 내가 아니라 당신한테 전화했어. 만약 자기가 지금 당신의 처지라면, 사랑하는 여자한테 살아남을 기회를 기꺼이 줄 거라고 믿었으니까 그런 거야. 그게 설령 다른 남자를 따라가는 길이라고 해도."

아빠는 엄마를 물끄러미 바라보았다. 나는 부모님이 서로에게 '사랑해'라고 말하는 걸 본 적이 한 번도 없었지만, 어떤 말은 입 밖에 내지 않아도 진실이란 걸 알게 마련이다.

"나야 절대 승낙 안 했겠지만." 엄마는 그렇게 말하고 빙긋이 웃었다. 그러고는 점심을 준비하러 부엌으로 갔다. 아빠는 그런 엄마를 눈길로 좇았다.

"오늘은 날씨가 좋구나. 이따 산책 갈까." 아빠가 말했다.

우리는 보도를 따라 걸으며 이웃들을 마주쳤다. 그러면서 인사를 나누고 서로의 안부를 묻기도 했다. 모든 것이 정상처럼 보였다. 석양에 물든 하늘에서 해머는 더욱 밝게 보였다.

"많이 무섭겠구나, 히로토."

"이제 피난선은 더 안 만드는 거예요?"

아빠는 대답하지 않았다. 늦여름의 따뜻한 바람을 타고 매미소리가 들려왔다. 매앰, 매앰, 매앰.

"곧 죽을 신세

까맣게 모르는가

매미 소리여."

"어…… 아빠?"

"바쇼[芭蕉]가 지은 시야. 무슨 뜻인지 알겠니?"

나는 고개를 저었다. 시는 별로 안 좋아했으니까.

아빠는 한숨을 쉬고는 나를 보며 빙그레 웃었다. 그러더니 저물어 가는 해를 보며 다시 말하기 시작했다.

저무는 해 한없이 곱다마는
다만 어스름이 머지않았네.

나는 속으로 그 구절을 따라해 보았다. 무언가, 내 마음을 건드리는 것이 있었다. 나는 그 느낌을 말로 표현해 보려고 했다.

"얌전한 새끼 고양이가 제 마음속을 핥는 느낌이 들어요."

아빠는 웃음을 터뜨리지 않고 진지하게 고개를 끄덕였다.

"당나라 때의 시인 이상은(李商隱)이 지은 「낙유원(樂遊原)」이라는 시에 나오는 구절이야. 중국 사람이지만, 정서는 매우 일본적이었지."

우리는 계속 걸었다. 이윽고 나는 노란 민들레꽃 앞에서 멈춰 섰다. 꽃이 고개를 기울인 각도가 몹시도 아름다워 보였기 때문이었다. 또다시 새끼 고양이가 내 마음을 할짝거리는 느낌이 들었다.

"꽃이……." 나는 망설였다. 적당한 말이 떠오르지 않아서.

아빠가 말했다.

"고개 숙인 꽃
노랗고 가녀리네
저 달빛처럼."

나는 고개를 끄덕였다. 그 시를 듣고 떠오른 이미지는 너무나 짧으면서도 영원히 남을 것처럼 느껴졌다. 내가 더 어릴 적에 느꼈던 시간의 흐름처럼. 그 생각을 하니 슬프기도 하고 기쁘기도 했다.

"히로토, 모든 것은 지나가는 법이란다. 지금 네 마음을 차지한 그 기분, 그건 모노노아와레[もののあわれ]라는 거야. 삶의 모든 것이 덧없게 느껴지는 감정이지. 태양, 민들레, 매미, 해머, 그리고 우리 모두 다. 인간은 누구나 제임스 클러크 맥스웰이라는 물리학자가 정리한 방정식에 지배당한단다. 그래서 우리 모두 결국에는 사라질 운명을 타고난 짧은 패턴일 뿐이야. 그 수명이 1초든, 아니면 100억 년이든."

나는 주위를 둘러보았다. 깨끗한 거리를, 천천히 거니는 사람들을, 풀밭을, 저녁놀을. 그러자 알 수 있었다. 모든 것이 제자리에 있다는 것을, 모든 것이 정상이라는 것을. 아빠와 나는 계속 걸었다. 우리 둘의 그림자가 살짝 겹쳐졌다.

바로 머리 위의 하늘에 해머가 걸려 있었지만, 그래도 나는 무섭지 않았다.

내 업무 중 하나는 눈앞에 격자 모양으로 펼쳐진 수많은 표시등을 바라보는 것이다. 그 장치는 커다란 바둑판하고도 조금 닮았다.

보통은 따분해 죽을 지경이다. 표시등은 태양 돛의 여러 지점에 걸리는 장력을 나타내는데, 돛이 머나먼 태양의 희미해져 가는 빛을 따라 천천히 휘다 보니 표시등도 몇 분마다 같은 경로를 따라 깜박거린다. 나에게 표시등의 순환 주기는 잠든 민디의 호흡만큼이나 친숙하다.

우리 우주선은 이미 광속의 몇 분의 1 속도로 항해 중이다. 앞으로 몇 년 후, 속력이 충분히 붙으면, 우리는 처녀자리 61과 그 주위의 청정한 행성들로 항로를 잡을 것이다. 우리에게 생명을 준 태양은 마치 잊어버린 기억처럼 뒤에 남겨 놓고서.

그런데 오늘은 표시등의 패턴이 조금 이상하다. 서남쪽 귀퉁이의 표시등 한 개가 몇 분의 1초 정도 빠르게 깜박이는 것 같다.

"항해사." 나는 마이크에 대고 말한다. "여기는 태양 돛 모니터 스테이션 알파. 정규 항로를 유지하는 중인지 확인해 줄 수 있나?"

1분 후에 민디의 목소리가 이어폰을 파고든다. 살짝 놀란 기색이 밴 목소리다.

"이쪽에선 몰랐는데, 항로에서 살짝 벗어나 있다. 무슨 일 있나?"

"아직은 확실하지 않다."

나는 내 앞의 격자 판을 바라본다. 그중 고집스럽게 동기화를 거부하는 점 하나를, 조화를 깨뜨리는 그 점을.

엄마는 아빠를 놔둔 채 나만 데리고 후쿠오카[福岡]로 향했다.

"크리스마스 선물 사러 갈 거야. 당신을 놀라게 해 주려고."

엄마의 말에 아빠는 씩 웃으며 고개를 절레절레 흔들었다.

우리는 붐비는 거리를 지나갔다. 이번이 지상의 마지막 크리스마스인지도 모른다는 생각 때문인지, 분위기가 유독 떠들썩했다.

지하철을 타고 가는 동안 나는 옆자리에 앉은 남자가 든 신문을 흘깃 보았다. **미국, 반격 개시!**가 머리기사의 제목이었다. 큼지막한 사진 속의 미국 대통령은 의기양양하게 웃고 있었다. 그 아래로 다른 사진들이 죽 실려 있었는데 몇 개는 전에 본 적이 있었다. 몇 년 전 실험 발사 당시 폭발한 미국 최초의 피난선, 텔레비전에 나와 피난선을 자기네가 폭발시켰다고 주장한 불량 국가의 지도자들, 외국의 수도에 진군하는 미국 군인들.

신문 중간의 접힌 선 아래쪽에 조금 작은 기사가 하나 보였다. 종말 시나리오에 회의적인 미국 과학자들. 아빠가 전에 말하길, 어떤 사람들은 아무것도 못한다는 사실을 받아들이느니 차라리 종말이 현실이 아니라고 믿는 쪽을 택한다고 했다.

나는 아빠한테 줄 선물을 고를 생각에 가슴이 두근거렸다. 하지만 기대했던 전자 상가 대신, 엄마는 나를 데리고 후쿠오카에서 한 번도 가 본 적 없는 곳으로 향했다. 그곳에서 엄마는 휴대전화를 꺼내어 짤막하게 통화를 했다. 영어로. 나는 놀라서 엄마를 올려다보았다.

이윽고 우리는 옥상에 커다란 성조기가 펄럭이는 어느 건물 앞에 서 있었다. 우리는 안으로 들어가서 어떤 사무실에 앉았다. 웬 미국인 남자가 사무실에 들어섰다. 슬퍼 보였지만, 슬픈 표정을 감추려고 애쓰는 남자였다.

"린." 그 남자는 우리 집 성이 아니라 엄마의 이름을 부르고 멈춰 섰다. 그 한 글자만 듣고도 나는 후회와 갈망과 복잡한 사연을 눈치 챌 수 있었다.

"이분은 해밀턴 박사님이야." 엄마가 나에게 말했다. 나는 고개를 끄덕이고 남자에게 악수를 청했다. 텔레비전에서 본 미국 사람들이 그랬던 것처럼.

해밀턴 박사와 엄마는 잠깐 동안 이야기를 나누었다. 엄마가 울자 해밀턴 박사는 제자리에 서서 쭈뼛거렸다. 엄마를 안아 주고 싶지만 차마 엄두가 안 나는 사람처럼.

"넌 해밀턴 박사님이랑 같이 지낼 거야." 엄마가 내게 말했다.

"예?"

엄마는 내 양어깨를 잡고 몸을 숙여 나와 눈을 마주했다.

"미국은 궤도에 비밀 우주선을 한 척 띄워 놨어. 이번 전쟁을 시작하기 전에 우주로 발사할 수 있었던 유일한 배란다. 해밀턴 박사님은 그 우주선을 설계하신 분이야. 엄마하고는…… 오래된 친구인데, 그 우주선에 딱 한 사람을 더 데리고 탈 수 있대. 이건 너한테 한 번뿐인 기회야."

"싫어요, 나 인 갈래요."

결국 엄마는 사무실 문을 열고 혼자 나가려고 했다. 해밀턴 박사는 버둥거리며 악을 쓰는 나를 꽉 붙들었다.

열린 문 앞에 서 있는 아빠를 보고 우리 모두 깜짝 놀랐다.

엄마는 왈칵 눈물을 터뜨렸다.

아빠는 엄마를 안아 주었는데, 아빠의 그런 모습은 생전 처음이었다. 되게 미국 사람 같았다.

"미안해요." 엄마가 말했다. 울면서 계속 '미안해요'라고만 했다.

"괜찮아. 다 이해해."

해밀턴 박사가 놓아 주자 나는 엄마 아빠한테 달려가 두 사람 다 꼭 끌어안았다.

엄마는 고개를 들어 아빠를 보았다. 입을 꾹 다문 채 백 마디 말을 전하는 표정으로.

아빠의 표정은 생명을 얻은 밀랍 인형처럼 부드러워졌다. 한숨을 쉬며, 아빠는 나를 돌아보았다.

"너 설마 겁먹은 건 아니지, 그렇지?"

나는 고개를 끄덕였다.

"그럼 가도 괜찮아." 아빠는 그렇게 말하고는 해밀턴 박사의 눈을 똑바로 보았다. "내 아들을 받아 줘서 고마워."

엄마와 나는 나란히 어안이 벙벙해진 채 아빠를 바라보았다.

"가을 찬바람

멀리도 싣고 간다

민들레 씨앗."

나는 고개를 끄덕였다. 무슨 뜻인지 알아들은 척하려고.

아빠는 나를 부둥켜안았다. 세게, 아주 잠깐.

"네가 일본인이란 걸 명심하렴."

그러고 나서 엄마 아빠는 가 버렸다.

"뭔가 태양 돛에 구멍을 냈습니다." 헤밀턴 박사가 말한다.

좁은 방 안에는 최고 지휘관들만 모여 있다. 민디와 내가 낀 이유는 이미 그 사실을 알기 때문이다. 벌써부터 사람들을 동요시킬 필요는 없다.

"그 구멍 때문에 우주선이 한쪽으로 기울어서 항로를 벗어나는 겁니다. 구멍을 때우지 않으면 틈새가 점점 벌어져서 돛이 쓰러질 테고, 그러면 호프풀호는 우주 미아가 되고 맙니다."

"수리할 방법은 있습니까?" 선장이 묻는다.

"구멍은 중심 돛대에서 수백 킬로미터 떨어진 곳에 있습니다. 사람이 거기까지 가려면 며칠은 걸릴 겁니다. 돛의 표면을 따라 고속으로 이동했다가는 또 다른 구멍이 생길 위험이 너무 크니까요. 누굴 올려보낸다고 해도 도착할 때쯤이면 틈새가 너무 넓게 벌어져 있을 겁니다."

그렇게 가는 거지. 모든 것은 지나가니까.

나는 눈을 감고 머릿속에 태양 돛을 그려본다. 돛을 이루는 필름은 너무나 얇아서, 함부로 건드리면 구멍이 뚫릴 거다. 하지만 그 막을 지탱해서 돛에 강성과 장력을 부여하는 건 복잡하게 연결된 접철부와 버팀대다. 아직 어릴 적에 나는 그 돛이 어머니가 만들던 종이접기 인형처럼 펼쳐지는 모습을 지켜보곤 했다.

상상 속에서, 나는 돛의 표면을 따라 스치듯 비행하며 버팀대로 이루어진 발판에 안전 고리를 걸었다 풀었다 한다. 연못의 수면 위로 폴짝폴짝 날아가는 잠자리처럼.

"전 바깥에서 72시간 버틸 수 있어요." 내 말에 모두의 시선이 나에게로 향한다. 나는 계획을 설명한다. "전 태양 돛 버팀대의 구조를 훤히 알아요. 이때껏 살면서 그것만 감시하고 있었으니까요. 저라면 제일 빠른 경로를 찾을 수 있어요."

해밀턴 박사는 망설인다.

"돛의 버팀대는 그런 용도로 설계한 게 아니야. 난 이런 상황이 생길 거라곤 상상도 못 했어."

"그럼 임기응변이라도 해야죠." 민디. "우린 미국인이잖아요, 젠장. 곧 죽어도 그냥 포기할 순 없다고요."

해밀턴 박사가 고개를 든다.

"고맙네, 민디."

우리는 계획하고, 토론하고, 서로에게 악을 쓰고, 그렇게 밤이 새도록 해결책을 찾는다.

주거 모듈에서 태양 돛까지 올라가는 길은 멀고 고되다. 도착하고 보니 거의 열두 시간이 걸렸다.

내가 지금 어떤 몰골인지는 내 이름 히로토[大翔]의 두 번째 한자를 이용해 그림으로 설명해 보겠다.

翔

이 한자는 '날아오르다'라는 뜻이다. 왼쪽의 부수[羊]가 보이는

가? 저게 나다. 헬멧에서 나온 안테나 한 쌍으로 케이블에 연결되어 있다. 등에는 날개 한 쌍[羽]이 달려 있다. 아니, 이 경우에는 추진 로켓과 보조 연료 탱크인데, 그것들 덕분에 나는 온 하늘을 가린 거대한 반사 돔을 향해 날아오르는 중이다. 거미줄이 쳐진 거울처럼 생긴 태양 돛을 향해.

민디는 무전을 통해 나와 잡담을 나눈다. 우리는 서로에게 농담을 하고, 비밀을 털어놓고, 장차 둘이서 뭘 할지 이야기한다. 할 말이 다 떨어지면 민디가 노래를 불러 준다. 목표는 내가 잠들지 않게 하는 거다.

"와레와레 와, 호시 노 아이다 니 캬쿠 니 키타."

그런데 케이블 올라가기는 사실 몸 풀기일 뿐이었다. 그물 같은 버팀대를 따라 태양 돛을 가로질러 구멍이 뚫린 자리까지 가는 지금 이 여정은, 훨씬 더 험난하다.

우주선을 떠난 지 서른여섯 시간째. 이제 민디의 목소리는 지쳐서 맥이 풀렸다. 하품까지 한다.

"한숨 자, 베이비." 나는 마이크에 대고 속삭인다. 너무 피곤해서 잠깐이라도 좋으니 눈을 붙이고 싶다.

여름날 저녁, 나는 길을 따라 걷고 있다. 아버지와 나란히.

"히로토, 우리는 화산과 지진과 태풍과 쓰나미의 나라에 사는 사람들이야. 우리는 언제나 급박하게 변하는 삶에 맞서 왔단다. 땅 밑의 화염과 저 하늘의 차가운 진공 사이에서, 이 행성 표면의 길고 가늘게 이어진 여러 섬에 발이 묶인 채로."

이윽고 나는 다시 우주복 안에 돌아와 있다. 혼자서. 깜빡 정신이 흐트러진 사이에 그만 등에 진 장비가 돛의 기둥에 부딪히고, 하마터면 연료 탱크 한 개가 떨어져 나갈 뻔한다. 나는 간신히 탱크를 붙잡는다. 이동 속도를 높이려고 장비의 중량을 최소한으로 줄였기 때문에 실수해도 좋은 여유 따위는 없다. 뭐든 하나라도 빠뜨리면 끝장이다.

나는 꿈 생각을 떨쳐 버리려고 애쓰면서 계속 나아간다.

"하지만 그렇게 죽음에 가깝다는 것을, 그래서 순간순간이 아름답다는 것을 깨달았기 때문에 우리는 버틸 수 있었던 거야. 아들아, 모노노아와레는 말이지, 우주와 공감하는 거란다. 그것이 일본이란 나라의 혼이야. 우리는 그게 있었기 때문에 히로시마를 견뎌냈고, 점령 통치를 견뎌냈고, 궁핍과 임박한 종말 앞에서도 절망하지 않았던 거야."

"히로토, 눈 떠!" 민디의 목소리는 필사적이다. 애원하는 것처럼. 나는 움찔 놀라 깨어난다. 이제 며칠째 잠을 못 잔 거지? 이틀, 사흘, 나흘?

여정의 마지막 50킬로미터가량은 태양 돛의 버팀대를 놓고 로켓에만 의지한 채 안전 고리 없이 비행해야 한다. 모든 것이 광속의 몇 분의 1로 이동하는 동안, 돛의 표면을 미끄러지듯 날아서. 생각만 해도 아찔하다.

그런데 느닷없이 아버지가 다시 내 곁에 와 있다. 돛 너머의 우주에 둥둥 떠 있다. 우리는 바둑을 두고 있다.

"바둑판 왼쪽 아래의 귀를 봐. 너의 진영이 둘로 갈라진 걸 알겠니? 이제 곧 내 흰 돌이 둘러싸서 모조리 잡을 거야."

나는 아버지가 가리킨 곳을 보고 위기를 알아차린다. 내가 놓친 빈 점이 저기 있다. 하나의 세력인 줄 알았던 내 진영이 실은 한복판에 빈 점이 뚫려 둘로 나뉘어 있었다. 나는 다음 돌로 저 빈 점을 막아야 한다.

나는 환각을 떨쳐 버린다. 이 일을 마쳐야 한다, 그러면 돌아가서 잘 수 있다.

저 앞에 돛의 구멍이 보인다. 우리가 이동하는 속도를 감안하면 태양풍을 막는 이온 실드에서 티끌 하나만 떨어져 나와도 대참사로 이어질 것이다. 구멍의 너덜너덜한 가장자리는 태양풍과 방사선의 압력에 미세하게 너울거릴 것이다. 광양자 하나하나는 작고 보잘것 없고 질량도 없지만, 함께 모이면 하늘만큼 널따란 돛을 움직이고 1000명이 넘는 사람들을 밀어 보낸다.

우주는 경이롭다.

나는 검은 돌을 집어 빈 점을 메꿀 준비를 한다. 내 세력을 하나로 잇기 위해.

검은 바둑돌은 백팩에서 끼낸 수선 키트로 변한다. 나는 로켓의 분사 노즐을 조정하여 돛의 구멍 바로 위까지 이동한다. 구멍을 통해 저 너머의 별들이 보인다. 오랫동안 우주선의 누구도 보지 못한 별들이. 그 별들을 보며 상상한다. 그중 하나에, 언젠가는, 융합하여 하나의 국가가 된 인류가, 절멸의 위기에서 벗어난 모습을. 새로 시작해서 다시 번성한 모습을.

조심스럽게, 나는 돛의 구멍에 패치를 붙이고 불대를 가열한다.

구멍 위로 불대를 움직이자 패치가 녹으면서 넓게 퍼져 태양 돛 필름의 탄화수소 사슬과 결합하는 것이 느껴진다. 이 과정이 끝나면 그 자리에 은을 증착시켜 빛나는 반사층을 형성할 것이다.

"수선 작업 이상 무." 나는 마이크에 대고 말한다. 이어폰 배경음으로 사람들의 환호성이 작게 들려온다.

"넌 영웅이야." 민디.

나는 만화에 나오는 일본의 거대 로봇이 된 기분에 씩 웃는다.

불대가 퍽 하더니 꺼져버린다.

"조심해." 아버지 목소리. "넌 다음 돌을 저곳에 착점해서 구멍을 막을 생각이겠지. 하지만 네가 정말로 원하는 게 그걸까?"

불대와 연결된 연료 탱크를 흔들어 본다. 비었다. 돛의 기둥에 부딪혔던 그 탱크다. 부딪히면서 연료가 새는 바람에 수선 작업을 마칠 연료가 부족한 것이다. 패치가 살짝 흔들린다. 구멍에 절반만 붙은 채로.

"돌아오게." 해밀턴 박사. "연료를 채워서 다시 시도하면 돼."

나는 녹초가 됐다. 아무리 용을 써도 늦기 전에 이리로 돌아올 수는 없을 것이다. 그때쯤 이 구멍이 얼마나 커졌을지 누가 알겠는가? 그건 해밀턴 박사도 나만큼 잘 안다. 박사는 그저 내가 따뜻하고 안전한 우주선으로 돌아오기만 바랄 뿐이다.

탱크에는 아직 연료가 있다. 내가 돌아갈 때 쓸 연료가.

아버지는 기대하는 표정이다.

"알았어요." 나는 천천히 말한다. "다음 돌을 이 구멍에 놓으면, 난 오른쪽 위의 귀에 있는 작은 세력으로 돌아갈 기회를 놓치겠죠.

아버지는 그 돌들을 다 잡을 테고."

"돌 하나를 두 곳에 놓을 수는 없어. 아들아, 선택을 해야 해."

"어떻게 하면 좋을지 가르쳐 주세요."

나는 아버지의 얼굴을 보며 답을 기다린다.

"주위를 둘러보렴." 아빠가 말한다.

그러자 내 눈에는 보인다. 엄마. 옆집의 마에다 할머니. 총리. 구루메의 이웃들 모두. 우리와 함께 기다리던 사람들 모두. 가고시마에서, 규슈에서, 일본열도 전역에서, 전 지구에서, 그리고 호프풀호에서. 그들은 기대에 찬 표정으로 나를 보고 있다. 내가 뭔가 해 주기를 바라며.

아빠의 목소리는 나지막하다.

"환하게 반짝이는 별들 사이
우리 모두 지나가는 손님이런가
웃음으로, 그리고 이름으로."

"세게 빙법이 있어요." 나는 무전으로 해밀턴 박사에게 말한다.

"난 알고 있었어, 네가 뭔가 생각해 낼 거란 걸." 민디의 목소리. 자랑스러워하는, 흐뭇한 목소리.

해밀턴 박사는 잠시 말이 없다. 내가 무슨 생각을 하는지 아는 것이다. 그리고 잠시 후.

"고맙네, 히로토."

나는 빈 연료 탱크에서 불대를 분리한 다음, 내 등의 연료 탱크에 연결한다. 불을 붙인다. 불꽃은 밝고, 가늘다. 빛으로 만든 칼날처럼. 나는 내 앞의 광양자와 원자를 다스려 힘과 빛의 그물로 변신시킨다.

막 너머의 별들은 다시 봉인된다. 돛의 표면은 완벽한 거울이다.

"항로를 수정하라. 수선 작업 완료." 나는 마이크에 대고 말한다.

"작업 완료 확인." 해밀턴 박사가 말한다. 슬퍼 보이지 않으려고 애쓰는 남자의 목소리로.

"일단 너부터 돌아와야지." 민디. "지금 항로를 수정하면 넌 의지할 곳이 아무 데도 없잖아."

"괜찮아, 베이비." 나는 마이크에 대고 속삭인다. "난 안 돌아가. 연료가 부족하거든."

"우리가 구하러 갈게!"

"이 버팀대 사이를 나만큼 빨리 이동할 순 없어." 나는 민디에게 부드럽게 말한다. "이 패턴을 나만큼 잘 아는 사람은 없으니까. 도착할 때쯤이면 난 이미 산소가 다 떨어졌을 거야."

나는 민디가 울음을 그칠 때까지 기다린다.

"우리 슬픈 얘기는 그만 하자. 사랑해."

그런 다음 무전을 끄고 우주로 나아간다. 사람들의 마음이 약해져 쓸데없이 구조대를 파견하지 않도록. 그렇게 나는 추락한다. 우산 같은 태양 돛 아래로 멀리, 멀리.

내가 지켜보는 동안 태양 돛은 방향을 틀고, 그 너머의 별들은 위용을 남김없이 드러낸다. 이제 뒤쪽에 희미하게 보이는 태양은 뜨지도 지지도 않는 여러 별 가운데 하나일 뿐. 나는 그 별들 사이에 둥둥 떠 있다. 혼자서, 동시에 그들과 함께.

새끼 고양이의 혀가 내 마음을 할짝거린다.

나는 다음 돌을 빈 점에 놓는다.

아빠는 내 예상대로 다음 수를 놓고, 바둑판 오른쪽 위의 귀에 있는 내 돌들은 사라진다. 둥둥 떠서 흘러간다.

하지만 나의 대마는 무사하다. 어쩌면 앞으로 더욱 뻗어나갈지도 모른다.

"바둑에도 영웅이 있네요." 보비의 목소리.

민디는 내가 영웅이라고 했다. 하지만 나는 단지 적당한 시점에 적당한 장소에 있었던 사람일 뿐이다. 해밀턴 박사는 호프풀호를 설계했으니 그 역시 영웅이다. 민디는 내가 잠들지 않도록 해 주었으니 역시 영웅이다. 내가 살아남도록 기꺼이 나를 보내 준 내 어머니도 영웅이다. 내가 옳은 일을 할 방법을 가르쳐 준 내 아버지도 영웅이다.

우리가 누구인지 정의하는 것은 타인들의 삶으로 이루어진 그물 속에서 차지하는 자리이다.

나는 수많은 바둑알이 합쳐져 더 큰 패턴으로 변할 때까지, 그래서 변화하는 생명과 일렁거리는 숨결로 바뀔 때까지 바둑판을 바라보다가, 눈을 돌린다.

'돌 하나하나는 영웅이 아니야, 하지만 모든 돌이 힘을 합치면 영웅적인 일을 할 수 있어.'

"산책하기 좋은 날이구나. 그렇지?" 아빠가 말한다.

이윽고 우리는 함께 거리를 걷는다. 지나가면서 본 풀잎 한 장, 이슬 한 방울, 저무는 해의 힘없는 햇살 한 줄기까지, 기억할 수 있도록. 한없이 고운 그 모두를.

태평양 횡단 터널 약사(略史)

A BRIEF HISTORY OF THE TRANSPACIFIC TUNNEL

라멘 집에서, 나는 손을 내저어 종업원을 돌려보내고 미국인 웨이트리스가 오기를 기다린다. 하얗고 주근깨가 점점이 나서 달처럼 보이는 피부. 보디스 같은 근무복을 가득 채운 풍만한 가슴. 어깨까지 내려오는 구불구불한 밤색 머리칼은 꽃무늬 손수건으로 뒤로 묶고 있다. 방금 딴 찻잎의 초록빛을 띤 눈이 아시아인에게서 보기 힘든 당당하고 거침없는 웃음을 내뿜는다. 나는 그 눈가의 주름도 마음에 든다. 삼십대 여성에게 잘 어울리는 주름이다.

"*하이.*" 한참 만에 내 테이블 앞에 선 여자는 짜증이 난 듯 입이 샐쭉하다. "*호카 노 오캬쿠상 가 이마스 요. 나니 오 주몬 시마스 카?*(다른 손님이 있어서요. 주문은 뭘로?)"

여자의 일본어 실력은 꽤 훌륭하다. 발음은 나보다 더 좋은 것 같은데…… 손님한테 경어를 안 쓰는 것이 옥에 티다. 미드포인트 시티의 절반을 차지하는 이곳 일본 조계(租界)에서는 여전히 미국인을 보기가 힘들지만, 쇼와 36년(미국인인 그 여자에게는 1961년)인 지금, 바야호로 세상은 변하고 있다.

"돈코쓰 라멘 하나, 곱빼기로."

나는 거의 영어로 대답한다. 그러고는 내 목소리가 얼마나 크고 무례한지 퍼뜩 알아차린다. 나 같은 퇴물 광부는 세상 사람이 다 자기처럼 가는귀가 먹지 않았다는 걸 자꾸 까먹는다.

"주시오." 나는 조그맣게 덧붙인다.

놀라서 눈이 동그래진 여자가 마침내 나를 알아본다. 머리를 깎고 깨끗한 셔츠를 입은 내 모습이 전에 몇 번 왔을 때와 다르기 때문이다. 나는 지난 10년간 외모에 신경을 쓰지 않았다. 지금까지는 그럴 필요가 없었으니까. 거의 모든 시간을 집에서 혼자 보내니까. 그러나 이 여자를 보고 나서 내 심장은 오랫동안 느끼지 못했던 방식으로 뛰었고, 그래서 나는 한번 애를 써 보고 싶어졌다.

"맨날 똑같은 것만 시키네요." 여자가 빙긋 웃는다.

나는 이 여자가 영어로 말하는 게 좋다. 목소리가 더 자연스러우니까. 꾸며낸 고음이 아니라.

"라멘 별로 안 좋아하죠."

라멘을 들고 온 여자가 말한다. 질문이 아니다.

나는 웃음을 터뜨릴 뿐, 부정하지는 않는다. 이 집 라멘은 맛이 형편없다. 라멘 만드는 솜씨가 괜찮았다면 애초에 일본을 떠나 이곳 미드포인트 시티에 가게를 열었을 리가 없다. 아무것도 모르는 관광객이 태평양 횡단 터널을 지나다가 잠깐 쉬려고 들르는 이런 곳에는. 그래도 나는 이 여자를 보러 계속 오지만.

"당신, 일본 사람이 아니군요."

"음. 난 포모사 출신이야. 찰리라고 해."

미드포인트 시티를 지어 올리던 시절, 함께 일하던 미국인 인부들은 내 민난어 이름을 제대로 발음하지 못해서 나를 찰리라고 불렀다. 나도 찰리라는 이름의 발음이 마음에 들어서 그 후로 쭉 쓰고 있다.

"그래요, 찰리. 난 베티예요." 여자는 돌아서서 떠나려 한다.

"잠깐만."

이 용기는 어디서 갑자기 솟아난 걸까. 내가 이렇게 용감한 짓을 하기는 정말로 오랜만이다.

"일 끝나고 만날 수 있을까?"

여자는 내 말을 곰곰이 생각한다. 입술을 깨물면서.

"두 시간 후에 다시 와요."

「초보 여행자를 위한 태평양 횡단 터널(TPT, TransPacific Tunnel) 안내서」(TPT 관리국 펴냄, 1963)에서 발췌.

여행객 여러분, 환영합니다! 올해는 태평양 횡단 터널 완공 25주년입니다. 터널을 처음 찾아 주신 여러분을 만난다는 생각에 가슴이 벅차오르는군요.

태평양 횡단 터널은 대권 항로를 따라 해저 바로 아래로 아시아와 북아메리카를 연결하는 경로로서, 지상 터미널은 상하이와 도쿄, 시애틀 세 곳에 있습니다. 터널은 각 도시 간 최단 거리를 지나 환태평양 조산대를 따라서 북쪽으로 휘어집니다. 이러한 경로상의 특징 때문에 터널의 내진 공사를 위해 비용이 더

들기는 했지만, 한편으로는 해당 경로를 따라 위치한 지열 분출구 및 고열 지대를 활용하여 터널 자체와 공기 압축 시설 및 산소 발생장치, 해저 정비소 같은 기반 시설에 필요한 전력을 얻을 수 있습니다.

기본적으로 본 터널은 누구에게나 익숙한 현대식 건물의 층간 우편배달용 진공 튜브나 캡슐 배송관을 커다랗게, 아주 거대하게 확대한 것입니다. 터널 내부에는 각각 서쪽과 동쪽으로 향하는 지름 12미터짜리 강철 수송관 두 줄이 콘크리트 속에 평행으로 매설되어 있습니다. 수송관은 수많은 단거리 자체 밀봉 구간으로 이루어졌으며 각 구간마다 공기 압축 시설이 다수 있습니다. 승객과 화물을 실은 원통형 캡슐은 앞쪽의 부분 진공 상태에 의해 당겨지고, 뒤쪽의 압축 공기에 의해 밀리면서 튜브 속을 나아갑니다. 캡슐은 마찰을 줄이기 위해 모노레일 위로 운행하고 있습니다. 현재 최고 운행 속도는 시속 약 200킬로미터로서, 상하이에서 시애틀까지는 꼬박 이틀이 조금 더 걸립니다. 최종적으로는 최고 속도를 시속 300킬로미터까지 높이는 계획이 추진 중입니다.

수송량과 속도, 안정성을 고루 갖춘 본 터널은 태평양을 건너 이동하고자 하는 거의 모든 경우에 비행선과 비행기 및 해상 운송 수단보다 월등합니다. 터널은 폭풍우나 빙산 또는 태풍의 영향을 전혀 받지 않으며, 지구 자체의 무한한 열을 동력으로 이용하기 때문에 운송비 또한 매우 저렴합니다. 오늘날 본 터널은 아시아와 아메리카를 오가는 승객 및 공산품의 주요 이동 수단입니다. 해마다 전 세계 컨테이너 물동량의 30퍼센트 이상이 본 터널을 거쳐 갑니다.

여행객 여러분, 저희 태평양 횡단 터널을 통하여 즐거운 여행을 하시기 바라며, 최종 목적지까지 안녕히 가십시오.

나는 다이쇼 2년(1913년) 타이완섬의 신치쿠 지방에 있는 작은 마을에서 태어났다. 무지렁이 농사꾼이었던 우리 집안은 항일 봉기에 참여한 적이 없었다. 우리 아버지의 관점에서 보면 중국 대륙의 만주족이 지배하든 일본인이 지배하든 상관없었다. 어차피 세금 걷을 때만 빼면 우리 같은 사람들은 거들떠보지도 않았으니까. 타이완섬의 농민들이 할 일은 묵묵히 땀 흘리며 고생하는 것이었다.

정치는 먹을 만큼 먹고도 뭔가 남는 사람들의 몫이었다. 게다가, 나는 목재 회사의 일본인 벌목공들이 언제나 마음에 들었다. 그 사람들은 점심시간에 내게 사탕을 주곤 했으니까. 우리가 본 일본인 이주자 가족은 예의가 발랐고, 차림새도 말쑥했고, 교양도 무척 풍부했다. 아버지는 언젠가 이렇게 말한 적도 있다.

"할 수만 있으면 다음번 생에는 일본인으로 태어나고 싶구나."

내가 아직 아이였을 적에, 신임 일본 총리가 정책 변경을 발표했다. 식민지 원주민들을 천황의 충직한 신민으로 탈바꿈시키겠다는 것이었다. 일본인 총독은 마을마다 학교를 짓고 모든 아이가 다니도록 했다. 영리한 남자애들은 전에는 일본인만 다닐 수 있었던 고등학교에 진학하여 장차 일본에 유학을 가리라는 희망까지 품었다. 빛나는 미래가 보장된 그곳으로.

하지만 나는 공부에 젬병이었고 일본어도 잘 못했다. 나는 한자 몇 자만 읽을 줄 알면 된다고 만족한 채 다시 농사꾼으로 돌아갔다. 아버지와 할아버지가 그랬던 것처럼.

내가 열일곱 살이 되던 해(쇼와 5년, 또는 1930년)에 양복을 빼입은 일본인 남자가 우리 마을에 왔을 때, 모든 것이 변했다. 그 남자는 불평불만 없이 열심히 일하는 젊은 아들이 있는 집을 찾아다니며 큰돈을 벌게 해 주겠다고 약속했다.

우리는 미드포인트 시티 한복판에 있는 우애의 광장을 거넌다. 몇 안 되는 행인들은, 미국인이고 일본인이고 간에, 나란히 걷는 우리 둘을 뚫어지게 보며 수군거린다. 하지만 베티는 아랑곳하지 않고, 그 무심함은 나에게까지 전염된다.

태평양 밑바닥에서 몇 킬로미터 아래인 이곳은 광장 시계에 따르면 늦은 오후라서, 주위의 아크 가로등이 더없이 환하게 켜져 있다.

"여길 지나갈 때면 항상 야간 경기에 나온 야구 선수가 된 느낌이 들어. 그이가 살아 있을 때 식구들끼리 야구 보러 자주 갔었기든."

베티의 말에 나는 고개를 끄덕인다. 베티는 남편 이야기를 스스럼없이 꺼내는 편이다. 전에 들은 이야기에 따르면 베티 남편은 변호사였는데 고향인 캘리포니아주를 떠나 남아프리카에서 일하다가, 그곳에서 그가 변호하는 사람을 싫어하는 자들의 손에 목숨을 잃었다고 한다.

"사람들은 그이를 '인종 배신자'라고 했어."

그때 베티는 그렇게 말했다. 나는 더 캐묻지 않았다.

아이들이 제 앞가림을 할 만큼 자란 지금, 베티는 식견을 넓힐 요량으로 세계 여행을 하는 중이다. 베티가 탔던 일본행 캡슐 열차는 승객들이 내려서 사진을 찍을 수 있도록 미드포인트역에서 표준 정차 시간인 한 시간 동안 머물 예정이었는데, 베티는 도심 깊숙이 들어갔다가 길을 잃는 바람에 그만 열차를 놓치고 말았다. 이 일을 계시로 받아들인 베티는 이곳 미드포인트 시티에 눌러앉아 세상이 무엇을 가르쳐 줄지 기다리는 중이다.

오로지 미국인만이 이런 식으로 살아갈 수 있다. 미국인 중에는 베티처럼 자유로운 영혼이 많다.

우리가 데이트를 시작한 지도 이제 4주째. 보통은 베티가 일을 쉬는 날에 만난다. 함께 미드포인트 시티를 거닐면서 이야기를 나눈다. 나는 영어로 대화하는 게 더 좋다. 격식과 예의를 차릴 필요가 없다는 게 큰 이유다.

광장 중앙에 있는 동판 앞을 지나면서, 나는 그 동판에 새겨진 내 일본식 이름을 손으로 가리킨다. 하야시 다쿠미[林拓海]. 우리 마을의 일본인 선생님이 골라 주신 그 이름의 한자가 나는 마음에 들었다. '열어라[拓], 바다[海]를'이라는 뜻이었다. 알고 보니 선견지명이 있는 선택이었다.

베티는 감동한 눈치다.

"정말 굉장하다. 터널에서 일하는 게 어땠는지 꼭 듣고 싶어."

이제 나 같은 퇴물 광부는 몇 명 남지 않았다. 폐를 찌르는 뜨겁고 습한 흙먼지를 들이마시며 오랜 세월 고된 노동을 한 우리 같은 사람은, 내장과 관절에 보이지 않는 손상을 입었다. 내 나이 겨우 마흔여덟, 친구들은 모조리 병으로 쓰러져 먼저 떠났다. 나는 우리가 함께한 기억의 마지막 관리자다.

우리 쪽과 미국 쪽을 가로막은 얇은 바위 벽을 마침내 발파하여 터널을 완성한 쇼와 13년(1938년) 그해, 나는 조장 자격으로 개통식에 참석하는 영예를 누렸다. 나는 베티에게 그 발파 지점이 우리가

서 있는 곳에서 정북향에 있는 주 터널 내부, 미드포인트역 바로 너머였다고 설명한다.

우리는 내가 사는 아파트 건물에 도착한다. 아파트는 포모사 출신자들이 주로 거주하는 구역의 가장자리에 있다. 나는 베티에게 들렀다 가라고 청한다. 베티는 고개를 끄덕인다.

내 아파트는 너비 90센티미터에 길이 180센티미터인 다다미가 여덟 장 깔린 단칸방이지만, 창문은 있다. 구입할 당시에는 호화 주택으로 통하던 집이다. 그때나 지금이나 미드포인트 시티는 공간이 귀한 곳이니까. 장차 이사할 생각이 절대 없었기 때문에 나는 내 연금의 상당액을 담보로 잡고 이 집을 샀다. 다른 사람들은 대부분 관 같은 다다미 한 장짜리 방에서 그럭저럭 살아간다. 하지만 미국인인 베티에게는 이 집도 무척 비좁고 허름해 보일 것이다. 미국인들은 뭐든 넓고 큰 것을 좋아하니까.

나는 베티에게 차를 타 준다. 베티와 이야기를 나누면 마음이 몹시도 편해진다. 베티는 내가 일본인이 아닌 것을 아랑곳하지 않고, 내게 어떤 선입견도 품지 않는다. 미국인이 으레 그렇듯이 자신과 나 사이의 공통점을 찾아내서 함께 이야기한다.

창밖으로 보이는 아크 가로등은 이제 빛이 조금 약해졌다. 미드포인트 시티에 저녁이 왔다. 베티는 일어서서 그만 가 봐야겠다는 말을 하지 않는다. 우리 사이의 대화는 멈췄다. 공기가 팽팽하게 긴장된 느낌이 들지만, 나쁘지 않다. 기대감 같은 것이 배어 있으니까. 나는 손을 내밀어 베티의 손을 쥔다. 베티는 뿌리치지 않는다. 닿은 손에 전기가 통하는 것 같다.

『멋진 미국』(에이피 통신 엮음, 1995년)에서 발췌.

1929년, 건국한 지 얼마 안 되어 힘이 약했던 중화민국은 국내의 공산주의자 봉기에 전력으로 대처하기 위해 일본의 요구에 응하여 중일 상호 협력 조약을 체결했다. 이 조약에 따라 만주의 중국 영토는 모조리 일본에 정식으로 할양되었고, 이로써 중국과 일본이 전면전을 벌일 가능성은 사라졌으며 만주를 차지하려던 소련의 야욕 또한 좌절되었다. 이 조약은 35년에 걸친 제국주의 일본의 영토 확장에서 정점을 차지하는 사건이었다. 이제 포모사와 조선 반도와 만주를 제국에 통합하고 중국마저 협력자로 거느린 일본은 막대한 천연자원과 저렴한 노동력, 그리고 자국의 공산품을 판매할 수억 명의 잠재 시장까지 손에 넣기에 이르렀다.

국제사회를 향하여, 일본은 앞으로는 평화적 수단을 통해 부단히 노력함으로써 강대국이 될 것이라고 선언했다. 그러나 영국과 미국을 필두로 한 서양 열강은 이에 회의적이었다. 특히 일본의 식민주의 이념인 '대동아공영권'을 경계했는데 이는 일본판 먼로주의이자 아시아에서 유럽과 미국의 영향력을 배제하려는 의도로 여겨졌다.

그러나 서양 열강이 일본의 '평화적 진보'를 억제하고 포위할 계획을 완성하기에 앞서, 대공황이 전 세계를 덮쳤다. 영리한 히로히토 천황은 그 기회를 놓치지 않고 허버트 후버 미 대통령에게 전 세계적 경제 위기를 타개할 방안으로 태평양 횡단 터널 구상을 제안했다.

작업은 고되고 위험했다. 날마다 많은 사람이 다쳤고 가끔은 사망자도 나왔다. 게다가 무척이나 더웠다. 완성된 구간에는 공기를 식히는 기계가 설치됐다. 그러나 땅파기 작업이 실제로 이루어지는 곳은 터널 최전방이었고, 그곳에서 일하던 우리는 지열에 고스란히 노출된 채 속옷 바람으로 쉴 새 없이 땀을 쏟았다. 작업 인원은 인종에 따라 나뉘었다. 조선인, 포모사인, 오키나와인, 필리핀인, 중국인(이들은 방언에 따라 재분류됐다.) 같은 식으로. 그러나 얼마 후에는 모두 똑같은 얼굴이 되었다. 땀과 흙먼지와 진흙으로 온몸이 뒤덮이고 두 눈 주위만 하얀 동그라미로 남은 얼굴이었다.

나는 오래지 않아 지저 세계의 삶에 익숙해졌다. 그칠 줄 모르고 터지는 다이너마이트 소리에, 쉬지 않고 돌아가는 유압식 굴착기와 순환식 공랭 풀무의 소음에, 그리고 껌벅거리는 아크등의 누리끼리한 불빛에. 우리 조가 자는 동안에도 다음 조는 굴착 작업을 했다. 어느 정도 시간이 흐르자 다들 청력이 약해졌고, 우리는 서로에게 말 걸기를 그만두었다. 어차피 할 말도 없었다. 땅만 파면 그만이었으니까.

그래도 임금은 후하게 받았다. 그 덕분에 나는 저축을 하면서도 집에 돈을 부칠 수 있었다. 하지만 고향에 다녀오는 것은 꿈도 못 꿀 일이었다. 내가 투입될 무렵에 터널 최전방은 이미 상하이와 도쿄의 중간 지점에 이르러 있었다. 굴착한 토사를 상하이 지상까지 실어 나르는 증기 기관 열차를 타려면 한 달 월급을 고스란히 지불해야 했다. 나는 그런 사치를 누릴 처지가 아니었다. 작업을 진행할수록 지상으로 가는 길은 점점 더 멀어지고 비싸졌다.

너무 깊이 생각하지 않는 것이 상책이었다. 작업도, 깊이가 몇 킬로미터나 되는 머리 위의 바닷물도, 우리가 미국까지 닿으려고 지각에 터널을 파는 중이라는 사실도. 어떤 이들은 그런 상황을 못 견디고 미쳐 버리는 바람에 격리당해야 했다. 자신이나 남을 해치기 전에.

「태평양 횡단 터널 약사(略史)」(TPT 관리국 펴냄, 1960)에서 발췌.

대공황 시기에 일본의 총리였던 하마구치 오사치가 주장한 바에 따르면, 히로히토 천황은 미국의 파나마 운하 건설 사업에서 영감을 받아 태평양 횡단 터널을 구상했다. '미국은 두 대양을 하나로 이었다.' 천황은 그렇게 말했다고 전해진다. '이제 우리가 두 대륙을 하나로 이을 차례다.' 일찍이 기술자로 경력을 쌓은 미국의 후버 대통령은 위축된 세계 경제를 활성화시킬 처방으로서 그 구상을 열렬히 홍보하고 지지했다.

이 터널은 의심할 여지 없이 인류 역사상 가장 거대한 토목 공사이다. 순전히 규모만으로도 대(大)피라미드와 만리장성이 장난감으로 보일 정도이다. 이 때문에 당대의 평론가들은 터널을 가리켜 오만한 광기이자 현대의 바벨탑이라고 비난했다.

튜브와 압축 공기는 빅토리아 시대에 이미 서류나 소화물을 배달하는 용도로 쓰였지만, 태평양 횡단 터널이 만들어지기 전까지 진공 튜브를 통한 중화물 및 승객 수송은 시내의 지하철을 이용한 시범 운용 몇 차례가 고작이었다. 따라서 이 터널을 파는 데에는 비상한 수준의 토목 공학이 필요했고, 이러한 수요는 여러 기술적 진보를 이끌었다. 개중에는 고속 굴착용 지향성 폭약처럼 공사와 관련된 핵심 기술을 넘어선 것도 있었다. 한 가지 예를 들면 공사에 착수할 당시에는 컴퓨터가 아니라 주판과 수첩을 든 젊은 여성 수천 명이 공학 계산을 담당했지만, 공사를 마무리할 무렵에는 전자 컴퓨터가 그들을 대신했다.

총 9,408킬로미터에 이르는 태평양 횡단 터널은 1929년부터 1938년까지 10년에 걸쳐 만들어졌다. 공사에 투입된 인력 약 700만 명은 대부분 일본과 미국이 제공했다. 전성기에는 미국 노동자 열 명 가운데 한 명이 이 터널 공사에 고용되어 일했다. 파낸 토사의 양은 약 10억 세제곱미터가 넘었는데 이는 파나마 운하 건설 당시에 파낸 양의 거의 50배였다. 이 폐기물은 중국과 일본 본토 및 미국 워싱턴주 북서부의 퓨젓만에서 간척지 매립 용도로 재활용됐다.

얼마 후, 우리는 다리를 포갠 채 이불 위에 누워 있다. 어둠 속에서 베티의 심장 박동이 들려오고, 이 아파트에 어울리지 않는 정사 후의 땀 냄새가 편안하게 느껴진다.

베티는 미국에서 아직 학교에 다니는 자기 아들 이야기를 들려준다. 아들이 친구들과 함께 버스를 타고 미국 남부를 여행하는 중이라면서.

"친구 중에 몇 명은 '니그로'래."

내가 아는 사람 중에도 니그로가 몇 명 있다. 그들은 미드포인트 시티의 절반인 미국 조계 안의 전용 거주 구역에 살면서, 거의 자기들끼리만 어울린다. 일본인 가정에서 니그로 여성을 고용하여 서양식 요리를 만들게 하는 경우도 있다.

"아들이 재밌게 지내면 좋겠군."

베티는 내 대답을 듣고 놀란다. 고개를 돌려 나를 보더니 웃음을 터뜨린다.

"당신은 그곳 사정을 모른다는 걸 내가 깜박했네." 베티는 일어나서 않는다. "미국에서는 말이야, 니그로하고 백인이 분리되어 있어. 사는 곳도 직장도, 학교도 다 따로따로야."

나는 고개를 끄덕인다. 익숙한 이야기다. 이곳 일본 조계에서도 각 인종이 자기들끼리만 어울리니까. 세상에는 우수한 인종과 열등한 인종이 있다. 예컨대 일본인만 출입할 수 있는 식당과 클럽만 해도 잔뜩 있다.

"법에는 백인과 니그로가 같은 버스를 탈 수 있다고 돼 있지만, 미국의 비밀은 국민의 태반이 법을 안 지킨다는 거야. 내 아들이랑 친구들은 그걸 바꾸고 싶대. 함께 버스를 타고 다니면서 성명을 발표하는 거지, 사람들이 그 비밀에 관심을 갖도록. 그 애들은 백인 전용석에 니그로가 앉는 걸 싫어하는 사람들이 사는 곳을 돌아다녀. 사람들이 화가 나서 몰려들면 폭력 사태가 벌어져 위험해질지도 모르는데."

이 무슨 바보 같은 소리인가. 아무도 들으려 하지 않는 성명을 발표하고, 입을 다물고 있는 것이 더 나은 상황에서 소리 높여 말하다니. 버스를 탄 애들 몇 명이 뭘 바꿀 수 있다고?

"그런다고 뭐가 달라지거나 마음을 고쳐먹는 사람이 있을지는 잘 모르겠어. 하지만 상관없어. 나한테는 내 아들이 입을 다물지 않고 말하는 것만으로도 충분해. 그 비밀은 그 애 덕분에 조금이나마 지키기 힘들어졌으니까. 그건 의미 있는 일이야."

베티의 목소리는 자부감이 넘쳐난다. 그리고 베티는 자부심을 느낄 때 아름다워 보인다.

나는 베티의 말을 되씹어 본다. 자기가 잘 모르는 것에 대해서도 입을 열고 의견을 밝히는 것은 미국인 특유의 집착이다. 미국인은 남들이 묻어 두려 하는 것, 무시하고 잊어버리려 하는 것에 관심을 집중시키는 일이 중요하다고 믿는다.

하지만 베티가 내 머릿속에 심어 놓은 이미지는 좀처럼 사라지지 않는다. 조용한 어둠 속에 서 있는 소년. 그 소년이 말을 한다. 소년의 말은 비눗방울처럼 둥둥 떠오른다. 그 말이 터지면서 세상은 조금 더 환해지고, 숨 막히던 침묵도 조금 느슨해진다.

신문에서 읽었는데, 지금 일본에서는 제국 의회에 포모사인과 만주인 의석을 만들려고 논의하는 중이라고 한다. 영국은 지금도 아프리카와 인도에서 원주민 게릴라와 싸우는 중이지만, 이제 머잖아 식민지 독립을 인정하는 수밖에 없을 거다. 세상은 정말로 변하고 있다.

"왜 그래?"

베티가 내 이마의 땀을 닦아 주며 묻는다. 그러면서 에어컨 바람이 내 쪽에 더 닿도록 옆으로 비켜 눕는다. 나는 몸이 덜덜 떨린다. 바깥의 거대한 아크등은 아직 꺼져 있다. 새벽이 오려면 멀었다.

"또 악몽을 꾼 거야?"

그 첫날 이후로 우리는 여러 밤을 함께 보냈다. 나는 베티 때문에 일상이 어그러졌지만, 그런 것은 아무렇지도 않다. 어차피 무덤에

한 발을 집어넣은 인간의 일상이었으니까. 베티 덕분에 나는 살아 있는 기분을 느낀다. 바다 밑에서, 어둠과 침묵 속에서 홀로 그토록 오랜 세월을 보내고 나서.

하지만 베티와 함께한 시간은 내 안 한구석에 질러진 빗장을 풀었다. 이제 기억들이 쏟아져 나온다.

욕구를 도저히 참을 수 없는 남자들은 조선 출신 위안부를 찾아갔다. 하루 치 품삯을 지불해야 하기는 했지만.

나는 딱 한 번 갔다. 피차 너무 지저분한 몰골이었고, 여자 쪽은 죽은 생선처럼 꼼짝도 하지 않았다. 나는 두 번 다시 위안부를 찾지 않았다.

동료한테 듣기로 위안부 중에는 자기가 원해서 온 게 아니라 제국 육군에 인신매매를 당한 여자도 있다던데, 내가 산 여자도 그런 경우였던 것 같다. 그 여자한테 딱히 미안한 기분은 들지 않았다. 나는 너무 피곤했으니까.

『일자무식을 위한 미국사 입문』(1995)에서 발췌.

그러니까 다 같이 실업자가 돼서 수프랑 빵을 받으려고 줄을 서 있는 와중에, 일본이 와서 이랬단 말이야.

"어이, 미국 형씨, 우리 무지막지하게 큰 터널을 짓자. 그래서 돈을 왕창 풀어 가지고 노동자를 엄청 많이 고용해서 다시 경제가 굴러가게 하는 거야. 어때?"

그런데 그 아이디어가 제대로 성공하는 바람에 다들 한목소리로 외친 거지.

"도모 아리가토, 저팬!(고마워요, 일본!)"

자, 이 정도로 쌈박한 아이디어를 내놓는 쪽은 말이지, 나중에 현금으로 바꿀 수 있는 칩을 손에 넣는 거나 마찬가지야. 이듬해인 1930년에 일본이 한 일이 바로 그거였어. 런던 해군 군축 회담은 국제 깡패들…… 아니, 강대국들이 모여서 전함과 항공모함을 각국이 얼마나 보유할지 논의하는 자리였는데, 여기서 일본은 영국 및 미국하고 같은 수의 함선을 건조하게 해 달라고 요구했어. 미국과 영국은 그러라고 했고.*

일본에 대한 이 양보는 나중에 엄청난 결과를 초래했어. 일본 총리 하마구치랑 그 양반이 했던 '일본은 평화적 수단으로 진보' 어쩌고 하는 얘기, 기억나? 일본의 군국주의자들하고 국수주의자들은 그 소리에 엄청 열 받았어. 그 사람들은 하마구치가 나라를 팔아먹을 거라고 생각했거든. 그런데 하마구치가 아까 말한 것처럼 멋진 외교적 승리를 거두고 고국에 돌아오니까 다들 그 사람을 영웅이라고 떠받들었고, 국민들은 하마구치가 '평화적 진보' 정책으로 일본을 부강하게 만들 거라고 믿기 시작했어. 일본 국민들은 나라를 거대한 군사 훈련소로 만들지 않아도 하마구치 덕분에 서양 열강이 자기네를 정말로 동등하게 대할지도 모른다는 기대를 품은 거야.

런던 해군 군축 회담이라는 즐거운 파티장에서 국제 깡패들은 독일을 이빨 빠진 호랑이로 만들었던 베르사유 조약의 치욕스러운 조항들마저 모조리 파기

---

* 앞서 1922년 워싱턴 해군 군축 조약에서 미국과 영국과 일본의 주력함 비율은 5 대 5 대 3으로 정해졌어. 일본은 이 비율을 1930년에 개정한 거야.

했어. 영국과 일본은 각각의 이유 때문에 이 조치를 지지했지. 둘 다 독일이 상대편보다 자길 더 좋아한다고 생각했기 때문에, 언젠가 아시아 식민지를 놓고 국제 패싸움이 벌어지면 독일이 자기편에 붙을 거라고 기대한 거야. 또 다들 소련을 경계했기 때문에 북극곰을 상대할 번견으로 독일을 점찍기도 했고.**

샤워하면서 생각해 볼 것들

1. 태평양 횡단 터널은 최초의 진정한 케인즈식 경기 부양 정책이었고, 그 덕분에 대공황이 일찍 끝났다고 설명하는 경제학자는 많아.

2. 그 터널에 누구보다 열광한 사람은 십중팔구 후버 대통령이었을 거야. 그 양반은 터널이 성공한 덕분에 역사상 유일무이한 4선 대통령이 됐거든.

3. 지금은 터널을 짓는 동안 일본 군부가 수많은 노동자의 인권을 유린했다는 걸 다들 알지만, 그 사실이 밝혀지기까지는 수십 년이 걸렸어. 참고 문헌 목록을 보면 여기에 관해 더 알 수 있는 책들이 나와 있다고.

4. 터널은 결국 해상 운송 물량의 상당 부분을 빼앗아 갔는데, 이 때문에 태평양 연안의 여러 항구가 몰락했어. 가장 유명한 사례는 1949년 영국이 일본에 팔아넘긴 홍콩이야. 이 항구 도시가 더는 중요하지 않다고 판단한 거지.

5. 세계 대전(1914~1918년)은 결과적으로 20세기의 마지막 '전 세계적 전면

** 독일의 재무장을 허가하는 조치 덕분에 독일 정부는 결과적으로 크게 한숨을 돌렸어. 가혹한 베르사유 조약 중에서도 특히 독일 군대를 거세하는 조항들 때문에 독일인들은 엄청 열 받았는데, 일부는 아예 '국가 사회주의 독일 노동자당', 줄여서 '나치스'라는 군복 입고 행진하길 좋아하는 깡패 정당에 들어갈 정도였다고. 나치스는 온 독일을 덜덜 떨게 했는데 심지어 정부도 겁을 먹을 정도였지. 그런데 1930년 런던 군축 회담에서 베르사유 조약의 무장 제한 조치가 폐기되는 바람에, 그해에 치러진 독일 국가의회 선거에서 나치스 깡패들은 의석을 단 한 석도 못 얻고 사라져 버렸어. 젠장, 그 녀석들 이젠 역사책에 주석 한 줄 정도로밖에 안 나온다고. 지금 이 주석처럼.

전쟁'이 됐어(아직까지는). 우리는 겁쟁이가 돼 가는 걸까? 혹시 새로운 세계 대전을 일으키고 싶어 하는 사람이 있을까?

쇼와 13년(1938년)에 터널의 주요 공사가 다 마무리되고 나서, 나는 8년 전 떠나 왔던 고향에 처음이자 마지막으로 돌아갔다. 나는 미드포인트 역에서 서쪽으로 가는 캡슐 열차의 창가 쪽 좌석 표를 샀다. 일반석 표였다. 열차는 부드럽고 쾌적하게 나아갔고, 캡슐 안은 같이 탄 승객들이 두런거리는 소리와 뒤쪽에서 열차를 미는 압축 공기의 희미한 슈욱 소리를 빼면 조용했다. 젊은 여성 승무원들이 음료와 음식이 든 수레를 밀며 통로를 오갔다.

일부 약삭빠른 회사들은 튜브 안쪽의 광고 공간을 사들여 캡슐의 창문 높이에 그림을 그렸다. 캡슐이 움직이자 창문 바깥 몇 센티미터에 있는 그림들이 하나로 뭉쳐 뿌옇게 흐려지다가, 살아서 움직이기 시작했다. 무성 영화처럼. 같이 탄 승객들과 나는 그 신기한 효과에 매료됐다.

상하이 지상까지 승강기를 타고 올라가는 동안 나는 잔뜩 겁에 질렸고, 기압 변화 때문에 고막이 터질 것만 같았다. 그다음은 포모사행 배를 탈 차례였다.

나는 고향집을 거의 알아보지도 못했다. 부모님은 내가 부친 돈으로 새 집을 짓고 땅도 샀다. 우리 가족은 이제 부자였고, 마을은 경기가 좋아서 북적였다. 나는 이내 형제들이나 부모님과 말이 안 통하는 것을 알아차렸다. 너무 오래 떨어져 지내다 보니 식구들의 삶을 좀처럼 이해할 수가 없었고, 내 감정을 설명할 수도 없었기 때문이었다. 나는 그간의 경험 때문에 내가 얼마나 냉정해지고 무뎌졌는지 그제야 깨달았다. 그리고 내가 본 것 중에는 결코 입 밖에 내서는 안 되는 것들도 있었다. 어떤 의미에서 나는 거북이가 된 느낌이 들었다. 몸을 둘러싼 껍데기 때문에 아무것도 느끼지 못하는 거북이가 된 느낌이.

아버지는 내가 아내를 얻을 나이가 벌써 까마득히 지났으니 집으로 돌아오라는 편지를 보낸 적이 있었다. 나는 성실하게 일했고 건강에 신경을 썼고 군소리도 안 했기 때문에, 조장을 거쳐 현장 감독까지 착실히 승진했다. 여기에는 내가 일본인과 조선인 다음으로 다른 인종보다 우수한 포모사인이라는 점도 도움이 됐다. 나한테는 돈이 웬만큼 있었고, 그래서 고향에 정착하면 좋은 가장이 될 만했다.

하지만 나는 지상에서 보내는 삶은 이제 상상할 수가 없었다. 눈이 멀 것 같은 햇빛을 본 지가 너무 오랜만이라, 바깥에 나가면 꼭 갓난아기가 된 기분이 들었다. 세상은 너무나 조용했다. 그 동안 고함을 질러서 이야기하는 데에 익숙해진 탓에 내가 말을 하면 다들 흠칫 놀랐다. 그리고 하늘과 높은 건물을 올려다보면 어지러웠다. 나는 너무나 익숙해졌던 것이다. 지하의 삶에, 바다 밑바닥 아래에, 비좁고 밀폐된 공간에. 그래서 고개를 들고 위쪽을 보면 숨을 쉬기가 힘들었다.

나는 태평양 횡단 터널을 따라 진주 목걸이처럼 자리 잡은 중계 도시에 일자리를 구하고 그곳에서 살고 싶다는 뜻을 밝혔다. 그러자 딸을 둔 아버지들의 표정은 하나같이 딱딱하게 굳었다. 그 사람들을 탓할 생각은 없다. 자기 딸이 평생 바다 밑바닥 아래에서 햇빛 구경도 못 하고 살기를 바라는 아버지가 어디 있겠는가? 그 사람들은 내가 정신이 이상해졌다고 자기들끼리 수군거렸다.

나는 식구들에게 마지막으로 작별을 고했고, 미드포인트역에 도착하고 나서야 비로소 집에 온 기분을 느꼈다. 내 주위를 둘러싼 지구 중심의 열기와 소음은, 내게 안전한 껍데기였다. 역 플랫폼에 있는 군인들이 눈에 띄었을 때 나는 세상이 마침내 정상으로 돌아온 것을 알 수 있었다. 미드포인트 시티 안쪽으로 보조 터널을 확장하는 공사는 아직 완료되지 않은 상태였다.

"군인이라니. 미드포인트 시티에 군인이 무슨 일로?"

나는 고요하고 캄캄한 곳에 서 있다. 아무것도 안 들리고, 아무것도 안 보인다. 세상은 내 목구멍에서 소용돌이친다, 둑을 부수려고 점점 불어나는 홍수처럼. 나는 입을 꾹 다물어 왔다. 오랫동안, 너무나 오랫동안.

"몰래 돌아다니는 기자들을 쫓아내려고 주둔한 군인들이었어."

나는 베티에게 내 비밀을 털어놓는다. 내 악몽의 비밀을. 내가 그 오랜 세월 동안 한 번도 입 밖에 내지 않은 이야기를.

경기가 회복되면서 인건비가 치솟았다. 터널 광부 자리에 지원할 만큼 사정이 쪼들리는 젊은이는 점점 줄었다. 미국 쪽의 진척은 몇 년째 더뎌졌고, 일본 쪽 역시 그리 낫다고 할 수는 없었다. 중국조차 도 터널에서 일할 가난한 농민이 바닥난 모양이었다.

육군 대신 도조 히데키가 해결책을 찾아냈다. 만주와 중국에서 소련의 지원을 받아 일어난 공산당 봉기를 제국 육군이 진압하면 서, 수많은 포로가 생겨난 것이다. 이들은 공짜로 부려 먹을 수 있는 노동력이었다.

터널로 끌려온 포로들은 정규 근로자의 자리를 채웠다. 현장 감 독이었던 나는 군에서 파견한 지원 분대와 함께 작업을 지휘했다. 포로들은 위험하고 교활한 공비처럼은 보이지 않았다. 가끔은 무슨 포로가 그렇게 많이 끌려오는지 궁금하기도 했다. 뉴스에서는 공비 진압이 순조롭게 이루어지는 중이고 공산당은 별 위협이 아니라고 날마다 떠들었으니까.

포로들은 대부분 오래 버티지 못했다. 일을 하다가 탈진해서 숨 을 거둔 포로가 발견되면 일단 시체를 묶은 사슬을 풀었고, 다음으 로 군인이 와서 총을 몇 방 쐈다. 그러고는 탈출하려다가 사살된 시 체라고 보고했다.

강제 노역에 관여하는 사실을 숨기기 위해 우리는 취재하러 오는 기자들이 주 터널의 작업 현장에 접근하지 못하게 했다. 포로들은 주로 보조 터널을 파는 작업에 동원됐다. 중계 도시나 발전소를 잇 는 이 터널들은 외부의 관심을 덜 받았고, 그래서 더 위험했다.

한번은 발전소로 통하는 보조 터널을 뚫는 현장에서 우리 조 인 부들이 진흙과 물이 든 구덩이를 미처 탐지하지 못하고 폭약을 터뜨리는 바람에, 보조 터널에 물이 들이치기 시작했다. 주 터널까지 바닷물이 밀려들기 전에 터진 곳을 막아야만 했다. 나는 자고 있던 다른 근무조 두 조를 깨운 다음, 사슬로 엮인 포로 한 무리에게 모래주머니를 들고 가서 터진 곳을 막으라고 지시하고 보조 터널로 들여보냈다.

포로 감시 분대의 분대장이 내게 물었다.

"저놈들이 못 막으면 어떡할 겁니까?"

무슨 뜻인지는 자명했다. 주 터널에 물이 들어오지 않게 조치를 취해야 했다. 설령 앞서 들여보낸 인원들이 못 돌아온다고 해도. 확실한 방법은 하나뿐이었고, 보조 터널에는 물이 들어차고 있었다. 시간이 없었다.

나는 예비 인원으로 뒤쪽에 대기시켜 둔 포로들에게 보조 터널 입구에, 즉 앞서 들여보낸 인원들의 등 뒤에 다이너마이트를 매설하라고 지시했다. 속으로는 나도 그러고 싶지 않았지만 어차피 골수 공산당 테러분자들이라고, 십중팔구 이미 사형 판결을 받은 자들일 거라고 스스로를 타일렀다.

포로들은 머뭇거렸다. 우리가 무슨 일을 하려는지 알기 때문이었고, 그 일을 하고 싶지 않았기 때문이었다. 몇몇 포로는 미적미적 움직였다. 다른 포로들은 우두커니 서 있기만 했다.

분대장은 포로 한 명을 사살하라고 지시했다. 이로써 남은 인원들은 서두르기 시작했다.

나는 발파 스위치를 눌렀다. 보조 터널이 무너지면서 쏟아져 내린 자갈과 바위가 입구를 거의 막았지만, 맨 위쪽에는 아직 빈틈이 있었다. 나는 남아 있는 포로들에게 돌무더기 위로 올라가 빈틈을 막으라고 지시했다. 나도 직접 올라갔다.

앞서 들여보낸 포로들은 폭발음을 듣고 무슨 일이 일어나는지 알아차렸다. 그들은 사슬에 줄줄이 묶인 채로, 차오르는 물과 어둠을 뚫고 허겁지겁 돌아와서는, 우리가 있는 위쪽으로 올라오려고 발악했다. 분대장의 지시로 군인들이 그중 몇 명을 사살했지만, 나머지 포로들은 기어오르기를 멈추지 않았다. 사슬에 함께 묶인 시체를 질질 끌며 올라와서는, 우리에게 살려 달라고 애원했다. 그렇게 돌무더기를 기어올라 우리 쪽으로 다가왔다.

사슬의 맨 앞에 있던 남자는 우리에게서 고작 몇 미터 앞까지 다가왔다. 그리고 아직 막히지 않은 조그마한 틈새로 비친 쐐기꼴 불빛 속에서, 나는 그 남자의 얼굴을 알아볼 수 있었다. 공포에 질려 일그러진 얼굴을.

"제발, 제발 꺼내 주세요. 전 그냥 돈 몇 푼 훔쳤을 뿐이에요. 죽을 죄를 진 게 아니에요."

남자는 내게 민난어로 얘기했다. 내 모어로. 나는 충격에 빠졌다. 이 사람은 포모사에서 끌려 온 잡범이었단 말인가? 만주에서 생포된 중국인 공비가 아니라?

위쪽 틈새까지 도착한 남자는 돌을 헤치기 시작했다. 틈새를 넓혀서 이쪽으로 건너오려고. 분대장이 내게 남자가 못 오게 막으라고 악을 썼다. 입구 저편의 수위는 점점 높아졌다. 남자 뒤편에는 사슬에 묶인 다른 죄수들이 남자를 도우려고 올라오는 중이었다.

나는 옆에 있던 큼직한 돌을 들어서 틈새를 더듬는 남자의 손을 내리쳤다. 남자는 비명과 함께 뒤로 나자빠졌고, 다른 죄수들도 그와 함께 굴러떨어졌다. '첨벙' 소리가 들렸다.

"빨리, 서둘러!"

나는 무너진 터널 이쪽에 있는 죄수들에게 명령했다. 우리는 틈새를 다 막고 나서 뒤로 물러나 다이너마이트를 더 설치한 다음, 한번 더 폭파하여 돌더미로 확실히 밀봉했다.

작업이 다 끝났을 때, 분대장은 부하들에게 남아 있는 죄수를 모조리 사살하라고 지시했고, 우리는 또다시 폭발을 일으켜 돌무더기 속에 그들의 시체를 은폐했다.

포로들의 집단 봉기 발생. 공사 방해를 시도했으나 실패하고 모두 자살함.

분대장의 사고 경위 보고서에는 그렇게 적혀 있었고, 나도 보고서에 서명을 했다. 그런 보고서를 그런 식으로 쓴다는 것은 누구나 아는 사실이었다.

나는 제발 꺼내 달라고 애원하던 남자의 얼굴을 똑똑히 기억한다. 어젯밤 꿈에서 본 바로 그 얼굴이다.

동트기 직전의 광장에는 인적이 없다. 우리 머리 위 수백 미터 높이의 도시 천장에는 네온 광고판이 걸려 있다. 잊어버린 지 오래된 별자리와 달 대신 걸어 놓은 광고판들이다.

베티가 혹시 지나가는 사람이 있는지 주위를 살피는 동안, 나는 망치로 정을 두드린다. 청동은 단단한 금속이지만, 광부 시절에 익힌 내 숙련된 기술은 아직 녹슬지 않았다. 오래지 않아 동판에 돈을 새김 된 내 이름의 한자는 사라지고 그 자리에 매끈한 직사각형만 남는다.

나는 정을 조금 작은 것으로 바꿔 들고 조각을 시작한다. 도안은 단순하다. 서로 이어진 타원 세 개. 사슬이다. 그 사슬은 대륙 두 개와 대도시 세 곳을 하나로 묶는 고리이자, 목소리를 영원히 묵살당한 채 이름마저 잊히고 만 사람들을 하나로 묶었던 족쇄이다. 그 사슬 속에는 아름다움과 경이가, 공포와 죽음이 있다.

한 번 또 한 번 망치를 두드릴 때마다, 허물어지는 기분이 든다. 나를 둘러싼 껍데기가. 마비 상태가. 침묵이.

비밀을 지키기가 조금이나마 힘들어지게 하는 것. 그건 의미 있는 일이야.

"서둘러." 베티가 말한다.

눈물 때문에 눈앞이 흐릿하다. 그러다 갑자기 광장 주변의 아크등이 환하게 켜진다. 태평양 밑바닥 아래에 아침이 왔다.

송사와 원숭이 왕

THE LITIGATION MASTER AND THE MONKEY KING

삼리촌(三里村) 변두리에 있는 조그마한 통나무집. 번잡한 마을 사람들의 민가와 북적이는 사당에서 멀리 떨어진, 수련 잎과 분홍 연꽃과 즐겁게 노니는 잉어가 가득한 시원한 연못의 가장자리에 서 있는 이 통나무집은, 근처의 번화한 도시 양주(揚州)에 사는 방탕한 시인과 비단옷을 입은 그의 애인에게는 운치 있는 여름 별장이 될 만한 곳이었다.

건륭(乾隆) 황제의 영광스러운 치세가 10년을 넘어선 이 무렵, 양자강 하류 지역의 지식인 사회에서는 실제로 그런 별장을 갖는 것이 유행이었다. 그들은 서로의 별장을 방문하여 차를 홀짝이며 건륭제야말로 청조(淸朝) 역사상 가장 훌륭한 황제라고 입을 모아 칭송했다. 현명하고, 늠름하고, 백성들을 마음 깊이 아끼는 군주라고. 또한 만주족의 현인들이 세운 청조는 의심할 바 없이 이제껏 중국을 지배한 가장 훌륭한 왕조이기에, 문인들은 앞다투어 시를 지어서 작금의 태평성대를 직접 목도하는 행운과 역사상 가장 위대한 황제 아래 사는 은혜를 노래했다.

그런데 아뿔싸, 혹시 이 통나무집을 눈여겨본 문인이 있었다면 분명 실망했을 텐데 왜냐하면, 다 무너져 가는 집이기 때문이었다. 주위의 대나무 숲은 손질이 안 되어 엉망으로 자라 있었다. 나무 벽은 뒤틀리고 썩어서 곳곳이 구멍투성이였다. 짚을 엮어 인 지붕은 높이가 들쑥날쑥해서 먼저 얹은 켜가 나중에 얹은 켜의 구멍으로 비죽 솟은 모양새가……

……실은 이 통나무집의 주인이자 유일한 거주자인 전호리(田皓里)와 그리 다르지 않았다. 전은 오십대였지만 실제 나이보다 열 살은 더 들어 보였다. 깡마른 체격에 낯빛은 누렇게 떴고 변발은 숱이 적어서 돼지 꼬리처럼 가늘었으며, 날숨에서는 걸핏하면 가장 쎈 술과 그보다 더 싼 차의 냄새가 풍겼다. 전은 어릴 적에 당한 사고 때문에 오른쪽 다리를 절었는데, 지팡이를 짚는 대신 발을 끌며 느릿느릿 걸어 다녔다. 겉옷은 온 사방에 기운 자국이 가득했으나 그래 봤자 수없이 뚫린 구멍 사이로 보이는 속옷을 감출 수는 없었다.

대다수 마을 사람과 달리 전호리는 글을 읽고 쓸 줄 알았지만, 사람들이 아는 한 그는 과거시험의 첫 번째 단계조차 합격한 적이 없었다. 이따금 전은 다관에 들러 마을 사람의 편지를 대신 써 주거나 관청의 공지를 읽어 주고 그 대가로 닭 반 마리나 만두 한 접시를 대접받았다.

그러나 전호리가 생계를 해결하는 수단은 따로 있었다.

그날 아침도 여느 날과 다름없이 시작되었다. 해가 느릿느릿 떠오르자 연못을 덮은 안개는 물에 풀어지는 먹처럼 옅어져 갔다. 분홍 연꽃, 옥색 대나무 줄기, 짚으로 엮은 금빛 지붕이 안개 속에서 차례로 모습을 드러냈다.

똑, 똑.

전호리는 뒤척거릴 뿐 눈을 뜨지 않았다. 꿈속에서 원숭이 왕이 잔치를 연 참이었고, 전은 그 잔치에서 배불리 먹을 작정이었다.

어린 시절부터 전호리는 원숭이 왕의 모험담에 푹 빠져 자랐다. 원숭이 왕은 일흔두 가지 둔갑술에 통달한 말썽꾸러기 요괴로, 부하 원숭이들을 이끌고 옥황상제에게 도전한 적도 있었다.

게다가 원숭이 왕은 산해진미를 좋아하고 맛있는 술을 즐겼다. 그런 주인이 여는 잔치라면 대접이 소홀할 리 없었다.

똑, 똑.

전호리는 문 두드리는 소리를 무시했다. 삶은 닭고기를 사오싱주에 재워 만든 취계(醉鷄)를 감칠맛 나는 네 가지 양념에 찍어서 이제 막 한 입……

안 나가 볼 건가? 원숭이 왕이 물었다.

선호리가 나이를 먹어 가면서 원숭이 왕은 그의 꿈속에 나타나곤 했고, 깨어 있을 때면 머릿속에서 말을 걸기도 했다. 남들은 관세음보살이나 부처에게 기도를 드렸지만 전은 원숭이 왕과 대화하기를 즐겼다. 원숭이 왕이 자신의 마음을 잘 아는 요괴처럼 느껴졌기 때문이었다.

무슨 볼일인지 몰라도 기다리라고 해. 전호리가 말했다.

아무래도 자네 고객 같은데.

똑똑똑······

문을 두드리는 끈질긴 소리에 취계는 연기처럼 사라졌고, 꿈은 느닷없이 끝나 버렸다. 배에서는 꼬르륵 소리가 났다. 전호리는 욕을 중얼거리며 눈을 비볐다.

"기다리시오, 좀!"

전호리는 침상에서 미적미적 일어나 비틀거리며 겉옷을 걸쳤다. 그러는 동안 내내 혼자서 구시렁거렸다.

"느긋하게 일어나서 볼일 보고 아침도 먹은 다음에 오면 얼마나 좋아. 글도 모르는 무지렁이들, 갈수록 뻔뻔해져 가지고 말이야······ 오늘은 닭 한 마리 통째로 내놓으라고 해야지······ 정말 멋진 꿈이었는데······."

자네 몫으로 매실주 좀 챙겨 놓을게. 원숭이 왕이 말했다.

당연히 그래야지.

전호리는 문을 열었다. 이소의(李小衣), 천방지축 어린애가 달려와 부딪쳐도 먼저 사과할 만큼 소심한 그 여인이, 문 앞에 서 있었다. 옷은 암녹색이었고 틀어 올린 머리 모양은 과부의 징표였다. 이씨는 문을 두드리려고 쳐들었던 주먹으로 하마터면 전의 코를 때릴 뻔했다.

"이거야, 원! 내 당신한테 양주에서 제일가는 취계를 얻어먹어야겠소!" 처음에는 그렇게 소리쳤지만, 전호리는 다급함과 두려움이 섞인 이소의의 표정을 보고 목소리를 낮췄다. "지금은 일단 들어오시오."

전호리는 문을 닫고 이소의에게 차를 한 잔 따라 주었다.

마을 사람들은 지푸라기라도 잡는 심정으로 전호리를 찾아오곤 했다. 달리 찾아갈 곳이 아무 데도 없을 때, 다시 말해 법률상의 문제에 맞닥뜨렸을 때 도와줄 사람이 바로 그였기 때문이었다.

건륭제는 전지전능한 군주인지 몰라도 실제로 제국을 다스리려면 아문(衙門) 수천 곳이 필요했다. 관할 지역의 행정 및 사법 책임자로서 백성들의 생사여탈권을 거머쥔 지현(知縣)이 주재하는 아문의 법정은, 평민 남녀에게 알 수 없는 공포로 가득한 수수께끼의 장소였다.

제국의 법전인 『대청율례(大淸律例)』의 암호 같은 법 조항을 누가 알겠는가? 법정에서 청원하고 입증하고 변론하고 반박하는 요령을 누가 알겠는가? 지역 유지인 향신(鄕紳)들이 밤마다 연회를 열어 지현을 접대하는 현실에서, 가난한 백성이 부자를 상대로 송사를 한들 공정한 판결이 나온다고 누가 기대하겠는가? 고문을 피하려면 어떤 관리에게 뇌물을 써야 하는지 누가 안단 말인가? 그럴듯한 구실을 지어내서 죄수를 면회해도 좋다는 허가를 받아낼 만큼 수완좋은 백성이, 과연 있기는 할까?

아니, 선택의 여지가 없는 상황이 아니면 아무도 아문 근처에 가까이 가려 하지 않았다. 법에 호소하여 정의를 구하고자 하는 사람은 모든 것을 걸어야 했다.

그리고 전호리 같은 사람에게 도움을 받아야 했다.

따뜻한 차를 마시고 마음이 진정된 이소의는 전호리에게 자신의 사연을 띄엄띄엄 이야기했다.

이소의는 조그만 땅에서 농사를 지어 자신과 두 딸의 생계를 꾸리며 아등바등 살아 왔다. 흉년을 넘기기 위해 이 씨는 죽은 남편의 먼 사촌인 부자 해(解) 씨에게 땅을 담보로 잡고 돈을 빌렸다. 해 씨는 이 씨에게 이자도 안 받고 돈을 빌려주면서 언제든 땅을 되찾아 가도 좋다고 약속했다. 글을 읽을 줄 모르는 이 씨는 감사하는 마음으로 남편의 사촌이 내미는 계약서에 지장을 찍었다.

"세리(稅吏)한테 보여 줄 증거가 필요해서 찍는 것뿐이랬어요."

음, 많이 들어 본 사연이로군. 원숭이 왕이 말했다.

전호리는 한숨을 쉬고 알 만하다는 듯이 고개를 끄덕였다.

"저는 올해 초에 돈을 다 갚았어요. 그런데 어제 해 씨가 아역(衙役) 두 명을 대동하고 저희 집을 찾아왔어요. 제가 자기한테 빌린 돈을 못 갚았으니 딸들이랑 같이 즉시 집을 비우고 나가라는 거예요. 저는 깜짝 놀라서 어쩔 줄 몰랐는데, 해 씨가 계약 문서를 꺼내더니 제가 이런 약속을 했다는 거예요. 빌린 돈의 두 배를 1년 후에 갚든가, 아니면 제 땅을 영원히 넘기겠다고요. '흰 종이에 검은 글씨로 이렇게 다 적혀 있지 않소.' 해 씨는 문서를 제 코앞에서 흔들면서 말했어요. 아역들은 내일까지 집을 안 비우면 저랑 제 딸들을 청루(靑樓)에 팔아서 빚을 청산하게 할 거래요. 전 어떡해야 좋을지 모르겠어요!"

이소의는 주먹을 불끈 쥐었다. 전호리는 그런 이 씨의 찻잔에 차를 더 따라 주었다.

"법정에 가서 그놈의 코를 납작하게 해 줍시다."

진심인가? 원숭이 왕이 물었다. 아직 계약서도 안 봤잖아.

넌 잔치 걱정이나 해. 법은 내가 걱정할 테니까.

"무슨 수로요? 계약서가 해 씨 말대로인지도 모르는데요."

"보나마나 그럴 테지. 하지만 걱정 마시오, 내가 꾀를 낼 테니."

도움을 구하러 찾아오는 사람들에게 전호리는 송사(訟師), 즉 '소송의 전문가'였다. 그러나 돈과 권력을 휘두르는 지현이나 향신 같은 이들에게 전은 송곤(訟棍), 즉 '소송 거간꾼'이었다.

다도를 즐기는 문인과 은자(銀子) 쓰다듬기를 즐기는 상인 같은 무리는, 무지렁이 농민들이 민원을 작성하고 소송 전략을 짜고 증언과 심문에 대비하도록 돕는다는 이유로 전호리를 경멸했다. 어쨌거나 공자님 말씀에 따르면 이웃끼리 소송을 하는 것은 무도(無道)한 짓이었으므로. 분쟁이란 유가(儒家)의 지식을 갖춘 향신이 조정해 줄 오해에 지나지 않았다. 그런데 전 같은 자가 감히 교활한 농민들을 부추겨 윗사람을 법정으로 끌고 가서 예(禮)에 기반한 계급질서를 뒤집어엎으려 하지 않는가!『대청율례』에 따르면 소송 원조, 소송 방조, 소송 교사(敎唆), 궤변을 포함한 변론…… 하여튼 전이 하는 짓은 뭐든 다 범죄였다.

그러나 전호리는 아문이 사실은 복잡한 기계의 한 부분에 지나지 않는 것을 꿰뚫어보았다. 양자강 유역 곳곳에 있는 수차(水車)가 그러하듯이, 복잡한 기계에는 틀과 톱니와 지렛대가 있었다. 영리한 사람은 이곳저곳을 슬쩍 누르고 당겨서 이런저런 일을 시킬 수 있었다. 아무리 전을 싫어한다 해도 문인과 상인 역시 가끔은 전의 도움이 필요했고, 그런 경우에는 보수 또한 두둑했다.

"수고비는 많이 못 드려요."

이소의의 말에 전호리는 쿡쿡 웃었다.

"부자들은 내 도움이 필요할 때 돈을 내고 일을 시키면서도 나를 경멸하지. 당신의 경우에는, 수고비는 그 돈 많은 사촌이란 놈이 무릎 꿇는 꼴을 보는 걸로 받은 셈 치겠소."

전호리는 이소의와 함께 아문으로 향했다. 중간에 두 사람이 지나간 마을 광장에서는 군인 몇 명이 수배자의 얼굴이 그려진 방(榜)을 붙이는 중이었다.

이소의는 방을 흘긋 보고 걸음이 느려졌다.

"잠깐만요, 저 사람 혹시……"

"쉿!" 전호리는 이소의를 잡아끌며 걸음을 서둘렀다. "미쳤소? 저들은 지현이 부리는 아역이 아니오, 진짜 군인이란 말이오. 황제가 수배한 자를 아는 척해서 어쩔 작정이오?"

"하지만……"

"당신이 잘못 본 게 틀림없소. 혹시 저 군인들 중에 누가 듣기라도 하면 중국에서 제일가는 송사가 와도 당신을 못 구해 줄 거요. 댁의 곤경은 지금 처한 걸로도 충분하지 않소. 정치에 관해서라면 보지도 않고, 듣지도 않고, 말하지도 않는 것이 최고요."

내 부하 원숭이 중에도 그걸 신조로 삼은 녀석들이 많았지. 원숭이 왕이 말했다. 내 생각은 다르지만 말이야.

당연히 그렇겠지, 너야 영원한 반란자니까. 전호리는 속으로 중얼거렸다. 넌 머리가 잘려도 새 머리가 솟지만, 우리 인간들한테 그건 꿈도 못 꿀 사치라고.

아문 앞에 도착한 전호리는 북채를 들고 명원고(鳴冤鼓)를 두드리기 시작했다. 그 북소리는 곧 자신의 억울한 사연을 들어 달라고 아문에 보내는 탄원이었다.

반시간 후, 지현 역(易) 씨는 포석이 깔린 대청 앞마당에 꿇어앉은 두 사람을 성난 표정으로 내려다보았다. 그중 한 명인 과부 이소의는 두려움에 벌벌 떨었고, 다른 한 명인 전호리는 짐짓 공손한 척하는 표정으로 등을 꼿꼿이 펴고 앉아 있었다. 역 지현은 이날 출근을 하지 않고 청루의 아리따운 처자와 즐거운 시간을 보낼 예정이었건만, 이 두 사람 때문에 그만 졸지에 억지로 일해야 하는 신세가 되었다. 마음 같아서는 둘 다 당장 끌고 가서 곤장을 치라고 명하고 싶었지만, 불충한 아랫것들이 공직 감찰을 담당한 안찰사(按察使)에게 고발하는 사태를 막으려면 적어도 자애로운 지현의 시늉은 내야 했다.

"이 교활한 농민아, 뭘 탄원하러 왔느냐?" 역 지현은 이를 갈며 물었다.

전호리는 무릎걸음으로 느릿느릿 앞으로 나와 고개를 조아렸다.

"아아, 존경하는 지헌 나리." 이렇게 시직하는 진의 말을 들으며, 지현은 그토록 공손한 문구를 그토록 모욕처럼 들리게 말하는 요령이 뭔지 궁금했다. "과부 이소의가 목 놓아 구하나이다, 정의를, 정의를, 정의를!"

"그런데 너는 여기서 뭘 하느냐?"

"저는 이 씨의 사촌입니다. 이 씨가 험한 꼴을 당하여 제정신이 아니다 보니, 탄원하는 걸 도와주러 이렇게 같이 왔습니다."

역 지현은 화가 나서 숨을 씨근거렸다. 이 전호리라는 자는 법정에 동석한 것을 정당화하고 송곤으로 몰리는 것을 피하려고 언제나 소송인의 친척 행세를 했다. 지현은 자신이 지닌 권위를 상징하는 기다란 경당목(驚堂木)으로 법대(法臺)를 내리쳤다.

"어디서 거짓말을! 네놈은 사촌이 도대체 몇 명이란 말이냐?"

"거짓말이 아닙니다."

"경고하건대 너와 이 여인의 친족 관계가 이 씨 족보에 적혀 있지 않으면, 내 너를 태형(笞刑) 40대에 처하겠다."

역 지현은 자기가 한 말에 흐뭇해졌다. 이 교활한 송곤에게 본때를 보여 줄 방법을 마침내 찾은 것 같아서였다. 지현은 법정 양편에 늘어선 아역들에게 의미심장한 눈짓을 보냈고, 그러자 아역들은 기다란 목봉으로 땅바닥을 박자 있게 두드려 위협에 힘을 실었다.

그러나 전호리는 전혀 걱정이 안 되는 눈치였다.

"누구보다 현명하신 지현 나리, 공자께서 '사해 안의 모든 사람은 형제와 같다[四海同胞]'라고 하지 않으셨습니까. 그 시대에 모든 사람이 형제였다면, 그들의 자손인 이소의와 저는 당연히 친척 관계가 됩니다. 지현 나리께서 이 씨 집안 족보의 권위를 성현의 말씀 위에 두지는 않으시겠지요, 설마?"

역 지현은 화가 나서 얼굴이 새빨개졌지만 대답할 말이 떠오르지 않았다. 아, 이 주둥이만 산 송곤 녀석에게 벌을 내릴 구실을 찾을 수 있다면 얼마나 좋을까. 하고한 날 검은 것을 흰 것으로 바꾸고 옳은 것을 그른 것으로 바꾸는 이 자에게. 황제에게는 전호리 같은 자를 처벌할 더 엄한 법이 필요했다.

"됐다, 넘어가자." 지현은 심호흡으로 마음을 가라앉혔다. "이 씨가 말하는 불의한 짓이란 게 도대체 뭐냐? 계약서는 사촌 해 씨에게 낭독시켜 이미 들어 보았다. 일이 어떻게 된 건지는 불을 보듯 자명하거늘."

"안타깝게도 착오가 있었던 것 같습니다. 청컨대 계약서를 가져오게 하시어 다시 살펴보도록 해 주십시오."

역 지현은 아역 한 명을 보내어 이소의의 부자 사촌이 계약서를 들고 아문으로 출두하게 했다. 법정의 모든 사람이, 심지어 과부 이 씨마저도, 도대체 무슨 속셈인지 몰라 어안이 벙벙한 표정으로 전 호리를 바라보았다. 그러나 전은 세상 무엇에도 관심이 없는 태평한 표정으로 수염만 쓰다듬었다.

무슨 계획이 있는 거지, 그렇지? 원숭이 왕이 물었다.

실은 아무 계획도 없어. 그냥 시간을 버는 거야.

음. 나는 적의 무기로 적을 공격하는 게 언제나 즐거웠다네. 내가 나타(哪吒) 태자와 싸울 때 놈이 쓰던 화륜(火輪)으로 화상을 입혔다는 얘기, 자네한테 했던가?

전호리는 겉옷 소매 속으로 슬며시 손을 집어넣었다. 평소에 필기도구를 보관하는 곳이었다.

아역이 데려온 해 씨는 무슨 영문인지 몰라 땀을 삐질삐질 흘렸다. 해 씨는 금사연의 둥우리로 만든 고급 요리인 연와탕(燕窩湯)을 먹다가 끌려온 참이었다. 미처 닦을 틈도 없었던 얼굴에 기름기가 번들거렸다. 해 씨는 지현 앞의 전호리와 이소의 곁에 나란히 무릎 꿇은 다음, 계약서를 머리 위로 받쳐 들고 아역에게 내밀었다.

"전호리에게 보여 주거라." 지현이 명령했다.

전호리는 계약서를 받아 들고 읽기 시작했다. 그러면서 계약서의 문구가 더없이 아름다운 시인 양 이따금 고개를 끄덕이기도 했다.

계약서의 법률 조항은 길고도 복잡했지만, 핵심 문구는 단 여덟 자에 지나지 않았다.

上賣莊稼, 下賣田地

계약 조건은 채무자가 담보물 환수권을 채권자에게 매각하는 것이었기 때문에, 이 문구에 따르면 과부 이 씨는 사촌에게 '위의 작물과 아래의 토지를 판다'라고 약속한 셈이었다.

"흥미롭군요, 아주 흥미롭습니다."

전호리는 계약서를 든 채로 머리를 연신 끄덕거렸다. 역 지현은 자신을 낚으려는 수작인 줄 알면서도 호기심을 참지 못했다.

"대관절 뭐가 그리 흥미롭다는 게냐?"

"아아, 진실을 티 없는 거울처럼 밝게 비추시는 영명하신 지현 나리, 이 계약서는 나리께서 직접 읽어 보셔야 합니다."

어리둥절해진 역 지현은 아역에게 계약서를 가져오게 했다. 잠시 후, 지현의 눈은 튀어나올 듯이 동그래졌다. 계약서에, 검고 또렷한 글씨로, 매각의 핵심 조건이 이렇게 적혀 있었다.

上賣莊稼, 不賣田地

"위의 작물은 팔되, 토지는 팔지 않는다." 지현이 중얼거렸다.

어찌된 사태인지는 명확했다. 계약서는 해 씨의 주장과 일치하지 않았다. 해 씨가 지닌 권리는 작물에 대한 것뿐, 토지 자체는 아니었다. 역 지현은 어쩌다 이렇게 됐는지 도무지 알 수가 없었지만 어쨌거나 이 민망한 상황에서 분통을 터뜨릴 표적이 필요했다. 지현의 눈에 가장 먼저 들어온 것은 기름이 번들거리는 얼굴에 비지땀을 흘리는 해 씨였다.

"네놈이 감히 내게 거짓말을 해?" 지현은 경당목으로 법대를 내리치며 외쳤다. "나를 웃음거리로 만들려고 작정한 것이냐?"

이제는 해 씨가 말도 제대로 못 하고 바람 속의 풀잎처럼 벌벌 떨 차례였다.

"오호, 이제 꿀 먹은 벙어리 행세를 하겠다? 너는 재판을 방해하고 황제의 부하인 관리에게 거짓을 고했으며, 속임수로 이 여인의 재산을 빼앗으려 했다. 내 너를 장형(杖刑) 120대에 처하고 네 재산의 절반을 몰수할 것이다."

"나리, 부디 자비를! 대관절 어찌된 영문인지 저는……" 해 씨의 처량한 외침은 아역들에게 붙들려 감옥으로 끌려가는 동안 점점 희미해졌다.

송사 전호리는 태연한 표정을 하고 있었지만, 속으로는 빙그레 웃으며 원숭이 왕에게 감사했다. 아무도 모르게, 전은 먹물이 묻은 손가락 끝을 겉옷에 문질러 속임수의 증거를 없앴다.

일주일 후, 전호리는 또다시 원숭이 왕의 연회에 초대되는 꿈을 꾸다가 문을 두드리는 끈질긴 소리에 잠에서 깨어났다. 문을 열어 보니 이소의가 서 있었다. 핏기가 가셔 하얗게 질린 얼굴을 하고서.

"무슨 일이오? 댁의 사촌이 또……"

"나리, 도와주세요." 이소의의 목소리는 속삭임이나 다름없이 나지막했다. "제 오빠가."

"도박 빚 때문이오? 부자랑 주먹다짐이라도 했소? 아니면 악질적
인 계약에 속아 넘어갔소? 그도 아니면……"

"제발요! 저랑 같이 좀 가 주세요!"

전호리는 거절하려 했다. 유능한 송사는 잘 모르는 일에는 절대
개입하지 않았다. 안 그랬다가는 경력이 하루아침에 물거품이 되게
마련이므로. 그러나 전은 이소의의 표정을 보고 그만 마음이 약해
지고 말았다.

"알았소. 앞장서시오."

전호리는 보는 사람이 아무도 없는 것을 확인하고 나서 이소의네
오두막집으로 들어섰다. 전에게는 걱정할 만한 평판이랄 것이 없었
지만, 과부인 이 씨마저 마을 수다쟁이들의 입길에 오르내릴 필요
는 없었다.

집 안에 들어서서 보니 단단히 다진 흙바닥에 새빨간 자국이 기
다랗게 나 있었다. 그 핏빛 자국은 문간에서 맞은편 벽의 침상 앞까
지 이어졌다. 침상 위에는 웬 남자가 잠들어 있었다. 남자의 두 다리
와 왼쪽 어깨에 감긴 붕대는 핏빛으로 물들어 있었다. 이소의의 두
딸은 어두운 구석에 숨어서 의심하는 눈으로 전호리를 빠끔히 보고
있었다.

전호리는 남자의 얼굴을 보자마자 모든 것을 알아차렸다. 군인들
이 붙이던 방에 그려져 있던 바로 그 얼굴이었다.

전호리의 입에서 한숨이 흘러나왔다.

"이 씨, 이번에는 또 무슨 곤란한 일에 나를 끌어들인 거요?"

부드럽게, 이소의는 오빠인 이소정(李小井)을 흔들어 깨웠다. 소정은 곧바로 눈을 번쩍 떴다. 위험을 피해 도망 다니느라 얕은 잠에 익숙한 사람의 특징이었다.

"소의한테 들었습니다, 선생께서 저를 도와주실 거라고요."

소정은 간절한 눈빛으로 전호리를 바라보았다.

전호리는 수염을 쓰다듬으며 이소정을 찬찬히 살펴보았다.

"글쎄올시다."

"돈은 드리겠습니다."

소정은 침상 위에서 힘겹게 몸을 틀어 봇짐의 귀퉁이를 살짝 들었다. 봇짐 속에서 반짝이는 은자가 전호리의 눈에 띄었다.

"장담은 못 하겠소. 병 중에는 약이 없는 병도 있고, 모든 도망자가 빠져나갈 구멍을 찾아 목숨을 건지는 것도 아니니까. 그건 누가, 무슨 일로 당신을 쫓는지에 달렸소."

전호리는 이소정에게 다가가 약속받은 보수를 확인하려고 몸을 숙였지만, 소정의 상처투성이 얼굴에 새겨진 문신이 전의 눈길을 끌었다. 문신은 곧 소정이 형을 산 적이 있는 전과자라는 뜻이었다.

"유형 판결을 받은 적이 있구면."

"예. 10년 전, 소의가 결혼한 직후였습니다."

"주머니 사정이 넉넉하면 그 문신을 없애 줄 의원 정도는 찾을 수 있을 거요. 나중에 얼굴이 좀 흉해지긴 하겠지만."

"이제 얼굴이야 어찌되든 상관없습니다."

"유형은 어쩌다가?"

이소정은 쿡쿡 웃으며 고갯짓으로 창가의 탁자를 가리켰다. 탁자 위에는 얇은 책 한 권이 펼쳐져 있었다. 창으로 들어오는 바람에 책장이 펄럭거렸다.

"선생께서 제 동생 말처럼 고명하신 분이라면, 제가 어쩌다가 그리됐는지 알아차리실 겁니다."

전호리는 책을 흘긋 보고 다시 이소정에게로 눈을 돌렸다.

"월남(越南) 쪽 국경으로 유형을 갔었군." 전호리는 문신의 의미를 풀이하며 혼잣말을 중얼거렸다. "11년 전…… 바람에 펄럭이는 책장…… 옳거니, 자네는 틀림없이 한림학사(翰林學士) 서준(徐駿)의 하인이었을 거야."

옹정(雍正) 황제 치세였던 11년 전, 황제의 귀에 대학자 서준이 만주족 지배층에 반기를 들고 역모를 꾀한다고 속삭인 자가 있었다. 그러나 황제의 친위 부대가 서준의 집을 포위하고 샅샅이 뒤졌을 때, 혐의를 입증할 증거는 아무것도 나오지 않았다.

그럼에도 황제가 실수를 저지르는 것은 있을 수 없는 일이었기에, 황제의 법률 자문관들은 서준에게 죄를 씌울 방법을 찾아야만 했다. 해결책은 언뜻 보면 아무런 속뜻도 없을 듯한 서준의 시 한 편을 증거로 지목하는 것이었다.

清風不識字, 何故亂飜書
맑은 바람이여, 글도 모르면서
왜 어지럽게 책장을 넘기는가.

'맑은 바람'의 첫 번째 한자 청(淸)은 왕조의 이름과 같은 글자였다. 황제를 섬기는 영리한 법관들은 이 구절이 만주족 지배층을 무식한 문맹으로 조롱하는 반역적인 글이라고 해석했다. 전호리는 그들의 교묘한 수법에 시샘이 섞인 직업적 존경심을 느꼈다. 서준과 그의 식솔은 사형에 처해졌고, 하인들은 유형을 갔다.

"서준의 죄가 중대하다고는 하나, 그것도 이미 10년이 더 지난 일일세." 전호리는 침상 옆을 오락가락하며 말했다. "만약 자네의 죄가 단순히 유형지를 이탈한 것뿐이라면, 담당 관리와 군 지휘관에게 뇌물을 써서 슬쩍 눈을 돌리게 하는 것쯤은 그리 어렵지 않을 거야."

"제 뒤를 쫓는 자들은 뇌물에 매수되지 않습니다."

"응?" 전호리는 이소정의 몸 곳곳에 감긴 붕대와 상처를 살펴보았다. "그 말은 곧…… 혈적자(血滴子)한테 쫓긴다는 뜻이로군."

이소정은 고개를 끄덕였다.

혈적자는 황제의 눈이자 매처럼 날카로운 발톱이었다. 그들 조직은 도시의 뒷골목을 유령처럼 누비고 도로와 운하의 상인 대열에 숨어들어 반역의 낌새를 호시탐탐 감시했다. 혈적자는 다관 주인이 손님들에게 정치 이야기를 입에 올리지 말라는 표지판을 붙이는 이유이자, 이웃끼리 세금에 관해 불평을 할 때 주위를 두리번거리고 목소리를 낮추는 이유였다. 그들은 귀를 기울여 들었고, 눈을 부릅떠 감시했고, 가끔은 한밤중에 남의 집 문을 두드리기도 했다. 그런 식의 방문을 받은 사람들은 두 번 다시 모습을 볼 수 없었다.

전호리는 짜증 난 듯 팔을 휘휘 저었다.

"남매가 쌍으로 내 시간을 뺏고 있구먼. 자네가 혈적자한테 쫓기는 중이라면 내가 해 줄 일은 아무것도 없네. 머리하고 목이 분리되는 꼴을 당하고 싶진 않으니까 말이지."

전호리는 오두막 문 쪽으로 걸음을 옮겼다.

"저를 지켜 달라는 게 아닙니다."

소정의 말에 전은 우뚝 멈춰 섰다.

"11년 전, 놈들이 서 대인을 체포하러 왔을 때, 대인께서는 저에게 책 한 권을 주시면서 그 책이 대인과 가족 분들의 목숨보다 더 소중하다고 하셨습니다. 저는 그 책을 숨겨 두었다가 유형을 떠날 때 가져갔습니다.

한 달 전에, 남자 둘이 제 집으로 찾아와서 돌아가신 주인님한테 받은 물건을 모조리 내놓으라고 했습니다. 말씨를 들어 보니 북경에서 온 자들이었는데, 눈빛이 서늘한 것이 황제가 부리는 사냥매들이더군요. 저는 그자들을 안으로 들여 마음껏 찾아보라고 한 다음, 그자들이 옷궤와 서랍을 뒤지느라 정신이 팔린 틈을 타 그 책을 들고 달아났습니다.

저는 그때 이후로 지금껏 내내 도망을 다녔습니다. 몇 번인가 잡힐 뻔한 적도 있었는데 이 상처는 다 그때 입은 겁니다. 그자들이 찾는 책은 저 탁자 위에 있습니다. 제가 선생께 지켜 주십사 부탁하는 건 바로 저 책입니다."

전호리는 문간에 서서 망설였다. 전은 아문의 관리와 옥졸들에게 뇌물을 먹이고 역 지현과 논쟁을 벌이는 데에 익숙했다. 말장난을 좋아하고 싸구려 술과 씁쓸한 차를 즐기는 사람이었다. 한낱 미천한 송곤인 그가 황제와 황궁이 얽힌 사건에 손을 댈 이유가 대체 뭐란 말인가?

나도 한때는 화과산(花果山)에서 즐거운 나날을 보냈지. 친구 원숭이들과 온종일 뛰어놀면서. 머릿속에서 원숭이 왕의 목소리가 들렸다. 가끔은 차라리 넓은 바깥세상에 그토록 호기심을 품지 않았더라면 좋았을 텐데 하는 생각도 들어.

그러나 전호리는 호기심을 억누를 수 없었기에, 탁자 앞으로 걸어가 책을 집어 들었다.

책의 제목은 『양주십일기(揚州十日記)』, 지은이는 왕수초(王秀楚)라는 사람이었다.

100년 전인 1645년, 명(明)나라 수도 북경을 함락한 만주족 군대는 중국 정복을 완료할 생각에 혈안이 되어 있었다.

예친왕 도도[多鐸]가 이끄는 군대가 양주에 도착했다. 부유한 소금 상인과 색색의 화려한 누각으로 유명한 양주는 양자강과 대운하가 만나는 지점에 자리 잡은 풍요로운 도시였다. 한족 군대의 사령관이었던 남명(南明)의 병부상시 사가법(史可法)은 결사 항전을 선포했다. 그는 양주 성의 주민들을 지휘하여 성벽 방어를 강화하고 아직 남아 있는 명나라의 군벌과 민병을 끌어 모으려 애썼다.

사가법의 분투는 1645년 5월 20일 만주족 군대가 이레 동안의 공성전 끝에 성벽을 부수고 쳐들어오면서 물거품이 됐다. 양주 백성들을 벌하고 타지의 한족들에게 만주족 군대에 저항하는 대가가 무엇인지 보여 주기 위해, 예친왕 도도는 성의 모든 주민을 도륙하라고 명령했다.

양주 성에 살던 왕수초는 이곳저곳으로 숨어다니며 수중에 남은 재물로 만주족 군인들을 매수하여 간신히 목숨을 건졌다. 그러면서 자신이 목격한 것을 글로 남겼다.

검을 든 만주족 병사가 대열 맨 앞에, 창을 든 병사가 맨 뒤에, 그리고 또 한 병사는 중간에서 오가며 포로들이 달아나지 못하게 감시했다. 세 병사는 포로 수십 명을 양 떼를 모는 개처럼 몰고 갔다. 너무 느리게 걷는 포로가 있으면 냅다 구타하거나 그 자리에서 살해했다.

부녀자는 실에 꿰인 진주처럼 밧줄에 줄줄이 묶여 끌려갔다. 그네들은 진흙탕을 지나다가 넘어지는 바람에 몸과 옷이 온통 지저분해졌다. 아기들이 땅바닥 이곳저곳에 떨어져 있었는데 말과 사람이 그 위를 밟고 지나가는 바람에 뇌수와 내장이 터져 땅을 덮었고, 죽어가는 이들의 절규가 하늘을 가득 채웠다.

우리가 지나온 도랑과 연못은 온통 팔다리가 뒤엉킨 시체로 가득했다. 빨간 피와 섞인 초록색 연못 물은 화가의 물감판으로 변했다. 수로는 시체가 얼마나 많이 들어찼던지, 평평한 땅으로 변하고 말았다.

양주 성 전체를 상대로 한 학살과 유린과 약탈과 방화는 무려 엿새 동안 계속됐다.

음력 5월 초이틀, 새로 설치된 관아에서 모든 절에 시체를 소각하라는 명령을 내렸다. 절에서는 많은 부녀자를 숨겨 주었는데 그중 굶주리고 겁에 질려 죽은 사람도 여럿이었다. 나중의 기록에 따르면 소각한 시체는 수십만에 이르렀으나 더 험한 꼴을 피하고자 우물 또는 수로에 뛰어들어 자결한 사람, 문을 걸고 스스로 불타 죽은 사람, 목을 맨 사람 등은 거기에 포함되지 않았으며……

5월 초나흘, 마침내 날이 맑게 갰다. 길가에 쌓인 시체는 빗물에 젖어 부풀어서 검푸른 피부가 북처럼 팽팽했다. 속살은 썩어서 천지에 냄새가 진동했다. 젖은 시체가 볕에 마르면서 시취(屍臭)는 갈수록 더 독해졌다. 양주 곳곳에서 살아남은 이들이 시체를 태우고 있었다. 그 연기가 모든 집의 실내까지 가득 채워 안개가 긴 듯했다. 시취는 100리 바깥에서도 맡을 수 있었다.

마지막 장을 넘기는 전호리의 손은 부들부들 떨렸다.

"이제 혈적자가 왜 제 뒤를 쫓는지 아시겠지요." 이소정의 목소리는 지친 빛이 묻어났다. "만주족은 양주 대학살이 헛소문이라고 주장하면서 누구든 그 사건을 입에 올리는 자는 반역죄를 뒤집어씌웠습니다. 하지만 목격자의 생생한 증언이 담긴 이 책은 그들의 제국이 피와 해골 위에 세워졌음을 입증할 것입니다."

전호리는 눈을 감고 양주를 떠올렸다. 게으른 문인이 시의 운율을 놓고 가희들과 다투는 다관을, 값비싼 옷을 뽐내며 또다시 찾아온 호경기를 축하하는 상인들의 거대한 저택을, 만주족 황제의 강녕을 기쁜 마음으로 기원하는 수십만 백성을. 날마다 장을 보러 가고 웃고 노래하고 자신들이 사는 태평성대를 찬양하면서, 그들은 알았을까? 자신들이 실은 죽은 이들의 뼈 위를 밟고 다녔던 것을? 망자들이 외치는 단말마의 절규를 무시했던 것을? 원혼들의 기억을 부정했던 것을? 전호리 스스로도 어린 시절 귓속말로 들었던 지난날 양주의 대학살 이야기를 믿은 적이 없었다. 그리고 지금 양주에 사는 젊은이들 태반은 분명 그런 이야기를 들은 적이 아예 없을 터였다.

진실을 알아 버린 지금, 원혼들이 계속 침묵하게 놔둬도 되는 걸까?

그런데 전호리의 머릿속에 뒤이어 떠오른 것은 혈적자가 운영하는 특별 감옥이었고, 죽음에 이르는 여정을 길게 늘인 사악한 고문이었으며, 결국에는 원하는 것을 모조리 손에 넣는 만주족 황제들 특유의 방식이었다. 황제가 거느린 귀족 군대 팔기(八旗)는 모든 중국인으로 하여금 머리를 면도하고 변발을 땋아 만주족에 대한 복종을 드러내게 했고, 따르지 않으면 죽이겠노라고 협박하여 한족의 옷[漢服]을 버리고 만주족의 옷을 입게 했다. 그렇게 중국인을 과거로부터 단절시켜 기억이라는 닻을 잃고 표류하는 민족으로 전락시켰다. 팔기는 옥황상제가 거느린 1만 천군(天軍)보다 더 강력했다.

그들에게는 이 책을 없애는 것도, 미천한 송곤 전호리를 세상에서 지워 버리는 것도 식은 죽 먹기였다. 잔잔한 연못에 한순간 일었다 사라진 잔물결처럼.

용감한 위업은 다른 사람들의 몫으로 남겨두면 그만이었다. 전호리는 살고 싶었다.

"미안하네." 전이 이소정에게 말했다. 나지막한, 갈라진 목소리로. "난 자넬 도와줄 수가 없어."

전호리는 국수를 먹으려고 식탁 앞에 앉았다. 연밥과 죽순을 넣은 국수는 입맛이 도는 향긋한 냄새가 풍겨서, 평소 같으면 더없이 훌륭한 늦은 점심이 될 법도 했다.

그런데 이날은 식탁 건너편에 원숭이 왕이 앉아 있었다. 형형한 두 눈과 커다란 입과 자줏빛 망토는 그가 옥황상제에 맞서 반란을 일으킨 제천대성(齊天大聖)이라는 증거였다.

이런 일은 흔치 않았다. 원숭이 왕은 보통은 전호리의 머릿속에서만 얘기했으므로.

"자신이 영웅이 아니라고 생각하는군." 원숭이 왕이 말했다.

"맞아." 전은 목소리에 변명하는 기색이 드러나지 않게 애썼다. "난 그냥 법의 틈새에 떨어진 부스러기를 주워 먹고 사는 평범한 인간일 뿐이야. 입에 풀칠이나 하면서 술 마실 동전 몇 푼만 벌면 그걸로 족하다고. 난 그냥 목숨만 붙어 있으면 돼."

"나도 영웅은 아니야. 그저 내 힘이 필요할 때 해야 할 일을 했을 뿐이지."

"하! 지금 무슨 짓을 하려는 건진 알겠는데, 나한테는 안 통해. 네 임무는 위험한 여행길에 나선 고승을 보호하는 거였잖아, 네가 지닌 천하무쌍의 괴력과 무한한 신통력을 이용해서 말이야. 너는 부처나 관세음보살의 도움도 받을 수 있었어, 원할 때면 언제든. 너랑 나를 비교하면 곤란하지."

"좋아. 그럼 자네가 아는 영웅의 이름을 한번 대 보겠나?"

전호리는 국수를 한 입 후루룩 삼키고 질문의 답을 곰곰이 생각했다. 그날 오전에 읽은 책의 내용이 머릿속에 생생히 떠올랐다.

"내가 보기엔 병부상서 사가법 대인이 영웅인 것 같은데."

"어째서? 그자는 양주 백성들에게 자기 목숨이 붙어 있는 한 어떠한 해도 입지 않을 거라고 약속해 놓고는, 성이 함락되자 혼자 달아나려고 했어. 내가 보기엔 영웅이 아니라 겁쟁이 같은데."

전은 국수 그릇을 내려놓았다.

"그렇게 말하면 안 되지. 사 대인은 증원군도 물자 지원도 끊긴 상황에서 양주를 지켰어. 또 양주의 백성을 괴롭히는 군벌들을 평정해서 성벽 방어에 동원했고. 마지막에는 잠시 약한 면을 보이기도 했지만, 결국에는 양주를 위해 자기 목숨을 바친 분이야. 사람한테서 그보다 더한 걸 바랄 수는 없지."

원숭이 왕은 가소롭다는 듯이 코웃음을 쳤다.

"바랄 수 없기는. 사가법은 싸워 봤자 헛수고라는 걸 마땅히 알았어야 해. 그가 만약 만주족 침략자들에 저항하지 않고 양주를 순순히 넘겼다면 그토록 많은 양민이 죽지는 않았을 거야. 또 만주족에게 고개를 숙일 수 없다고 버티지 않았다면, 그 역시 살해당하지는 않았을 테고." 원숭이 왕은 쿡쿡 웃었다. "어쩌면 그리 영리한 자는 아니었을 거야. 그래서 살아남는 법을 몰랐던 거지."

전호리의 얼굴은 피가 몰려 새빨개졌다. 벌떡 일어서서, 전은 원숭이 왕에게 삿대질을 했다.

"사 대인을 그런 식으로 매도하지 마. 사 대인이 항복했다면 만주족 군대가 학살을 벌이지 않았을 거라는 보장이 어디 있어? 너 설마 겁탈하고 약탈하려고 눈이 벌게진 침략군 앞에 엎드려 절하는 게 옳은 일이라고 생각하는 거야? 네 주장을 뒤집어서 생각해 보면 양주 백성들이 죽을 각오로 항전한 덕분에 만주족 군대의 진격이 느려졌고, 그래서 더 많은 백성들이 안전한 남쪽으로 피난을 갈 수 있었던 건지도 모르잖아. 또 만주족 군대가 양주에서 그렇게 강력한 저항을 경험했기 때문에 나중에 항복한 한족 백성들을 더 관대하게 대우했는지도 모를 일이고. 그러니까 사 대인은 진정한 영웅이었어!"

원숭이 왕은 껄껄 웃었다.

"이 사람 말하는 것 좀 보게, 꼭 아문의 법정에서 역 지현과 다투는 것 같군그래. 100년 전에 죽은 사람 때문에 화가 머리끝까지 치솟았잖아."

"사가법 대인의 기억을 그런 식으로 폄하하게 놔둘 순 없어. 네가 아무리 하늘과 맞먹을 만큼 대단한 신선[齊天大聖]이라고 해도."

원숭이 왕의 표정이 엄숙하게 바뀌었다.

"자네 방금 기억이라고 했나. 그럼 왕수초는 어떻게 생각하나? 자네가 읽은 그 책을 쓴 사람 말이야."

"그 사람이야 나처럼 평범한 위인이지, 뇌물을 써서 위기를 모면하고 살아남은."

"하지만 왕수초는 자기가 목격한 것을 기록으로 남겼어. 그 열흘 동안 죽어간 사람들이 100년 후에도 기억될 수 있도록 말이야. 그 책을 쓴 건 용감한 일이었어. 오늘날 그 책을 읽었다는 이유만으로 만주족에게 쫓기는 사람이 있는 걸 보면 알 수 있지. 내가 보기에 왕수초는 영웅이었어."

잠시 가만히 있던 전호리가 고개를 끄덕였다.

"난 그런 생각은 하지도 못했어. 그런데 네 말이 맞아."

"전호리, 세상에 영웅 같은 건 없어. 사가법 상서는 용기 있는 사람이었지만 겁쟁이이기도 했고, 유능한 인물이면서도 어리석은 자였어. 왕수초는 기회주의자였기 때문에 살아남았지만 한편으로는 영혼이 고결한 인물이었고. 난 이기적이고 허풍이 심하지만, 가끔은 나 스스로도 내가 한 일 때문에 놀랄 때가 있어. 우린 누구나 평범한 인간이야. 뭐, 내 경우엔 평범한 요괴라고 해야겠지. 그렇게 평범한 우리가 특별한 선택에 직면할 때가 있어. 그 선택의 순간에, 영웅적인 대의는 우리에게 자신의 현신이 되라고 요구하기도 해."

전호리는 자리에 앉아 눈을 감았다.

"난 그냥 늙은 겁쟁이일 뿐이야, 이 원숭이 두목아. 뭘 어떡해야 좋을지 모르겠다고."

"모르기는, 다 알면서. 자넨 그냥 받아들이기만 하면 돼."

"왜 하필 나야? 내가 싫다고 하면 어쩔 건데?"

원숭이 왕의 얼굴은 흐릿해졌고, 목소리도 점점 작아졌다.

"전호리, 양주의 백성들은 100년 전에 죽었어. 그건 무슨 수로도 바꿀 수 없는 사실이야. 하지만 과거는 기억이라는 형태로 계속 살아가게 마련이고, 그래서 권력을 쥔 자들은 언제나 과거를 지우고 침묵시키려 해. 원혼들을 땅속에 묻어 버리려고. 이제 자네도 과거를 알아 버렸으니 더는 무지한 방관자가 아니야. 만약 아무것도 안 하고 가만히 있으면 자넨 황제와 그가 부리는 혈적자와 한패가 되는 거야. 그들이 저지르는 이 새로운 폭력, 과거를 지워 버리는 작업에서 말이야. 왕수초가 그랬듯이 이제는 자네가 목격자야. 왕수초가 그랬듯이 자네도 어떻게 할지 선택해야 해. 결정을 내려야 해. 언젠가 숨을 거두는 날 오늘의 선택을 후회할지, 안 할지를."

원숭이 왕의 모습은 흐릿해지다가 사라져 버렸고, 전호리는 자신의 통나무집에 홀로 남아 생각했다. 기억이란 무엇인지를.

"이건 영파(寧波)에 사는 내 오랜 친구한테 보내는 편지일세. 이 편지를 지니고 봉투에 적힌 주소로 찾아가게. 그 친구는 실력이 좋은 의원이니 내 부탁대로 자네 얼굴의 문신을 없애 줄 걸세."

"감사합니다. 편지는 도착하자마자 없애 버리겠습니다, 선생께서 이 일로 얼마나 큰 위험에 처하실지는 저도 잘 아니까요. 이건 사례라고 생각하시고 받아 주십시오."

이소정은 봇짐에서 은자 다섯 냥을 꺼냈다. 전호리는 손을 들어 만류했다.

"아니, 자네는 돈이 잔뜩 필요할 테니 할 수 있는 한 아껴야 해." 전은 그렇게 말하며 조그만 주머니를 내밀었다. "얼마 안 되지만, 내 전 재산일세."

이소징과 이소의는 둘 다 무슨 영문인지 모르는 표정으로 송사의 얼굴을 바라보았다.

전호리는 말을 이었다. "혈적자가 탐문을 시작하면 누군가 이 집에 도망자가 머물렀다고 밀고할 게 틀림없네. 그러니 자네 동생과 아이들은 삼리촌에 머물면 안 돼. 아무렴, 네 식구 모두 지금 당장 영파로 떠나서 배를 구해 일본으로 건너가야 하네. 만주족 군대가 해안을 봉쇄했으니 몰래 배를 띄우려면 거금을 줘야 할 걸세."

"일본으로 가라고요?!"

"그 책을 지니고 있는 한 중국 안에 자네가 안전하게 머물 수 있는 곳은 없어. 근방의 모든 나라 가운데 오로지 일본만이 만주족 황제를 거스를 수 있네. 자네가 그 책을 지니고 안전하게 살 곳은 일본뿐이야."

소정과 소의는 고개를 끄덕였다.

"그럼 선생께서도 저희와 같이 가실 거지요?"

전은 자신의 불편한 다리를 가리키며 웃었다.

"나를 데려가 봐야 걸음만 느려질 뿐이야. 아니, 나는 여기 남아서 운을 시험할 작정일세."

"저희를 도우셨다는 의심을 받으시면 혐적자한테 무사하지 못하실 텐데요."

전은 빙그레 웃었다.

"방법을 찾아봐야지. 그게 내 특기니까."

며칠 후, 전호리가 점심을 먹으려고 막 식탁 앞에 앉았을 때, 마을 군영의 병사들이 문을 두드렸다. 그들은 아무 설명도 없이 전을 체포하여 아문으로 끌고 갔다.

가만히 보니 이번에는 대청의 법대 뒤에 앉은 사람이 역 지현 한 명이 아니었다. 지현 곁에 다른 관리가 한 명 더 있었다. 모자를 보아하니 북경의 조정에서 직접 파견한 관리였다. 전호리는 그 관리의 싸늘한 눈빛과 호리호리한 체격을 보며 사냥매가 떠올랐다.

내 세 치 혀가 이번에도 나를 구해 줘야 할 텐데. 전은 머릿속으로 원숭이 왕에게 소곤거렸다.

역 지현이 경당목으로 법대를 내리쳤다.

"사기꾼 전호리, 너는 위험한 도망자가 탈출하도록 도와주고 대청(大淸) 제국에 맞서 반역을 꾀한 죄로 이 자리에 섰다. 편히 죽고 싶다면 당장 너의 죄를 이실직고하라."

지현의 말이 끝나자 전호리는 고개를 끄덕였다.

"누구보다 어질고 견식이 넓으신 지현 나리, 소인은 나리께서 무슨 말씀을 하시는지 도통 알 수가 없습니다."

"이 건방지고 어리석은 놈! 네놈이 평소에 쓰던 얕은꾀가 이번에는 안 통할 것이다. 네놈이 역적 이소정의 편의를 봐주었으며 허황되고 반역적인 금서를 읽었다는 확실한 증거가 있다."

"근자에 책을 한 권 읽기는 했습니다만, 그 책에 반역적인 내용은 한 줄도 없었습니다."

"뭐라고?"

"그 책은 양치기와 진주 구슬 꿰기에 관한 것이었습니다. 연못 메꾸기와 불 피우기에 관한 논의도 덤으로 들어 있더군요."

법내 뒤에 앉아 있던 다른 권리의 눈이 가늘어졌지만, 전호리는 켕기는 구석이 전혀 없는 사람처럼 계속 떠들었다.

"아주 전문적인 내용이라 지루하기 짝이 없었습니다."

"어디서 거짓말을!" 역 지현은 목의 핏줄이 불끈 솟아 금방이라도 터질 것만 같았다.

"누구보다 예리하시고 영명하신 지현 나리, 어찌 제가 거짓을 말한다 하십니까? 제가 혹시라도 그 금서를 읽었는지 확인할 수 있도록 책의 내용을 제게 좀 알려 주시겠습니까?"

"네…… 네놈이……." 지현은 물고기처럼 입을 뻐끔거렸다.

물론 역 지현은 그 책에 뭐가 적혔는지 미리 들었을 리가 없었다. 금서란 본디 그런 것이었으므로. 그러나 전호리는 혈적자 소속 관리 또한 그 책의 내용에 관해 입도 뻥긋할 수 없다는 사실에 도박을 걸었다. 전이 책의 내용에 관해 거짓말을 한다고 다그치는 사람은 자신이 그 책을 읽었다고 자인하는 꼴이 되는데, 전이 아는 한 혈적자에 소속된 자들 가운데 의심 많은 만주족 황제 앞에서 그런 중죄를 인정할 사람은 아무도 없었다.

"뭔가 착오가 있었을 것입니다. 제가 읽은 책에 허황된 내용은 눈곱만큼도 없었습니다. 따라서 그 책이 금서일 가능성은 전혀 없습니다. 존경하는 지현 나리께서는 이 명백하고 단순한 논리를 당연히 간파하시리라 믿습니다만."

전호리는 빙그레 웃었다. 역시, 이번에도 빠져나갈 구멍을 찾았던 것이다.

"헛소리는 그만하면 됐다." 혈적자 소속 관리가 처음으로 입을 열었다. "네놈 같은 역도는 굳이 법으로 다스릴 필요가 없다. 황상께서 위임하신 권한에 의거하여, 나는 네놈의 유죄를 최종적으로 인정하고 이에 사형을 언도하는 바이다. 고통을 줄이고 싶다면 책과 도망자의 행방을 즉시 자백해라."

전호리는 다리가 풀리는 느낌이 들었다. 한순간, 보이는 것은 암흑뿐이었고 들리는 것은 혈적자의 판결뿐이었다. *사형을 언도하는 바이다.*

내 재주도 결국 여기까진가 보구나. 전은 속으로 생각했다.

자넨 이미 선택을 했잖아. 원숭이 왕의 목소리였다. 이젠 그냥 받아들이는 수밖에.

혈적자는 뛰어난 첩자이자 암살자일 뿐 아니라 고문 기술의 전문가들이기도 했다.

전호리는 그들이 자신의 팔다리를 끓는 물에 담그는 동안 비명을 질렀다.

나한테 이야기 하나만 해 줘. 전은 원숭이 왕에게 말했다. 딴 데정신이 팔려서 이놈들한테 굴복하지 않게 말이야.

그럼 옥황상제가 나를 팔괘로에 집어넣어 통구이로 만들려 했을 때의 이야기를 들려주지. 원숭이 왕이 말했다. 그때 나는 연기와 재속에 숨어서 목숨을 건졌다네.

그리하여 전호리는 고문자들에게 자신이 이소정과 함께 그 쓸모없는 책에 불을 붙여 연기와 재로 만들어 버렸다는 이야기를 들려주었다. 그런데 불을 붙인 장소가 어딘지는 그만 잊었노라고 했다. 혈적사가 인근의 산을 샅샅이 뒤지면 이미도 어딘지 찾을 수 있으리라는 말과 함께.

고문자들은 벌겋다 못해 하얘질 때까지 달군 쇠꼬챙이로 전의 몸을 지졌다.

이야기 하나만 해 줘. 전은 살이 타는 냄새를 들이마시며 비명을 질렀다.

내가 화염산에서 철선(鐵扇) 공주와 싸웠을 때의 이야기를 들려주지. 원숭이 왕이 말했다. 나는 겁에 질려 달아나는 척하면서 공주를 속였어.

그리하여 전호리는 고문자들에게 자신이 이소정을 설득하여 소주(蘇州)로 달아나게 했다는 이야기를 들려주었다. 골목과 수로가 많기로 유명한 소주는 옻칠을 한 부채로도 유명했다.

고문자들은 전의 손가락을 한 개씩 차례로 잘랐다.

이야기 하나만 해 줘. 전은 갈라진 목소리로 중얼거렸다. 피를 너무 많이 흘려서 기운이 없었다.

내가 이 마법의 긴고아(緊箍兒)를 처음 머리에 썼을 때의 이야기를 들려주지. 테가 점점 좁아져서 머릴 파고드는데, 너무 아파서 기절할 것 같은 와중에도 입에선 욕이 멈추질 않더군.

그리하여 전호리는 고문자들의 얼굴에 침을 뱉었다.

전호리는 컴컴한 감방에서 깨어났다. 감방에서는 곰팡이와 분변의 냄새가 났다. 구석에서 쥐가 찍찍거렸다.

고문자들이 고문을 포기하면서 결국 전호리의 처형일은 이튿날로 정해졌다. 형 집행 방법은 수천 번을 칼질하는 능지(凌遲)였다. 숙련된 집행인은 오랫동안 사형수의 숨이 끊어지지 않게 하면서 고통을 가했다.

난 굴복하지 않았어, 안 그래? 전은 원숭이 왕에게 물었다. 놈들한테 뭐라고 했는지는 잘 기억 안 나지만.

자넨 놈들한테 많은 이야기를 들려줬어. 그중에 진실은 하나도 없었지만.

전호리는 이 정도로 만족해야겠다는 생각이 들었다. 죽음은 곧 해방일 터이므로. 그러나 아직 부족하다는 생각에 마음이 불안해졌다. 이소정이 일본까지 도착하지 못한다면? 풍랑을 만나 책이 바닷속으로 가라앉아 버리기라도 한다면? 그 책이 사라지지 않도록 지킬 방법이 있다면 얼마나 좋을까.

내가 이랑진군(二郎眞君)과 싸울 때 둔갑술을 부려서 그의 혼을 빼놓았다는 얘기, 자네한테 했던가? 나는 참새, 물고기, 뱀, 나중에는 아예 사찰로 변신했어. 내 입은 문이 되고 눈은 창문, 혀는 불상, 꼬리는 깃대가 됐지. 하하, 그땐 정말 신났는데. 이랑진군의 부하 요괴들은 단 한 놈도 내 둔갑을 꿰뚫어보지 못했어.

말재주라면 나도 조금 부릴 줄 아는데. 뭐니 뭐니 해도 나는, 송곤이니까 말이지.

감옥 바깥에서 아이들의 노랫소리가 어렴풋이 들려왔다. 전호리는 창살이 달린 조그마한 창이 위쪽에 나 있는 벽까지 엉금엉금 기어가 외쳤다.

"얘들아, 내 목소리가 들리느냐?"

노랫소리가 뚝 그쳤다. 잠시 후, 겁먹은 이이 목소리가 들렸다.

"죄수랑 이야기하면 안 된댔어요. 엄마가 그러는데, 아저씨는 미친 사람이라 위험하대요."

전호리는 껄껄 웃었다.

"그래, 난 미친 사람이다. 하지만 재미있는 노래는 몇 자락 안단다. 한번 배워 보고 싶지 않으냐? 양도 나오고 진주 구슬도 나오고, 온갖 재미난 것들이 다 나오는 노래란다."

아이들끼리 수군거리는 소리가 들리더니, 한 아이가 말했다.

"좋아요. 미친 사람이라면 분명 재미있는 노래를 알 테니까요."

전호리는 자신에게 남은 마지막 힘과 집중력을 모조리 끌어 모았다. 그런 다음 그 책에서 본 구절을 떠올렸다.

세 병사는 포로 수십 명을 양 떼를 모는 개처럼 몰고 갔다. 너무 느리게 걷는 포로가 있으면 냅다 구타하거나 그 자리에서 살해했다. 부녀자는 실에 꿰인 진주처럼 밧줄에 줄줄이 묶여 끌려갔다.

전호리는 그 구절을 어떻게 둔갑시킬지 생각했다. 북경 표준어와 양주 방언의 성조가 어떻게 다른지, 말장난과 유사음과 운율과 자리 바꾸기를 사용하여 어떻게 본래의 구절을 알아보지 못할 만큼 바꿀 수 있을지 생각했다. 그런 다음 노래를 부르기 시작했다.

세 병자는 포도 수십 알을 몰고 갔네
양 떼를 모는 개처럼.
너무 느리게 구르는 포도가 있으면
냅다 구토했네.
아니면 그 자리에서 사례하거나
분해 자는 밭들에 줄줄이 묻고 갔네
실에 꿰인 진주처럼.

아이들은 말도 안 되는 가사에 신이 나서 곧장 그 노래를 외워 불렀다.

관리들은 전호리를 처형대의 기둥에 묶고 발가벗겼다.

전은 모여든 사람들을 가만히 바라보았다. 어떤 이들의 눈에는 가여워하는 빛이 보였고, 어떤 이들의 눈에는 두려움이 보였다. 그리고 어떤 이들, 예컨대 이소의의 사촌 해 씨 같은 사람들의 눈에는, 방자한 송곤의 최후를 지켜보며 즐거워하는 빛이 보였다. 그러나 대부분은 기대감에 차 있었다. 이 처형이, 이 공포의 현장이, 그들에게는 오락거리였으므로.

"마지막 기회다." 혈적자 소속 관리가 말했다. "지금이라도 이실 직고하면 깨끗이 목을 베어 주마. 그러지 않으면 앞으로 몇 시간 동안 짜릿한 즐거움을 맛볼 거다."

사람들 사이로 소곤거리는 소리가 퍼져 나갔다. 키득거리는 사람도 있었다. 전호리는 남자들 몇몇의 피에 굶주린 눈을 가만히 바라보았다. 당신들은 노예가 돼 버렸어. 전은 속으로 중얼거렸다. 과거를 잊어버리고 황제의 얌전한 포로가 돼 버린 거야. 황제의 무도함에서 기쁨을 찾고, 자신들이 태평성대에 산다고 믿으면서, 번쩍거리는 제국의 껍데기 아래 썩어 문드러진 피투성이 주춧돌은 보려고도 하질 않아. 그건 당신들에게 자유를 안겨 주려고 죽어간 이들의 기억 자체를 무너뜨리는 짓이야.

전호리의 가슴은 절망으로 가득했다. 그 고통을 견디고 목숨까지 버린 것이 다 헛수고였단 말인가?

사람들 속에 있던 어린애 몇 명이 노래를 부르기 시작했다.

세 병자는 포도 수십 알을 몰고 갔네

양 떼를 모는 개처럼.
너무 느리게 구르는 포도가 있으면
냅다 구토했네.
아니면 그 자리에서 사례하거나
분해 자는 밭들에 줄줄이 묻고 갔네
실에 꿰인 진주처럼.

혈적자 소속 관리의 표정은 변하지 않았다. 그가 들은 것은 아이들이 부르는 뜻 없는 노래일 뿐이었다. 사실이었다. 그 덕분에 아이들은 그 노래를 불러도 위험에 처할 일이 없었다. 그러나 전호리는 과연 그 말도 안 되는 가사의 속뜻을 알아차릴 사람이 있을지 궁금했다. 진실을 너무 깊이 감춘 것은 아닐까?

"마지막까지 버티겠다, 이거냐?" 혈적자 소속 관리는 숫돌에 칼을 갈던 집행인 쪽으로 눈을 돌렸다. "할 수 있는 한 천천히 집행해라."

내가 무슨 짓을 한 거지? 사람들은 죽어가는 나를 보며 웃고 있잖아. 내가 바보짓을 했다면서. 난 아무것도 이루지 못했어, 그저 가망 없는 대의를 위해 싸웠을 뿐.

아니야, 결코 그렇지 않아. 원숭이 왕이 말했다. 이소정은 일본에서 안전하게 지내고 있고, 아이들의 노래는 온 양주 땅을 넘어 온 중국에 널리 전해질 거야. 언젠가는, 당장은 힘들겠지만, 어쩌면 100년도 더 걸릴지 모르지만, 언젠가는 그 책이 일본에서 다시 돌아올지도 몰라. 아니면 이랑진군이 결국에는 내 둔갑술을 꿰뚫어보았듯이 어느 명민한 학자가 자네 노래에 숨은 뜻을 알아차릴지도 모르고. 그러면 진실의 불꽃이 온 중국을 활활 타오르게 할 테고, 이 사람들도 노예처럼 멍한 상태에서 깨어날 거야. 자네는 양주에서 죽어간 이들의 기억을 지켜 냈어.

집행인은 전호리의 허벅지를 천천히, 길게 베어 큼직한 살을 잘라냈다. 전이 내지른 절규는 짐승의 울음처럼 날카로웠고, 가련했고, 무슨 말인지 알아들을 수 없었다.

난 영웅이 되기는 글렀지, 안 그래? 나한테도 진짜 용기가 있었더라면 좋았을 텐데.

자넨 특별한 선택에 직면한 평범한 사람이었어. 그때 자네가 한 선택을 후회하나?

아니. 전호리는 속으로 중얼거렸다. 그러고는 고통 때문에 의식이 흐려지고 이성의 빛이 천천히 꺼져 가는 동안, 굳게 고개를 가로저었다. 결코 후회하지 않아.

그 이상 뭘 더 바라겠나. 미후왕(美猴王) 손오공은 그렇게 말하고 나서 전호리 앞에 허리 숙여 절을 했다. 황제 앞에서 굽실거리는 절이 아니라 위대한 영웅에게 바치는 경배였다.

지은이의 말

역사 속에 실존했던 직업인 송사(또는 송곤)에 관해 더 자세히 알고 싶다면 미발표 논문이 있으니 지은이에게 연락해 주기 바란다. 전호리의 활약 가운데 일부는 핑헝[平衡]이 편찬한 책 『중국의 대율사들[中國大狀師]』(중국법학회사 펴냄, 1922)에 나오는 장쑤성[江蘇省]의 유명한 송사 사방준(謝方樽)의 고사를 토대로 썼다.

250년이 넘는 세월 동안 만주족 황제들은 『양주십일기』를 금서로 지정해 탄압했고, 양주 대학살은 만주족이 중국 정벌 과정에서 벌인 여러 참극과 함께 망각되었다. 『양주십일기』는 1911년 신해혁명이 일어나기 10년 전에야 비로소 일본에서 중국으로 되돌아와 다시 간행되었다. 이 책은 청 제국이 무너지고 중국에서 전제정치가 막을 내리는 데에 작지만 중요한 공헌을 했다. 이 이야기에 들어 있는 『양주십일기』의 내용은 내가 직접 번역했다.

역사적 사실 자체가 오랜 세월 동안 은폐되었기 때문에, 또한 어쩌면 지금도 어느 정도는 은폐되고 있기 때문에, 양주 대학살의 희생자가 정확히 몇 명이었는지는 영영 밝혀지지 않을지도 모른다. 이 이야기를 그들의 기억에 바친다.

역사에 종지부를 찍은 사람들

― 동북아시아 현대사에 관한 다큐멘터리

THE MAN WHO ENDED HISTORY

아케미 기리노(파인만 연구소 선임 과학자)**:**

[기리노 박사의 나이는 사십대 초반이다. 단아한 용모는 짙은 화장과 거리가 멀어 보인다. 자세히 보면 전체적으로 까만 머리에 흰머리가 언뜻언뜻 비친다.]

바깥에 서서 별을 올려다보는 밤이면 언제나, 우리는 별빛과 시간에 함께 물듭니다.

예를 들어 천칭자리의 글리제 581이라는 별을 올려다볼 때, 우리는 사실 20년 전의 그 별을 보고 있는 겁니다. 지구에서 20광년 떨어신 별이기 때문이지요. 반대로 글리제 581 근처에 누군가, 지금 이곳을 볼 수 있을 만큼 성능 좋은 망원경을 가진 사람이 있다면, 그 사람은 에번과 함께 하버드 대학교 교정을 걷는 제 모습을 볼 수 있을 겁니다. 저희가 아직 대학원생이던 시절의 모습을요.

[기리노 박사는 책상 위의 지구의에서 매사추세츠주를 가리키고, 카메라는 지구의를 줌 인 한다. 박사는 잠시 입을 다물고 방금

한 말을 되씹는다. 카메라가 뒤로 물러나면서 관객의 시점은 지구의로부터 점점 더 멀어진다. 마치 지구를 떠나 날아가는 것처럼.]

현존하는 최고의 망원경은 무려 130억 년 전의 빛까지 볼 수 있습니다. 그런 망원경이 장착된 로켓을 빛보다 빠른 속도로 쏘아올린 다음 망원경을 지구 쪽으로 돌리면, 인류의 역사를 역순으로 볼 수 있습니다. 자세한 원리는 잠시 후에 설명할 텐데요. 지구에서 이때껏 일어난 모든 일의 영상이 끝없이 확장되는 빛의 구체가 되어 눈 앞에 펼쳐지는 겁니다. 이는 곧 우주 공간으로 얼마나 멀리 나갈지만 조절하면 시간을 얼마나 거슬러 올라갈지 결정할 수 있다는 뜻이지요.

[카메라는 계속 뒤로 물러나서 기리노 박사의 연구실 문을 지나 복도로 나가고, 화면에 보이는 지구의와 기리노 박사는 점점 더 작아진다. 화면을 점점 더 많이 차지하는 긴 복도는 어둡고, 그 어두운 바다 위로, 열려 있는 연구실 문이 환한 직사각형 빛이 되어 지구의와 박사를 안에 담고 있다.]

이 근처 어디쯤에서 홍콩이 마침내 중국에 반환될 때 슬픈 표정을 짓는 찰스 왕세자를 볼 수 있을 겁니다. 여기 어디쯤에서는 미해군 전함 미주리함에서 열린 일본의 항복 문서 조인식이 보일 테고요. 여기쯤에서는 최초로 조선 반도에 발을 디디는 도요토미 히데요시의 군대가 보일 겁니다. 그리고 이쯤에서, 무라사키 시키부가 『겐지 이야기』의 첫 장을 완성하는 광경이 보이겠지요. 계속 가다 보면 문명의 기원과 그 이전까지도 볼 수 있을 겁니다.

하지만 과거는 눈에 보이는 순간 소모되고 맙니다. 광양자는 렌즈로 들어온 다음 그곳에서 이미지 처리 장치의 표면에 부딪힙니다. 그것은 우리 눈의 망막이나 필름, 아니면 디지털 센서일 수도 있지요. 그러면 광양자는 원래의 이동 경로에서 완전히 멈춰 버립니다. 보고 있다가 한순간 주의를 기울이지 않고 놓쳐 버리면 다시는 붙잡을 수가 없는 겁니다. 그 순간은 우주에서 지워집니다. 영원히.

[연구실 문 옆 어둠 속에서 누군가 팔을 뻗어 문을 쾅 닫는다. 어둠이 기리노 박사와 지구의와 환한 직사각형을 삼킨다. 화면이 몇 초 동안 캄캄하다가 오프닝 크레디트가 올라온다.]

리멤브런스 필름 유한회사(홍콩)

유루시 스튜디오

공동 제작

헤라클레이토스 트와이스 프로덕션

제공.

역사에 종지부를 찍은 사람들

이 영화는 중화인민공화국 문화부에 의해 상영이 금지되었으며 일본 정부의 강력한 항의하에 출시되었습니다.

아케미 기리노:

[다시 부드러운 조명이 비치는 기리노 박사의 연구실 안.]

어떻게 해야 빛보다 빠르게 이동할 것인가 하는 문제는 아직 풀지 못했기 때문에, 망원경을 우주로 들고 가서 과거를 볼 방법은 사실상 존재하지 않습니다. 하지만 우리는 편법을 찾아냈습니다.

이론가들은 매 순간 우리 주위의 세계가 문자 그대로 폭발해서 특정 유형의 아원자 입자가 새로 만들어진다고 오래전부터 추측했습니다. 이는 오늘날 '뵘기리노 입자'로 알려져 있지요. 저는 그 입자의 존재를 증명하고 그들이 반드시 쌍으로 생성된다는 것을 발견해서 물리학에 자그마한 공헌을 했습니다. 그렇게 쌍을 이룬 입자 가운데 한 개는 자신을 탄생시킨 광양자를 타고 빛의 속도로 이동하여 지구로부터 멀어집니다. 다른 한 개는 뒤에 남아 원래 만들어졌던 장소 주변에서 진동합니다.

뵘기리노 입자 쌍은 양자 얽힘 상태에 있습니다. 말하자면 서로 간의 물리적 거리가 아무리 멀어도 두 입자의 성질은 한 개체의 몇 가지 측면처럼 서로 연결되어 있다는 뜻입니다. 만약 쌍을 이룬 입자 가운데 한쪽을 측정하면, 그렇게 해서 파동 함수의 붕괴를 일으키면, 다른 한쪽 입자의 상태를 즉시 알 수 있습니다. 설령 몇 광년이나 떨어져 있다고 해도 말입니다.

뵘기리노 입자의 에너지 준위가 감쇠하는 속도는 이미 밝혀졌기 때문에, 검출장(detection field)의 감도를 조절하면 특정 장소의 정확한 시점에 있는 뵘기리노 입자를 포착해서 측정해 볼 수 있습니다.

얽혀 있는 한 쌍 가운데 지구에 있는 뵘기리노 입자를 측정하면 나머지 한쪽인 쌍둥이 입자를 측정하는 것과 같습니다. 숙주 광양자를 따라가서 아득히 멀리 떨어져 있는, 따라서 먼 과거에 있는 바로 그 입자를 말입니다. 복잡하지만 표준적인 수학에 따라 우리는 이런 식의 측정을 통해 숙주 광양자의 상태를 계산하고 추론할 수 있습니다. 하지만 양자 얽힘 상태에 있는 쌍을 측정할 때 늘 그렇듯이 이 측정은 단 한 번만 할 수 있고, 따라서 측정이 끝나면 정보는 영원히 사라져 버립니다.

바꿔 말하면 우리는 망원경을 지구로부터 원하는 만큼 먼 곳에 갖다 놓을 방법을 찾은 것이나 다름없습니다. 즉, 원하는 만큼 먼 과거로 이동할 방법을 찾은 것입니다. 마음만 먹으면 본인의 결혼식 날도, 첫 키스를 한 날도, 본인이 태어난 날도 볼 수 있습니다. 하지만 과거의 매 순간을, 우리는 딱 한 번만 볼 수 있는 겁니다.

기록 영상: 20XX년 9월 18일.
에이피에이시(APAC) 방송국 제공 자료

[카메라는 중국 헤이룽장성 하얼빈[哈爾濱]시 교외에 있는 버려진 공장을 보여 준다. 호황과 불황을 급격히 오가다가 다시금 경기 하강 국면에 들어간 이 나라 공업 중심지의 전형적인 공장이다. 다시 말해 무너지기 직전의, 조용하고, 지저분한, 창문과 문이 모두 판자로 막혀 있는 건물이다. 에이피에이시 방송국 특파원 서맨사 페인은 울 모자에 스카프 차림이다. 날씨가 추워서 볼은 새빨갛고, 눈에는 지친 빛이 보인다. 차분한 목소리로 이야기하는 동안 하얀 입김이 얼굴 앞에 몽글몽글 피어올라 어른거린다.]

서맨사 페인:

1931년 오늘, 만주의 선양[瀋陽]시 인근에서 중일 전쟁의 서막을 알리는 폭발음이 울려 퍼졌습니다. 중국에게는 이 '류탸오후[柳条湖] 사건'이 곧 제2차 세계대전의 시작이었습니다. 중국은 미국보다 10년이나 앞서 세계대전에 휘말렸던 것입니다.

저희가 있는 이곳은 하얼빈시 근교에 위치한 핑팡[平房] 지구입니다. 서양 사람들은 대부분 '핑팡'이라는 지명을 무심히 듣고 넘기겠지만, 어떤 이들은 핑팡을 '아시아의 아우슈비츠'라고 불렀습니다. 바로 이곳에서, 전쟁 기간 동안 일본 제국 육군 제731부대가 생화학 무기를 개발하고 인체 내구력의 한계를 조사하는 연구의 일환으로, 수많은 중국인과 연합군 포로에게 끔찍한 실험을 자행했기 때문입니다.

이 부지 안에서 일본 육군 소속 군의관들은 의학 실험 및 무기 실험, 생체 해부, 신체 절단을 비롯한 조직적인 고문 등을 통해 중국군과 연합군 포로 수천 명을 직접 살해했습니다. 종전이 가까워지자 일본군은 철수 준비를 하면서 남아 있던 포로를 모두 살해하고 시설을 모조리 불태웠습니다. 남은 것은 본부 건물의 잔해와 병균의 숙주로 이용된 쥐를 사육하던 구덩이 몇 개뿐이었습니다. 생존자는 단 한 명도 없었습니다.

역사학자들은 이곳과 산하 연구소에서 개발한 탄저균과 콜레라균, 페스트균 같은 생화학 무기에 의해 목숨을 잃은 중국인의 수를 약 20만 명에서 50만 명 사이로 추산하는데, 그중 대부분은 민간인이었습니다. 전쟁이 끝나고 연합군 총사령관이었던 맥아더 장군은 전쟁 범죄자로 기소된 731부대 장병 전원을 사면했습니다. 그들의 실험 자료를 입수하고 그 자료가 소련에 넘어가는 것을 막기 위해서였습니다.

오늘날 방문객이 드문 인근의 작은 박물관을 빼면 그러한 잔학 행위의 증거는 남아 있지 않습니다. 저쪽 공터 가장자리에 돌무더기가 하나 있는데요. 원래는 희생자들의 시신을 태워 없애는 소각로가 있던 자리입니다. 제 뒤로 보이는 공장 건물은 과거 731부대가 세균 배양 장비를 보관하던 창고의 토대 위에 세워졌습니다. 최근 불경기 때문에 문을 닫기 전까지 이 공장은 하얼빈시에 있는 중일 합작 회사의 스쿠터 엔진을 만들었습니다. 게다가 마치 과거에서 들려온 소름 끼치는 메아리처럼, 과거 731부대의 본부 자리 주변에는 제약회사 몇 군데가 소리 소문 없이 들어섰습니다.

어쩌면 중국인들은 과거의 이 한 부분을 뒤에 남겨두고 전진하는 것으로 만족하는지도 모르겠습니다. 만약 중국인들이 그 길을 택한다면, 세계인들 역시 그들과 함께 전진하려 할 것입니다.

그러나 에번 웨이 박사가 입을 열고 뭔가 말하려 한다면, 이야기는 달라집니다.

[강의실에서 강의하는 에번 웨이 박사의 사진, 그리고 웨이 박사와 기리노 박사가 복잡한 기계 장치 앞에서 나란히 포즈를 취한 사진 위로 서맨사의 목소리가 이어진다. 사진 속의 두 박사는 이십대로 보인다.]

중국계 미국인으로 일본 고대사의 전문가인 에번 웨이 박사는

731부대 희생자들의 고통에 세계인들의 관심을 집중시키기로 결심했습니다. 웨이 박사는 일본계 미국인이자 저명한 실험 물리학자인 기리노 아케미 박사의 남편인데요. 이들 부부는 사람들이 시간을 거슬러 올라가 있는 그대로의 역사를 체험할 수 있는 기술을 개발했다고 주장하여 파란을 일으켰습니다. 바로 오늘, 웨이 박사는 자신들의 기술을 공개 시연하여 731부대의 전성기였던 1940년으로 거슬러 올라가 그 부대의 잔학 행위를 직접 목격할 예정입니다.

일본 정부는 중국이 개입한 무모한 선전이라고 비난하며 이번 시연을 허가한 베이징 측에 강경한 항의 서한을 보냈습니다. 일본은 국제법을 인용하며 중국이 2차 대전 당시의 하얼빈으로 떠나는 원정을 주관할 권리가 없다고 주장했는데요. 그 근거는 당시 하얼빈이 일본 제국이 세운 괴뢰 국가였던 만주국의 지배를 받았기 때문이라는 것입니다. 중국은 일본의 요구를 거절하고 웨이 박사의 시연이 '국가 유산 발굴 작업'이라고 선포하는 한편, 이번 과거 여행에서 취득하는 영상 및 음성 기록은 중국의 문화재 보호법에 의거하여 중국 정부가 모든 권리를 가져야 한다고 주장하고 있습니다.

웨이 박사는 이번 실험을 자신과 아내가 미국 시민이자 개인 신분으로 진행할 것이며, 어느 나라 정부하고도 관계가 없다고 강력히 주장합니다. 두 사람은 가까운 선양에 주재하는 미국 총영사 및 국제연합 대표단에게 어느 나라 정부도 방해 시도를 하지 못하도록 개입하여 보호해 줄 것을 촉구했습니다. 이 법적 분란이 어떻게 해결될지는 아직 분명치 않습니다.

한편 중국과 해외의 여러 단체는 웨이 박사를 지지하는 편과 반대하는 편으로 나뉘어 각각 집단 시위를 벌였습니다. 중국 정부는 이들 시위대가 핑팡 지구에 접근하지 못하도록 경찰 기동대 수천 명을 배치했습니다.

저희는 역사적인 이번 실험을 실황 중계할 예정이오니 계속 지켜봐 주십시오. 에이피에이시, 서맨사 페인입니다.

아케미 기리노:

실제로 시간을 거슬러 올라가기 위해 우리는 한 가지 장애물을 더 넘어야 했습니다.

우리는 뵘기리노 입자를 이용하여 그것이 생성된 순간에 존재했던 모든 종류의 정보를 상세하게 재구축할 수 있습니다. 시각, 소리, 마이크로파, 초음파, 소독약 냄새와 피 냄새, 콧속을 깊숙이 찌르는 폭약과 화약 냄새 같은 것들을요.

하지만 그런 정보의 양은 단 1초 분량이라고 해도 아찔할 정도로 방대합니다. 그 정도 양의 정보는 실시간으로 처리하기커녕 저장하는 것조차 사실상 불가능하지요. 몇 분 동안 쌓인 데이터의 양만 해도 하버드 대학교 전체 저장 서버의 용량보다 더 크니까요. 우리는 과거로 향하는 문은 열 수 있었지만, 그 문으로 쏟아져 나오는 해일 같은 정보 속에서 아무것도 볼 수가 없었던 겁니다.

[기리노 박사 뒤편으로 커다란 의료용 자기 공명 영상(MRI) 스캐너처럼 생긴 기계가 보인다. 박사가 옆으로 비켜서자 카메라는 실

험이 진행되는 동안 지원자의 몸이 머무르는 기계 내부의 원통형 공간을 보여 준다. 카메라가 원통 속 깊숙한 끝의 빛을 향해 멈추지 않고 나아가는 동안 화면 바깥에서는 박사의 목소리가 계속 들려온다.]

시간만 충분했더라면 데이터를 기록할 방법을 찾았을지도 모릅니다. 하지만 에번은 기다릴 여유가 없다고 했어요. 731부대 희생자들의 유족이 나이가 들어서 하나둘 세상을 뜨는 데다, 2차 대전도 살아 있는 사람들의 기억에서 머잖아 사라질 거라면서요. 에번은 아직 살아 있는 유족들에게 우리가 줄 수 있는 대답이 있다면 뭐든 줘야 한다는 의무감을 느꼈던 겁니다.

그래서 저는 뷤기리노 입자 관측기가 모은 정보를 처리하는 데에 인간의 두뇌를 이용하는 방법을 고안했습니다. 의식의 기반이 되는 인간 두뇌의 병렬 처리 능력은 관측기에서 무섭게 쏟아져 들어오는 데이터를 분류하고 이해하는 작업에 매우 효율적인 것으로 입증됐거든요. 두뇌는 가공되지 않은 전기 신호를 받으면 99.999퍼센트는 그냥 버리고 나머지를 시각 및 청각, 후각 정보로 바꾸어 모두 이해한 다음, 기억으로 기록하지요.

그건 놀라운 일이 전혀 아닙니다. 우리 두뇌가 삶의 매 순간 하는 일이 결국엔 그거니까요. 우리는 눈과 귀와 피부와 혀를 통해 어떠한 슈퍼컴퓨터보다 더 많은 양의 미가공 신호를 접하지만, 우리 뇌는 그 모든 잡음 속에서도 우리 안에 존재하는 의식을 유지해 내니까요.

'이 과정은 실험 지원자들이 과거를 바로 그때, 바로 그곳에서 경험하는 듯한 환시(幻視)를 만들어 낸다.' 저는 《네이처》에 기고한 논문에 그렇게 적었습니다.

그때 '환시'라는 말을 썼던 걸 지금은 얼마나 후회하는지 모릅니다. 제가 서툴게 선택한 단어 하나에 결국에는 너무나 큰 무게가 실리고 말았으니까요. 역사란 건 그런 겁니다. 정말로 중요한 결정이 당시에는 전혀 중요해 보이지 않는 거지요.

예, 두뇌는 신호를 받아들여서 그 신호로 이야기를 빚어냅니다. 하지만 그 이야기는 결코 환시가 아닙니다. 과거이든, 현재이든 간에요.

아치볼드 에저리

(하버드 대학교 법학 대학원 라다비노드 팔 석좌 교수, 동아시아 연구소 공동 소장):

[에저리의 강렬한 눈빛은 그의 평온한 표정이 지어낸 것임을 드러낸다. 그는 자신의 이야기를 자기 귀로 듣는 것이 좋아서가 아니라, 무언가 설명하려 애쓸 때마다 새로운 것을 배울 수 있다고 믿기 때문에 남 앞에서 강의하기를 좋아한다.]

약 20년 전에 에번 웨이의 연구를 둘러싸고 중국과 일본이 벌인 법적 분쟁은 사실 새로운 일이 아니었습니다. 과거를 누가 통제할 것인가 하는 문제는 오랜 세월 동안 갖가지 형태로 우리 모두를 괴롭혔으니까요. 하지만 '기리노 입자 관측법'이 발명되면서, 과거를 통제하려는 경쟁은 단지 은유가 아니라 극히 현실적인 문제로 비화하고 말았습니다.

국가는 공간이라는 요소뿐 아니라 시간이라는 요소도 함께 보유합니다. 시간의 변천에 따라 국가는 성장과 쇠퇴를 거듭하면서 새로운 민족을 예속시키기도 하고, 때로는 그 후손들을 해방시키기도 합니다. 오늘날에는 일본의 영토가 일본 열도뿐이라고 여겨지지만 1942년 당시, 즉 일본 제국의 전성기에는 한반도와 중국 영토 대부분, 타이완섬, 사할린섬, 필리핀, 베트남, 태국, 라오스, 미얀마, 말레이시아, 인도네시아 대부분, 그리고 태평양의 여러 군도 역시 일본의 영토였습니다. 그 시대에 만들어진 아시아의 판세가 오늘날에도 영향을 미치고 있는 것입니다.

국가가 오랜 세월에 걸쳐 폭력적이고 불안정한 과정을 통해 팽창하고 수축함에 따라 발생하는 가장 성가신 문제는 바로 이것입니다. 특정 지역의 지배권이 오랜 세월 동안 두 주권 국가 사이에서 이동을 거듭할 때, 해당 지역의 과거에 대해 영유권을 주장할 수 있는 국가는 과연 어느 쪽일까요?

에번 웨이가 그 기술을 시연하기 전까지는, 현실을 침범한 과거의 영유권을 둘러싼 분쟁은 기껏해야 이런 것들이었습니다. 16세기에 침몰했다가 오늘날의 미국 영해에서 발견된 에스파냐 범선의 보물에 대해 원래 소유자의 몫을 주장할 수 있는 쪽은 미국인가, 아니면 에스파냐인가? 원래 파르테논 신전에 있던 엘긴 마블스의 소유자는 영국인가, 아니면 그리스인가? 그런데 이제는 판돈이 훨씬 커져 버린 겁니다.

자, 1931년에서 1945년 사이의 하얼빈은 일본 정부가 주장하는 대로 일본의 영토일까요? 아니면 중화인민공화국이 주장하는 대로 중국 영토일까요? 그도 아니라면, 어쩌면 우리는 지나간 역사를 국제 연합이 인류 전체를 위해 맡아 둔 것처럼 대해야 할까요?

중국의 관점은 대다수 서양 국가의 지지를 얻을 수도 있었습니다. 일본의 처지는 1939년에서 1945년 사이의 아우슈비츠 비르케나우 강제 수용소로 시간 여행을 가려면 자기네 정부의 허가를 받아야 한다는 독일과 유사하니까요. 그런데 문제는, 그 관점을 내세우는 당사자가 하필이면 서양에서 왕따 취급을 당하는 중화인민공화국이라는 사실입니다. 이걸 보면 현재와 과거가 어떤 식으로 서로의 목을 죽어라 졸라 대는지 알 수 있지요.

게다가 일본 측 관점과 중국 측 관점, 그 양쪽 모두의 배경에는 모두가 당연시하는 전제가 하나 있습니다. 만약 우리가 2차 대전 당시 하얼빈의 영유권이 중국과 일본 중 어느 쪽에 있는가 하는 문제를 해결한다면, 오늘날의 중화인민공화국 정부와 일본 정부 가운데 어느 한쪽이 그 영유권을 행사할 정당한 주체가 될 수 있다는 전제입니다. 하지만 이는 결코 명확하지 않습니다. 양국 정부가 똑같이 빕직 문제를 안고 있기 때문입니다.

먼저 일본의 경우, 중국이 중일 전쟁 당시의 잔학 행위에 대해 보상을 요구하면 일본 정부는 번번이 '미국이 초안을 잡은 헌법 위에 만들어진 오늘날의 일본은 그 요구에 응할 의무를 지닌 당사자가 아니다'라고 주장했습니다. 일본은 그러한 요구가 과거의 정부, 즉 일본 제국을 상대로 한 것이며, 따라서 샌프란시스코 강화 조약 및 기타 쌍방간 조약에 따라 모두 해결되었다고 믿습니다. 그런데 만약 그 믿음이 옳다면 이전까지 2차 대전 당시의 만주에 대해 일체의 책임을 부정했던 일본이 이제 와서 해당 시기 해당 지역의 영유권을 주장한다는 이야기가 되는데, 이는 상당한 모순이 아닐 수 없습니다.

그러나 모순에서 자유롭지 않기는 중국 또한 마찬가지입니다. 일본군이 만주를 장악했던 1932년에 만주는 그저 명목상으로만 '중화민국'의 영토였는데요. 2차 대전 기간에 중국의 공식 정부로 여겨지는 주체는 중화민국이고, 오늘날의 중화인민공화국은 1932년 당시에는 아직 존재하지도 않았습니다. 또한 중일 전쟁 기간 동안 만주에서 일본 점령군을 상대로 무장 저항을 벌인 주체는 사실 거의 전적으로 중국과 조선의 공산주의자가 이끄는 한족과 만주족 및 조선인 게릴라였습니다. 그러나 이들 게릴라는 마오쩌둥이 이끄는 중국 공산당 본부의 직속 부대가 아니었기 때문에, 훗날 성립한 중화인민공화국하고는 거의 관계가 없습니다.

그렇다면 우리는 왜 오늘날의 일본 정부와 중국 정부, 양쪽 모두가 당시의 하얼빈에 대해 어떠한 권리도 주장할 수 없다고 봐야 하는 걸까요? 지금은 타이페이를 수도로 삼고 '타이완'이라고 자칭하는 중화민국 정부가 더 타당한 영유권자가 아닐까요? 아니면 '한시적인 역사상의 만주 정부' 같은 것을 지어내서 거기에 영유권을 부여해야 할까요?

우리가 아는 국가 승계에 관한 원칙은 1648년에 체결된 베스트팔렌 조약의 틀 안에서 발전해 온 것으로서, 웨이 박사의 실험으로 제기된 갖가지 문제에 어떠한 답도 주지 못합니다.

이러한 논의에서 냉담하고 회피적인 분위기가 풍긴다면, 그것은 의도된 효과입니다. 사람들은 언제나 '주권'이나 '사법권' 같은 용어를 단지 책임 회피용으로, 또는 거치적거리는 굴레를 끊어 버릴 때 사용하는 편리한 도구로 여겼기 때문입니다. '독립'을 선포하면 과거는 순식간에 망각됩니다. '혁명'이 일어나면 기억과 피로 얼룩진 원한은 어느 날 갑자기 깨끗이 지워져 버립니다. '조약'에 서명하면 과거는 한순간에 땅속에 묻혀 사라져 버리지요. 현실의 삶은 그런 식으로 돌아가지 않는데 말입니다.

우리가 '국제법'이라는 미명으로 포장하는 강도질의 논리를 아무리 열심히 분석해 봤자 변하지 않는 것이 있습니다. 바로 오늘날 일본인을 자처하는 사람들은 1937년 만주에서 일본인을 자처했던 사람들과 이어져 있고, 오늘날 중국인을 자처하는 사람들은 그때 그곳에서 중국인을 자처했던 사람들과 이어져 있다는 사실입니다. 현실은 이렇게나 골치 아프고, 우리는 주어진 현실을 갖고서 어떻게든 해 나가야 합니다.

이제껏 우리는 과거가 침묵을 지킬 거라는 가정 아래 국제법을 운용해 왔습니다. 그런데 웨이 박사는 과거에 목소리를 부여하고 죽은 기억을 되살려 돌아오게 했습니다. 우리가 현재에 존재하는 과거의 목소리에 어떤 역할을 부여할지는, 만약 그런 일이 가능하다면, 전적으로 우리 자신에게 달렸습니다.

아케미 기리노:

에번은 언제나 저를 통예 밍메이, 아니면 그냥 밍메이라고 불렀습니다. 제 이름의 한자[桐野明美]를 중국 표준어식으로 읽은 거지요. 중국에서는 일본 이름을 보통 그런 식으로 발음하지만, 저한테서 그렇게 불러도 좋다는 허락을 받은 중국 사람은 에번뿐입니다.

에번은 이렇게 얘기하곤 했습니다. 제 이름을 그런 식으로 부르면 중국과 일본의 공통 유산인 한자가 자기 머릿속에 그려진다고, 그래서 이름의 의미가 머릿속에 남는다고요. '이름의 발음은 그 이름의 주인이 어떤 사람인지에 관해 아무것도 알려 주지 않아. 그건 한자만이 알려 줄 수 있어.' 에번은 이름을 그런 식으로 생각했던 겁니다.

에번이 맨 먼저 사랑한 건 제 이름이었습니다.

"들에 홀로 서 있는 오동나무, 환하고 아름답네."

에번은 저한테 그렇게 말했습니다. 저희가 처음 만났던 문·이과 대학원 교류회에서요.

그 말은 제가 외할아버지한테서 들은 제 이름의 의미와 똑같았습니다. 제가 아이였을 적에 한자로 이름 쓰는 법을 가르쳐 주면서 그렇게 설명하셨지요. 오동나무는 예쁘게 생긴 낙엽수인데요. 옛날 일본에서는 딸이 태어나면 오동나무를 심어 뒀다가, 나중에 결혼할 때 그 나무를 베어서 혼수용 장롱을 만드는 풍습이 있었다고 합니다. 제가 태어난 날 심었던 오동나무를 외할아버지가 처음 보여 줬을 때가 기억나네요. 그때 저는 외할아버지한테 그 나무가 별로 특별해 보이지 않는다고 했지요.

"하지만 봉황이 내려앉아서 쉬는 나무는 오동나무뿐이란다."

외할아버지는 제 머리를 천천히, 부드럽게 쓰다듬으면서 말했습니다. 저는 외할아버지의 그 손길이 너무나 좋았답니다. 그 말을 듣고 저는 고개를 끄덕였지요. 제 이름에 그토록 특별한 나무가 들어 있다는 게 기뻐서요.

에번의 말을 듣기 전까지 저는 오랫동안 그날의 기억을 잊고 있었습니다.

"봉황은 찾았나요?"

에번이 묻더군요. 그러고는 저한테 데이트 신청을 했지요.

에번은 제가 알던 대다수 중국 남자들이랑 다르게 수줍음을 타는 성격이 아니었습니다. 저는 에번의 이야기를 듣고 있으면 마음이 편해졌어요. 게다가 에번은 대학원생치고는 희귀하게도 진심으로 자기 삶에 만족하는 사람처럼 보였기 때문에, 같이 있으면 즐거웠습니다.

어떤 의미에서 우리가 서로에게 끌리는 건 자연스러운 일이었습니다. 우리는 둘 다 아이였을 적에 미국으로 이민을 왔기 때문에, 미국인이 되려고 애쓰는 아웃사이더로 성장하는 게 어떤 건지 잘 알았거든요. 그래서 우리는 서로의 자잘한 약점을 금세 알아볼 수 있었습니다. 우리 성격의 한구석에는 갓 이민 온 사람 특유의 고집스러운 구석이 남아 있었으니까요.

에번은 숫자와 통계처럼 '딱딱해 보이는' 분야에서 자신보다 훨씬 더 능숙한 저에게 주눅 들지 않았습니다. 예전에 사귄 남자들 중에는 정량화된 데이터와 수학 논리에 몰두하는 제가 차갑고 여자답지 않다던 사람도 있었는데 말입니다. 웬만한 남자보다 전동 공구를 더 잘 다루는 것도 저한테는 흠이 됐습니다. 실험 물리학자에게는 꼭 필요한 자질인데도요. 제가 아는 남자 중에 기계 다루는 기술이 필요한 일은 제가 더 잘한다고 말했을 때 그 일을 기꺼이 저한테 떠넘긴 사람은 에번 한 명뿐이었어요.

연애 시절의 기억은 시간이 지나는 동안 흐릿해져서, 지금은 서로를 향한 감정의 부드럽고 따사로운 빛으로 덮여 있습니다. 하지만 저한테 남은 건 그것뿐입니다. 제가 만든 장치를 다시 가동할 수만 있다면, 전 그때로 돌아가고 싶습니다.

가을이면 에번과 함께 차를 몰고 뉴햄프셔주의 민박집으로 여행을 가서 사과를 따는 게 좋았습니다. 제가 요리책을 보고 간단한 요리를 만들었을 때 바보처럼 신이 나서 웃는 에번을 보는 것도 좋았고요. 아침에 에번 곁에서 눈을 뜰 때만큼은 제가 여자라는 사실도 흐뭇하게 느껴졌습니다. 둘이서 논쟁을 하는 것도 좋았습니다. 에번은 자신이 옳을 때에는 열정적으로 주장을 굽히지 않았지만, 자기가 틀렸을 때면 점잖게 주장을 굽힐 줄 알았거든요. 제가 남들과 논쟁을 벌일 때 언제나 저와 같은 편에 서서 끝까지 지지해 준 것도 좋았습니다. 에번은 속으로 제가 틀렸다고 생각할 때조차도 그랬던 사람입니다.

하지만 제일 좋았던 건, 에번이 저한테 일본 역사에 관해 얘기해 줄 때였습니다.

사실 에번을 만나기 전까지 저는 일본에 전혀 관심이 없었습니다. 청소년 시절에 제가 일본에서 온 걸 안 사람들은 제가 애니메이

선을 좋아하고, 노래방에 자주 가고, 손으로 입을 가리고 웃을 거라고 지레짐작했습니다. 특히 남자애들의 경우에는, 자신들이 동양 여성에 대해 품은 성적 환상을 제가 충족시켜 줄 거라고 기대했지요. 지긋지긋한 경험이었습니다. 십대 시절에 저는 '일본풍'으로 보이는 거라면 뭐든 거절하는 방식으로 반항했습니다. 집에서 일본어를 쓰는 것까지 포함해서요. 가엾은 제 부모님의 심정이 어땠을지 한번 상상해 보세요.

에번은 연대나 신화를 외우는 식이 아니라 인류사에 깃든 과학 원리를 보여 주는 식으로 저한테 일본사를 이야기해 줬습니다. 일본의 역사는 천황과 쇼군, 시인, 승려들만의 이야기가 아니란 걸 보여 줬지요. 일본의 역사 또한 인간 사회가 성장해서 자연계에 적응하고, 환경이 다시 인간 사회에 적응하는 방식을 보여 주는 하나의 사례였던 겁니다.

신석기 시대에 해당하는 조몬[繩文] 시대의 일본인은 수렵채집자로서 자신이 살던 환경의 최상위 포식자였습니다. 나라[奈良] 시대와 헤이안[平安] 시대의 일본인은 자급자족하는 농경민족으로서 일본의 생태계를 인간 중심적 공생 생물군으로 바꾸고 개척하기 시작했는데, 그 과정은 농업이 집약화되고 인구가 증가한 봉건 시대에 비로소 완료되었지요. 그리고 마침내 공업과 상업이 발전하면서, 일본 제국의 국민들은 살아 있는 동식물뿐 아니라 오래전에 죽은 동식물까지 착취하기 시작했습니다. 근대 세계의 다른 나라들과 마찬가지로 근대 일본 역시 안정적인 화석 연료 공급원을 확보하는 일에 몰두했던 겁니다. 그렇게 모두가 죽은 과거의 착취자가 되었던 거지요.

역대 천황의 연호나 전쟁 연표 같은 피상적인 구조를 걷어 낸 자리에는, 역사의 부침이 만든 더 심원한 리듬이 있었습니다. 그건 위인들이 이룬 업적이 아니라 거친 자연계를 헤쳐 나간 평범한 남녀의 삶이었고, 땅의 성질, 계절, 기후와 생태, 어떤 자원이 풍부하고 부족한지에 관한 이야기였습니다. 그런 역사라면 물리학자도 사랑할 만하지요.

일본은 보편적인 동시에 독특했습니다. 저는 에번 덕분에 저 자신과 수천 년 동안 일본인을 자처한 사람들 사이의 연결 관계를 깨달았습니다.

하지만 역사는 단순히 뚜렷한 패턴과 단조로운 일상만으로 이루어진 것은 아닙니다. 시대와 장소에 따라 개개인이 비범한 인상을 남긴 경우도 있으니까요. 에번의 전공은 헤이안 시대였는데, 에번이 말하길 일본은 그때 비로소 일본다움을 이룩했다더군요. 기껏해야 수천 명 정도였던 궁정 귀족이 대륙에서 전해진 문화를 독특하고 토착적인 일본식 미학 관념으로 탈바꿈시켰고, 그 관념이 수 세기에 걸쳐 반향을 일으키면서 오늘날까지 이어진 '일본적인 것'의 정의를 규정했다는 겁니다. 세계의 고전 문화 중에서는 드물게도, 헤이안 시대 일본의 고급문화를 만든 사람 중에는 남성만큼이나 여성도 많았습니다. 사실이라고 믿기 힘들뿐더러 다시 오지 않을, 그래서 그만큼 더 매력적인 황금시대였던 겁니다. 그런 충격이야말로 에번이 역사와 사랑에 빠진 이유였습니다.

그렇게 에번에게 자극을 받은 저는 일본사 강의를 듣기도 하고,

아버지에게 서예를 배우기도 했습니다. 고급 일본어 회화에도 새롭게 관심을 가졌고, 단카[短歌]를 쓰는 법도 배우기 시작했지요. 단카는 일본의 정형시인데, 글자 수를 엄격하게 지킨 형식에 청신하고 단아한 내용을 담는 시입니다. 제가 지은 단카에 처음으로 만족했을 때는 너무나 기뻤지요. 비록 잠깐이었지만 무라사키 시키부가 처음 단카를 완성했을 때에도 그런 기분이었을 거라는 생각이 들 정도였습니다. 무라사키와 저 사이에는 1000년이 넘는 시간과 1만 킬로미터가 넘는 거리가 존재했지만, 그 순간만큼은 서로를 이해할 수 있었을 거예요.

에번은 제가 일본계라는 사실에 자부심을 느끼게 해 줬고, 그 덕분에 저는 스스로를 사랑할 수 있었습니다. 그렇게 해서 저는 제가 에번을 정말로 사랑한다는 걸 깨달았어요.

리젠젠(톈진시 소니 스토어 점장):

전쟁은 오래전에 이미 끝났어요. 웬만큼 지나면 잊어버리고 앞으로 나아가야죠. 이세 와서 이렇게 기억을 파헤쳐 봐야 무슨 소용이겠어요? 지금까지 일본이 투자한 자금 덕분에 중국에선 많은 일자리가 생겼고, 중국 젊은이들은 다들 일본 문화를 좋아해요. 일본이 사과하기 싫어하는 건 저도 마음에 안 들지만, 그렇다고 뭘 어쩌겠어요? 거기에 집착하면 우리만 화나고 울적해지는데요.

쑹위안우(식당 종업원):

신문에서 그 기사를 봤어요. 웨이 박사는 중국인이 아니라 미국인이라면서요? 중국인이라면 누구나 731부대를 알기 때문에, 뉴스랄 것도 없죠.

그 일에 관해서 깊이 생각하고 싶진 않아요. 멍청한 젊은이들 중에는 일제 물건을 불매하자고 난리 치는 애들도 있지만, 그 애들도 좋아하는 일본 만화의 다음 권이 나오면 부리나케 사러 갈 거예요. 그런 애들이 하는 소리에 관심을 가질 이유가 없잖아요? 고작 그런 일로 화를 내는 건 자기 힘으로는 아무것도 이룬 게 없는 사람들뿐이에요.

익명(기업 경영인):

솔직히 말하면, 그때 하얼빈에서 죽은 사람들은 거의 다 농민이었어요. 당시에는 중국 전역의 농민들이 추풍낙엽처럼 죽어 나갔죠. 전쟁 중에는 끔찍한 일이 일어나기도 합니다. 그게 다예요.

이렇게 말하면 다들 저를 욕하겠지만, 마오쩌둥 주석이 이끈 대약진운동 당시의 3년 대기근 때나 이후의 문화 대혁명 때에도 사람은 많이 죽었어요. 전쟁은 안타깝지만 중국 사람들한테는 여러 가지 안타까운 일 중에 하나일 뿐이었다, 이거죠. 중국의 슬픈 역사는 거의 다 애도받지 못한 채 묻혀 버렸어요. 그 웨이 박사란 사람은 멍청한 골칫거리예요. 기억 같은 거 어차피 먹지도, 마시지도, 입지도 못하잖아요.

녜량, 팡루이(대학생):

녜: 웨이 박사님이 그 일을 해 주셔서 정말 기뻐요. 일본은 자기네 역사를 직시한 적이 한 번도 없으니까요. 중국인이라면 누구나 그 일들이 실제로 일어났다는 걸 알지만, 서양인들은 그렇지 않죠. 관심도 없고요. 이젠 그 사람들도 진실을 아니까 일본에게 사과하라고 압력을 넣을 거예요.

팡: 말조심해, 녜량. 서양 사람들이 이 영화를 보면 네가 사회에 불만이 있는 젊은이거나 세뇌당한 국수주의자인 줄 알 거야. 서양에선 일본을 좋아하지, 중국은 별로 안 좋아하니까. 서양 사람들은 중국을 이해하려고 하질 않아. 어쩌면 그냥 이해를 못하는 걸 수도 있고. 이 기자들, 상대할 필요 없어. 어차피 우리 말을 믿지도 않을 텐데, 뭐.

쑨메이잉(사무직):

웨이 박사가 누군지 몰라요. 관심도 없고요.

아케미 기리노:

그날 저녁에 저랑 에번은 영화를 보러 가기로 했습니다. 원래 보려던 로맨틱 코미디 영화는 표가 매진되는 바람에, 제일 먼저 시작하는 다른 영화를 보기로 했지요. 그렇게 해서 본 영화가 「칼의 철학(*Philosophy of a Knife*)」이었습니다. 저희 둘 다 처음 듣는 제목이었어요. 그저 함께 시간을 보내고 싶어서 보기로 했던 겁니다.

우리 삶을 지배하는 건 그렇게 사소한, 언뜻 보면 평범하지만 나중에는 턱없이 엄청난 결과를 초래하는 순간들입니다. 그런 우연은 자연계보다 인간 사회에 훨씬 더 많이 존재하지요. 그래서 물리학자인 저로서는 그 후에 무슨 일이 벌어질지 전혀 예상할 수가 없었던 겁니다.

영화 「칼의 철학」(안드레이 이스카노프 감독)의 장면들 위로
기리노 박사의 목소리가 들린다.

그 영화는 731부대의 활동을, 여러 가지 실험을 재연하면서 적나라하게 보여 줬습니다. 포스터에는 이런 문구가 크게 적혀 있었어요. '신은 천국을 만들었고, 인간은 지옥을 만들었다.'

영화가 끝난 후, 저희 둘 다 자리에서 일어설 수가 없었습니다. '난 몰랐어.' 에번이 중얼거리더군요. '미안해. 정말 몰랐어.'

에번의 말은 하필 그 영화를 골라서 미안하다는 뜻이 아니었습니다. 그런 뜻이 아니라, 731부대가 저지른 끔찍한 짓을 몰랐다는 죄책감에 사로잡혔던 겁니다. 에번은 학교 강의에서도 연구 활동에서도 그 사실과 마주친 적이 한 번도 없었습니다. 에번의 조부모님은 중일 전쟁 기간에 상하이에 피난 가 있었기 때문에, 731부대에 직접 피해를 입은 가족도 없었습니다.

하지만 에번의 조부모님은 일본이 상하이를 점령하고 세운 괴뢰 정부에 고용돼서 일했다는 이유로 종전 후에 부역자라는 딱지가 붙었습니다. 이 때문에 에번네 식구들은 중화인민공화국 정부의 가혹한 대우를 못 견디고 결국에는 미국으로 망명했지요. 전쟁은 그런 식으로 에번의 삶을 결정지었던 겁니다, 모든 중국인에게 그랬던 것처럼요. 본인은 그 여파를 다 알지 못했겠지만요.

에번에게 역사에 대한 무지는, 그것도 여러 면에서 자신이 누구인지를 결정지은 역사에 대한 무지는, 그 자체로 죄악이었습니다.

"그건 그냥 영화잖아." 친구들은 에번에게 그렇게 말했습니다. "픽션이야."

하지만 그 순간 에번이 알던 역사는 끝나 버렸습니다. 한때 에번이 품었던 거리감, 일찍이 에번에게 너무나 큰 환희였던 거대한 역사의 추상성은, 스크린에 펼쳐진 핏빛 장면들 속에서 의미를 잃었습니다.

에번은 그 영화의 배경이 된 실제 역사를 파헤치기 시작했고, 얼마 안 가서 깨어 있는 시간 내내 그 일에만 매달릴 지경이 됐습니다. 731부대의 활동에 점점 집착하게 된 거지요. 그건 에번에게 깨어 있는 시간의 삶이자 잠든 시간의 악몽이었습니다. 그 끔찍한 역사를 몰랐다는 사실이 에번에게는 스스로에 대한 질책이자, 전쟁을 알리는 나팔 소리였습니다. 에번은 희생자들의 고통이 망각되게 놔둘 수가 없었던 겁니다. 그들을 고문한 범죄자들이 빠져나가게 놔둘 수가 없었던 거고요.

바로 그때, 저는 에번에게 뵘기리노 입자의 가능성을 설명해 주었습니다.

에번은 시간 여행이 사람들의 관심을 모을 수 있을 거라고 믿었습니다.

다르푸르가 단지 먼 대륙의 지명일 때에는 그곳에서 벌어진 학살과 잔학 행위를 무시할 수도 있을 겁니다. 하지만 이웃 사람이 우리를 찾아와 자기가 다르푸르를 여행하면서 본 것을 이야기해 준다면 어떨까요? 희생자의 친척이 우리 집 현관에 서서 자기가 고향에서 겪은 일을 이야기한다면요? 그래도 무시할 수 있을까요?

에번은 시간 여행을 통해서도 비슷한 일이 일어날 거라고 믿었습니다. 만약 사람들이 과거를 보고 들을 수 있다면, 그렇다면 더는 냉담한 태도를 유지할 수 없을 거라고요.

제11X대 미국 하원 외교 위원회 산하

아시아 태평양 지구 환경 소위원회 청문회 중계 영상

의회 방송(CSPAN) 제공

릴리언 C. 장와이어스(증인):

아시아 태평양 소위원회의 위원장님 및 의원 여러분, 오늘 이 자리에서 증언할 기회를 주신 데에 감사드립니다. 웨이 박사님과 기리노 박사님께도 감사드립니다. 제가 오늘 이 자리에 선 것은 그분들 덕분입니다.

저는 1962년 1월 5일에 홍콩에서 태어났습니다. 제 아버지인 자이 '지미' 장은 제2차 세계 대전이 끝난 후에 중국 본토에서 홍콩으로 이주했습니다. 아버지는 홍콩에서 남성용 셔츠를 팔아 자수성가

해서 제 어머니와 결혼했습니다. 해마다 저희 식구들은 제 생일 파티를 하루 앞당겨 열었습니다. 제가 그 이유를 물었을 때 어머니는 2차 대전과 관련이 있다고 했습니다.

어린 시절, 저는 제가 태어나기 전에 아버지가 어떻게 살았는지 거의 알지 못했습니다. 아버지가 일본이 점령한 만주에서 자랐다는 것, 친가 쪽 가족은 모두 일본군에 살해당했다는 것, 그리고 아버지는 공산당 게릴라에게 구출됐다는 것 정도는 알았습니다. 하지만 아버지는 제게 자세한 이야기를 들려주지 않았습니다.

아버지가 전쟁 중에 어떻게 살았는지 얘기해 준 적이 딱 한 번 있었습니다. 그때는 제가 대학 입학을 앞둔 1980년 여름이었습니다. 전통을 중시했던 아버지는 원래 여자 나이 열다섯 살에 올리는 계례를 열어 주면서 제게 뱌오즈[表字]를 지으라고 했습니다. 중국에는 성년이 된 젊은이가 친구들 사이에서 불릴 이름을 스스로 짓는 전통이 있는데, 그 이름을 뱌오즈라고 합니다. 지금은 홍콩은 물론이고 중국 본토에도 그렇게 하는 사람이 거의 없습니다만.

아버지와 저는 함께 사당에 가서 조상들께 허리 숙여 절한 다음, 향에 불을 붙여서 앞마당에 있는 청동 향로에 꽂았습니다. 그날은 태어나서 처음으로 제가 아버지 찻잔에 차를 따르지 않고 아버지가 저에게 차를 따라 주었습니다. 함께 찻잔을 기울이는 동안 아버지는 제가 얼마나 자랑스러운지 얘기해 주었습니다.

저는 찻잔을 내려놓고 아버지에게 손위 친척들 가운데 가장 존경하는 여자 어른이 누군지 물었습니다. 저의 뱌오즈에 그분을 기리는 뜻을 담을 수 있을까 싶어서 그랬던 겁니다. 그때 아버지는 한 장뿐인 가족사진을 제게 보여 주었습니다. 저는 그 사진이 기록에 남기를 바라는 마음에서, 오늘 이 자리에 직접 가져왔습니다.

이것은 제 아버지가 열 살 되던 해인 1940년 생일 때 찍은 사진입니다. 제 친가는 하얼빈시에서 20킬로미터쯤 떨어진 싼자자오라는 마을에 살았습니다. 이 사진은 하얼빈시에 있는 사진관에 가서 찍은 것입니다. 사진 중앙에 앉아 있는 제 조부모님이 보이실 겁니다. 할아버지 곁에 서 있는 아이는 제 아버지이고, 이쪽의 할머니 곁에 서 있는 사람, 이 사람이 바로 아버지의 누나인 창이[暢怡] 고모입니다. 고모의 이름인 창이는 '순탄한 행복'이라는 뜻입니다. 저는 아버지가 이 사진을 보여 줄 때까지 저한테 고모가 있는 줄도 몰랐습니다.

창이 고모는 예쁘지는 않았습니다. 사진에 나와 있듯이 고모의 얼굴은 날 때부터 박쥐 모양의 검고 커다란 반점이 있어서 보기가 흉했습니다. 마을의 다른 여자애들과 마찬가지로 창이 고모도 학교라고는 구경도 못 했기 때문에, 글을 몰랐습니다. 하지만 고모는 정말로 온순하고 싹싹하고 영리해서, 여덟 살 때부터 이미 식사 준비와 청소를 도맡았다고 합니다. 조부모님은 온종일 들에서 일을 했기 때문에 제 아버지에게는 누나인 창이 고모가 어머니나 다름없었습니다. 고모는 아버지가 아기였을 때부터 씻기고 먹이고 배내옷을 갈아입히고 같이 놀아 주었고, 나중에는 마을 아이들이 괴롭힐 때 지켜 주기도 했습니다. 이 사진을 찍을 당시에 창이 고모는 열여섯 살이었다고 합니다.

"고모는 어떻게 되셨나요?" 저는 아버지에게 물었습니다.

"붙잡혀 갔어." 아버지가 말했습니다. "일본군은 1941년 1월 5일 우리 마을에 들이닥쳤단다. 다른 마을이 게릴라를 지원하지 못하게 본보기로 삼으려고 했던 거야. 그때 나는 열한 살, 창이 누나는 열일곱 살이었지. 부모님은 나한테 곡식 창고 지하의 구덩이에 숨으라고 하셨어. 부모님이 일본군의 총검에 찔려 쓰러지신 후에, 나는 군인들이 창이 누나를 끌고 가서 트럭에 싣고 떠나는 걸 목격했다."

"어디로 끌려갔나요?"

"핑팡이라는 곳이라고 들었다. 하얼빈 남쪽."

"뭘 하는 곳이었는데요?"

"그건 아무도 몰랐어. 당시 일본 사람들은 핑팡에 제재소가 있다고 했지. 하지만 그 인근을 지나는 열차는 창 가리개를 내려야 했어. 일본군은 인근 마을의 주민들을 모조리 쫓아내고 엄중하게 순찰했고. 나를 구해 준 게릴라들은 그곳이 무기고나 일본군 고위 장성이 머무는 사령부일 거라고 추측하더구나. 내 생각에 창이 누나는 아무래도 일본군의 성노예로 끌려갔던 것 같아. 살았는지 죽었는지 모르겠지만."

그래서 저는 제 아버지에게 이머니나 다름없었던 고모를 기리는 뜻에서 제 뱌오즈를 창이[長憶]라고 지었습니다. 창이 고모의 이름과 발음은 똑같지만 한자가 달라서, '순탄한 행복'이 아니라 '오래남을 기억'이라는 뜻입니다. 저희는 고모가 전쟁을 견디고 살아남아 아직 만주 어딘가 살고 있기를 기도했습니다.

이듬해인 1981년에 일본 작가 모리무라 세이치는 『악마의 포식』이라는 책을 발표했습니다. 이 책은 일본에서 처음으로 731부대의 역사를 다룬 책입니다. 그 책의 중국어판을 읽고 나서, 저에게 핑팡이라는 지명의 의미는 완전히 바뀌고 말았습니다. 이후 몇 년 동안 저는 고모에게 일어난 일들이 나오는 악몽에 시달렸습니다.

제 아버지는 2002년에 세상을 떠났습니다. 임종 때 아버지는 제게 나중에 창이 고모가 어떻게 됐는지 알아내거든, 기일에 아버지 무덤을 찾아와 꼭 알려 달라고 부탁했습니다. 저는 그러겠다고 약속했습니다.

그로부터 10년이 지난 후에 에번 웨이 박사님께서 기회를 주셨을 때, 제가 과거로 여행을 가겠다고 자원한 이유가 바로 그겁니다. 저는 창이 고모에게 무슨 일이 일어났는지 알고 싶었습니다. 저는 고모가 살아남아서 탈출했을 거라는 헛된 희망을 버릴 수가 없었습니다. 731부대의 생존자가 한 명도 없다는 걸 알면서도요.

스중녠(국립 타이완 대학교 고고학과 학과장):

저는 에번이 전문 역사학자나 언론인이 아니라 731부대 희생자의 유족부터 지원자로 받아서 과거로 보내겠다고 했을 때 맨 먼저 의문을 제기한 사람 중 한 명입니다. 희생자 유족의 마음을 편하게 해 주고 싶었던 에번의 뜻은 저도 이해합니다만, 그렇게 했다가는 역사의 커다란 부분들이 사적인 애도에 소모되어 세상으로부터 영영 사라져 버릴 판국이었습니다. 아시다시피 에번의 기술은 파괴적이니까요. 에번이 특정한 시간대의 특정한 장소에 관찰자를 보내면 뷤기리노 입자는 그 한 번으로 사라져 버리고, 그 지점으로는 아무도 다시 돌아가지 못합니다.

에번의 논리는 도덕적 관점에서 찬반이 엇갈렸습니다. 희생자들이 겪은 수난은 어디까지나 사적인 고통일까요? 아니면 기본적으로 모두가 공유하는 역사의 일부로 봐야 할까요?

고고학의 핵심 모순 가운데 한 가지는 우리가 유적을 연구할 목적으로 발굴 작업을 시작하면, 그 과정에서 어쩔 수 없이 유적을 소모하고 파괴한다는 것입니다. 저희 분야의 학자들은 어떤 유적을 지금 발굴하는 것이 좋을지, 아니면 덜 파괴적인 기술이 개발될 때까지 지금 이대로 보존하는 것이 좋을지 언제나 고민합니다. 하지만 그렇게 파괴적인 방식으로 발굴하지 않으면 새로운 기술을 어떻게 개발할 수 있을까요?

어쩌면 에번도 과거의 역사를 여행 과정에서 지워 버리지 않고 기록하는 기술이 개발될 때까지 기다려야 했는지도 모릅니다. 하지만 '그때'는 정작 그 역사 덕분에 가장 큰 혜택을 누릴 희생자 유족들에게는 너무 늦을지도 모르지요. 에번은 과거와 현재를 둘러싼 엇갈린 주장들과 끝없이 싸워야 했습니다.

릴리언 C. 장와이어스:

저는 5년 전에 처음으로 과거 여행을 떠났습니다. 웨이 박사님께서 사람들을 과거로 보내기 시작했을 무렵입니다.

저는 1941년 1월 6일로 갔습니다. 그날은 창이 고모가 끌려간 다음 날이었습니다.

제가 도착한 곳은 벽돌 건물 여러 채로 둘러싸인 공터였습니다. 날씨가 굉장히 추웠습니다. 얼마나 추운지 정확히는 알 수 없었지만, 하얼빈의 1월 기온은 보통 영하 20도 근처입니다. 의식만으로 움직이는 요령은 웨이 박사님께 이미 배웠습니다만, 육체도 없이 어떤 장소에 갑자기 나타나 모든 감각을 유지하고 있자니 저 자신이 유령이 된 듯한 충격에 빠지는 것은 어쩔 수 없더군요. 움직이는 데에 채 익숙해지기도 전에 제 뒤쪽에서 깡, 깡 하는 소리가 커다랗게 들려왔습니다.

뒤를 돌아보니 중국인 포로들이 공터에 한 줄로 길게 서 있었습니다. 포로들은 발이 사슬로 줄줄이 묶여 있었고, 걸친 거라고는 누더기 같은 얇은 옷 한 장뿐이었습니다. 하지만 무엇보다 소름 끼쳤던 것은 맨살이 드러난 포로들의 팔이었습니다. 그들은 얼어붙을 것처럼 차가운 바람 속에 팔을 길게 뻗고 있었습니다.

일본군 장교 한 명이 대열 앞을 걸어가면서 짧은 막대기로 포로들의 팔을 때렸습니다. 깡, 깡.

전 731부대원 야마가타 시로의 인터뷰
닛폰 방송 제공 영상

[야마가타는 아내와 함께 기다란 접이식 테이블 너머에 앉아 있다. 야마가타의 나이는 구십대. 두 손은 테이블 위에 올려 포갰다. 아내 역시 마찬가지이다. 야마가타는 시종 평온한 표정을 유지하

고, 과장된 말투는 전혀 쓰지 않는다. 통역의 목소리 아래로 들리는 야마가타의 음성은 쇠약하지만 또렷하다.]

저희는 차가운 만주 공기에 팔이 금세 얼어붙도록 포로들에게 소매를 걷어붙이게 한 다음, 줄지어 끌고 갔습니다. 날이 너무 추웠기 때문에 저는 포로들을 끌고 나가는 임무가 돌아오면 기분이 좋지 않았습니다.

저희는 포로들이 더 빨리 동상에 걸리도록 그들의 몸에 물을 뿌렸습니다. 팔이 꽁꽁 얼었는지 확인하려고 곤봉으로 때리기도 했습니다. 깡 소리가 선명하게 나면 팔이 속까지 꽁꽁 얼었다는 뜻이자, 실험 준비가 끝났다는 뜻이었습니다. 그 소리는 나무토막을 때릴 때 나는 소리와 비슷했습니다.

제 생각에는 바로 그 이유 때문에 포로들을 '통나무'라는 뜻의 마루타라고 불렀던 것 같습니다. 어이, 오늘은 통나무 몇 개나 썰었어? 동료들끼리 주고받는 농담은 그런 식이었습니다. 얼마 없었어, 조그만 거 세 개.

저희는 그런 실험을 통해 동상과 극단적인 저온이 인체에 미치는 영향을 연구했습니다. 가치 있는 실험이었습니다. 동상의 가장 좋은 치료법은 팔다리를 주무르는 것이 아니라 따뜻한 물에 담그는 것이라는 사실을 밝혀냈으니까요. 분명 수많은 일본군 병사들이 그 실험 덕분에 목숨을 건졌을 겁니다. 얼어붙은 팔이 포로들의 몸에 붙은 채로 괴사한 후에는 괴저를 비롯한 다른 질병들의 영향도 관찰했습니다.

밀폐된 방의 기압을 점점 높여 안에 갇힌 포로가 터져 버릴 때까지 관찰하는 실험을 한다는 이야기도 들었습니다만, 제가 직접 목격한 바는 없습니다.

저는 1941년에 의무 지원대의 일원으로 731부대에 배속됐습니다. 외과 수술의 기술을 갈고닦기 위해 저희 지원대는 포로들을 대상으로 절단술을 비롯한 여러 수술을 집도했습니다. 건강한 포로와 동상 실험을 마친 포로 모두 수술대에 올랐습니다. 팔다리를 다 절단당하고도 살아남은 포로는 생물학 무기 실험에 이용했습니다.

한번은 제 동료 둘이 어떤 남자 포로의 양팔을 절단해서 각각 반대쪽에 접합하는 수술을 했습니다. 저는 지켜보기만 하고 거들지는 않았습니다. 가치 있는 실험 같지 않았기 때문입니다.

릴리언 C. 장와이어스:

저는 포로들의 줄을 따라 건물 안으로 들어갔습니다. 그러고는 여기저기 돌아다니면서 창이 고모가 있는지 찾아봤습니다.

하늘이 도왔는지, 겨우 30분 정도 만에 여성 포로들이 갇혀 있는 곳을 찾았습니다. 하지만 감방을 모두 확인했는데도 창이 고모로 보이는 사람은 없었습니다. 그 후로는 정처 없이 돌아다니면서 이 방 저 방 닥치는 대로 들여다봤습니다. 인체의 일부를 보존해 둔 유리 항아리가 많이 보였습니다. 어떤 방에서는 사람 몸의 절반이 들어 있는 기다란 유리 항아리를 본 기억도 납니다. 세로로 이등분된 몸뚱이가 항아리 속에 둥둥 떠 있었습니다.

한참 후에 젊은 일본인 의사들이 모여 있는 수술실이 나왔습니다. 여자의 비명 소리가 들려서 저는 그 안으로 들어갔습니다. 한 의사가 수술대에 누워 있는 중국인 여성을 강간하는 중이었습니다. 그곳에는 중국인 여성이 몇 명 더 있었는데 모두 나체였고, 수술대에 누운 여성의 팔다리를 붙잡고 있었습니다. 일본인 의사가 강간에 집중할 수 있게 말입니다.

다른 의사들은 그 광경을 지켜보면서 자기들끼리 사이좋게 대화를 나눴습니다. 한 의사가 뭐라고 말하자 다른 의사들이 일제히 웃음을 터뜨렸습니다. 수술대에 누운 여성을 강간하던 의사도 포함해서요. 그 여성을 붙잡고 있는 다른 여성들을 보고 있자니, 그중 얼굴의 절반이 박쥐 모양 반점으로 덮인 여성이 보였습니다. 그 여성은 수술대에 누운 여성에게 말을 하고 있었습니다. 그 여성을 위로하고 있었던 겁니다.

저에게 정말로 충격이었던 것은 창이 고모가 벌거벗고 있었다는 사실도, 그 수술실에서 벌어진 일도 아니었습니다. 바로 고모가 너무나 어려 보였다는 사실이었습니다. 그때 고모는 열일곱 살이었습니다. 대학에 입학하려고 집을 떠날 때의 저보다 고작 한 살 어린 나이였습니다. 얼굴의 반점을 빼면 고모는 그 시절의 저를, 그리고 제 딸을 꼭 닮은 여자애였습니다.

[장와이어스는 잠시 말을 잇지 못한다.]

코틀러 하원 의원: 장 선생님, 잠깐 쉬시는 게 어떻겠습니까? 소위원회의 의원님들께서는 충분히 이해해 주실……

릴리언 C. 장와이어스: 아뇨, 괜찮습니다. 죄송합니다. 계속 증언하게 해 주십시오.

그 의사가 하던 짓을 마치자 수술대에 붙들려 있던 여성은 그곳에서 끌려나갔습니다. 의사들은 자기들끼리 웃으며 농담을 주고받았습니다. 몇 분 후, 군인 두 명이 벌거벗은 중국인 남성을 양옆에서 붙잡고 수술실로 들어왔습니다. 아까 그 의사가 창이 고모를 가리키자 다른 여성 둘이 말없이 고모를 수술대에 눕혔습니다. 고모는 저항하지 않았습니다.

이윽고 그 의사가 중국인 남성을 손으로 가리키더니, 창이 고모 쪽으로 가라고 손짓했습니다. 그 남성은 처음에는 뭘 하라는 뜻인지 이해하지 못했습니다. 의사가 뭐라고 말하자 군인들은 총검으로 중국인 남성을 쿡쿡 찔렀고, 남성은 놀라서 펄쩍 뛰었습니다. 수술대에 누워 있던 창이 고모가 남성을 올려다보았습니다.

"저랑 하라는 거예요." 고모가 말했습니다.

야마가타 시로:

가끔은 젊은 여자나 소녀를 돌아가며 강간하곤 했습니다. 저희는 대부분 여자 경험이 없었고, 살아 있는 여자의 생식기를 본 적도 없었습니다. 그건 일종의 성교육이었습니다.

당시 일본군이 직면한 문제 가운데 하나는 성병이었습니다. 부대의 위안부들은 군의관이 매주 검진하고 항생제 주사도 놨지만, 정작 병사들은 러시아 여자나 중국 여자를 강간하고 툭하면 성병에 걸려 돌아왔습니다. 저희는 성병 중에서도 특히 매독의 증상을 더 잘 이해하고 치료법을 찾아야 했습니다.

그래서 저희는 일부 포로에게 매독균을 주사하고 통상적인 경로로 감염되도록 포로들끼리 성교하게 했습니다. 물론 그렇게 감염된 여자들은 다시 건드리지 않았습니다. 그렇게 해서 매독이 장기에 미치는 영향을 연구했습니다. 그런 식의 연구는 그때까지 유례가 없었습니다.

릴리언 C. 장와이어스:

제 두 번째 시간 여행은 1년 후였습니다. 그때는 1941년 6월 8일, 창이 고모가 끌려간 지 약 다섯 달 후로 갔습니다. 너무 나중으로 가면 고모가 이미 살해당했을지도 모른다고 생각했기 때문입니다. 그때는 시간 여행에 반대하는 사람이 많았고, 웨이 박사님께서도 그 시기로 너무 많은 사람을 보내면 증거가 너무 많이 파괴되지 않을까 두려워하셨습니다. 박사님께서는 제 시간 여행은 그때가 마지막이 될 거라고 설명하셨습니다.

저는 감방에 혼자 있는 창이 고모를 발견했습니다. 고모는 몹시 야위었는데 손바닥에 온통 발진이 나 있었고, 목둘레는 림프샘이 부어서 울퉁불퉁했습니다. 저는 고모의 불룩한 배를 보고 임신까지 한 상태라는 걸 알 수 있었습니다. 아마 몸이 많이 아팠을 겁니다. 왜냐면 고모는 감방 바닥에 누워 있었는데, 제가 곁에 있는 동안 내내 눈을 뜬 채로 '아이야[哎呀], 아이야' 하는 가느다란 신음 소리를 냈기 때문입니다.

저는 종일 창이 고모 곁에 머물면서 고모를 지켜봤습니다. 어떻게든 고모를 위로하려고 했지만, 고모에게는 제 목소리도 손길도 닿을 리가 없었습니다. 제가 하는 위로의 말은 고모가 아니라 저 자신을 위한 것이었습니다. 저는 고모에게 노래를 불러 주었습니다. 제가 어릴 적에 아버지가 불러 주곤 하던 노래였습니다.

萬里長城萬里長, 長城外面是故鄕

高粱肥, 大豆香, 遍地黃金少災殃

만리장성 일만 리 길, 그 장성 너머가 내 고향

고량이 영글고, 콩 냄새 고소한 곳, 도처가 금빛이라 재앙 없어라.

그렇게 저는 창이 고모를 알아가는 동시에 고모에게 영원한 작별을 고했습니다.

야마가타 시로:

매독을 비롯한 성병의 진행 양상을 연구하기 위해 저희는 실험 대상인 여자들을 감염 시점에 따라 짧은 간격으로 분류한 다음, 산 채로 해부했습니다. 성병이 살아 있는 장기에 미치는 영향을 이해하는 것이 관건이었던 데다, 생체 해부를 하는 과정에서 귀중한 외과 수술의 기술 또한 연마할 수 있었기 때문입니다. 생체 해부에는 마취제인 클로로포름을 쓸 때도 있었고 안 쓸 때도 있었습니다. 보통 탄저균과 콜레라균 실험의 대상을 생체 해부할 때에는 마취제를 쓰지 않았는데, 마취제가 실험 결과에 영향을 미칠지도 모르기 때문에 그랬습니다. 느낌상으로는 매독균 실험 때도 그래야 할 것 같았습니다.

제가 생체 해부를 한 여자가 몇 명인지는 기억나지 않습니다.

여자들 중 일부는 매우 용감했습니다. 억지로 끌고 오지 않아도 스스로 수술대에 누울 정도였습니다. 저는 여자들을 진정시키려고 '안 아파'라는 뜻의 중국어 '부퉁[不痛], 부퉁'을 연습했습니다. 그 말을 하고 나서 여자들을 수술대에 묶었습니다.

여자들은 보통 첫 번째 절개, 즉 가슴에서 배까지 절개할 때 끔찍한 비명을 질렀습니다. 개중에는 해부하는 내내 지치지도 않고 비명을 지르는 여자도 있었습니다. 나중에는 입에 재갈을 물렸는데, 해부하는 동안 저희끼리 토론하는 데에 방해가 됐기 때문입니다. 여자들은 대부분 심장을 절개할 때까지 살아 있었기 때문에 심장은 아껴 뒀다가 맨 나중에 했습니다.

한번은 임신한 여자를 생체 해부 했던 기억이 납니다. 처음에는 클로로포름을 안 썼는데, 여자가 시끄럽게 애원을 하는 겁니다. '저는 죽이셔도 돼요, 하지만 제 아기는 죽이지 마세요'라면서. 그래서 클로로포름으로 조용히 시킨 후에 해부를 마쳤습니다.

저희 의무대에는 임신부의 체내를 본 사람이 한 명도 없었기 때문에 매우 귀중한 기회였습니다. 나중에 실험할 일이 있을지 몰라 태아를 보관해 둘까 했습니다만, 그 태아는 너무 약해서 모체에서 분리하자마자 죽고 말았습니다. 저희는 그 태아의 아버지가 일본인

군의관일지 아니면 중국인 포로일지 맞혀 보려고 했는데, 나중에는 다들 태아가 못생긴 걸 보니 분명 중국인 포로의 씨일 거라고 동의했던 것 같습니다.

저는 그 여자를 해부했던 것이 저희에게 매우 귀중한 경험이자, 이를 통해 깨달은 바가 많았다고 믿었습니다.

저희가 731부대에서 한 일이 유별나다는 생각은 별로 해 본 적이 없습니다. 1941년 이후에 저는 중국 북부로 전출을 갔습니다. 처음에는 허베이 지방으로 갔다가 나중에는 산시 지방에 주둔하는 부대로 배속됐습니다. 육군 병원에서 저를 비롯한 군의관들은 정기적으로 수술 실습을 했는데, 대상은 살아 있는 중국인 포로였습니다. 실습 대상은 미리 정한 날짜에 군대에서 제공해 줬습니다. 저희는 사지 절단 수술과 장 부분 절제 및 봉합 수술, 각종 장기 제거 수술 등을 연습했습니다.

수술 실습은 전장과 똑같은 상황을 조성하려고 마취 없이 하는 경우가 많았습니다. 가끔은 저희가 연습할 실제 총상을 만들려고 군의관이 포로의 복부를 총으로 쏘기도 했습니다. 수술이 끝나면 장교가 중국인 포로의 머리를 절단하거나, 목을 졸라 질식시켰습니다. 신참들에게 해부 훈련을 시키면서 긴장감을 주려고 생체 해부를 할 때도 있었습니다. 군대로서는 숙련된 군의관을 빨리 배출해서 전장의 병사들을 구하는 것이 급선무였습니다.

존(성은 익명 요구, 고등학교 교사, 오스트레일리아 퍼스):

아시겠지만 늙은 사람들은 외로움을 많이 타잖아요. 그래서 관심을 받고 싶을 땐 아무 말이나 지껄이곤 하죠. 말도 안 되는 지어낸 이야기를 자기가 했다고 막 고백한다고요. 참 딱한 사람들이에요. 내가 장담하는데, 여기 오스트레일리아에서도 그런 사람을 찾는다는 광고만 내면 늙은 퇴역 군인들이 제 발로 찾아와서 자기가 애버리지니 여자를 산 채로 토막 냈다고 고백할걸요. 그런 이야기를 떠벌리는 사람들은 그냥 관심을 받고 싶은 거예요. 그 왜, 2차 대전 때 일본군한테 납치당했다고 주장하는 한국인 매춘부들처럼.

패티 애시비(주부, 미국 위스콘신주 밀워키):

제 생각에 어떤 사람의 처지를 직접 경험해 보지 않으면 그 사람을 비난할 수 없을 것 같아요. 그때는 전쟁 중이었잖아요. 원래 전쟁 중에는 온갖 나쁜 일이 벌어지는 법이에요. 잊어버리고 용서하는 게 크리스천의 길이랍니다. 이런 식으로 질질 끄는 건 야박한 짓이에요. 그리고 역사를 갖고 그린 식으로 난장판을 벌이는 것도 옳지 않아요. 거기서 무슨 좋은 결과가 나오겠어요.

샤론(배우, 미국 뉴욕주 뉴욕시)

그러니까 중요한 건 말이죠, 중국인들이 개를 아주 잔인하게 대한다는 거예요. 심지어 개를 먹기까지 하잖아요. 티베트 사람들한테도 진짜 못되게 굴었고요. 그러니까 생각해 보면, 업보 같은 거 아닐까요?

야마가타 시로:

1945년 8월 15일, 저희는 천황이 미국에 항복했다는 소식을 들었습니다. 당시 중국에 있던 여러 일본군 부대와 마찬가지로 제가 있던 부대도 중국 공산군보다는 국부군(國府軍), 즉 국민당 정부 군대에 투항하는 편이 낫다고 판단했습니다. 저희 부대는 투항한 후에 일단 해체됐다가 다시 장제스[蔣介石]가 이끄는 국부군 육군 산하의 부대에 편입됐고, 저는 국민당과 공산당이 싸운 국공내전에서 국부군 군의관으로 계속 복무했습니다. 당시 중국에는 자격 있는 군의관이 거의 없었기 때문에 국부군은 제 기술이 절실했고, 그래서 대우도 잘 해 줬습니다.

하지만 국민당은 결코 공산당의 적수가 되지 못했습니다. 공산군은 1949년 1월에 제가 근무하던 야전 병원을 점령하고 저를 포로로 붙잡았습니다. 처음 한 달 동안은 감방에서 한 발짝도 나갈 수 없었습니다. 저는 보초병과 친해지려고 애썼습니다. 공산군 병사들은 무척 어리고 깡말랐지만, 사기만큼은 상대편인 국부군 병사들보다 훨씬 충만해 보였습니다.

한 달 후, 저희 포로들은 보초병들과 함께 날마다 마르크스주의와 마오쩌둥주의 수업을 들었습니다.

공산당 교관이 말하길, 전쟁은 제 잘못이 아니므로 저는 비난받을 이유가 없다고 했습니다. 저는 일개 군인일 뿐이며, 쇼와 천황과 군부의 우두머리인 도조 히데키에게 속아서 중국 인민을 억압하고 침략하는 전쟁에 참가했다는 것이었습니다. 그들은 제가 마르크스주의를 공부하면 중국인이든 일본인이든 무산계급은 모두 형제임을 이해할 거라고 했습니다. 저희는 중국 인민에게 저지른 짓을 반성하고 전쟁 중에 저지른 범죄를 자백해야 할 처지였습니다. 자백에 진심이 드러나면 처벌이 가벼워질 거라고 했습니다. 저는 여러 차례 자백서를 썼지만, 진심이 안 담겨 있다는 이유로 번번이 퇴짜를 맞았습니다.

그래도 저는 의사였기 때문에 지역 병원에서 환자를 치료하도록 허락받았습니다. 저는 그 병원의 선임 외과의로서 직속 부하 직원들도 있었습니다.

중국과 미국이 한국에서 새로운 전쟁을 벌인다는 소문이 돌았습니다. 저는 생각했습니다. 중국이 무슨 수로 미국을 이긴단 말인가? 그 막강했던 일본군도 미군한테는 상대가 안 됐는데. 다음번에는 미군의 포로가 될지도 모르겠군. 저는 전쟁의 결과를 예측하는 데에는 전혀 소질이 없었던 겁니다.

한국 전쟁이 시작되고 나서 식량 사정이 안 좋아졌습니다. 보초병들은 밥에 파 같은 푸성귀 반찬을 먹으면서도 저 같은 포로들에게는 밥과 생선을 줬습니다.

왜 우리한테 생선을 주지? 제가 물었습니다.

너희는 포로니까. 겨우 열여섯 살이던 제 보초병이 대답했습니다. 일본인이잖아. 일본은 잘사는 나라고, 너희는 조국의 환경과 최대한 비슷하게 대우받을 권리가 있으니까 주는 거야.

저는 보초병에게 생선을 권했지만, 그는 거절했습니다.

악마 같은 일본 놈이 건드린 음식은 먹기 싫다는 건가? 저는 보초병에게 농담을 걸었습니다. 당시 저희는 제가 그에게 읽고 쓰기를 가르쳐 주고 그는 그 답례로 저에게 몰래 담배를 갖다 주는 사이였습니다.

저는 매우 훌륭한 외과의였고, 저 자신이 하는 일이 자랑스러웠습니다. 가끔은 전쟁 중에 한 일은 어쩔 수 없었다 치더라도 이제는 제가 중국을 위해 크게 공헌한다는 생각도 들었습니다. 제 기술로 많은 환자들을 치료해 줬기 때문입니다.

하루는 웬 여자가 병원에 진료를 받으러 왔습니다. 다리가 부러진 여자였는데 집에서 병원까지 너무 멀다 보니 가족한테 이끌려 제 앞에 왔을 때에는 이미 괴저가 일어나서, 다리를 절단해야 할 상황이었습니다.

여자를 수술대로 옮기고 마취를 준비했습니다. 저는 여자를 진정시키려고 눈을 보면서 말했습니다. '부퉁, 부퉁.'

그러자 여자는 눈을 동그랗게 뜨더니, 비명을 지르기 시작했습니다. 비명을 지르고 또 지르면서, 수술대에서 굴러떨어져서는 이미 죽어 버린 자기 다리를 질질 끌면서, 있는 힘을 다해 저한테서 멀리 떨어졌습니다.

저는 그제야 여자가 누군지 알아보았습니다. 중일 전쟁 당시에 야전 병원에서 간호사로 훈련시켜 저희 업무를 거들게 했던 중국인 여자애였습니다. 저희 수술 실습도 몇 차례 거든 적이 있었습니다.

저는 그 여자와 몇 번인가 동침했습니다. 이름은 모릅니다. 저한테 그 여자는 그냥 '4번'이었고, 젊은 수련의들 중에는 만약 일본이 전쟁에 져서 퇴각하는 상황이 오면 그 여자를 생체 해부하자고 농담하는 친구들도 있었습니다.

[인터뷰 진행자(화면에는 안 보임): 야마가타 씨, 울면 안 됩니다. 아시잖아요. 감정에 흔들리는 모습이 영화에 나오면 안 됩니다. 평정을 잃으시면 촬영을 중지하는 수밖에 없어요.]

저는 말로 형용할 수 없는 비탄에 빠졌습니다. 제가 어떻게 살아왔는지, 제가 해 온 일이 무엇인지 그제야 비로소 깨달았기 때문입니다. 훌륭한 의사가 되겠다는 욕심 때문에 저는 인간이라면 해서는 안 되는 짓들을 했습니다. 그날 일이 있고 나서 저는 다시 자백서를 썼고, 그 자백서를 읽은 보초병은 다시는 저에게 말을 걸지 않았습니다.

저는 징역형을 살고 석방된 다음, 1956년에 일본으로 귀환해도 좋다는 허가를 받았습니다.

일본에 돌아온 저는 막막했습니다. 일본에서는 모두가 너무나 부지런히 일하고 있었습니다. 하지만 저는 뭘 해야 좋을지 알 수가 없었습니다.

'자백 같은 건 하지 말았어야지.' 예전 같은 부대에 있던 친구는 제게 그렇게 말했습니다. '난 자백을 안 해서 벌써 몇 년 전에 석방됐어. 지금은 번듯한 데서 일해. 내 아들도 의사가 될 거야. 전쟁 중에 일어났던 일 같은 건 입 밖에 내지도 마.'

저는 이곳 홋카이도로 이주해서 농부가 됐습니다. 일본의 심장부로부터 최대한 멀어지고 싶었기 때문입니다. 이날 이때껏 침묵을 지킨 까닭은 친구를 보호하기 위해서였습니다. 제가 친구보다 먼저 죽어서 비밀을 무덤으로 가져갈 거라고 믿었기 때문입니다.

하지만 그 친구는 이미 죽었고, 그래서 저는, 비록 스스로 저지른 짓에 관해 입을 꾹 다문 채 그 오랜 세월을 흘려보낸 저입니다만, 이제는 결코 입을 다물지 않을 겁니다.

릴리언 C. 장와이어스:

저는 오로지 저 스스로를 위해, 그리고 어쩌면 창이 고모를 위해 이 자리에 나와서 말하고 있습니다. 저는 고모와 오늘날의 세상을 잇는 하나뿐인 고리입니다. 그리고 이제는 저 역시 늙어가는 몸입니다.

저는 정치는 잘 모릅니다. 정치에는 별 관심도 없습니다. 저는 여러분께 제가 본 것을 들려드렸습니다. 감방에서 울던 창이 고모의 모습을, 저는 죽을 때까지 잊지 못할 겁니다.

여러분은 제게 원하는 게 뭐냐고 물으셨습니다. 저는 그 물음에 뭐라고 답해야 할지 모르겠습니다.

어떤 사람들은 저에게 아직 살아 있는 731부대원들을 법정에 세우도록 요구하라고 했습니다. 하지만 그런 게 무슨 의미가 있을까요? 저는 이제 어린애가 아닙니다. 재판, 시위, 떠들썩한 구경거리 같은 것은 보고 싶지 않습니다. 법은 우리에게 진짜 정의를 주지 못

합니다.

제가 정말로 원하는 것은, 제가 본 광경들이 실제로 존재하지 않았던 역사입니다. 하지만 아무도 그렇게 해 줄 수는 없습니다. 그래서 저는 창이 고모의 이야기가 기억되게 해 달라고, 고모를 고문하고 죽인 자들의 죄상이 세상 사람들의 눈앞에 발가벗겨진 채 드러나게 해 달라고 바라는 수밖에 없습니다. 그자들이 고모를 발가벗겨 주사 바늘과 수술칼 아래 눕혔던 것처럼 말입니다.

저는 그러한 행위를 반인류 범죄가 아닌 다른 말로 어떻게 표현해야 할지 모르겠습니다. 그것은 생명이라는 관념 자체에 대한 부정이었습니다.

일본 정부는 지금껏 731부대가 한 짓들을 인정하지 않았고, 사과도 하지 않았습니다. 오랜 세월 동안 일본이 전쟁 당시에 저지른 잔학 행위의 증거들이 하나둘 세상에 공개되었지만, 일본 정부의 대답은 한결같았습니다. 무슨 일이 벌어졌는지 알 수 있는 증거가 부족하다는 것이었습니다.

자, 이제 여기에 증거가 있습니다. 저는 당시에 벌어진 일을 제 눈으로 직접 봤습니다. 그래서 저는 무슨 일이 벌어졌는지 말할 겁니다. 부정하는 사람들에게 소리 높여 말할 겁니다. 틈만 나면 저의 이야기를 할 겁니다.

731부대원들은 일본과 일본인의 이름으로 그런 짓들을 저질렀습니다. 저는 일본 정부에 대해 그들의 반인류 범죄를 인정하고 사과할 것을, 또 정의라는 말이 그 의미를 잃지 않는 한 언제까지나 희생자들의 기억을 보존하고 범죄자들의 죄상을 비난할 것을 요구합니다.

위원장님과 소위원회의 의원 여러분께는 죄송하지만, 저는 미국 정부 역시 2차 대전 이후 731부대의 범죄자들을 비호했고, 그들이 고문과 강간과 살인으로 얻은 자료를 이용한 일을 인정하거나 사과한 적이 없다는 말을 하지 않을 수 없습니다. 저는 미국 정부에 대해 그러한 행위를 인정하고 사과할 것을 요구합니다.

제 이야기는 여기까지입니다.

호가트 하원 의원:

방청객 여러분께 다시 한번 알려 드립니다. 본 청문회가 진행되는 동안 질서와 예의를 지키지 않으면 퇴장 명령을 받을 수도 있습니다.

장와이어스 선생님, 선생님께서 겪으셨다고 생각하는 경험이 어떤 것이든, 저는 거기에 심심한 유감을 표하는 바입니다. 그 경험은 선생님께 틀림없이 깊은 영향을 미쳤을 겁니다. 다른 증인 여러분께도 저마다의 이야기를 들려주신 데에 감사드립니다.

위원장님, 그리고 소위원회 의원 여러분, 저는 오늘 이 청문회를 개최하는 것에 반대하며, 존경하는 코틀러 의원님께서 발의하신 결의안에도 반대한다는 사실을 다시 한번 분명히 밝혀 기록으로 남기고자 합니다.

제2차 세계대전은 인간 행동의 일반적인 규범이 적용되지 않았던 특수한 시기였으며, 이 때문에 비참한 사건이 일어났고 비참한 고통이 뒤따른 것은 의심할 바 없는 사실입니다. 그러나 무슨 일이 일어났든 간에, 또한 그 일의 증거가 현재로서는 기리노 박사 본인을 제외하면 아무도 이해하지 못하는 파격적인 고에너지 물리학 연구의 결과뿐이라는 점에서, 우리는 역사의 노예가 되어 현재를 과거에 종속시키는 실수를 저질러서는 안 됩니다.

오늘날 일본은 전 세계는 아닐지라도 태평양 지역에서는 미국의 가장 중요한 우방인 반면, 중화인민공화국은 이 지역에서 미국의 국익을 차근차근 침해하고 있습니다. 중국의 위협을 억제하고 이에 정면으로 맞서려면 미국은 일본의 도움이 반드시 필요합니다.

이러한 시점에 코틀러 의원님께서 발의하신 결의안은 기껏해야 무분별한 시도일 뿐이며, 최악의 경우에는 오히려 역효과를 낳을 수도 있습니다. 그 결의안은 분명 우리 동맹국을 난처하게 해서 사기를 꺾을 것이며, 우리에게 도전하는 측에는 용기와 위안을 줄 것입니다. 지금은 감정에 휩쓸린 증인들의 이야기를 전제로 한 과장된 정서에 빠져 있을 때가 아닙니다. 그 증인들은, 관련 기술의 창안자인 기리노 박사의 표현을 빌리자면, '환시'를 경험했을지도 모르기 때문입니다.

다시 말씀드리건대 저는 본 소위원회에 이 파괴적이고 무익한 청문회를 중지할 것을 요청하는 바입니다.

코틀러 하원 의원:
위원장님, 그리고 소위원회 의원 여러분, 호가트 의원님께 답변

할 기회를 주셔서 감사합니다.

'비참한 사건이 일어났다'느니 '고통이 뒤따랐다'느니 하는 식의 목적어 없는 자동사 구문 뒤에 숨는 것은 쉬운 일입니다. 또한 저는 홀로코스트 부정론자들의 수법인 부정과 회피라는 치졸한 화법을, 제가 존경하는 미합중국 의회의 동료 의원님께서 몸소 사용하신 것이 심히 유감스럽습니다.

역대 일본 정부는 한결같이, 이 나라 역대 정부의 격려와 공모에 힘입어서, 731부대의 활동을 사과하기는커녕 인정하는 것조차 거부했습니다. 사실 731부대는 오랜 세월 동안 존재 자체가 인정되지 않았습니다. 2차 대전 동안 일본이 저지른 만행을 직시하지 않고 이런 식으로 부정하고 외면하는 행위는 전쟁 기록을 폄하하고 부정하는 정형화된 행태로 자리 잡아서, 이른바 '위안부' 문제, 난징 대학살, 한국과 중국의 강제징용 문제를 이야기할 때에도 마찬가지입니다. 이러한 행태는 일본과 이웃한 아시아 국가들 사이의 우호 관계를 손상시켰습니다.

731부대 문제는 우리에게 특수한 난관을 제시합니다. 여기서 미국은 이해관계로부터 자유로운 제삼자가 아닙니다. 일본의 동맹이자 우방으로서, 미국은 우방이 저지른 잘못을 지적할 의무가 있습니다. 그러나 그에 앞서 미국은 731부대의 전범들이 법의 심판을 피하도록 적극 방조했습니다. 맥아더 장군이 731부대의 실험 자료를 입수하기 위해 부대원들의 사면을 허가했던 것입니다. 우리가 부분적으로 부정과 은폐의 공범인 까닭은, 우리가 스스로의 양심보다 그러한 잔학 행위의 오염된 열매를 더 귀하게 여겼기 때문입니다. 우리 또한 죄를 지었습니다.

제가 강조하고 싶은 것은 호가트 의원님께서 결의안을 오해하셨다는 사실입니다. 위원장님, 증인들과 저는 현재의 일본 정부나 일본 국민에게 어떤 식으로든 자신들의 유죄를 인정하라고 요청할 생각이 없습니다. 저희가 요청하는 바는 731부대의 희생자들은 마땅히 명예를 되찾고 기억되어야 하며, 극악무도한 범죄의 실행자들은 마땅히 비난받아야 한다는 것이 미합중국 의회의 믿음이라고 본 위원회가 선언하는 것입니다. 이는 재판 없이 특정인의 권리를 박탈하자는 것도 아니고, 그 특정인의 재산 행사 권리를 몰수하자는 것도 아닙니다. 저희는 일본에 보상을 요구하지 않습니다. 저희가 바라는 것은 오로지 진실을 밝히겠다는 약속, 기억하겠다는 약속뿐입니다.

홀로코스트 추모비와 마찬가지로 그러한 선언의 가치는 오로지 우리가 희생자들과 인류애라는 공통된 유대관계를 지닌다는 것, 또 우리가 731부대 도살자들 및 그들에게 허락과 지시를 내린 일본 군국주의자 집단의 잔악성과 야만성에 한뜻으로 반대한다는 것을 공식적으로 인정하는 데에 있습니다.

이제 저는 '일본'이 단일한 집단이 아니며, 단지 일본 정부만을 가리키지도 않는다는 점을 분명히 말해 두고자 합니다. 앞서 언급한 만행들을 세상에 밝히기 위해 오랫동안 용감히 투쟁해 온 일본 국민 개개인이 계십니다. 그분들은 거의 언제나 정부의 저항에, 또 과거를 잊고 앞으로 나아가고자 하는 대중의 저항에 맞서 싸우셨습니다. 저는 그분들께 마음 깊이 감사드립니다.

진실은 빗자루로 쓸어버릴 수 있는 것이 아닙니다. 그리고 현 중국 정부가 미국 정부의 마음에 들지 않는다는 이유로 희생자 유족과 중국 국민에게 정의가 실현될 수 없다고, 또 거대한 불의가 세상의 심판으로부터 가려지고 감춰져야 한다고 말해서는 안 됩니다. 만약 희생자들이 미국의 우방국 국민이었다면 어떠한 구속력도 없는 이 결의안이, 심지어 이보다 더욱 엄중한 결의안이라 할지라도, 통과되는 데에 과연 눈곱만큼의 문제라도 있었겠습니까? 만약 우리가 '전략적' 이유 때문에 단기적인 이익이 될 어떤 것을 얻으려고 진실을 희생시킨다면, 그러면 우리는 2차 대전이 끝났을 때 우리 선배들이 저지른 과오를 단순히 되풀이할 뿐입니다.

그것은 우리의 정신이 아닙니다. 웨이 박사는 우리에게 과거의 진실을 이야기할 기회를 주었습니다. 그러므로 우리는 일본 정부와 우리 정부를 향해 역사에 대한 공동의 책임을 당당히 다하라고 요구해야 합니다.

리루밍(중화인민공화국 저장 대학교 역사학과 학과장):

제가 보스턴에서 박사 과정을 밟는 동안 에번과 아케미는 저희 부부를 자기네 집에 자주 초대했습니다. 두 사람은 정말로 싹싹하고 친절해서, 저희는 미국인 특유의 열정과 다정함이 명불허전이라는 것을 느낄 수 있었습니다. 제가 만나 본 여러 중국계 미국인과 달리 에번은 자신이 대륙 출신 중국인보다 우월하다는 분위기를 풍기지 않았습니다. 에번과 아케미와 함께 평생 친구로 지내면서도 두 나라 사이의 정치라는 렌즈를 통해 서로의 뜻이 왜곡되지 않았던 것은 정말로 멋진 경험이었습니다. 중국과 미국의 학자들 사이에서는 그러기가 쉽지 않거든요.

저는 에번의 친구인 동시에 중국인이기 때문에 에번의 작업에 관해 객관적으로 논평하기는 힘들지만, 그래도 하는 데까지는 해 보겠습니다.

에번이 처음 하얼빈에 가서 과거로 시간 여행을 떠나겠다는 뜻을 밝혔을 때, 중국 정부는 소극적으로 지원하는 태도를 보였습니다. 일찍이 전례가 없는 일이다 보니 그때는 에번의 파격적인 시간 여행 작업이 지닌 함의가 명확히 드러나지 않았기 때문입니다. 항일 전쟁이 끝나면서 증거가 파괴된 데다 일본 정부가 줄곧 방해를 했기 때문에, 저희는 731부대 관련 문건과 증거품을 대량으로 축적하기가 힘들었습니다. 그래서 에번의 작업을 통해 생생한 증언을 얻으면 증거 사이의 공백을 메꿀 수 있을 거라고 기대했습니다. 중국 정부는 에번과 아케미의 작업을 통해 서양 국가들이 중일 간의 역사적 갈등을 더 잘 이해할 거라고 기대하며 두 사람에게 비자를 내줬습니다.

하지만 중국 정부는 그들의 작업을 감독하려고 했습니다. 제 동포들에게 항일 전쟁은 매우 감정적인 문제이며, 그 치유되지 않은 상처는 전후 일본과 오랫동안 갈등을 빚으며 점점 더 악화되었습니다. 그렇다 보니 중국 정부로서는 개입하지 않는 것이 정치적으로 불가능했지요. 2차 대전은 고대 사람들이 벌인 먼 과거의 전쟁이 아니기 때문에, 중국으로서는 외국인 둘이 무슨 고대의 무덤을 누비는 모험가처럼 최근의 역사를 어슬렁거리게 놔둘 수가 없었던 겁니다.

하지만 에번은 중국 정부의 어떠한 지원이나 감독, 또는 협력조차도 그의 작업에 대한 서양인들의 신뢰를 무너뜨릴 거라고 봤습니다. 저 또한 그의 믿음이 일리가 있다고 생각했습니다.

그래서 에번은 작업에 참가하겠다는 중국 측의 제안을 모조리 거절했고, 심지어 미국 외교관들에게 개입해 달라고 요청하기까지 했습니다. 이 때문에 많은 중국인들이 화를 내며 에번에게서 등을 돌렸습니다. 나중에 부정적인 여론의 집중포화를 못 이긴 중국 정부가 결국 그들 부부의 작업을 중지시켰을 때, 두 사람을 공개적으로 변호한 중국인은 한 줌도 되지 않았습니다. 에번과 아케미가 어쩌면 의도적으로 중국 역사와 인민에게 해를 끼쳤으리라는 감정이 팽배했기 때문입니다. 그것은 옳지 않은 비난이었고, 저는 당시 에번의 명예를 지키기 위해 충분히 노력하지 않았다는 생각에 죄책감을 느낍니다.

에번의 계획 전반을 관통하는 초점은 중국 인민보다 더 보편적인 동시에 더 개별적이었습니다. 한편으로 에번은 개인을 가장 중시하는 미국인답게, 희생자 개개인의 사적인 목소리와 기억을 다른 무엇보다 우선시했습니다. 다른 한편으로는 국가를 초월해서 전 세계인이 희생자들과 공감하고 고문자들을 비난하고, 그럼으로써 우리 모두가 공통적으로 지닌 인간성을 확인할 수 있게 하려고 애썼습니다.

하지만 그 과정에서 에번은 서양 사람들에게 자기 작업의 신빙성을 보장하려고 중국 인민으로부터 거리를 둘 수밖에 없었습니다. 서양의 관심을 끌려는 노력의 일환으로 중국 인민들의 선의를 희생시켰던 겁니다. 에번은 중국에 대한 서양인의 편견을 누그러뜨리려 했습니다. 그것은 비겁한 짓이었을까요? 에번이 그들을 더 대담하게 도발해야 했을까요? 저는 모르겠습니다.

역사는 단순히 사적인 문제가 아닙니다. 역사에 공동체적 측면이 있다는 것은 희생자 유족들도 이해했습니다. 홀로코스트가 이스라엘 건국의 토대가 되었고 독립 혁명과 남북 전쟁이 미국의 건국 서사가 되었듯이, 항일 전쟁은 현대 중국의 건국 서사입니다. 아마 서양 사람은 이해하기 힘들겠지만 많은 중국 인민에게 에번은, 자신들의 역사를 훔치고 지우려 한 인물이었습니다. 그가 인민의 개입을 두려워하고 거절했다는 이유로 말입니다. 에번은 서양적인 가치를 위해 중국 인민의 역사를 그들의 동의도 없이 희생시켰습니다. 저는 에번이 그렇게 한 이유를 이해합니다만, 그의 선택이 옳았다고 동의할 수는 없습니다.

한 명의 중국인으로서 저는 개인화된 역사관을 철저히 신봉했던 에번에게 찬성하지 않습니다. 에빈이 하려 했던 것처럼 모든 희생자의 개별 사연을 이야기하는 것은 가능하지도 않을뿐더러, 그런 식으로는 결코 모든 문제를 해결할 수도 없습니다.

거대한 고통 앞에서 우리의 공감 능력은 한계가 있기 때문에, 저는 에번의 접근법이 결국에는 감상주의와 선별적 기억에 그칠 위험이 있다고 생각합니다. 일본의 침략 때문에 중국에서는 1600만 명이 넘는 민간인이 희생당했습니다. 그중 절대다수는 신문 일면을 차지하고 대중의 관심을 불러일으키는 핑팡 같은 살육 공장이나 난징 같은 학살 현장에서 희생당하지 않았습니다. 그들은 수없이 많은 조용한 마을과 도시와 외딴 벽지에서 죽어간 것입니다. 그런 곳에서 중국인들은 학살당하고 강간당하고 또 학살당했습니다. 그들의 비명은 차가운 바람 속에 흩어져 사라졌고, 결국에는 이름조차 지워져 잊히고 말았습니다. 그러나 그들에게도 기억될 자격은 있습니다.

모든 잔학 행위의 희생자들이 안네 프랑크처럼 유창한 대변인을 얻기란 불가능하거니와, 저는 역사 전체를 그러한 서사의 집합으로 축소하는 것 역시 옳지 않다고 믿습니다.

그러나 에번은 풀 수 없는 방대한 문제들 앞에서 안절부절못하느니 풀 수 있는 문제에 먼저 매달리는 것이 미국인이라고 제게 입버릇처럼 말했습니다.

에번의 선택은 쉽게 내릴 수 있는 것이 아니었고, 저라면 그와 똑같은 선택을 하지 않았을 겁니다. 하지만 에번은 언제나 자신의 미국식 이상에 충실했습니다.

빌 페이서(하와이 대학교 마노아 캠퍼스, 중국 현대 언어 문화 학부 교수):

중국에서는 누구나 731부대를 알기 때문에 웨이 박사는 중국인들에게 가르쳐 줄 것이 하나도 없고, 단지 일본을 상대로 캠페인을 하는 활동가에 머물 거라는 주장은 자주 제기되었습니다. 이는 사실로 보기 힘듭니다. 중국과 일본 사이의 역사 분쟁에서 가장 비극적인 측면은 두 나라의 반응이 너무나 서로의 거울상 같다는 점입니다. 웨이 박사의 목표는 그 둘 모두에게서 역사를 구출하는 것이었습니다.

중화인민공화국의 초창기, 즉 1945년부터 1956년 사이 중국 공산당의 전반적인 사상 기조는 일본의 침략을 사회주의로 향하는 인류의 부단한 행군에 낀 하나의 역사적 단계쯤으로 다루는 것이었습니다. 중국 공산당은 일본 군국주의를 비난하고 항일 운동을 찬양하는 한편으로, 참회하는 태도를 보이는 일본인 개개인은 용서하려했습니다. 무신론에 기반한 체제치고는 놀랄 만큼 기독교적이고 유교적인 접근법이었지요. 이처럼 혁명의 열기에 들뜬 분위기 속에서 일본군 포로들은 전반적으로 인도적인 대우를 받았습니다. 그들은 마르크스주의 강습을 들으며 자신의 죄에 관한 자백서를 쓰라는 명령을 받았습니다(이런 식의 강습은 일본 대중이 전쟁 중에 끔찍한 범죄를 저질렀다고 자백하는 사람들을 모조리 공산당에 세뇌당했다고 치부하는 근거가 되었습니다.). '재교육'을 통해 충분히 교화됐다고 간주된 포로는 석방되어 일본으로 돌아갔습니다. 이후 중국이 사회주의 낙원 건설을 위해 일보매진하면서 중일 선생의 기억은 억압됐고, 낙원 건설 과정에서 벌어진 국가적 참사들은 이미 잘 알려졌습니다.

그런데 일본군 포로들은 관대한 대접을 받은 반면에 지주와 자본가, 지식인, 전쟁 중에 일본에 협력한 부역자 등은 스탈린주의에 입각한 혹독한 처벌을 받았습니다. 수십만 명이 처형을 당했는데, 개중에는 증거가 거의 없었거나 아예 정식 재판을 거치지 않은 경우도 많았습니다.

시간이 흘러 1990년대에 들어서면서, 중화인민공화국 정부는 공산권이 붕괴해 가는 현실 속에 스스로의 정당성을 확보하고자 애국심의 맥락에서 항일 전쟁의 기억을 일깨우기 시작했습니다. 아이러니하게도, 속이 빤히 보이는 이 술책 때문에 중국 인민 대부분은 오히려 항일 전쟁의 기억을 체화할 수 없었습니다. 정부에 대한 불신이 정부가 건드리는 모든 것에 전염되고 말았던 겁니다.

그러다 보니 역사적 기억에 대한 중화인민공화국의 접근법은 서로 연관된 일련의 문제들을 빚어냈습니다. 먼저, 중국 공산당이 일본군 포로에게 보여 준 관용은 나중에 일본군 포로들이 자백한 내용의 진실성을 의심하는 부정론자들의 근거가 되었습니다. 다음으로, 항일 전쟁의 기억에 애국심이라는 멍에를 씌운 탓에 과거를 기억하려는 시도는 어떠한 경우든 정치적 의도에서 비롯된 것이라는 비난을 사게 됐습니다. 마지막으로, 잔학 행위의 희생자 개개인은 익명으로 국가의 요구를 수행하는 상징이 되고 말았습니다.

그러나 앞서 살펴본 중국 측의 역사 대응을 추동한 것과 동일한 충동이, 전후 일본이 전쟁 중의 잔학 행위에 관해 침묵한 배경에도 동일하게 존재했다는 점은 거의 주목받지 못했습니다. 일본의 좌파 진영에서는 평화 운동 세력이 2차 대전 기간의 모든 고통을 전쟁이라는 개념 자체의 잘못으로 돌렸고, 죄책감 대신 보편적 가치인 용서와 세계 만국의 평화를 주창했습니다. 중도파는 전쟁의 상흔을 덮기 위한 방책으로서 물질적 성장에 치중했습니다. 우파에서는 전쟁 책임에 대한 의문 자체가 애국주의와 떼려야 뗄 수 없을 만큼 단단히 결합되어 있었습니다. 국가 자체와 구분되는 나치즘을 비난의 표적으로 삼을 수 있었던 독일과 다르게, 일본은 일본이라는 나라 자체가 비난당하는 느낌을 주지 않고서는 2차 대전 중에 일본인이 저지른 잔학 행위를 인정하기가 불가능했던 것입니다.

좁은 바다를 사이에 둔 중국과 일본은 그런 식으로 부지불식간에 2차 대전의 만행에 대해 서로 똑같은 반응을 보이기에 이르렀습니다. '평화'나 '사회주의' 같은 보편적 이상의 기치 아래 과거를 잊어 버리고, 전쟁의 기억과 애국주의를 결합시키고, 희생자와 전쟁 범죄자 모두를 추상적인 상징으로 만들어 국가에 복무시켰던 겁니다. 이러한 관점에서 보면 추상적이고 불완전하고 단편적인 기억을 보유한 중국과 침묵하는 일본은 동전의 양면과 같습니다.

웨이 박사가 품은 신념의 핵심은 진정한 기억 없이는 진정한 화해도 없다는 것입니다. 진정한 기억이 없었기 때문에 양국의 국민 개개인은 희생자의 고통을 공감하지도, 기억하지도, 체험하지도 못했습니다. 우리가 역사라는 함정을 넘어 앞으로 나아가려면 먼저 우리 개개인이 과거에 무슨 일이 일어났는지 스스로에게 들려줄 수 있는, 개인화된 이야기가 필요합니다. 웨이 박사의 계획은 처음부터 끝까지 바로 그 이야기를 만드는 것이었습니다.

「크로스토크」 20XX년 1월 21일자 방송 영상

에프엑스엔엔(FXNN) 방송국 제공

에이미 로(진행자): 요시다 주미 일본 대사님, 그리고 웨이 박사님,

오늘 밤 「크로스토크」에 출연해 주셔서 감사합니다. 시청자 여러분은 그동안 궁금했던 문제의 답을 기대하실 텐데요. 저는 불꽃 튀는 설전을 기대합니다!

요시다 대사님, 먼저 대사님께 여쭤 보겠습니다. 일본은 왜 사과를 안 하는 건가요?

요시다 대사: 에이미, 일본은 사과했습니다. 그것이야말로 무엇보다 중요한 사실입니다. 일본은 전쟁 중에 저지른 잘못에 대해 거듭 또 거듭 사과했습니다. 저희는 일본이 2차 대전 당시의 만행에 대해 사과해야 한다는 이런 식의 소동을 지금껏 몇 년마다 한 번씩 겪었습니다. 하지만 일본은 이미 그렇게 했어요, 그것도 몇 번이나요. 제가 인용문을 몇 건 읽어 드리겠습니다.

다음은 무라야마 도미이치 총리대신이 1994년 8월 31일에 발표한 담화문의 일부입니다. '일본이 과거의 한 시기에 저지른 행위는 많은 일본 국민의 희생을 초래했을 뿐 아니라, 인접한 아시아 여러 나라의 사람들에게도 지금껏 치유하기 힘든 상처를 남겼습니다. 저는 일본의 침략 행위 및 식민지 지배 등이 많은 이들에게 견디기 힘든 고난과 슬픔을 초래한 것에 대해 깊이 반성하는 심정으로, 다시는 전쟁을 일으키지 않겠다는 다짐 아래, 세계 평화를 창조하기 위해 힘써 가는 것이 앞으로 일본이 걸어야 할 길이라고 생각합니다. 우리 일본은 인접한 아시아 여러 국가들과 맺어 온 관계의 역사를 직시하지 않으면 안 됩니다.'

이어서, 다음은 1995년 6월 9일에 일본 의회에서 가결된 결의의 일부입니다. '일본 의회 중의원은 전후 50년을 맞아 전 세계의 전몰자 및 전쟁 등으로 인한 희생자에게 진심 어린 추도를 바친다. 또한 세계 근대사에 나타난 수많은 식민지 지배 및 침략 행위를 곰곰이 되돌아보며, 일본이 과거에 행한 그러한 행위 및 타국 국민, 특히 아시아 여러 국가의 국민에게 끼친 고통을 인식하며, 깊은 반성의 뜻을 표명한다.'

이런 인용문이라면 수십 개는 더 읽어 드릴 수 있습니다. 에이미, 일본은 이미 사과했습니다.

그런데도 자유롭고 풍요로운 일본에 적대적인 몇몇 특정 국가의 선전 기관들은 몇 년마다 한 번씩, 이미 정리된 역사적 사건을 들쑤셔 갈등을 일으키려 합니다. 이런 행태는 언제쯤 끝날까요? 심지어 평소에는 흠잡을 데 없이 지성적인 일부 인사들마저 자진해서 이런 선전의 도구로 전락하고 맙니다. 저는 그분들이 진실에 눈을 뜨고 스스로가 어떻게 이용당하는지 깨닫기를 바라 마지않습니다.

에이미 로: 웨이 박사님, 저로서는 방금 그 인용문이 진실한 사과처럼 들린다고 인정할 수밖에 없는데요.

웨이 박사: 에이미, 일본에 망신을 주는 것은 결코 저의 목표가 아닙니다. 저는 오로지 희생자와 그들의 기억에 전념할 뿐, 구경거리를 만들려는 의도는 결코 없습니다. 저는 일본에 대해 핑팡에서 일어난 일의 진실을 인정하라고 요구하고 있습니다. 제 말은 구체적인 사례와 구체적인 인정에 집중하자는 겁니다. 공허한 일반론이 아니라요.

하지만 이왕 요시다 대사님께서 사과 이야기를 꺼내기로 마음먹으셨으니, 그 사과라는 것을 더 자세히 살펴보도록 하지요.

대사님께서 인용하신 담화문은 거대하고 추상적인 이야기로서, 모호하고 비명시적인 고통에 관해 말합니다. 사과라고 하기에는 물타기를 해도 너무 심하게 한 것입니다. 대사님께서 말씀하지 않은 사실이 하나 있는데요. 바로 수많은 개별 전쟁 범죄를 인정하는 것과 실제 희생자들을 기억하고 기리는 것을 일본 정부가 지속적으로 거부한다는 사실입니다.

게다가 대사님께서 인용하신 것 같은 담화문이 발표될 때마다, 일본에서는 바로 얼마 후에 유력 정치인이 2차 대전 중에 일어난 사건의 진실성에 근거 없는 의혹을 제기하는 성명을 발표하곤 합니다. 세월이 흐르는 동안 우리는 마치 두 얼굴의 야누스처럼 이야기하는 일본 정부의 이런 쇼에 익숙해졌습니다.

요시다 대사: 역사 문제에 관해 의견이 갈리는 것은 드문 일이 아닙니다, 웨이 박사님. 민주주의 사회에서는 으레 예상할 수 있는 일입니다.

웨이 박사: 대사님, 사실 일본 정부는 731부대 문제를 지속적으로 조작해 왔습니다. 무려 50년이 넘는 세월 동안 일본 정부의 731부대에 대한 공식 입장은 철저한 침묵이었습니다. 희생자의 유해까지 포함해서 731부대의 활동에 관한 물적 증거가 차곡차곡 쌓이는데도 말입니다. 심지어 731부대의 존재 자체도 1990년대에 들어서서야 인정을 받았습니다. 그러는 동안에도 일본 정부는 2차 대전 중에 생물학 무기를 개발하거나 사용한 적이 없다고 일관되게 부정했습니다.

그러다가 2005년에 731부대 희생자들의 유족 일부가 제기한 손해 배상 소송에서, 도쿄 고등 법원은 2차 대전 중 일본이 생물학 무기를 사용했다고 마침내 인정했습니다. 이는 일본 정부가 공식적으로 그 사실을 인정한 첫 번째 사례였습니다. 에이미, 이미 알아차렸겠지만 이때는 방금 요시다 대사님께서 읽으신 고결한 담화문이 발표된 때로부터 10년 후였습니다. 그러나 일본 법원은 배상 청구 자체는 기각했습니다.

그 후 일본 정부는 731부대가 자행한 실험과 부대 활동의 세부 사항을 입증할 증거가 부족하다는 말만 똑같이 되풀이했습니다. 일부 일본인 학자들이 진실을 밝히려고 헌신적으로 애쓰는 동안에도 일본 정부는 부정과 침묵으로 일관했던 겁니다.

그러나 1980년대부터 수많은 731부대 전(前) 대원들이 대중 앞에 나와 자신들이 저지른 소름 끼치는 만행을 증언하고 자백했습니다. 그리고 저희는 핑팡으로 과거 여행을 다녀온 지원자들의 새로운 목격 증언을 통해 전 부대원들의 진술을 확인하고 보충했습니다. 저희는 날마다 731부대가 저지른 전쟁 범죄에 관해 더욱 많은 것을 발견하고 있습니다. 저희는 모든 희생자의 이야기를 세상에 들려줄 것입니다.

요시다 대사: '이야기를 들려주는 것'이 역사학자가 할 일인지는 잘 모르겠군요. 픽션을 만들고 싶으시다면 그렇게 하십시오, 하지만 사람들한테 그것이 역사라고 말씀하시면 안 되지요. 비상한 주장을 할 때에는 비상한 증거가 있어야 합니다. 지금 일본을 향해 쏟아지는 비난은 증거가 부족합니다.

웨이 박사: 요시다 대사님, 대사님께서는 정말로 핑팡에서 아무

일도 일어나지 않았다고 믿으십니까? 2차 대전 직후에 미 점령군 사령부가 작성한 이 보고서들이 거짓말이라고 주장하시는 겁니까? 731부대 장교들이 당시에 작성한 이 일지 또한 거짓말이라는 겁니까? 정말로 이 모든 증거를 부정하시는 겁니까?

모든 것을 일거에 해결할 방법이 있습니다. 1941년 핑팡으로 과거 여행을 하지 않으시겠습니까? 대사님의 눈으로 직접 보시면 믿으시지 않겠습니까?

요시다 대사: 저는…… 저는, 그…… 제 얘기는 그 두 가지가 다르다는…… 그때는 전쟁 중이었습니다, 웨이 박사님, 어쩌면 불행한 일들이 일어났을 수도 있지요. 하지만 '이야기'는 증거가 될 수 없습니다.

웨이 박사: 과거 여행을 가시겠습니까, 대사님?

요시다 대사: 안 갑니다. 저는 박사님의 실험 대상이 될 이유가 없습니다. '시간 여행'이라는 환시를 경험할 이유가 없단 말입니다.

에이미 로: 이제야 불꽃이 좀 튀는군요!

웨이 박사: 요시다 대사님, 이 점만은 분명히 말씀드리겠습니다. 부정론자들은 잔학 행위의 희생자들에게 새로운 범죄를 저지르고 있습니다. 그들은 단지 고문자와 살인자의 편에 서 있기만 한 것이 아니라, 희생자들을 역사에서 지우고 침묵시키는 행위에도 가담하고 있는 겁니다. 희생자들을 새롭게 죽이고 있다는 말입니다.

과거에는 부정론자들이 활동하기가 쉬웠습니다. 거세게 저항하는 세력이 없으면 증언자들이 늙고 죽어감에 따라 기억은 희미해지고 과거의 목소리도 작아져서, 결국에는 부정론자들이 이겼습니다.

그리하여 현재를 사는 사람들은 이미 죽은 망자들을 멋대로 이용하는 착취자가 됐습니다. 지금까지의 역사는 언제나 그런 식으로 쓰였습니다.

하지만 이제 우리는 역사에 종지부를 찍기에 이르렀습니다. 저와 제 아내는 역사에서 이야기를 제거하고 역사를 우리 눈으로 직접 볼 기회를 모두에게 제공했습니다. 이제 우리는 기억 대신 이론의 여지가 없는 증거를 손에 넣었습니다. 우리는 죽은 이들을 착취할 것이 아니라, 죽어가는 이들의 얼굴을 직시해야 합니다. 저는 그 모든 범죄를 제 눈으로 직접 목격했습니다. 그 사실은 누구도 부정할 수 없습니다.

에번 웨이 박사의 기조연설 영상
제5회 국제 전쟁 범죄 연구 학회
(20XX년 11월 20일, 샌프란시스코)
스탠퍼드 대학교 기록 보관소 제공

역사란 이야기를 다루는 일입니다. 그리고 진실한 이야기, 우리 존재를 지지하고 설명하는 이야기를 들려주는 것은 역사학자의 기본 임무입니다. 그러나 진실은 민감한 것이라서 적이 많습니다. 어쩌면 바로 그러한 이유 때문에, 우리 연구자들은 진실 추구를 업으로 삼으면서도 대책과 수식과 단서 없이는 '진실'이라는 말을 거의 입에 올리지 않는지도 모릅니다.

우리가 홀로코스트나 펑팡의 살육 공장 같은 거대한 잔학 행위를 이야기할 때마다, 이를 부정하는 세력은 언제나 반박하고, 지우고, 입을 틀어막고 잊어버릴 만반의 준비가 되어 있습니다. 진실이 민감하기 때문에 역사는 언제나 다루기 힘든 주제였고, 부정론자들은 언제나 진실에 '픽션'이라는 딱지를 붙이는 것을 최후의 무기로 삼았습니다.

거대한 불의에 관해 이야기할 때에는 조심하지 않으면 안 됩니다. 우리는 이야기를 사랑하는 생물이지만, 한편으로는 개개인의 이야기를 믿지 말라고 배우기 때문입니다.

그렇습니다, 어떠한 국가도 어떠한 역사학자도, 진실의 모든 측면을 완전히 아우르는 이야기를 들려줄 수는 없습니다. 그러나 모든 이야기는 만들어진 것이고 그렇기 때문에 진실에서 동떨어졌다는 말은 사실이 아닙니다. 지구는 완전한 구체도 아니고 평평한 원반도 아니지만, 진실에 훨씬 더 가까운 것은 구체 모형입니다. 마찬가지로 어떤 이야기는 다른 이야기들보다 더 진실에 가까우며, 우리는 언제나 가장 인간적이면서도 가장 진실에 가까운 이야기를 들려주려고 노력해야 합니다.

우리가 완전하고 완벽한 지식을 결코 얻을 수 없다는 사실은 악을 심판하고 악에 맞서야 할 우리의 도덕적 의무를 면제해 주지 않습니다.

빅터 P. 로웬슨(캘리포니아 대학교 버클리 캠퍼스 동아시아 연구소 소장, 동아시아사 교수):

저는 전쟁 범죄 부정론자라는 말도 들어 봤고, 그보다 더 심한 욕도 들어 봤습니다. 하지만 저는 731부대가 날조되었다고 믿는 일본 우익은 아닙니다. 핑팡에서 아무 일도 안 일어났다는 말도 하지 않습니다. 제가 하고자 하는 말은, 안타깝게도, 그곳에서 일어난 모든 일을 확신을 갖고 서술한 만한 증거가 우리에게 없다는 것입니다.

저는 웨이 박사에게 크나큰 존경심을 품고 있습니다. 그리고 웨이 박사는 지금도 그리고 앞으로도 제가 가르친 최고의 제자로 남을 겁니다. 하지만 제가 보기에 웨이 박사는 진실이 의심받지 않도록 만전을 기해야 하는 역사학자의 의무를 저버렸습니다. 역사학자와 활동가를 가르는 선을 넘어 버린 겁니다.

제가 보기에 지금 벌어지는 싸움은 이념의 다툼이 아니라 방법론의 다툼입니다. 우리는 지금 증거의 구성 요건이 무엇인가를 놓고 싸우고 있는 것입니다. 서양과 동양의 전통에 따라 훈련받은 역사학자들은 언제나 문서 기록에 의지했습니다만, 웨이 박사는 지금 목격 증언을 무엇보다 우선시해야 한다고 주장합니다. 그런데 명심해야 할 것은 그 목격 증언이 심지어 당대의 것이 아니라, 시간의 흐름에서 벗어난 목격자들의 증언이라는 점입니다.

웨이 박사의 접근법에는 여러 가지 문제가 있습니다. 우리는 이미 심리학과 법 제도를 통해 목격 증언의 신빙성을 의심할 만한 경험을 잔뜩 했습니다. '기리노 입자 관측법'의 일회성 또한 깊이 우려되는 점입니다. 그 기술은 연구하는 대상 자체를 파괴하는 것처럼 보입니다. 역사를 목격할 수 있게 해 준다고 주장하면서 역사 자체를 지워 버리는 것입니다. 그 기술을 통해 다른 증인이 이미 경험한, 따라서 소모되어 버린 역사의 한순간으로 다시 돌아가기란 불가능합니다. 개별 목격 증언을 해당 증언과 별개로 검증하기가 불가능하다면, 그런 기술로 과연 어떻게 실제의 진실을 구축할 수 있겠습니까?

웨이 박사를 지지하는 사람들의 관점은 저도 이해합니다. 눈앞에 펼쳐지는 역사를 실제로 목격하는 생생한 경험을 하고 나면 의식에 불도장처럼 또렷이 새겨진 증거를 의심하기란 불가능하니까요. 하지만 우리 같은 다른 사람들에게는 그 정도로는 턱없이 부족합니다. 기리노 입자 관측법은 맹목적인 믿음을 요구합니다. 형용할 수 없는 원본을 직접 목격한 사람은 그 존재를 믿어 의심치 않지만, 그 명확한 믿음의 대상을 복제해서 다른 사람에게 보여 주기가 불가능한 겁니다. 그렇게 해서 우리는 현재를 살면서 과거를 이해하려고 발버둥치는, 꼼짝할 수 없는 난관에 빠지고 말았습니다.

웨이 박사는 이성적인 역사 연구 작업에 종지부를 찍고 그것을 사적 종교의 형태로 둔갑시켰습니다. 한 증인이 목격한 것을 다른 누구도 볼 수 없는 방식으로 말입니다. 그건 광기입니다.

나오키(성은 익명 요구, 점원):

늙은 군인들이 나와서 자기들이 끔찍한 짓을 저질렀다고 자백하는 동영상은 저도 봤어요. 전 그 노인들 말 안 믿어요. 막 울면서 감

정을 주체를 못 하더라고요, 미친 사람처럼. 공산당은 세뇌의 명수
니까, 그것도 분명 공산당의 음모일 거예요.

어떤 노인이 자길 감시하던 공산군 보초병은 친절했다고 얘기했
던 게 기억나네요. 친절한 공산군 보초병이라니! 그게 세뇌의 증거
가 아니면 뭐겠어요?

사토 가즈에(주부):

중국인들은 거짓말하는 재주가 아주 굉장하잖아요. 가짜 음식도
만들고, 가짜 올림픽도 개최하고, 가짜 통계도 작성하고. 중국 역사
도 다 지어낸 거예요. 그 웨이란 사람은 미국인이지만 원래는 중국
인이었다면서요, 그러니까 그 사람이 하는 일은 아무것도 믿으면
안 돼요.

아베 히로시(퇴역 군인):

'자백'한 군인들은 조국에 씻을 수 없는 수치를 안겼습니다.

인터뷰 진행자: 그 사람들이 저지른 짓 때문에요?

그 사람들이 한 증언 때문입니다.

이토 이에나가(교토 대학교 동양사학과 교수):

우리는 회고록이라는 형태로 구현된 진정성과 기명(記名) 서사를 귀하게 여기는 시대에 살고 있습니다. 목격 증언에는 믿음을 이끌어 내는 직접성과 현실성이 있기 때문에, 우리는 그러한 증언에 어떠한 창작물보다 더 거대한 진실이 담겨 있다고 생각합니다. 그럼에도 불구하고, 어쩌면 역설처럼 들릴 수도 있겠습니다만, 우리는 그러한 서사에서 사실 관계의 오류와 모순을 찾아낸 다음, 해당 서사 전체가 단순한 창작물이라고 선언하고 싶은 욕망에 시달립니다. 이러한 동력에는 모 아니면 도 식의 음침함이 있습니다. 하지만 우리는 애초에 서사란 어쩔 수 없이 주관적이라는 점을 인정해야 합니다. 그렇다고 해서 서사에 진실이 담겨 있지 않다는 뜻은 아니지만 말입니다.

에번은 일반 대중이 인식한 것보다 훨씬 더 급진적이었습니다. 그는 과거를 현재로부터 해방시켜 역사가 무시당하지 않도록, 우리 의식에서 쫓겨나지 않도록, 또는 현재의 필요에 따라 이용당하지 않도록 하려 했습니다. 우리 모두가 실제 역사를 목격하고 과거를 경험할 수 있다는 가능성은 곧 과거가 이미 지나가 버린 일이 아니라는, 바로 지금 이 순간에도 살아 있다는 뜻이기 때문입니다.

에번의 업적은 역사 연구 자체를 회고록 집필이라는 형태로 바꿔 버린 것입니다. 그런 종류의 정서적 체험은 우리가 역사에 관해 생각하고 결정하는 방식에서 중요한 자리를 차지합니다. 문화란 단순히 이성의 산물이 아니라 생생하고 본능적인 공감의 산물이기도 합니다. 그리고 제 생각에 전후 일본의 역사 대응에서 이때껏 결여된 것은 무엇보다도 공감이었습니다.

에번은 역사 연구에 공감과 감정을 더 많이 도입하려고 했습니다. 바로 그 이유 때문에 학계의 기득권층이 에번을 호되게 비판했던 겁니다. 그러나 공감과 개인 서사의 극히 주관적인 관점을 역사에 덧붙인다고 해서 진실이 훼손되지는 않습니다. 그것은 오히려 진실의 가치를 높입니다. 우리가 스스로의 약점과 주관성을 인정한다고 해서 진실을 이야기할 도덕적 의무가 면제되는 것은 아닙니다. 설령 그 '진실'이 단일한 것이 아니라 일련의 공유 경험이자 공유 이해로서 다 함께 우리의 인간성을 구성하는 것이라 할지라도 그렇습니다. 만약 이 가정이 사실이라면 더더욱 그렇지요.

물론 목격 증언의 중요성과 우월성에 관심을 집중시키는 전략은 새로운 위험을 초래했습니다. 이제는 적당한 자금과 적절한 장비만 있으면 누구나 표적으로 삼은 시대의 특정 장소에 존재하는 뵘 기리노 입자를 제거해서 해당 사건을 아무도 직접 경험하지 못하도록 지워 버릴 수 있습니다. 에번은 자신도 모르는 사이에 역사를 영원히 종결시켜 버리는 기술 또한 발명한 겁니다. 에번이 그토록 소중히 여겼던 과거의 성서적 체험을 현세의 우리와 미래 세대에게서 앗아가는 일은, 다름 아닌 에번 본인 덕분에 가능해졌으니까요.

아케미 기리노

'시간 여행 전면 중지 협약'이 통과된 직후 몇 년 동안은 견디기가 힘들었습니다. 에번은 교수 회의의 투표에서 아슬아슬한 표차로 종신 교수직을 박탈당했고, 오랜 친구이자 스승인 빅터 로웬슨이 《월스트리트저널》에 기고한 칼럼에서 에번을 '선전의 도구'라고 지칭한 일도 깊은 상처가 됐습니다. 게다가 죽여 버리겠다는 협박장과 악의적인 장난 전화도 쇄도했고요.

하지만 에번을 정말로 괴롭힌 건 사람들이 저한테 한 짓이었던 것 같습니다. 부정론자들의 공격이 한창 거세졌을 때였는데, 연구소 전산 부서에서 저한테 공개 직원 명부에서 제 이름을 빼면 안 되겠냐고 묻더군요. 연구소 웹사이트에 제 신상 정보를 올리면 어김없이 몇 시간도 안 돼서 사이트가 해킹을 당했고, 부정론자들이 제 웹페이지에 있는 약력을 갖가지 사진으로 바꿔치기했던 겁니다. 입만 살아 있는 용감한 남자들이 저를 힘으로 굴복시키고 이런저런 짓을 하는 합성 사진으로 자기들의 용기와 지성을 자랑했던 거지요. 그리고 제가 퇴근 후에 집까지 걸어왔던 그날 밤에 무슨 일이 있었는지는, 뉴스를 봐서 아실 겁니다.

괜찮으시다면 그 시절 얘기는 그만하고 싶군요.

저희는 아이다호주 보이시로 이사를 갔습니다. 그곳에서 에번은 최악으로 치닫는 상황으로부터 몸을 숨기려고 했습니다. 저희는 전화번호부에 등록되지 않은 번호를 받아 조용히 살면서 철저히 남들 눈에 띄지 않게 지냈습니다. 에번은 우울증 약을 계속 복용했고요. 주말이면 소투스 산맥으로 함께 하이킹을 갔는데, 에번은 골드러시 시대에 만들어졌다가 버려진 광산과 마을의 지도를 꾸준히 만들었습니다. 그때는 저희도 행복했습니다. 저는 에번이 점점 나아지는 중이라고 믿었습니다. 아이다호주에 머무는 동안 에번은 세상이 가끔은 친절한 곳이라는 걸 다시 기억해 냈습니다. 암흑과 부정으로 가득한 곳이 아니라요.

하지만 에번은 마음속으로 방황하고 있었습니다. 자신이 진실로부터 도피한다고 느꼈던 겁니다. 에번은 과거에 책임을 다해야 한다는 생각과 아내인 제가 있는 현재에 충실해야 한다는 생각 사이에서 몸이 쪼개지는 기분이었을 겁니다.

저는 남편이 쪼개지는 꼴은 차마 볼 수가 없어서, 에번에게 물었습니다. 다시 전쟁터로 돌아가고 싶으냐고요.

비행기를 타고 보스턴으로 돌아와 보니 상황은 한층 더 엉망이 돼 있었습니다. 에번은 한낱 역사에 지나지 않는 역사에 종지부를 찍고, 과거에 살아 있는 목소리를 부여해 현재를 향해서 말하도록 하려 했습니다. 하지만 그 시도는 에번이 바라는 대로 되지 않았지요. 과거가 생명을 얻기는 했지만, 막상 그 과거와 직면한 현재는 역사를 종교로 탈바꿈시켰습니다.

에번은 일을 하면 할수록 더 큰 중압감을 느꼈습니다. 침대에 눕지도 않고 책상에 엎드려 잠들곤 했지요. 그렇게 뭔가 쓰고, 또 쓰고, 항상 쓰고 있있습니다. 자기 혼자서 모든 거짓 주징에 논박해야 하고 모든 적들을 상대해야 한다고 믿었던 겁니다. 에번은 아무리 애써도 결코, 결코 만족할 수 없었습니다. 저는 무력하게 구경만 할 뿐이었고요.

'난 그 사람들을 위해 말해야 해. 그 사람들한테는 나밖에 없으니까.' 에번은 제게 그렇게 말했습니다.

그 무렵 에번은 현재보다 과거 속에서 더 많은 시간을 보냈습니다. 그때는 저희 관측 장비에 접근조차 할 수 없었는데도, 에번은 머릿속에서 자신이 했던 여행을 거듭, 또 거듭 되풀이했습니다. 자기가 희생자들을 실망시켰다고 믿었으니까요.

막중한 책임이 에번의 어깨를 짓눌렀고, 에번은 그 책임을 다하지 못했습니다. 에번은 거대한 불의를 세상에 드러내려고 애썼습니다. 하지만 그 과정에서 부정과 증오와 침묵의 힘만 일깨우는 데 그친 것처럼 보였습니다.

《이코노미스트》 20XX년 11월 26일자 기사에서 발췌

[담담하고 차분한 여성의 목소리가 기사를 읽는 동안 카메라는 바다와 해변을 지나 만주의 숲과 산을 훑으며 나아간다. 지면 위로 쏜살같이 달려가는 경비행기 그림자를 통해 카메라가 비행기의 열린 문을 통해 촬영 중인 것을 알 수 있다. 사람의 팔이, 팔 끝의 꽉 움켜쥔 주먹이, 화면 가장자리에서 중앙을 향해 움직인다. 주먹이 펼쳐진다. 검은 재가 비행기 뒤편의 하늘로 흩어진다.]

이제 얼마 후면 일본이 중국을 침략한 계기였던 만주 사변의 90주년 기념일이 돌아온다. 이로 인해 촉발된 중일 전쟁은 오늘날에도 여전히 양국 관계의 시작과 끝으로 남아 있다.

……

[731부대 지휘관들의 사진이 잇달아 보인다. 기사를 읽는 목소리는 페이드아웃 되었다가 다시 페이드인 된다.]

......

731부대의 장교들은 전후 일본에서 빛나는 경력을 이어갔다. 그들 가운데 세 명은 일본 혈액은행(나중에 거대 제약 회사인 녹십자가 됨)을 설립하고 2차 대전 당시의 인간 생체 실험에서 얻은 혈액 동결 건조 기술을 활용하여 건조 혈장 제품을 제조했고, 이를 한국 전쟁 당시 미군에 판매하여 막대한 수익을 얻었다. 731부대 사령관이었던 이시이 시로 중장은 전후 미국 메릴랜드주에서 일정 기간 미군의 생물학 무기 연구에 협력했으리라 추정된다. 인체 실험으로 얻은 자료를 이용한 논문은 여러 편 발표되었으며 그중에는 유아를 대상으로 한 실험 자료도 있었다(가끔은 실험체를 '원숭이'로 위장한 경우도 있었다.). 오늘날 발표되는 의학 논문에도 그러한 실험 결과를 인용한 경우가 있다. 따라서 우리 모두는 부지불식간에 당시 벌어진 잔학 행위의 수혜자가 된 셈이다.

......

[기사를 읽는 목소리가 페이드아웃 되면서 비행기 엔진 소리가 커진다. 카메라는 각각 일장기와 오성홍기를 흔드는 시위대들의 모습을 비춘다. 깃발 가운데 일부는 불타고 있다.

이윽고 목소리가 다시 페이드인 된다.]

......

일본 안팎에서 많은 이들이 731부대 생존 대원들의 증언을 비난했다. 비난하는 측은 그들이 늙어서 기억이 흐려졌다고 했다. 관심을 받고 싶어 벌인 일이라고도 했다. 정신이 불안정해 보인다고, 중국 공산당에 세뇌됐을 거라고도 했다. 믿을 만한 역사적 사례를 구축하고자 할 때 구술 증언에 전적으로 의존하는 것은 현명한 전략이 아니라는 주장도 나왔다. 중국인들에게 이 주장은 난징 대학살을 비롯한 일본의 만행을 부정하는 측의 변명과 비슷했다.

시간이 흐르는 사이에 역사는 두 나라 사람들 사이의 장벽으로 자라났다.

[카메라는 에번 웨이와 아케미 기리노의 사진 몽타주를 통해 두 사람의 삶을 시간 순으로 보여 준다. 첫 번째 사진에서 두 사람은 카메라를 보며 웃고 있다. 나중에 등장하는 사진에서 기리노의 표정은 지치고 소극적이고 냉담해 보인다. 웨이의 표정은 적개심과 분노와 절망으로 가득하다.]

일본의 헤이안 시대를 전공한 젊은 중국계 미국인 역사학자 에번 웨이와 일본계 미국인 실험 물리학자 아케미 기리노는 세계를 전쟁 직전으로 몰고 갈 혁명가처럼 보이지는 않았다. 그러나 역사는 우리의 기대를 비웃게 마련이다.

만약 증거 부족이 문제라면, 두 사람에게는 반박할 수 없는 증거를 제공할 방법이 있었다. 역사를 일어난 그대로 목격할 방법을 개발한 것이다. 마치 연극을 관람하는 것처럼.

세계 각국의 정부는 광란 상태에 빠졌다. 웨이가 731부대 희생자의 유족들을 과거로 보내어 핑팡의 수술실과 감방에서 자행된 참상을 목격하게 하는 동안, 중국과 일본은 법정과 카메라 앞에서 상대국의 과거에 대한 주장을 비난하며 진흙탕 싸움을 이어갔다. 미국은 마지못해 이 싸움에 끌려 들어갔고, 국가 안보라는 명분하에 결국은 웨이의 관측 장비를 폐쇄했다. 웨이가 한국 전쟁 중에 미군이 (731부대의 연구를 통해 얻었을 공산이 큰) 생물학 무기를 사용했는지에 관한 진상 조사 계획을 발표했을 때의 일이었다.

아르메니아인, 유대인, 티베트인, 아메리카 원주민, 인도인, 케냐의 키쿠유족, 신대륙 노예의 후손들까지, 세계 곳곳의 희생자 집단이 길게 늘어서서 관측 장비를 사용하게 해 달라고 요청했다. 개중에는 현재의 권력자들이 자기네 역사를 지워 버릴까 두려워하는 사람도 있었고, 현재의 정치적 이득을 위해 자기네 역사를 이용하려하는 사람도 있었다. 처음에는 관측 장비를 옹호하던 국가들도 그 장치의 함의가 뚜렷해지면서 한 발 물러섰다. 프랑스인들이 2차 대전 당시 괴뢰 정권이었던 비시 정부 치하에서 자기네 동포들이 보여 준 타락상을 재현하려고 할까? 중국인들이 자기들 손으로 저지른 문화 대혁명의 참상을 다시 체험하려 할까? 영국인들은 자기네 제국의 번영 뒤에 감춰졌던 인종 청소를 목격하고 싶을까?

민주 국가, 독재 국가 할 것 없이 세계 각국 정부는 놀랄 만큼 신속하게 '시간 여행 전면 중지 협약'에 서명하는 한편으로, 과거의 영유권을 어떻게 분점할지에 관한 규칙의 세부 사항을 놓고 씨름했다. 모든 나라가 아직은 과거를 건드리지 않으려 하는 모양새였다.

웨이는 다음과 같이 적었다. '기록된 역사는 모두 한 가지 목표를 공유한다. 바로 일련의 역사적 사실에 일관된 서사를 부여하는 것이다. 우리는 너무나 오랫동안 사실을 둘러싼 진흙탕 싸움에 빠져 있었다. 이제 우리는 시간 여행을 통해 마치 창밖을 내다보는 것처

럼 손쉽게 진실에 접근할 수 있을 것이다.'

그러나 웨이가 자신의 관측 장비를 이용하여 전문 역사학자가 아니라 731부대 중국인 희생자들의 수많은 유족을 과거로 보낸 것은, 그러한 의도에 도움이 되지 않았다. (다만 그가 전문 역사학자를 더 많이 보냈다면 과연 상황이 달라졌을까 하는 의문은 당연히 제기할 만하다. 아마도 참가자들이 본 것이 기계의 조작이라거나 역사학자들이 그의 열성 지지자들이라는 비난이 마찬가지로 쏟아졌을 것이다.) 어쨌거나 유족들은 전문 훈련을 받지 않은 참관자였기에 쓸 만한 증인이 아니었다. 그들은 회의론자 측의 검증 질문에 제대로 대답하지 못했다. ('일본 군의관들의 제복 상의 가슴에 주머니가 있었습니까?' '당시 수용 시설에 갇힌 포로의 수는 몇 명이었습니까?') 유족들은 여행 도중에 들은 일본어를 이해하지 못했다. 그들이 하는 말에는 신뢰받지 못하는 그들 정부의 선전 문구가 안타깝게도 습관처럼 되풀이해서 등장했다. 그들의 새 증언은 이전 증언과 자잘한 부분에서 일치하지 않았다. 게다가 유족들은 카메라 앞에서 오열하기도 했다. 그들의 감정적인 증언은 웨이가 역사 연구보다 감정적 카타르시스에 더 정신이 팔려 있다는 회의론자 측의 비난에 더욱 힘을 실어 주었다.

웨이는 그러한 비난에 격분했다. 핑팡에서는 거대한 잔학 행위가 벌어졌건만, 세계는 그 진실을 은폐하고 기꺼이 잊어버리려 하는 중이었다. 중국 정부가 경멸스럽다는 이유로 세계는 진실을 부정하는 일본을 묵인했다. 731부대 군의관들이 모든 희생자를 마취 없이 생체 해부했는지 아니면 일부만 그랬는지, 희생자 대부분이 정치범이었는지 아니면 마구잡이로 끌려온 양민이었는지 그도 아니면 일반 범죄자였는지, 이시이 사령관이 영유아 실험 사실을 알았는지 몰랐는지 같은 사항은, 웨이가 보기에 부차적인 문제였다. 증인들의 신빙성을 깎아내리려고 일본 군의관 제복의 사소한 특징에 집중하는 질문자들의 행태는 그가 보기에 대응할 가치조차 없었다.

웨이가 과거로 가는 시간 여행을 계속하자 그 기술의 가능성을 알아본 다른 역사학자들이 나서서 그를 반대했다. 알고 보니 역사는 한정된 자원이었는데, 웨이가 시간 여행을 떠날 때마다 결코 대체할 수 없는 과거가 한 뭉텅이씩 사라졌던 것이다. 웨이는 과거를 마치 스위스 치즈처럼 구멍이 숭숭 뚫린 덩어리로 바꾸어 놓고 있었다. 고고학의 선구자들이 귀중한 유물 몇 점을 발굴하려고 유적 전체를 파괴하여 과거의 귀중한 정보를 망각 속으로 몰아넣었듯이, 웨이는 자신이 지키려 한 역사 자체를 파괴하고 있었던 것이다.

지난 금요일 보스턴 지하철 선로에 몸을 던졌을 때, 웨이는 의심할 것도 없이 과거의 망령에 시달리고 있었다. 어쩌면 자신의 작업 덕분에 부정론자 세력이 생각지도 못한 추진력을 얻었다는 사실에 낙담하기도 했을 것이다. 역사를 둘러싼 갈등을 종결하려고 애쓴 끝에, 웨이는 더 큰 갈등만 불러일으키고 밀었다. 거대한 불의의 희생자들에게 목소리를 부여할 방법을 찾으려 하다가, 웨이는 그들 가운데 일부를 영영 침묵시키는 데에 그치고 말았다.

[기리노 박사가 에번 웨이의 무덤 앞에서 카메라를 보며 말한다. 뉴잉글랜드의 환한 5월 햇살 속에서, 박사는 검게 도드라진 눈 밑

그늘 때문에 실제보다 더 나이 들고 쇠약해 보인다.]

아케미 기리노:

제가 에번에게 감춘 비밀은 딱 하납니다. 아니, 실은 둘이네요.

첫째는 제 외할아버지의 사연입니다. 외할아버지는 제가 에번을 만나기 전에 돌아가셨지요. 저는 캘리포니아주에 있는 외할아버지 산소에 에번을 데려간 적이 없습니다. 에번한테는 그저 얘기하고 싶지 않은 사정이 있다고만 하고 외할아버지 성함도 가르쳐 주지 않았습니다.

둘째는 제가 딱 한 번, 혼자서 떠났던 과거 여행입니다. 그때 저희는 핑팡에 있었는데, 제가 간 날짜는 1941년 7월 9일이었습니다. 그곳의 구조는 증언과 지도를 통해 익히 알았기 때문에 감방과 연구소는 피했습니다. 제가 향한 곳은 지휘 본부 건물이었습니다.

이리저리 돌아다니며 찾다 보니 병리학 연구 관리관실이 나왔습니다. 관리관은 안에 있었습니다. 무척 잘생긴 남자였습니다. 키가 크고, 날씬하고, 허리도 꼿꼿했습니다. 남자는 편지를 쓰고 있었습니다. 저는 그의 나이가 서른두 살이란 걸 알고 있었습니다. 당시의 저와 동갑이라는 걸요.

저는 남자의 어깨너머로 그가 쓰는 편지를 내려다보았습니다. 글씨가 정말로 달필이더군요.

이제 일상 업무도 익숙해져서 만사가 순조롭게 돌아가는구려. 만주국은 무척 아름다운 곳이오. 눈 닿는 곳 끝까지 펼쳐진 고량 밭이 꼭 드넓은 바다 같소. 이곳 거리의 행상들은 신선한 콩으로 맛있는 두부를 만드는데, 그 냄새가 아주 일품이오. 일본 두부만은 못하지만 그래도 썩 훌륭하더군.

당신도 하얼빈이 마음에 들 거요. 이제 소련군이 물러간 하얼빈 거리는 오족(五族)이 조화롭게 어우러진 곳이오. 한족(漢族)과 만주족, 몽골족, 조선인은 자랑스러운 일본의 군인과 개척민이 지나가면, 일본인이 이 아름다운 땅에 가져다준 자유와 부에 감사하며 절을 한다오. 공비를 몰아내고 이 땅을 평정하기까지 10년이라는 세월이 걸렸소. 이제 놈들은 이따금 자잘한 말썽을 일으킬 뿐이오. 대다수 중국인은 아주 온순하고 안전하오.

허나 요즘 들어 일할 때를 빼면 내 머릿속에는 당신과 나오코 생각뿐이오. 우리가 이렇게 떨어져 있는 것은 그 아이를 위해서요. 우리가 치르는 희생 또한 그 아이와 그 아이의 세대를 위해서고. 나오코의 돌잔치를 못 봐서 아쉽기는 하나, 그래도 외지지만 비옥한 이곳 만주 내륙에서 대동아공영권이 꽃피는 모습을 보고 있노라면 내 마음은 기쁘기 한량없소. 이곳에서는 우리 일본이 아시아의 빛이자 구원자라는 사실을 가슴 깊이 느낄 수 있으니.

여보, 부디 마음을 굳게 먹고 미소 짓기를 바라오. 오늘 우리가 이 모든 희생을 치르는 까닭은 언젠가 나오코와 나오코의 아이들에게 세계 속에서 당당히 제자리를 차지한 아시아를 보여 주기 위해서요. 지금 이 땅을 짓밟고 그 아름다움을 훼손하는 구미(歐美)의 학살자들과 약탈자들이 씌운 멍에에서 해방된 아시아를 말이오. 우리 군대가 홍콩과 싱가 포르에서 마침내 영국을 몰아내면 함께 축배를 듭시다.

붉은 고량 밭
고소한 두부 냄새
오직 당신과
보물 같은 우리 딸
둘만 곁에 있다면.

그 편지를 읽은 건 그때가 처음이 아니었습니다. 전에, 제가 어린
애였을 때 한 번 본 적이 있었거든요. 그 편지는 제 어머니가 보물
처럼 아끼는 물건이었습니다. 어머니한테 흐려져서 안 보이는 글자
를 읽어 달라고 부탁한 기억이 납니다.

'네 외할아버지는 문학적 소양에 대한 자부심이 남달랐단다.' 어
머니는 그렇게 말했습니다. '편지를 쓰면 항상 단카로 끝맺을 정도
였어.'

그 무렵 외할아버지는 이미 알츠하이머병이 상당히 진행된 상태
였습니다. 걸핏하면 저와 어머니를 헷갈려서 저를 어머니 이름으로
부르곤 했지요. 저한테 동물 모양 종이접기를 가르쳐 준 사람도 외
할아버지였습니다. 손재주가 아주 비상했거든요. 훌륭한 외과의였
던 시절의 유산이겠지요.

저는 외할아버지가 편지를 다 쓰고 접는 동안 가만히 지켜봤습니
다. 그런 다음 외할아버지의 뒤를 따라 사무실을 나서서 실험실로
향했습니다. 실험 준비를 하던 참이었는지, 실험대 위에 공책과 실

험 도구가 가지런히 놓여 있더군요.

외할아버지는 군의관 조수 한 명을 불렀습니다. 그 조수한테 뭔가 실험에 필요한 걸 가져오라고 하더군요. 약 10분 후에 돌아온 조수는 피투성이 덩어리가 담긴 쟁반을 들고 있었는데, 내용물은 꼭 김이 모락모락 나는 두부 같았습니다. 그건 사람의 뇌였습니다. 살아 있는 사람의 몸에서 방금 꺼내서 서늘한 실험실 공기 속에 피어오르는 김이 보일 정도로 따뜻한 뇌요.

'훌륭해.' 외할아버지는 고개를 끄덕이며 말했습니다. '아주 신선하군. 이거면 되겠어.'

아케미 기리노:

예번이 중국인이 아니었더라면 하는 생각은 여러 번 했습니다. 제가 일본인이 아니었더라면 하는 생각을 여러 번 했던 것처럼요. 하지만 그건 잠깐 스쳐가는 약한 생각이었습니다. 진심이 아니었어요. 역사라는 급류 속에서 태어나는 이상 우리가 할 일은 헤엄치는 것 아니면 가라앉는 것뿐, 운이 없다고 불평하는 건 우리 몫이 아니니까요.

제가 미국인이 되고 나서 지금껏, 사람들은 제게 미국의 정신은 과거를 버리고 미래로 나아가는 것이라고 했습니다. 저는 지금도 그 말을 이해할 수가 없습니다. 과거를 버리고 나아가는 건 피부를 벗어서 버리는 것만큼이나 불가능하니까요.

과거라는 광맥을 캐내고, 죽은 이들을 대신해 말하고, 그들의 이야기를 온전한 것으로 만들고 싶다는 집착은, 에번이라는 사람의 일부이자 제가 에번을 사랑한 이유기도 했습니다. 이와 마찬가지로 제 외할아버지 또한 저라는 사람의 일부이고, 외할아버지가 한 일은 제 어머니와 저와 제 아이들의 이름으로 저지른 짓이었습니다. 저는 제가 물려받은 위대한 선조의 전통을 자랑스러워하는 것과 마찬가지로, 외할아버지의 죄에 책임을 느낍니다. 제 외할아버지의 시대에 거대한 악행을 저지른 사람들도 제 선조니까요.

외할아버지는 비정상적인 시대에 비정상적인 선택을 내려야 했습니다. 그래서 어떤 사람들은 그때 일만으로 외할아버지를 판단해선 안 된다고 할지도 모릅니다. 하지만 가장 비정상적인 상황에 처했을 때가 아니면, 도대체 언제 사람을 판단할 수 있을까요? 평온한 시절에는 교양인의 탈을 쓰고 점잖은 척하기가 쉬운 일이지만, 사람의 진정한 본성은 암울한 시절에 막중한 압박감에 시달릴 때에만 드러나는 법입니다. 다이아몬드인지 아니면 시커먼 석탄 덩어리인지는 그때 비로소 알 수 있는 겁니다.

그렇다고 제 외할아버지가 무슨 괴물이었던 건 아닙니다. 그저 평범한 도덕적 용기의 소유자였는데, 그 용기가 거대한 악행의 원동력이었던 것이 드러나는 바람에 자신과 손녀인 저에게까지 수치를 안겼을 뿐이지요. 어떤 사람에게 괴물이라는 꼬리표를 다는 것은 그 사람이 우리하고는 아무 상관도 없는 딴 세상에서 온 존재라는 의미를 내포합니다. 괴물이라는 말은 애정과 두려움이라는 굴레를 끊어 버리고 우리가 그들보다 더 나은 존재라는 느낌을 주지만, 그래서는 아무것도 배울 수 없고 아무것도 얻을 수 없습니다. 그건 간단하지만 비겁한 짓입니다. 이제 저는 외할아버지 같은 사람과 공감할 수 있어야만 그가 초래한 고통의 깊이를 이해할 수 있다는 걸 압니다. 괴물 같은 건 없습니다. 우리가 괴물인 겁니다.

저는 왜 에번한테 외할아버지 이야기를 안 했을까요? 저도 모르겠습니다. 아마 겁쟁이라서 그랬겠지요. 저는 에번이 제 안에 무언가 더럽혀진 것이 있다고, 제 피가 오염됐다고 느낄까 봐 두려웠습니다. 그때는 외할아버지와 공감할 방법을 몰랐기 때문에 에번도 저와 공감하지 못할까 봐 두려웠습니다. 저는 외할아버지의 사연을 혼자서만 간직했습니다. 그렇게 저의 일부를 남편한테 꽁꽁 감췄던 겁니다. 제 비밀을 무덤까지 갖고 가서 외할아버지의 이야기를 영영 지워 버려야겠다고 생각한 적도 여러 번 있었습니다.

에번이 죽은 지금, 저는 그렇게 했던 걸 후회합니다. 에번은 자기 아내의 모든 것을 온전하게 알 자격이 있었습니다. 그리고 저는 외할아버지의 이야기를 숨기느니 차라리 에번을 믿어야 했습니다. 그건 제 이야기이기도 하니까요. 에번은 자신이 더 많은 이야기를 발굴함으로써 사람들로 하여금 이야기의 진실성을 의심하게 했다고 믿으며 죽었습니다. 하지만 그 믿음은 틀렸습니다. 진실은 연약하지 않고, 누가 부정한다고 해서 훼손되지도 않습니다. 진실은 아무도 진짜 이야기를 하지 않을 때 비로소 숨을 거둡니다.

말하고자 하는 충동, 이야기를 들려주고자 하는 그 충동을, 저는 점점 늙어가며 하나둘 세상을 등지는 731부대의 전 대원들과, 희생자들의 자손과, 이야기되지 못한 역사 속의 모든 비극과 함께 느낍니다. 과거에 떠난 희생자들의 침묵은 그들의 목소리를 복원할 의무를 현재에 부과합니다. 그리고 우리는 그 의무를 기꺼이 떠맡을 때 비로소 더없이 자유로워집니다.

[기리노 박사의 목소리가 화면 바깥에서 들려오는 동안, 카메라는 별이 가득한 밤하늘을 길게 훑는다.]

에번이 세상을 뜬 지 10년이 됐습니다. 시간 여행 전면 중지 협약은 그대로 남아 있고요. 그건 우리가 아직 모른다는 뜻입니다. 투명하게 접근할 수 있는 과거, 더는 침묵시킬 수도 잊어버릴 수도 없는 과거로 뭘 해야 할지를 모른다는 뜻이지요. 당분간, 우리는 이대로 망설일 겁니다.

에번은 자기가 731부대 희생자들의 기억을 희생시켜 그들의 진실이 우리 세계에 남긴 흔적을 영원히 지워 버렸다고 생각하면서 죽었습니다. 모든 게 헛수고였다고 생각하면서요. 하지만 에번의 생각은 틀렸습니다. 에번은 잊어버렸던 겁니다. 설령 뵘기리노 입자가 소멸한다 해도, 견딜 수 없는 고통과 소리 없는 용기가 담긴 순간순간의 이미지를 형성하는 실제 광양자는, 여전히 저 우주에 남아서 빛의 구체가 되어 우주 공간 속으로 퍼져 나간다는 사실을요.

별하늘을 올려다볼 때, 우리는 쏟아지는 별빛에 물듭니다. 그 빛은 핑팡의 마지막 희생자가 죽은 날, 아우슈비츠에 마지막 열차가 도착한 날, 마지막 체로키족 원주민이 조지아주를 떠난 날 태어났습니다. 그리고 우리는 머나먼 우주 저편의 세계에 사는 이들이, 만약 그들도 보고 있다면, 그 순간순간을 지켜보리라는 것을 압니다. 우리 세계에서 그들 세계를 향해 빛의 속도로 흘러가는 그 순간순간을요. 그 무수히 많은 광양자를 모조리 포착해서 모든 이미지를 지워 버리기란 불가능합니다. 그 광양자들은 이제 우리의 영원한 기록이자 우리 존재의 증거이며, 우리가 미래를 향해 들려주는 이야기입니다. 우리가 이 지구 위를 걷는 매 순간 우주의 눈이 우리를 지켜보고 우리를 판단하는 겁니다.

너무 오랫동안 역사학자들은, 그리고 우리 모두는, 망자들의 착취자 노릇을 해 왔습니다. 하지만 과거는 죽지 않았습니다. 우리와 함께 있습니다. 발 딛는 곳마다 마치 창밖을 내다보는 것처럼 쉽게 과거를 보게 해 주는 뷤기리노 입자장(場)이 우리를 뒤덮고 있기 때문입니다. 죽은 이들의 고통은 우리와 함께 있습니다. 우리는 그들의 비명을 들으며 유령들 사이를 걷고 있는 겁니다. 눈을 돌릴 수도 없고, 귀를 막을 수도 없습니다. 우리는 말 못하는 이들을 위해서 보고, 말해야 합니다. 바로잡을 기회는 오직 한 번뿐입니다.

지은이의 말

난징 대학살을 다룬 책 『역사는 누구의 편에 서는가』를 쓴 아이리스 장과 731부대의 모든 희생자들을 추모하는 뜻에서, 이 이야기를 그들에게 바친다.

다큐멘터리 영화 형식으로 이야기를 쓰겠다는 생각은 테드 창의 단편 소설 「외모 지상주의에 관한 소고: 다큐멘터리」를 읽고 나서 처음 떠올렸다.

아래에 소개하는 자료는 이 이야기를 쓰기 위해 조사하는 과정에서 참고한 것들이다. 이 자리를 빌려 아래 자료들에서 얻은 도움에 감사를 표하는 바이며, 사실 관계 및 추정과 관련된 오류는 전적으로 내 책임이다.

'망자들의 착취자'라는 표현과 헤이안 시대 및 전근대 일본의 역사는 다음 책을 참고했다. 콘래드 토트먼(Conrad Totman), 『일본사(*A History of Japan*)』 2판(매사추세츠 몰든: 블랙웰 퍼블리싱), 2005.

731 부대의 역사 및 731부대원들이 자행한 실험에 관해서는 다음 책을 참고했다.

할 골드(Hal Gold), 『731부대 증언록(Unit 731 Testimony)』(도쿄: 터틀 퍼블리싱), 1996.

셸던 H. 해리스, 김소정 옮김, 『미국의 은폐 기록과 일본의 만행』(서울: 눈과마음), 2010. (수많은 신문 및 잡지 기사, 인터뷰, 논문도 함께 참고했다. 그 자료들의 주요 저자는 쓰네이시 게이치, 더그 스트럭, 크리스토퍼 리드, 리처드 로이드 패리, 크리스토퍼 허드슨, 마크 심킨, 프레더릭 디킨슨, 존 다우어, 요시후미 다와라, 다나카 유키, 쓰치야 다카시, 우텐웨이, 셰인 그린, 프리드리히 프리슈크네히트, 니컬러스 크리스토프, 혼고 준, 리처드 제임스 하비스, 에드워드 코디, 주디스 밀러 등이다. 이들 저자에게 감사 드리며 지면상의 제약 때문에 자료 제목을 따로 싣지 못해 안타깝다는 점을 밝혀 둔다.)

일본 군의관이 살아 있는 중국인 희생자에게 저지른 생체 해부 및 수술 실습의 묘사, 패전 후 포로가 된 군의관들의 처우, 전쟁 기억에 대한 전후 일본의 대응 등은 다음 논문을 참고했다.

노다 마사아키(Noda, Masaaki), 「태평양 전쟁 중 일본의 잔학 행위: 중국에서 벌인 인간 생체 해부에 관한 육군 군의관의 증언(Japanese Atrocities in the Pacific War: One Army Surgeon's Account of Vivisection on Human Subjects in China)」, 《국제 계간 동아시아(East Asia: An International Quarterly)》, 제18호 3권(2000), 49~91쪽.

증언을 비롯한 기록 자료에 따르면 731부대의 일본인 군의관들은 저항하는 포로를 제압하다가 감염되는 사태를 막기 위해 보통은 방호복을 입은 상태에서 포로들을 감염시켰다고 한다.

731부대 해체 후 야마가타 시로의 행적은 위에 소개한 노다의 논문에 실린 유아사 겐(일본 군의관이었으나 731부대원은 아니었음)의 경험을 참고했다.*

에번 웨이의 부고는 《이코노미스트》 2004년 11월 25일자에 실린 아이리스 장의 부고를 참고했다.

미국 하원 아시아 태평양 지구 환경 소위원회의 청문회 부분은 2007년 2월 15일 동 소위원회에서 「전시 일본의 여성 성노예화(이른바 종군 위안부)에 관한 하원 결의안 121호」를 의결하기 전에 개최한 청문회를 참고했다.

오늘날 하얼빈시 핑팡 지구 및 731부대 전쟁 범죄 박물관의 사진은 오스틴 요더가 제공해 주었다.

'길거리 인터뷰'에 나오는 여러 부정론자들의 발언은 인터넷 포럼 게시판의 본문 및 댓글, 또 지은이가 해당 관점을 지닌 사람들과 직접 소통한 경험을 참고했다.

---

* 이 논문은 노다 마사아키, 서혜영 옮김, 『전쟁과 인간: 군국주의 일본의 정신 분석』(서울: 길 출판사, 2000)에서 제1장 「집단으로의 매몰」을 발췌한 것이다. ─ 옮긴이

옮긴이의 말

"(미국에서) 유색 인종 작가의 글은 오로지 자전적 고백일 때에만 가치 있는 것으로 대접받습니다. 저는 그런 분위기를 거스르고 싶어서, 처음에는 제가 물려받은 중국 문화와 관련된 것은 무조건 피하려고 매우 조심했습니다. 전혀 중국적이지 않은 서양적 글쓰기를 지향했던 겁니다. 그 결과는 끔찍이도 답답했습니다. 그건 입의 절반이 테이프로 막힌 채 말하는 것, 몸의 절반이 마비된 채 춤추려 하는 것과 마찬가지이기 때문입니다."[*]

2012년 미국의 SF 판타지 문학계는 일대 파란에 휩싸였다. 그 전해인 2011년 《매거진 오브 판타지 & 사이언스 픽션》에 실렸던 단편 소설이 네뷸러 상과 휴고 상 및 세계환상문학상의 단편 부문 최

---

[*] 2016년 3월 8일 NBC 뉴스의 켄 리우 인터뷰(「Award-Winning Sci-Fi Writer Ken Liu On Labels, Authenticity, and Juggling Two Careers」)에서 인용.

우수상을 모조리 석권하는 전대미문의 사건이 일어났기 때문이었다. 미국 SF 판타지 작가 협회(SFWA)가 수여하는 네뷸러 상과 연례 SF 컨벤션인 월드콘에서 팬들의 투표로 결정되는 휴고 상을 동시에 수상한 작품은 이전에도 여러 편 있었다. 그러나 이 두 상을 동시에 받은 작품이 판타지 문학계에서 가장 권위 있는 세계환상문학상마저 함께 받은 경우는, 세 상 가운데 가장 역사가 짧은 세계환상문학상이 처음 제정된 1975년 이후 40년 가까운 세월 동안 최초의 일이었다. 이로써 전 세계 SF 판타지 독자들을 단숨에 매료시킨 단편 소설이 바로 이 책의 표제작인 「종이 동물원」, 지은이는 당시 서른여섯 살이었던 '오래된 신예' 켄 리우이다.

화려한 수상 내역으로 일거에 세계 SF 판타지 문학계에서 가장 주목받는 작가가 된 켄 리우는 1976년 중국 서북부의 간쑤성 란저우시에서 태어났다. 열한 살 때 부모를 따라 미국으로 이주한 리우는 처음에는 약학 연구자인 어머니가 스탠퍼드 대학교에서 박사후 과정을 밟는 동안 미국 서부의 캘리포니아주 팔로알토에 거주하다가, 나중에 컴퓨터 프로그래머인 아버지가 직장을 옮기면서 동북부의 코네티컷주* 워터퍼드에 정착하여 청소년기를 보냈다. 고등학교 시절에는 수학에 비상한 관심을 가졌지만, 하버드 대학교에 진학해서는 영문학을 전공하는 한편으로 프로그래밍을 공부했다. 졸업 후에는 마이크로소프트에 입사, 프로그래머로 일하다가 친구가

---

* 이 책에 실린 어떤 단편 소설의 배경과 일치하지만 너무 깊이 생각하지는 말자. 모든 이야기가 작가의 자전적 고백인 것은 아니므로.

세운 IT 스타트업 회사로 자리를 옮겼다. 이후 하버드 대학교로 돌아간 리우는 법학 전문대학원을 수료하고 법무법인에서 조세 전문 변호사로 7년간 일했다.

리우가 기술과 법률이라는 상이한 분야에서 전문가 수련을 쌓는 동안 힘쓴 일이 또 하나 있었으니, 바로 단편 소설 습작이었다. 중국에서 살던 어린 시절 리우는 학교가 파하기가 무섭게 집으로 달려가 할머니와 함께 라디오 드라마로 각색한 『삼국지』를 듣고 모르는 말이 나오면 할머니에게 물어볼 만큼 이야기를 좋아했다. 필립 K. 딕의 『안드로이드는 전기양의 꿈을 꾸는가?』를 중국어판으로 읽고 SF의 매력에 눈을 뜬 리우는 이후 대학 시절부터 단편 소설을 쓰면서 이름을 아는 잡지에는 모조리 원고를 투고했지만, 아쉽게도 별 성과는 없었다. 그러다가 2002년에 SF 작가 오슨 스콧 카드가 심사위원장을 맡은 포보스 픽션 콘테스트에서 입상, 『포보스 SF 단편선집 1권』에 「카르타고의 장미(Carthaginian Rose)」가 실리면서 마침내 출판의 꿈을 이루었다. 그리하여 작가로서 빛나는 경력을 시작했……으면 좋았겠지만, 안타깝게도 그의 앞날에는 10년이라는 무명의 세월이 기다리고 있었다. 그 세월 동인 리우는 「1비트짜리 오류(Single-Bit Error)」라는 단편을 완성하고 나서 너무나 마음에 들었던 나머지 어떻게든 발표하려고 애썼지만, 무려 서른 곳이나 되는 출판사에서 퇴짜를 맞고 실의에 빠져 한동안 글쓰기를 그만둘 정도로 슬럼프에 빠지기도 했다.**

** 이 단편은 2009년 마침내 『반사회적 사고 실험(Thoughtcrime Experiments)』이라는 제목의 단편 선집에 실렸다. 얄궂게도 투고를 여러 차례 거절당한 원고들만 모아 그중에서 버리기 아까운 작품을 발굴한 선집이었다고 한다.

2010년에 첫딸이 태어난 것을 계기로 육아와 가사에 참여하고자 법무법인을 그만두고 시간을 더 자유로이 쓸 수 있는 기술 분쟁 전문 컨설턴트로 일하기 시작하면서, 켄 리우는 본격적으로 단편 소설 창작에 힘을 기울였다. 그 결과 2002년부터 2009년까지 고작 9편이었던 발표작 수가 2010년 한 해에만 4편으로 늘더니 2011년 21편, 2012년에는 무려 35편, 2013년 24편, 2014년 23편으로 5년 동안 무려 100편이 넘는 작품을 수많은 지면과 매체에 발표했다. 이처럼 활발하게 단편 소설을 쓰는 동안 2011년에 발표한 「종이 동물원」으로 이듬해 네뷸러 상과 휴고 상, 세계환상문학상을 휩쓸고 2013년에는 「모노노아와레」로 2년 연속 휴고 상을 수상하면서, 켄 리우는 '질과 양을 함께 보장하는 보기 드문 작가'로 자리 잡기에 이른다.

'단편의 제왕' 레이 브래드버리의 전성기 집필 속도에 버금갈 만큼 왕성한 창작력의 비결을 묻는 사람들에게 리우는 이렇게 대답한다. "저는 글을 빨리 쓰는 작가가 결코 아닙니다. 단편을 자주 발표하기 전에도 10년 동안 글을 썼는데, 그때 써 놓은 글을 나중에 짧은 시간 동안 발표해서 그렇게 보이는 것 같네요."

이처럼 수많은 단편들 가운데 작가 켄 리우의 색깔을 가장 잘 보여 주는 작품들을 모아 엮은 첫 번째 단편집이 바로 이 책, 『종이 동물원』이다. 이 책에 실린 단편들은 판타지에서 하드보일드, 대체 역사, 스팀 펑크, 중국 전기(傳奇)소설 등 다양한 장르와 형식을 넘나들면서도 몇 가지 공통된 주제를 보여 주는데, 바로 '역사'와 '문자' 그리고 '책'이다. 리우는 '기호(記號)적 세계관'에 따라 이들 주제와 형식을 자유로이 조합한다.

"저는 프로그래머와 변호사, 소설가라는 저의 세 가지 직업이 서로 관련되어 있다고 생각합니다. 결국에는 모두 '현대의 기호를 다루는 직업'이기 때문입니다. 다시 말해 이들 직업은 기호적 인공물을 쌓아 올려서 의미 있는 것을 만들어 낸다는 뜻입니다. 예컨대 프로그래머는 프로그래밍 언어라는 기호를 적어서 어떤 기능을 지닌 프로그램을 만듭니다. 변호사는 계약이라는 법률 시스템 안에서 태어난 기호적 인공물을 다루어 의뢰인을 지키기 위한 논거를 만듭니다. 그리고 작가는 말을 사용하여 감정을 움직이는 이야기를 만듭니다."*

이처럼 기술과 법률, 언어라는 렌즈를 통해 세계를 기호의 집적물로 인식함으로써, 켄 리우는 독특한 작풍을 구축하는 동시에 '중국계 미국인 작가'라는 기성 틀에서 벗어나는 데에 성공한다. 미국인의 고정관념 속에서 중국계 미국인은 '전통(낡고 미개한 것)'을 상징하는 동양(중국) 문화와 '현대성(새롭고 문명적인 것)'을 상징하는 서양(미국) 문화 사이에서 한쪽을 선택하려고 고뇌하는 존재이지만, 켄 리우의 작품에 등장하는 인물들은 철저히 하나의 개인이자 기호로서 개별성과 보편성을 동시에 지닌다. 그 비결은 기호의 집적물인 세계에서 빼낸 하나의 기호(인물)를 아시아의 역사라는 바둑판에

---

* 《와이어드닷컴 저팬》 2017년 5월 20일자 인터뷰(SF作家ケン・リュウが語る、テッド・チャン、テクノロジーを描くこと、異文化をつなぐSFの力)에서 인용.

바둑돌처럼 올려놓는 것이다. 이 기호들은 중국 전통 문화의 상징인 한자를 현대적인 개인주의자의 관점에서 해체하고(「파자점술사」), 18세기 중국에서 살아가는 전형적인 망상형 조현병 환자의 모습으로 등장하여 과거에 일어난 대학살의 진실을 증언하는 책을 지키기 위해 스스로를 희생하는 영웅 서사의 주인공이 되기도 하며(「송사와 원숭이 왕」), 미국적 사고방식을 지닌 중국계 이민자로서 아시아 현대사의 꺼지지 않는 불씨인 '역사적 증거'의 개념 자체를 바꿔 놓기도 한다(「역사에 종지부를 찍은 사람들」). 이렇게 아시아 역사 속에 능수능란하게 배치된 개인이라는 기호는 중국계 미국인이라는 정체성을 서양 독자의 관점으로 재현하는 도구가 아니라 낯선 경이감을 선사하는 주체로 탈바꿈한다.[*]

켄 리우는 최근 들어 단편 소설 창작 대신 장편 소설 쓰기와 번역에 주력하고 있다. SF의 한 장르인 스팀 펑크에서 영감을 받아 스스로 '실크 펑크(silk punk)'라고 이름 붙인 3부작 판타지 시리즈 '민들레 왕조 전쟁기(Dandelion Dynasty)'를 현재 2부까지 발표했고, 중국 SF 작가 류츠신의 『삼체』를 영어로 번역하여 2015년 휴고 상 장편 소설 부문 최우수상을 수상하기도 했다. 리우의 작품들은 장편 시리즈인 민들레 왕조 전쟁기와 한국어판 오리지널 단편집이 차례로 출판될 예정이므로 독자들의 관심과 기대를 바라는 바이다.

---

[*] 이른바 유색 인종(POC, Person Of Color) 작가가 '지배적인 문화를 위해 스스로를 설명하지 않는 글쓰기'를 지향하는 경향은 2016년 퓰리처상 수상작인 『동조자』(비엣 타인 응우옌, 김희용 옮김, 민음사, 2018)의 말미에 실린 작가 인터뷰에도 잘 나타나 있다.

한국어판『종이 동물원』은 2016년 미국의 사가 프레스 출판사에서 펴낸『The Paper Menagerie and Other Stories』를 저본으로 삼고 중국 및 일본과 관련된 내용은 중국에서 펴낸 간체자 중국어판『思維的形狀』(淸華大學出版社, 2016)과 타이완에서 펴낸 정체자 중국어판『摺紙動物園』(新經典文化, 2018), 일본어판『紙の動物園』(早川書房, 2015)을 참고했다. 원서에 실린 작품 열다섯 편 가운데 분량상 한국어판에 누락된 중편 한 편은 이후 한국어판 오리지널 단편집에 수록될 예정이다. 책이 완성되기까지 애써 주신 모든 분께 지은이를 대신하여 감사드린다.

2018년 11월

장성주

옮긴이 | 장성주

고려대학교 동양사학과를 졸업하고 출판 편집자를 거쳐 지금은 번역자로 활동 중이다. 우리
말로 옮긴 책에 『모나 리자 오버드라이브』, 『별도 없는 한밤에』, 「다크 타워」 시리즈, 『산산
조각 난 신』, 『인기 없는 에세이』, 『버트런드 러셀의 자유로 가는 길』, 『오컬트, 마술과 마법』,
『좀비 서바이벌 가이드』, 『언더 더 돔』, 『워킹 데드』, 『아돌프에게 고한다』, 『표류교실』 등이
있다.

종이 동물원

1판 1쇄 펴냄 2018년 11월 29일
1판 22쇄 펴냄 2024년 6월 24일

지은이 | 켄 리우
옮긴이 | 장성주
발행인 | 박근섭
편집인 | 김준혁
펴낸곳 | 황금가지

출판등록 | 2009. 10. 8 (제2009-000273호)
주소 | 06027 서울 강남구 도산대로 1길 62 강남출판문화센터 5층
전화 | **영업부** 515-2000 **편집부** 3446-8774 **팩시밀리** 515-2007
홈페이지 | www.goldenbough.co.kr

도서 파본 등의 이유로 반송이 필요할 경우에는 구매처에서 교환하시고
출판사 교환이 필요할 경우에는 아래 주소로 반송 사유를 적어 도서와 함께 보내주세요.
06027 서울 강남구 도산대로 1길 62 강남출판문화센터 6층 민음인 마케팅부

한국어판 ⓒ ㈜민음인, 2018. Printed in Seoul, Korea
ISBN 979-11-5888-468-0 03840

㈜민음인은 민음사 출판 그룹의 자회사입니다.
황금가지는 ㈜민음인의 픽션 전문 출간 브랜드입니다.